KB115792

가
해
자
의

얼
굴

책임 편집 우찬제

1962년 충북 충주에서 태어나 서강대학교 경제학과와 동대학원 국문학과를 졸업했다. 1987년『중앙일보』신춘문예에 당선되어 평단에 나왔다. 지은 책으로『욕망의 시학』『상처와 상징』『타자의 목소리』『고독한 공생』『텍스트의 수사학』『프로테우스의 탈주』『불안의 수사학』『나무의 수사학』『애도의 심연』등이 있다. 팔봉비평문학상, 소천이헌구비평문학상, 김환태평론문학상, 대산문학상 등을 수상했다. 현재 서강대학교 국문학과 교수로 재직 중이다.

문지작가선 4 | 중단편선
가해자의 얼굴

펴낸날 2019년 9월 20일
지은이 이청준
책임 편집 우찬제
펴낸이 이광호
주간 이근혜
편집 박선우 이민희 조은혜 김필균
펴낸곳 ㈜문학과지성사
등록번호 제1993-000098호
주소 04034 서울 마포구 잔다리로7길 18(서교동 377-20)
전화 02)338-7224
팩스 02)323-4180(편집) 02)338-7221(영업)
전자우편 moonji@moonji.com
홈페이지 www.moonji.com

ⓒ 이청준, 2019. Printed in Seoul, Korea

ISBN 978-89-320-3570-3 03810

이 도서의 국립중앙도서관 출판예정도서목록(CIP)은 서지정보유통지원시스템 홈페이지 (http://seoji.nl.go.kr)와 국가자료공동목록시스템(http://www.nl.go.kr/kolisnet)에서 이용하실 수 있습니다. (CIP제어번호: CIP2019035272)

문지작가선 4

가해자의 얼굴

이청준 중단편선

문학과지성사

퇴원

나는 다시 침대에서 몸을 일으켰다. 창문이 바로 눈앞에 와 닿았다. 막연한 상념이 누워 있을 때나 한가지로 유리창을 흐르고 있었다. 명색이 2층이었으나 무질서하게 솟아오른 건물들로 안계眼界는 좁게 차단되고 있었다. 내다볼 수 있는 곳이라고는 건물들 사이로 훨씬 저쪽 거리 맞은편에 무성영화의 영사막처럼 길게 남쪽으로 멀어져가고 있는 D초등학교의 블록 담벼락과, 그 밑으로 뻗어 나간 한 줄기의 보도步道뿐이었다. 보도에는 언제나 몇 사람의 행인이 잠시 떠올랐다가는 소리 없이 사라지고, 사라졌는가 하면 다시 떠오르곤 했다. 좀더 이쪽으로 종로 거리가 그 보도와 만나고 있었으나 건물에 가려 보이지는 않았다. 가끔 끽끽거리는 전차의 경적이 날카롭게 귀를 쑤셔왔다. 그러고는 어디서나 볼 수 있는 하늘과 가옥이 있을 뿐이었다. 무엇 때문에 거기서 생각을 잘라버릴 수 없는지 모르겠다. 내게는 그 비슷한 데다 무얼 잊어놓은 기억조차 없는데, 마치 그런 것이라도 찾고 있는 듯한 기분이다. 착각이다. 착각보다 더 막연했다. 이 조그만 창문으로 들어오는 풍경의 이미지는 그만큼도 구체성이 없었다. 한 가지만 더 이야기한다면, 그 건물들 사이로 U병원의 탑시계가 건너다보이는 것이었다. 그것도 오래전에 고장이 나서, 항상 같은 점에만 서 있는 두 바늘을 아주 떼어버렸기 때문에 시간을 알아볼 수 없는 것이었다. 그러니까 D초등학교의 블록 담벼락을 끼고 흐르는 그 영사막 같은 한 조각의 보도와 두 바늘을 잃어버린 시계, 그리고 가끔 고막을 울려오는 전차의 경적 외에 이 창문으로는 보이는 것도 들리는 것도 없었다. 그러면서도 이 단조로운 풍경이 자아내는 어떤 기묘한 분위기는 집요하게 나를 간섭해오곤 했다. 눈만 감으면 어떤 상념이 머릿속을 맴돌았다. 눈을 뜨면 그것은 벌써 그 시계탑이며 블록의 담벼락 거리로 멀찌막이 나앉아서 나를 응시하고 있었다. 독실을 쓰고 있을 때는 그쪽으로 트인 창문이 없었으니까 이런 일이 없었다. 내가 이런 상념에 매달리게 된 것은 이 3인용 병실로 방을 옮기던 바로 그날부터였던 것 같다.

"선생님은 매일 그 창문만 내다보고 앉아서 무얼 그리 골똘히 생각하고 계세요?"

마치 어부가 바다를 향해 그물을 던지듯 나에게 던져진 여자의 소리에 나는 비로소 상념에서 풀려나왔다. 여자가 또 입에서 구린내가 나는 모양이다. 이 병실에는 나 말고도 두 사람의 환자가 들어 있다. 그 한 사람이 지금 이 여자가 지켜 앉아 있는 침대의 주인이다. 그런데 괴상한 일은, 이 방으로 옮겨 온 지가 일주일이 되는 오늘까지도 나는 그 남자의 얼굴을 바로 본 적이 없다는 것이다. 그는 언제나 자기 침대에서 잔기침 한번 하는 법이 없이 벽을 향해 드러누워 있기만 했다. 그것은 마치 애초부터 벽을 향해 만들어진 가구와도 같았다. 간호원이 가끔 혈압을 재거나 주사를 놓으러 왔다가 무슨 물건을 찾듯이 그의 이불을 들출 때까지 나는 그가 이 병실 한쪽 구석에 누워 있다는 사실조차 잊고 있는 적이 많았다. 어쩌다가 그 남자는 목구멍 속에서 한두 마디 말을 웅얼거리는 때도 있는 것 같기는 했다. 그러나 그런 때 의사나 간호원은 대개 그 말을 잘 알아듣지 못하고 엄청나게 큰 소리로 되묻곤 했기 때문에 그는 아주 입을 다물고 돌아누워버리는 것이 예사였다. 그러니까 나는 이 사내의 목소리 한번 제대로 들은 적이 없었고, 무슨 병을 앓고 있는지조차 확실히 모르고 지내오는 터였다. 그런데 그 침대 곁에는 제법 깔끔한 차림새에, 아랫입술을 조금 내민 듯한 인상을 주는 그의 아내가 언제나 찰싹 붙어 앉아 있었다. 그러나 이 여자 역시 자기의 환자에 관한 이야기는 한 번도 입에 올린 적이 없었다. 그렇다고 이 여자가 말이 적은 편인 것은 결코 아니었다. 여자는 침대 곁에 걸상을 끌어다 놓고, 벽을 향해 누운 남자와는 등을 지고 앉아서 (이상하게 들릴지 모르지만 그것은 하나의 풍경으로서 묘한 조화를 이루고 있었다) 연신 이쪽에다 말을 거는 것이었다. 더욱이 이야기를 하는 여자의 입끝에는 언제나 웃음기가 서려 있었다. 이웃집 처녀의 바람기라든지 만원버스, 여학교 시절의 수학여행, 심지어는 어떤 서커스단의 파산 경위 등속과 같은 일에 관해서는 무한정 이야기를 늘어놓았지만, 정작 자기의 환자에 관해서는 일언반구가 없었다. 그렇다고 그것으로 내가 여자의 불공不恭을 말하는 것은 결코 아니다. 하여튼 나는 원래 이야기를 좋아하지 않는 데다가, 그런 수수께끼 같은 일에는 나대로 상상의 날개를 펴기 좋아하는 성미여서, 그럭저럭 그냥 지내고 있는 것이다. 그러나 여자는 그런 나의 속셈 따위는 아랑곳하지 않았다. 무작정 말을 걸어오곤 하였다. 긴 시간을, 더구나 병실에서 입을 다물고 앉아 있으면 구린내가 난다는 것이었다. 여자는 구린내의 입가심으로 나를 선택한 셈이었다. 이 병실에 들어 있는 다른 청년 하나는 장막漿膜 밖에 물이 고여서, 하루건너마다 링거병으로 물을 하나씩 뽑아내고도, 이야기는커녕 물 한 모금 마실 여유도 없이 배가 부풀어 숨을 헐떡이고 있으니 말이다.

"아이 따분해. 이러다간 생사람 말라 죽겠어."

여자가 또 입가심을 좀 하잔다.

종일 목에 가시가 걸려 있는 것 같아서 나도 잠시 기분을 돌려보고 싶기는 하다. 이야기의 머리만 떼어주면 여자는 장안의 잡동사니를 다 뱉어놓을 판이다. 대화對話라는 것이 있을 리는 없다. 그저 상대방의 얼굴을 빌려 자기 이야기를 지껄이면 그만인 것이다. 그러나 내게 무슨 이야기가 있을 것인가?

"부인께서 무슨 재미있는 이야기라도 들려주시겠습니까?"

나는 할 수 없이 이렇게 말하고 등을 벽에 기대었다.

"선생님께서도 가끔 얘기를 좀 해보세요."

살아났다는 듯이 여자는 눈을 반짝이며 짐짓 사양기까지 내보인다. 이 여자가 이야기의 차례를 양보한다는 것은 분명 예의에 속할 일이었다.

"제게 얘기가 있겠어요? 만날 이러구 누그러져 있는 꼴에."

"선생님은 군대까지 갔다 오셨다면서 그러세요? 남자들만 지내는 곳엔 여자에게 참 재미있는 얘깃거리가 많을 텐데요."

제법 자기를 위해 이야기를 해달란다.

"군대야 천 사람 만 사람 하는 이야기가 똑같은걸요, 뭐."

"하여튼 선생님께선 아주 귀중한 얘기를 가지고 계실 거예요."

"무얼루요?"

"평소에 말이 없이 늘 무엇을 생각하고 있는 분은 으레 그런 법이에요."

여자는 단정했다. 그러나 그녀의 선명하고도 단호한 추리는 나에게 해당되는 종류의 것이 아니었다. 군영 3년간은 기억할 수도 없을 만큼 시시했고, 지금 내가 마치 무엇을 생각하고 있는 듯이 가장하고 있다고 해도 실상 나는 그 상념의 추상조차 알 수가 없는 터이니 말이다.

그러나 나는 더 이야깃거리를 생각할 필요가 없었다. 복도에서 미스 윤의 날렵한 발소리가 다가왔다. 미스 윤은 이 병원에 있는 단 한 사람의 간호원이다. 그녀를 처음 보았을 때 나는 그녀의 흰 귀에 반해버렸을 만큼 미스 윤은 사랑스러운 귀를 가지고 있었다. 그리고 그녀의 발걸음 소리는 이 병원에서 나의 유일한 위안거리였다. 미스 윤은 그렇게 시원스런 발소리를 내며 걸었다. 나는 언제 그렇게 시원스럽게 걸어본 적이 있었던가 싶을 지경이었다. 물론 나는 스스로의 발자국 소리를 의식해본 적이 없지만, 가만히 귀를 기울이고 있으면 그녀의 발걸음 소리에는 분명 어떤 율동감 같은 것이 느껴지곤 하는 것이다. 그리고 그 율동감은 처음에는 바이올린의 고음처럼 아주 가늘게 떨고 있는 듯하다가, 걸음걸이에 조금씩 폭을 얻어가면서 나중에는 나의 내부를 온통 차지해버리기 때문에, 나는 한참씩 그 율동감 속에 의식이 마비되어버리는 수가 많았다.

나는 그녀의 발소리가 더 가까워 오기 전에 몸을 눕히고 담요를 뒤집어썼다. 어쩐지 요즘은 그녀를 대하기가 여간 면구스럽지 않았다. 아침에 받아 내놨으니까 또 오줌병을 내밀어야 하지는 않겠지만, 체온계를 재갈처럼 입에 물고 멀뚱멀뚱 앉아 있기도 민망스럽기는 매한가지다. 그녀는 곧잘 왜 나를 그렇게 쳐다보는지 모르겠다. 나의 비밀을 눈치채고 있는 것은 아닐까? 입꼬리를 살짝 끌어올리면서 웃을 때, 그녀는 꼭 그런 것 같았다. 그리고 그 웃음은 영락없이 나를 비웃는 것이었다. 네까짓 게 무얼…… 그때마다 나는 이런 식으로 마음을 도사리지만, 입 표정과는 정반대로 조심스럽게 나를 지켜보는 그녀의 눈동자만은 어떻게 해볼 재간이 없었다. 속까지 환히 들여다보는 듯한, 은근한 핀잔을 담은 그런 눈초리였다. 그 눈과 마주치면, 나는 그녀의 입에서 금방 나의 비밀이 튀어나올 것 같은 조마조마한 기분이 되어버리곤 하는 것이다.

문이 열리는 소리가 났다. 이번에는 또박또박 끊어지는 발소리가 천천히 장막 환자 쪽으로 찍혀갔다.

"뭘 좀 먹었나요?"

미스 윤의 말에 청년은 어깻숨만 짧게 몰아쉬고 있었다. 듣고만 있어도 나까지 숨이 차오르는 것 같은 건조하고 세찬 마찰음이었다.

"어디가요. 나가는 게 있어야지, 배가 저 모양이 되어가지고야 어떻게……"

연신 졸고 앉아서도 손만은 청년의 배에서 떼는 법이 없는 노인이 말을 받았다.

"그렇지만 환자가 우선은 좀 먹어야 병을 견뎌내지요."

미스 윤이 온 바람에 나와의 이야기를 방해당한 여자가 이번에는 그쪽을 참견했다. 청년의 얼굴은 똥 먹은 곰의 상이 되었으리라. 청년은 누구든지 먹으라고 하는 말에는 화를 냈다. 병문객이나 옆엣사람들은 청년의 마른 얼굴을 보고 당황한 나머지 으레 첫마디로 그 소리를 내놓기 일쑤였다. 더욱이 이 여자의 경우 청년은 더 화를 냈다. 그러나 그는 얼굴을 찡그리고 묘하게 신경질적인 분위기를 자아낼 뿐 한 번도 불평을 입 밖에 내놓은 적은 없었다.

"물은 내일 뽑겠어요."

한마디를 떨어뜨려놓고 미스 윤은 바삐 문을 나가버렸다. 문밖에서 발소리가 차츰 멀어지자 나의 가슴속에서도 역시 그 바이올린의 고음 같은 율동감이 긴 선으로 사라져갔다. 나는 담요를 차고 일어나 앉았다. 창문이 눈앞에 와닿았다. 블록 담벼락 밑으로 흐르는 그 한 줄기의 보도는 조용히 밤으로 가라앉고, 어둠을 빨아들여 빛나기 시작한 U병원 탑시계의 파란 형광이 곱게 동그라미를 그리고 있었다.

갑자기 발소리가 다시 문밖에 와 멎었다. 미스 윤이 머리만 빼꼼히 디밀고는 눈으로 나를 점찍었다.

"잠깐 보세요."

한마디를 던져넣고 그녀는 다시 문을 닫았다. 전에는 그런 일이 없었다. 그녀의 입꼬리가 어떻고, 눈에 무슨 질책을 담고 있었다고는 해도, 명색이 환자인 나를 그런 식으로 불러내는 일은 없었다. 그런 일은 이 내과병원의 경영주이자 의사인 준이 엄히 금해놓은 터였다. 도대체 이 조그만 여자의 속셈은 무엇인가?

나는 결국 슬리퍼를 끌고 병실을 나섰다. 평소의 걸음걸이가 좀 흐느적거리는 데다가 환자 행세까지 잔뜩 더해서 나는 슬리퍼를 바닥에서 떼지 않고 복도를 지나갔다.

"어때, 요즘 좀 괜찮은가?"

사무실에는 뜻밖에 아직 왕진 중인 줄 알았던 준이 돌아와 있었다. 나를 부른 것은 미스 윤이 아니라 준이었던 모양이다. 준의 얼굴에는 어딘지 장난기가 배어 있는 것 같았다.

"환자를 그렇게 함부로 불러내는 법이 어디 있어!"

나는 화가 난 듯이 그렇게 말하면서 미스 윤을 보았다. 그녀는 무엇이 우스웠는지 고개를 돌렸다.

"몰라봐서 미안하군. 모처럼 좋은 게 있어서 불렀지."

빙글빙글 웃으면서 준은 가방을 열고 포장이 요란한 병을 하나 꺼내어 테이블에 올려놓았다. 놀라기는 미스 윤이 오히려 더한 모양이었다. 펜을 쥔 손을 엉거주춤 쳐들고 다가와서 레테르를 들여다보았다.

"영어라서 전 잘 모르지만 아마 이건 위궤양에 특효약이라 적힌 모양이죠?"

그녀는 정말로 그것이 술인 줄을 모르는 양 어리둥절한 얼굴로 준과 나를 번갈아 쳐다봤다. 나는 난처해서 어찌할 바를 몰랐다. 이 작자들은 도대체 나를 위궤양 환자로 믿어주는 것인지, 아니면 벌써 모든 것을 다 짐작하고도 시치미를 떼는 것인지 알수가 없다.

"워낙 자네 병은 술에 조상을 둔 것이기는 하지만, 그렇게 갑자기 외면을 해버려도 위장의 비위를 건드려서 오히려 좋지 않을 거야. 게다가 자넨 요즘 많이 좋아진 것 같기도 하고……"

준은 내가 생각할 수 있는 것보다 훨씬 좋은 변명거리를 찾아주었다. 그는 테이블 위를 치우고 간략한 주석을 만들었다. 그리고 둘은 마주 앉아서 병마개를 땄다.

"선생님들께 좋은 약이라면…… 저도 배가 좀 이상해요."

호기심이 움직였던지 미스 윤은 나까지 끼워서 '선생님'으로 응대하더니 딱 한 잔을 얻어 마시고는 병실로 나가버렸다. 준은 병이 바닥날 때까지도 별반 취한 기색이 없었다. 놈이 의사가 되더니 제법 독종이 된 모양이었다. 이쯤 되었으면 오늘은 무슨 시원한 소리가 있으려니 하고 나는 은근히 기다리고 있었으나,

준은 나의 병에 대해선 끝내 무관심이었다. 오히려, 이렇게 된 이상 네놈의 위궤양은 술로나 고쳐보라는 듯 서슴없이 잔을 내밀곤 했다. 알 수가 없었다. 준이 드디어 퇴근 채비를 하는 것을 보고 나는 그 방을 나왔다. 복도를 지나올 때 나는 아까보다 더 요란스럽게 슬리퍼를 끌었다. 병실 문 앞까지 와서 막 손잡이에 손을 대었을 때 뒤에서 미스 윤의 소리가 들려왔다.

"선생님 이거!"

그녀는 손에 각성제를 들고 있었다.

"술 마셨으니까 좋을 거예요."

표정을 묘하게 지으며 그녀는 한마디 더 덧붙였다.

"겁이 나서 저도 두 알 먹었어요."

약을 건네주고 나서 그녀는 정색을 한 눈으로 나를 말끔히 쳐다보았다. 그래도 내가 말이 없으니까 그녀는,

"눈빛이 형편없이 탁해졌군요. 내일 거울을 가져다 드릴 테니 좀 보세요."

나는 문득 이 여자의 유방을 만져주고 싶은 생각이 들었다. 팽팽한 탄력과 부드러운 촉감을 적당히 섞어놓은 유방을 여인들이 한 사람도 빠짐없이 갖고 있다는 것은 신기한 일이었다. 그러나 미스 윤은 벌써 복도 저쪽 끝으로 사라지고 있었다.

병실에서는 예의 여자가 다시 입가심을 시작하려는 눈치를 보였다. 나는 모른 척 담요를 뒤집어써버렸다. 도대체 이 병원 사람들의 말을 나는 알아들을 수가 없다. 하기는 내가 병원을 들어온 것부터가 어이없는 장난이었을는지 모른다. 제대를 하

고 나서, 저고리와 신발은 그럭저럭 바꿔 꿰고, 바지는 아직 그 푸르딩딩한 제대복 채로 기어든 데가 이 준의 병원이었다. 준은 나의 학교 동창이자 옛날 선생님이었다. 내가 아직 집에 있을 때, 학교에서 돌아오면 아버지는 나와 같은 고3 배지를 단 준을 꼭꼭 선생님이라 부르라고 했다. 아버지가 그러는 데는 한두 가지 곡절이 있는 것 같았다.

어머니의 청으로 담임선생이 진학시험 친구로 준을 집으로 데리고 오던 날, 아버지는 몹시 화를 냈다.

"너는 제구실도 한번 못해볼 게다— 날마다 네 친구 발바닥이나 핥아!"

담임선생과 준의 앞에서 아버지는 선언했다. 담임선생의 긴 설득 끝에도 아버지는 가벼운 하품을 하고는,

"가정교사를 두는 건 상관 안 하지만…… 안 될 겝니다. 이틀을 굶겨놔도 배고픈 줄을 모르는 놈입니다. 저놈은"
하고 태연한 나를 못마땅해하는 눈으로 건너다볼 뿐이었다. 나는 그 말에 처음으로 얼굴이 굳어지는 것을 느꼈다.

우리 방으로 건너오자 준은,

"미안해. 내가 오지 않는 게 좋았을 뻔했어"
하고 나에게 신경을 썼다. 나는 아무 말도 하지 않았다.

"하지만 그런 말은 누구나 듣는 거지—"

준이 덧붙였다.

—이틀을 굶겨놔도 배고픈 줄을 모르는 놈입니다. 저놈

은—

아버지의 마지막 말에 나의 얼굴이 굳어지는 내력을 알았다면, 준은 그렇게 말하지 않았을 것이다. 아버지는 나를 광에다가두고 정말로 이틀을 굶긴 적이 있었다.

소학교 3학년 때 가을. 나는 그즈음 남몰래 즐기고 있는 한 가지 비밀이 있었다. 광에 가득히 쌓아 올린 볏섬 사이에 내 몸이 들어가면 꼭 맞는 틈이 하나 나 있었다. 나는 거기다 몰래 어머니와 누이들의 속옷을 한 가지 두 가지씩 가져다 깔아놓고, 학교에서 돌아오면 그곳으로 기어들어 생쥐처럼 낮잠을 자곤 했다. 속옷은 하나같이 부드럽고 기분 좋은 향수 냄새가 났다. 장에는 그런 옷이 얼마든지 쌓여 있어 내가 한두 가지씩 덜어내도 어머니와 누이들은 알아내지를 못했다. 어두컴컴한 그 광 속 굴에 들어앉아 이것저것 부드러운 옷자락을 만지작거리며 거기서 흘러나오는 냄새를 맡고 있노라면, 그보다 더 기분 좋은 일이 없었다. 그러다 나는 스르르 잠이 들고, 잠이 깨면 다시 생쥐처럼 몰래 그곳을 빠져나왔다. 그런데 어느 날은 거기서 너무 오래 잠이 들어 있다가 아버지가 비춘 전짓불빛을 받고서야 눈을 떴다. 아버지는 아무 말도 하지 않고 그대로 광을 나가더니 나를 남겨둔 채 문에다 자물쇠를 채워버렸다. 그 문은 이틀 뒷날 저녁때 열렸다. 나는 광에다 나를 가두어놓은 동안 밖에서 일어난 일에 대해서는 아무것도 모른다. 그러나 문이 열렸을 때, 거기 있던 옷가지는 한 오라기도 성한 것이 없이 백 갈래 천 갈래로 찢겨 있었다.

─이틀을 굶겨놔도 배고픈 줄을 모르는 놈입니다. 저놈은.

─하지만 그런 말은 누구나 듣는 거지.

나는 준에게 나중까지 그 이야기를 하지 않았다. 그는 언제나 나보다 어른이었다. 아버지는 준을 선생님이라 부르라고 했다. 아버지가 나에게 간섭하는 것은 그 한 가지뿐이었다. 나는 아무 생각도 없이 아버지의 말을 따랐다. 준이 오고 한 달쯤 되던 어느 날 저녁상을 받은 자리에서였다.

"넌 우리 선생님에게 시집가도 좋을 거야."

대학교 2학년을 다니고 있던 누이에게 나는 문득 그렇게 지껄였다. 숟가락을 가만히 놓고 방을 나간 준이 그날 밤중까지 돌아오지 않았다. 다음 날 나는 학교로 가는 대신 금고에 손을 대어 꾸러미를 만들어가지고 준의 집을 찾아갔다. 영문을 모르는 준의 어머니에게 나는 별 뜻도 없이 그 꾸러미를 절반쯤 풀어놓고 그길로 서울로 떠났다. 그 돈을 준이 어떻게 처리했는지, 그 후로 내게는 그것을 알 필요도 권리도 없었다. 하여튼 내가 그를 다시 만났을 때 그는 조그만 개인병원을 내고 있는 내과 의사였다. 남해南海를 밤길로만 달리는 배를 타기 전날, 우연히 신문에서 어머니의 부고를 보고 딱 한 번만 들르리라고 집을 찾아갔더니 준이 와 있었다.

준도 나처럼 옛날 일을 회상하기 좋아하는 성미가 아니었다. 언제나 그렇듯이 내가 태도를 결정하지 못하고 미적미적 서울에 남아 있는 동안 나는 두어 번 준의 병원엘 들렀다. 그러다가 나는 옛날에 벌써 징집년이 지나가버린 나이로 군대를 지원했다. 어떻게 모든 것을 다시 시작해보고 싶은 생각이 났던 것일까? 그런 것은 아니었다. 그는 항상 나보다 어른이었다. 그곳밖에는 준에게서 멀리 가버릴 쉬운 곳이 없었다.

군대에서 나는 아버지가 요령 없는 부정관리로 붉은 벽돌집으로 갔다는 소문을 들었다.

그러니까 내가 제대를 하고 준을 다시 찾아간 것은 애초부터 무엇을 돌려받자는 생각에서였던 것은 아니었다. 생각난 것이 준 한 사람뿐이었다는 것이 가장 적당한 이유일 것이다. 준은 나의 내방을 퍽 반겨주었다. 그리고 옛 주인의 근황을 알고 있던 그는 나의 고충을 자상히 이해해주었다. 그때부터 준은 나의 편리한 금고가 되었다. 추호도 빚을 받는다는 생각은 없었다. 그 역시 그러는 나를 별로 불편하게 생각하진 않는 것 같았다. 오히려 준은 내가 혹시 간호원(미스 윤 말이다)에게 이상히 보이지나 않을까 염려를 해줄 정도였다. 기억할 수도 없을 만큼 돈을 꺼내 갔다. 처음엔 무엇을 좀 해보려고도 했었다. 그러나 행운의 여신을 끼지 않고는 해본다는 일이 만판 허탕으로만 끝났다. 나중에는 숫제 내 목구멍으로 먹어 삼키고나 말자는 심사가 되었다. 꼭 술이라고는 말하지 않겠다.

제대를 하고 1년이 지났다.

2개월 전 일이었다. 공복이 되면 배가 쓰려오기 시작했다. 회충인가 했더니 약을 먹고 나도 마찬가지였다. 무슨 일일까고 준에게 물었다.

"밥을 먹으면 통증이 가시지?"

그는 대수롭지 않은 일이라는 투로 물었다. 나는 좀 치사한 느낌이었으나 그렇다고 했더니, 위궤양이 아닌지 모르겠다면서 사진을 찍어보자고 했다. 물론 나는 반대했다. 그럴 리도 없으려니와, 만약 그런 병을 배에 담았다면 나는 살 만큼만 살겠노라고 결연히 선언했다. 지난 1년 동안 주릴 만큼 주리고 술에 절어들었다고는 해도 나의 위장이 그렇게 쉽사리 요절이 나리라고는 믿어지지 않았다. 그러나 준은

"하지만 알아둬. 위궤양이 발병할 조건은 첫째 정신적 긴장감, 둘째가 불규칙한 식생활, 셋째는 술이거든. 부정할 테지만 그런 점에서 자넨 영락없이 합격이야. 더욱이 공복 시에 통증이 오고 식사로 그 통증이 가신다면 의심할 여지가 없어, 잘 생각해서 하란 말야"

하고 못을 박았다. 나의 처지에다 일부러 연관을 시켰는지 준의 말은 그럴듯하기도 했다.

그런 뒤로 증세는 정말 완연해졌다. 무엇보다도 공복에 통증이 온다는 말이 끼니가 불규칙한 나에게는 금방 공포로 변해버렸다. 끼니 생각만 하면 멀쩡하던 배가 때도 되기 전부터 쓰려오기 시작했다. 정작 한 끼라도 밥을 거르는 경우가 생기면 통증은 절망적일 정도로 심했다. 하루 종일 위를 채울 궁리만 해야 했다. 그래도 금방 통증이 오고, 위가 패어 들어가는 정도를 느낄 수 있을 만큼 발작이 심할 때가 있었다. 할 수 없이 다시 준을 찾아갔다.

"더 살겠다는 욕심보다 우선 견딜 수가 없어."

입원을 하라고 했다. 복도 끝에 있는 입원실을 독방으로 썼다.

일단 입원을 한 뒤로 준은 일체 개인적인 면담을 허용하지 않았다. 그리고 무슨 특별한 배려가 있었는지 간호원은 나의 병명이 위궤양이라는 것을 알고 있다면서도 매일 아침과 저녁 두 차례씩 링거병에다 오줌을 받아 갔다. 그러면서도 내가 가끔 화장실로 가서 오줌을 배설해버리는 것에 대해서는 괘념하지 않았다. 그런 식으로 특정한 일과를 치러가노라니 내가 환자라는 느낌이 주머니 속의 알밤처럼 또렷또렷 실감되었다. 창문은 건물로 완전히 차단되고 시간의 변화를 느낄 수 있는 것은 체온을 재거나 무슨 이름도 알 수 없는 주사약을 놓으러 왔다가 돌아가는 간호원의 발자국 소리와, 거리의 식당에서 자극성 없는 음식으로 배달해오도록 준이 조처해준 세 끼의 식사배달을 받을 때뿐이었다. 준은 하루에 한 번쯤 나타나서 지극히 사무적인 거동만 취하다 나가버리는 게 고작이었다. 무엇보다 다행스러운 것은 이제 배의 통증을 쫓기 위해서 꼭꼭 마련해야 할 세 끼의 식사에 대한 공포를 지니지 않아도 된다는 점이었다. 그렇게 며칠이 지나자 이상한 일이 생겼다. 통증이 깨끗이 사라져버리는 것이었다. 거짓말 같은 일이었다. 나는 오히려 당황했다. 처음부터 나는 병에 확증이 없이 입원을 했던 터이고, 증세라는 것은 그 통증이 유일한 것이었으므로 난처할 수밖에 없었다. 그러나 그런 일을 입 밖에 내지는 않았다. 간호원은 여전히 오줌을 받아 갔다. 그것이 마치 내 병세 판별에 중요한 자료라도 되는 듯이 말이다. 그리고 나는 창문도 없는 병실에서 하루 종일 몸을 눕혔다 일으켰다 하는 단조로운 동작을 되풀이하면서 그 간호원의 발자국 소리에 귀를 기울이고 있었다. 견디다 못해 하루는 준에게 방을 옮겨달라고 했다. 준은 그러마고 했다. 다음 날로 나는 지금 이 방으로 몸이사를 해왔다. 그러고는 창문을 향한 그 기이한 상념이 시작되었다.

여기서도 오줌은 받아내야 했다.

미스 윤의 발걸음 소리도 나의 내부에서 일정한 진폭을 유지했다.

준이고 미스 윤이고, 나의 병을 취급하는 엄숙한 태도엔 변함이 없었다.

이튿날.

침대의 한 부분 같은 그 남자는 이제 숨을 쉬는 기색조차 없이 이불자락에 묻혀서 지냈고, 장막 고장의 청년은 앙상하게 마른 팔과는 반대로 얼굴이 통통 부어올랐다. 호흡음이 한층 건조해지고 노인의 손은 그의 배 위에서 쉴 새 없이 오르내렸다. 여자가 두어 번 입가심을 하려 덤벼들었으나, 나는 한마디도 대꾸하지 않고 창문에만 계속 붙어 앉아 있었다.

저녁에 미스 윤은 오줌병을 내간 뒤에 다시 병실로 들어와서,

"거울을 부탁하셨지요?"

말을 뒤집어서 하고는 자기 것인 듯한 손거울을 내주었다. 무엇 때문에 미스 윤이 일부러 거울을 가져다주는지 알 수는 없다. 이제사 거울을 주는 것을 보면, 어젯밤 미스 윤의 말에는 다

른 뜻이 있었던 것 같았다. 하지만 나는 아무것도 생각하기가 싫었다.

"지금 몇 시쯤 되었습니까?"

종일 바늘 없는 탑시계를 바라보고 있었던 탓인지 문득 나는 필요도 없는 시간을 묻고 있었다.

"제 시계…… 고장인걸요."

미스 윤은 팔을 들어 시계를 보였다.

"시계가 모조리 고장이군."

"모조리라뇨?"

나는 대답 대신 창밖을 내다보았다. 탑시계에 파란 형광이 돈 아나고 있었다.

"그렇군요."

미스 윤이 등 뒤에서 다가와 있었다.

"왜 수선하지 않을까 —"

"왜 수선해야 하나요?"

미스 윤은 짓궂게 웃으면서 나를 쳐다보았다. 오늘 밤은 좀 이상하다 생각했다.

"시계니까."

나는 미스 윤이 갑자기 오랜 친구나 된 것처럼 쉬운 말을 썼다.

"의미가 있는 것 같아서 전 그대로가 좋아요. 저 시계가 꼭 선생님을 닮았거든요."

이 여자는 나에게 무슨 말을 하려는 것인가? 역시 나는 이 집 사람들의 이야기에는 서투르다. 나는 미스 윤의 장난기가 서린 듯한 눈을 바라보았다. 속눈썹이 길다. 그것은 마치 가시처럼 나의 몸 어느 부분을 찔러왔다.

"이유는 선생님께서 더 잘 아실 거예요."

그녀는 목소리를 낮추어 말하고 나서, 갑자기 어젯밤 각성제를 건네줄 때처럼 빤히 나를 쳐다보다가는 후닥닥 방을 나가버렸다. 나는 침대에 몸을 엎드리고 냄새를 맡았다. 크레졸 비슷한 냄새뿐이었다.

다음 날 아침. 수수께끼의 남자는 죽어 있었다. 늘 하던 대로 벽을 향해 찰싹 붙어 있으니까 우리는 아직 으레 그가 자고 있으려니만 생각했다. 아니 그런 생각을 했다기보다 그에 대해서는 아무것도 생각하지 않았다고 해야 옳을 것이다. 그런데 여자가 건드려보고는 죽었다고 했다.

병실의 변화라고는 여자가 한 사람 방을 나가버린 것뿐이었다.

"선생님의 얘기를 한 번도 듣지 못하고 헤어지게 되어 섭섭하네요."

집으로 남자를 옮겨가면서 여자는 그렇게 말하고 아쉬운 듯이 병원을 나갔다.

나는 여전히 창문에 기대앉아서 통행인들이 잠시 떠올랐다가 사라지곤 하는 보도를 지켜보고 있었다. 막연한 상념이 엉켜들 뿐이었다.

"시계를 고치고 있군요."

돌아다보니 미스 윤이 들어와 있었다. 그녀는 체온계도 혈압계도 또 주사침도 들고 있지 않았다.

"시계를 고치고 있다고 말했잖아요? 무얼 저만 그렇게 보세요?"

나는 그제서야 창문으로 시계탑을 내다보았다. 좀 멀기는 하지만, 사람이 하나 그 탑시계에 매달려 바늘을 끼워 넣고 있는 것이 보였다.

"그렇군요. 바늘을 끼워 넣는군요."

"그럼, 제 거울 돌려주세요."

나는 침상 귀에 팽개쳐둔 거울을 집어 미스 윤에게 내밀었다.

"용도를 몰라서 그냥 두어둔 것입니다."

"용도라뇨?"

"시곗바늘을 수선하기 때문에 그걸 돌려줘야 한다는 이유는 더욱 모르겠구요."

그녀는 한참 눈을 껌벅이고만 있었다.

"선생님은 아마 적적하실 때, 거울을 들여다보신 적이 없으신가 봐요. 거울을 들여다보노라면 잃어진 자기가 망각 속에서 살아날 때가 있거든요."

"괴상한 취미로군요."

"그렇게 생각되실지도 모르죠. 제가 틀리지 않다면 선생님은 분명 내력 깊은 이야기가 있으실 분인데, 그 이야기가 너무 깊이 숨어버린 것 같거든요."

나는 미스 윤이 왜 이런 소리를 지껄이고 있는지 알 수 없었다. 탑시계에 매달려 있던 사람이 바늘을 두 개 얌전히 꽂아놓고 내려갔다. 미스 윤은 거기다 시선을 준 채 전에 없이 가라앉은 목소리로 말을 이었다.

"선생님 마음에도 이제 바늘을 꽂아보세요. 그럴 힘이 있을 거예요, 선생님에게는. 뭣하면 거울을 하루 더 빌려드리지요."

그녀는 거울을 다시 침대에 놓아두고 방을 나갔다. 이상하다. 이 여자는 틀림없이 나의 병세를 알고 있는 모양이다. 거울을 봐라? 그러면 제가 어쩌겠다는 것인가? 나는 침상 위에 벌렁 드러누워 한동안 미스 윤과 씨름을 하고 있었다. 어쩐지 조금이라도 미스 윤의 환영을 나의 내부에 들여보내어서는 안 될 것 같은 두려운 생각이 들었다. 나는 당장 눈앞에서 미스 윤을 쫓기 위하여 그녀가 침상 끝에 놓고 간 거울을 집어들었다. 거울 속에서 나는 참으로 오랜만에 나의 얼굴을 보았다. 전체의 윤곽은 가운데가 조금 들어가고 이마와 딕이 둥그럼한 것이 내 얼굴의 특징이었다. 그리고 무엇보다 미스 윤이 흐려졌다고 하던 나의 눈은 흰자위가 조금 아래로 깔리고 검은자위가 약간 노리끼했다. 천장에 매어달린 형광등의 동그라미가 마침 그 눈동자에 들어앉아 있어서 나는 꼭 하얀 불을 두 눈에 켜 달고 있는 것 같았다.

뱀잡이 ―

무심히 지껄이다가 나는 깜짝 놀라 하마터면 소리를 지를 뻔했다. 이야기가 하나 비수처럼 가슴을 후비고 들어왔다. 그렇지. 그 여자도 미스 윤도 나에게는 틀림없이 귀한 이야기가 있으리라고 했었지.

살모사. 이놈에 대해서는 나도 이야기가 있다. 나는 거울을 내려놓고 문 쪽을 바라다보았다. 이야기가 생각났을 때 미스 윤이 냉큼 나타나주지 않는 것이 원망스러웠다.

뱀잡이 ——

그게 군대에서 나의 별명이었다. 어느 봄날, 작업장에서 돌아오다가 볕을 쬐러 나와 바위 위에 몸을 사리고 있는 꽃뱀을 한 마리 만났었다. 나는 그놈의 가죽을 벗기어 고운 나무토막에다 입혔다. 그것을 소대장에게 지휘봉으로 바친 것이 내가 정말 뱀잡이가 되어버린 인연이었다. 중대장이 그 지휘봉에 눈독을 들였다. 중대장에게도 하날 새로 만들어 선물했다. 그랬더니 온 대대 안의 장교와 고급 하사관들이 그 뱀가죽 지휘봉을 갖고 싶어 했다. 나는 매일 틈이 나면 회초리를 저으며 뱀을 찾아다녔다. 만나는 놈마다 가죽을 벗겼다. 특히 빛깔이 좋은 놈을 만나는 날은 하루 종일 기분이 좋아서 뱀을 더 찾지도 않고 놀았다. 그중에도 살모사의 가죽은 일품에 속했다. 이놈의 가죽은 대대 안에서도 꼭 대대장 한 사람의 지휘봉에밖에 입혀주질 못했다. 다른 장교들이 그것을 얼마나 갖고 싶어 했을 것인지 나는 지금 상상할 수도 없다. 살모사를 찾기 위해서 나는 동삼을 찾는 채약사처럼 산이란 산, 숲이란 숲은 모조리 뒤지고 돌아다녔다. 이 살모사가 특히 환영을 받는 데는 또 한 가지 이유가 있었다. 나는 뱀을 잡으러 나갈 땐 반드시 항고를 휴대했다. 가죽을 벗긴 뱀의 고기를 항고에 담아 오면 사병들에게 큰 선심을 쓸 수 있었다. 살모사라는 놈은 고기 맛이 또한 진미였다. 쇠고기에 비할 바가 아니라고 했다. 그래서 이놈의 고기는 사병에게까지 차례가 가지 않았다. 대대장의 지휘봉을 장식한 놈의 살집은 중대장이 먹었다. 선임하사는 다음부터 살모사의 고기는 아무 말 말고 자기에게 가져오라고 반협박을 했을 정도였다. 그러지 않으면 다시는 뱀잡이를 내보내지 않겠다는 것이었다.

그쯤 되었으니 뱀에 대해서라면 나는 일견식을 자부해도 좋을 것이다. 그리고 그런 이야기는 썩 귀한 것이기도 하다. 그러나 미스 윤이 나타나질 않는다. 나는 좀이 쑤셔서 그냥 누워 있지 못하고 벌떡 자리를 차고 일어났다.

시계의 두 바늘이 3시를 가리키고 있는 것이 역력히 보였다. D초등학교의 블록 담벼락 밑을 흘러가고 있는 보도에는 웬일인지 여느 때보다 통행인이 훨씬 불어나 있었다. 그리고 아직도 눈에 띌 만큼 사람 수가 금방금방 늘어가고 있었다.

문이 열리고 손에 몇 가지 유리 기재를 든 미스 윤이 들어오더니 준이 곧 그 뒤를 따라 나타났다. 둘은 나를 거들떠보지도 않고 다짜고짜 장막 고장의 청년에게 덤벼들어 물을 뽑기 시작했다. 나는 다시 창으로 눈을 보냈다. 안계에 떠오른 보도의 한쪽이 어느새 인파로 가득 차 있었다. 사람들은 이제 위로 올라가지도, 아래로 내려오지도 않고 그냥 그 자리에 머물러 있었다. 손에는 저마다 깃대를 들고 있는 것 같았다. 누가, 비어 있는 저 한쪽 길을 지나갈 모양인가? 길의 이쪽은 안계가 차단되어 볼수 없고, 거기선 들려오는 소리마저 없으니 무슨 일이 벌어지고 있는지를 모르겠다. 준이들은 퍽 여러 번 방을 들락이며 장막

고장의 청년에게만 매달려 있더니 드디어 기구를 챙기기 시작
했다.

"거리에 무슨 사람들이?"

나는 누구에게랄 것도 없이 물었으나 준은 그 말을 흘려버리
고,

"영양주살 놓긴 했습니다만 뒤에 뭘 좀 먹게 하십시오"
하고는 방을 나가버렸다. 시체를 내보내고 난 준이니까 기분이
좋아 있을 리 없다고 생각했다. 미스 윤은 방을 나가지 않고, 이
번에는 나한테로 혈압계를 들고 왔다. 그러나 나는 미스 윤에게
그걸 묻지 않았다. 나의 팔에다 고무줄을 잡아매고 있는 그녀의
머리 냄새가 갑자기 가슴 깊숙이 빨려 들어왔다. 그 냄새는 옛
날 어느 때, 아니 내가 태어나기도 전에 벌써 맡아본 경험을 가
지고 있었던 것처럼 그렇게 가슴속으로 젖어 들어왔다. 지금까
지 나는 분명히 미스 윤을 기다리고 있었던 것 같은데, 갑자기
머리가 몽롱해져서 생각이 나질 않았다. 나는 숨을 될수록 깊이
들이마시며 그녀를 쳐다보았다. 역시 미스 윤은 밉지 않은 여자
라고 생각했다.

"혈압은 왜 재는 거지요?"

나는 이제 다시는 혈압을 재게 하지 않겠다고 억지를 부리는
투로 물었다.

미스 윤은 갑작스런 나의 질문에 조금 어리둥절한 것 같았으
나 곧,

"선생님은 환자니까요"

하면서 방울을 눌러 바람을 넣기 시작했다.

"바보들이로군……"

나는 혼잣말처럼 중얼거렸다.

"누가 말예요?"

"이제 내게 위궤양은 없어진 것 같소. 아니 그런 건 처음부터 없었소. 그걸 몰랐으니 당신네들은 바보지 뭐요."

말하고 나자 나는 아직 이런 소리를 하기에는 준비가 너무 덜 된 채인 것 같아서 농담인 듯이 웃었다.

"위궤양이 싫으시담 더 멋진 병명을 붙여드릴 수도 있을 거예요. 가령 자아망실증 환자라든지……"

미스 윤은 더 말을 계속하지 못했다. 내가 혈압계를 팔에 긴 채 엉거주춤 일어나려 했기 때문이었다. 이야기가 생각났다. 그 살모사의 이야기 말이다.

"천만에요. 자아망실 무어라구요? 미스 윤은 또 그 이야기라는 걸 생각하신 모양인데, 나도 노력에 따라서는 훌륭히 기억해 낼 수 있습니다."

나는 대뜸 이야기를 꺼낼 기세를 보였다. 미스 윤은 이야기 때문에 혈압 측정이 틀렸는지 잠시 기다렸다가 다시 방울을 눌러댔다. 나는 잠시 이야기의 머리를 어떻게 시작해서 이 여자를 놀라게 해줄 것인가 생각했다.

"미스 윤은 뱀의 고기를 먹어본 적이 있습니까?"

나의 이 첫마디는 생각한 보람이 있어 썩 적절한 서두가 된 듯했다. 그녀는 나의 팔에서 혈압계를 풀고 나서 겁을 먹은 듯

한 얼굴로 나를 지켜보았다.

"뱀 말입니다. 뱀! 물론 없으실 겁니다."

나는 의기양양해서 일어나 앉으며 이야기를 시작했다. 미스 윤도 표정을 고치고 종이에다 혈압을 기록하고 있었다. 나는 귀를 기울이고 있으리라 믿고 한참 동안 그 뱀에 대한 이야기를 늘어놓았다. 그러나 미스 윤은 여전히 선 채로 기록지에다 연필만 움직이고 있었다.

"앉아서 듣구려. 모처럼 이야기니."

나는 그렇게 말하면서 힐끗 미스 윤을 쳐다보았다. 그 순간 나는 참으로 이상한 것을 보았다. 미스 윤의 눈에 웬일인지 안개같이 뿌얀 것이 서려 있었다. 그리고 그녀는 그것이 엉켜 떨어지려는 것을 참으려는 듯이 기록지를 열심히 들여다보며 무얼 끄적이고 있었다. 내가 종이를 넘겨다보자 미스 윤은 그 이상한 눈으로 나를 잠시 내려다보다가는 잽싸게 방을 나가버렸다. 발걸음 소리가 유난히 크게, 그리고 오래 나의 가슴을 울렸다. 소리의 긴 여운이 사라지자 나는 창으로 머리를 돌렸다. 거리에는 여전히 사람들이 가득했다. 몇 가지 의문이 한꺼번에 몰려들었다. 미스 윤이 가지고 간 나의 혈압 기록지에는 내 혈압이 기재되어 있지 않았다. 미스 윤은 그 종이에다 '뱀'이라는 글자를, 그것이 무슨 원망스런 말이라도 되는 것처럼 가득 채워놓고 있었던 것이다. 그러면 미스 윤은 나를 속인 것인가? 혈압은 재는 척만 했던 것인가? 그렇다면 그녀는 나의 병에 대해 모든 걸 다 알고 있는 것이다. 자아망실증 어쩌고 한 그녀의 말에는 좀더 특별한 뜻이 있었던 것 같다. 그러면 준은? 틀림없이 공모일 게다. 놈은 매일 그녀로부터 내 병세의 진단 자료를 보고 받는 대신, 나를 속이는 그녀의 연기에 관한 보고를 받을 테지. 기가 막히게 친절한 배려다.

탑시계가 4시 반을 가리키고 있었다. 창문의 이미지가 어떤 가능성을 가지고 한층 무겁게 밀착해왔다. 그러나 아무것도 떠오르지 않았다. 단지 그것은 오래 잊고 있던 어떤 기억을 되살려내려고 할 때처럼 마음을 안타깝게 할 뿐이었다. 이제는 미스 윤을 기다릴 일도 없어졌다. 모처럼 내 이야기에 그녀는 감격을 했단 말인가? 연민을 가득 담은 눈은 그런 것이 아니었다.

"시끄러!"

갑자기 천장이 찌렁 울리는 소리에 나는 다시 병실 안으로 눈을 돌렸다. 청년이 몸을 세우고 흉하게 부은 눈꺼풀 밑으로 노인을 노려보고 있었다.

"이대로 죽을 테니 제발 그 먹으라는 소리 좀 집어치우란 말예요. 의사도 먹어라, 어머니도 먹어라, 나를 보는 놈이면 어떤 놈이나 먹어라뿐이야. 다 아프질 않으니까 그러지!"

청년은 그러다가 금방 누그러지면서,

"가장 먹고 싶은 건 접니다. 먹고 싶어 죽을 지경이에요. 하지만 먹을 수가 없는걸요. 아픈 사람은 저예요. 저 혼자뿐이란 말예요."

거의 애원을 하고 있었다. 나는 숨이 막힐 듯이 긴장해 있다가 결국은 눈길을 다시 창문으로 돌렸다. 멀리 담벼락 밑을 채운 군중들 한쪽에 여태까지 비어 있던 거리를, 배낭 진 무장군인들의 행렬이 지금 막 지나가고 있었다. 태극기가 낙엽처럼 흔들리고 있었다.

청년에게는 권유가 처음부터 소용없는 것이었다. 자기 요구라는 것, 그것을 청년은 알고 있었다. 그리고, 그 요구라는 것이 자기에게는 용납되고 있지 않다는 것을 누구보다 더 잘 알고 있었다. 그는 괴로워하고 있었다. 그는 그 요구대로 될 수가 없었다.

노인이 훌쩍이고 있었다. 하지만 자기 요구를 알고 있는 자에게 권유가 무슨 소용이 있을 것인가? 권유란 일종의 자기 대화—그리고 그 대화는 죽어나간 그 사내의 여자에게서처럼 스스로를 향한 행위에 불과한 것이었다.

모든 요구는 언어가 허용될 수 있는 한계 이전의 것이었다.

판토마임……

그렇게도 나의 머리에 맴돌기만 하던 창문의 이미지가 문득 머리에 떠올랐다. 그렇게 안타까워했던 것은 어떤 경험의 회상이 아니라, 강한 이미지로 받아들여진 그 단어의 개념에 불과했다. 판토마임…… '무언극'이라는 번역어로는 도시 실감이 나지 않는 말이다. 그것은 이 단어에 세 번이나 겹친 순음脣音의 작용도 있겠지만, 마지막 'ㅁ' 받침이 단어의 뜻과 더욱 잘 부합하고 있기 때문인 것 같았다. 받침 자체가 이미 그 내용이 지니는 무거운 침묵을 강요하고 있었다. 마지막 음절에서 자동적으로 입을 폐쇄당하고 나서, 나는 몇 번이고 이 단어의 이미지를 실감

했고 한 번도 본 일이 없는 그 연극의 본질에까지도 어떤 예감을 지니게 되었던 것이다. 언어가 완전히 소멸된 거기에는 슬프도록 강한 행동의 욕망과 향수만이 꿈틀거렸다. 허나 나에게는 이미 그 욕망마저도 죽어버리고 없었다. 완전한 자기 망각. 그렇게 나는 시체처럼 여기 병실에 누워 있는 것이다.

어디서 발소리가 들려오는 것 같았다. 그러나 그것은 먼 거리의 행렬에서 오는 것인지, 복도에서 미스 윤이 울리고 있는 것인지 알 수 없었다. 처음에는 착각인지 실제의 소리인지도 구분할 수 없을 정도로 조그맣던 것이 차츰 폭을 넓혀 나중에는 나의 전체를 가득 채워버렸다.

미스 윤은 오지 않았다. 탑시계가 5시를 가리키고 있었다.

저녁을 마치고 나는 옷가지를 주워 입고 준의 방으로 갔다. 준은 벌써 나가고 없었다. 미스 윤이 신문을 보고 앉아 있다가 나의 차림새에 놀라 일어섰다. 나는 그러는 미스 윤이 아직도 손에 들고 있는 신문에다 눈을 주었다. '한국군 월남 파병 환송식'이라는 톱 제호가 유난히 크게 눈에 들어왔다. 그럼 오늘 낮 창문에 비친 것은 이 파월군의 행렬이었구나.

"한국 군대가 월남을 가는군요."

나는 이상한 흥분기를 느끼면서 말했다. 미스 윤은 대답하지 않았다.

"준은 나갔습니까?"

미스 윤이 비로소 신문을 테이블 위에 내려놓았다. 그리고 역시 그 이상한 눈으로 나를 쳐다보았다. 이제 보니 그녀의 눈동자는 상당히 까만 것이었다. 한동안 미스 윤은 그렇게 나의 표정을 읽고 나서 침착하게 입을 열었다.

"아마 놀라시진 않을 거예요. 하지만…… 그분도 선생님에 대해서만은 절 속이고 있었어요."

"공모가 아니라는 말씀이군요. 하긴 준은 언제나 나보다 어른이니까."

"결국 셋이서 따로따로 속이고 있었던 셈이죠."

나는 문을 열고 나왔다.

"신세 진 일은 잊지 않겠습니다."

"그런 일이 있었던가요?"

"거울을 빌려주신 거라든지……"

복도를 지나가는 나의 발걸음 소리가 나 자신에게도 선명했다. 병원 현관에서 나는 걸음을 멈췄다.

"괜찮을까요, 갑자기?"

미스 윤이 내 쪽을 정면으로 바라보며 물었다.

"글쎄요. 바늘을 끼워놓은 시계니까 이제 돌아가봐야죠."

"다시 돌아오시겠죠?"

미스 윤은 갑자기 지금과는 정반대의 말을 하고 있었다.

"글쎄요. 지금은 그러지 않으려고 합니다만."

나는 거푸 두 번이나 '글쎄요'를 쓰면서 그 말로 좀더 강하게 자기를 주장하고 있는 느낌이었다.

"혹시 필요한 일이 있으시면, 이젠 제게로 연락해주세요."

이 말도 나는 사양하려고 했다. 그러나 입을 떼려다 미스 윤의 눈에 아까 낮에와 같은 뽀얀 것이 서리기 시작하는 것을 보고 나는 머리를 끄덕여주었다. 정말로 꼭 한 번쯤은 다시 이곳을 들르게 될 일이 있을지도 모르겠다고 생각하면서, 지금 막 어둠이 깔리기 시작한 거리로 나는 천천히 병원 문을 걸어 나갔다.

(1965)

병신과 머저리

화폭은 이 며칠 동안 조금도 메워지지 못한 채 넓게 나를 압도하고 있었다. 학생들이 돌아가버린 화실은 조용해져 있었다. 나는 새 담배에 불을 붙였다.

형이 소설을 쓴다는 기이한 일은, 달포 전 그의 칼끝이 열 살배기 소녀의 육신으로부터 그 영혼을 후벼내버린 사건과 깊이 관계가 되고 있는 듯했다. 그러나 그 수술의 실패가 꼭 형의 실수라고만은 할 수 없었다. 피해자 쪽이 그렇게 이해했고, 근 10년 동안 구경만 해오면서도 그쪽 일에 전혀 무지하지만은 않은 나의 생각이 그랬다. 형 자신도 그것은 시인했다. 소녀는 수술을 받지 않았어도 잠시 후에는 비슷한 길을 갔을 것이고, 수술은 처음부터 성공의 가능성이 절반도 못 됐던 경우였다. 무엇보다 그런 사건은 형에게서뿐 아니라 수술 중엔 어느 병원에서나 일어날 수 있는 종류의 것이었다. 그러나 어쨌든 그 일이 형에게는 하나의 사건이었다. 그 일이 있은 후로 형은 차츰 병원 일에 등한해지기 시작했다. 처음에는 가끔씩 밤에 시내로 가서 취해 돌아오는 일이 생기더니 나중에는 아주 병원 문을 닫고 들어앉아버렸다. 그러고는 아주머니까지 곁에 오지 못하게 하고 진종일 방에만 들어박혀 있다가, 밤이 되면 시내로 가서 호흡이 다 답답해지도록 취해 돌아오곤 하였다.

방에 들어박혀 있는 낮 동안 형은 소설을 쓴다는 것이었다. 처음에 나는 형의 그 소설이란 것에 대해서 별난 관심을 갖지 않았었다. 다만 열 살배기 소녀의 사망이 형에게 그만한 사건일 수 있을까, 그렇다면 형은 그 사건을 어떤 식으로 받아들였기에 소설까지 쓴다는 법석을 부리는 것인가 하는 정도였다. 그러다가 어느 날 밤 우연히 그 몇 장을 들추어보다 나는 깜짝 놀랐다. 놀랐다고 하는 것은 그것이 소설이기 때문이거나 의사라는 형의 직업 때문이 아니었다. 언어 예술로서의 소설이라는 것은 나 따위 화실이나 내고 있는 졸때기 미술 학도가 알 턱이 없다. 그것은 나를 크게 실망시키지도 않는다. 그러니까 내가 지금 형의 소설에 대해 말하고 있는 것은 문학적 관심과는 거리가 먼 것일 수밖에 없다. 형의 소설이 문학 작품으로는 이야깃거리가 못 된다는 것이 아니라 나는 그것에 대해서 잘 알고 있질 못하다는 말이다. 내가 놀란 것은 형이 그 소설에서 그토록 오래 입을 다물고 있던 10년 전의 패잔敗殘과 탈출에 관한 이야기를 쓰고 있었기 때문이다.

형은 자신의 말대로 외과 의사로서 째고 자르고 따내고 꿰매며 이 10년 동안을 조용하게 살아온 사람이었다. 생生에 대한 회의도, 직업에 대한 염증도, 그리고 지나가버린 시간에 대한 기억도 없는 사람처럼 끊임없이, 그리고 부지런히 환자들을 돌보아왔다. 어찌 보면 아무리 많은 환자들이 자기의 칼끝에서 재생의 기쁨을 얻어 돌아가도 형으로서는 만족할 수 없는, 그래서 아직도 훨씬 더 많은 생명을 구해내도록 무슨 계시라도 받은 사람처럼 자기의 칼끝으로 몰려드는 생명들을 기다렸다. 그런 형의 솜씨는 또한 신중하고 정확해서 적어도 그 소녀의 사건이 있기 전까지는 단 한번의 실수도 없었다. 그 밖에 형에 대해서 내가 확실하게 알고 있는 것은 거의 아무것도 없는 셈이었다. 다만 지금 아주머니에 관해서는 좀더 이야기를 할 수 있을 것 같다. 아주머니에게는 미안한 말이지만, 결혼 전 형은 귓속과 눈길이 다 깊지 못하고 입술이 얇은 그 여자를 사이에 두고 그 여자의 다른 남자와 길고 힘든 싸움을 벌였었다. 그런데 어떻게 된 셈인지 내가 별반 승점勝點을 주지도 않았고, 질긴 신념도 없으리라 여겼던 형이 마침내는 그 여자와 결혼을 하게 되었다. 결혼을 하고 나서도 녹록지 않은 아주머니와 깊이 가라앉은 형의 성격 사이에는 별반 말썽을 일으킨 일이 없었다. 풍파가 조금 있었다면 그것은 성격 탓이 아니라 어느 편의 결함인지 모르나 그들 사이에는 아직 아이를 갖지 못하고 있는 것이 언제나 원인이었다. 그것은 그러나 누구에게나 당연한 일로 여겨지는 그런 것이었다. 어떻든 형이 그렇게 지낼 수 있는 것은 형의 인내와 모든 인간성에 대한 긍정적인 사고의 덕이 아닌가 생각되기도 했으나, 그것 역시 자신 있게 말할 수 있는 것은 아니었다. 형에 대해 알고 있는 것은 그것뿐이었다. 그러고는 확실하지 못한 대신 형에게는 내가 언제나 궁금하게 여겨온 일이 한 가지 더 있었다. 그것은 형이 6·25사변 때 강계江界 근방에서 패잔병으로 낙오된 적이 있었다는 사실과, 나중에는 거기서 같이 낙오되었던 동료를(몇이었는지는 정확지 않지만) 죽이고 그때는 이미 삼팔선 부근에서 격전을 벌이고 있는 우군 진지까지 무려 천 리 가까운 길을 탈출해 나온 일에 대해서였다. 그러나 형은 그때 낙오의 경위가 어떠했으며, 어떤 동료를, 그리고 왜 어떻게 죽이고 탈출해왔는지, 또는 그 천리 길의 탈출 경위가 어떠했었는지에 대해서는 한 번도 이야기를 털어놓은 일이 없었다. 어느 땐가 딱 한 번, 형은 술걸레가 되어 돌아와서 자기가 그 천리 길을 살아 도망쳐 나올 수 있었던 것은 그 동료를 죽였기 때문이라고 한 적이 있었을 뿐이다. 이상한 이야기였다. 나는 그 말을 이해할 수도 없었거니와, 다음부터는 형이 그런 자기의 말까지도 전혀 모른 체해버렸기 때문에 나는 그런 일이 있었던 것이 사실이었는지조차도 확언할 수 없는 형편이 되고 말았다.

그런데 그런 형이 요즘 쓰고 있는 소설에서 바로 그 이야기를 시작하고 있는 것이다. 그리고 나의 화폭이 갑자기 고통스러운 넓이로 변하면서 손을 긴장시켜버린 것도 분명 그 형의 이야기를 읽기 시작하면서부터였다. 더욱 요즘 형은 내가 가장 궁금하게 여기는 대목에서 이야기를 딱 멈춘 채 앞으로 나아가질 않고 있었다. 문제는 형이 이야기를 멈추고 있는 동안 나는 나의 일을 할 수가 없는 사정이었다. 이야기의 결말을 생각하는 동안 화폭은 며칠이고 線 하나 더해지지 못하고 고통스러운 넓이로 나를 괴롭히고 있는 것이다. 이야기의 끝이 맺어질 때까지 나는 정말로 아무것도 할 수가 없는 것이다.

창으로 흘러든 어둠이 화실을 채우고 네모반듯한 나의 화폭만을 희게 남겨두었을 때 나는 그만 자리에서 일어섰다.

그때 그림자처럼 혜인이 문에 들어서 있는 것을 알았다. 나는 불을 켰다. 그녀는 꽤 오래 그러고 서서 기다렸던 듯 움직이지 않은 어깨가 피곤해 보였다. 불을 켜자 그녀는 불빛을 피해 머리를 좀 숙여서 그늘을 만들었다.

"나가실래요?"

나는 다시 불을 껐다.

왜 왔을까. 이 여자에게는 아직도 정리되지 않은 감정이 남아 있었던가. 그녀가 별반 이유도 없이 나의 화실을 나오지 않게 되었을 때 나는 얼마나 황급히 나의 감정을 정리해버렸던가.

혜인은 형 친구의 소개로 나의 화실에 나오게 된 학사 아마추어였다.

학생들이 유난히 일찍 화실을 비워주던 날, 내가 석고상 앞에 혼자 서 있는 그녀의 뒤로 가서 귀밑에다 콧김을 뿜었을 때 그녀는 내게 입술을 주고 나서, 그것은 내가 그림을 그리는 사람이기 때문이라고 했다. 그리고 어느 날 그녀는 이제 화실을 나오지 않겠으며 나로부터도 아주 떠나가는 것이라고 했다. 이유는 단지 내가 그림을 그리는 사람이기 때문이라면서, 그 꽃잎같이 고운 입술을 작게 다물어버렸었다. 나는 혜인에게 아무것도 주장하지 못했다. 아무것도 주장할 수 없으며, 떠나보내는 슬픔을 견디는 것이 더 쉽고 홀가분하리라는 것을 알고 있는 자신에 화가 났지만, 결국 나는 그녀의 말대로 그림을 그리는 사람 이상이 될 수는 없었다.

"청첩장 드리러 왔어요."

다방에서 마주 앉아 혜인은 흰 사각 봉투를 꺼내놓으며 말했다.

나는 실없이 웃었다.

혜인은 그 후로도 한 번 화실을 찾아온 일이 있었다. 그때 혜인을 다방으로 안내하고 마주 앉아서 아무렇지도 않은 자신을 발견하고 나는 그녀가 정말로 나로부터 떠나가버린 것을 알았다. 혜인 역시 그런 나에게 아무렇지도 않게 자기는 어떤 개업 의사와 쉬 결혼을 하리라고 했었다. 그것은 화실을 그만두기 전부터 작정한 일이었노라고.

"모렌데 오시겠어요?"

아예 혼자인 것처럼 멀거니 앉아 있는 나에게 혜인이 사각 봉투를 만지작거리며 물었다. 목소리가 까마득하게 멀었다.

그날 밤, 아주머니에게 그런 말을 했을 때 아주머니는 갑자기 반색을 하는 목소리로 말했었다.

"도련님, 그럼 그 아가씨 결혼식엘 가보실래요?"

아주머니도 물론 혜인을 알고 있었다. 아주머니는 아마 실수한 배우에게 박수를 치며 좋아할 여자임에 틀림없을 것이다. 나는 그런 박수를 받은 배우처럼 난처했다. 그때 나는 뭐라고 했던가. 인부人夫를 한 사람 사서 보내리라고, 아마 그 사람으로도 혜인의 결혼에 대한 내 축원의 뜻을 충분히 전할 수 있을 것이라고. 질투가 아니었다. 사실 지금도 나는 혜인과의 화실 시절과 청첩장을 만지작거리고 있는 지금 그녀의 이야기와 또 그녀의 결혼, 모든 것에 관심이 가지 않았다.

"화가 나지 않는 게 이상하군요."

나는 하품처럼 대답했다.

"그러고 보니 도련님은 성질이 퍽 칙칙한 데가 있으시더군요."

그날 밤, 아주머니는 그렇게 말했었다. 아주머니는 다른 사람의 일을 이야기하기 좋아했다. 그렇다고 그녀의 관심이 다른 사람에게 머무르고 있는 것은 아니었다.

"아주머닌 처녀 시절 형님과는 약간 밑진다는 생각으로 결혼을 하셨을 줄 아는데, 형에게 무슨 그럴 만한 꼬임수라도 있었습니까?"

나는 혜인의 일과 형의 일에 관심을 반반 해서 물었다.

"어딘지 좀 악착같은 데가 있었지요. 단순하다는 이야기가 될지도 모르겠네요. 머리가 복잡한 사람은 한 가지 일에 악착같을 수가 없거든요. 여자는 복잡한 것은 싫어해요. 말하자면 좀 마음을 놓고 의지할 수 있으리라는 생각이 들었더란 말이지요. 나이든 여자는 화려한 꿈은 꾸지 않는 법이니까 당연한 생각 아녜요?"

형에 대해서 아주머니는 완전히 정확하지는 못했다. 그러나 그런 생각이 여자의 일반 통념이라는 그녀의 비약을 탓하고 싶지는 않았었다.

"전 또 일이 있습니다."

나는 갑자기 형의 소설이 생각나서 훌쩍 커피를 마시고 일어섰다. 나의 화폭이 고통스러운 넓이로 눈앞을 지나갔다.

혜인은 말없이 따라 일어섰다.

"아무 말씀도 해주시지 않는군요."

문 앞에서 혜인은 나의 말을 한마디라도 듣지 않고는 돌아가지 않겠다는 듯이 발길을 딱 멈추어 섰다.

"그 아가씬 잊으세요. 여자가 그런 덴 오히려 표독한 편이니까요."

그날 밤 꼭 한 번 근심스러운 얼굴로 말하던 아주머니의 단정은 결코 혜인에게 적용될 수 있는 것은 아닌 것 같았다. 그렇지 않다면 혜인은 여자가 좋아한다는 연극을 하고 있을 것이었다.

나는 돌아서버렸다.

예상대로 집에는 형이 돌아와 있지 않았다.

— 진창에 앉은 듯 취해 있겠지.

나는 저녁을 끝마친 대로 곧장 형의 방으로 가서 서랍을 뒤졌다. 소설은 언제나 같은 곳에 있었다. 형은 아주머니나 나를 경계하는 것 같지 않았다.

"형님을 갑자기 문호로 아시는군요."

아주머니는 관심이 없었다. 소리를 귀로 흘리며 나는 성급하게 원고 뭉치의 뒤쪽을 펼쳤다. 그러나 이야기는 전날 그대로 한 장도 더 나아가지 못하고 있었다. 휴지통에 파지를 내놓은 것이나 하루 종일 책상에 매달려 있었다는 아주머니의 말을 들으면 형은 무척 애를 쓰기는 했던가 보았다. 망설이는 것이었다. 이야기의 결말에 대해서, 아니 하나의 살인에 대해서 형은 무던히도 망설이고 있었다. 답답하도록 넓은 화폭 앞에 초조히 앉아 있기만 하다가 집으로 돌아와버리곤 하는 나를 형이 일부러 골리고 있는 것 같기도 했다.

나는 다시 서랍을 정리해두고 나의 방으로 돌아왔다. 일찌감치 자리를 깔고 누웠으나 눈이 감기지 않았다. 눈을 감으면 곧 잠이 들던 편리한 습관은 고등학교 때까지뿐이었다. 나대로 소설의 결말을 얻어보려고 몇 밤을 세웠던 상념이 뇌수로 번져 나왔다.

소설의 서두는 이미지가 선명한 하나의 서장序章으로 시작되고 있었다. 그것은 형의 소년 시절의 회상이었다. 〈나〉(얼마나 형이 객관화되고 있는진 모르지만 이것은 그 소설 속의 주인공이다. 이하〈 〉표는 소설문의 직접 인용)는 어렸을 때 노루 사냥을 따라간 일이 있었다. 그즈음〈나〉의 고향 마을에는 가을부터 이듬해 초봄까지 꼭꼭 사냥꾼이 찾아들었다. 그리고 가을에는 멧돼지를, 겨울과 봄으로는 노루 사냥을 했다. 겨울이면 특히 마을 사람 가운데 날품 몰이꾼을 몇 사람씩 데리고 산으로 들어갔다. 솥단지를 산으로 메고 가서 사냥한 것을 끓여 먹었다. 겨울철

할 일이 없는 마을 사람들은 몰이꾼을 자원했고, 사냥꾼이 뜸해지면 그들은 사냥꾼이 마을로 들어오기를 기다리는 식이었다.

눈이 산들을 하얗게 덮은 어느 겨울날, 방학을 맞아 고향 마을로 돌아와 있던 〈내〉가 그 몰이꾼들에 끼어 함께 사냥을 따라나선 일이 있었다. 그날은 이상하게도 한낮이 기울 때까지 아무것도 걸리는 것이 없었다. 〈나〉는 다른 어른 한 사람과 함께 어느 능선 부근 바위틈에서 언 밥으로 시장기를 쫓고 있었다. 그때 능선 너머에서 갑자기 한 발의 총소리가 울려왔다. 그 총소리에 대해서 형은 이렇게 쓰고 있었다.

〈나는 총소리를 듣자 목구멍으로 넘어가던 것이 갑자기 멈춰버린 것 같았다. 싸늘한 음향 — 분명한 살의와 비정이 담긴 그 음향이 넓은 설원을 메아리쳐 올 때, 나는 부질없는 호기심에 끌려 사냥을 따라나선 일을 후회하기 시작했다.〉

그러나 총알은 노루를 맞히지 못했다. 상처를 입은 노루는 설원에 피를 뿌리며 도망쳤다. 사냥꾼과 몰이꾼은 눈 위에 방울방울 번진 핏자국을 따라 노루를 쫓았다. 핏자국을 따라가면 어디엔가 노루가 피를 쏟고 쓰러져 있으리라는 것이었다. 〈나〉는 흰 눈을 선연하게 물들이고 있는 핏빛에 가슴을 섬뜩거리며 마지못해 일행을 쫓고 있었다. 총소리를 처음 들었을 때와 같은 후회가 가슴에서 끝없이 피어올랐다. 〈나〉는 차라리 노루가 쓰러져 있는 것을 보기 전에 산을 내려가버리고 싶었다. 그러나 〈나〉는 망설이기만 할 뿐 가슴을 두근거리며 해가 저물 때까지도 일행에서 벗어나지 못하고 있었다. 핏자국은 끝나지 않았고, 〈나〉

는 어스름이 내릴 때에야 비로소 일행에서 떨어져 집으로 되돌아갔다. 그리고 〈나〉는 곧 열이 심하게 앓아누웠기 때문에, 다음 날 그들이 산을 세 개나 더 넘어가서 결국 그 노루를 찾아냈다는 이야기는 자리에서 소문으로 듣게 되었다. 그러나 〈나〉는 그것만으로도 몇 번이고 끔찍스러운 몸서리를 치곤 했다.

서장은 대략 그런 이야기였다. 물론 내가 처음에 이 서장을 읽은 것은 아니었다. 어느 중간을 읽다가 문득 긴장하여 처음부터 이야기를 다시 읽게 된 것이었지만, 여기에서도 나는 그 총소리 하며 노루의 핏자국이나 눈빛 같은 것들이 묘한 조화 속에 긴장기 어린 분위기를 이루고 있음을 느꼈다. 사실 여기서도 암시하고 있듯이 형의 소설은 전반에 걸쳐서 무거운 긴장과 비정기가 흐르고 있었다.

형의 내력에 대한 관심도 문제였지만, 형의 소설이 나를 더욱 초조하게 하는 것은 그것이 이상하게 나의 그림과 관계가 되고 있는 것 같은 생각 때문이었다. 그것은 어쩌면 사실일 수도 있었다. 혜인과 헤어지고 나서 나는 갑자기 사람의 얼굴이 그리고 싶어졌다. 사실 내가 모든 사물에 앞서 사람의 얼굴을 한번 그리고 싶다는 생각은 막연하게나마 퍽 오래 지녀온 갈망이었다. 그러니까 혜인과 헤어지게 된 것이 그 모든 동기라고 할 수는 없지만, 어쨌든 그 무렵 그런 충동이 새로워진 것은 사실이었다.

나의 그림에 대해서는 더 이야기하고 싶지 않다. 그것은 견딜 수 없이 괴로운 일이다. 그리고 니는 내가 그것에 대해 생각하고 화필과 물감을 통해 의미를 부여하고자 하는 것의 10분의 1도 설명할 수 없을 것이다. 다만 나는 인간의 근원에 대해 생각을 좀더 깊게 하지 않으면 안 된다는 느낌이 절실했던 점만은 지금도 고백할 수 있을 것이다. 하여 에덴으로부터 그 이후로는 아벨이라든지 카인, 또 그 인간들이 지니고 의미하는 속성들을 즉흥적으로 생각해보곤 하였다. 그러나 어느 것도 전부를 긍정할 수는 없었다. 단세포 동물처럼 아무 사고도 찾아볼 수 없는 에덴의 두 인간과 창세기적 아벨의 선 개념, 또 신으로부터 영원한 악으로 단죄받은 카인의 질투—그것은 참으로 인간의 향상 의지로서 신을 두렵게 했을지도 모른다—그 이후로 나타난 수많은 분화, 선과 악의 무한정한 배합 비율…… 그러나 감격으로 나의 화필이 떨리게 하는 얼굴은 없었다. 나는 실상 그 많은 얼굴들 사이를 방황하고 있었는지 모른다. 하지만 안타까운 것은 혜인 이후 나는 벌써 어떤 얼굴을 강하게 예감하고 있다는 사실이었다. 아직은 내가 그것과 만날 수 없었을 뿐이었다. 둥그스름한, 그러나 튀어 나갈 듯이 긴장한 선으로 얼굴의 외곽선을 떠놓고(그것은 나에게 있어 참 이상한 방법이었다) 나는 며칠 동안 고심만 하고 있었다.

그러던 어느 날, 그 소설이라는 것이 시작되기 바로 전날이었을 것이다. 형이 불쑥 나의 화실에 나타났다. 그는 낮부터 취해 있었다. 숫제 나의 일은 제쳐놓고 학생들에게 매달려 있는 나에게 형이 시비조로 말했다.

"흠! 선생님이 그리는 사람은 외롭구나. 교합 작용이 이루어지는 기관은 하나도 용납하지 않았으니……"

얼굴의 윤곽만 떠놓은 나의 화폭을 완성된 것에서처럼 형은 무엇을 찾아내려는 듯 요리조리 뜯어보고 있었다. 나는 물끄러미 그 형을 바라보았다.

"그건 아직 시작인걸요."

"뭐, 보기에 따라서는 다 된 그림일 수도 있는걸…… 하느님의 가장 진실한 아들일지도 몰라. 보지 않고 듣지 않고 오직 하느님의 마음만으로 살아가는. 하지만, 눈과 입과 코…… 귀를 주면…… 달라질 테지 ― 한데, 선생님은 어느 편이지?"

형은 그림과 나를 번갈아 쳐다보았다. 그 눈이 무엇을 열심히 찾고 있었다. 그러나 그것은 이미 밖에서 찾을 것이 아무것도 없는 줄을 알고 있는 눈이었다. 나는 어리둥절해 있기만 했다.

"흥, 나를 무시하는군. 사람의 안팎은 합리적 논리로만 설명될 수 있는 것이 아니라는 걸 예술가도 이 의사에게 동의해줄 테지. 그렇다면 내 얘기도 조금은 맞는 데가 있을지 몰라. 어때, 말해볼까?"

형은 도시 종잡을 수 없는 말을 했다. 무엇인가 열심이라는, 열심히 말하고 싶어 한다는 것만은 알 수 있었다.

"그 새로 탄생할 인간의 눈은, 그리고 입은 좀더 독이 흐르는 쪽이어야 할 것 같은데…… 희망은 ― 이건 순전히 나의 생각이지만, 선線이 긴장을 하고 있다는 것이야."

이상하게도 형은 나의 그림에 대해 이야기하고 있었다.

그날 저녁, 모처럼 술을 사겠다는 형을 따라 화실을 나와 화신 근처를 지날 때였다. 우산을 써도 좋고 안 써도 좋을 만큼씩 비가 내리고 있었다. 부지런한 사람은 우산을 썼지만 우리는 물론 쓰지 않고 걸었다.

'ㅈ'은행 신축 공사장 앞에는 늘 거지 아이 하나가 꿇어 엎드려 있었다. 열 살쯤 나 보이는 그 소녀 거지는 머리를 어깨 아래로 박고 두 팔을 앞으로 내밀어 손을 벌리고 있었다. 그 손에는 언제나 흑갈색 동전이 두세 닢 놓여 있었다. 그런데 우리가 그 앞을 지날 때였다. 앞서 걷던 형의 구둣발이 소녀의 그 내민 손을 무심한 듯 밟고 지나가는 것이 아닌가. 놀란 것은 거지 아이보다 내 쪽이었다. 형의 발걸음은 유연했다. 발바닥이 손을 깔아 뭉개는 감촉을 느끼지 못한 것 같았다. 더욱 이상한 것은 그때 깜짝 놀라 머리를 들었던 소녀가 벌써 저만큼 멀어져가고 있는 형의 뒤를 노려볼 뿐 소리도 지르지 않은 것이었다. 나는 소녀의 손을 내려다보았다. 아무렇지도 않았다. 소녀는 다시 자세를 잡았다. 나는 울컥 화가 치밀어 올랐으나, 그것을 꾹 참아 넘기며 앞서 가는 형을 조용히 뒤따랐다. 분명 형은 스스로에게 무엇인가를 확인하고 싶은 것 같은, 그리고 화실에서 지껄이던 말들이 결코 우연한 이야기들이 아니었던 것 같은 생각이 들었다. 그것은 그 며칠 전에 형이 저지른 실수 그것 때문일 거라고 나는 혼자 추리를 해보았다. 하지만 그것은 형의 실수만은 아니었다. 그러나 중요한 것은 형의 칼끝이 그 소녀의 몸에 닿은 후에 소녀의 숨이 끊어진 것이었다.

건널목에 이르러 신호등에 막히자 형은 비로소 나를 돌아다

보았다. 형의 눈빛이 무엇인가 나에게 묻고 있는 것 같았다. 절
대로 대답을 할 수 없으리라고 믿는 그런 것을 자랑스럽게 묻고
있는 눈빛이었다.

"아까 형님은 부러 그러신 것 같았어요."

형이 자주 드나들었던 듯한 어떤 홀로 들어가서 자리를 정해
앉자 나는 극도로 관심을 아끼는 목소리로 말했다.

"뭘?"

형은 시치미를 뗐다.

"아까 그 아이의 손을 밟은 거 말입니다."

나는 오히려 귀찮아하는 목소리로 말했다. 형은 잠시 당황하
는 얼굴을 했다. 아무 생각도 없이 그저 그렇게 해야 한다는 생
각 때문에 당황해 보이는.

"하지만 별수 없더군요, 형님도. 발이 말을 잘 듣지 않았던 모
양이죠. 아이가 별로 아파해하지 않은 것 같았어요. 형님은 나
때문에 뒤를 돌아보지 못해서 모르실 테지만."

형은 그다음 날부터 소설을 쓰기 시작했고, 그러자 나는 그림
에 손을 댈 수 없게 되어버린 것이다.

형의 이야기의 본 줄거리는 대강 다음과 같은 것이었다. 그것
은 6·25사변 전의 국군 부대 진중에서부터 시작되었다.

진중 생활에서 형은 두 사람에 대해 이야기의 초점을 맞추
고 있었다. 한 사람은 오관모라고 하는 이등중사(당시 계급)였
는데, 그는 언제나 대검帶劍을 한 손에 들고 영내를 돌아다니는
습관이 있었다. 키가 작고 입술이 푸르며 화가 나면 눈이 세모

로 이그러지는 독 오른 배암 같은 인상의 사내였다. 그는 부대
에 신병이 들어오기만 하면 다짜고짜 세모눈을 해가지고 대검
을 코밑에다 꼬나대며 〈내게 배를 내미는 놈은 한칼에 갈라놓
는다〉고 부술 듯이 위협을 하여 기를 꺾어놓는 것이었다. 그리
고 그날 밤으로 가엾은 신병들은 관모가 낮에 배를 내밀지 말
라던 말의 뜻을 괴상한 방법으로 이해하게 되곤 하였다. 관모에
게 배를 내미는 사람이 몇이나 되었는진 알 수가 없지만, 관모
가 그 신병들의 〈배를 갈라놓는〉 일은 한 번도 없었다. 그러던
어느 날, 관모네 중대에 또 한 사람의 신병이 왔다. 그가 바로 형
의 이야기에서 초점이 맞추어지고 있는 다른 한 사람인데, 그는
김 일병이라고만 불리고 있었다. 얼굴의 선이 여자처럼 곱고 살
이 두꺼운 편이었는데, 〈콧대가 좀 고집스럽게 높았다〉는 점을
제외하면 김 일병은 관모가 세모눈을 지을 필요도 없을 만큼 유
순한 얼굴을 하고 있었다. 그런데 어떻게 된 셈인지 바로 다음
날부터 관모는 꼬리 밟힌 독사처럼 약이 바짝 올라서 김 일병을
두들겨 패기 시작했다. 〈나〉는 김 일병의 코가 제 값을 하나 보
다고 생각했으나 그런 장난스런 생각은 잠깐뿐이었다.

〈내가 뒷산에서 의무대의 들것 조립에 쓸 통나무를 베어 들고
관모네 중대의 변소 뒤를 돌아오고 있을 때였다. 관모가 김 일
병을 엎드려놓고 빗자루를 거꾸로 쥐고 서투른 백정 개 잡듯 정
신없이 매질을 하고 있었다. 관모는 나를 보자 빗자루를 버리고
대뜸 나에게서 통나무를 낚아 갔다. 미처 어찌할 사이도 없이
관모의 세찬 숨소리와 함께 김 일병의 엉덩이 살을 파고드는 통

나무의 둔중한 타격음이 산골을 울려 퍼졌다. 그러나 김 일병은 무서울 정도로 가지런한 자세로 관모의 매를 맞고 있었다. 김 일병이 관모의 매질에 한 번도 굴복한 일이 없다는 소문이 있었고, 그것이 더욱 관모를 약 오르게 한다고도 했지만, 나는 당장 눈앞에 엎드려 있는 김 일병의 조용한 자세를 믿을 수가 없었다. 김 일병의 자세는 절대로 흐트러지지 않았다. 관모는 괴상한 울음소리 같은 것을 입에 물며 땀을 뻘뻘 흘리고 있었다. 끔찍스러운 광경이었다. 그것은 마치 김 일병이 그만 굴복해주기를 관모가 애원하고 있는 형국이었다. 그러다 나는 마침내 이상한 것을 보았다. 내가 관모와 김 일병 사이로 끼어들어 내내 그 기이한 싸움의 구경꾼이 되어버린 동기는 아마 내가 그것을 보게 된 데서부터였으리라. 언제까지나 자세를 허물어뜨리지 않을 것 같던 김 일병이 마침내는 천천히 머리를 들어 나를 올려다보았는데, 그때 나는 갑자기 호흡이 멈추어버린 것처럼 긴장이 되고 말았다.〉

그때 〈내〉가 김 일병에게서 보았던 것은 김 일병의 눈빛이었다. 허리 아래에서 타격이 있을 때마다 김 일병의 눈에서는 〈파란 불꽃 같은 것이 지나갔다〉는 것이다.

여기서 형은 그 눈빛에 관해 상당히 길게 설명하고 있었다. 그러고도 미심했던지 형은 원고지를 두 장이나 여분으로 남기고 지나갔다. 그 눈빛에 관해 좀더 설득력 있게 이야기를 바꾸어보려는 것이었는지도 모른다. 어떻든지 형은 그 순간에 적어도 그 파란 눈빛의 환각에 빠졌을 만큼 강렬한 경험을 견디고 있었던 게 사실인 것 같았다. 형의 소설적 상상력은 절대로 그런 것을 상정해낼 수 있을 정도는 아니기 때문이다.

〈그러나 김 일병은 그 눈을 무섭게 까뒤집으며 으으으 하는 신음과 함께 아랫몸을 옆으로 비틀었다. 관모가 울상이 되어 김 일병에게 달려들어 그 꿈틀거리는 육신을 타고 앉아 미친 듯이 하체를 굴려댔다.〉

〈나〉는 다음에도 여러 번 그 기이한 싸움을 구경했다. 그때마다 〈나〉는 김 일병의 〈파란 빛〉이 지나가는 눈을 지키면서 속으로 관모의 매질에 힘을 주고 있었다. 그런 때 〈나〉는 그 눈빛을 보면서 이상한 흥분과 초조감에 몸을 떨면서 더 세게 더 세게 하고 관모의 매질을 재촉했다.

〈이상한 일이었다. 나는 왜 그렇게 초조하고 흥분했었는지, 또 나는 누구를 편들고 있었는지, 그런 것을 하나도 모른 채, 그리고 그 기이한 싸움은 끝이 나지 않은 채 6·25사변이 터지고 말았다.〉

이야기는 거기서 한 단이 끝났다. 그러나 아직 이야기의 초점은 드러나지 않고 있었다. 이야기의 초점이란 형이 패잔 때 죽였노라고 했던, 그를 죽였기 때문에 그 먼 탈출에 성공할 수 있었노라던 일에 대한 것 말이다. 하지만 나중까지 가보면 형은 이야기를 위해서 사건을 상당히 생략하고 전체의 초점을 향해 이야기를 치밀하게 집중시켜가고 있음을 알 수 있었다.

다음에서 형은 곧 그 패잔에 관해서 이야기하기 시작했다. 이야기의 무대를 강계의 어느 산골 동굴로 옮겨갔다.

동굴 바깥은 〈지금〉 눈이 내리고 있고 〈나〉는 굴 어귀에 드러
누워 머리를 반쯤 밖으로 내놓고 눈을 맞고 있다. 그 안쪽에 오
관모 이등중사가 아직 차림이 멀쩡한 군복으로 앉아 있고, 굴의
가장 안쪽 벽 아래에는 김 일병이 가랑잎에 싸여 누워 있다. 그
들은 패잔병이다. 동굴 안에는 무거운 긴장이 흐르고 있다. 〈나〉
는 그러고 엎드려서 한창 눈에 덮이고 있는 골짜기를 내려다보
면서도 신경은 줄곧 관모에게 가 있고, 관모 역시 입가에 허연
침이 몰리도록 억새대를 씹어 뱉곤 했으나, 낮게 뜬 눈은 〈나〉의
등에 고정되어 있다. 그런 긴장을 형은 〈지금 눈이, 첫눈이 내리
고 있기 때문〉이라고만 간단히 말하고 지나갔다. 그런 간단한
비약이 나를 훨씬 긴장시켰다. 김 일병은 오른팔이 하나 잘려
(이것은 꽤 나중에 밝혀지고 있지만, 이야기를 쉽게 하기 위해 먼
저 밝혀두는 것이 좋을 것 같다) 다른 두 사람을 잊어버린 듯 의
식이 깊이 숨어버린 눈을 하고 있다.

〈어느 곳인지도 모른다. 강계 북쪽, 하루나 이틀 뒤면 우리는
압록강 물을 볼 수 있으리라 하였다. 그러나 그날 새벽 우리는
갑자기 전쟁 개입설이 돌던 중공군의 기습을 받았다. 별로 전투
다운 전투를 겪어보지도 못하고 여기까지 밀려온 우리는 처음
으로 같은 장소에서 꼬박 하루 동안을 총소리와 포성 속에 지냈
다. 어느 쪽이나 촌보의 양보도 없이 버티었다. 다음 날 새벽 부
상병을 나르던 내가 오른쪽 팔이 겨드랑 부근에서 동강난 김 일
병을 발견하고 바위 밑으로 끌고 가 응급 지혈을 하고 있을 때
였다. 별안간 총소리가 남으로 이동하기 시작했다. 아직 정신을

돌리지 못한 김 일병 때문이기도 했지만, 총소리는 미처 내가 어떻게 할 사이도 없이 갑자기 남쪽으로 내려가버렸고, 중공군이 이내 수런수런 산을 누비고 지나갔다. 금방 날이 밝았다. 그러나 그때는 이미 골짜기가 중공군의 훨씬 후방이 되어 있었다. 나는 바위 밑에서 옴지락도 못하고 한나절을 보냈다. 포성이 남쪽으로 남쪽으로 사라져가고 중공군도 뜸해졌다. 그날 해가 질 무렵에야 김 일병은 정신을 조금 돌렸다. 다음 날은 뜸뜸하던 포성마저 사라지고 중공군도 발길이 딱 끊어졌다. 전쟁이 늘 그렇듯이, 대충만 훑고 지나가면 뒤에 남은 것은 제풀에 소멸해버리거나 이미 전쟁과는 상관없을 만큼 힘을 잃어버리게 마련. 중공군은 골짜기를 버리고 갔다. 혹시 부상당한 적의 패잔병 따위가 남아 있는 것을 눈치챘다 해도 그들은 그냥 그렇게 지나가버렸을 것이다. 골짜기는 이제 정적과 가을 햇볕으로 가득할 뿐이었다. 하지만 나는 불안했다. 싸움터에서 흩어진 건빵 봉지와 깡통 몇 개를 모아 가지고 김 일병을 부축하며 좀더 깊고 안전한 곳으로 은신처를 찾아 나섰다. 김 일병의 상처는 경과가 좋은 편이었지만, 포성마저 사라져버린 지금 국군을 찾아 떠나기는 불가능한 일이었다 ─ 포성이 곧 되돌아오겠지 ─ 안전한 곳에서 기다려보자.

골짜기를 타고 올라와서 잣나무 숲을 빠져나오니 산정까지 이어진 초원이 나섰다. 거기서 관목을 타고 올라오다 나는 동굴을 하나 발견했다. 내가 그 동굴 앞에서 김 일병을 부축한 채 안을 기웃거리고 있을 때였다.

"어떤 놈들이 주인 허락도 없이 남의 집을 기웃거리고 있어!"

소스라쳐 돌아보니 건너편 숲 속에서 우리 쪽에다 총을 겨눈 채 웃고 있는 사람이 있었다. 관모였다.

"고기가 먹고 싶던 참이라 마침 방아쇠 당길 뻔했다."

관모는 총을 거둬 쥐고 훌쩍 뛰어 건너왔다. 그러고는 내가 부축하고 있는 김 일병의 팔을 들춰보더니,

"이런! 넌 별로 쓸모가 없겠군."

심드렁하게 혀를 찼다. 그러곤 나의 어깨를 툭 쳤다.

"하지만 고맙지 뭐냐. 적정을 살피러 가래 놓고 다급해지니까 저희들만 싹 꽁무니를 빼버린 줄 알았더니 너희들이 날 기다려 줬으니.">

거기까지 이야기한 다음 소설은 다시 눈이 오고 있는 동굴로 돌아왔다.

오관모는 질겅질겅 씹고 있던 억새를 뱉어버리고 구석에 세워둔 카빈총을 짊어지고 동굴을 나갔다. 그는 〈장소〉와 인적을 탐색하러 간 것이었다. 관모는 〈이〉 골짜기에서 총소리를 내도 좋은가를 미리 탐색할 만큼은 지략이 있었다. 이제 동굴에는 나와 김 일병뿐이었다.

〈우리는 우선 전투 지역에 흩어진 식량거리를 한데 모아놓고 동굴로 날랐다. 많은 것은 아니었으나 우리는 그것을 하루분이나 이틀분씩만 가볍게 날라 올렸기 때문에 며칠을 두고 산을 내려 다니지 않으면 안 되었다. 그것은 우리가 아직도 군인이라는 유일한 행동이기도 했다. 김 일병을 남겨놓고 둘이는 매일 한차

레씩 산을 내려갔다. 그러나 사실을 말하자면 그런 모든 행동의
결정은 관모가 내렸고, 그런 중에 관모는 김 일병을 제외한 둘
이만의 시간을 가지려는 눈치를 여러 번 보였다. 동굴에서의 관
모는 언제나 이야기의 주변만 돌고 있는 것 같았다. 그래서 그
에게는 틀림없이 따로 하고 싶어 하는 이야기가 있는 듯한 눈치
가 느껴지곤 했었다. 그러나 막상 둘이 되었을 때도 관모는 어
떤 이야기의 주변만 맴돌 뿐 좀체 말을 꺼내지 않았다.

그러던 어느 날, 그날도 둘이서 산 아랫것들을 마지막으로 메
어오던 날이었다.

산을 앞장서 오르던 관모가 발을 멈추고 돌아보며 불쑥 물
었다.

"포성은 인제 안 오려나 보지?"

"겨울을 나면서 천천히 기다려야지."

나는 숨을 몰아쉬며 무심결에 대답했다. 그때 관모가 조금 웃
었다.

"요걸로 얼마나 지낼까?"

관모는 자기 어깨에 멘 쌀자루를 툭툭 쳐 보였다. 그러는 관
모의 표정이 변했다.

"입을 줄이는 수밖에 없지."

말하고 나서 관모는 휙 몸을 돌려 다시 산을 오르기 시작했
다. 나는 얼핏 그의 말뜻을 알아들을 수가 없었다. 대꾸를 못하
고 아직 그 말을 씹으며 뒤를 따르고 있으니까 관모가 다시 발
을 멈추고 돌아섰다.

"다 내게 맡기고 너 같은 참새가슴은 구경만 하면 돼. 위생병은 그런 일에는 적당치 않으니까. 한데…… 언제가 좋을까?"

그는 찬찬히 나의 얼굴을 들여다보았다. 그리고 이미 모든 것을 결정해놓았던 듯 별로 생각해보지도 않고 잘라 말했다.

"첫눈이 오는 날이 좋겠어. 그사이에 포성이 오면 또 생각을 달리 해도 될 테니까."

그러고는 금방 눈이 떨어지기라도 할 것처럼 하늘을 쳐다보는 것이었다.

그날 밤 관모는 또 나에게로 왔다. 그러나 나는 다른 어느 때보다 역겨워 그를 호되게 쫓았다. 사실로 그것은 역겹고 불쾌한 일이었다.

우리가 이 동굴로 온 첫날 밤, 막 잠이 든 뒤였다. 동굴의 어둠 속에서 나는 몸이 거북해서 다시 눈을 떴다. 정신이 들고 보니 엉덩이 아래를 뭉툭한 것이 뿌듯이 치받고 있었다. 귀밑에서 후끈거리는 숨결을 의식하자 나는 울컥 기분이 역해져서 몸을 비틀었다. 그러나 놈은 가슴으로 나의 등을 굳게 싸고 있었다.

"가만있어……"

관모가 귀밑에서 황급히, 그러나 낮게 속삭였다. 나는 견딜 수가 없었다. 구렁이처럼 감겨드는 놈을 매섭게 밀쳐버리고 바닥에 등을 꽉 붙이고 누웠다. 그는 한동안 숨을 죽이고 있더니 할 수 없었는지 가랑잎을 부스럭거리며 안쪽으로 굴러갔다. 나는 눈을 감았다. 그리고 희한하게도 관모가 김 일병에게서 낮에 말했던 '쓸모'를 찾아낸 소리를 듣고 있었다.

아마 그것은 김 일병이 관모에게 뒤를 맡긴 최초의 일이었을 것이다.

다음 날, 김 일병의 표정은 별로 달라지지 않고 있었다. 오히려 얼마쯤 차분해진 쪽이었다. 그사이 김 일병에게서 의식하지 못했던 그 눈빛까지 되살아난 것 같았다. 포성의 이야기, 곧 포성이 되돌아오게 될 거라는 이야기를 해주었을 때 김 일병은 잠깐 그런 눈을 했었다. 관모는 김 일병을 별로 괴롭히지 않았다. 김 일병의 상처는 더 나빠지지는 않았으나 결코 위생병 옆에서는 좋아질 수도 없을 만큼 큰 것이었다. 그렇게 며칠을 지나던 어느 날 밤 관모가 다시 나에게로 와서 더운 입김을 뿜어댔다. 김 일병에게서는 냄새가 난다고 했다. 나는 관모를 다시 김 일병에게로 쫓아버렸다. 그러나 그 며칠 뒤부터 관모는 절대로 다시 김 일병에게로는 가지 않았다. 그러다가 그 첫눈에 관한 이야기를 시작했다. 사실 김 일병의 상처에서는 견딜 수 없을 만큼 냄새가 났다. 그날 밤도 관모는 김 일병에게 가지 않았다. 관모는 밤마다 나의 귀밑에서 더운 입김만 뿜다가 떨어져가곤 했다. 내가 할 수 있는 것은 등을 바닥에서 떼지 않는 것뿐이었다. 초겨울로 접어들었는데도 눈은 무척 더디었다. 이제 김 일병에게서는 아무리 포성의 이야기를 해도 그 기이한 눈빛이 나타나지 않았고, 나중에는 하루 한 번씩 내가 소독약을 발라주는 것조차 거절하고 있었다. 건빵 가루로 쑤어준 미음을 받아먹던 것도 이미 사흘 전의 일, 포성에 대한 희망은 까마득한 채 드디어 첫눈이 내리게 된 것이다.〉

여기서 그 첫눈에 관한 비약은 완전히 해명이 된 셈이었다.

〈어둠이 차오르기 시작한 골짜기 아래서 가물가물 관모가 올라오고 있었다. 관모는 조금 오르고는 한참씩 멈춰 서서 동굴을 쳐다보곤 했다. 긴장 때문에 사지가 마비되어오는 것 같았다. 나는 후닥닥 김 일병 쪽으로 가서 그의 눈을 들여다보았다. 그 눈동자는 천장의 어느 한 점에 고정되어 있었으나 시신경은 이미 작용을 멈춰버린 것 같았다. 그 눈은 시신경의 활동보다 먼저 그의 안이 텅 비어버린 것을 말해주고 있을 뿐이었다. 가끔씩 눈꺼풀이 내려와서 그 눈알을 씻고 올라가는 것이 그가 아직 살아 있다는 유일한 증거였다.

"눈이 오고 있다, 김 일병."

나는 부드러운 목소리로 아무렇지 않게 말하고 나서 다시 그 김 일병의 눈을 들여다보았다. 그 눈에는 아무런 표정도 스치지 않았다.

"김 일병, 눈이 오고 있어."

나는 좀더 큰소리로 말했으나 김 일병의 표정이 여전히 변하지 않는 것을 보고는 문득 손을 놀려 김 일병의 상처에 처맨 천을 풀었다. 말라붙은 피고름에 헝겊이 빳빳하게 엉겨 있었다. 그것을 풀어내자 나는 흠칫 놀라 숨을 들이쉬었다. 상처 벽이 흙벼랑처럼 무너져가고 있었다. 나는 다시 김 일병의 눈을 보았다. 아 그런데 김 일병은 나의 말을 알아들은 것일까. 아니면 아까 분위기가 말해준 모든 것을 이미 알아차리고 자신의 가장 깊은 곳으로 잠겨 들어가 마지막 생명의 소리에 귀를 기울이고 있었던 것일까. 뜻밖에도 그의 눈에 맑은 액체가 가득 차 올라 있었다. 그리고 그것을 밀어내지 않으려는 듯이 눈꺼풀이 오래 동작을 그치고 있었다. 그 눈물을 되삼켜버린 듯 그의 눈이 다시 건조해졌다. 눈동자가 뜻 없이 천장의 한 점을 응시하고 있었다.

그때 나는 김 일병이 죽어도 좋다고 생각했다.〉

이야기는 거기까지였다. 그러니까 형이 죽였다고 한 것은 아마도 김 일병이었을 터이지만, 그것이 누구의 행위일지는 아직도 그리 확실하지가 않았다. 확실치 않은 것은 관모에 대해서도 마찬가지였지만, 어쨌든 거기에서 형이 천리 길을 탈출할 힘을 얻을 수 있었다면 그것은 가해자가 누구냐인가는 문제가 아니었다. 형은 이미 살인을 저지른 것이었다. 그리고 형은 지금 그 이야기를 함으로써 관념 속에서 살인을 되풀이하려는 참이었다. 그러나 그는 망설이고 있었다. 그것은 마치 소설의 서장으로 씌어진 눈과 사냥의 이야기에서, 그리고 관모와 김 일병의 눈빛 사이에서 아무것도 하지 못하고 초조하게 망설이고 있는 〈나〉를 연상케 했다. 수술에 실패한 소녀에 관해서만 생각하지 않는다면, 형은 지금 무슨 이유로 그때의 살인의 이야기를 하고 있는지, 그리고 그 살인의 기억을 되새기고 있는지도 알 수가 없었다. 더욱 그 살인의 기억 속에 이야기의 결말을 망설이고 있는지 형의 심사를 알 수가 없었다.

매일 저녁 나는 그 형의 소설을 뒤져보고 어서 끝이 나기를 기다렸지만, 관모는 항상 아직 골짜기 아래서 가물거리고 있었고, 김 일병은 김 일병대로 형의 결정을 기다리고만 있었다.

무엇보다 나는 형이 그러고 있는 동안 화실에서 나의 일을 할 수가 없었다.

다음 날 내가 아침을 먹고 집을 나설 때까지 형은 얼굴을 내밀지 않았다. 나는 낮 동안은 될수록 형의 소설을 생각하지 않고 나의 작업에만 전념해보리라 마음을 다지고 일찍 화실로 나갔다. 그러나 나는 화가畵架 앞에 앉을 마음의 준비가 없이는 아무것도 되지 않는다는 것을 알고 있었다. 나는 유리창 앞으로 가서 담배를 피워 물었다. 화실로 학생들이 나오는 시간은 오후부터였다. 현기증이 나도록 넓은 화폭 앞에서 나는 결국 형의 소설만을 생각했다. 그 이야기 가운데의 누가 나의 화폭에서 재생되기라도 할 듯 그것의 결말을 보지 않고는, 형이 김 일병을 죽이기 전에는, 나의 일을 할 수가 없었다. 결말은 명백히 유추될 수 있었다. 형은 언젠가 자기가 동료를 죽였다고 말했지만, 형의 약한 신경은 관모의 행위에 대한 방관을 자기의 살인 행위로 받아들인 것인지도 모를 일이었다. 그렇다면 형은 가엾은 사람이었다. 그리고 미웠다. 언제나 망설이기만 할 뿐 한 번도 스스로 행동하지 못하고 남의 행동의 결과나 주워 모아다 자기 고민거리로 삼는 기막힌 인텔리였다. 자기 실수만이 아닌 소녀의 사건을 자기 것으로 고민함으로써 역설적으로 양심을 확인하려 하였다. 그리고 자신을 확인하고 새로운 삶의 힘을 얻으려는 것이었다.

그러나 요즘 형은 그 관념 속의 행위마저도 마지막을 몹시 주저하고 있었다. 악질인 체했을 뿐 지극히 비루하고 겁 많은 사람이었다. 영악하고 노회한 그의 양심이 그것을 용납지 않는 모양이었다.

나는 화실 학생들의 등 뒤에서 그들의 화폭만을 기웃거리다 어스름 전에 집으로 돌아오고 말았다. 역시 형은 나가고 없었다. 나는 우선 형의 방으로 가서 원고부터 살폈다. 어제나 마찬가지였다. 원고를 다시 집어 넣어두고 방을 나왔다. 몸을 씻고 저녁을 먹고 아주머니와 몇 마디 싱거운 소리를 주고받는 동안 나는 줄곧 화가 나서 견딜 수가 없었다. "도대체 형이란 자는……"으로부터 시작해서 생각해낼 수 있는 욕설은 모조리 쏟아놓고 싶었다. 그러나 그것은 꼭 형을 두고 하는 생각만은 아니었다. 그저 욕을 하고 싶다는 것, 욕할 생각이라도 하고 있지 않으면 한순간도 견뎌 배길 수 없을 듯한 노여움 같은 것이 속에서 부글거렸다. 아주머니가 오랜만에 바람 좀 쐬고 오겠다고 집을 나간 다음, 나는 다시 형의 방으로 가서 쓰다 둔 소설과 원고지를 들고 나의 방으로 갔다. 기다릴 수가 없었다. 나는 화풀이라도 하는 마음으로 표범 토끼 잡듯 김 일병을 잡았다. 김 일병의 살해범이 누구인지 확실치도 않은 것을 〈나〉로 만들어버렸다. 그러니까 〈내〉(여기서는 형이라고 해야 좋겠다)가 관모가 오기 전에 김 일병을 끌고 동굴을 나와서 쏘아버리는 것으로 소설을 끝내버렸다. 형은 다음에 탈출 이야기를 이을 것인지 모르지만 그것은 아무래도 좋았다. 관모의 말처럼 망설이고 두려워하기만 하는 형(〈나〉)의 참새가슴이 벌떡거리는 것을 그리다 나는 새벽녘에야 조금 눈을 붙였다.

다음 날, 나는 화폭에 약간 손을 댔다. 그러고 나서 한동안 묘한 흥분기 속에서 헤어나지를 못했다. 혜인의 결혼식을 무의식 중에나마 의식하고 있었던 때문이었는지 모른다. 실상 나는 혜인의 결혼식을 가보는 게 옳을는지 모른다는 생각이 들기도 했지만, 오랜만에 제법 손이 풀리는 것 같아서 그것을 금방 잊어버리고 있었다. 그런데 점심을 먹고 들어와서 막 아이들을 기다리고 있는 참에 뜻밖에 그때쯤 식장에 서 있을 혜인에게서 속달이 왔다. 하루가 지난 뒤에 뜯어보든지 아주 잊어버려지기를 바라면서 봉투를 서랍 속에 던져 넣어버렸다. 그러고는 아직 좀 이른 시간이었지만 아이들을 기다렸다. 그것들이 옆에 있어주는 것이 좋을 것 같았다. 그러나 그때 문을 벌컥 열고 들어선 것은 눈이 벌겋게 충혈된 형이었다. 사실 나는 어젯밤 형의 이야기에 손을 대놓고 형이 아주 모른 체하리라고는 생각지 않았다. 그러나 나는 모처럼 화폭에 손을 댈 수 있었고, 막연하게나마 혜인의 결혼이 머리에 젖어 있어서 미처 형이 그렇게 나타나리라고는 생각을 못하고 있던 참이었다.

형은 문에 기대어 서서 문을 잘못 들어선 사람처럼 방 안을 한번 휘둘러보고 나서야 천천히 나의 곁으로 다가왔다.

"혜인인가…… 그 아가씨 결혼식엔 안 가니?"

형은 물끄러미 나의 화폭을 바라보면서 말했다. 예사스런 목소리와는 다르게 화폭에 가닿은 식지가 파르르 떨리고 있었다.

혜인은 원래 형 친구의 소개로 나의 화실을 나왔던 터이니 형도 그건 알고 있을 것이었다. 그렇다면 형은 혜인에 대해서, 그리고 그 여자의 남자에 대해서도 알 만한 것은 알고 있을 터였다. 하지만 그게 내게 무슨 상관이란 말인가.

"형님의 관심은 그런 데 있는 게 아닐 텐데요."

나는 도사리는 소리를 했다.

"아가씨를 뺏긴 것 외에는 넌 썩 현명한 편이다."

형이 웃었다. 그러자 나는 갑자기 초조해졌다.

"제게 감사하러 오신 것 같지는 않군요."

"그럼. 더구나 그런 오해를 하고 있을까 봐서"

하면서 형은 손가락으로 화폭을 꾹 눌러서 구멍을 내버렸다. 나는 반사적으로 자리에서 일어섰다. 형이 한 손으로 구멍을 넓히면서 다른 한 손으론 내게 그냥 앉으라는 시늉을 했다.

"좀 똑똑한 아우를 두고 싶을 뿐이야. 화를 내지 말았으면 해. 난 너의 기분 나쁜 쌍통을 상대하기에는 지금 너무 기분이 좋아 있어. 다만 이 그림은 틀렸어. 난 잘 모르지만. 틀림없이 넌 뭔가 잘못 알고 있으니까. 곧 알게 될 거야. 늦었을지 모르지만 난 이제 결혼식엘 가봐야겠어. 신랑도 아는 처지라 말이다."

그리고 형은 나가버렸다. 어깨가 퍽 자신 있게 흔들리고 있었다. 나는 한동안 형이 사라진 문을 멍하니 바라보고 있었다. 눈을 돌렸을 때 폭풍에 시달린 돛폭처럼 나의 화폭은 흉하게 너덜거리고 있었다. 나는 갑자기 생각이 난 듯 서랍에서 혜인의 편지를 꺼내어 잠시 손가락 사이에서 부피감을 느껴보다가 봉투를 뜯었다.

　인제 갑니다. 새삼스럽다구요? 하지만 그제 밤 선생님은 제
가 이제 정말로 떠나간다는 인사말을 하게 해주지도 않으셨지
요. 그건 선생님께서 너무 연극기를 싫어하기 때문이라시겠죠.
저를 위해 축복해주시라고는 하지 않겠어요. 다만 안녕히 계시
라고 분명한 목소리로 말을 했어야 했고, 그걸 못했기 때문에
다시 이런 연극을 하는 거예요.
　결혼식을 하루 앞둔 신부의 편지라고 겁내실 필요는 없어요.
어떤 일도 선생님은 책임을 지려고 하지 않으셨고, 저는 선생님
에게 책임을 지워보려는 모든 노력에서 한 번도 이긴 적이 없으
니까요. 결국 선생님은 책임을 질 수 있는 일이 아무것도 없음
을 알았어요. 혹은 처음부터 책임을 지지 않도록 하는 일이 이
미 책임 있는 행위라고 생각하고 계실지 모르겠어요. 감정의 문
제까지도 수식을 풀고 해답을 얻어내는 그런 방법이 사용될 수
있으리라고 생각하시는지 모르지만, 그것도 결국 선생님은 아
무것도 책임질 능력이 없다는 증거지요. 왜냐하면 선생님의 해
답은 언제나 모든 것이 자신의 안으로 돌아가는 것뿐이었으니
까요.
　선생님을 언제나 그렇게 만든 것은 선생님이 지니고 계신 이
상한 환부患部였을 것입니다. 내일 저와 식을 올릴 분은 선생님
의 형님 되시는 분을 6·25전쟁의 전상자라고 하더군요. 처음
에 저는 그 말을 알아들을 수가 없었지만 요즘의 병원 일과 소

설을 쓰신다는 일, 술(놀라시겠지만 그분은 선생님의 형님과 친구랍니다)에 관한 모든 이야기를 듣고는 어느 정도 납득이 갔어요. 그렇지만 정말로 저는 선생님에 대해서는 알 수가 없었어요. 6·25의 전상이 자취를 감췄다고 생각하면 오해라고, 선생님의 형님은 아직도 그 상처를 앓고 있다고 하시는 그분의 말을 듣고 저는 선생님을 생각했어요. 그렇다면 이유를 알 수 없는 환부를 지닌, 어쩌면 처음부터 환부다운 환부가 없는 선생님은 도대체 무슨 환자일까요. 게다가 그 증상은 더 심한 것 같았어요. 그 환부가 어디에 위치해 있는지, 그것이 무슨 병인지조차 알 수 없다는 점에서 선생님의 증상은 더욱더 무겁고 위험해 보였지요. 선생님의 형님은 그 에너지가 어디에 근원했건 자기를 주장해왔고, 자기의 여자를 위해 뭔가 싸워왔어요.

몇 번의 입맞춤과 손길을 허락한 대가로 말씀드리는 것은 아닙니다. 제가 치료를 해드릴 수 있었으면 하고 생각했었지만, 그것은 결국 선생님 자신의 힘으로밖에 치유될 수 없는 것이라는 것을 알게 되었습니다. 그렇게 되시기를 빌 뿐입니다.

그리고 이제 저는 어떻든 행복해지고 싶으며, 그러기 위해선 누구보다 먼저 자신이 자신을 용서해야 하리라는 조그만 소망 속에 이 글을 끝맺겠어요.

영영 열리지 않을 문의 성주城主에게
혜인 올림

"도련님, 오늘은 이 집에 무슨 못 볼 바람이 불었나 보죠?"

가까스로 아이들을 돌보고 집으로 돌아오자, 아주머니는 전에 없이 웃는 얼굴이었다.

"바람이라뇨?"

나는 말하면서 힐끗 형의 방을 들여다보았다. 형은 역시 부재중이었다.

"도련님 얼굴이 다른 날과 달라요."

그것은 정말일는지 모른다. 아주머니 자신의 표정이 다른 날과는 다르기 때문이다.

"무슨 일이 있었나요?"

"형님이 내일부터 병원 일을 시작하시겠대요."

아주머니는 어서 누구에게라도 그 말을 하려고 기다리고 있었던 듯 더 이상 참지 못하고 웃음의 비밀을 털어놓았다.

나는 형의 방으로 뛰어들어가서 서랍을 열고 원고 뭉치를 꺼냈다. 잠시 나의 뇌수는 어떤 감정의 유발도 유보하고 있었다. 소설의 끝 부분을 펼쳤다. 그러고는 거기 선 채로 나의 시선은 원고지를 쫓기 시작했다. 나의 감정은 다시 한번 진공 속으로 빠져들어갔다. 등을 보이고 쫓기던 사람이 갑자기 돌아섰을 때처럼 나는 긴장했다. 형의 소설은 끝이 달라져 있었다. 형은 내가 쓴 부분을 잘라내고 자신이 다시 끝을 맺어놓고 있었다. 형의 경험이 이 소설 속에서 얼마만큼 사실성을 유지하고 있는진 알 수 없다. 혹은 적어도 이 끝 부분만은 형의 완전한 픽션인지도 모른다. 형은 나의 추리를 완전히 거부해버리고 있었다.

〈나〉는 관모가 나타날 때까지 동굴을 들락날락하고만 있다.

드디어 관모가 동굴까지 올라왔다. 그 얼굴이 어둠 속에서 땀에 번들거렸다. 그는 대뜸 〈동강난 팔 펑계를 하고 드러누워 처먹고만 있을 테냐〉며, 〈오늘은 네놈도 같이 겨울 준비를 해야겠다〉고 김 일병을 일으켜 끌고 동굴을 나간다. 〈내〉가 불현듯 관모의 팔을 붙잡는다. 관모가 독살스러운 눈으로 〈나〉를 쏘아본다. 〈나〉는 아무 말도 못하고 고개를 떨어뜨린다. 〈넌 구경이나하고 있어……〉 타이르듯 낮게 말하고 관모가 김 일병을 앞세우고 산을 내려간다. 말끝에서 나는 '이 참새가슴아'라고 말하고 싶어 하는 관모의 소리를 들은 듯싶었다. 뜻밖의 기동으로 침착하게 발길을 내려 걷고 있는 김 일병은 단 한 번 길을 내려가면서 〈나〉를 돌아본다. 그러나 그 눈에는 아무것도 찾아볼 수가 없다. 둘은 눈길에 검은 발자국을 내며 골짜기로 내려갔다. 그리고 그들이 골짜기의 잣나무 숲으로 아물아물 숨어 들어가버릴 때까지 〈나〉는 거기에 못 박힌 듯 붙어 서 있기만 했다. 어느덧 눈은 그치고 눈 위를 스쳐온 바람이 관목 사이로 기분 나쁜 소리를 내며 빠져나갔다. 드문드문 뚫린 구름장 사이로는 바쁜 별들이 서쪽으로 서쪽으로 흐르고 있었다. 조금 뒤에 골짜기에서는 한 발의 총소리가 적막을 깼다. 그 소리는 골짜기를 한 바퀴 돌고 난 다음 남쪽 산등성이로 긴 꼬리를 끌며 사라져갔다. 〈나〉는 비로소 잠에서 깨어난 듯 깜짝 놀란다.

〈그 총소리는 나의 가슴속 깊이 어느 구석엔가 숨어서 그 전쟁터의 수많은 총소리에도 지워지지 않고 남아 있었던 선명한 기억 속의 것이었다. 어린 시절, 노루 사냥을 갔을 때에 설원에

메아리치던 그 비정과 살의를 담은 싸늘한 음향이었다.〉

그러자 〈나〉의 눈앞에는 그 설원에 끝없이 번져가는 핏자국이 떠올랐다. 그때 또 한 발의 총소리가 메아리쳐 올랐다. 〈나〉는 몸을 부르르 떨고 나서 동굴 구석에 남은 한 자루의 총을 걸어 메고 그 〈핏자국〉을 따라 산을 내려갔다. 〈오늘은 그 노루를 보고 말겠다. 피를 토하고 쓰러진 노루를〉, 〈날더러는 구경만 하라고? 그렇지. 잔치는 언제나 너희들뿐이었지〉 이런 말들이 〈내〉가 그 〈핏자국〉을 따라가는 동안에 수없이 되풀이되고 있었다.

〈그 핏자국은 끝날 것 같지 않았다. 끝없이 눈 위로 계속되었다. 나는 뛰었다. 그 핏자국은 관모들이 눈을 헤치고 간 발자국이었다는 것을 안 것은 내가 가시나무에 이마를 할퀴고 정신을 다시 차렸을 때였다. 이마에 섬뜩한 촉감을 느끼고 발을 멈추어 섰을 때 나의 뒤에서는 가시나무가 배를 움켜쥐며 웃고 있는 것처럼 커다란 키를 흔들고 있었다. 나는 잣나무 숲 속으로 들어서 있었다. 이마에 손을 대어보니 미끄럽고 검은 것이 묻어났다. 손가락을 뿌리고 다시 발자국을 따라 몸을 움직이려 했을 때였다.

"어딜 가는 거야!"

송곳 같은 소리가 귀에 와 들어박혔다. 나는 흠칫 놀라 발을 멈추고 주위를 둘러보았다. 발자국이 사라진 쪽과는 반대편 언덕 아래서 관모가 총을 내 쪽으로 받쳐 들고 서 있었다. 어둠 속에 허연 이를 드러내놓고 있었다. 웃고 있는 것 같았다. 내가 발을 멈추자 그는 총을 내리고 나에게로 다가왔다.

"너 같은 참새가슴은 보지 않는 게 좋아. 모른 체하고 있으래 지 않았나."

관모는 쓰다듬어줄 듯이 갑자기 목소리가 낮아졌다.

—하지만 나는 오늘 밤, 노루를 보고 말겠다. 피를 토하고 쓰러진 노루를.

나는 관모를 무시하고 천천히 몸을 돌렸다.

"가지 마라!"

이상하게 가라앉은 목소리가 나를 쫓아왔다. 노리쇠가 한 번 후퇴했다 전진하는 금속성이 뒤로부터 나의 뇌수를 쪼았다. 뇌수가 아팠다. 나는 등 뒤로 독사 눈깔처럼 까맣게 나를 노리고 있을 총구를 의식했다.

—또 뒤를 주고 섰구나, 뒤를.

"포성이 다시 올 희망은 없다. 먹을 게 없어지면 우리가 찾아가야 한다. 난 아직 네가 필요하다. 그것은 너도 마찬가지다."

"……"

"돌아서라."

—그렇지, 돌아서야지. 이렇게 뒤를 주고서야 어디.

나는 돌아섰다.

관모는 그제야 안심한 듯 내게 향했던 총을 내리고 나에게로 걸어왔다. 어깨라도 짚어줄 것 같은 태도였다. 그 순간. 나의 총이 다급한 금속성을 퉁기고 몸은 납작 땅바닥 위로 엎드렸다. 관모의 몸도 따라 땅 위로 낮아지고 거의 동시에 두 발의 총소리가 또 한 번 골짜기의 정적을 깼다. 모든 것이 기의 한순간에 일어난 일이었다.

총소리가 사라지자 골짜기에는 다시 무거운 고요가 차올랐다. 나는 머리를 조금 들고 관모 쪽을 응시했다. 흰 눈 위에 관모는 검게 늘어진 채 미동도 없었다. 나는 엎드린 채 몸을 움직여 보았다. 이상한 데가 없었다. 당황한 관모의 총알은 조준이 되지 않았을 것이었다.

다시 관모 쪽을 살폈다. 가슴께서부터 눈 위로 검은 반점이 스멀스멀 번져 나오고 있었다. 나는 거기에서 눈을 떼지 않은 채 상체부터 조금씩 몸을 일으켰다. 그러고는 총을 비껴 쥐고 조심조심 관모 쪽으로 다가갔다. 가슴께에서 쏟아진 피가 빠른 속도로 눈을 물들이고 있었다. 금세 나의 발을 핥고 들 기세였다. 나무들은 높고 산골엔 소름 끼치는 고요가 짓누르고 있었다. 이상스런 외로움이 뼛속으로 배어들었다. 그때 갑자기 관모가 몸을 꿈틀했다. 그러고는 계속해서 조금씩 꿈틀거렸다. 그것은 모래성에서 모래가 조금씩 흘러내리는 것처럼 작고 신경에 닿아오는 것이었다. 나는 겁이 나기 시작했다. 어느새 핏자국이 눈을 타고 나의 발등을 덮었다. 나는 한참 동안 두려운 눈으로 관모의 움직임을 지켜보고 있었다. 입으로 짠 것이 흘러들었다. 손으로 이마를 짚었다. 생채기에서 볼로 미끈한 것이 흐르고 있었다.

관모의 움직임은 더 커가는 것 같았다. 금방 팔을 짚고 일어나 앉을 것 같은 생각이 들었다. 짠 것이 계속해서 입으로 흘러

들어왔다. 나는 천천히 총대를 받쳐 들고 관모를 겨누었다.

탕!

총소리는 산골의 고요를 멀리까지 쫓아버리듯 골짜기를 샅
샅이 훑고 나서 등성이 너머로 사라졌다. 그 소리의 여운을 타
고 웬 그리움 같은 것이 가슴으로 젖어들었다. 문득 수면에 어
리는 그림자처럼 희미한 얼굴이 떠올랐다. 그것은 웃고 있는 것
같았다. 그리고 좀더 확실해지기만 하면 나는 그 얼굴을 알아볼
수도 있을 것 같았다. 오래전부터 나와 익숙했던, 어쩌면 어머
니의 배 속에도 있기 이전부터 이미 알고 있었던 것 같은 그리
운 얼굴이었다. 그러나 생각이 나지 않았다. 안타까웠다. 생각
이 나기 전에 그 수면 위의 그림자처럼 희미하던 얼굴은 점점
사라져갔다. 나는 눈을 감았다. 그리고 계속해서 방아쇠를 당겼
다. 총소리가 다시 산골을 메웠다. 짠 것이 자꾸만 입으로 흘러
들어왔다.

탄환이 다하고 총소리가 멎었다.

피투성이의 얼굴이 웃고 있었다. 그것은 나의 얼굴이었다.〉

선 채로 소설을 다 읽고 나서 나는 비로소 싸늘하게 식은 저
녁상과 싸늘하게 기다리고 있는 아주머니를 의식했다.

몸을 씻은 다음 상 앞에 앉아서도 나는 아직 아주머니에게 눈
을 주지 않고 있었다. 나의 추리는 완전히 빗나갔다. 그러나 그
런 건 괘념할 필요가 없었다. 소설의 마지막에서 형은 퍽 서두
른 흔적이 보였지만 결코 지워지지 않는 연필로 그린 듯한 강한

선線으로 〈얼굴〉을 이야기하고 있었다. 형이 낮에 나의 그림을 찢은 이유가 거기 있었다. 내일부터 병원 일을 시작하겠다던 말을 알 수 있을 것 같았다. 그리고 동료를 죽였기 때문에 천리 길의 탈출에 성공할 수 있었다던 수수께끼의 해답도 거기 있었다.

나는 상을 물리고 나서 담배를 피워 물고 마루로 걸터앉았다.

"형님은 소설 다 끝맺어놨지요?"

아주머니가 곁에 와 앉았다.

"네, 읽어보셨어요?"

"아니요, 그저 그런 것 같아서요."

여자들의 직감은 타고난 것이었다. 지극히 촉각에 예민한 곤충처럼 모든 것을 피부로 느끼고 알아냈다.

"이상한 일이군요. 알 수가 없어요…… 형님은."

나는 아주머니의 말을 알 수 있었다.

"모르시는 대로 괜찮을 거예요."

"도련님도 마찬가지예요."

"제게도 모르실 데가 있나요?"

"요즘, 통 술을 잡수시지 않는 것, 그 아가씨에 대한 복수예요?"

아주머니는 복잡한 이야기를 싫어했다. 이야기를 따라가기가 힘들어지면 언제나 나의 꼬리를 끌어 잡아당겨 뒷걸음질을 시켜서 맥을 못 추게 해오곤 했다.

"그 아가씨 오늘 결혼해버렸어요."

11시가 조금 지났을 때에 대문이 열리고 형이 들어오는 소리가 났다. 나는 천장을 쳐다보고 누워서 형의 거동 하나하나를 귀로 좇고 있었다. 형은 몹시 취한 모양이었다. 화난 짐승처럼 숨을 식식거리며 아주머니의 말에는 대꾸도 하지 않고 방으로 들어갔다. 조금 뒤에 형은 다시 문을 열고 나왔다. 그러고는 무슨 종이를 북북 찢어댔다. 성냥을 그어 거기 붙이는 소리가 나고는 잠시 조용해졌다. 다시 노래 같은 소리를 내다가는 뭐라고 중얼중얼 혼잣말을 하기도 했다. 아주머니가 곁에 서서 형을 내려다보고 있을 것이었다. 형 쪽에서 미리 바라지도 않았지만 아주머니는 술 취한 형을 도와준 일이 없었다.

붉은 화광이 창문에 비쳤다.

─무엇을 태우고 있을까.

종이 찢는 소리가 이따금씩 들렸다. 나는 벌떡 일어나 문을 열고 밖으로 나갔다. 아주머니가 먼저 나를 보았다. 아무 표정도 없었다. 형은 댓돌을 타고 앉아서 그 원고 뭉치를 한 장 한 장 뜯어내어 불에다 던져 넣고 있었다. 한참 만에야 형은 천천히 고개를 돌려 나를 쳐다보았다. 그 얼굴이 비죽비죽 웃고 있었다. 형은 다시 불붙고 있는 원고지 쪽으로 얼굴을 돌려버렸다.

"병신 새끼!"

형은 나에겐지, 형 아닌 다른 사람에게라기에는 너무나 탈진한 목소리로 중얼거렸다. 그러나 그것은 나에게 한 말이었다. 다음 순간 형은 다시 나를 똑바로 쳐다보았다.

"너의 그 귀여운 아가씨는 정말 널 싫어했니?"

─형님은 6·25 전상자랍니다.

하려다 나는 아직도 형이 하고 싶은 말이 있으리라 생각하고 순순히 머리를 끄덕였다.

"병신 새끼……"

이번에는 형이 손으로는 연신 원고지를 찢어 불에 넣으면서도 눈길만은 내 쪽을 향해 분명하게 말했다.

"그래 도망간 아가씨의 얼굴을 그리고 싶어졌군!"

나는 아직도 더 참을 수 있다고 생각했다. 아주머니는 여전히 형과 나의 얼굴을 무표정하게 번갈아 보고만 있었다.

"다 소용없는 짓이야…… 오해였어."

형은 다시 중얼거리는 투였다. 나는, 지금 형에게 원고를 불태우는 이유를 이야기 시키려는 것은 소용없는 일일 것 같았다. 방으로 들어가려고 했다.

"거기 있어!"

형이 벌떡 몸을 일으키는 체하며 호령을 했다.

"기껏해야 김 일병이나 죽인 주제에…… 인마, 넌 이걸 모두 읽고 있었지…… 불쌍한 김 일병을…… 그 아가씨가 널 싫어한 건 너무 당연했어."

순서는 뒤범벅이었지만 무엇을 이야기하려는 것인지는 분명했다. 나는 형을 쏘아보았으나, 그때 형도 나를 마주 쏘아보았기 때문에 시선을 흘리고 말았다. 형은 눈으로 나를 쏘아본 채 손으로는 계속 원고를 뜯어 불에 넣고 있었다.

"인마, 넌 머저리 병신이다. 알았어?"

형이 또 소리를 꽥 질렀다. 그리고 그것은 지극히 당연한 말

이었다는 듯이 머리를 두어 번 끄덕이고 나서는,

"그런데 말이야……"

갑자기 장난스럽게 손짓을 했다. 형은 손에서 원고 뭉치를 떨어뜨리고 나의 귀를 잡아끌었다. 술 냄새가 호흡을 타고 내장까지 스며드는 것 같았다. 형은 아주머니까지도 들어서는 안 될 이야기나 된 것처럼 귀에다 입을 대고 가만히 속삭여왔다.

"넌 내가 소설을 불태우는 이유를 묻지 않는군……"

너무나 정색을 한 목소리여서 형의 얼굴을 보려고 했으나 형의 손이 귀를 놓아주지 않았다.

"그런데 너도 읽었겠지만, 거 내가 죽인 관모 놈 있지 않아. 오늘 밤 나 그놈을 만났단 말야."

그러고는 잠시 말을 끊고 나를 찬찬히 살펴보고 있었다. 그 눈은 술에 젖어 있었지만, 생각이 멀리 있는 것처럼 보이는 것은 결코 술 때문만이 아닌 것 같았다. 그러자 형은 이제 안심이라는 듯 큰 소리로,

"그래 이건 쓸데없는 게 되어버렸지…… 이 머저리 새끼야!"
하고는 나의 귀를 쭉 밀어버렸다.

다시 원고지를 집어 사그라지는 불집에 집어넣었다.

"한데 이상하거든…… 새끼가 날 잘 알아보질 못한단 말이야 …… 일부러 그런 것 같지도 않았는데……?"

불을 보면서 형은 계속 중얼거렸다.

"내가 이제 놈을 아주 죽여 없앴으니 내일부턴…… 일을 하리라고 생각하고 자리를 일어서서 홀을 나오려는데…… 그렇지,

바로 문에서 두 걸음쯤 남았을 때였어. 어어, 너 살아 있었구나 하고 누가 등을 탁 치지 않나 말야."

형은 나를 의식하고 이야기하는 것 같기도 하고 혼자 중얼거리는 것 같기도 했다.

"놀라 돌아보니 아 그게 관모 놈이 아니냔 말야. 한데 놈이 그래 놓고는 또 영 시치밀 떼지 않아. 이거 미안하게 됐다구…… 두려워서 비실비실 물러나면서…… 내가 그사이 무서워진 걸까…… 하긴 놈은 내가 무섭기도 하겠지. 어쨌든 나는 유유히 문까지 걸어 나왔어. 그러나…… 문을 나서서는 도망을 쳤지…… 놈이 살아 있는데 이런 게 이제 무슨 소용이냔 말야."

형은 나머지 원고 뭉치를 마저 불집에 집어넣고 나서 힐끗 나를 보았다.

"이 참새가슴 같은 것, 뭘 듣고 있어. 썩 네 굴로 꺼져!"

소리를 꽥 지르는 통에 나는 방으로 쫓겨 들어오고 말았다.

비로소 몸 전체가 까지는 듯한 아픔이 전해왔다. 그것은 아마 형의 아픔이었을 것이다. 형은 그 아픔 속에서 이를 물고 살아왔다. 그는 그 아픔이 오는 곳을 알고 있는 것이다. 그리하여 그것은 견딜 수 있었고, 그것을 견디는 힘은 오히려 형을 살아 있게 했고 자기를 주장할 수 있게 했다. 그러던 형의 내부는 검고 무거운 것에 부딪혀 지금 산산조각이 나고 있었다.

그렇다고 해도 이제 형은 곧 일을 시작하게 될 것이다. 형은 자기를 솔직하게 시인할 용기를 가지고, 마지막에는 관모의 출현이 착각이든 아니든, 사실로서 오는 것에 보다 순종하여, 관넘을 파괴해버릴 수 있는 힘이 있었다. 무엇보다도 형은 그 아픈 곳을 알고 있었으니까. 어쨌든 형을 지금까지 지켜온 그 아픈 관념의 성은 무너지고 말았지만, 그만한 용기는 계속해서 형에게 메스를 휘두르게 할 것이다. 그것은 무서운 창조력일 수도 있었다.

그러나―

나는 멍하니 드러누워 생각을 모으려고 애를 썼다.

나의 아픔은 어디서 온 것일까. 혜인의 말처럼 형은 6·25의 전상자이지만, 아픔만이 있고 그 아픔이 오는 곳이 없는 나의 환부는 어디인가. 혜인은 아픔이 오는 곳이 없으면 아픔도 없어야 할 것처럼 말했지만, 그렇다면 지금 나는 엄살을 부리고 있다는 것인가.

나의 일은, 그 나의 화폭은 깨어진 거울처럼 산산조각이 나 있었다. 그것을 다시 시작하기 위하여 나는 지금까지보다 더 많은 시간을 망설이며 허비해야 할는지 모른다.

어쩌면 그것은 나의 힘으로는 영영 찾아내지 못하고 말 얼굴일지도 몰랐다. 나의 아픔 가운데에는 형에게서처럼 명료한 얼굴이 없었다.

(1966)

마기의 죽음

이제 나의 모든 시계視界는 콘크리트의 지평선으로 둘러싸여 버렸다. 앞쪽도 뒤쪽도 오른쪽도 왼쪽도 나의 시계는 둥그런 콘크리트의 지평선에서 끝났다. 아니, 방향 같은 것은 애초부터 없었다. 둥그럼한 하늘이, 역시 둥그럼한 땅을 접시의 밑바닥처럼 안고 있었다. 세상은 그 하늘과 땅을 가르는 둥근 지평선 하나로 이루어져 있었다. 하늘 가운데에는 구름도 없이 벌거벗은 햇덩이가 이글거리고, 그 햇덩이의 지평선으로 둘러싸인 콘크리트 벌판의 한가운데를 잇는 축점軸點에 내가 서 있는 것이다. 나는 거기에 주저앉았다. 나의 가는 다리로는 더 걸을 수도 없고, 실상 이제는 더 그럴 필요도 없었다.

나는 다시 이 끝없는 콘크리트의 벌판, 절대의 공간——우리의 에덴으로 돌아온 것이다.

다시 돌아온 것이다. 이제 나의 생명이 이 콘크리트의 바닥에 스며버릴 때까지 나는 다시, 영원히 이곳을 빠져나갈 수 없을 것이다. 이제는 이미, 절대로 그럴 수가 없는 것이다.

검은 제복들이 첫번째로 나를 이곳에 내던지고 갔을 때, 나는 이곳을 벗어나려고, 나의 집으로 돌아가려고 한없이 벌판을 헤맸었다. 아무리 헤매도 시야에서 콘크리트의 지평선이 사라져주지를 않았다. 끝없는 하늘과 콘크리트의 벌판, 내가 그곳으로부터 탈주를 기도하면 그 커다란 원은 나를 중심으로 서서히 이동하여 하늘과 땅의 동심 축점, 그 원의 중심점에서 나를 벗어나지 못하게 했다. 이글거리는 햇덩이만이 영원처럼 답답한 침묵으로 시간을 응시하고 있었다. 나의 움직임을 따라 원이 함께 이동하고, 내가 정지하면 그 원도 정지하고…… 그리하여 거대한 치맛자락처럼 그것을 끌고 다니다 그 중심에서 내 생명은 스러지게 되어 있었다. 그러면 중심을 잃어버린 원도 사라지리라……

방향을 잡을 수가 없었다. 나는 결국 일정한 근방만을 빙빙 맴돈 셈이었다. 앞, 뒤, 왼쪽, 오른쪽이 아무 뜻도 없고 직선마저 의미를 잃어버렸다. 한 방향으로만 줄곧 가면 벌판을 벗어나리라 했으나, 그럴 수가 없었다. 유일한 방향의 지표가 되는 나의 그림자를 따라보았으나 그것도 실상 회전을 계속하여 나를 맴돌리고 있었다. 낮이 차면 태양은 그 그림자까지도 말려버렸다. 제복들은 벌판의 하늘에 구름도 만들어주지 않았다. 새라도 한 번 이 벌판의 하늘을 날기 시작하면 다시는 벗어나지 못할 것이며, 이곳으로 들어선 바람은 영원히 한곳을 맴돌게 될 것이었다.

내가 끝내 지쳐 쓰러지고 나면 햇덩이는 그제서야 지평선 뒤로 천천히 가라앉고 하늘엔 비로소 별이 돋았다. 그러나 이젠 그 별을 따라갈 힘이 없었다. 다리는 너무 가늘고 몸은 무겁고, 정신까지 너무 지쳐 있었다.

다음 날 눈을 뜨면 태양은 어느새 다시 머리 위에 이글거리고 나는 또 벌판을 헤매기 시작했다.

그렇게 꼭 서른 날을 세고 나자 나를 버리고 간 검은 제복의 사람들이 나타나서 나를 집으로 데려다주었다. 그때 나는 그들에게 이끌려 벌판을 나오면서 그것이 실상 무한정 넓지만은 않다는 것을 알았다. 그것은 한 사람의 시계에다 지평선을 만들어줄 만한 정도의 것이었다. 나는 그 안에서 방향을 잃고 일정한 원 속을 맴돈 것뿐이었다. 그러나 그것은 누구나 그럴 수밖에 없게 마련인 넓이였다.

나는 이제 그곳으로 다시 왔다. 이번에는 스스로, 이젠 그 검은 제복들이 나를 다시 데리러 오지도 않을 것이다. 모든 것이 이젠 확실해진 셈이다.

나는 여기까지 끼고 온 '책'을 베개 삼아 따뜻하게 달아오르는 콘크리트 바닥으로 몸을 길게 펴 누웠다. 서두를 것은 아무것도 없었다. 어느 때고 나의 죽음은 찾아올 것이다. 햇살이 온몸을 따갑게 찌른다. 나는 손을 이마에 얹었다. 이 편안한 자세로 기다리자. 누구보다도 빠르게 그리고 이상하게 나의 조상들에게만 찾아왔던 그 수수께끼 같은 죽음을—

나의 조상들은 이상한 병으로 일찍들 죽어갔다. 언제부터인지 모르게 머리가 조금씩 커지고 몸은 반대로 시들시들 말라가서, 나중에는 그 엄청나게 커진 머리를 지탱할 수조차 없도록 괴상한 형상들이 되어가지고는 숨을 거두어가곤 하였다. 그리고 이윽곤 나의 머리통도 그들처럼 서서히 보기 흉하게 부풀어 오르기 시작했다.

그러나 이제 나의 사랑스런 아기들은 다시 그런 일이 없을 것이다. 나는 바로 그 괴상한 병마의 마지막 환자가 될 테니까. 마침내 그것의 비밀을 알게 되었으니까. 하기는 나의 조상들도 그것은 알고 있었을 것이다. 그러나 모든 것을 다 알지는 못했다. 그것의 뿌리를 뽑지도 못했었다. 그러나 나는 그 병태病態에 대해서뿐 아니라, 이 콘크리트의 벌판, 검은 제복의 사람들, 그 모든 것들의 비밀을 알아버린 것이다.

피곤하다.

아내 마진의 두 다리 사이에서 쾌락을 품어내던 동작을 멈추고 나는 문득 그녀의 몸을 살살이 만지고 돌아갔다. 손아귀에 옴큼 들어오는 머리에서부터, 팥알 같은 돌기가 두 개 나란히 붙은 가슴팍으로, 그러고는 한 줌에 잡힐 듯한 허리에서 갑자기 엄청나게 평퍼짐해진 쾌락의 새암 부근…… 그 아래로는 몸뚱이를 전혀 지탱해낼 수 없는 가는 다리…… 나는 손을 멈추고 머리를 저었다. 어딘가 잘못되어 있는 것 같았다. 언제나 그렇게 보아왔고 또 당연하게 여겨졌던 마진의 모습, 그리고 어머니와 내 아기들, 아니 모든 사람의 모습이 갑자기 이상스러워졌다. 마진은 멋도 모르고 쾌락을 솟구쳐 올리던 자세대로 나를 기다리고 있었다. 그녀의 하복부 근방이 엄청난 체적體積으로 나를 압도해왔다. 마치 그녀는 몸 전체가 그 쾌락의 새암 하나로 이루어져 있는 것 같았다. 상관없는 일이다. 우리는 그 작은 머리로도 이미 생각할 것이 없고, 그 좁은 창자로도 한두 알의 정제錠劑 영양물은 흡수할 수 있으며, 가는 다리는 도대체 몸을 운반할 일조차 없지만 오직 그 쾌락을 품어내는 새암만은 늘 튼튼하고 깊어야 하니까. 그러나……

"마진."

나는 아내와의 동작을 거부한 채 완강한 목소리로 그녀를 불렀다. 아내는 엄청나게 부풀어 오른 나의 머리통이 새삼 이상스러운 듯 작은 눈을 반짝이며 나를 올려다보았다. '말'이라는 것을 이제 이 여자는 알아듣기 시작한 것이다. 나의 말에 귀를 기울이게 되도록까지 이 여자는 무척도 나에게 애를 먹였다. 당연한 일이었다. 원래가 말이라는 것은 —— 우리들에게 있어서는 자기 혼자만의 노래였으니까.

"사랑해!"

나는 그녀의 조그맣게 반짝거리는 눈을 들여다보며 말했다. 나는 아무 가락도 없고, 쾌감도 없는 순전히 의사를 전하기 위한 말을 쓰고 있었다. 그녀는 여전히 눈만 깜박이고 있었다. 여자는 아직도 내가 말한 것을 제대로 해득하지 못한 때문이었다.

"마진, 너를 사랑해."

……우리가 환락을 자아내고 있을 때 너는 나에게 무엇인지 주고 싶은 것이 있을 것이다. 또 나에게서 가져가고 싶은 것이

있을 것이다. 나도 너에 대해선 마찬가지가 된다. 그리하여 둘 사이에 흐르는 것이 있게 된다. 그것이 우리의 사랑이라는 것이다……

이런 설명을 듣고 그녀는 처음 두 사람 사이의 정액精液의 흐름을 생각했었다. 그러나 그녀가 이제 그것을 알아내려고 애를 쓰는 것은 기특한 일이었다. 아마 나의 설득을 한 번도 당해보지 않은 사람이라면 그 눈에 보이지 않은 사랑이라는 것을 애초 생각해보려 하지도 않았을 것이다.

"마진, 행복하다고 말해."

나는 다시 동작을 시작하면서 그녀에게 말했다.

"행복해요."

마진은 내가 시키는 대로 말했다.

이제 나의 말이 겨우 그 본래의 질서를 되찾기 시작하고 있었다. 뜻을 전하려 하고, 명령하고, 그리하여 마진을 지배하기 시작한 것이다. 그러나 그녀는 아직 행복하지 않았다. 아니, 그것을 아직 알지 못했다. 나는 그녀에게 행복이란 우리가 쾌락의 작업을 끝내고 잠이 들기 전에 그 나른하고 포만한 심신 그것이라고 되풀이 설명해주었었다. 그녀는 조금씩 나의 말을 좇을 줄 알기 시작했다. 그러나 그 속뜻은 알지 못했다. 모든 문제는 나에게 있을 뿐 그녀는 아무것도 모르고 있었다. 정말 아직 아무것도……

끈적끈적한 열기가 아래로부터 차차 가슴으로 밀려 올라왔다. 아내에게는 아직 그것만이 이해할 수 있는 것의 전부였다.

퍼내도퍼내도 끝남이 없는 쾌락. 어느 때 누가 인간을 그렇게 변모시켰던가……

어루만지는 듯한 냉기에 나는 눈을 떴다. 햇덩이가 지평선 너머로 가라앉아버리고 없었다. 거뭇한 하늘 한쪽에 별이 몇 개 돋아 있었다. 별이 돋기 시작한 곳이 동편이리라. 그렇다면 나는 그쪽으로 방향을 잡고 걸을 수 있을 것이다. 만약 전번에 내가 이번처럼 피로하지 않게 낮잠을 잤었다면 나는 밤에 별을 따라 이곳을 벗어날 수 있었을 것이다. 그때는 언제나 지쳐 넘어져서 별이 보이는 시간을 지나쳤다.

하지만 이젠 그게 무슨 소용인가. 나는 다시 돌아가지 않는다. 영원히 다시 돌아가지 않는다. 별들이 하나둘씩 친구들을 불러내어 이윽고 촘촘히 떼를 짓기 시작했다. 나를 손짓하고, 내게 노래를 합창해오는 것 같다. 하지만 나는 돌아가지 않는다.

나는 저만치에 굴러 있는 '책'을 끌어왔다. 나는 이미 하나의 무덤, 그리고 그 '책'이 비석처럼 나를 지키고 있었다. 그러나 나는 나의 비석을 세우지 않을 것이다. 조상들처럼 나의 아기들에게 이 병을 다시 물려주지 않을 것이다.

나는 '책' 위에 나의 답답하게 큰 머리를 얹고 별을 쳐다보았다.

그러자 문득 가슴에서 그리움 같은 것이 복받쳐 올라왔다. 나의 어머니, 마지막까지 나와 쾌락을 함께 품던 아내 마진, 그리고 귀여운 아기들……

그들은 아무것도 모른 채 나를 떠나보냈었지.

"마기 여위었구나, 마기."

언제나 혼잣말로, 자기의 말만 즐기고 있는 것 같지 않게 구슬픈 목소리로 같은 말을 외고 다니던 어머니는, 또다시 마기 여위었구나를 되풀이하며 무심히 내게서 돌아서고 말았었다. 마진, 그녀는 무슨 눈치를 챘던 것일까. 그녀는 작은 눈을 가엾게 깜박거리며 무엇인가 '설명'을 기다리고 있었다. 그러나 나는 그들에게 어떻게 이야기해줄 수 있었을 것인가. 나의 머리가 부풀어 오르고 내가 여위는 것을 설명해줌으로써 이미 그들에게 같은 병을 앓게 하는 것을. 내가 이 콘크리트 벌판으로 가는 것은 사랑하는 그 사람들을 위해서인 것을.

나는 아무 설명도 이별의 말도 못하고 집을 나섰다. 아직 말을 즐길 줄 모르는 아기들은 병아리들처럼 무심히 삑삑거리고만 있었다. 혹시 그들은 나만의 습관인 아침 산보 길을 오후로 하는 것으로 여기고 있었는지도 모른다. 어쨌든 나는 다시 이곳을 찾기까지 몇 날 몇 밤을 숲 이슬에 젖어 새웠던가. 그리고 오늘 아침 갑자기 눈앞에 이 무서운 벌판이 나타났을 때 나는 두려움과 기쁨으로 얼마나 작은 가슴을 두근거렸던가. 나의 등 뒤로 사라져가는 벌판이 점점 지평선을 이루기 시작할 때 나는 얼마나 새삼스런 망설임에 빠져들고 있었던가.

그러나 이제는 기쁘지 않다. 두렵지 않다. 망설이지도 않는다. 내가 가져온 양식, 작은 정제들은 벌판으로 들어설 때 모두 새들을 향해 던져주고 말았지만, 그것을 새삼 후회하지도 않는다.

그러나 나는 이제 사랑할 수가 있다. 모든 것이 숫자로만 표시되고, 정원과 건물과 대문과 모든 것이 일정한 집들, 생각할 일이 없어서 한없이 작아진 머리와 퇴화해버린 배와 가늘어진 다리와 그런 것과는 반대로 쾌락의 샘 부근만 엄청나게 불어난 그 흉한 인간들을. ……사랑할 수 있는 것이다.

그러므로 나는 이 모든 일의 단초가 되었던 그 '책'도 또한 원망하지 않는다. 그 '책'은 차라리 나의 운명이었다. 그리고 나와 함께 그 운명을 끝내야 하였다.

한 권의 '책'과 내가 만났던 것은 우연이었다. 최초엔 나와, 나의 선조들의 죽음과, 그리고 그것의 주변에서 일어나고 또 일어날 일에 대해서 나는 아무것도 짐작할 수 없었으므로 그것은 전혀 우연으로 보일 수밖에 없었다. 그것은 나의 아버지가 그 이름 모를 병마에 시달리면서부터 그 검은 제복의 사람들에게 이끌려 이 콘크리트의 벌판을 몇 차례나 다녀오고 나서, 드디어는 아주 숨을 거두고 난 뒤 그의 주검과 함께 땅속으로 묻힐 뻔하다가 용케 그 품속에서 내게 발견된 것이었다. 물론 나는 처음 그것이 무엇인 줄을 몰랐었다. 글자가 그렇게 한꺼번에 많이 씌어 있는 것을 나는 전혀 본 일이 없었다. '책'이라는 이름도 나중에 그것 스스로의 속에 씌어 있는 것을 내가 찾아낸 것이었다. 그러니까 그것은 내게 처음 발견이 되고 나서도 한동안은 그저 아버지의 희한한 유물로 간직되고 있었을 뿐 그다지 나의 관심을 끌지는 못했었다.

그런데 어느 날, 나는 갑자기 아버지가 생전에 그것을 한 번도 내게 보여준 일이 없었던 것을 생각하고 호기심 반 의문 반으로 그 뚜껑을 펼쳐보았다. 도대체 글자라는 부호가 그렇게 대량으로 사용될 필요가 없는 우리들에게는 그런 호기심이 일 만도 했다. 그러나 그것은 우리 조상들이 대대로 이름 모를 병에 시달리다 간 비밀의 유산이었으며, 그것을 펼치도록 만든 호기심과 의문으로 나는 벌써 그 유산을 물려받고 만 셈이었다. 한번 그 유산의 집 속으로 발을 들여놓은 나는 귀신에 홀린 것처럼 점점 더 알 수 없는 곳으로 빨려 들어가기 시작했다. 더구나처음에는 아무것도 몰랐고, 내가 뭔가 나에게서 일어나고 있는일을 알아차렸을 때는 나의 몸의 어디엔가 이미 그 병증이 깊숙이 숨어 들어와, 몸을 말리고 머리를 부풀어 올리기 시작한 뒤였다.

그 '책'은 어떤 시대의 사람들과 그들의 생활에 관한 모든 것을 설명하고 있었다. 어떤 시대란 마치 그 원년元年에 세상이 생겨난 듯이 셈해오고 있는 천구백육십몇 년이라고 하는 어떤 때였다. 그것이 나의 호기심을 강하게 자극한 것은 그러나 나는그 인간들의 모든 것에 대해 너무도 많은 것을 알 수 없었기 때문이었다. 물론 그 사람들도 한 사람의 여자와 한 사람의 남자가 부부가 된다든지, 집에서 살고 가정이 있으며, 밤에는 잠을 잔다는 것 따위 우리들과 같거나 비슷한 점이 많기는 했다. 하지만 자세히 보면, 아니 자세히 볼 것도 없이, 모든 것이 너무나달랐다. 우선 그들의 생김새만 해도 그랬다. 곳곳에 사진과 그림으로 끼어 있는 그 사람들의 형상을 보면 지금의 우리와는 곳곳이 다른 모습이었다. 머리는 적어도 신장의 10분의 1 정도의 크기였고 배는 훨씬 큰 대신, 우리에게 있어서 신체의 대부분을 이루고 있는 엉덩이, 그 쾌락의 새암 부분은 형편없이 빈약했다. 그리고 다리 또한 상상도 못할 만큼 길고 튼튼해서 우리의 그것보다 세 배는 넉넉히 더해 보였다. 나는 미처 그것이 우리의 모습과 비교하여 무엇을 설명해주고 있는지를 생각해볼 수도 없었다. 책 전체에는 그보다도 내가 이해하기 어려운 것들이 너무나 많았다. 그들의 생활 방법은 거의 한 가지도 이해할 수가 없었다. '말'에 대한 것만도 수수께끼투성이였다.

무엇보다도 말은 우리들에게서와 같이 자기 혼자서 즐기는 것이 아니라, 언제나 그것을 곁에서 들어주어야 하는 상대가 필요했다. 그때는 말이 한 사람의 생각을 다른 사람에게 전하는 수단으로만 쓰이고 있었다. 따라서 우리들에게서처럼 곡조도 없고 감미로움도 없었다. 그들의 '노래'라는 것은 우리의 말과 가장 유사한 것이었지만, 그것도 언제나 각개의 고유한 의미를 지속적으로 지니고 있는 점이 우리와는 완전히 일치할 수가 없었다. 사람들은 그 말에 의해서 자기가 직접 경험하지 않은 많은 것을 전달받고 그것을 쉽사리 믿어버렸다. 말은 사람들이 가지는 새로운 경험을 동경했다. 하여 말은 그것을 원하는 사람에게 모종의 힘을 지니게 되고 나중에는 그 사람들에게 복종을 요구했다. 하나의 개념은 사실과 떠나서 말의 내용 속에 독자적으로 확정지어지고 그것을 믿는 사람들에게 그 말은 때로 무조건 신앙되었다. 나중에는 사실에서 결별을 성취한 말들이 그것을 신앙하는 사람들을 지배했다. 그리고 많은 영특한 사람들이 그 말의 권위를 빌려 사람들을 지배했다. 그것은 참으로 엄청나게 많은 사람을 한꺼번에 지배해나가는 길이었다. 최초의 한 사람은 소수의 몇 사람을 지배하고 그 사람들은 다시 다른 몇 사람을 지배했다. 그렇게 하여 최고의 지배자는 바로 자기 아래 단계의 열 사람부터 열두 사람 정도를 지배함으로써 모든 인간들을 동시에 지배했다. 권위를 지니고 신앙되는 말들은 그처럼 효과적인 인간 지배의 수단으로 봉사되고 있었다.

그러나 그러한 풍습상의 차이보다 더욱 이해가 곤란한 것은 그 말 가운데의 절반 이상이 그 뜻부터 알 수 없는 것이었다. 그러한 말들에 대한 나의 노력은 아내 마진이 나에게서 그 말들에 대한 이해를 구하는 것보다 훨씬 더 오래고 지난한 것이었다. 그것들을 이해하기 시작한 최초의 문은, 그것들이 우리의 눈에 보이는 물건의 이름이나 동작 혹은 감각의 상태를 이름이 아니라, 보이지 않는 것들에 대한 관념상의 정의라는 것을 터득하게 된 데서부터 열리기 시작했다. 추상어 —— 그들은 많은 추상어를 사용하고 있었다. 그것은 그들이 직접 경험하지 않은 지식을 요구하고 있었다는 증거였다. 나는 이 최초의 문을 열고 나서부터 추상어의 비밀을 하나씩 벗겨가기 시작했다. '행복'이라고 '사랑'이라고 하는 것들이 그 대표적인 것이었다. 그런데 나에게 혼란을 가져온 것은 그 말들이 일정하게 쓰이지 않고 사람에 따라 그 쓰이는 형편이 각기 다른 점이었다. 심한 것은 눈에 보이는 현실과 눈에 보이지 않는 추상 개념을 중복해서 갖는 경우도 있었다. 가령 '윤택'이라는 말은 나뭇잎의 안쪽이나 마룻장이

반들반들 빛나는 것을 말하는 동시에, 또한 그들의 가진 재산의 어떤 정도 이상을 나타내는 말이기도 했다. '가난'이라는 말은 그것과 반대되는 상태를 가리켜 쓰이는 말인데, 그것 또한 일정한 쓰임의 기준이 없어서 가난하다고 하는 사람은 가지가지였다. 다만 바지에 뚫린 구멍 때문에 가난하다고 생각하는 사람이 있는가 하면, 때로는 지배 계층의 상층부에서 한 단계 떨어지는 것으로써 자기는 가난하다고 생각하는 수도 있었다. 어떤 여자는 색깔이 고운 옷을 살 수 없어서 가난하고 또 다른 사람은 여자들의 사랑을 받지 못하므로 가난하다고 생각했다. 가난하다는 말을 쓸 수 있는 일정한 기준을 잡기가 곤란했다. 한 가지 공통된 것이 있다면 대개 가난하다고 생각하는 사람들은 그 몸이 수척한 편이었다. 그래서 나는 가난이란 어떤 사람의 몸에 붙은 살집의 양을 판가름하여 이르는 말로 정리해보았다. 그러나 그러한 나의 정의를 난처하게 만든 것은 엄청난 몸집을 가지고 있는 사람들 또한 가난하다는 것을 알게 된 것이었다. 그들은 마음이 가난하다는 것인데, 다만 이 경우는 스스로 가난하다고 말하지 않는 것이 다를 뿐이었다. 스스로 가난하다고 생각한 사람들이 그들을 그렇다고 했다. 그러니까 가난한 줄을 스스로 안다는 것은 그것이 곧 가난이고, 그것은 절대로 살이 찔 수 없으며, 그런 생각이 없는 것은 윤택한 것이고, 따라서 그의 살집 또한 윤택해지는 것이다…… 나의 추리는 대강 그런 식이었다. '죄'라는 것도 가령 어떤 경우는 여자와 쾌락을 함께 자아내는 것을 말할 때도 있었고(그 무슨!) 또 어떤 때는 그 쾌락으로부터 도망가는 것을 이룰 때도 있었다. 나뭇잎이나 반들반들한 마룻장의 윤택에서부터 그 죄의 의미를 추리하려는 최초의 노력이 시작되었다면 나의 그런 이해 과정에는 얼마나 많은 혼란이 있었겠는가. 하지만 나는 이런저런 노력 끝에 마침내 다음과 같은 이야기까지도 상당한 정도까지 해독해내기에 이르렀다.

"사실 개념 규정으로서의 언어(말), 그것은 너무나 멀리까지 그 개념만을 쫓아간 나머지 이제는 그것이 출발했던 사실로 다시 돌아올 길을 잃어버림으로써 점차 우리로부터 불신을 당하기 시작하고 있다. 한 경험적 사실을 전달해야 할 의사소통의 수단으로서의 언어가 그 사실 경험으로부터 떠나서 맹목적으로 신앙되고, 그리하여 마침내는 인간을 지배하고 명령을 하기에까지 이르고 말았다. 이렇게만 되어간다면 우리는 어느 때고 그 언어의 사실성의 결여, 그 언어의 허위성을 깨닫게 될 것이고, 우리는 그 맹목의 신앙으로부터 빠져나와 그것을 버리게 될 것이다. 그렇다면 그때 언어는 사람들 사이를 연결하는 정보의 기능을 잃어버리고 각 인간 개인의 내면으로 숨어 들어가 그것의 다른 한 기능, 즉 그들 스스로의 내면 표백, 노래와 같은 역할밖에는 하지 못하게 될 것이다.

아아 그들은 다만 노래를 할 뿐인 것이다.

한편 우리가 슬프게 생각한 것은 그러한 언어의 퇴화는 필경 우리의 정신적, 문화적 유산까지도 소멸시키고 말리라는 것이다. 분노한 민중이 모든 비경험적 사실을 배척하고 나선다면, 우리의 형이상학적 언어 또한 같은 운명을 짊어져야 할 것이기 때문이다. 내용을 잃어버린 언어들은 한동안 우리들의 입에 노래처럼 남아 있을 수는 있겠지만 그런 것은 어느 때고 스스로 사라지게 마련일 것이고, 그렇다면 우리는 모든 형이상학적 사고나 가치의 축적이 불가능하게 될 것이 자명한 것이다. 그런 세계가 누천 년, 누만 년이 지난 뒤의 끔찍한 상태를 한번 상상해보라. 이미 사고가 마비되어버리고 아무것도 생각할 줄 모르는 인간의 머리는 한없이 퇴화하여 작아질 것이고, 대신 가장 감각적인 향락만이 극대화되면서 인간의 섹스 기능은 무한대로 발달을 계속할 것인즉, 머리가 형편없이 작아지고 쾌락의 새암 그 부근만 엄청나게 큰 인간의 형상을 상상해보라. 그것은 오늘날 거대한 엉덩이와 왜소한 발 때문에 걸음걸이를 비틀거리는 중국인 여자들의 그 우스꽝스런 모습을 그려보는 것만으로도 족할 것이다. 끔찍한 일이다. 그러나 그러한 비극은 오늘날과 같이 비사실적 언어들을 교묘히 연결함으로써 제3의 이미지, 마술적 환각을 조립해내고, 그것을 지배수단에 봉사시키고 있는 일부 인간들의 양심이 인간의 편에 서려는 결단을 내려주지 않는다면 피할 수 없는 운명일 것이다——"

하여 비로소 나는 이 '책'이 가진 비밀의 일부를 들여다볼 수가 있었다. 그러나 그 말을 나대로 이해하기까지의 과정에서 나는 이미 그러한 말들이 내게 끼쳐올 위험스런 해독에 대해서도 어느 만큼은 미리 경계를 하고 있어야 했었……

피곤한 푼수로는 좀처럼 잠이 오지 않는다.

다음 날 아침 눈이 뜨인 것은 햇덩이가 이미 콘크리트의 벌판을 가마솥처럼 뜨겁게 데워놓은 뒤였다. 나는 극도로 피곤했다. 내 몸뚱이 전체가 그냥 하나의 피곤덩어리 같았다. 잠결에선 몹시 몸부림을 친 모양이었다. '책'이 나로부터 꽤 멀리 떨어져 뒹굴고 있었다. 하마터면 ─ 내가 만약 다시 눈을 뜨지 못하고 말았다면 그 '책'은 나의 비석으로 남아 있다 또 다른 누구에게로 가서 그의 병이 되어줄 뻔한 것이다. 나는 거의 구르다시피 하여 그 '책'으로 접근해 갔다. 그리고 간신히 그것을 붙잡고 한동안 숨을 몰아쉬었다. 이제 나의 호흡은 내 가슴과 배의 운동에 따라 되는 것이 아니라, 그것 스스로 생명을 지니고 육신을 드나들고 있었다. 나는 자신의 호흡을 지배할 기력도 없었다.

정말 이젠 나의 차례가 가까워진 것 같았다.

나는 다시 '책'을 부여안았다. 그러나 거기에는 아직도 해명할 수 없는 비밀이 있었다. 그것은 바로 나의 병증에 관한 것이었다. 병의 이름은 알았으되, 어째서 그것이 병이 되며, 어떻게 그것이 나를 이토록 야위게 하는가는 아무래도 알아낼 수가 없었다.

자유 ─

이것이 그 병원病原의 이름이었다. 검은 제복들이 나에게 나타나고 나의 머리가 커지고 내가 마르기 시작한 것은 생각해보면 모두 그 말과 상관이 되고 있었다.

처음에 내가 그 말에 대해 아무것도 알 수가 없었던 것은 다른 모든 추상어에 대해서와 마찬가지였다. 그리고 그 점을 이해하려고 노력한 것도 같은 식이었다. 그런데 이 말은 그러한 노력만으로도 벌써 나에게 독소를 감염시켜오고 있었다. 그것은 어떤 금기의 말이었다. 나의 노력은 그 금기의 침범이었다. 나는 아직 그 말의 뜻이나 현상에 올바로 접해본 일이 없었다. 다만 그 말을 나의 생각 속에 담아본 것만으로 이미 해독을 입고 있었다. 하지만 나는 그 저주스런 병마의 비밀의 윤곽조차 제대로 잡지 못하고 있는 것이다. 그것은 내 추리의 뿌리부터 자꾸 혼란시켰다.

　　— 콩밭에 고삐가 풀린 소.

　　— 선택. 책임.

　　— 타인과 자신을 해롭게 하지 않는 한 모든 일을 제 마음대로 할 수 있음.

　　— 피. 생명과 함께 주어진 것.

　　— 전쟁의 가장 중요한 무기. 그의 이름으로 죽어간 생명의 수없음.

　　— 일종의 구속.

　　— 가장 가난한 자들의 소유.

　　— 가장 윤택한 자들의 소유.

　　— 인간이 인간이게 하는 이유, 그의 우주 형성력 또는 그 질서.

　이것들은 모두가 그 자유라는 말을 설명하거나 그것에 상관되고 있는 말들이었다. 도대체 여기에서 나는 어떤 공통의 뜻과 질서를 찾아낼 수 있을 것인가. 그러면서도 그것이 금기시되기 이전, 자유는 많은 사람들의 삶에 깊이 관계 지어져 있었던 것 같았다. 누구나 그것을 주장하고 찬양하고 그것을 위해 목숨을 걸어 맹세했다. 그래서 그것은 나를 더 답답하게 했고, 불안스럽게 긴장시켰고, 그리고 드디어는 까닭 모를 복수를 시작했다. 그 자유의 알 수 없는 독소가 배어들어, 머리가 천천히 부풀어 오르고, 소화 상태도 지극히 나빠져서, 몸이 야위고 그 쾌락의 근육질마저 날로 쇠퇴해가기 시작한 것이다.

"마기, 마기……"

어머니는 걱정스런 눈빛을 하며 구슬픈 소리만 냈다. 어머니는 이미 가족 중 누구에게 그런 증세가 나타나면 반드시 그 검은 제복들이 찾아오는 것을 알고 있었던 것이다.

그리고 그러자 정말로 그 검은 제복들이 나타나서 나를 콘크리트의 벌판으로 데려갔다.

에덴.

무슨 뜻을 지닌 말인지, 그 콘크리트의 벌판은 그런 이름이었다. 누구로부턴지 그곳에선 사람의 모든 일이 '온전히 이루어진다'고 알려져왔을 뿐이었다. 무서운 병도 그곳에선 고쳐진다 했다. 그러나 누가 스스로 그곳으로 가거나 일부러 보내진 사람은 적었다. 그 적은 사람들 중의 하나가 나의 아버지였다. 내가 아는 사람 중에 그곳엘 갔던 사람은 나의 할아버지와 아버지뿐이었다.

그러나 할아버지도 아버지도 끝내는 그 병에서 벗어나지 못한 것을 어머니는 기억하고 있었다.

나는 물론 왜 나에게 그런 변고가 생기는지 또는 그것이 거기에서 어떻게 고쳐질 수 있는지를 알지 못했다. 그러나 나는 그곳에서 구름 없는 서른 날을 헤아리고 있는 동안 깨닫기 시작했다. 둥그럼한 지평선 하나로 하늘과 땅이 이루어지고, 언제나 머리 위에 이글거리며 시간을 지키는 햇덩이, 그것은 나에게 무척 고통스러웠다. 태양열이 뇌수를 씻어내는 듯한 아픔, 그리고 그늘마저 증발해버린 하늘과 벌판이 온통 나의 머릿속으로 가득 밀려 들어와 있는 듯한 답답함, 그리하여 나의 모든 내부가 깡그리 어디론가 빠져 달아나버리고 텅 빈 껍데기만 남은 듯한 허망감…… 그 모든 것이 내내 나를 못 견디게 했다. 나는 그곳에서 아무것도 이루어질 것 같지가 않았다. 어째서 그것들이 나를 그토록 고통스럽게 하는지도 알 수 없었다. 그것을 생각해볼 틈도 없었다. 나는 다만 그곳을 빠져나갈 궁리에만 몰두하고 지냈다. 그곳을 빠져나가기 위해 별별 생각을 다 짰다. 그러나 그 모든 기도는 도로로 끝나고 말았다.

나는 그때 알았다. 에덴은 '모든 일이 온전히 이루어지는 곳'이 아니었다. 낙원이 아니었다. 나를 괴롭히고, 아픔을 줄 뿐이었다.

그러나 나는 아직도 많은 것을 알 수 없었다. 왜 그들이 나를 그곳으로 데려왔는가. 아픔은 어디서부터 오는 것인가.

그러자 희한한 일이 일어났다. 그렇게 쓰리고 답답한 진통의 몇 날이 지나가자 나는 마치 폭풍이 잠든 뒤처럼 평온해지기 시작했다. 아픔이 차차 가시고 지평선이 나로부터 멀찌감치 물러섰다.

콘크리트의 벌판은 나를 고요한 평온 속에 무심히 잠재웠다. 그로부터 나는 그곳을 빠져나오려는 기도를 단념하고 그 아늑하기조차 한 에덴에 나를 내맡겨버렸다. 그러자 더욱 놀라운 일이 일어났다. 나의 머리가 어느새 조그맣던 원래의 크기로 줄어들기 시작했고 섹스 부위도 차츰 다시 부풀어 올랐다. 나의 병이 낫고 있었다.

그러나 에덴은 나를 완전히 고쳐놓지는 못했다. 내가 거기서 나왔을 때 집에는 '책'이 나를 기다리고 있었고, '책'을 보자 나의 잠들었던 고통이 다시 깨어나기 시작했다. 나는 거기서 비로소 그 에덴의 모든 비밀을 깨닫게 되었다. 그것은 바로 감격을 가지고 '감옥'이라는 말을 발견해낸 덕분이었다.

콘크리트의 벌판은 하나의 감옥이었다.

감옥은 인간들을 억압해 길들였다. 억압과 길들임의 장소였다. 억압이라는 말을 이해하기는 어렵지 않았다. 감옥에서는 인간들의 발목에 쇠고랑을 채워서 걸음걸이를 힘들게 하고 팔을 묶어서 움직이지 못하게 했다. 그리고 사람이 지내야 하는 조그만 방에다 쇠창살을 달아 그 이상의 공간을 활동으로 소유할 수 없게 했다.

어째서 그 콘크리트의 벌판을 나는 억압과 길들임의 장소, 감옥이라고 말하는가. 그것은 내가 거기서 받은 지독한 고통이 바로 그 억압으로부터 온 것이었음을 알았기 때문이다. 거기서는 팔을 묶지도 않았고, 발에 쇠고랑을 채우지도 않았다. 쇠창살 대신 무한한 공간을 주었다. 그러나 그것은 인간을 좀더 효과적인 방법으로 억압했다. 모든 사고의 질료를 차단해버리고 무의미한 공간만을 제공함으로써 사고를 불가능하게 했고 정신을 마비시켰다.

그것은 그렇게 나를 길들여 고쳐놓았다. 그러나 나의 고통이 사라진 것은 나의 사고 기능이 완전히 마비된 탓이었다. 생각의 질료를 찾아내지 못하고도, 생각하지 않고도, 그러기 때문에 비로소 나는 편안해질 수 있었던 것이다. 나의 아픔은 그 사고의 질료를 찾아 헤매는 나의 정신, 그것을 찾아내지 못하여 안타깝게 사고하고자 하는 나의 정신의 갈망이었다. 그러한 나의 갈망이 뜨거운 햇볕에 증발해버리고 그림자조차도 없는 빈 공간으로 채워지자 나는 마침내 편해지게 된 것이다. 그 억압과 규제의 그릇에 나의 심신이 편안히 길들여진 때문이었다.

그러나 그 '책'이라는 것이 나에게 남아 있는 한 나는 영원히 편해질 수 없었다. 나의 조상들이 언제나 그랬던 것도 바로 그 때문이었다. 나의 머리는 다시 부풀어 오르기 시작했다.

억압하는 방법은 서로 정반대였다. 한쪽은 모든 육신을 포박한 대신, 다른 한쪽은 육신에 무한한 공간을 주면서 정신을 마비시켰다. 육신을 포박당한 쪽은 끊임없이 생각을 계속하였고 편지나 면회(그 시대의 한 제도였다), 독서 따위로 그들의 최소한의 생각의 질료를 공급받고 있었다. 그러나 한쪽은 모든 것이 무한 공간, 절대 공간으로 차단되어버렸다.

어째서 그럴 필요가 있었을까. 억압의 방법이 어째서 그 반대의 것으로 바뀌었을까.

그것을 깨달은 것은 내가 그곳에서 나와 한동안 생각을 계속하고 난 다음이었다. 그러나 보다 더 중요한 것은 나는 비로소 그 억압으로부터 자유를 유추해낼 수 있었다는 것이다.

사실 그 감옥이라는 곳의 사람들은, 가장 많이 자유라는 말을 쓰고 있었다. 억압은 자유의 박탈이랬다. 자유는 억압의 반대 뜻이었다. 그리하여 뜻밖에도 나는 얼마간 자유의 참뜻을 해득하게 되었다. 그러나 아직도 정확하지는 않았다. 왜냐하면 그 '책'이 설명한 바와 같은 선택이라든지 피의 요구, 그런 것들이 어떻게 그것과 연관이 되고 있는지는 아직도 분명치가 않았기 때문이다. 확실한 것은 다만 나는 그로부터 더욱 급작스럽게 여위기 시작했고, 그 에덴에서의 나의 치료도 그것으로 다시 허사가 되어가고 있다는 사실이었다.

왜 그들은 발과 팔을 포박하고 쇠창살로 억압하는 대신 우리를 콘크리트의 벌판으로 보내는가.

그러던 어느 날 나는 마침내 그 '책'의 가장 중요하고도 기이한 부분을 찾아내기에 이르렀다. 다행이든 불행이든 그것은 나의 생각을 끝맺게 해준 지극히 중요한 사건이었다.

"하나의 가상세계를 생각해본다. 그 세계는 최초에 무서운 혁명으로부터 형성되기 시작한다. 그야 반드시 혁명이 아니래도 좋다. 매우 미시적인 방법, 그러나 인간 내부의 근원부터 파괴하는 조직적인 방법으로 훨씬 치밀하게 그것을 진행해갈 수도 있으니까. 사실 우리는 지금도 그러한 가상세계로 가는 내부 조직의 파괴 방법이라고 할 수 있는 여러 가지 징후를 가지고 있지 않은가. 하지만 이야기를 쉽게 하기 위해 역시 혁명 쪽으로 해 두는 게 좋겠다.

혁명군은 가장 강력한 세력으로 지상의 모든 권력을 통합하고 무시무시한 포고를 발한다. 일체 시민은 그 생활을 혁명군의 명령에 따르고 의지해야 한다. 아침 기상은 몇 시에, 보행은 어떻게, 식사는 어떤 종류로, 대화는 어떤 성질의 것만을…… 그리고 당국은 모든 명령을 일사불란하게 이행시켜나갈 강력한 통제와 조직력을 행사한다. 그런 상황은 상상이 그리 어렵지 않을 것이다. 정치란 시민 생활의 일부에 불과하지만 혁명주의자에겐 생활의 전부가 되어버리는 것이니까. 더욱이 지배자는 언제나 독재의 욕망이 있는 것이고, 그의 독재는 자신의 한정된 취미를 대중의 법률로 삼고 싶어 하는 경향이 많으니까.

그리하여 당국은 모든 시민의 사고를 억압한다. 아니 사고를 완전히 추방하지 않는다 해도 무방하다. 생각하는 방법을 일정하게 한정하면 그 효과는 마찬가질 테니까. 무엇을 어떻게 느끼고 생각할 것인가를 한정당한 인간의 사고는 방향키를 고정해버린 배의 항해와 같은 것이 될 수밖에 없을 것이다.

한편 혁명군은 그 모든 규제가 완전해질 때에는 시민들이 먹고 자고 입는 일에 대한 모든 걱정을 해소시켜줄 것이라고 굳게 약속한다. 생활을 규율하는 것은 시민들의 불필요한 걱정을 덜어주기 위한 것이며, 시민들은 규율을 준수하고 복종해나감으로써만 안일과 번영을 누리게 될 것이라 설득을 계속한다.

시민들은 항거할 것이다. 자유를, 양심을, 개인의 생각을 말살

하지 말라! 우리는 피를 흘리겠다. 그러나 그러한 항거는 혁명 군에 의하여 무참히 짓뭉개지고 만다.

시민들은 차츰 피를 흘리는 일이 언제나 불필요한 희생을 가져온다는 것을 알게 된다. 그리고 한 사람 한 사람 체념을 하게 되고, 그 규제 속에 자신의 삶을 맡겨 거기서 조용한 안식을 찾으려 노력한다. 그 노력 끝에 나름대로의 안일과 평화를 발견한다. 그런 상태가 한 1만 년 아니 1억 년쯤(또는 그보다도 훨씬 짧은 기간에도 가능할 현상일지 모른다) 계속되어 인간의 자유 의지가 마침내 완전한 퇴화와 소멸 상태에 이른다. 인간의 심성이 마치 액체처럼 눅어져서 어떤 모양의 억압과 규제의 그릇에도 매우 알맞게 담길 수 있게 된다. 여기에서, 자유를 사랑한다는 것은 자기를 묶고 있는 사슬을 사랑하게 되는 것이라는 우리의 말이 전혀 비유를 거부해버린 직설적 의미를 만나게 되는 것이다.

그때 어느 짓궂은 혁명 사령관이 있어 그 일체의 억압과 규제를 잠시 철회해본다. 그것은 단지 어떤 혁명 사령관의 유희로 일어날 일만은 아니다. 왜냐하면 지배자는 언제나 효과적인 억압과 규제의 방법을 생각해야 하고, 또 그들은 일반 시민과는 점점 동떨어져가는 생활로 인하여 애초에는 전혀 예상치도 않았던 소외의 세월을 보내게 될 테니까. 인간의 비인간화의 두꺼운 굴레는 최후엔 언제나 스스로가 뒤집어쓸 운명인 것— 그리하여 어느 혁명군 사령관이 그 굴레를 벗으려 하는 경우나 그 결과는 어차피 우리의 가정假定과 합치하는 것이다. 어쨌든 그렇게 잠시 억압과 규제는 풀리게 된다. 그리고 이미 자유 의지를 잃어버린 인간들은 마치 방향 감각을 잃은 곤충 같은 처지가 되고 만다. ──억압을 풀지 말라! 그들은 이제 아마 사령부로 몰려와 외쳐댈 것이다.

──규제가 아니면 죽음을 달라!

(그 인간들의 형체는 우리가 이 '책'의 다른 부분에서 상상해본 바와 같다.)

그것이 혁명군 사령관의 유희였다면 그는 아마 만족하여 황소처럼 웃을 것이다. 그리고 가정의 후자 쪽이라면 그 벗어날 수 없는 운명의 굴레에 절망하고 후회할 것이다.

그러나 어쨌든 억압과 규제는 다시 베풀어진다.

그런데 그때 누군가 아직 자유에 대한 기록 같은 것을 찾아내고 잃어버린 인간, 인간의 자유에 대해 주장을 내세우고 나선다면 어떻게 될 것인가. 나아가 그 세력이 조금씩 다시 번성해간다면 어떻게 될까. 그걸 생각하기는 그리 어려운 일이 아닐 것이다. 분노한 군중은 필경 그들을 공격하고, 모든 불온서적을 불태우게 될 것이다. 그리고 일부 진보주의자들은 이렇게 주장할 것이다.

──자유란, 일부 미개한 인간들, 더욱이 근래엔 지극히도 고루하고 퇴폐적인 인간들에게 맹목적으로 신봉된 미신일 뿐이다.

무서운 일이다. 혁명은 차라리 눈에 보이는 길이다. 보다 끔찍스런 일은 그런 세계로 가는 길이 앞에서 말했듯 눈에도 보이지 않는 쉬운 방법이 있다는 사실이다. 거기에선 아마도 피를 흘리는 일조차 없을 것이다…… 그런 방법에서는 시민이 애초부터 그들에 속아 피 흘림을 스스로 비웃을 것이기 때문이다……"

최초로 내게 생각이 난 것은 나를 데리러 왔던 그 제복의 사람들이었다. 내겐 그 사람들이 바로 혁명군이었다. 책에서 우려한 모든 일들이 우리에게 그대로 이루어지고 있었다. 오히려 그 '책'이 상상할 수 있었던 것보다 더 많은 것이 이루어져 있었다. 그 제복의 사람들만 보아도 예언은 너무 정확해 보였다. 그들은 한결같이 치렁치렁한 망토로 몸의 형체를 감추고 있었고, 얼굴엔 커다란 색안경들을 쓰고 있었지만, 그러나 그것은 우리의 생김새와는 완연히 달랐다. 엄청나게 큰 머리며 알맞게 균형을 이룬 가슴과 배, 그리고 적당히 솟아오른 아랫배의 쾌락 기구와 건강한 다리들. 거기다 그들은 가락도 감미로움도 없는 큰 목소리로 말을 했다. 왜 그때 바로 생각나지 않았을까. 왜 그게 이상하지 않았을까. 나는, 나의 생각은 그들이 이상한 모양을, 나와 다른 모양을 한 것을 의심해볼 수조차 없었던 것일까. 그들이 아버지의 책에 끼어든 사람의 모습 바로 그대로였던 것을 말이다.

혁명군은 결국 모든 인간을 지배할 억압과 규제의 방법을 끊임없이 생각해내야 했을 것이다. 그들은 아무것도 변하지 않고 있었다. 규제의 방법이 육신에서 머릿속의 것, 생각 쪽으로 옮겨진 것은 지극히 당연했다.

그들은 결국 우리의 육신과 정신을 다 함께 묶고 싶어 해온 것이었다. 그런데 처음엔 육신을 묶음으로써 정신까지 함께 묶을 수 있다고 생각했을 것이다. 사실 그들이 육신을 묶어놓은 인간에게 부단히 가한 불안과 공포는 간혹 그 사람의 정신을 그들이 바라는 대로 바꿔놓을 수가 있었다. 그러나 그들은 아직 현명치 못한 데가 있었다. 더욱더 무결한 방법을 모르고 있었다. 그런데 그들의 후손이 그것을 훌륭하게 완성해내고 있었다. 콘크리트의 벌판은 우리의 사고를 정지시킬 뿐 아니라 우리의 신체적인 노력까지도 무의미하게 만드는 것이었다.

그렇게 혁명군은 살아남아 있었다. 그리고 그들은 그들의 방법을 좀더 완벽하게 보충해갈 것이다.

에덴의 비밀은 이렇게 나에게 문을 열었다. 나는 아내 마진을 붙들고 얼마나 기뻐했던가. 그리고 얼마나 두려워했던가. 아내는 물론 아무것도 몰랐다.

그때부터 나는 나의 내부 어디엔가 숨어 있을 나의 의지의 흔적, 이상한 병원, 나의 자유 의지를 찾아보려고 애쓰기 시작했다. 그것이 어딘가 내 속에 남아 있으리라는 신념은, 그 어느 때 씌어진 이 '책'을 내가 조금은 이해할 수 있다는 데에서부터 비롯된 것이었다. 나는 우선 나에게 가해지는 그 제복들의 규제를 거부했다. 규제와 억압은 자유를 핍박하고 추방하는 것임을 나는 거기서 알아낸 때문이었다. 그러나 끝내 그것은 찾아지지 않았다. 나의 머리는 끝없이 부풀어 오르고 육신은 무섭게 야위어들었다. 찾아지지 않은 그 자유 의지의 흔적이 어째서 나를 그토록 마르게 하는지는 물론 아직도 알 수 없었다. 어머니와 마진은 슬픈 가락의 목소리로 언제나 나를 걱정했다. 그리고 나는 그것조차 나의 육신에 대한 저주인 것처럼 날이 갈수록 야위어 갔다.

다시 밤이 되었다. 조그맣게 벌어진 나의 눈꺼풀 사이로 별빛이 비집고 들어왔다. 이제 끝이 나가는구나. 내일 아침도 나는 다시 눈을 뜨게 될 수 있을까. 오늘 밤으로 나는 별을 마지막 보게 되는지도 모른다.

햇볕에 타고 바람에 씻기고 밤이슬에 젖으며 하얗게 바랜 나의 해골이 눈에 보인다. 그러나 그 해골의 내력을 아무도 알아내지는 못할 것이다. 아무도 그것을 알아내지 못하고 해골 또한 스스로 말하지 못한다…… 그렇게 세월이 흐르다 보면 영원히 잠에 취한 벌판에서 해골도 끝내는 흔적 없이 사라진다.

그러면 이제 영원하고 완전한 세계가 온다. 후회하지 않는다. 그 모든 것이 애초부터 나의 운명이었다. 나는 너무나 엄청난 비밀을 보아버린 것이다. 그것은 내가 이미 어떻게도 할 수 없을 만큼 엄청난 것이었다. 비밀을 보아버린 나는 다만 그것을 보게 된 과보로 영원히 그 비밀의 문을 다시 빠져나올 수 없게 된 것이다. 나의 조상들도 모두가 그랬다. 나를 마지막으로 이제 다시는 그런 비극이 없을 것이다. 비밀의 문을 영원히 닫아버려야 했다. 그래서 나는 이곳으로 온 것이다. 이번에는 물론 나 스스로.

'책'에서 행해진 그 예언은 나에게서 더욱 얼마나 무섭게 이루어지려고 하고 있었던가.

'책'이 남아 있었다. 나에게. 그리고 나는 그것을 이해하기 시작하고 있었다. 나는 성난 군중들로부터 죽임을 당해야 할 처지였다. 뿐만 아니라, 우리에게 자유는 악덕이었다. '책'을 만나기까지 나의 생활은 얼마나 평온했던가. 나는 끝없이 쾌락만을 품어 올리며 지냈었다. 나의 감미로운 말을 즐기며 탈 없이 살았다. 그리고 그 '책'에 의하면 사람들은 더 이상 자유를 원하지 않는다고 했다. 자유를 고발할 것이라고 했다. 모든 사람이 원하지 않는 것은, 나를 마르게 한 것은, 그 자유는 악덕이었다. 무서운 질병이었다.

나는 영원히 그 비밀의 문을 닫기로 작정했다. 그리고 내가 짊어진 운명에 따라 나는 다시 이 벌판, 에덴으로 오기로 결심한 것이다. 나의 한 가지 기쁨은 그 슬프고 어려운 결정을 스스로 내릴 수 있었다는 것이다.

나의 비석을 깨뜨리자, 영원히 비밀의 문을 닫아버리자, 마지막 힘이 남아 있을 때.

가는 바람이 이따금 벌판을 아무렇게나 뒹굴고 지나갔다. 나는 간신히 팔을 뻗어 나의 '책', 나에게 스스로 죽음까지 결정하게 한 나의 '책'을 집어 펼쳤다. 거기에 잠시 얼굴을 묻었다. 그러고는 맨 첫 장을 찢어내 지나가는 바람에 얹어 날렸다. 그것은 한동안 바람결에 이리저리 벌판을 뒹굴며 돌아다녔다. 그것이 어느덧 잿빛 어둠 속으로 자취를 감추자 나는 다시 한 장을 뜯어내 다음 바람에 얹어 보냈다.

마찬가지로 그것도 벌판을 뒹굴었다.

세번째, 네번째……

비밀의 문이 조금씩 닫히고 있었다.

이윽고 마지막 한 장에서 나는 다시 한동안 망설이고 있었다.
마지막 한 장이 나의 마지막을 생각하게 하였다.

──그렇지만.

나는 아직도 그 자유의 모든 것을 모른다. 그것이 나를 마르
게 하는 이유를 모른다. 우리가 그것을 망각해버리기까지 얼마
나 긴 세월이 흘렀는지 모른다. 그것을 위해서 피를 흘린 이유
를 모른다.

번호 붙고 줄지은 집. 그 무위의 평화. 쾌락.

아, 아직도 별이 빛나고 있다. 그러나 빛이 흐리다. 별들이 춤
을 춘다. 그 밖엔 아무것도 일어날 일이 없다.

영원한 비밀의 문이 닫히면 이 벌판을 아름답고 안락한 땅 에
덴으로 믿지 않을 사람은 아무도 없게 된다. 이 세계는 하나의
커다란 에덴이 된다. 영원하고 무결한. 시간마저도 의미를 잃어
버린 영원의.

그러나 나는 그 마지막 한 장에서 여전히 망설이고 있었다.
마지막 한 구절이 아직 나의 생각을 붙잡고 있었다.

"그리하여……"

그리하여?

바람이 재촉하듯 그 한 장에 매달려 펄럭이다 지나갔다.

나는 간신히 손가락에 힘을 뻗어 그것을 찢어냈다. 그러자 나
의 팔이 힘을 잃고 늘어졌다. 바람이 손에서 그것을 빼앗아갔다.

모든 별빛이 사라져가고 있다. 바람이 점점 더 거세어져간다. 벌판이 바다처럼 커다랗게 일렁이기 시작한다. 나의 하늘, 나의 벌판, 나의 지평선, 나의 원, 나의 우주가 바야흐로 어느 한구석에서부터 서서히 찢어지기 시작한다. 나의 그 우주의 상처로부터 우르릉우르릉 우레 소리가 굴러오다 하늘이 갈라지는 듯한 따가운 소리로 변한다. 그러고는 이내 비가 흩뿌리기 시작한다. 나는 이미 생명을 포기해버린 내 육신의 한구석에 숨어 조용히 그것을 듣고 있었다.

예언은 모두 다 이루어지는 것인가.

마침내 그 마지막 구절까지도.

──그리하여 인간이 인간이려고 하는 노력은 끊어지고 우주는 파멸할 것이니, 미련하게도 자유와 인간의 안일을 함께 말하지 말라. 자유는 우주의 평화와 인간의 행복의 이유가 아니라 그 생성 원력生成原力인 것이다.

(1967)

이어도

긴긴 세월 동안 섬은 늘 거기 있어왔다.

그러나 섬을 본 사람은 아무도 없었다.

섬을 본 사람은 모두가 섬으로 가버렸기 때문이다.

아무도 다시 섬을 떠나 돌아온 사람이 없었기 때문이다.

1

해군 함정까지 동원한 파랑도 수색전은 작전 개시 2주일 만에 완전히 끝이 났다. 마라도 한 곳을 제외하고 나면 제주도 남단으로부터 동중국해 일대의 광막한 해역 안에는 섬 비슷한 것 하나도 떠올라 있는 것이 없었다. 예정된 해역 안을 갈아엎듯이 누비고 다닌 2주일간의 치밀한 수색전에도 불구하고 배들은 끝내 섬을 찾아낼 수 없었다.

섬은 없었다. 배들은 다시 항구로 돌아왔다.

작전 임무가 끝난 것이다.

보기에 따라서는 도깨비장난 같은 수색이었다. 결과야 어느 쪽이든 한 가지 조그만 사고만 없었더라면, 이제 이 해역 안에 파랑도라는 섬이 실재하지 않는다는 사실이 확인된 이상 작전 임무 자체는 그런대로 원만히 완수된 셈이었다.

그런데 작전 중에 한 가지 개운찮은 사고가 있었다.

천남석 기자 — 파랑도 수색 현장 취재를 위해 2주일 전 출항 날부터 작전 함정에 함께 승선해온 남양일보사 천남석 기자의 영문 모를 해상 실종사고가 생긴 것이다. 작전 수행 과정에서 종종 볼 수 있는 민간인 사고였다. 작전 당국이 최종 책임을 져야 할 성질의 사고는 물론 아니었다. 사고 처리 방법도 간단했다. 문제될 일은 별로 없었다. 하지만 천 기자의 실종은 어쨌든 이번 수색전 수행 중의 한 불행스런 오점이 아닐 수 없었다. 사고 원인이나 경위에 대해서도 아직 석연찮은 점이 없지 않았다. 취재기자의 실종사고에 대해 작전 당국으로서도 마무리를 지어 둬야 할 일이 남아 있었다. 섬을 찾으러 나갔다가 새로운 섬 이야기 대신 한 취재기자의 실종사고 소식을 싣고 돌아오는 수색 함정들의 귀항에는 그 2주일 동안의 작전 임무 종료에도 불구하고 개운찮은 숙제를 남기고 있었던 셈이다.

배들이 항구로 돌아온 날 저녁 무렵, 전령선 한 척이 멀리 외항에 정박 중인 작전 선단을 떠나 쏜살같이 내항 부두를 향해 달려 나왔다. 잠시 후 전령선은 중위 계급장을 단 해군 장교 한 사람을 부두에 내려놓고, 엔진도 끄지 않은 채 그길로 다시 뱃머리를 선단 쪽으로 되돌려 가버렸다. 부두에 혼자 남은 중위는 우선 현기증부터 주저앉히려는 듯 꽁지가 빠지게 달아나고 있는 전령선을 한참이나 우두커니 바라보고 서 있었다. 크지도 작지도 않은 적당한 몸매에 대리석을 깎아지른 듯 하얀 얼굴이 드물게 세련돼 보이는 젊은 장교였다. 배가 한참 멀어져간 다음에야 중위는 이윽고 몸을 돌이켜 세웠다. 그리고 이제부턴 그 자신도 무슨 부산스런 생각에 쫓기기 시작한 듯 얼굴 표정이나 거동이 갑자기 조급스러워지고 있었다. 빠른 걸음걸이로 부두를 걸어 나온 중위는 시가지로 들어서자마자 흔히 길이 서툰 사람들이 그렇듯 방향도 가리지 않고 대뜸 지나가는 택시부터 불러 세웠다.

"남양일보사로, 남양일보 아시오?"

"남양일보요? 알구말구요. 하지만 길을 좀 돌아야겠습니다. 중위님이 거꾸로 가는 차를 잡으셨어요."

중위는 그제서야 뭔가 생각이 망설여지는 듯 자신의 손목시계를 들여다본다. 5시 54분. 다소 시간이 바쁘다는 표정이다.

"아무 쪽으로나…… 빨리만 데려다주시오."

더 이상 망설이고 있을 수가 없는 듯 그는 곧 차 속으로 몸을 디밀었다.

"그야 이쪽이나 저쪽이나 시간은 대략 마찬가집니다. 시내를 한바탕 몽땅 돌아간다 해도 길이 얼마 돼야죠."

운전수가 그 중위를 안심시켰다. 그리고 그는 약속을 지켰다.

시간이야 얼마를 더 먹었든 적어도 중위가 바란 만큼은 약속을 지켜준 셈이었다.

남양일보사 현관 앞에서 차를 내린 중위가 수위실 전화를 통해 이 신문사의 편집국장을 찾았을 때, 2층 편집국의 양주호 국장은 할 일도 대충 끝냈겠다 이제 막 그의 자루처럼 커다란 윗도리를 찾아 꿰고 있던 참이었다. 잠시 후에 2층 편집국으로 올라간 중위가 엉거주춤 석양을 등지고 앉아 있는 양주호 국장의 커다란 책상 앞으로 다가섰다.

"편집국장님이십니까?"

중위는 제복을 입은 사람답게 정중하고 절도 있는 목소리로 양주호 국장에게 물었다. 그는 처음부터 그 양주호를 응시하듯 정면으로 바라보고 있었는데, 면도가 잘된 정결한 얼굴로 해서 그의 눈길은 절도 있는 말씨만큼이나 분명하고 정중했다.

"그렇습니다. 내가 편집국 일을 맡아보고 있는 양주홉니다만."

양주호가 잠깐 그의 거대한 몸집을 의자에서 들썩여 보였다. 그는 이 거동이나 생김새가 너무도 분명해 보이는 젊은 중위에 대해 자신도 모르게 가벼운 긴장기 같은 것을 느끼고 있는 표정이었다. 몸집이 큰 사람에게서 흔히 볼 수 있는 양주호의 호인다운 미소가, 중위를 대면하면서부터는 그의 부스스한 볼수염에 가려 흔적을 찾아볼 수 없었다.

그러나 중위는 여전히 그 분명하고 정중한 목소리로,

"아, 그렇습니까. 전 이번에 우리 해군에서 수행한 파랑도 수색 작전의 작전 사령부에서 나온 정훈장교 선우현 중윕니다."

착임 신고라도 하듯 가차 없는 자기소개를 끝내고 나서, 새삼스레 다시 허리를 잠깐 굽혀 보이고는,

"귀사에서도 이번 저희 작전에 취재기자를 한 분 파견하신 줄 알고 있습니다만."

비로소 방문 용건을 꺼낼 양으로 잠시 양주호 국장의 반응을 기다렸다.

"아, 그렇습니까. 수고가 많으십니다. 우리 신문사에서도 기자 한 사람이 따라갔었지요. 사회부에 천남석 기자라고……"

양주호는 그제야 중위에게 그의 독특하게 호인다운 웃음을 잠깐 웃어 보이고는 창문 아래쪽에 놓인 응접 소파로 뒤늦게 중위를 안내했다. 무겁고 둔해 보이는 몸집에다 한쪽 다리마저 절뚝거려 양주호는 그때 자기 의자에서 소파까지 몸을 운반해가는 데에도 테이블 한쪽에 기대어두었던 몽둥이 모양의 투박한 나무 지팡이 신세를 졌다. 그런데 양주호는 벌써 중위가 말하려는 용건을 분명히 눈치채고 있을 텐데도, 웬일인지 그쪽에는 아직 전혀 관심을 보이지 않았다.

"그러니까 이젠 배가 들어온 게로군요. 작전은 다 끝났습니까?"

두 사람이 소파로 자리를 잡아 앉자 양주호가 중위에게 담배를 권하며 남의 일처럼 말했다.

"그렇습니다. 작전은 지난 ×일 18시를 기해 모두 완료되었습니다."

"섬은 찾았습니까?"

"작전 지역 안에는 파랑도라는 섬이 존재하지 않는다는 사실이 확인되었습니다."

양주호는 예상하고 있었던 대로라는 듯, 그러나 중위의 말엔 별로 깊이 수긍하는 것 같지도 않은 표정으로 고개를 몇 차례 가볍게 끄덕여 보였다. 중위는 아무래도 양주호가 무슨 딴전을 피우고 있는 것 같은 기분이 들었다.

"그런데 불행한 사고가 한 가지 발생했습니다. 국장님께서도 이미 보고받고 계실 줄 압니다만."

그는 양주호 국장이 다시 화제를 흘리기 전에 용건을 말해야겠다는 생각으로 재빨리 입을 열었다. 하지만 양주호의 반응은 아직도 마찬가지였다.

"사고라니요? 무슨…… 무슨 사고가 있었습니까?"

"귀사에서 파견하신 천남석 기자의 실종사고 말씀입니다. 아직 보고를 못 받고 계셨습니까?"

"아, 그 천 기자의 일이라면 나도 벌써 얘길 들었소. 그저껜가요? 통신실로 연락이 들어왔더군요."

그는 역시 사고를 미리 알고 있었다. 한데도 그는 도대체 감정이 없는 사람 같았다. 그만한 사고 이야기라면 일부러 여기까지 어려운 걸음을 할 필요도 없었다는 듯 멀거니 맥이 빠진 눈초리로 중위를 바라보고 있었다. 중위는 차츰 당황하기 시작했다.

"저흰 최선을 다해서 다시 천남석 기자의 수색 작전을 전개했습니다."

그는 조바심이 치미는 어조로 민첩하게 설명했다.

"하지만 천 기자의 구조는 끝내 실패하고 말았습니다. 저흰 천 기자의 시체 인양마저 불가능했습니다. 제가 여길 찾아온 용건은 귀사 측에 사고의 경위를 말씀드리고, 저희 작전 부대를 대신해서 이 불상사에 대한 유감의 뜻을……"

그때였다. 양주호가 갑자기 중위의 말을 가로막고 나섰다.

"아, 알겠습니다. 그런 말씀이시라면 난 자리가 아닌 것 같군요. 난 이 회살 대표할 만한 사람이 아니니까요. 우리 사장님을 한번 만나보시겠습니까?"

일부러 이야기를 피하고 있는 게 분명했다.

중위는 그만 자기도 모르게 담뱃불을 비벼 껐다. 양주호는 자기가 신문사를 대표해 중위의 진길을 접수할 위치가 아니라는 것이었다. 국장이 회사를 대표할 수 없다는 건 물론 당연한 말이었다. 하지만 이번 일은 굳이 그런 일반의 질서만 따져 가릴 수가 없는 경우였다. 신문사라는 곳의 체제나 업무 성격도 그러하거니와 처음부터 중위가 편집국장을 찾은 데는 또 그 나름의 이유가 있었기 때문이다. 양주호의 태도가 좀 지나친 것 같았다. 그것은 이미 겸손이 아니었다. 중위는 기분이 언짢았다. 느닷없이 엉뚱한 고집이 치솟아 올랐다. 그러나 그는 자신의 감정을 함부로 표현해버리지 않을 만큼 충분한 참을성이 훈련되어 있었다. 그는 조금도 언짢은 기색을 얼굴에 나타내지 않은 채 아까보다는 좀더 정중하고 상냥스런 어조로 말했다.

"아닙니다. 사장님까지 뵐 필요는 없습니다. 공식적인 사고 확인은 저희 작전 사령부로부터 다시 서면 통보가 있을 테니까요. 전 다만 국장님께 구두로나마 일차 사고의 전말을 확인해드리고 저희 작전 부대의 유감의 뜻을 전하면 그것으로 임무가 끝납니다."

"사고 경위야 전번에도 대략 설명이 된 거 아닙니까. 그 때문이라면 일부러 이런 번거로운 걸음걸일 하실 필요가 없었는데 그랬습니다."

"하지만 저희에게도 사고에 대한 일단의 책임은 있으니까요. 경위를 분명하게 설명드려야 할 책임 말씀입니다."

"사고 책임 문제 때문에 무슨 말썽이라도 생길까 봐 걱정이신가 보군요. 하지만 그건 우리가 따지고 싶지 않다면 그걸로 그만 아니겠습니까?"

양주호는 이제 노골적으로 짜증스런 어조가 되고 있었다.

중위는 도대체 영문을 알 수 없었다. 영문을 알 수 없었지만 한편으로 이 몸집 큰 중년 사내의 힐난조에 오히려 어떤 수수께끼 같은 호기심이 동해 올랐다. 중위는 천천히 다시 담배를 한 대 집어 물었다. 불이 꺼져 있는 양주호의 담배에다 먼저 라이터를 켜 붙여주고 나서 자기 담배에도 불을 붙였다.

"국장님은 이를테면 이 신문사에서 천남석 기자의 직속 상사가 아니십니까? 그리고 전 실상 사고가 나기 전에 천 기자로부터 국장님의 말씀을 자주 들은 적이 있었거든요. 국장님을 찾아뵌 걸 후회진 않겠습니다."

"선생은 그럼 배에서 천 기자하고도 함께 지내신 일이 있으십니까?"

마지못해 응대해오는 양주호의 대꾸.

"물론입니다. 사고가 나기까지 천 기자와 전 줄곧 같은 배에서 지내다시피 했으니까요. 전 정훈장교 아니겠습니까. 이번 일도 실은 그래서 저한테 임무가 맡겨진 것입니다."

"천 기자가 날 뭐라고 하던가요?"

역시 관심이라고는 없어 보이는 말투. 중위는 그만 맥이 빠진 얼굴이었다. 그러나 그는 이내 용기를 내어 정중하게 대답하기 시작했다.

"커다란 항아리라고 하더군요."

"항아리라니. 무슨 항아리 말요?"

"그야 물론 술을 담는 항아리라는 뜻이었습니다. 술을 다섯 말쯤 부어 넣어도 속이 차오를 줄 모르는 초대형 항아리라구요. 죄송합니다."

"아니 천남석이 그 녀석이!"

짐짓 생각이 떠오르지 않는다는 듯 눈을 껌벅이고 있던 양주호가 드디어는 그 커다란 배를 들먹이며 털털털 웃고 있었다. 그리고 그 술항아리 이야기가 나오자 그는 이미 그 천남석 기자의 사고 같은 건 머리에서 까맣게 사라지고 만 듯 더없이 유쾌한 얼굴로 중위에게 물었다.

"그래 선생은 그 말을 곧이들었소? 날 보니까 그 말이 진짜 정말이었던 것 같소?"

"글쎄올습니다. 술을 부어 담아도 좋은 항아린지 어떤지는 모르겠습니다만 항아리라면 어쨌든 큰 항아리일 거라는 느낌입니다. 그래서 전 아까 이 방을 들어서고 나서 아무한테도 국장님을 물을 필요 없이 곧장 이리로 걸어올 수가 있었습니다."

중위도 좀 안심이라는 듯 미소 어린 눈길로 양주호 국장을 바라보았다. 그는 이제 이 터무니없이 몸집이 큰 사내의 성미에 대해 어느 정도 자신을 얻고 있는 표정이었다.

"그런데 이건 순전히 제 개인적인 관심에서 여쭙는 것입니다만……"

중위가 이번에는 허물이 훨씬 덜한 말투로 양주호에게 다시 궁금한 대목을 묻기 시작했다.

"국장님께선 아까 천남석 기자의 실종사고에 대해선 전혀 경위나 책임을 따질 필요가 없는 것처럼 말씀하고 계셨는데 그건 무슨 까닭입니까? 천 기잔 그토록 회사에서 외톨박이 꼴이었다는 겁니까, 아니면…… 아, 그야 물론 저희 입장에선 그럴수록 일이 간단해지긴 합니다만……"

"선생들의 입장이 좋아지셨다면 그걸로 그만 아닙니까. 경원 따져 뭐 합니까? 천 기잔 아마 자살을 한 걸 텐데 말이오."

어느새 또다시 무관심해지는 듯한 양주호의 대꾸. 그러나 중위는 이제 이 양주호 국장의 무관심을 더 이상 용납하지 않을 기세였다.

"천 기자가 자살을 했을 거라구요?"

중위가 갑자기 진지한 얼굴로 양주호에게 덤벼들었다.

이상한 일이었다. 양주호는 정말 엉뚱한 말을 하고 있었다. 천 기자의 사고 경위를 따지지 않는 이유를 그는 천 기자가 아마 자살을 했을 것이기 때문이라고, 선우 중위의 입장만 점점 더 편하게 해주고 있었다. 하지만 중위는 물론 그 양주호의 말을 그대로 무심히 들어넘길 수가 없었다. 중위 역시 그 천남석의 죽음에는 처음부터 늘 어딘지 석연찮은 구석이 느껴져온 터였다. 배에서도 그랬고, 전령선을 내려 이 신문사를 찾아올 때도 그랬다. 그리고 이 속을 짚어낼 수 없는 사내 앞에서 공식적인 용무를 치러가면서도 그의 머릿속에는 실상 그 천남석 기자의 죽음에 대한 끝없는 의구가 맴돌고 있던 참이었다. 자살일지도 모른다는 생각이었다. 하지만 중위는 양주호 국장 앞에 그런 말은 할 처지가 못 되었다. 섣부른 상상이나 추리만으로 사고를 설명할 수는 없었다.

그런데 뜻밖에 양주호 국장이 먼저 천 기자의 죽음을 자살로 추단하고 있었다. 아무것도 새삼스러울 게 없다는 듯 방심스런 그의 목소리가 오히려 더 단정적이었다. 수수께끼가 숨어 있는 것 같았다. 중위는 사실을 알아야 했다.

양주호는 잠시 대꾸가 없었다.

중위가 연거푸 물었다.

"다시 한 가지 여쭙겠습니다만, 그럼 천남석 기자는 이번 수색 작전 결과에 대해 무슨 특별한 확신 같은 거라도 가지고 있지 않았었나요?"

"특별한 확신이라니 무슨……"

"이 신문사에서 천남석 기자를 선발해 보낸 것은 물론 국장님이셨을 줄 압니다. 그렇다면 국장님께선 가령 그 천 기자가 누구보다도 이번 작전에서 섬을 찾게 되리라는 확신을 가지고 있는 것 같았다든가, 적어도 섬을 찾는 일에 특별한 관심을 가진 사람으로는 여겨지셨던 것이 아니겠습니까?"

"관심을 가지고 있었는지 모르겠어요."

양주호가 마지못해 입을 열었다. 하지만 그의 말은 갈수록 아리송해지고 있었다.

"이번 취재는 내가 그를 선발해 보내고 말고 할 여지도 없이 천 기자 자신이 자청을 하고 나선 일이었으니까요. 하지만 아마 그 천 기자에게서 섬에 대한 무슨 확신 같은 게 엿보였지 않았을까 하는 선생의 생각은 쓸데없는 추측일 겝니다. 천 기잔 실상 평소부터 섬을 잘 믿으려 하지 않았으니까요. 확신이 있었다면 섬에 대한 기대에서가 아니라 오히려 그런 섬 이야기 따윈 절대로 곧이듣고 싶지 않았던 쪽이었을 겝니다. 천 기자가 이번 취재 여행을 청하고 나섰던 것도 오히려 그런 자기 확신을 위해서였지 않았나 싶구요."

"그렇다면 천 기자는 이번에 저희가 섬을 찾아내지 못한 데 대해서도 특별히 실망 같은 건 할 필요가 없었을 거라는 말씀입니까?"

"실망이 아니라 쾌재를 불렀을지도 모르지요. 헌데 선생은 도대체 내게 무얼 알고 싶으신 겁니까?"

"글쎄요. 똑바로 말씀드리자면 저 역시…… 아, 이건 물론 저 개인적인 추측에 불과한 일입니다만, 저 역시 천 기잔 어쩌면 불의의 사고를 당했다기보다, 그 스스로 바다에 몸을 던졌을지도 모른다는 생각이 가끔 들고 있었거든요. 천 기자가 그때 실망을 할 필요가 없었다면 국장님께선 어떻게 그의 자살을 단정하고 계신지 저로선 이해가 가지 않는군요."

"그럼 선생도 정말 천남석이 자살을 했을지 모른다는 생각을 가지고 있었다는 말씀이오? 천남석이 섬을 찾지 못한 실망 때문에?"

양주호는 비로소 표정이 바뀌었다. 천남석이 정말 자살을 했을지도 모른다는 중위의 말에 그는 마치 죽었던 천 기자가 다시 돌아왔노라는 소리라도 들은 듯 불시에 어떤 생기 같은 것이 되살아나고 있었다. 그러고는 중위의 질문은 제쳐두고 자기 쪽에서 먼저 그를 다짐하고 나섰다.

"무엇 때문에 그런 의심이 떠올랐지요? 천 기자한테서 무슨 그럴듯한 기색이라도 엿보인 데가 있었다는 말씀이오?"

양주호 역시 천 기자의 자살을 추측하고 있으면서도 아직 어떤 확신을 가질 수가 없었던 것일까. 천남석의 죽음이 중위에게서마저 그런 의심을 받고 있는 이상 그는 이제 그 중위에게서 어떤 새로운 확신이라도 얻어내고 말겠다는 듯한 태도였다. 그는 이제 중위에겐 절대로 다른 대답을 용납하지 않겠다는 듯 위협기 어린 눈초리로 중위를 뚫어지게 노려보고 있었다.

하지만 중위는 물론 아직 그 양주호 국장을 만족시킬 만한 분명한 대답을 가지고 있지 못했다. 그는 잠시 말이 궁해진 듯 입을 다물고 있었다. 그러다간 마침내 이 뜻하지 않은 곳에서 뜻하지 않은 사내 앞에 전에 없이 자신 없는 소리들을 늘어놓기 시작했다.

"전 물론 아직 천 기자의 죽음을 자살로 단정할 만한 근거는 아무것도 가지고 있지 못합니다. 하지만 사고가 있기 전날 밤 천 기자의 태도는 아무래도 평상시와는 좀 다른 데가 많았던 것 같습니다. 무엇보다도 전 그날 밤 그의 이야기를 잊을 수가 없습니다."

"그날 밤 천 기자가 무슨 이야기를 했습니까?"

"그야 물론 섬 이야기였습니다. 그날은 마침 수색 작전이 모두 끝나고 난 밤이었는데 저녁 무렵부터 느닷없이 심한 폭풍우가 몰아닥쳐 왔어요. 천 기자는 그날 밤 제 방으로 와서 저와 함께 술을 마시고 있었습니다. 폭풍우의 소동 속에 둘이 함께 술을 마시면서 그가 새삼스럽게 섬 이야기를 꺼냈거든요. 이야기가 자정을 넘도록 길게 계속되었어요. 무척도 절망적인 이야기였습니다. 하지만 그는 마치 무슨 이상한 예감에라도 사로잡힌 사람처럼 무척도 열심히 이야기를 계속하고 있었습니다. 1시가 넘어서야 간신히 이야기가 끝나고 그는 제 방을 나갔습니다. 한데 그러고는 그만이었어요. 그게 제가 천 기자를 본 마지막 모습이었습니다."

"그날 밤 천 기자가 섬 이야기를 한 건 이어도가 아니었습니까? 이번에 당신들이 찾으려고 했던 파랑도가 아니라 이어도라는 섬 말이오."

양주호가 조급한 목소리로 물었다. 그러자 중위는 미처 그 자신도 아직 제 말을 잘 이해하지 못하고 있는 듯한 얼굴로 자신 없는 소리를 이어갔다.

"그렇습니다. 천 기자는 처음부터 우리가 찾고 있던 파랑도와 이어도를 늘 같은 섬으로 말했지만 섬을 부를 때는 항상 이어도 쪽을 택했으니까요. 이어도 이야기였습니다. 그리고 아마 국장님께선 곧이들으려 하지 않으시겠지만, 천 기자의 불상사가 정말 그의 고의에 의한 사고였을 가능성이 있다면, 그날 밤 천 기자의 이야기에서 느낄 수 있었던 어떤 치명적인 절망감은 바로 그가 그 이어도를 만날 수 없었던 데서 비롯한 것이 아니었나, 전 그런 식으로 추측해오고 있었습니다. 천 기자의 실종이 확인되고 난 다음에 제게 떠오른 생각이라곤 이상하게도 늘 그날 밤 그 천 기자의 이어도 이야기뿐이었으니까요. 하지만 천 기잔 정말로 자살을 한 것일까요?"

2

천 기자의 실종 사고가 그날 밤 그의 이어도 이야기와 어떤 관련이 있을지도 모른다는 선우 중위의 추측은 터무니없는 상상이 아니었다.

이어도—그 이어도에 관해서는 선우 중위로서도 물론 이번 작전과 관련해서 어차피 상당한 이해를 가지고 있었다. 이어도에 관한 이야기는 파랑도 수색 작전이 시작되기 전서부터 충분한 조사가 행해져 있었다. 그리고 그 이어도는 실상 작전의 한 간접적인 동기가 된 섬의 이름이기도 했다. 그것은 이를테면 오랜 세월 동안 이 제주도 사람들의 입에서 입으로 이야기가 전해 내려온 전설의 섬이었다. 천 리 남쪽 바다 밖에 파도를 뚫고 꿈처럼 하얗게 솟아 있다는 제주도 사람들의 피안의 섬이었다. 아무도 본 사람은 없었지만, 제주도 사람들의 상상의 눈에선 언제나 선명한 모습을 드러내고 있는 수수께끼의 섬이었다. 그리고 누구나 이승의 고된 생이 끝나고 나면 그곳으로 가서 새로운 저승의 복락을 누리게 된다는 제주도 사람들의 구원의 섬이었다. 더러는 그 섬을 보았다는 사람도 있었지만, 이상하게도 한번 그섬을 본 사람은 이내 그 섬으로 가서 영영 다시 이승으로는 돌아오지 않았기 때문에 그 모습을 분명하게 말할 수 있는 사람이 아무도 없는 섬이었다.

언제부턴가 이곳 제주도 어부들에게선 이어도가 아니라 그이어도와 비슷한 또 하나의 섬 이야기가 전해지고 있었다. 파랑도에 대한 소문이었다. 파랑도의 소문은 이어도하고는 달리 좀더 구체적이고 널리 퍼져나갔다. 망망대해 어느 물길 한 굽이에 잿빛 파도를 깨고 솟아오른 파랑도의 모습을 보았다는 어부들이 곳곳에서 나타났다. 섬을 보았다는 사람들은 한결같이 하늘과 바다를 걸어 자기의 말이 거짓이 아님을 단언했다. 이윽고 파랑도 소문의 주변에는 서서히 현실적인 이해관계가 얽히기 시작했고, 보다 더 구체적인 관심 속에서 소문의 근원이 따져지기 시작했다. 사람들은 그것이 혹시 썰물 때만 잠깐 모습을 드러냈다 밀물 때가 되면 다시 수면 아래로 가라앉는 거대한 산호초 더미가 아닌가 의심했다. 그게 정말로 섬의 모양을 갖춘 것이라면 남해 지도가 다시 고쳐 만들어져야 할 판이었다. 사람들은 마침내 이어도의 전설을 생각해냈다. 옛날부터 이 바다의 어디엔가는 이어도라는 섬이 숨어 있다는 구전이 전해 내려오는 터이었다. 이어도에 관해서는 언젠가 그것을 보았노라는 사람의 전설도 남아 있고 아직도 제주도 일대에는 그 이어도에 관한 분명한 민요까지 남아 있지 않느냐. 이어도의 전설은 아마 파랑도의 실재에서 비롯된 제주도 사람들의 구전에 의한 또 다른 전설의 하나일 것이다. 파랑도의 실재 가능성은 이어도의 전설로 하여 좀더 분명해질 수 있을 것이다. 파랑도를 찾아보자. 그리하여 당국은 마침내 파랑도의 수색 작전을 계획했고, 결국엔 파랑도고 이어도고 이 세상엔 그런 섬이 실재하지 않는다는 사실이 확인되기에 이른 것이었다. 하지만 문제는 그 파랑도가 실재하느냐 없느냐보다도 그에 대한 천남석 기자의 태도였다. 양주호 국장이 이미 점을 치고 있었던 대로 그는 과연 수색 작전 취재를 위해 배로 올라오고 나서도 파랑도의 실재 가능성에 대해서는 별로 큰 기대를 가지고 있지 않은 사람처럼 보였다.

　　—정말로 섬을 찾아낼 수 있다고 보세요? 작전이 끝나고 나면 사실이 다 밝혀지겠지만 이건 아무래도 무슨 동화 같은 기분이 드는군요.

　　—나, 나 말요? 그야말로 섬을 찾아내지 못한다면 당신네들

의 우스꽝스런 뱃놀이를 구경 온 셈이 되겠지요. 하하……

작전 결과에 대해서는 도대체 관심이 없는 사람처럼 싱거운 소리를 곧잘 했다. 어떤 때는 아예 그 수색 작전 동기에 대해서마저 심히 회의적인 언동을 서슴지 않을 때가 있었다.

— 이어도의 전설을 파랑도의 실재 가능성에 대한 근거로 삼고 있는 당신들의 생각이야말로 전혀 순서가 뒤바뀐 것 같아요. 아직은 가상의 존재에 불과한 그 파랑도가 이어도의 전설을 만들어냈을지 모른다는 가정이 가능하다면, 그 역으로 이어도의 허구가 파랑도라는 또 하나의 허구를 만들어냈을지도 모른다는 가정은 보다 설득력이 더하지 않을까요. 파랑도고 이어도고 아직은 우리 눈에 들어온 일이 없는 지금 형편에선 말입니다. 그리고 그 두 개의 가정이 동시에 가능하다면 당신들은 파랑도보다 처음부터 이어도 쪽을 찾아 나선 편이 더 동화적이지 않겠어요. 허구가 낳은 또 하나의 허구를 찾아 나서느니보단 차라리 첫번째 허구에 해당하는 이어도 쪽을 찾는 편이 더 그럴듯하지 않았겠느냔 말입니다.

그러고는 도대체 다음부터는 파랑도 수색 작전 명령 자체를 그 혼자는 이어도 수색 작전이라 부르며, 이어도, 이어도, 언제나 그 이어도라는 이름으로 파랑도의 이름을 대신해 부르곤 하였다.

작전 결과에 대해선 누구보다 여유가 만만해 보였다고나 할까. 하지만 그 천남석 역시도 알고 보면 그의 말처럼 실상 그렇게 여유가 만만해 있었던 것은 아니었다. 그는 다만 늘 그렇게 여유가 만만해 보이고 싶었던 것뿐이었다. 그는 내심 누구보다도 섬을 기다리고 있었다. 선우 중위는 그렇게 생각했다. 작전 중 천 기자가 갑판 난간 같은 데에 기대서서 청동색 파도가 끝없이 밀려 올라오는 남쪽 수평선을 바라보고 서 있을 때—그는 늘 표정이 가지런하고 빈틈이 없어 보이는 편이긴 했지만, 그가 그 수평선을 하염없이 바라보고 서 있을 때 그 꿈을 꾸는 듯한 눈길 속엔 늘 어떤 간절한 소망 같은 것이 어려 있곤 했었다. 그리고 그 가지런한 두 어깻죽지에선 문득문득 어떤 무기력한 낭패감 같은 것을 느낄 때가 한두 번이 아니었다. 그는 섬을 기다리고 있었다. 하지만 그는 그 섬에 대한 집착 때문에 오히려 어떤 여유 같은 것을 가지려고 애써 노력하고 있었다. 그러고 있는 게 분명했다. 파랑도와 이어도의 혼동도 천 기자에겐 아예 그 파랑도고 이어도고 이 세상에선 그림자조차 찾아볼 수 없을지 모른다는 강렬한 자기 회의의 표현일 수 있었다.

한데 마침내 그 2주일간의 수색 작전이 끝나고 이제는 정말 파랑도고 이어도고 모두가 허황스런 소문의 섬에 불과했다는 사실이 확인되고 나자 천남석은 그만 갑자기 여유를 잃고 말았다.

작전이 끝나던 날 밤이었다. 선우 중위가 양주호에게 말한 대로 그날 밤은 느닷없이 몰아닥친 폭풍우로 해서 바다와 하늘이 온통 어둠 속에 한데 뒤엉키고 있었다. 작전을 끝내고 기지 귀환 길에 오른 함정들마저 미쳐 날뛰는 바다의 행패를 견디다 못해 최저한의 항진 속도를 유지하고 있었다. 그러는 중에서도 선우 중위는 이날 밤 천남석 기자와 함께 사령선 자기 침실에서 모처럼 기분 좋은 취기를 즐기고 있었다. 초저녁부터 불어닥치기 시작한 폭풍이 밤 10시쯤부터는 배를 아주 들어엎을 듯 기세가 더욱 사나워져갔는데, 그러자 천남석 기자가 자기 방에서는 혼자선 그 소동을 견디기 어려웠던지 모처럼 선우 중위의 침실로 술병을 숨겨들고 왔다.

"굉장하군요. 전 이런 잠자리 대접은 처음입니다. 술이나 마십시다."

천남석이 선우 중위의 방을 들어서면서 한 말이었다. 선우 중위는 대뜸 천남석의 그 농기 어린 목소리에 그가 좀 겁을 먹고 있는 것 같은 생각이 들었다. 하지만 그는 별로 상관하지 않았다. 천남석 기자로선 아닌 게 아니라 그런 잠자리는 처음일 터였다. 배를 자주 타지 않은 사람이라면 이런 밤 얼마간 겁을 먹게 되는 것도 당연했다. 그는 무심히 술을 마시기 시작했다. 그리고 적당히 기분 좋은 속도로 알알한 취기에 젖어들기 시작했다.

그렇게 한참 술을 마시다 보니 선우 중위는 이날 밤 천남석의 거동이 여느 때하곤 좀 이상하게 달라지고 있다는 것을 알아차리기 시작했다.

"아, 이거 너무한걸. 이래도 배가 괜찮을까요?"

배가 한차례 크게 내려앉고 술병이 흔들릴 때마다 그는 그답지 않게 자주 바깥쪽 소동에 신경을 곤두세우곤 했다. 불안스런 기색을 감추려는 듯 술잔을 비워내는 속도도 선우 중위보다 곱절이나 빨랐다. 그는 완전히 여유를 잃고 있었다. 그리고 이젠 더 이상 견디기 어려운 듯 느닷없이 그 이어도를 저주하기 시작했다.

"이런 때 우리 조상들은 이어도라는 섬을 생각했던 모양이지요. 아마 폭풍에 배가 깨지고 나면 그 이어도로 헤엄을 쳐 나갈 수 있을 거라고 말입니다."

선우 중위는 이해할 수가 없었다. 무엇을 근심한다거나 불안해하는 빛을 함부로 엿보인 적이 없던 천남석이었다. 이어도의 존재에 대해서도 그토록 적대적인 회의는 드러내 보인 적이 없었다. 그러던 천남석이 이날 밤엔 너무 쉽사리 겁을 먹고 있었다. 그리고 너무도 진지하게, 정색을 한 어조로 섬을 저주하고 있었다.

"이어도라는 그 터무니없는 허구가 사람들을 무참하게 속인 거지요. 사람들은 이어도에 속아 죽음이 기다리는 바다를 두려워할 줄 몰랐습니다. 그리고 폭풍을 만나고도 속수무책으로 이어도만 찾다가 가엾은 물귀신이 되어가곤 했습니다. 선우 중위도 아시겠지만……"

그는 부재가 확인되고 난 이어도의 위험스런 허구에 대해서 좀더 신랄한 비난을 계속했다. 그는 한사코 이어도의 모든 것을 부인하고 싶어 했다.

"선우 중위도 아시겠지만 이어도란 원래 이 제주도에선 사람이 죽어 저승으로 가서 그 저승의 삶을 누린다는 죽음의 섬 아닙니까? 불행한 일이지만 이어도가 정말 죽음의 섬이 분명할 거라는 덴 제법 그럴듯한 소문까지 나도는 판이죠. 이곳 뱃사람들 가운덴 꿈에선지 환각에선지 가끔 그 섬을 본 사람이 있다는 말도 있는데, 그렇게 한번 섬을 보게 된 사람은 예외 없이 며칠 후엔 곧 세상살이를 그만두고 만다는 겁니다. 섬을 한번 보기만 하면 누구나 곧 그 섬으로 가고 만다는 거지요. 그게 죽음의 섬이 아니고 무엇입니까? 그런데 말입니다. 그런데 언제부턴가 이 제주도 사람들 사이에선 또 그 죽음의 섬을 이승의 생활 속에서 설명하려는 망측스런 버릇들이 생기고 있었던 것 같아요. 유식한 말로 이어도의 꿈이 있기 때문에 현세의 고된 질곡들을 참아낼 수 있었다는 것이지요. 언젠가는 그 섬으로 가서 저승의 복락을 누리게 된다는 희망 때문에 이승에선 어떤 괴로움도 달게 견딜 수가 있노라고 말입니다. 죽음의 섬이 마침내 구원의 섬이된 것이지요. 그리고 그런 식으로 이 섬은 이승에 살고 있는 사람들의 현세의 생활까지 염치없게 간섭을 해오고 있는 꼴이지 뭡니까."

살아 있는 사람들 누구에게나 마찬가지로 그 섬사람들에게도 죽음이나 저승의 꿈은 결국 그들의 현세적 삶의 한 방식으로서 존재하고 있노라는 소리였다. 하지만 천남석은 바로 이어도의 그런 현세적 기여를 무엇보다도 못마땅해하고 있는 것 같았다.

"하지만 섬사람들이 어차피 배를 타지 않으면 안 될 운명이었다면, 이어도의 존재야말로 그 사람들에겐 커다란 위안이 아니었겠소. 배를 타지 않으면 안 될 운명이 분명하면 분명해질수록 이어도는 그 사람들의 구원이 아니었겠느냔 말입니다."

선우 중위가 모처럼 한마디 끼어드는 소리에 천남석은 느닷없이 발칵 화를 내기까지 했다.

"배를 타지 않으면 안 될 운명이라뇨? 처음부터 세상을 그렇게 타고난 운명이 어디 있단 말요. 운명은 타고나진 게 아니라 바로 그 섬이 만들고 있었던 겁니다. 이어도의 환상이 그 허망한 마술로 사람들을 섬에서 떠나지 못하게 묶어놓고 끝끝내 배만 타게 만들어버린 거란 말입니다. 그러면서 사람들로 하여금 길고 짧은 생애들을 고스란히 이 섬 위에서 견디게 했다가 종내는 그 죽음의 섬으로 가엾은 생령들을 홀려가곤 한 거란 말이에요."

이어도에 대한 천남석의 저주는 끝이 없을 것 같았다. 시간은 이미 자정을 넘고 있었다. 폭풍은 여전히 기세가 꺾이지 않고 있었다.

밤이 깊어갈수록 선체가 오히려 점점 더 크게 흔들렸다. 이어도에 대한 저주 때문인지, 아니면 그 지독한 폭풍의 행패 때문인지 천남석의 불안감은 극도에 달해가는 느낌이었다. 그는 거의 자기 혼자서 양주병 하나를 바닥까지 비워가고 있었다. 선우 중위로선 형용키조차 어려운 어떤 근심기나 초조감 같은 것이 그의 얼굴 위를 쉴 새 없이 교차하고 있었다. 그리고 그 근심기나 초조감이 심하면 심해갈수록 그의 이어도에 대한 저주는 점점 더 열기를 더해갔다. 그는 자기 열기를 식히려는 듯 잠시 말을 끊었다 다시 입을 열기 시작했다.

"어렸을 때부터도 전 그 이어도 이야기를 좋아한 편이 아니었어요."

이날 밤 배 안에서 그의 모습이 사라지기 전에 마지막으로 남기고 간 자신의 유년 시절에 대한 회고였다.

"어머니 때문이었을지도 모르겠어요. 어머니 곁에만 가면 전 항상 어머니에게서 그 이어도의 노래를 들을 수 있었으니까요. 전 유년 시절을 온통 그 어머니의 이어도 노래 곁에서 그 소리만 들으며 보낸 것 같아요."

선우 중위야 듣고 있든 말든 천남석은 그 절망적인 목소리로 자신의 기이한 유년 시절을 차근차근 들춰내기 시작했다. 이번에도 또 이어도가 이야기의 실마리였다. 실마리뿐만 아니라 그의 어린 시절의 이야기는 온통 이어도와 그 이어도와 상관해서 기억될 수 있는 주변 사람들의 회상뿐이었다. 모든 이야기의 핵심이 이어도였다. 무척도 긴 이야기였다. 그리고 듣고 있던 선우 중위까지도 나중엔 어떤 기묘한 감동 같은 것으로 몸을 떨었을 만큼 절망적인 이야기였다.

이야기가 끝났을 때는 새벽 1시가 훨씬 지난 시각이었다. 천남석은 이야기를 모두 끝내고 나서 잠시 술기라도 식히고 싶은 듯 말없이 혼자 선우 중위의 침실을 나갔다. 그리고 그는 그것으로 마지막이었다.

이어도가 문제였다. 천남석의 죽음에 선우 중위의 추측처럼 아직 어떤 밝혀지지 않은 비밀이 숨겨져 있다면, 그 비밀은 아무래도 그날 밤 천남석의 그 이어도에 대한 절망적인 이야기 속에 열쇠가 감추어져 있을 가능성이 농후했다.

3

선우현 중위는 이날 저녁 전혀 계획표에 들어 있지 않았던 장소에서 역시 처음 계획표엔 예정이 없었던 술을 마시고 있었다.

술집 〈이어도〉. 술집 간판이 그 섬 이름을 딴 것이었다. 중위로부터 천남석 기자의 자살 추측을 전해 들은 양주호가 다짜고짜 이 방석집 규모조차 못 되어 보이는 허름한 주막집 안방으로 그를 납치해 온 것이었다. 이날 저녁 중위는 실상 천남석의 집을 찾아가 유족에게도 따로 조의를 전한 다음, 적당한 여관에서 하룻밤을 지내고 이튿날은 아침 일찍 배를 탈 예정이었다. 그런데 양주호가 그를 놓아주지 않았다. 천남석에겐 따로 가족다운 가족이 있는 것도 아니니 이날 저녁엔 우선 자기하고 술이나 한잔 나누자고 했다. 천남석의 집은 그런 다음에 자기와 같이 찾아가보자는 것이었다. 그러면서 한사코 중위를 차에 태워 끌고 온 것이 교외 해변가의 〈이어도〉 안방이었다.

그가 하필 이런 이름의 술집으로 안내해 온 데는 물론 그럴 만한 이유가 있었던 것 같았다. 양주호는 이날 저녁 처음부터 태도가 예상 외로 거칠었다. 편집국 문을 나서면서부턴 갑자기 한 신문사의 국장다운 구석이라곤 하나도 찾아볼 수가 없었다. 그는 마치 상습 알코올 중독자의 그것처럼 아무렇게나 행동하고 아무렇게나 말을 했다. 커다란 몸집이 오히려 체신머리가 없어 보일 만큼 언동이 무질서해지고 있었다. 뭔가 실종 경위 같은 걸 듣고 싶어 술자리를 청한 것 같았는데, 그는 이내 그 중위를 붙잡게 된 동기 같은 건 까맣게 잊어버린 듯했다. 천남석의 죽음에 관한 말은 한마디도 입에 올리지 않았다. 어쩌면 그는 천남석이 그날 밤 이어도 이야기를 하고 있었다는 중위의 말 한 가지로 그의 자살을 이미 굳게 믿어버린 사람 같았다. 그리고 그런 자기 확신을 지키기 위해 사정을 다시 뒤엎어버릴지 모르는 그날 밤의 다른 이야기들은 한사코 듣기를 회피하고 있는 것 같았다. 처음부터 자꾸 그 이어도와 〈이어도〉 술집에 관한 이야기만 횡설수설 떠들어대고 있었다.

   ──우린 날마다 이 이어도를 찾아옵니다. 하루라도 이어도를 찾아오지 않으면 못 사니까요. 이어도를 찾아와서 술을 마시고, 이 이어도 여자와 노래도 부르고 사랑도 하면서 하루하루씩을 더 살아갑니다.

   ──선우 선생, 오늘 저녁엔 선생도 나와 함께 이어도를 오신 겁니다. 멋지게 취하셔야 해요. 아시겠습니까. 이어도, 아까 보니 선생도 벌써 이어도 이야기를 꽤 자세히 알고 있는 모양인데 말이오.

   술집 문을 들어서면서는 그 이어도와 〈이어도〉 술집조차 잘 구별을 하지 않은 채 벌써부터 취기 어린 주정 투가 되고 있었다. 천남석의 죽음에 대해 정확한 사실을 알고 싶은 것은 오히려 중위 쪽이었다. 중위가 양주호를 따라 그럭저럭 술집까지 온 것은 실상 그 천남석의 죽음에 관한 어떤 새로운 사실을 양주호로부터 얻어낼 수 있을까 해서였다. 양주호가 처음부터 천남석의 죽음을 자살로 단정하고 나서는 덴 필경 이유가 있을 것이었다. 그는 그게 궁금했다. 그걸 알아야 했다. 천남석의 자살이 사실로 확인될 수 있다면 그의 실종 사고를 처리함에 있어서 그의 부대에 바칠 수 있는 공헌은 오히려 둘째 문제였다. 보다 중요한 것은 그 사실 자체였다. 무슨 일에 대해서나 명확한 사실을 근거로 해야 하는 선우 중위의 사고방식은 그것이 곧 그의 주장이자 공인다운 미덕이었다. 사실에의 봉사는 언제나 중위를 즐겁게 했다. 사실을 밝혀야 했다. 그는 적지 않이 사명감마저 느끼고 있었다. 사실을 알지 못하면 천 기자의 자살은 믿을 수 없었다. 그날 밤 이야기를 들려주는 대신 그는 양주호로부터 그 죽음의 수수께끼를 풀어내고 싶었다. 그것은 작전 부대를 위해서도 필요한 일이었다. 하지만 양주호는 도대체 그날 밤 일에 대해선 더 이상 궁금해하질 않았다. 중위로선 그런 양주호의 기분에 함부로 말려들어버릴 수가 없었다.

중위는 아직 갈피를 잡을 수 없었다. 양주호라는 위인의 속셈을 알 수 없었다. 한데다 술집 이름까지 하필 그런 식이었기 때문일까. 양주호를 따라 〈이어도〉 문을 들어서면서 선우 중위는 자신이 마치 진짜 그 저승의 섬에라도 들어서는 것 같은 이상스런 요기마저 느끼고 있었다.

하지만 선우 중위의 기분이 더욱 갈피를 잡을 수 없게 된 것은 정작 그 양주호와 본격적인 술자리가 시작되고부터였다.

〈이어도〉는 뱃사람들만이 단골로 다니는 술집 같았다. 소위 홀이라는 것은 없고 술손들은 모두가 방이 아니면 마루로 올라앉아 끼리끼리 낭자한 취기들을 즐기고 있었다. 양주호와 선우 중위는 그중 손님이 하나도 들어 있지 않은 안방 비슷한 곳에 자리를 잡아들었다. 그리고 한 여자가 곁에 함께했다. 두 사람이 자리를 잡아 앉기 무섭게 부르지도 않은 술상부터 미리 받쳐 들고 들어온 여자였다. 좁고 둥글둥글한 얼굴에다 살이 밴 참빗질로 긴 머리채를 보기 좋게 빗어 묶은 여인의 몸맵시는 마치 무슨 암무당의 외동딸이라고나 해야 알맞을 만큼 야릇한 분위기를 담고 있었다.

"이어도의 미인입니다. 허허…… 이어도에선 누구든지 이 여자와 사랑을 할 수 있답니다. 허허허."

술잔을 들다 말고 양주호가 뜻을 알 수 없는 웃음을 허허 웃어댔다.

"어때요. 오늘 밤 선생도 한번 멋진 연앨 해보실 생각 없소? 아, 그야 이 이어도에서만은 한 여잘 여러 사내가 함께 사랑하더라도 허물이 되지 않아요. 선우 선생은 선생 몫만 사랑하면 되는 거니까 말이오."

양주호 자신도 자기의 몫을 사랑하겠다는 듯 여자의 한쪽 팔을 끌어대도 여인은 병어처럼 조그맣게 입을 오므린 채 전혀 아무 대꾸가 없었다. 그런데 술자리가 시작되고 난 다음부터 선우 중위가 더욱 갈피를 잡을 수 없게 되었다고 한 것은 다름이 아니었다. 술기가 웬만큼 알알해지기 시작했을 때였다. 양주호가 문득 생각난 듯 여자에게 지껄였다.

"아 참, 오늘은 내 자네한테 한 가지 반가운 소식을 가지고 왔다네. 뭔 줄 아나. 자네 이제 이 섬을 떠나지 않아도 좋게 되었단 말야. 자넬 쫓아내지 못해 한을 품고 있던 작자가 먼저 여길 떠나버렸거든."

천남석 기자의 실종에 관한 이야기인 듯했다. 양주호는 마치 천 기자의 실종이 그녀에게 매우 반가운 소식이라도 되는 것처럼 의기양양한 말투였다.

"자네 무슨 소린 줄 알겠지. 천남석이란 작자, 그자가 이젠 아주 여길 떠나가고 말았단 말일세. 자넨 이제 안심하고 여기 있어도 되네. 작잔 이제 절대로 여긴 다시 안 오니까."

나중에야 양주호가 중위에게 일러준 말이지만, 알고 보니 〈이어도〉는 양주호보다 천남석 기자가 먼저 길을 트고 지내던 그의 단골 술집이었다. '이어도의 여인' 역시 천남석과는 특별히 은밀스런 정분을 나누고 지내던 여자였다는 것이다. 그런데 천남석이 어느 때부턴가 (아마도 그것은 양주호가 그녀를 '이어도의 미인'이라는 별명으로 부르기 시작하고부터였던 것 같은데) 느닷없이 이 여자를 질투하기 시작했다는 것이다. 여자에게 섬을 떠나라고 매일같이 〈이어도〉를 찾아와서 그녀를 못 견디게 했다고 했다. 여자가 섬을 떠나주지 않으면 자기까지 괜히 섬을 견딜 수 없는 것처럼 그는 배를 타기 바로 전날까지도 두고두고 그런 식으로 협박과 설득을 계속해오고 있었다고.

"작자의 성화를 견디다 못해 막판에는 이 친구도 정말 섬을 떠나버릴까 했다지 않소. 헌데 이건 작자가 먼저 선수를 치고 나선 셈이지 뭐요. 이 친군 이제 여길 달아날 일이 없게 되어버린 거란 말요. 하하."

양주호는 무엇보다 그게 다행스럽게 된 일이라는 듯 털털털 다시 싱거운 웃음보를 터뜨렸다.

하지만 선우 중위는 그 양주호의 호인스런 웃음이 아무래도 무심스러워 보이질 않았다. 양주호가 다리까지 절뚝거리며 할 일 없이 이 술집으로 자기를 끌어들이지 않았으리라는 점은 더 의심할 여지가 없었다. 그는 다시 한번 천남석의 죽음이 정말로 자살일지 모른다는 생각이 들었다. 천남석이 여자에게 자꾸만 섬을 떠나라고 한 데도 그럴 만한 사연이 있었을 게 틀림없었다. 그리고 그가 그토록 여인을 섬에서 내쫓고 싶어 했던 일과 양주호의 말마따나 마지막엔 그 자신이 먼저 섬을 떠나가버린 일을 상관 지어 생각할 수 있는 것이라면, 거기엔 필시 그의 죽음과도 상관된 어떤 수수께끼가 숨어 있을 수 있었다. 양주호는 무엇인가 알고 있는 게 있었다. 천남석의 죽음에 대해 처음부터 자기 나름의 분명한 해답을 가지고 있음이 분명했다. 그리고 그래서 우선 선우 중위를 일부러 이 〈이어도〉 술집까지 데리고 온 게 분명했다. 하지만 양주호는 이번에도 그뿐이었다. 선우 중위로부터 무슨 다른 얘기를 듣고 싶어하기는커녕 천남석에 관한 일은 그쯤에서 아예 뚜껑을 덮어버리려는 눈치였다. 무엇 때문에 천남석이 그토록 여자를 섬으로부터 내쫓고 싶어 했는지를 물으려 하자, 양주호는 갑자기 술맛이 달아나는 듯한 얼굴로 퉁명스럽게 중위의 말을 잘라버렸다.

"그야 녀석이 이치를 너무 좋아했기 때문이겠지요. 원래가 엄살이 좀 심한 편이긴 했지만 천남석 제 녀석이 이 섬을 죽어도 못 견뎌 했거든요. 자기가 견딜 수 없는 곳엔 좋아하는 계집을 놔두기도 싫었을 거 아뇨. 하지만 뭐 이제 그런 것 따지지 맙시다. 술이나 들어요. 그리고 참 너두 이젠 소리나 좀 해라."

웃음 한 방울 흘리지 않고 적막하게 앉아 있는 여자에게 느닷없이 노래를 청하고 들었다. 그리고 여자는 마치 태엽을 감아놓았던 소리통처럼 양주호의 주문이 떨어지자 이내 노래를 시작해버리는 것이었다. 중위는 그만 입을 다물 수밖에 없었다. 그렇게 잠시 여자의 노랫가락을 듣고 있노라니 이번에는 그 여인의 노래마저 또 이어도 타령이었다.

이어도하라 이어도하라
이어 이어 이어도하라
이어 하맨 나 눈물 난다
이어 말은 말낭근 가라

선우 중위도 이미 배 위에서 천남석에게 들은 적이 있는 소리였다.

폭풍이 몰아치던 마지막 날 밤 천남석은 그가 기억하고 있는 「이어도」의 가사를 용케도 잘 선우 중위에게 외워주었다. 하지만 곡조를 붙인 여자의 소리는 실상 노래라곤 말할 수 없는 괴상한 것이었다. 가사도 분명치 않았고 곡조도 특별히 귀에 띌 만큼 구성진 대목이 없었다. 옛날 시골 마을의 물레방 같은 데서 흘러나오는 노인네들의 노랫가락처럼 애매한 입속 웅얼거림

뿐이었다. 물레 소리에 묻혀들었다간 되살아나고, 그러다간 또 문득 그 물레 소리 속으로 다시 묻혀 들어가버리곤 하는 노인네들의 그 노래도 한탄도 아닌 흥얼거림처럼, 혹은 그 느릿느릿 젖어드는 필생의 슬픔처럼, 취흥을 돋울 만한 소리는 아니었다.

그러나 여인은 별스레 그 노래에만은 열심이었다. 눈먼 여자 점쟁이처럼 창연하고 요기스럽게 소리를 거푸 두 번씩이나 읊어나갔다.

"이어도여, 이어도여, 이어 이어 이어도여, 이어 소리만 들어도 나 눈물 난다. 이어 소리는 말고서 가라, 이어 소리는 말고서 가라…… 아, 이 노래 어떻습니까?"

여자의 소리가 끝나자 그 역시 눈을 감고 열심히 귀를 기울이고 있던 양주호가 번역이라도 해주듯 이번에는 자기 쪽에서 가사를 한 번 더 풀어 외고 나서 중위를 찬찬히 건너다보았다. 여인의 소리에 그는 몹시도 감동을 받은 듯한 얼굴이었다.

"어떻소, 물론 선생은 아마 잘 이해 못할 거요. 하지만 들어봐요. 이어 이어 이어도여, 이어도를 꿈꾸면서, 그 이어도 갈 날만 기다리면서 살아온 이곳 섬사람들이란 말요. 그리고 나 같은 놈들은 아직도 이렇게 폐인처럼 술이나 마시고 그 이어도 노래나 부르면서……"

천남석 기자도 결국은 그랬다는 뜻인가. 그는 바로 그 천남석의 말을 되풀이하고 있었다. 하지만 그는 아직도 그렇게 천남석처럼은 절망을 하지 않고 있었다. 천남석처럼 절망하지도 않았고 천남석처럼 섬을 저주하거나 부정하려고 하지도 않았다. 그는 이상스럽게 갑자기 충혈된 눈초리로 한참 선우 중위를 쏘아보고 있더니, 이윽고는 정말로 무슨 폐인이나 되어버린 것처럼 벌컥벌컥 황량하게 술잔을 들이켜기 시작했다. 그러고는 다시 또 폐인처럼 횡설수설 떠들어대기 시작했다.

"이어도는 그러나 아무도 본 사람이 없었습니다. 어디에 있나, 어디에 있나, 물결 청동 골짜기, 어느 날 서북 바람이 자고, 눈썹 불태우는 수평선의 섬, 제주 어부들의 핏속에 있는 다음 딸의 울음의 섬, 어디에 있나 어디에 있나…… 아 이건 요즘에 읽은 고 누구라는 시인의 글 한 구절이오. 「이어도」라는 시예요. 선생은 아마 군인이니까 시 같은 거 별로 좋아하지 않으실지 모르지만 이건 정말 굉장한 십니다. 어디에 있나, 어디에 있나, 나 이 작자한테 완전히 반했어요. 고 아무개 이 작자 아마 이 섬에서 나간 친구가 틀림없어요. 이어도를 알고 있는 친구란 말입니다. 어디에 있나, 어디에 있나…… 난 이 보잘것없는 연에도 눈물이 날 지경입니다. 이어도를 모르는 자가 이렇게 가슴을 울릴 수가 없어요. 아무도 정말 이어도를 본 사람은 없습니다."

완전히 주정이었다. 양주호는 술이 취할수록 점점 더 그 이어도에 미쳐가고 있었다. 그는 다시 한번 여인에게 이어도를 노래시켰다. 그리고 한 번 더 그 음산하고 수심기 어린 여인의 노랫소리가 끝나고 나자 양주호는 발작이라도 일으키듯,

"그런데…… 그런데 천남석이 제깐 놈이 저 혼자 이어도를 찾아냈다는 거야? 흐음 건방진 녀석 같으니라구."

느닷없이 다시 천남석 기자를 저주하더니, 그 저주가 이내 선

우현 중위에게까지 서슬이 뻗쳐왔다.

"하기야 녀석은 그래도 제법이었지, 당신네 작전을 완전히 망쳐놓았거든. 중위님도 아마 그 점을 다시 알아야 할 거요. 녀석이 용케 당신네 작전에서 섬을 구해냈단 말요."

영문을 알 수 없었다. 선우 중위에 대한 저주야 어떤 식이었든, 양주호는 제풀에 문득 천남석의 이야기를 다시 꺼내고 있었다. 하지만 그의 말은 더욱더 갈피를 잡을 수 없었다. 천남석이혼자서 섬을 찾아냈다고 한 것이나 그가 이번의 수색 작전에서섬을 구해냈노라는 양주호의 말들은 선우 중위로선 도대체 이해할 수가 없는 소리들이었다. 선우 중위는 다시 어리둥절해질수밖에 없었다. 그는 이제 입을 다물고 있을 수가 없었다.

"천남석의 실종 사고는 분명히 이번 작전 과정상의 일대 불상사였습니다. 하지만 그 사고가 작전 자체의 성패를 좌우한 것은아닙니다."

그는 양주호의 말을 납득할 수 없다는 투로 말했다. 그는 사실을 따라 말하고 있었다. 사실을 따라 말하는 수밖에 없었다. 그리고 그 양주호에게서 보다 분명한 말을 얻어내자면 그는 오히려 양주호와는 정반대편에 서서 천남석의 자살을 거꾸로 부인하고 나서는 수밖에 없었다. 하지만 양주호는 다시 고개를 가로저었다. 이번에는 빙글빙글 입가에 미소까지 짓고 있었다.

"이 세상엔 이어도라는 섬이 존재하지 않는다는 사실을 확인했다는 그 성과 때문에 말요?"

듣고 보니 그 역시도 파랑도와 이어도를 완전히 혼동하고 있었다. 하지만 선우 중위는 미처 양주호의 그런 혼동까지 교정해 주고 싶은 생각은 없었다. 그는 전에 천남석 기자에게서도 자주 그런 혼동이 일어나고 있는 것을 경험한 적이 있기 때문이었다.

"작전의 목적이 섬을 찾아내는 것으로 한정된 것은 아니었습니다. 섬의 실재 여부를 확인하는 것이 작전의 목적이었습니다."

"그야 섬이 없을 때라면 그런 결과로 족할 수도 있겠지요."

"섬은 실재하지 않는다는 게 확인되었습니다. 그리고 그것은 천남석 기자도 함께 확인한 사실입니다. 그의 실종 사고가 일어난 것은 작전이 모두 완료되고 난 시각 이후였으니까요."

양주호가 다시 고개를 천천히 가로저었다. 조금 전까지와는 딴판으로 갑자기 술기가 훨씬 가신 얼굴이었다. 목소리도 몰라보게 차분해지고 있었다.

"그야 그렇겠지요. 천 기자도 작전 중엔 물론 섬을 볼 수 없었을 테니까."

"그렇다면……"

"그러나 그는 결국 섬을 찾아냈습니다. 당신들이 실패한 섬을 그 혼자서 말이오."

"국장님께선 뭔가 착각을 하고 계신 것 같군요. 천 기잔 그날 밤 섬을 찾아낼 수 없었던 절망감으로 오히려 미친 사람처럼 섬을 저주하고 있었습니다."

중위가 자신 있게 단언했다. 하지만 양주호는 다시 술잔을 집어들며 타이르듯 하나하나 중위의 추리를 뒤엎기 시작했다.

"물론이지요. 당신들은 아닌 게 아니라 이 세상엔 이어도라는 섬이 실재하지 않는다는 걸 훌륭하게 확인해주었소. 그리고 그날 밤 천 기자는 아마 절망을 했던 것도 사실일 겝니다. 하지만 천 기자가 그날 밤 절망을 한 것은 섬을 찾아내지 못한 실망에서가 아니라 오히려 그 섬을 만날 수 있었기 때문이었을 겝니다."

"……"

"선생이 말한 것처럼 천 기자는 취재를 떠날 때도 실상 섬이 실재하리라는 기대는 가지고 있지 않았다는 쪽이 옳을 겝니다. 작자도 그것을 바라지도 않았구요. 그의 취재 목적도 오히려 그와는 정반대였습니다. 위인은 누구보다도 섬을 믿고 싶어 하지 않았던 사람이니까요. 하지만 천 기자는 막상 그가 바랐던 대로 이 세상엔 정말 이어도라는 섬이 실재하고 있지 않다는 사실이 확인되고 난 순간에 오히려 그 섬을 보게 된 것입니다. 그건 참으로 무서운 절망이었을 겝니다. 그는 섬을 찾지 못해서가 아니라 거꾸로 그 섬을 만났기 때문에 절망을 했을 거란 말입니다."

"……"

"아 그야 물론 그가 본 이어도 역시 실재의 섬은 아니었겠지요. 오랫동안 이 섬에 살아온 이어도란 원래가 그 가상의 섬이 아니겠습니까. 천 기자가 본 이어도 역시 그런 가상의 섬이었습니다. 하지만 어쨌든 천 기자는 그때 문득 그 이상스런 방법으로 자기의 섬을 보게 되었고, 그래서 그는 오히려 절망을 하고 만 것입니다. ……하지만 그건 참으로 황홀한 절망이었을 겝니다.”

“……”

“이제 아셨겠지만 당신들이 찾아 나선 이어도 역시 물론 그런 섬이었습니다. 당신들은 당연히 섬을 찾아낼 수 없었지요. 따라서 작전은 처음부터 실패할 수밖에 없었던 것 아닙니까. 더구나 그런 식의 실패로 해서 당신들은 이 섬사람들에게서마저 영영 우리 이어도를 빼앗아 가버릴 뻔했던 말입니다. 그것을 천 기자가 다시 살려낸 것이지요. 천 기자의 죽음이 우리 이어도를 지켜낸 것입니다.”

“결국 이어도의 부재가 천 기자의 사고를 낳게 되고 천 기자의 사고는 또 다른 이어도의 존재를 증명해낼 수 있었다는 말씀이 되겠군요.”

선우 중위가 참을성 좋게 양주호의 이야기를 정리했다. 하지만 양주호의 결론은 좀더 단호하고 엄중한 항의조였다.

“그렇습니다. 그렇게 된 셈이지요. 하지만 천 기자의 사고에 한해서만 말한다면 보다 근본적인 원인은 그와 이어도의 해후보다는 당신들의 작전 자체였다고 하는 편이 옳겠지요. 몇 번 되풀이하는 말입니다만 이어도란 원래가 실재하는 섬은 아니었습니다.”

“하지만 그때 천 기자가 정말로 자기의 섬을 만나고 있었다는 국장님 말씀은 아무래도 이해가 가지 않는군요. 국장님 말씀대로라면 천 기자는 그런 식으로 섬을 만나야 했을 만큼 그것을 원하고 있지 않았을 텐데 말입니다. 그는 왜 섬을 만나 절망을 해야 했습니까?"

중위가 아직도 납득이 가지 않는 얼굴로 양주호에게 물었다. 양주호의 말은 모두가 그 천남석의 섬을 전제로 하고 있는 것이었다. 하지만 선우 중위로선 역시 그때 천남석이 자기의 섬을 만나고 있었을 거라는 양주호의 말은 쉽사리 믿어버릴 수가 없었다. 천남석의 죽음에 대한 양주호의 추리에는 무엇보다 우선 그 점이 중요했다.

하지만 양주호는 이제 추호도 생각을 머뭇거리는 빛이 없었다.

"원하진 않았겠지요. 뿐만 아니라 천남석은 한사코 자기 섬의 존재를 부인하고 싶어 했지요. 그는 늘 이어도가 살아 숨 쉬는 이 섬마저 떠나버리고 싶어 했을 정도였으니까요. 하지만 그는 누가 뭐래도 역시 이 제주도 사람이었습니다."

4

두 사람이 술집 〈이어도〉를 나섰을 때는 자정이 거의 가까워질 무렵이었다. 양주호는 아직도 몇 차례나 더 여자의 「이어도」에 취하고 나서야 뱃길을 떠나가는 서방님처럼 아쉬운 표정으로 그녀와 헤어져 나왔다. 물론 천남석의 사고를 자살로 단정할 만한 증거는 아무것도 나타나지 않은 채였다. 양주호는 다만 천남석이 섬의 부재를 확인한 순간에 오히려 자기의 섬을 발견하게 되었고, 그것이 곧 사고의 직접 동기인 것처럼 말했다. 그리고 자신이야 뭐라고 말했든 천남석이 그때 그 자기의 섬을 보고 절망하게 된 이유를 그가 바로 이 음습한 바람의 섬 제주도 사람이기 때문이라고, 가장 중요한 대목을 그 제주도 사람이라는 한마디로 간단히 설명을 대신해버렸다. 엄청난 비약이었다. 그 비약의 폭만큼이나 제주도 사람에 대한 선우 중위의 이해는 막연하기 그지없는 것이었다. 그리고 그런 천남석의 절망이 어째서 그의 자살을 단정할 수 있는 근거가 되고 있는지도 중위에겐 여전히 아리숭한 수수께끼일 뿐이었다. 하지만 양주호는 도대체 더 이상은 말을 하지 않으려고 했다. 천남석의 죽음에 대해선 더 이상 무엇을 알고 싶어 하지도, 자기 속엣것을 털어놓으려 하지도 않았다.

선우 중위는 그만 스스로 지치고 말았다. 그 역시 이젠 좀 머리를 쉬어두고 싶었다. 천남석의 직장 상사라는 사람이 그쯤 자살을 믿고 있는 터라면 더 이상 일을 복잡하게 만들 필요도 없을 것 같았다.

〈이어도〉 문을 나서자 바깥은 폭풍우가 지나간 섬 날씨답지 않게 아직도 검은 구름장들이 드문드문 밤하늘을 북쪽으로 흐르고 있었다. 간단없이 밀려드는 파도 소리가 자정으로 가라앉아 들어가는 이 외로운 섬의 잠에 취한 숨길처럼 고즈넉했다.

선우 중위는 그러나 이제 기분이 한결 가뿐했다. 습습한 바람결에 어디선가 은은한 귤꽃 향기가 묻어오는 것 같았다. 그는 그만 오늘은 양주호와 헤어져야겠다고 생각했다. 그러나 그것은 아직도 선우 중위 혼자의 생각일 뿐이었다. 술집을 나오자 양주호는 이상하게 갑자기 풀이 죽어 있었다. 커다란 몸집에 어깨를 추릿하니 늘어뜨린 모습에 느닷없이 황량스런 외로움의 빛 같은 것이 얹히고 있었다. 그 양주호가 중위보다 먼저 행선지를 정하고 나섰다.

"선우 중위, 그럼 이제부턴 나하고 그자의 집을 가봅시다."

"집엘 가다니요. 이젠 밤이 너무 늦었는데요."

선우 중위는 노골적으로 사양하고 싶은 어조였다. 하지만 양주호는 벌써부터 때를 기다리고 있었다는 듯 중위를 단념하지 않았다.

"왜, 이젠 그만 잠자리라도 찾아가고 싶어지신 게로군요. 하지만 아직은 서두를 필요 없어요. 이 섬엔 통행금지가 없으니까."

"통행금지보다도 이젠…… 저 혼자라도 상관없으니 천 기자의 집은 내일 아침 다시 찾아보는 게 어떻겠습니까."

"12시 전엔 잠자리를 찾아 들어가는 것도 통행금지 시간 같은 걸 정해놓고 사는 사람들의 습관이지요. 여기선 그럴 필요가 없어요. 자, 갑시다. 나선 김에 마저 일을 끝내야지요."

거진 강제나 다름없는 말투였다. 할 일을 끝내지 않으면 절대로 중위를 가게 하지 않겠다는 사람 같았다.

"천 기자의 집엔 별로 만나볼 만한 가족도 없다고 하지 않으셨습니까?"

중위는 목소리가 다소 짜증스러워지고 있었다. 하지만 양주호는 여유가 만만했다.

"아 참 그랬던가요. 그래요. 그때는 물론 그랬었지요. 하지만 지금은 좀 달라졌어요. 한 사람한테 그의 마지막 소식을 전해줘야 할 데가 있을 것 같군요. 아깐 선우 중위가 말한 유족이란 말에 그 사람이 합당한지 어떤질 모르겠어서 우선 그렇게 말해버렸지만 말요."

"그 사람이 누굽니까? 천 기자완 어떻게 되는 사람입니까?"

"가보시면 아마 곧 만나볼 수 있을 겝니다. 여기선 거리도 그리 멀지 않으니까 슬슬 함께 걸어서 가도록 하지요."

양주호는 벌써 지팡이를 휘두르며 중위를 앞장서 걷고 있었다. 선우 중위는 다시 한번 도깨비장난 같은 짓에 자신이 홀려들기 시작한 기분이었다. 하지만 이젠 기왕 내친걸음이었다. 갈데까지 가보리라 금방 마음을 고쳐먹었다. 어쩌면 거기서 뜻밖에 양주호가 그처럼 천남석의 자살을 쉽게 믿어버린 이유를 만나게 될지도 모른다.

그는 희끄무레한 어둠 속을 절뚝절뚝 앞장서 가고 있는 양주호의 그림자를 천천히 뒤따르기 시작했다.

그런데 그때 중위를 두어 발짝 앞장서 걷고 있던 양주호가 이번에는 아무래도 미리 귀띔을 해놓아야 좋을 듯싶었던지 모처럼 만에 한 가지 새로운 사실을 알려왔다.

"헌데 참 내 이것만은 선우 중위에게 미리 일러두겠는데, 당신이 이따 거기서 만날 사람은 천 기자가 꽤 걱정을 많이 하던 여자라는 걸 알아두시오. 당신이 만날 사람은 바로 천 기자의 여자란 말입니다."

"여자라니요?"

중위가 약간 의외라는 듯 되물었다. 천남석에게 아내가 있노라는 말은 한 번도 들은 적이 없는 일이었다. 그렇다고 그것으로 천남석을 아직 결혼도 하지 않은 애송이 총각으로 여기고 있었다는 말은 물론 아니다. 천남석은 원래 자신의 주변 일을 입에 담기 좋아하는 성미가 아닌 것 같았다. 그리고 양주호가 아까 천남석의 소식을 전해줄 데가 한 사람 있노라 했을 때도 선우 중위는 어렴풋이나마 그 천남석의 여자를 상상했던 게 사실이다. 하지만 그가 지금 만나러 가고 있는 사람이 바로 그 천남석의 여자라는 사실이 확인되자 선우 중위는 막상 기분이 이상해지기 시작했다. 양주호가 하필 이런 오밤중에사 여자를 만나러 나서자 한 것부터가 이미 상식에서 벗어난 일이었다. 한데다 양주호는 웬일인지 여인에 대해 아무개의 부인이나 아내라는 호칭조차 인색하게 아끼고 있었다. 몇 마디 말속에서였지만 그는 다만 천 기자의 '여자'라는 한마디로 그 여인에 대한 호칭을 비하시키고 있었다. 하지만 양주호는 이제 조금도 거리낌이 없었다.

"그 뭐 부인이라는 말을 하긴 좀 뭣한 여자지요."

"부인이라고 할 수가 없다면……?"

"그저 그렇게 만나서 잠자리나 같이하고 지내는 식의 여자를 뭐라고 부릅니까?"

역시 그럴 만한 데가 있어서 부러 그렇게 말했다는 식이었다. 중위는 그만 입을 다물고 말았다. 이런 밤중에 굳이 여자를 찾아가야 할 이유가 있을까 싶었다. 도대체가 양주호라는 사람의 거동은 매사에 늘 엉뚱한 동기가 숨겨져 있는 것 같았다. 그는 이미 모든 것을 알고 있으면서, 그러나 그것을 중위에게 말해주는 대신 그 스스로 그것을 경험하고 깨닫게 해주기 위해 이리저리 그를 끌고 다니며 일을 꾸며가고 있는 것 같았다. 중위는 이러기도 저러기도 난처했다. 하지만 그는 여기까지 와서 다시 물러설 생각은 없었다. 그는 말없이 양주호의 커다란 그림자만 열심히 뒤따라갔다.

양주호는 밀감 밭이 제법 무성하게 우거진 들길을 가로질러 이번에는 다시 그 밀감 밭이 잇대어 선 작은 언덕길을 돌아 나가기 시작했다. 선우 중위는 이제 천남석의 집이 별로 멀지 않았음을 알 수 있었다. 천남석의 집은 원래 바다가 내려다보이는 조그만 언덕 아래 어딘가에 있었다고 했다. 그리고 그날 밤 천남석은 그 언덕 부근의 어디에선가 보낸 자신의 어린 시절에 관해 긴 이야기를 털어놓았다. 그는 그날 밤 자신의 절망을 이기기 위해 그 섬과 피나는 싸움이라도 벌이고 있는 것처럼 이어도와 이어도를 꿈꾸는 섬사람들의 삶, 이를테면 그의 섬의 모든 것을 한결같이 부인하고 싶어 했다. 그리고 알고 보면 그것은 양주호의 말대로 바로 이 제주도와 제주도 사람들의 어쩔 수 없는 숙명에 대한 천남석의 마지막 항거처럼 생각되는 그런 내용의 이야기였다.

바다가 내려다보이는 언덕배기에 조그만 밭뙈기가 하나 있었다고 했다.

……소년의 어머니는 무슨 까닭인지 조그만 밭뙈기에서 사시사철 쉬지 않고 돌을 추려내고 있었다. 언제나 축축한 습기가 묻어 오는 바닷바람이 언덕 쪽으로 불어왔고, 소년의 어머니는 날만 새면 그 축축한 습기에 온몸을 적시며 여름이나 겨울이나 그 밭뙈기의 돌멩이를 추려내다 시름시름 한쪽으로 긴 돌더미를 쌓아갔다. 그런데 그런 때 소년의 어머니한테선 언제나 또 빠짐없이 이어도의 노랫가락이 흘러 번졌다.

가사도 분명치 않고 곡조도 그저 그렇고 그런 소리로 소년의 어머니는 언제나 그렇게 돌을 추리면서 이어도 노랫가락을 웅얼거리고 있었다. 소년의 어머니는 그런 때 입을 움직이는지 어떤지조차 별로 분명치가 않았다. 소년이 곁으로 다가가 보면 어머니는 오히려 입을 꼭 다물고 있는 것처럼 보일 때가 많았다. 어머니가 직접 입으로 소리를 웅얼거리는 것이 아니라 몸 어느 한곳에다 소리를 매달고 다니는 것 같은 착각이 들 때가 많았다. 돌을 추리고 있는 어머니 근처에선 언제나 그렇게 바닷소리처럼 웅웅거리는 듯한 이어도의 노랫가락이 쉴 새 없이 번져 나오고 있었다. 바람이 불면 바람 소리 속에서, 바다가 울면 바다 울음소리 속에서, 웅웅웅 한숨을 짓는 것도 같고 울음을 울고 있는 것도 같은 소리가 문득문득 소년의 귀까지 스쳐오곤 했다. 바다에 안개가 짙어지거나 구름이 몹시 빠르게 움직이는 날이면 어머니는 돌을 추리다 말고 구름장이 사납게 얽혀드는 하늘을 쳐다보거나 짙은 회색 안개 속으로 바다가 하얗게 뒤집히는 모양을 하염없이 내려다보고 있을 때가 많았는데, 그런 때는 그 어머니의 소리가 더욱 극성스러워지는 것 같았다.

소년은 언제나 어머니가 추려 내다 놓은 돌 더미 근처에서 그 어머니의 소리를 들었다. 소리를 듣고 있으면 공연히 사지에서 힘이 다 빠져나가버리는 것 같았고, 마음까지도 그 축축한 바닷바람의 습기에 젖어든 것처럼 기분이 암울스러워지곤 했다. 무엇인가 몹시 슬픈 일이 생길 것 같은 예감 때문에 가위눌린 사람처럼 가슴이 답답해져올 때도 있었고, 그러다간 또 자신도 모르게 터무니없이 긴 한숨이 터져 나올 때도 있었다.

소년은 소리만 들으면 짜증이 났다. 그리고 늘 그 어머니의 소리를 떠나버리고 싶었다. 어머니의 소리를 참을 수가 없었다. 하지만 소년은 어머니의 소리를 맘대로 떠나버릴 수가 없었다. 어머니의 소리를 떠나려면 그는 아버지를 찾아낼 수 있어야 했다. 소년의 아버지는 한 달이면 보름도 더 넘는 날들을 항상 바다로 나가 지냈다. 한번 수평선을 넘어가면 이틀이고 사흘이고 좀처럼 다시 그 수평선을 넘어오지 않았다. 아버지가 수평선을 넘어오기만 하면 소년은 아버지 곁에서 어머니의 그 지긋지긋한 소리를 듣지 않아도 좋을 때가 하루 이틀쯤 마련되었다. 아버지가 수평선을 넘어오고 나면 어머니는 비로소 돌을 추리는 일을 그만두고 집 안에서 집안일을 하고 지냈다. 그리고 그런 날은 소년의 어머니도 이상하게 그 이어도의 노래를 씻은 듯이 잊어버렸다. 아버지가 돌아오고 나서도 소년이 이어도의 노래를 들을 수 있는 것은 깜깜한 밤중뿐이었다. 아버지가 돌아오는 날 밤이면 소년은 다른 날보다 대개 깊은 잠을 잘 수 있었다. 잠

속에서 소년은 때때로 웅웅거리는 바다 울음소리나 지붕을 넘어가는 밤바람 소리 같은 것을 들을 때가 있었다. 하지만 언제부턴지 소년은 그것이 바다 울음소리나 밤바람 소리가 아니라는 것을 알고 있었다. 깜깜한 어둠 속에서 어머니가 다시 그 간절한 이어도의 곡조를 참지 못하는 소리였다. 그리고 그런 때의 어머니의 소리는 생시보다도 더욱 간절하고 안타까운 느낌이 드는 것이어서, 어머니가 꿈결 속에서 정말로 그 이어도를 만나고 있는 것 같은 느낌이 들곤 했다. 하지만 그 홀려드는 듯한 이어도의 곡조도 한고비가 지나고 나면 어머니는 거짓말처럼 이내 아득한 잠 속으로 가라앉아 들어버렸고, 방 안은 이윽고 다시 먼 바닷소리만 가득해지곤 했다. 아침이 되면 어머니는 간밤의 일 같은 건 아예 기억에도 없는 듯이 말짱한 얼굴이 되어 있곤 했다.

아버지가 곁에 있는 동안엔 어쨌든 어머니의 입에서 그 이어도 노래를 자주 들을 수 없었다. 아버지는 처음부터 이어도 노래를 좋아하는 편이 아니었다. 아버지가 바다로 나가지 않는 날은 대개 하루 종일 바닷가 자갈밭에서 상한 그물을 손질했다. 아버지는 그렇게 하루 종일 상한 그물을 손질하면서도 어머니처럼 입에서 이어도 노래 같은 걸 웅얼거리는 것을 한 번도 들은 일이 없었다. 입을 다문 채 묵묵히 얼크러진 그물을 풀어내거나 상한 곳을 꿰어 이으면서, 바람이 심한 날은 가끔가끔 그 흐트러진 수평선 쪽을 향해 근심스런 눈길을 던지면서 좀처럼 이어도의 노래 같은 건 알은척을 하지 않았다. 소년은 그런 아버지 곁에서 그가 찢어지고 흐트러진 그물을 새것처럼 말끔하게 손질해내는 것을 구경하면서 기분 좋은 하루해를 보낼 수 있었다.

하지만 소년의 아버지의 그 그물 손질은 기껏해야 하루나 이틀뿐 그물이 다시 깔끔히 손질되고 나면 아버지는 이내 다시 수평선을 훌쩍 넘어가버리곤 했다.

천 가여 천 가여……

마음이 격해지면 어머니는 소년의 아버지를 천 가여 천 가여 하고 아이 이름이라도 부르듯 해댔는데, 어머니의 그런 안타까운 부름도 소년의 아버지는 들은 체 만 체였다. 그리고 나면 소년의 어머니는 다시 언덕배기 밭뙈기로 나가 돌자갈을 추리면서 웅웅웅 그 축축한 바닷바람 속에서 이어도의 노랫가락을 시작하는 것이었다. 지겹게도 많은 돌이었고, 지겹게도 극성스런 노랫가락이었다. 돌자갈은 다하는 날이 없을 것처럼 많았다. 돌자갈이 다하지 않는 한 어머니의 노래도 언제까지나 끝이 나지 않을 것 같았고, 아버지는 또 그 돌자갈이 다하지 않는 한 언제까지나 바다를 나가지 않을 수 없는 것처럼 부지런히 수평선을 넘어갔다. 그리고 또 아버지가 수평선을 넘어가기만 하면 소년의 어머니는 언제까지나 그 언덕배기로 나가 돌자갈을 추리며 이어도 노래를 불렀다.

그러던 어느 해 가을, 마침내 소년의 아버지에겐 이상한 일이 일어났다. 수평선을 넘어간 아버지의 배가 한번은 전에 없이 여러 날 동안 다시 그 수평선 위로 모습을 나타내지 않았다. 아버

지는 대개 바다로 나가고 나서 사흘이나 나흘, 늦어도 닷새 정
도가 되면 까맣게 다시 그 수평선을 넘어오곤 했다. 그런데 이
번에는 닷새가 지나고 열흘이 지나도 아버지의 배는 영 소식이
없었다. 어머니는 차츰차츰 말이 적어져갔다. 끼니도 상관 않고
언덕배기 밭뙈기로 나가 돌자갈만 추렸다. 암울스런 이어도의
노랫소리가 끝도 없이 극성스러워져가고 있었다.

천 가여 천 가여…… 어둠 녘이 다 된 다음 소년의 어머니는
무슨 저주나 원망처럼, 또는 아직도 체념이 서러운 한숨처럼 길
게 한 번 그 천 가여를 토해내고 나서야 비로소 하루의 노랫가
락이 간신히 끝나곤 했다. 그런데 혹여 그 어머니의 극성스런
노랫소리에 무슨 효험이라도 본 것일까. 수평선을 넘어간 지 꼭
열하루째가 되던 날 아침 요술에라도 이끌려 온 듯 홀연히 소년
의 아버지가 돌아왔다. 하지만 이번에는 그 아버지가 배를 타고
수평선을 넘어온 것이 아니었다. 소년의 아버지는 그때 배를 타
고 수평선을 넘어갈 때하곤 전혀 다른 옷을 입고 다른 신발을
신고 있었다. 양복 같은 건 한 번도 걸쳐본 일이 없는 아버지가
새것처럼 보이긴 했지만 바다로 나갈 때의 그 두툼하고 낯익은
누더기 대신 느닷없이 싸구려 양복 비슷한 것을 헐렁하게 걸쳐
입고 있었다. 신발도 코 끝이 닳아터진 흰 고무신 대신 검고 투
박한 새 운동화 같은 것을 끼고 있었다. 곰팡이처럼 허연 소금
기 속에 언제나 까칠까칠 지저분하던 턱수염은 흔적도 없이 말
끔하게 깎여 있었다. 수염을 깎았는데도 훨씬 더 초췌하고 기력
이 없어 보이는 얼굴이었다. 소년의 아버지는 그런 차림, 그런

모습을 하고 배를 타고 수평선을 넘어오는 대신 배를 버린 채 혼자 뭍길을 걸어 집으로 돌아왔다. 그리고 그렇게 집으로 돌아오고 나서도 아버지는 마치 꿈을 꾸는 사람처럼 멍청스럽게 눈알을 디룩디룩 굴려댈 뿐 며칠 동안은 도대체 아무 말이 없었다. 소년의 아버지가 그 알 수 없는 침묵에서 깨어난 것은 그가 집으로 돌아온 지 열흘쯤 지난 다음이었다. 소년의 아버지는 돌아오자마자 곧 자리로 눕고 말았는데, 자리에 누워서도 그는 한동안 통 그렇게 말을 하려 하지 않았다. 언제나 꿈을 꾸는 사람처럼 우두커니 천장만 쳐다보고 누워 있었다. 그러다가 열흘쯤 시간이 흐르고 나자 그가 돌연 말을 시작한 것이었다. 그런데 모처럼 어머니에게 들려준 아버지의 이야기가 또한 이상했다.

　　—나 이어도를 보았네.

　소년의 아버지는 정말로 이어도를 보고 돌아왔노랬다.

　몹쓸 바람을 만나 배가 부서졌는데, 소년의 아버지는 물로 뛰어들어 무작정 어디론가 헤엄을 쳐 나가고 있었다 했다. 한참 그렇게 헤엄을 쳐 나가다 기진맥진 힘이 다 풀릴 때쯤 해서 다시 정신을 차리고 보니 바다 저쪽 파도 끝에 문득 하얗게 부서지고 있는 섬이 떠올라 있더라고 했다. 그는 새로운 힘이 솟아 정신없이 그 하얀 섬 해변을 향해 헤엄을 쳐 나갈 수 있었는데, 그러다가 또 어느 틈에 정신을 잃었던지 눈을 떠보니 그는 어떤 크고 낯선 고깃배의 선실에 눕혀져 있었고, 그사이 시간은 꼬박 하루하고도 한나절이 더 흘러버렸더라는 것이다.

　　—파도 위로 하얗게 떠올라 있는 섬, 그건 이어도가 틀림없

었다네.

섬을 한번 본 사람은 다시 이승으로 돌아올 수 없다는 말도 잊어버린 듯 소년의 아버지는 차분한 목소리로 단언했다. 그리고 그는 그 이어도 때문에 다시 기력을 회복한 듯 자리를 박차고 일어나 한 번 더 그 바다에의 모험을 꿈꾸기 시작했다. 그는 마치 어떤 은밀한 음모라도 꾸미고 있는 사람처럼 어머니의 만류도 못 들은 체 그의 새로운 모험을 위한 준비 작업에 착수했다. 어디선가 헌 배를 구해다가 그럭저럭 쓸 만한 물건을 만들어냈다. 일이 시작된 지 한 달쯤 뒤엔 그런 식으로 벌써 모든 준비가 끝나 있었다. 준비를 끝내놓고도 소년의 아버지는 하루 이틀 아직도 무엇인가를 더 기다리고 있는 듯하더니, 어느 바람이 잔잔한 늦가을 오후 마침내 그 숙명처럼 언제나 눈앞에 아득히 떠올라 있는 수평선을 훌쩍 넘어가버리고 말았다.

천 가여 천 가여…… 천 가여를 외워대는 어머니의 음성은 어느 때보다도 안타깝고 간절했지만 소년의 아버지는 소용이 없었다. 그리고 그는 그것을 마지막으로 다시는 영영 수평선을 넘어오지 못했다. 이번에는 수평선 대신 이상한 차림으로 뭍길을 걸어 돌아오는 일도 없었다. 소년의 어머니가 그 짜증스런 「이어도」의 곡조를 애태워 불러대기 시작한 것은 말할 것도 없었다. 소년의 어머니는 아버지가 다시 수평선을 넘어간 그날부터 이미 언덕배기 돌밭에서 다시 자갈을 추리기 시작했고, 웅웅웅 바닷바람 소리 같은 그 단조롭고도 구슬픈 「이어도」의 곡조를 읊조리기 시작하고 있었다. 그리고 그 어머니의 노랫가락은 이제 수평선을 넘어오는 배 소식이 까마득하면 할수록 점점 더 극성스러워져가고만 있었다. 수평선을 넘어오는 배 소식이 없는 한 그것은 열흘이 지나고 한 달이 지나도, 돌밭의 자갈이 다하지 않은 것처럼, 그 습기 많은 바닷바람이 언제까지나 섬을 적셔오고 있는 것처럼 도대체 끝이 나는 날이 없었다. 그런데 마침내는 소년의 어머니마저 그「이어도」노랫가락 속에서 아버지의 섬을 보았던 것일까. 남쪽 절후라곤 하지만 이 섬 바닷가 언덕에도 바야흐로 제법 쌀쌀한 강풍이 마른 낙엽을 몰고 다니기 시작한 어느 초겨울날이었다. 이날은 아침부터 하루 종일 구름장이 낮게 달리고 있었다. 오후가 되자 무너질 듯 바다 복판까지 처져 내려 있던 검은 하늘에선 때 이른 진눈깨비까지 함부로 흩뿌리기 시작했다. 바람 소리와 파도 소리가 전에 없이 소란스런 날이었다.

소년의 어머니는 이날도 물론 언덕배기 자갈밭에서 아침부터 계속 돌을 추리고 있었다. 그리고 소년의 어머니는 점심때가 되어도 끼니마저 잊은 채 쉴 새 없이 그「이어도」노랫가락만 웅얼웅얼 읊조리려대고 있었다. 소년은 날씨도 수상하고 배도 고프고 해서 이날사 말고 그 어머니를 밭에 둔 채 혼자서만 먼저 집으로 내려와 있었다. 어머니는 점심때가 훨씬 지나서 진눈깨비가 날리기 시작해도 언덕을 아직 내려오지 않고 있었다. 저녁때가 거의 되어갈 때까지도 소년의 어머니는 언덕을 내려오는 기척이 없었다. 어둠이 바다 쪽에서부터 서서히 섬을 덮어오기 시작했을 때에야 비로소 소년은 어머니를 찾으러 언덕으로 올라갔다. 하지만 소년이 그 언덕께로 어머니를 찾아갔을 때는 이미 때가 너무 늦고 있었다. 소년의 어머니는 치마폭에 돌을 싸안은 채 언제부턴가 밭이랑 사이에 축축하게 몸이 젖어 누워 있었다. 소년은 넋을 잃고 말았다. 어머니를 질질 끌다시피 하면서 정신 없이 언덕을 굴러 내려왔다. 그리고 불기도 별로 없는 아랫목에 어머니를 눕혀놓고 무작정 무엇인가를 기다렸다. 비가 그치기를 기다렸고, 바람이 그치기를 기다렸고, 소식이 까마득한 아버지가 불시에 문을 박차고 들어서주기를 기다렸다. 그리고 가엾은 어머니가 정신이 돌아오기를 애타게 기다렸다. 하지만 끝내는 모두가 허사였다.

진눈깨비는 다시 빗줄기로 변해 무섭게 문창살을 두드려댔고, 바람 소리는 무시무시한 기세로 밤새도록 지붕을 넘어갔다. 아버지는 돌아오지 않았고, 어머니는 잠깐 눈을 떠서 소년의 손목을 꼭 쥐어주었을 뿐, 그리고 그 힘없는 음성으로 천 가여 천 가여를 두어 번 중얼댔을 뿐, 그대로 영영 정신을 잃어버리고 말았다. 언덕배기 자갈밭에 아직도 못다 추린 돌멩이를 남겨둔 채, 소년의 어머니는 그날로 그만 그 이어도의 노래를 끝내고만 것이었다.

5

선우 중위가 양주호와 함께 천남석의 집을 찾아갔을 때 그는 이제 자신도 이어도의 어떤 비밀스런 힘에 홀려들고 만 것 같은 야릇한 기분이 되고 있었다.

——여자가 오기 전에는 천 기자가 혼자서 식은 밥 위에다 양념도 하지 않은 통조림 꽁치를 얹어 먹고 있는 걸 볼 때가 가끔 있었지요.

양주호의 말이 아니더라도 천남석의 거처는 생활을 사는 사람의 그것이라기보다는 그냥 그 생활을 견디고 있었다는 편이 어울려 보일 만큼 비좁고 궁색스런 꼴이었다. 밀감 밭이 한창 무성하게 어우러져가고 있는 언덕배기 아래 몇 년째 사람의 손길 한번 스쳐본 일이 없는 듯한 방 한 칸 부엌 한 칸의 돌지붕 오두막이 그 역시 무슨 생활이 깃들기를 기다리고 있다기보다는 그저 그렇게 힘겨운 세월을 고집스럽게 견뎌내고 있었다. 부엌이나 방 안 꼴은 더 말할 나위가 없었다. 여자가 생겼다고는 하나 방이나 부엌 어느 한구석에도 사람의 체온이 스민 흔적을 찾아볼 수 없었다. 케이스가 다 닳은 트랜지스터라디오 하나와, 거울 한쪽이 부옇게 흐려 들어오고 있는 손 경대 하나, 그리고 밥솥이나 국 냄비를 올려놓았던 자국이 낭자하게 얼룩진 몇 권의 묵은 잡지 나부랭이를 제외하고 나면 방 안에는 별로 눈에 띄는 가재도구가 널려 있는 것도 아닌데 이상하게 느낌부터 어수선하고 창연스런 풍경뿐이었다. 선우 중위가 무엇엔가 홀려들고 있는 듯한 기분이 들기 시작한 것은 물론 그런 황량스런 집 안 몰골 때문만은 아니었다. 천남석의 집에서는 또 한 가지 예기치 못했던 일이 선우 중위를 기다리고 있었다. 아니 그것은 선우 중위가 먼저 이 집으로 와서 그 도깨비장난 같은 일을 기다리고 있었다는 편이 옳을는지도 모르겠다.

양주호와 선우 중위가 천남석의 오두막엘 도착했을 때, 집 안에선 아무도 두 사람을 맞아주는 사람이 없었다. 한데도 양주호는 제집처럼 한사코 그 빈집 방 안으로 선우 중위의 등을 떠밀어 넣으려고 했다.

"이것저것 너무 언짢게 따질 것 없어요. 이제 곧 모든 걸 알게 될 테니까."

그는 중위를 방 안으로 밀어넣은 다음 자신도 곧 그를 뒤따라와서는 방구석에 걸려 있는 작은 호롱에다 익숙하게 성냥불을 켜 붙여놓았다. 그러고는 다리를 상한 사람들에게서 흔히 볼 수 있는 완력으로 선우 중위의 어깨를 풀썩 눌러 주저앉혀버렸다. 하지만 그는 그것으로 그만이었다. 그는 선우 중위에게 무엇을 바라고 있는 것인지, 또는 무슨 일을 꾸미고 있는지 도대체 시원스런 말이 없었다.

"잠깐만 기다려요. 이제 곧 여자가 나타날 테니까."

다분히 위압적인 한마디를 남겨놓고는 이제 그 자신은 할 일을 다한 사람처럼 방을 나가더니 터벅터벅 혼자 언덕길을 되돌아가버리는 것이었다. 선우 중위는 지팡이에 몸을 의지한 채 어둠 속으로 한동안 부침을 계속하며 사라져가는 그 양주호의 모습을 바라보고 앉아서 이젠 그를 쫓아갈 생각도 하지 못하고 있었다. 이제 곧 모든 걸 알게 될 테니까. 이것저것 너무 언짢게 따질 건 없다— 양주호의 말이 아직도 그를 꼼짝 못하게 압도하고 있었다. 위인의 거센 완력이 아직도 그의 어깨를 무겁게 짓누르고 있는 것 같았다. 선우 중위는 아직 그 양주호가 다시 돌아오기를 기다렸다. 한동안 그렇게 혼자 주인 없는 방을 멍청하게 지키고 앉아 있었다. 가물가물 희미한 호롱불에 알 수 없는 요기가 어리고 있었다.

하지만 선우 중위는 오래 기다릴 필요가 없었다. 양주호는 한번 언덕을 내려간 다음 다시 소식이 없었다. 양주호 대신 그가 말한 대로 여인이 먼저 나타난 것이다. 언덕 아래서 조심스런 인기척이 올라오는가 싶더니 이내 침침한 호롱불빛이 내비치는 방문 앞으로 여인의 모습이 나타났다. 그런데 그 방문 앞 호롱불빛 속으로 얼굴을 드러낸 여자는 다른 사람이 아니었다. 그녀는 방금 전에 양주호와 함께 선우 중위가 술집 〈이어도〉에서 헤어지고 나온 그 암무당의 외동딸 같은 이어도의 여자였다. 이제 곧 모든 것을 알게 되리라던 양주호의 말이 거짓말은 아니었던 셈이었다. 하지만 선우 중위는 물론 그 양주호의 귀띔처럼은 될 수가 없었다. 여자를 보자 그는 점점 더 머릿속이 어리둥절해질 뿐이었다. 영락없이 무엇에 홀려들고 있는 기분이었다. 게다가 여자는 다시 선우 중위를 보고도 놀라거나 당황해하는 빛이 전혀 없었다. 처음부터 그가 집을 찾아와 있을 줄 알고 있었기라도 하듯 그를 보고도 표정 하나 까딱하지 않았다. 그녀는 오히려 술집에서보다도 표정이나 거동이 더한층 침착하고 정연했다. 그녀는 마치 첫날밤을 맞은 신부처럼 가지런한 몸짓으로 말없이 방문을 들어섰다. 그러고는 아직도 표정이 어리벙벙해 있는 선우 중위 앞으로 조용히 몸을 접어 앉았다.

"그분은 정말로 못 돌아오시는 건가요?"

여자의 첫마디였다. 천남석에게 정말로 그런 사고가 있었는지 어쨌는지를 새삼스럽게 물어오고 있는 것이었다. 설명이 충분했던 건 아니지만, 〈이어도〉에선 아직 곧이를 듣지 않았던 듯, 그러나 자기 사내의 죽음을 묻고 있는 사람 같지 않게 여자는 목소리가 조용했다. 선우 중위는 대꾸가 난처했다. 이런저런 사정을 술집에서부터 미리 알고 있었더라면 사정은 달라질 수도 있었을 것이다. 아무것도 모르고 있다가 이런 자리에서 이런 식으로 다시 여자에게 그 사내의 죽음을 확인시켜준다는 것은 아무래도 기분 좋은 일이 못 되었다. 하지만 선우 중위는 이제 이 무더운 여름날의 가로수처럼 무겁고 적막스런 여자 앞에 언제까지나 입을 다물고 있을 수만은 없었다.

"유감입니다만 그것만은 분명하게 말씀드리지 않을 수 없습니다."

중위가 마침내 어려운 대답을 했다. 여자는 말이 없었다. 잔잔한 눈동자 위로 희미한 수심기 같은 것이 잠깐 스쳐갔을 뿐이었다. 하지만 그것은 정말로 한순간의 짧은 시간 동안뿐이었다. 여자는 이내 다시 표정이 가지런해지고 있었다. 방 안은 한동안 먼 바닷소리만 가득했다. 중위는 침침한 호롱불 아래서나마 여자를 차마 바로 바라보고 있을 수가 없었다.

"하지만 저로서는 이번 불상사의 경위를 자세히 설명드릴 수 없는 것이 보다 더 유감입니다. 천 기자의 사고는 확실한 경위를 아는 사람이 아무도 없었으니까요. 다만, 그날 밤 저는……"

사고가 일어나던 날 밤 천남석과 마지막 술자리를 가진 사람이 선우 중위 자신이었다는 것과, 그날 밤 천남석의 분위기나 거동으로 보아서는 그의 죽음을 자살로 추측해볼 수도 있었다는 말을 하려고 했다. 그런데 말을 하다 보니 여자가 문득 고개를 천천히 가로젓고 있었다. 천남석의 죽음이 자살이었을지도 모른다는 추측을 부인하고 있다기보다 자살이든 사고사든, 그리고 그 경위가 어떤 것이었든 이제는 어떻게 다시 돌이킬 수가 없게 된 일을 부질없이 뇌새기고 싶지 않다는 표정이었다.

"그분은 이제 다시 돌아오시진 못합니다."

조용히 한마디를 내뱉고 나선 비로소 어떤 슬픔 같은 것을 견디려는 듯 지그시 아랫입술을 깨물었다. 도대체 여자에겐 천남석의 죽음이 확인된 이상 거기서 더 자세한 내력 따윈 아무것도 알고 싶지 않은 것 같았다. 중위는 다시 말을 잃고 말았다. 바닷소리가 다시 한동안 방 안을 가득 채워오고 있었다. 중위는 그만 자리를 일어서야겠다고 생각했다.

"그럼 이제 몸도 피곤하실 텐데 그만……"

그는 여자의 그 가지런한 분위기를 다치지 않으려는 듯 조심스럽게 몸을 부스럭거리기 시작했다. 양주호는 끝내 소식이 없었다. 그 양주호를 만났을 때보다, 그리고 그가 중위를 혼자 빈 집에 남겨두고 가면서 이제 곧 모든 것을 알게 될 거라는 귀띔을 남기고 혼자서 언덕길을 내려가버렸을 때보다 더 알게 된 거라곤 아무것도 없었다. 하지만 그는 이제 더 이상 말할 것도 없었고 물을 것도 없었다. 그곳에 여자와 함께 밤을 지키고 앉아 있어야 할 일이 없었다. 여자는 아직도 아무 반응이 없었다. 아랫입술을 지그시 깨문 채 중위의 말은 귓가에도 스치지 않은 듯 조용히 자리를 지키고 앉아 있었다.

"전 그럼 이제 그만 가보겠습니다."

중위가 이번에는 좀더 큰 소리로 말하면서 자리를 반쯤 일어섰다. 여자는 역시 마찬가지였다. 중위에겐 끝끝내 눈길 한 번 바로 건네오지 않았다. 선우 중위는 자리를 일어서다 말고 터무니없이 낭패스런 눈길로 여자를 곰곰 내려다보았다. 중위는 그제서야 여자에게서 어떤 새삼스런 요기 비슷한 것을 느끼기 시작했다. 그는 문득 여자가 무엇인가를 기다리고 있다고 생각했다. 여자는 슬픔을 참고 있는 것이 아니었다. 입술을 지그시 깨물고 앉아서 무엇인가를 끈질기게 기다리고 있는 그런 모습이었다. 중위는 반쯤 일으켜 세웠던 몸을 다시 여자 곁으로 주저앉혔다. 그리고 이번에는 그 자신에게도 뜻이 분명치 않은 말을 꿈꾸듯 그녀에게 속삭이고 있었다.

"피곤할 텐데 이제 그만 잡시다."

— 이어도는 사람을 홀리게 합니다.

실상 이어도가 사람들을 홀린다는 말은 한때나마 그 여자의 사내였던 천남석 바로 그가 선우 중위에게 한 말이었다.

— 제 어머니도 마찬가지였지요. 제 어머니도 숨을 거둬간 그날까지 쉴 새 없이 그 이어도 노래를 부르다가 마침내는 넋을 잃고 이어도에 홀려가버린 것입니다.

자신의 유년 시절에 관한 이야기를 모두 끝내고 나서 천남석은 이어도야말로 가엾은 섬사람들을 터무니없이 절망적인 종말로 홀려가버리는 저주의 섬일 뿐이라고 몇 번씩 단언을 했다. 사실이었는지 모른다. 그리고 그것이 사실이라면 아마 그토록 섬을 저주하던 천남석 자신마저 종내는 그 이어도의 마술에 홀려 그를 앞서간 많은 사람들의 숙명을 뒤쫓아가버렸는지도 모를 일이었다. 천남석의 추억은 그가 애초 무슨 생각으로 그런 이야기를 시작했든 선우 중위로선 참으로 이상스럽게 몸이 저려오는 감동 같은 걸 느꼈었다. 하지만 천남석은 이야기를 꺼낼 때의 태도도 그랬지만, 사연이 한참 계속되는 동안도 이어도에 관해서 내내 부정적인 어조로만 말을 하고 싶어 했다. 이야기를 모두 끝내고 났을 때도 그는 그 이어도에 관해서는 추억을 되새기는 짓조차 허황하고 짜증스런 일이라는 듯 냉담스런 결론을 내렸었다. 하지만 그것은 모두가 그의 말에 한정된 노력일 뿐이었다. 냉담스러워지고 싶은 것은 그의 말뿐이었다. 우정 말은 그렇게 하고 싶어 하면서도 그는 너무도 이야기에 열심이었다. 이야기를 좇고 있던 그의 표정 역시 너무도 열심이었다. 그는 때때로 자신의 이야기에 너무도 자세한 데까지 깊이 빠져들어가고 있었다. 그리고 때로는 견딜 수 없는 고통 때문에 얼굴 표정이 갑자기 사납게 일그러지기도 했다. 그는 자신을 견디기 위한 치열한 싸움을 끈질기게 계속하고 있는 것 같았다. 하지만 그 끈질긴 싸움 끝에도, 그리고 입으로는 제법 냉담스럽게 이어도의 존재와 의미를 부인하고 싶어 하면서도 그 싸움에는 끝끝내 이길 수가 없는 것 같았다. 이야기를 끝내고 난 천남석의 표정은 두려움과 초조감이 극도에 달해 있었다. 그는 이야기를 끝내고 나서 무엇인가를 몹시 애타게 기다리는 사람처럼 초조하게 선우 중위를 쏘아보고 있었다. 선우 중위는 물론 할 말이 없었다. 밤을 새우고 말 듯싶은 폭풍의 소란만이 귓전에 가득했다. 천남석이 이윽고 더 견딜 수가 없어진 듯 자리를 벌떡 일어섰다. 그러고는 말없이 중위의 방을 나갔다. 선우 중위는 그 천남석을 말리려 해보지도 않았다. 제자리에 굳어져 앉은 채로 이제 아마 천남석이 자기 방으로 돌아가서 술기라도 식히려니 생각했다.

다음 날 아침 천남석은 배 위에서 모습을 볼 수 없었다. 간밤의 술 때문에 늦잠이라도 들었나 싶어 선우 중위가 그의 방으로 가서 문을 두드려보니 대답이 없었다. 간밤에 침구를 사용한 흔적이 보이지 않았다. 밤사이에 천남석의 모습을 스친 갑판 근무병으로부터 잠시 후에 그의 동정이 보고되어 왔다. 천남석은 새벽 1시쯤 해서 갑판까지 올라와 술기를 식히고 있었다고 했다. 비바람이 몰아치는 난간에 기대서서 위태롭게 몸을 굽히고 서 있는 그를 보고 갑판 근무병이 주의를 주고 지나갔다고 했다. 천남석이 선우 중위의 침실을 나간 지 5분 뒤쯤 일이었다.

——조심하십시오. 폭풍 때문에 아직 상어들이 잠을 못 들고 있을 겁니다.

갑판 근무병은 천남석이 주의를 받고 나서도 태연히 고개를 끄덕여 보이는 바람에 무심히 혼자 농담을 건네고 나서 그를 비

켜버렸노라고 했다. 다음번에 그를 본 것은 그로부터 다시 20분
쯤 시간이 지난 뒤였는데 이번에도 또 같은 갑판 근무병이었다.
아직도 파도 끝에 스치는 난간가에 몸을 깊이 굽히고 서 있는
천남석을 보고 녀석은 다시 한번 주의를 주지 않을 수 없었다고
했다.

──감기약깨나 준비를 해 오신 모양인데, 이제 그만 들어가
보십시오.

하지만 이번에는 그 천남석에게서 아무 대꾸도 들을 수 없었
다고 했다. 가까이 다가가보니 그는 웬일인지 그 칠흑 같은 어
둠을 향해 무섭도록 눈을 커다랗게 부라리고 있었는데, 곁에 선
사람이나 말소리가 귀에도 들어오지 않는 듯 표정이 전혀 움직
이지 않더랬다. 칠흑 같은 어둠 속에서 무엇을 열심히 찾고 있
는 것 같기도 했고, 또는 어디론가 넋이 훌쩍 흘려나가버린 사
람처럼 몰아치는 비바람에도 부릅뜬 눈이 한 번도 깜박이고 있
는 것 같지가 않더랬다. 녀석은 갑자기 그가 이상스럽게 두려운
생각이 들어 자리를 일단 비켜났다가 아무래도 마음에 걸려 5
분쯤 후에 다시 가보니 이번에는 그의 모습이 보이지 않았다고
했다.

이어도가 사람을 홀리는 마술을 지닌 섬이라면, 그리고 그 이
어도의 부재가 확인된 순간에 천남석이 비로소 그의 섬을 볼 수
있었을 거라는 양주호의 말을 신용할 수 있는 것이라면, 천남석
은 아닌 게 아니라 그날 밤 그 이어도에 홀려 스스로 그렇게 섬
을 찾아가버린 것인지도 모를 일이었다. 그런데 바로 그 이어도

가 이번에는 우연히나마 그 천남석 기자의 죽음을 좇게 된 선우
현 중위에게까지 엉뚱스런 마력을 뻗치기 시작한 것일까.

잠시 후 선우 중위는 여자의 침묵에 홀려 끝내는 그 여인의
기괴한 비밀의 섬을 보고 있었다.

"어째서 넌 나를 가게 하지 않았지?"

"……"

"처음부터 넌 내가 이렇게 널 찾아와 있을 줄 알았겠지?"

방 안은 칠흑 속이었다. 칠흑 같은 어둠 속 어딘가에 사고가
있었던 날 밤의 그 천남석의 눈초리가 무섭게 중위를 노려보고
있었다.

양주호의 커다란 웃음소리가 그 어둠 뒤쪽 어딘가에서 기분
나쁘게 껄껄대고 있었다. 바닷바람이 치올라오는 언덕배기 자
갈밭에선 한 아낙의 가난하고 암울스런 노랫가락이 아직도 바
닷소리에 묻어오고 있었다. 바닷가 자갈밭에 펼쳐 세운 그물코
사이로는 아직도 그 옛날의 바람 소리가 쏴쏴 소리를 내며 지나
가고 있었다. 선우 중위는 어둠 속에서 그 모든 것을 너무도 역
력하게 보고 있었다. 그리고 그것들을 좇기 위해 땀을 흘리며
안간힘을 써댔다. 쉴 새 없이 여자에게 허튼소리를 지껄여댔다.
여자는 어둠 속에서도 역시 말이 없었다. 그녀는 말없이 그저
모든 것을 견디면서 기다리고, 기다리면서 견디는 것뿐이었다.
중위가 돌아가기를 단념할 때를 기다렸고, 그가 돌아가지 않겠
노라는 말을 침묵으로 견디고 있었다. 중위의 말이 떨어지자 그
녀는 비로소 습기를 쐰 씨앗처럼 천천히 그 답답한 침묵의 껍질

을 벗기 시작했는데, 그러나 그녀는 아직도 입을 열어 말을 하는 일이 없었다. 그녀는 침묵으로 말을 하고 몸으로 말을 했다. 그녀는 남자가 정말 섬으로 돌아올 수 없게 된 것을 알자 스스로 옷을 벗은 것이었다. 스스로 자리를 펴고 스스로 불을 끄고 스스로 옷을 벗었다. 중위가 다가가자 그녀는 별로 긴장하는 빛도 없이 고스란히 그를 받아들였다. 그러고는 중위의 체중을 지그시 견디면서 무엇인가를 또 말없이 기다리고 있었다. 모든 것은 그 끈질긴 침묵의 수렁 속에서였다. 그녀 자신이 온통 어두운 침묵의 수렁이었다. 선우 중위는 정신을 가다듬을 수가 없었다. 그리고 견딜 수가 없었다.

"넌 이 제주도 자갈밭에서 죽을 때까지 돌을 추리던 여자였을 게다."

"……"

"바닷바람에 몸을 벗어 말린 여자다!"

뜻 같은 건 아무래도 상관이 없었다. 무슨 소리든지 짚이는 대로 부지런히 입을 놀려대지 않고는 질식을 하고 말 것 같았다. 그는 그 깜깜한 침묵을 타고 몰려드는 가지가지 환각을 쫓기 위해 잠시도 말을 쉬지 않았다. 여자로 하여금 무슨 소리든 입을 벌리게 해놓지 않고는 도대체 그 자신의 환각들을 끌 수가 없었다. 난폭스럽게 여자를 학대했다. 여자는 끝끝내 아무 대꾸가 없었다. 아니 끝끝내 대꾸가 없을 것만 같았다. 하지만 여자의 그 수렁 같은 침묵에도 결국은 바닥이 기다리고 있었던 것일까. 중위가 한참 더 정신없이 지껄여대며 그녀를 학대하고 난 다음이었다. 여자에게서 마침내 반응이 나타나기 시작했다. 선우 중위로선 참으로 상상도 할 수 없었던 기괴한 반응이었다. 여자의 입술에서 문득 희미한 웅얼거림 소리 같은 것이 흘러나오고 있었다. 신음 같기도 하고 한숨 소리 같기도 하고, 어떻게 들으면 마치 제주도의 바닷가 어디에서나 들을 수 있는 바다 울음소리나 파도 소리 같은 그 웅얼거림은, 그러나 자세히 들어보니 「이어도」, 그 오랜 제주도 여인들의 슬픈 민요 가락이었다.

중위는 그만 번쩍 정신이 되돌아왔다. 불시에 등골에서 식은땀이 솟고 있었다. 천남석의 어머니도 남편이 수평선을 넘어오는 날이면 비로소 그 걱정스런 밤의 어둠 속에서 이어도를 만나곤 했다던가. 선우 중위는 잠시 멀어져가는 듯싶던 환각들이 일시에 다시 방 안 가득 밀려들어오는 듯한 착각 속에 모질게 다시 힘을 모두어 여자를 학대하기 시작했다. 기분 나쁜 환각들을 쫓기 위해서는, 여자의 그 끝없는 침묵을 끝내주기 위해서는 그 여자의 소리를 다시 놓치고 싶지 않았다. 그는 점점 더 많은 땀을 흘리기 시작했고, 여자의 노랫가락도 점점 더 분명하고 안타까운 가사로 여물어져가고 있었다.

이어도하라 이어도하라
이어 이어……

6

이튿날 아침 선우현 중위는 여자와 헤어져 나오면서 비로소 천남석의 죽음에 대한 수수께끼의 실마리가 풀려가는 느낌이었다. 여자는 새벽녘에 다시 한번 선우 중위의 학대를 견디고 (견딘다는 말처럼 그녀에게 적합한 말이 있을까) 나서 비로소 띄엄띄엄 입을 열기 시작했다.

여자는 처음부터 자기 내력조차 분명히 알지 못하고 있었다. 여자의 부모는 그녀가 기억조차 할 수 없을 만큼 어렸을 때 이미 수평선을 넘어가버렸고(천남석이 그랬듯이 여자도 번번이 그렇게 말했다), 여자가 아직도 희미한 기억을 간직하고 있는 그녀의 어린 오라비는, 좀더 나중에 그가 혼자서 배질을 할 수 있을 만큼 팔 힘이 올랐을 때 다시 그 수평선을 넘어가버렸다. 여자의 머릿속엔 간간이 그런 희미한 기억들이 남아 있을 뿐이었다.

처음부터 그녀는 세상을 혼자서 살아온 거나 다름없었다. 어렸을 때부터 그녀는 그 바닷가 마을들을 이곳저곳 떠돌아다니며 저절로 철이 들고 저절로 여자가 된 것이었다. 여자가 되어가면서는 점점 더 큰 마을을 찾아다니며 바닷사람들에게 술을 팔기 시작했고, 그러다가 마침내는 천남석을 만나서 술집 여자 겸 한 사내의 괴상한 계집 노릇이 시작된 것이었다. 여자가 천남석을 만난 것은 바로 그 술집 〈이어도〉에서의 1년 전쯤 일이었다. 천남석은 한두 번 〈이어도〉를 드나들다가는 재빨리 그녀의 남자가 되어버렸다고 했다. 그리고 여자를 그 돌지붕집 골방으로 끌어들여다 놓고 이상하게 그녀를 괴롭히기 시작했다는 것이다. 그는 여자더러 한사코 섬을 떠나라고 다그쳐대었댔다. 여자로 하여금 섬을 떠나게 하기 위해 그는 참으로 무참스런 모욕도 서슴지 않았던 것 같았다. 천남석은 여자에게 두 가지 해괴한 버릇을 숙명처럼 길들여놓고 있었다. 여자가 섬을 떠나지 않는 한 잠자리에서 언제나 그 「이어도」의 노랫가락을 읊조리도록 한 것이 그 첫번째였다. 그리고 천남석이 여인에게 길들인 두번째 작업은 그녀의 미래의 운명에 관한 것이었다. 여자가 언젠가 자기 사내인 천남석이 다시 섬으로 돌아오지 못하게 되는 일이 생길 땐 반드시 그 소식을 가지고 오는 남자에게 옷을 벗도록 해놓고 있었다. 천남석이 다시 섬으로 돌아오지 못하게 된다는 것이 그가 영영 섬을 떠나 뭍으로 나가게 되는 경우를 뜻했는지, 아니면 그 자신 자기 종말에 대해 미리부터 어떤 예감을 가지고 여자에게 그런 말을 남겼는진 확실치 않았다. 하지만 천남석은 어쨌든 그런 식으로 여자를 이상하게 괴롭혀대면서 자신의 종말과 관계되는 숙명 비슷한 것을 여자에게 미리 길들여주고 나서 그 자신 정말로 다시 섬을 돌아오지 못할 길을 가고 만 것이었다.

떠듬떠듬 여자의 그런 이야기가 모두 끝났을 때 창밖은 이미 날이 훤히 밝고 있었다. 선우 중위는 그때 이 여자야말로 어쩌면 천남석이라는 사내의 운명의 한 부분이었는지 모른다는 생각을 하고 있었다. 그리고 그 천남석 역시 여인에겐 그녀의 한

필연적인 운명일 수가 있었던 것처럼도 생각되었다. 하지만 이제 여자는 천남석이 자신에게 지워준 운명을 끝까지 감내해내고 난 사람처럼 얼굴 표정이나 거동이 훨씬 부드럽게 누그러져 있었다. 천남석에게 기대오던 여인의 운명도 이젠 간밤까지의 일로 해서 모두 마감되어버린 것처럼 묘하게 홀가분한 얼굴이 되어 있었다. 선우 중위는 그러자 마치 여자의 다음번 운명을 천남석이 바로 선우 중위 자신에게 떠맡겨버리고 가기나 한 것처럼 그녀가 두려워지기 시작했다.

선우 중위는 곧 옷들을 꿰어 입고 그녀의 방을 나왔다. 어디가서 해장이나 한 그릇 하고 곧바로 배를 탈 작정이었다.

하지만 그는 부둣가까지 나가 아침 해장을 끝내고 나서도 그길로 곧 배를 타버리지 못했다. 그는 배를 타기 전에 먼저 남양일보사 쪽으로 발길을 돌렸다. 아무래도 배를 타기 전에 양주호를 한 번 더 만나보고 싶었다. 중위에겐 아직도 그 양주호에게 확인해보고 싶은 일들이 한두 가지 더 남아 있는 것 같았다. 무엇을 확인해보고 싶은지는 선우 중위 자신도 분명하게 떠오른 생각이 없었다. 천남석의 죽음에 대해서 (양주호의 추측대로 자살일 가능성은 훨씬 커지고 있었지만 그것도 장담을 할 계제는 아니었다) 양주호의 그 부랑배처럼 짓궂은 처사들에 대해서, 그리고 그 여자의 새로운 운명의 비밀에 대해서, 그 모든 것들에 대해서, 마지막으로 한 번 더 양주호를 만나 그 이야기를 들어두고 싶었다. 하지만 중위에겐 그런 것보다도 양주호를 만나서 여자에 관해 일러두고 싶은 더욱 중요한 사실이 한 가지 있었다.

"저 오늘 섬을 떠날 거예요."

중위가 그 돌지붕집 사립을 나서려고 했을 때, 이상스럽게 낭패스러워진 표정으로 주뼛주뼛 발길을 망설이고 있는 그를 보고 여자가 안심이라도 시키듯 불쑥 던져온 말이었다. 천남석의 존재는 아닌 게 아니라 여인의 불가항력의 운명 같은 것이었다고 할까. 천남석은 여자를 섬에서 떠나게 하기 위해 한사코 그녀를 괴롭혀왔다고 했다. 하지만 여자는 여자대로 천남석이 섬에 있는 한 끝끝내 그곳을 떠나지 않고 있었다. 그런데 천남석이 정말로 섬을 돌아올 수 없게 된 지금 여자는 비로소 섬을 떠나겠노라는 것이었다. 중위는 일순 기묘한 배반을 느꼈다. 하지만 다음 순간 그 천남석의 존재가 이 섬에 관련해서 얼마나 완벽하게 여자의 운명을 지배하고 있었는가를 다시 한번 분명하게 실감하지 않을 수 없었다.

"어떻게 뭐 좀 알아진 게 있습니까? 허허허."

시간이 이른데도 양주호는 그 커다란 국장석 테이블을 덩그러니 혼자 지키고 앉아 있다가 선우 중위를 반갑게 맞아주었다. 아침 일찍 사무실을 나와 중위를 기다리고 있었기라도 한 것 같았다.

하지만 그 양주호의 표정은 이제 어젯밤 〈이어도〉와 천남석의 집을 찾았을 때의 그것과는 전혀 딴판이 되어 있었다. 폐인처럼 황량스럽기만 하던 표정이나 거동이 방금 바다에서 올라온 뱃사람처럼 건강하고 상쾌했다. 불편한 한쪽 다리 때문에 더욱더 거동이 불편해 보이던 커다란 몸집도 테이블 한쪽에 기대어놓은 그의 굵고 튼튼한 지팡이처럼 우람스러웠다. 선우 중위를 보자 배를 들썩거리며 너털대는 그 호인풍의 웃음소리를 제외하면 그는 마치 사람까지 온통 달라져버린 것 같았다. 어딘지 늘 짓궂은 음모를 숨기고 있는 듯한 웃음소리만이 전날의 그것 그대로였다. 그는 이미 이쪽의 속내를 환히 꿰뚫어보고 있는 사람처럼 그 짓궂은 웃음기가 사라지지 않은 얼굴로 중위를 소파 쪽으로 안내했다. 그러고는 다짜고짜 중위에게 물어대기 시작했다.

선우 중위는 이자가 모든 걸 알 대로 다 알고 있는 게 분명하다고 생각했다. 천남석의 죽음뿐 아니라 간밤 동안 여자가 띄엄띄엄 털어놓은 이야기들, 그녀의 내력이라든가, 천남석이 어떻게 그녀의 운명을 길들이고 있었으며, 어떻게 그것으로 그토록 여자를 완벽하게 지배할 수 있었는가 하는 사실들에 대해서도 그는 알 만큼은 다 알고 있는 게 분명했다. 양주호 자신도 그처럼 여자를 가까이할 수가 있었다면, 그리고 어딘지 늘 천남석의 죽음을 미리 예감하고 있었던 것처럼 보이는 양주호 그 사람이고 보면, 여자나 천남석의 언동을 통해 그런 데 대해서는 이미 충분한 정보를 가지고 있을 수 있을 터이었다. 밤사이 여자와의 일에 대해선 말할 것도 없었다. 중위와 여자가 어떻게 되었는가는 양주호 자신도 질문을 말끔 생략해버리고 있었다. 그가 묻고 있는 것은 천남석의 죽음이었다. 천남석의 죽음에 관해 자기 말을 좀 곧이들을 만하게 되었느냐는 물음이었다.

"글쎄요, 별로 분명히 알아진 건 없지만, 한 가지 분명한 건 쓸데없이 제가 실수를 한 것 같더군요."

중위는 일부러 좀 씁쓸한 표정을 지으며 면구스러운 듯 양주호를 힐끗 스쳐보았다. 그런데 그 양주호에 관한 선우 중위의 추측은 별로 크게 빗나간 편이 아니었던 모양이다.

"실수라니, 무슨 일이 있었소?"

양주호는 일단 무심하게 반문해왔다.

"천 기자의 소식, 제가 전하지 않을걸 그랬어요."

"선우 중위가 전하지 않으면 그럼……"

"국장님께서도 전해줄 수가 있으셨을 텐데……"

"그야 난 소식을 전해줄 사람을 일부러 기다리고 있던 참이었던걸요. 허허허……"

양주호가 비로소 무슨 소린지 알겠다는 듯 새삼 빈 웃음을 너털거렸다. 그리고 이제 별로 말을 숨길 필요가 없다는 듯 선우 중위의 추궁 앞에 시원시원 속을 다 털어놓기 시작했다.

"하지만 어젯밤 여자는 제가 아니라 국장님께서 집까지 소식을 다시 가져오리라 기대하고 있었던 것 같던걸요. 당연히 그랬을 것 아니겠습니까? 아마 천 기자가 그런 심부름꾼을 미리부터 여자에게 귀띔해둔 것도 국장님을 염두에 두고 그랬었던 것 같구 말씀입니다."

"아니 천남석이 그런 심부름꾼을 미리 일러놓은 것은 어떤 특정한 인물을 염두에 두고 한 짓은 아니었을 게요. 작자는 다만 자기 혼자서 여자를 끝내 책임지기 싫었던 것뿐이었을 테니까요. 죽어서까지 한 여자의 운명을 자신에게 붙들어 매두기가 싫었다고 할까. 하여튼 녀석은 누구에 의해서든지 자기 계집의 운명을 바꿔줄 사람만을 원하고 있었을 겁니다. 누구든지 상관이 없었을 거예요. 표현이 좀 거꾸로 되고 있었는지 모르지만 이를테면 녀석이 늘 철부지같이 제 계집더러 섬을 떠나라고 한 것처럼 말입니다."

"국장님은 마치 그 천 기자로부터 여자의 다음 운명을 떠맡은 기분이었겠군요. 그래서 직접 소식을 전하지 않으려고 하신 겁니까?"

"허허 이 양반 사람을 너무 겁쟁이로 만드는군. 하지만 아직 그렇게 겁을 먹을 정도는 아니었소. 사실은 겁을 먹을 필요도 없구요. 녀석이 설령 그러길 바랐다 하더라도 그걸로 한 여자의 운명이 바뀐다는 건 애당초 불가능한 일이니까요."

"천남석의 존재가 여자에겐 그토록 절대적이었다는 말씀입니까?"

"아니 오히려 그 반대지요. 반대이기 때문에 여인의 운명은 바뀔 수가 없는 것입니다. 여자의 운명은 천남석이라는 한 사내가 아니라 그 사내의 섬에 보다 단단하게 붙들려 매여 있기 때문이지요. 여자가 아무리 사내를 바꾼다 해도 그녀는 어느 사내에게서나 똑같은 섬의 운명을 만나고 맙니다. 나 같은 섬 사내라면 천남석도 바랄 만한 인물이 아니었을 겁니다."

듣고 보니 양주호의 이야기는 어느새 중위를 표적 위에 올려놓고 있었다. 여자가 이 섬에서 다시 섬 사내를 만났을 땐 운명이고 뭐고 바뀔 여지가 없는 것이다, 여자는 섬을 나가 섬과는 상관이 없는 남자를 만나야 한다, 그때서야 여자는 비로소 자기 운명을 바꿔 가질 수 있는 것이다. 말을 뒤집으면 바로 그런 뜻이 되었다. 선우 중위는 자신도 모르게 문득 주의가 곤두섰다.

"그렇다면 어젯밤 국장님이 일부러 제게 소식을 전하게 한 것은 제가 역시 이 섬 남자가 아니기 때문에?"

목소리마저 조금씩 두렵게 떨려 나왔다. 하지만 양주호는 여전히 태연스런 어조였다.

"그랬기가 쉽겠지요. 무엇보다도 아마 천남석이 그편을 원했을 테니까……"

"그럼 국장님께서도 뭔가 여자의 운명이 바뀌기를 기대하셨겠군요."

"아니 그렇지는 않습니다. 아까도 말씀드렸듯이 그 여자의 운명은 그걸로 쉽게 바뀌어지지는 않았을 테니까요."

"전 이 섬의 남자가 아닌데두요?"

중위는 계속 물어댔다. 하지만 양주호는 거기서 한동안 대답을 참고 있었다. 중위의 기분을 환히 다 꿰뚫어보고 있는 눈길로 멀긋멀긋 그의 얼굴만 들여다보고 있었다. 하더니 중위를 달래기라도 하듯 그가 천천히 다시 입을 열기 시작했다.

"어젯밤 여자한테 꽤 겁을 먹고 있는 게로군요. 하지만 염려하실 거 없어요. 여자가 운명을 바꿔 갖자면 또 하나 전제가 있어요. 운명이 바뀌자면 무엇보다도 여자는 먼저 섬을 떠날 수 있어야 합니다. 그래서 천남석은 여자에게 먼저 그걸 바랐었지요. 하지만 여자는 섬을 떠나지 못합니다. 여자가 섬을 떠나지 못하는 한 중위도 겁을 먹을 필요까진 없습니다."

"여자는 섬을 떠날 수도 있습니다. 섬을 떠나고 싶어 할 수도 있습니다."

중위는 머릿속이 다시 혼란스러웠다. 양주호가 중위를 너무 이리저리 휘둘러대고 있었다. 그는 혼란 속에서도 아침에 여자가 섬을 떠나겠노라 하던 말만은 아직껏 똑똑히 기억하고 있었다. 그는 양주호의 말이 아직도 불안했다. 양주호는 여자가 섬을 떠나려고 한다는 사실을 알고 있을 리 없었다. 그의 허점이라면 허점일 수 있었다. 그리고 그 양주호의 허점은 바로 선우 중위 자신의 약점과도 같은 것이었다. 선우 중위는 마치 그 양주호 스스로 자기 허점을 메워주기를 바라듯 초조한 목소리로 묻고 있었다. 하지만 양주호는 선우 중위의 그런 의구 따윈 아랑곳을 않는 어조였다.

"그야 물론 여자가 섬을 떠나고 싶어 할 수도 있겠지요. 하지만 섬을 떠나고 싶어 한 것으로만 말한다면 여자보다도 천남석 그 녀석 쪽이 훨씬 더 정도가 심했지요. 천남석이 여자에게 그토록 섬을 떠나라고 한 것은 그 여자에 대해서보다 차라리 자기 자신이 섬을 떠나고 싶은 욕망 때문이었으니까. 섬을 떠나고 싶어 하면 할수록 그는 더 섬을 떠날 수가 없었을 겁니다. 그게 바로 이 섬에서 태어나고 이 바닷바람에 씻기며 살아온 제주도 사람들입니다. 자신은 섬을 떠나지 못하면서 여자더러만 그러라고 한 것은 이미 그 자신은 자신의 운명을 알고 있었기 때문입니다. 여자도 결국 섬을 떠나진 못합니다."

여자의 말을 부러 귀뜀해줄 필요도 없었다. 여자의 말을 알고 나면 양주호는 그것을 오히려 여자가 섬을 떠나지 못할 가장 좋은 증거로 둔갑시켜버릴 게 틀림없었다. 바로 그런 양주호의 분위기에 선우 중위는 마침내 자신을 압도당하고 만 것이었을까. 그는 이제 마치 그 양주호에게서 무슨 일이 있더라도 절대 여자를 섬에서 떠나보내지 않는다는 약속이라도 받아낸 듯한 기분 속에 목소리가 훨씬 침착해지고 있었다.

"그렇다면 이미 일이 다 그럴 줄 아시면서도 어젯밤 국장님은 무엇 때문에 절 굳이 여자에게로 보내셨던 겁니까."

"글쎄, 아까도 말씀드렸듯이 천남석 그자가 그걸 원했기 때문이었겠죠."

"결과를 미리 알고 계셨다면 그게 무슨 의미가 있었을까요."

"글쎄요. 거기 꼭 무슨 의미가 있어야 한다면 그가 여인에게 씨를 뿌리고 길을 들여놓은 것들은 그가 정해놓은 방법으로 거두게 해주고 싶었다고 할까요. 하지만 그런 게 무슨 상관이 있습니까. 한 남자와 여자가 하룻밤을 함께 지내게 됐다면 그걸로 다 그만인 게지요."

"천남석 기자도 그걸 바랐을까요?"

"적어도 자기 계집이 옛날 그의 어머니처럼 되지 않게 된 것만은 다행스러워하겠지요."

"국장님은 앞으로 〈이어도〉엘 다시 가시게 될까요?"

"글쎄요…… 아마 그렇게 되겠지요."

이번에는 양주호 쪽이 오히려 글쎄요를 자주 연발하며 자신

없는 대답을 되풀이하고 있었다. 말을 자꾸 계속해나갈수록 그의 얼굴에선 비로소 그 헤프디헤프던 웃음기가 사라지고 커다란 체구에는 거의 쓸쓸한 수심기마저 어려들고 있었다. 하지만 선우 중위는 이제 그 양주호가 오히려 점점 두려워졌다.

그에게는 도대체 이 섬과 섬의 운명, 그리고 천남석의 죽음과 그의 여자에 관한 비밀, 그 모든 것이 한결같이 정연하게 정리되어 있었던 것 같았다. 그의 이야기 가운데는 심지어 한 사내에게 모든 운명을 걸어버린 여인이 마지막엔 자신의 임종마저 먼저 간 사내에게 바치고 간, 그 고집스런 섬 여인의 사연까지도 이미 다 염두에 두고 있었다. "우린 날마다 이 이어도를 찾아옵니다. 이어도를 찾아와서 술을 마시고 이 이어도 여자와 노래도 부르고 사랑도 하면서 하루하루씩을 더 살아갑니다." 그 이어도의 술집 덕분이었을까. 양주호는 술집에서 체념조로 지껄인 것과는 반대로, 〈이어도〉를 돌아서기만 하면 그의 삶이 천남석의 그것에 비해 너무도 태연하고 정색스러운 편이었다. 선우 중위는 그 양주호가 마치 어떤 커다랗고 불가사의한 괴물처럼 느껴졌다.

편집국 안은 이제 출근 시간을 대어 나온 기자들로 주위가 꽤어수선해지고 있었다. 한데도 양주호는 그런 주위의 기척 같은 건 귀에도 들려오지 않는 듯 조금은 의례적인 것일 수도 있는 엷은 수심기 같은 것이 어린 얼굴로 중위를 빤히 건너다보고 있었다. 이젠 할 말도 거의 다 끝이 난 것 같은 얼굴이었다. 선우 중위로서도 이제 들을 만한 이야기는 거의 다 들은 셈이었다.

여자가 섬을 떠나겠노라던 소리도 이제 와선 군이 그 양주호에 겐 건네줘야 할 필요가 없을 것 같았다. 그는 그만 자리를 일어 서야겠다고 생각했다. 그런데 그때였다. 양주호가 그런 선우 중위의 낌새를 눈치챘는지, 그리고 아직도 무슨 끝나지 않은 이야 기가 남았던지 새삼스럽게 불쑥 말머리를 끄집어냈다.

"어떻게 이쯤 되면 선우 중위도 좀 신용이 가는 것 같소? 천 기자가 자살을 했을지 모른다는 거 말이오?"

"그야 국장님께서 이미 그렇게 생각하고 계신 거 아닙니까?"

중위는 양주호의 의도를 얼핏 알아볼 수가 없어 엉거주춤 대 답하고 나서 그의 다음 말을 기다렸다. 하지만 웬일인지 양주호 는 거기서 그만 또 말이 없었다. 고개만 끄덕끄덕 다시 입을 다 물어버렸다.

"이미 짐작은 하고 있었던 일입니다만 국장님께선 역시 처음 부터 이번 일을 그렇게 생각하고 계셨던 게 틀림없었어요. 아니 그렇게 믿으려고 애를 쓰고 계셨지요."

중위가 다시 양주호의 내심을 대신 말하고 나서 자리를 고쳐 앉았다. 말을 하다 보니 그는 실상 가장 궁금했던 말을 빠뜨리 고 있었다는 생각이 들었다. 그리고 그 가장 궁금스런 말을 자 기 쪽에서 먼저 꺼내는 것을 보고 양주호도 비로소 그 천남석의 죽음에 대해 뭔가 새로 입을 열 것 같은 기미가 느껴졌다. 그는 좀더 자리에 앉아 있어야겠다고 생각했다.

"그런데 국장님께서는 무엇으로 그토록 천 기자의 자살을 확 신하고 계신지 그걸 알 수가 없군요."

중위가 다시 물음을 계속했다.

"그야 이 섬을 알면 그쯤은 저절로 알게 됩니다. 이 섬에 살고 있는 사람들의 운명은 이 섬의 내력이나 현실이 스스로 말을 하니까요."

양주호 역시 이젠 목소리가 다시 담담해지고 있었다.

"이 섬이 어떻게 그 천 기자의 자살을 설명할 수 있는지 전 아직 이해할 수가 없군요."

"그건 선우 중위가 아직도 이 섬을 잘 이해하지 못하기 때문입니다. 천 기자는 무엇보다 우선 이 섬에 운명이 걸린 사람이었습니다."

"국장님께선 어제도 같은 말씀을 하셨습니다만, 그가 이 섬사람이었다는 건 무엇을 뜻합니까?"

"싫든 좋든, 그리고 알고 있든 모르고 있든 이 섬사람들은 언제 어디서나 이어도와 함께 살아가고 있습니다. 처음에는 물론 그 섬을 그지없이 두려워들 하는 게 사실이지요. 하지만 사람들은 이내 그 이어도를 사랑하고 이어도를 노래하기 시작합니다. 이어도가 없이는 이 섬에선 삶을 계속할 수가 없다는 걸 배우게 되기 때문입니다. 그러다 마침내 어느 날은 그 이어도를 만나 이어도로 떠나갑니다. 그것이 이 섬사람들의 숙명이자 구원인 것입니다."

"하지만 천 기자는 이어도를 사랑하려고 한 일이 없지 않았습니까?"

"내가 어젠 아마 그렇게 말했을 겝니다. 그가 별로 이어도를 사랑하려고 한 일이 없는 것처럼 보였던 건 사실입니다. 작자는 늘 이어도가 실제로 살아 숨 쉬고 있는 이 섬마저 떠나고 싶어 했으니까. 하지만 사실은 그렇지 않았습니다. 그는 아무리 섬을 부인하려고 해도 소용이 없었습니다. 그는 마침내 섬을 보지 않을 수 없었습니다. 되풀이되는 말이지만 그는 자신이야 뭐라고 말하고 싶어 했든 어쩔 수 없는 이 제주도 섬사람이었으니까요. 아니 천남석 그자야말로 자신이 그토록 이어도를 부인하고 섬을 떠나고 싶어 했던 만큼 오히려 누구보다 더 이어도를 사랑했던 사람이라 할 수 있을 겁니다."

"역설 같군요."

"역설이 아닙니다. 유감스럽게도 그는 다만 그 이어도를 사랑하는 방법이 다른 사람과 달랐을 뿐입니다. 그는 자신의 섬을 너무 깊이 사랑하고 있었기 때문에 오히려 섬을 사랑하지 않는 것처럼 보인 것뿐입니다."

양주호는 무슨 영감이라도 내린 사람처럼 또는 바로 그 자신의 이야기를 말하고 있는 것처럼 느닷없이 열이 오르고 있었다. 그의 설명 역시 순전히 그 자신의 영감을 좇고 있는 것처럼 심한 비약을 감행하고 있었다. 하지만 선우 중위는 이제 그 양주호의 기세에 눌려 더 이상 입을 열 수가 없었다. 입을 다문 채 잠잠히 그의 말에 귀를 기울이고 있었다.

양주호가 아직도 한참 더 말을 계속했다.

"천남석의 영혼 속에도 다른 누구나와 마찬가지로 어렸을 때부터 이어도가 은밀히 다가들고 있었습니다. 그리고 그것을 알고 있었기 때문에 그 역시 어렸을 때부터 섬에 대한 두려움이 자라고 있었습니다. 하지만 그는 끝내 자기 섬을 다른 사람들처럼 쉽게 사랑할 수 없었습니다. 두려워만 하고 있었습니다. 두려웠기 때문에 섬을 떠나고 싶어 했고, 일부러 그것을 외면하려고 애를 썼습니다. 얼핏 보면 일찍부터 그 두려움을 견디면서 자기 섬을 사랑해버린 사람들보다도 훨씬 깬 것처럼 보이기도 했었지요. 하지만 작자가 아무리 아닌 척해도 끝끝내 그가 이 섬을 떠나지 못했던 것은 무엇을 뜻합니까. 그는 결국 자신의 섬을 부인할 수가 없었습니다. 끝내는 이 섬을 떠나지 못하고 섬의 운명을 좇을 수밖에 없으리라는 걸 누구보다 잘 알고 있었습니다. 그래서 그는 자기 계집에게까지 예감 어린 당부를 남겨두지 않았습니까. 위인은 처음부터 자기 속에 숨어 있는 그 섬의 운명을 부인할 수 없었단 말입니다. 두려워하고만 있었지요. 하지만 그 두려움이야말로 그가 그 자신의 섬을 사랑하는 또 하나의 방법이 아니었겠습니까. 그는 이어도가 없는 곳으로 섬을 떠나고 싶어 하면 할수록 더욱더 자기의 섬을 떠날 수 없었고, 그리고 그 자기의 이어도를 두려워하면 할수록 그만큼 그 이어도를 사랑하게 되고 만 것이었습니다. 그래서 그는 끝끝내 그 밀감 나무 무성한 언덕바지 한구석에서 누구보다도 융통성 없는 방법으로 그 이어도의 꿈을 고집하고 있었던 것입니다. 밀감 밭처럼 무성해져가는 섬사람들의 각성 속에서도 이젠 하루하루 숨결이 멀어져가는 그 이어도의 허무한 꿈을 위해서 말입니다."

양주호는 이제 완전히 신이 들려버린 것 같았다. 이야기를 하다 말고 목이 마른 듯 사환 아이에게 커피까지 시켜왔으나, 막상 그 커피가 날라져 왔을 때는 목이 마른 것도 잊어버린 듯 그쪽은 거들떠보려고도 않은 채 애꿎은 담배만 연거푸 바꿔 물고 있었다.

"그렇다면 천 기자는 자기 이어도를 만나고 나서 왜 절망을 했습니까? 절망할 필요가 있었을까요?"

선우 중위가 마치 자신도 이젠 그 이어도를 눈앞에 보고 있는 듯 조심스럽게 끼어들었다. 하지만 양주호는 중위의 그 궁금증에 대해서도 이미 비슷한 대답을 마련해놓고 있었다.

"그는 섬을 보고 나서 그 섬으로 가야 했기 때문입니다. 그래서 난 그걸 어제도 아마 무척은 황홀한 절망이었으리라 말했을 겝니다. 하지만 그보다 더욱 그의 자살이 불가피했던 이유는 천남석 자신도 그가 그 이어도를 얼마나 사랑하고 있었던가를 몰랐기 때문이었습니다. 그는 일찍부터 다른 사람처럼 섬을 사랑하는 방법을 배우지 못했습니다. 이번 일에선 그 점이 무엇보다 섭섭한 대목입니다만, 만약에 그가 그런 걸 알고 있었다면 그는 자신이 섬으로 가지 않고도 좀더 그 이어도를 사랑할 수 있었겠지요. 하지만 그는 오래도록 섬을 두려워할 줄밖에 몰랐습니다. 그리고 한사코 자기 섬에 외면만 해오고 있었습니다. 그는 갑자기 그 섬을 만나고 나서 그 섬을 오래오래 사랑해온 사람들처럼 자신의 섬을 정직하게 사랑할 수가 없었습니다. 그는 그 섬의 운명이 원래 그런 것처럼 그렇게밖에 자신의 섬을 사랑할 수가 없었던 겝니다."

편집국의 유리창을 넘어 들어온 아침 햇살이 어느새 두 사람의 무릎까지 훌쩍 기어올라 와 있었다.

"놀랐습니다. 예감치곤 앞뒤의 연결이 너무도 정교하게 연결된 예감이군요."

선우 중위가 마침내 항복이라도 하듯 머리를 절절 내흔드는 시늉을 했다. 그러고는 오히려 양주호의 비약과 영감투성이의 열변을 겪다 보니 자신도 이젠 제법 천남석의 자살에 어떤 분명한 확신이 얻어진 듯 홀가분한 표정으로 양주호를 가볍게 추궁했다.

"그런데 국장님은 자신의 예감이라는 걸 그토록 철저하게 신용하고 계신가요? 국장님께서 사고 경위는 한 번도 제게 묻지 않으셨던 게 아무래도 믿을 수가 없는 일 같군요."

말을 하고 나선 제쭐에 짓궂은 미소까지 지어 보였다. 하니까 양주호는 그제야 좀 안심이 되는 듯 천천히 덧붙였다.

"예감을 신용했다기보다 그만큼 난 천남석이 스스로 그의 섬을 찾아갔기를 바라고 있기 때문입니다. 하지만 당신은 아무래도 녀석을 그의 섬으로 보내고 싶어 하질 않는 것 같았어요. 끝끝내 그의 자살을 믿으려 하지 않는 것 같았단 말입니다."

"전 사실을 볼 수가 없었으니까요. 사실의 확인 없이 그의 자살을 믿어버릴 수는 없는 일 아닙니까?"

"하지만 이번 경우는 그 사실이라는 걸 단념하십시오. 사람들은 때로 사실에서보다 허구 쪽에서 진실을 만나게 될 때가 있지요. 그런 때 사람들은 그 허구의 진실을 사기 위해 쉽사리 사실을 포기하는 수가 있습니다. 꿈이라고 해도 아마 상관없겠지요. 천남석이 이어도를 만난 것도 아마 그 사실이라는 것을 포기했을 때 비로소 가능했을 것입니다. 그가 주변의 가시적 현실을 모두 포기해버렸을 때 그에게 섬이 보이기 시작했단 말입니다. 당신도 아마 그것을 포기하고 나면 보다 쉽게 천남석의 자살을 믿을 수가 있게 될 겁니다. 그리고 아마 어젯밤부터 내가 당신한테 뭔가 해드리고 싶은 일이 있었다면 당신에게서 바로 그 사실에 대한 집착이나 욕망을 포기시키는 일이었을 겁니다."

턱수염이 부수수한 양주호의 얼굴에 비로소 은근한 웃음기가 번지고 있었다.

"어슴푸레 짐작이 가는 것 같군요. 하지만 국장님께선 천 기자의 죽음이 그토록 자살이었기를 바라고 계셨다는 말씀이겠군요."

"자살이 아니었다면 작자는 끝끝내 자기 섬을 만날 수 없었다는 말이 되지 않습니까?"

"결국 국장님께서도 처음부터 별로 자신은 못 가지고 계셨군요."

"아닙니다. 난 처음부터 믿고 있었습니다. 난 처음부터 당신의 그 사실이라는 걸 포기하고 있었으니까."

"저에게서도 그게 포기될 수 있을까요?"

"……"

양주호는 웃고만 있었다.

선우 중위는 이제 자리를 일어섰다. 양주호도 그 선우 중위를 말리려 하지 않았다. 두 사람의 무릎에 얼룩져 있던 아침 햇살이 동시에 마루로 흘러 떨어졌다. 탁자 위엔 손도 대보지 않은 커피잔 두 개가 그대로 고스란히 식어 있었다.

"그럼 우리 이제 그 천남석이란 잔 그렇게 자신의 섬을 찾아간 걸로 해줍시다."

양주호가 솥뚜껑처럼 커다란 손을 내밀며 마지막으로 선우 중위에게 말했다. 그러고는 선우 중위의 희고 깔끔한 오른손을 잔뜩 움켜잡은 채 한동안 정신없이 마구 배를 들썩거리며 껄껄 대고 있었다.

7

선우 중위가 작전 선단으로부터 전령선을 타고 섬을 떠나간 지 열흘쯤 지난 어느 날이었다. 파랑도 수색 작전을 끝내고 돌아온 해군 함정들이 항구를 떠나 기지로 돌아간 다음 바다는 며칠째 텅텅 비어 있었다.

〈이어도〉의 여자는 아직도 섬을 떠나지 않고 있었다. 남양일보사 양주호 편집국장은 아직도 시간만 끝나면 〈이어도〉의 술집으로 가서 폐인처럼 술을 마셔대며 여자의 노랫가락에 취해들곤 했다. 하지만 양주호는 이제 그 천남석의 체온이 묻은 여자의 소리를 들으면서도 그의 이야기는 다시 입에 올리는 일이 없었다. 여자나 양주호에겐, 아니 어쩌면 이미 이 섬을 떠나간 선우현 중위에게서마저도 천남석은 이제 영영 자신의 섬 이어도로 간 사람이 되고 만 듯싶었다. 천남석은 이어도의 사람이 되어 있었다.

그러던 어느 날 아침이었다. 밤사이 바닷가에 불가사의한 일이 한 가지 일어나 있었다. 천남석이 마침내는 자기 섬을 떠나 이어도로 갔을 거라던 양주호의 말이 사실이 아니었을까. 아니 그 양주호의 말이 사실이라 해도 천남석 자신은 그 사나운 폭풍우 속에서 끝끝내 이어도엔 도달할 수가 없었거나, 그것도 아니면 그가 그토록 떠나고 싶어 했던 이 섬을 거꾸로 이어도로나 착각한 것이었을까. 이어도로 갔다던 천남석이 동중국해에서 그 밤 파도에 밀려 홀연히 다시 섬으로 돌아와 있었던 것이다. 기이한 일이었다.

그런데 더욱더 신기하고 불가사의한 조화는 그 여러 날 동안의 표류에도 불구하고 천남석의 육신은 그 먼 바닷길을 눈에 띄는 상처 하나 없이 고스란히 다시 섬을 찾아온 것이었다. 그리고 아직도 무엇을 기다리고 있는 사람처럼 아침 해가 돋아 오를 때까지도 그 심술궂은 썰물 물끝에 얹혀 용케도 다시 섬을 떠나가지 않고 있는 것이었다.

(1974)

지배와 해방

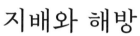

—— 언어사회학서설 3

"……왜 쓰는가 ── 글은 왜 쓰는가. 작가는 무엇 때문에 소설이라는 것을 쓰고 또 써야 하는가. 작가의 소설은 어떤 동기와 욕망과 충동의 힘에 의해 씌어지며, 그것은 또 누구를 위해, 어떤 목적에서 씌어지는가…… 이런 모든 질문들에 대한 해답을 찾아내는 것은 물론 그리 간단한 문제가 아닙니다. 또 이런 이야기를 하는 데는 자칫 현학적인 공론이나 추상 관념에 빠져들기가 쉬우며, 쓰는 사람 자신의 깊은 삶의 진실에 정직하게 뿌리가 닿아 있지 않은 대답, 대답을 위한 대답, 번드레한 명분만을 내세워 보이기 위한 정직지 못한 가짜 대답을 조작해낼 위험마저 뒤따르기 쉽습니다.

그러므로 이 문제는 무엇보다 우선 이야기의 출발을 글을 쓰는 사람 자신의 동기와 인간적인 욕망에서부터 시작하지 않으면 안 됩니다. 그가 지금 왜 글을 쓰는가는, 애초에 그가 어떤 동기와 욕망에서 글이라는 것을 쓰기 시작했으며, 그로부터 한 사람의 작가가 되기까지 그의 동기와 욕망이 어떤 행로와 수정을 거쳐왔고, 어떤 명분과 책임들을 동반하게 되었는가 하는 경위를 살핌으로써 비로소 유추가 가능해질 수 있을 것입니다……"

지욱은 한 손에 담배를 피워 들고 누워서 머리맡 녹음기 테이프에서 흘러나오는 말소리에 묵묵히 귀를 기울이고 있었다. 녹음테이프의 말소리는 근래에 제법 정력적인 작품 활동을 보이고 있는 이정훈이라는 젊은 소설가의 이야기였다. 이날 낮 출판회관 강연장에서 지욱이 일부러 그의 강연을 녹음해 온 것이었다.

지욱은 근래 강연회니 세미나니 하는 모임을 쫓아다니면서 연사들의 강연이나 토론 내용을 녹음해 들이는 일에 열을 내고 있었다.

말을 감금해두기 위해서였다.

오접 전화 사건으로 말들이 정처를 잃고 떠돌아다니면서 무서운 복수를 꿈꾸고 있는 기미를 감지한 이후부터, 그리고 그 코미디언 피문오 씨의 자서전 대필 일을 거절하려 한 사건으로 하여 그 자신의 말에 대해서조차 완전히 믿음을 잃어버리고 만 이후부터, 지욱은 참으로 참괴한 실의의 나날을 보내고 있었다.

세상이 무서웠다. 소름 끼치는 말들의 무서운 복수였다. 하지만 지욱은 이제 그 말들의 무서운 자폭 현상이 어디서부터 어떻게 시작되었던가를 알고 있었다.

그것은 말들의 지나친 혹사와 학대로부터 비롯된 마지막 배반 현상이었다. 사람들은 말과 실체 사이의 약속 관계를 너무도 쉽게 그리고 오랫동안 무시해오고 있었다.

말들은 이제 명분의 얼굴로서만 필요했고, 그렇게 부려져오고 있었다. 실체나 행위와의 약속을 떠나버리고 말았다. 말들은 더 이상 약속을 지킬 필요가 없었고 지킬 수도 없었다. 말들은 그들의 집을 떠나지 않으면 안 되었다. 집을 떠나 떠돌지 않으면 안 되었다.

어째서 사람들은 그토록 일방적으로 말들을 학대하고 그것들과의 약속을 배반하게 되었는가. 믿음을 잃어버리기에 이르렀는가. 그것은 우선 말을 부리는 사람들의 무책임성이 무엇보다 큰 허물이었다. 말을 부리면서도 그 말에 대한 자신들의 약속이나 책임을 감당하려 하지 않았다. 함부로 빈말을 일삼고도 어색해하거나 부끄러워할 줄을 몰랐다. 뿐더러 그 말을 만나는 사람들에 대해서도 똑같은 허물을 물을 수 있었다. 사람들은 이제 그가 만난 어떤 말에 대해서도 그 말이 스스로 자기 앞에 짐을 져 보이려는 것을 믿으려 하지 않았다. 말을 부린 사람의 약속이나 책임을 물으려 하지 않았다. 그래서 누구나 그 말의 값을 치름이 없이 자유롭게 그것을 부릴 수 있었다. 오늘 이 말을 하고 내일 다시 저 말을 해도 어색한 일이 일어나지 않았다. 말들은 실체와의 약속의 끈을 매단 채로는 깃들여 갈 곳이 없었다. 약속의 끈은 거추장스러울 뿐이었다. 정처 없이 떠돌아다닐 수밖에 없었다.

책임은 양쪽이 똑같이 나눠 져야 했다……

그러자 지욱은 문득 한 가지 기발한 생각이 떠올랐다. 정처 없이 떠돌아다닐 수밖에 없는 말들의 집단 수용소를 차리자는 것이었다. 집이 없는 말들을 필요할 때까지 그의 수용소에 감금해두자는 것이었다. 그렇게 함으로써 우선 말을 만나고 있는 자의 책임을 감당해보자는 것이었다. 말들을 가두어두었다가 필요할 때가 오면 그것을 부린 자에 대한 책임을 물을 수 있게 해두자는 것이었다. 말을 부린 자와 말과의 약속을 따질 수 있게 하자는 것이었다. 그리하여 그 말들로 하여금 정처를 잃고 떠돌지 못하게 하며, 더 이상의 복수를 음모하지 못하게 하자는 것이었다.

그는 말의 잔치가 열리는 모임이 있으면 가능한 한 빼놓지 않고 모든 집회를 쫓아다녔다. 그리고 거기서 부려진 모든 말들을 자신의 녹음기에 감금시켜 가지고 돌아왔다. 말들은 우선 글자로써 부려지는 것들보다 입으로 부리고 쏟아낸 것들일수록 배반이 수월했다. 입으로만 부린 말은 잠시 동안 사람들의 기억 속에나 깃들여질 수 있을 뿐, 약속의 표시로서 미련스런 증거를 남기지 않기 때문이었다. 기억은 오래갈 수가 없었다. 사람들마저 갈수록 건망증이 심해가는 판이었다. 활자로 찍혀서 증거를 남긴 말들조차 앞뒤를 이어 맞춰보려는 사람이 드문 판에, 하물며 그 게으르기 그지없는 기억력에만 제 약속을 의지해야 하는 말들의 처지란 더더욱 배반이 쉬울 수밖에 없었다. 강연회나 토론회 같은 데서 넘쳐나는 말들이 바로 그런 신세들이었다.

그는 부지런히 녹음을 쫓아다녔다. 정치인들의 모임에도 찾아갔고, 목사들의 기도회도 쫓아갔다. 경제인들의 시국 선언, 언론인들의 그 흔한 세미나, 심지어 혼분식 장려나 가족계획 사업 관계의 모임에 이르기까지 말들의 잔치가 벌어지는 곳이면 안 쫓아다닌 곳이 없었다. 그리고 그 사람들의 말들을 테이프 속에 가두어다 좁은 하숙방 책상 서랍 속에 깊숙이 감금했다. 그럼으로써 그는 믿음을 잃어버린 말들에 대해 그것을 만난 사람으로서 그가 할 수 있는 우선의 책임을 감당해온 터이었다.

그런데 바로 하루 전이었다. 무심히 들여다보고 있던 석간신문 한 귀퉁이에 실린 문학 관계 강연회 안내 기사 한 토막이 지욱의 눈길을 끌어왔다.

왜 쓰는가?

강연회의 연제는 작가가 왜 글을 쓰는가였고, 강연을 맡아줄 연사는 앞서 말한 이정훈이라는 젊은 소설장이였다. 강연회 날짜와 장소는 바로 다음 날 저녁 출판회관 강당으로 되어 있다. 지욱으로선 참으로 관심이 끌리는 주제였다. 왜 쓰는가. 작가가 왜 글을 쓰는가. 그것은 아마 지욱 자신이 지금까지 낙망하고 고심해온 말에 대한 믿음의 문제를 작가의 입장에서 스스로 해명케 해보려는 의도임이 분명했다. 작가와 작품과의 관계는 일상인과 일상인의 말과의 약속이나 책임 관계에 다름 아닐 터이었다. 그것은 이를테면 작가가 자신의 말에 대한 약속과 책임을 밝혀 보이려는 것에 다름 아니었다. 작가들에게도 이미 그것이 심상찮은 문젯거리가 되고 있다는 조짐이었다. 지욱으로서 더욱 반가운 일은 그 자신은 이미 자기 말에 대한 믿음을 체

넘한 채 고작해야 그것을 녹음테이프 속에 감금해 들이는 것으로 만족을 할 수밖에 없었음에 반하여, 전문으로 글을 쓰는 작가라는 사람들은 아직도 그 말에 대한 믿음을 지니고 있거나, 적어도 아직은 그 믿음을 되찾을 수 있다는 희망을 버리지 않고 있음이 분명해 보인 점이었다. 그리고 그 믿음을 되찾아보려는 그 나름의 허심탄회한 노력을 기울이고 있음이 분명하다는 점이었다.

지욱은 비로소 한 줄기 희망을 느끼기 시작했다. 그는 그의 말을 들어야 했다. 그리고 만일에 대비하여 그의 말 또한 예외 없이 자신의 수용소로 거둬들여 와야 했다.

— 그가 만약 참으로 정직해질 수만 있다면……

지욱은 하룻밤을 기다리면서 공연히 혼자 초조하게 가슴을 두근거렸다. 제풀에 미리 심신이 흥분되어 밤잠조차 제대로 이룰 수가 없었다.

— 제발 작자가 그 자신과 소설과의 정직한 관계를 보여주기를……

그는 거의 뜬눈으로 밤을 지새며 그가 읽은 이정훈이라는 작가의 글들을 하나하나 되짚어보고, 작자의 사람됨과 정직성을 나름대로 이리저리 소망해본 것이었다.

그렇게 하룻밤을 지새고 난 이날 오후— 지욱은 강연 시간 훨씬 전부터 미리 출판회관으로 달려가 주최자도 아직 나타나지 않은 강연장 연단 위에다 녹음용 마이크를 설치했다. 그러고는 일찌감치 청중석 앞자리를 하나 차지하고 앉아 여유 만만 시간을 기다렸다.

시간이 되어와도 청중은 불과 2, 30명밖에 자리가 차지 않았다.

하지만 어쨌거나 강연회는 정시에 개회가 선언되었다. 모임을 주최한 한 문예 잡지사의 편집장이라는 사람이, 강연회란 실상 청중이 너무 많다 보면 분위기가 산만해지기 쉬운 법이라며 청중이 모이지 않은 데 대한 변명 섞인 인사말과 함께 이날의 연사를 소개하고 물러갔다. 그러자 곧 본 강연이 시작되었고 동시에 지욱의 녹음기도 작동을 시작했다.

말씨가 다소 어눌한 이정훈의 이야기는 다행히 그 서두에서부터 지욱의 기대를 빗나간 편이 아니었다. 그는 먼저 그의 연제를 풀어나감에 있어서는 현학적인 공론과 추상 관념을 엄격히 경계해야 하며, 실제로 글을 쓰는 사람 자신의 삶의 진실에 정직하게 뿌리가 닿아 있는 이야기가 되어야 한다는 점을 전제한 다음, 한 작가가 직업적인 글장이가 되기까지의 지극히 인간적이고 구체적인 경위에서부터 차근차근 자신의 이야기를 풀어나가기 시작했다.

"사람들은 흔히 글을 쓰는 작가라면 그가 애초부터 작가로서의 특정한 재능이나 능력 같은 걸 받아 지니고 태어난 걸로 믿고 있기 쉽습니다. 태어날 때부터는 아니라 하더라도 적어도 그가 문학 활동을 시작한 어떤 특정 시점에서부터는 그런 재능이나 능력 같은 것을 완벽하게 구비한 완성된 작가로 믿어버리는 경향 말입니다. 이것은 우리 사회에 대한 작가의 책임이나 사명감 같은 것들에 대해서도 역시 마찬가지인 것 같습니다. 어떤 사람이 어느 시기에 공인된 작가로서의 창작 활동을 시작하는 그 순간부터 그에게는 어떤 부동의 문학관이 확고하게 자리잡고 있을 것으로 우리는 기대합니다. 물론 그런 천재도 가끔은 있을 수 있습니다. 언제나 공인으로서의 책임과 명분에만 살고 있듯이, 작가 이전의 개인적인 욕망과 작가 이후의 행위의 명분 사이에 어떤 갈등이 존재하고 있는지를 살펴봄이 없이, 그런 갈등에 대한 정직하고도 바람직한 자기 화해를 모색해봄이 없이, 자기 개인의 삶의 욕망이나 충동은 쑥 빼놓은 채 대외용 문학관만을 언제나 변함없이 당당하고 확정적인 어조로 자신 있게 말하는 사람들 말입니다. 그러니 이런 경향에 대해선 물론 작가들의 책임이 적지 않은 줄 압니다. 작가라는 사람들 가운데엔 실제로 자신을 그런 천재로 착각하거나, 그래서 종종 스스로를 진짜 천재로 자처하고 지내는 경우마저 없지 않을 테니까요.

그러나 제 생각으론 정말 부러움을 살 만한 몇몇 천재들의 경우를 제외하면 대개는 사정이 매우 다른 게 아닌가 생각됩니다. 어떤 사람이 세상 사람들로부터 작가로 불리고 안 불리고는 다만 그 시대 그 사회의 풍속이나 제도에 의한 외형적인 약속에 불과합니다. 대개의 작가들에 있어선 그의 작가 수업이나 정신 발전의 과정으로 보아 어느 특정 시점을 기준으로 여기서부터가 바로 작가로 불릴 수 있다고, 아무개는 이제부터 작가가 되었노라고 말할 수 있는 결정적인 구획이 불가능합니다. 한 작가는 우리가 그를 작가로 발견해주기 이전서부터 끊임없이 작가에의 길을 걸어 성장해왔고 작가로서 공인을 얻은 다음에도 그는 자신이 언제부터 사람들에게 작가로 불리기 시작했느냐에 상관됨이 없이 아직도 끊임없는 변모와 발전을 계속해가고 있는 것이기 때문입니다. 이를테면 한 작가가 우리에게 내보여주는 문장의 스타일이라든가 생각의 내용이라든가 세계 인식의 방법 같은 모든 것을 다 망라한 그의 문학관이라는 것이 그렇다는 말입니다.

그러므로 작가가 왜 글을 쓰는가 — 이 어려운 질문에 대한 해답을 찾아내기 위해서는 우선 먼저 한 사람의 작가가 되기 이전부터 세상 사람들이 그를 작가라고 부르게 되기까지 그가 애초에 어떤 동기와 내력에서 글이라는 걸 생각하기 시작했으며 그것이 어떻게 수정되고 발전하여 그의 문학관이라는 것으로까지 귀착될 수 있었는가 하는, 그 첫 동기와 경위에서부터 차근차근 이야기를 풀어나가는 수밖에 없을 것 같습니다.

우선 글이라는 것을 쓰기 시작하는 최초의 형식에서부터 동기를 찾아보겠습니다.

사람에 따라 다른 경험을 가질 수 있겠습니다마는, 일반적으로 우리가 자신의 생각을 글자로 적기 시작한 최초의 글 형식이라면 아마 일기를 쓰는 일이 아닌가 생각됩니다. 그런데 이 일기라는 것은 자기 혼자 써놓고 나중에 가서 자기 혼자 읽어보기 위한 글 형식입니다. 말하자면 글을 쓴 당사자 이외엔 현실적으로 독자가 한 사람도 없는 글이지요. 그러면 우리가 이 일기라는 걸 적는 동기는 무엇입니까. 흔히 말해져오듯 자신의 생각을 정리하고 반성의 기회를 갖기 위해서라는 교과서적인 목적 외에, 우리가 일기를 적게 되는 보다 근본적인 동기는 오히려 지극히 감정적인 것일 수가 있습니다. 바깥세상 일이 잘되어 나가는 사람은 별로 일기 쓰기를 좋아하지 않습니다. 사람들 앞에 잘나 보이고 싶은 욕망은 은근히 큰데 친구에게 우정을 배반당했거나 하는 식으로 그 바깥 세계를 향한 자기실현의 욕망이 좌절당했을 때, 그런 때 사람들은 대개 그 바깥세상으로부터 슬그머니 자신의 내면으로 숨어들어 와 일기 같은 걸 적기 시작합니다. 좋게 말해 자기 관심의 내면화 현상 같은 것이지요. 하지만 그건 실인즉 일종의 자기 화풀이요, 자기 위로 행위에 다름 아닌 것이라 말할 수도 있습니다. 바깥세상에서 겪은 자신의 낭패를 변명하고, 자기를 낭패시킨 그 바깥세상의 풍속과 질서들을 원망하면서 스스로 위안을 얻으려는 행위로서 말입니다. 그리고 바깥에서 이룰 수 없었던 것을 자기 안에서 혼자 이루려는 일종의 자기 구제 행위 같은 것으로 말입니다. 하지만 바깥세상에서 모든 것이 행복스럽게 잘 실현되고 있는 사람들에겐 구태여 그 바깥세상을 원망하면서 스스로 자신을 위로할 필요가 없는 것이지요. 일기 같은 걸 쓸 일이 없다는 것입니다.

최초에 글을 쓰는 행위가 일기를 적는 것이라고 한다면, 그러므로 그 일기 쓰기를 좋아하는 사람이란 대개 자기실현의 욕망이 남다른 데다, 그가 살고 있는 사회, 그 사회의 풍속이나 질서 안에선 자신을 만족스럽게 실현할 수 없어 그 사회의 풍속이나 질서에 원망이 많은 사람들이기 쉽다는 이야기가 되겠습니다.

그러면 다음번으로 그 일기 쓰기에 이어 우리가 무엇을 쓰는 일이 또 어떤 형식이 있는지를 생각해봅시다. 글이란 것이 대개 누군가가 뒷날에 가서 그것을 다시 읽어줄 것을 전제로 하고 씌어진다는 점, 즉 독자의 측면에서 생각해본다면, 글을 쓰는 사람 당사자 이외에 아무도 다른 독자가 전제되지 않은 일기 쓰기 다음번의 글 형식은 아마도 편지 정도가 아닌가 생각합니다. 편지는 비로소 한 사람의 현실적인 독자를 전제로 하여 씌어지는 글의 형식이지요. 그런데 이 편지라는 것 역시도 그것이 씌어지는 정서적 동기를 따져보면 앞서 말한 일기의 경우와 대차가 없습니다. 정서적 동기가 어느 경우보다 강렬한 연애편지 하나로 이야기를 좁혀 들어가보면 그런 사실은 보다 분명해집니다. 현실적으로 연애가 잘되어나가는 사람에겐 굳이 편지질 같은 걸 일삼을 필요가 적습니다. 연애가 썩 잘되어가는 사람들 가운데도 자신을 보다 적극적으로 과시해 보이고, 상대방을 더욱 완벽하게 소유할 수 있게 되기 위하여, 또는 그저 취미 삼아 멋진 편지질을 즐기는 경우가 있을 수도 있겠습니다만, 그보단 일이 별로 수월하게 풀려나가지 않을 때에 그 편지질이 훨씬 빈번해지는 것은 다시 말할 필요가 없겠지요. 상대방으로부터 자신을 인정받고 싶은 욕구는 연애의 실패 쪽에서 훨씬 더 무성한 원망과 호소와 설득의 사연들을 낳게 마련일 테니까요.

결국 연애편지 역시 현실적인 자기 욕망의 실현이 좌절당한 사람들의 구차스런 자기주장의 일종이라고 말할 수 있겠습니다. 자기실현 욕망의 한 소극적인 모습이지요. 하지만 이것은 일기의 경우와는 좀 다른 점을 볼 수 있습니다. 구체적인 독자가 전제되지 않는 일기의 경우는 완전한 자기 울타리 안에서의 자기 위로나 주장인 데 비해 편지의 경우엔 그 울타리 밖에서 자신을 실현하려는 구체적인 한 사람의 독자를 가지고 있습니다. 그 한 사람의 독자와의 관계 속에 그 독자의 동의를 전제로 자신을 실현해나가려는 행위로 볼 수가 있다는 점입니다. 일기의 경우보다는 한 단계 더 적극적일 뿐 아니라 한 단계 더 사회적인 행위라 할 수 있겠지요.

하지만 어쨌거나 이 일기나 편지는 무엇을 쓴다는 일 가운덴 가장 초보적인 글의 형식에 불과합니다. 그러면서도 제가 여기서 굳이 그에 관한 장황한 이야기를 늘어놓은 것은, 이 일기 쓰기와 편지 쓰기의 행위에는 우리가 지금 찾아가고 있는 문제의 해답 —— 다시 말해 작가가 왜 글을 쓰는가라는 질문에 대한 중요한 해답의 단서가 내포되어 있기 때문입니다.

이미 짐작을 하신 분들도 계시겠습니다마는 일기를 적거나 편지를 쓰거나 그런 것에 자주 매달리는 사람들은 대개가 바깥 세계에서 자기 욕망의 실현에 실패를 하는 경향이 많은 쪽이기 쉽다는 것이 그것입니다. 그리고 일기를 쓰는 행위가 보다 소극적이고 내향적인 데 비해, 편지를 쓰는 사람 쪽이 조금은 더 적극적이고 외부 지향적이라는 차이는 있을망정, 어느 쪽이나 똑같이 바깥 세계에 대한 공통의 원망을 지니게 됨으로써, 그 바깥 세계가 자기 생각과 주장에 거꾸로 승복해오기를 갈망할 뿐 아니라 궁극에 가서는 풍속이나 질서까지도 자기 식으로 뒤바꿔놓기를 바라는 내밀한 욕망을 지니게 된다는 점입니다. 현실의 질서에는 자신이 굴복하고 실패할 수밖에 없으므로 이번에는 그 세계가 거꾸로 자신에게 굴하여 좇을 수밖에 없도록, 그 세계 자체를 아예 자기 식으로 뒤바꿔놓을 수 있을 어떤 새로운 질서를 꿈꾸기 시작한단 말입니다. 좀더 문학적인 표현을 빌려 말한다면, 자기 삶의 근거를 마련하려는 일종의 복수심이지요. 그리고 그 일기 쓰기나 편지질을 좋아하는 사람들이란 결국은 이 세계의 현실 질서 속에서 감수하기 어려운 자기 패배를 자주 경험해왔거나, 적어도 빈번히 패배를 당하기 쉬운 심성의 복수심 많은 내향적 성격의 소유자들이기가 쉽다는 것이 지금까지 말씀드린 제 이야기의 요지인 것입니다.

그러면 이제부턴 다시 그 현실의 질서에 패배하고 그것에 복수를 꿈꾸는 사람들과 글을 쓰는 사람들 사이에는 어떤 관련이 있을 수 있는지를 알아보도록 하겠습니다.

그들은 물론 그들의 복수심의 충동에 의해 그의 세계에 대한 복수를 감행하고 싶어 합니다. 그리하여 그 복수심으로부터 자신을 해방시키고 싶어 합니다. 하지만 그가 그 세계에 대해 복수를 수행하고 그럼으로써 그 복수심으로부터 자신의 삶을 해방시키는 길은 그 세계로 하여금 자신의 질서에 승복해오게 하는 방법 외에 다른 길이 없음을 알고 있습니다. 그래서 그는 무엇보다도 그 자신의 어떤 새로운 질서를 찾고 싶어 합니다. 새롭고도 완벽한 질서를 찾고 싶어 합니다. 이를테면 그 자신과 세계의 질서에 대한 각성과 개안이 이루어진다는 말입니다.

그러나 그는 능력이 모자랍니다. 그의 새로운 질서를 위한 넓은 정보가 필요합니다. 그래서 그는 독서가 필요해집니다. 그가 그때까지 꿈꾸고 주장해온 것들을 다른 사람의 정신 질서를 통해 재검토하고 수정받을 기회가 필요해집니다. 그리고 새로운 질서에 대한 암시와 단서를 구합니다. 보다 떳떳하게 복수하기 위해서는 보다 선하고 의롭고 힘이 있는 새 질서가 마련되어야 합니다. 그런 질서를 위해서는 그 자신을 포함한 모든 인간 심성의 깊은 비밀을 알아야 하고 그 관계를 옳게 이해하여야 합니다. 그는 그런 것들을 독서를 통해 얻어 들입니다. 차츰차츰 나은 자신의 질서를 꾸며나갑니다. 그리고 그것을 비로소 글로써 적어보기 시작합니다. 그의 복수심의 이념화를 통하여 자신의 삶을 현실의 갈등으로부터 해방시키고 싶어 합니다. 일기나 연애편지를 쓰는 일이 그러했듯이 그 자신의 새로운 질서에 의한 복수 역시도 근본적으로는 그의 개인적인 삶의 근거를 마련하기 위한 노력으로서의 자기실현욕의 한 표현일 뿐이며 그가 꿈꾸고 창조해낸 새 질서에 의한 현실적인 세계 지배는 될 수가 없기 때문입니다. 그가 어떤 새로운 질서를 창조해낸다 해도 현실 세계의 질서는 쉽사리 그것에 굴복해오질 않기 때문입니다. 그래서 그의 복수는 끝없이 계속이 됩니다. 그는 그의 복수를 위해 끊임없이, 그리고 보다 더 완벽하게 그의 세계 질서를 꾸미고 수정해나가면서 그것을 또 끊임없이 글로 표현해내고 싶어 합니다…… 그러면서 그의 글이, 그의 세계 인식이나 표현이 다른 이웃들에게도 공감되기를 기대합니다. 그의 세계가 자신

속에만 감금되어 있지 않고 글로써나마 다른 동시대 사람들의 자발적인 동의와 넓은 공감을 얻게 되기를 기대합니다. 자기 복수심을 이념화시키고 그것을 다시 보편적인 인간 정신의 질서로까지 확대시켜나감으로써 자신의 삶을 넓게 해방시켜나갈 수 있게 되기를 소망합니다. 한 사람의 작가가 되기를 기대하게 된다는 말입니다.

하지만 한 사람의 작가로 공인을 받는 것은 앞서도 잠깐 말씀드린 바와 같이 일종의 사회적인 약속 절차인 것입니다. 저 혼자 작가가 되고 싶다 해서 마음대로 작가 행세를 하고 나설 수는 없는 노릇입니다. 그의 사회가 마련해놓은 풍속이나 제도 장치를 통해 작가로서 공인을 받는 계기나 절차가 필요합니다.

그 역시 쉬운 일이 아닙니다. 이를테면 신문사의 신춘문예나 잡지사의 추천제 같은 데에 작품을 투고하는 따위의 예가 그런 것인데, 그 신춘문예라는 것만 해도 물론 누구나 작품만 보내면 곧 당선이 되는 것은 아니지요. 낙선되는 사람이 더 많습니다. 한 사람의 당선자를 제외한 나머지 낙선자들은 지금까지 제가 말씀드린 과정의 작업을 다시 한번 되풀이하지 않으면 안 됩니다. 그가 도달하고 독자들에게 보여주려는 세계가 쓸모없는 가짜가 아닌지를 반성해보고, 방법을 달리해볼 여지가 있는가 없는가도 알아봐야지요. 그리고 그런 과정을 통해 그는 이번에야말로 그 글에서까지 실패를 거듭하는 자신에 대해, 자기 글 자체에 대해 뼈를 깎는 복수심으로 더욱더 치열하게 글을 생각하고 그것을 쓰게 될 수도 있겠습니다. 그리고 이제 애초의 복수심은 배면으로 물러서고 자기 자신과 자신의 글에 대한 성패 문제가 그가 대결해야 할 일차적인 싸움이 될 때, 그는 정말로 사회 개혁 운동가나 혁명가나 목사가 아니라 전문으로 글을 쓰는 직업 작가에의 수업을 감당하고 있는 거라고 할 수 있을 것입니다.

천재들은 이번에도 물론 그런 절차나 과정이 필요 없겠지요. 하지만 천재거나 둔재거나, 그가 끝끝내 그의 싸움을 단념하지 않고 작가에의 공인 절차나 과정들을 치러낸 연후엔 우리도 이제 비로소 그를 한 사람의 작가로 이름 부를 수가 있을 것입니다. 그의 작가로서의 역량이나 성실성 따위는 문제 삼지 않더라도 적어도 사회적인 약속 관계의 면에서는 그때 비로소 한 사람의 작가가 태어난 것이 된다는 말입니다.

그렇다면 이제 우리는 여기서 비로소 한 사람의 공인된 작가에 관해 이야기를 할 때가 온 것 같습니다. 그리고 한 사람의 공인된 작가에 대해 우리는 그 작가의 책임에 관한 이야기를 해도 좋을 때가 된 것 같습니다.

어째서 지금 그 작가의 책임에 관한 이야기를 끌어내야 하느냐 하면, 이 작가의 책임이라는 것 역시 왜 작가가 글을 쓰느냐는, 우리가 지금 해답을 찾아내려 하는 문제에 대한 또 다른 중요한 단서와 관련이 있기 때문입니다. 지금까지의 이야기가 그저 왜 글을 쓰게 되었느냐, 어떤 욕망에서 애초 글이라는 걸 생각하게 되었느냐는 경위나 작가 개인의 내면 동기에 관한 것들이었다면, 작가의 책임과 관련해 그것은 무엇을 위해 무슨 목적으로 글을 쓰느냐는 그 글쓰기 행위의 사회적 덕목德目에 더욱 깊은 관련이 있기 때문입니다. 한 작가의 대사회적 책임이라는 것은 애초에 그가 그의 사회와의 상호 약속에 의해 공인을 받게 되는 데서부터 버릴 수 없는 의무로서 짐이 지워진 것인 만큼 함부로 회피할 수가 없는 것이기도 합니다. 우리가 너를 작가로 불러줄 테니 너는 우리에게 작가로 행세를 할 수 있는 대신 우리들 독자들의 삶을 위한 작가의 몫을 다해다오…… 말하자면 이런 식의 권리 의무 관계로서의 책임인 셈이지요. 그리고 이제 그는 일기를 적거나 편지를 쓸 때와는 달리 비로소 복수의 독자를 갖게 된 것이므로 그의 글 속에서도 당연히 그 복수의 독자들에 대한 책임을 져야 할 형편에 서게 된 것입니다.

하지만 말이 쉬워 작가의 책임이지, 이 역시도 물론 간단한 문제가 아닙니다. 그의 시대나 사회에 대해 작가가 책임을 져야 하고 기여해야 할 몫이 무엇이냐. 앞서도 몇 차례 말한 바 있는 소위 몇몇의 천재들에겐 이 역시도 그리 어려운 문제가 될 수 없을 것으로 생각할지 모르겠습니다. 사실 간단하게 생각하면 간단해 보일 수도 있습니다. 보다 나은 세계를 위해, 보다 많은 사람들의 보다 행복한 삶을 위해, 조금 더 구체적으로 말하면 가난한 사람들을 궁핍으로부터 구해내기 위해, 압제받는 사람들의 자유와 생존권을 지키기 위해서, 또는 민족을 위해, 사회정의의 실현을 위해, 불의를 고발하기 위해, 진실을 증언하기 위해서 등등…… 인간 사회 본래의 도덕률에 합당한 일은 무엇이나 나무랄 데 없는 작가의 책임이요 작가의 몫으로 말해질 수 있습니다.

하지만 솔직하게 까뒤집어놓고 보면 여기에는 좀 엉뚱한 눈가림식 속임수가 끼어들 여지가 있습니다.

작가 자신의 개인적인 삶이나 인간적인 욕망의 문제는 자취가 사라져버린 점입니다. 그러한 사회정의의 실현 자체가 작가 개인의 삶의 욕망이나 목적에 부합하고 있는 거라고 말할 수도 있겠습니다만, 작가가 글을 쓰게 된 애초의 내면 동기는 사실상 그처럼 이타적이거나 몰개인적인 순교자풍의 것은 아니었습니다. 그가 애초에 글을 생각하게 된 동기는 그처럼 순교자적인 것이었다기보다도, 오히려 그의 바깥 세계에 대한 강렬한 복수심 때문이었습니다. 그런데 그 개인의 욕망과 복수심을 고의적이든 무의식적이든 깡그리 은폐해버린 채 오로지 사회적인 책임만을 그럴듯하게 말하고 싶어 한다면, 거기에는 필경 엉뚱한 속임수와 배반이 깃들일 위험이 있습니다. 쉬운 말로 자기 자신의 개인적인 삶의 욕망을 마음속에 덮어두고 말한다면 듣기 좋은 말은 얼마든지 찾아질 수 있을 거라는 것입니다.

하지만 글을 쓰는 사람이라고 자신의 독자적인 삶이나 욕망 같은 것이 없을 수가 없습니다. 그리고 그러한 욕망은 바깥 세계와의 바람직스런 화해 관계로서보다 종당에는 견딜 수 없는 복수심으로까지 변모할 수밖에 없었던 현실 부정의 요인이었습니다. 개인의 욕망이 위대하다거나, 그것을 고집해야 할 만한 가치가 있는 것인가 어떤가 따위를 따지기 이전에 그에게는 그것이 거의 불가피한 일이었던 것입니다. 개인적인 욕망을 은폐하고 무시하려드는 것은 적어도 그 자신의 진실을 속이거나 독자들의 삶을 함께 속이는 행위가 될 수도 있습니다. 그리고 그런 사람에게서 주장되는 작가의 책임에 관한 말들은 그것이 아무리 듣기 좋고 보기 좋은 것이라 하더라도 사실은 한낱 허황스런 명분에 그치고 말 염려가 있다는 말씀입니다.

제 이야기는 결국 아무리 한 사회에 대한 공인으로서의 그것이라 하더라도, 작가의 책임은 아무래도 그가 최초로 글을 생각하고 그것을 써보고 싶어 하게 된 개인적인 동기와 깊이 관련되고 있는 그의 삶의 욕망을 배반할 수 없다는 것입니다. 그만큼 허심탄회한 정직성의 전제 위에서라야 작가의 책임이라는 것도 비교적 정직한 모습이 드러날 수 있을 거라는 말입니다. 정직하지 못한 것은 문학의 세계에선 무엇보다 타기해야 할 부도덕이기 때문입니다. 파괴적인 악덕이기 때문입니다.

독자와 사회에 대한 한 작가의 책임이란 그러니까 결국 그의 개인적인 삶의 욕망과 독자들의 삶을 위한 어떤 일반적인 가치질서의 실천이라는, 복수가 기여가 되어야 한다는 그 지극히도 이율배반적인 관계 속에서 힘들게 마련되어야 할 운명의 것임을 알 수 있게 됩니다.

어려운 일일 수밖에 없습니다. 그러나 이것은 또한 피할 수 없는 일입니다. 어렵지만 거기서 해답을 구해내지 않으면 안 될 작가의 입장인 것입니다. 그리고 거기서 어떤 정직한 해답을 찾아낼 수만 있다면 우리는 비로소 오늘 왜 작가가 글을 쓰는가라는 과제에 대한 해답도 실마리가 풀릴 수 있을 것입니다. 그러한 해답은 곧 작가 자신의 개인적인 삶의 욕망과 독자들의 요구를 의좋게 만족시킬 수 있을 터이고, 실제로 오늘 여기서 우리가 구하고 싶어 하는 해답의 열쇠도 그 근처 어디쯤에서 구해질 수 있을 터이기 때문입니다. 왜 쓰느냐는 물음은 사실 글을 쓰는 작가 자신과 그의 독자들을 포함하여 우리들 모든 인간들의 삶에 대한 작가의 몫과 책임을 묻고 있는 것에 다름 아니기 때문입니다.

그럼 이제 여기서 저는 한 작가의 독자에 대한 구체적인 책임을 말씀드리기 전에 지금까지 제가 한 이야기를 다시 한번 종합해드리는 뜻에서 잠시 제 개인의 경험담 한 가지를 소개해드리겠습니다……"

누운 채로 졸린 듯 녹음기 소리에 잠잠히 귀를 기울이고 있던 지욱은 거기서 마침내 자리를 벌떡 일어나 앉았다. 새 담배에 다시 불을 붙여 무는 지욱의 표정은 꽤 긴장하고 있었다.

— 위인이 꽤는 정직한 체하는군.

그는 이날 저녁 강연회장에서도 이때와 똑같이 긴장을 하고 있었다.

위인의 말투 때문이었다. 위인의 그 정직성이라는 말이 지욱의 주의를 새롭게 일깨워온 때문이었다.

사실 지욱은 여태까지 작가라는 사람들로부터 그런 식의 솔직한 고백은 들어본 일이 없었다. 이정훈의 말마따나 글을 쓰는 사람들은 언제나 태어날 때부터 작가로 태어났거나, 어느 날 갑자기 이 세상 삼라만상과 우주의 철리를 대오 각성하고 작가로서의 계시를 얻어 그 일을 시작하게 된 듯이, 개인적인 삶의 내력이나 욕망 같은 것은 도대체 입에 올리는 사람이 없었다. 그들은 한결같이 진실에의 순교자였고 한결같이 난세의 구세주였고 한결같이 몰아의 박애주의자들이었다. 작가 자신의 삶은 문제된 일이 없었다. 독자들도 그것은 어떤 금기처럼, 또는 독자와 작가 사이에 어떤 묵계라도 맺어져 있는 것처럼 그런 것을 문제 삼으려 한 적이 없었다.

지욱은 그게 늘 의문이었다. 작가라는 사람들은 과연 그런 사람들인가. 그들에겐 정말로 숨겨진 개인의 욕망이 존재하지 않는 것인가. 바깥 세계에 대한 명분이나 사명감만으로 그의 개인적인 삶이 만족될 수가 있을까. 음험하게도 그것이 만약 작가의 의식 속에 보이지 않게 숨겨지고 있다면 그것은 과연 어떤 식으로?

자서전 나부랭이라고는 하지만 지욱 역시도 인간의 삶과 삶의 진실에 관계된 글을 써온 위인이었다. 그리고 그 말의 진실에 실패하여 자기 삶의 진실마저 실패하고 있는 요즈음의 처지였다. 그런 지욱의 처지로서는 더욱 그 작가의 말과 그 말의 정직성이라는 것이 궁금해지지 않을 수 없었다.

하지만 지욱은 역시 자서전 작가일 뿐이었다.

어떤 사람의 삶의 궤적을 따라 그것을 충실히 그의 글로 그려 보여주면 그만이었다. 뽕을 먹는 누에가 뽕잎의 똥을 싸는 격이었다. 뽕을 먹고 뽕의 똥을 싸는 자신의 말이 항상 미덥지가 못하기는 했지만. 거기 비해 작가라는 사람들은 뽕을 먹고 명주실을 뽑는 누에였다. 뽕잎을 명주실로 둔갑시키듯, 작가는 소설로 현실의 삶을 취하여 인간 일반의 삶의 진실이라는 실을 뽑아내는 사람들이었다. 작가의 삶이나 그의 말에는 그 정직성이라는 것이 더더욱 중요한 문제가 아닐 수 없었다. 한 작가의 삶과 그의 말의 정직성에 관한 비밀을 알 수만 있다면 지욱 자신에게도 아직은 희망이 있을 수 있었다. 신문에 난 집회 안내를 보고 지욱이 더욱 관심이 끌린 것도 그런 점 때문이었다.

정훈은 과연 그럴듯한 소리를 하고 있었다. 그는 글을 쓰게 된 애초의 동기가 자신의 개인적인 삶의 위로와 구제 때문이라고 말하고 있었다. 그는 또 한술 더 떠 그것을 다시 복수심 때문이라 말하고 있었다.

그리고 그 복수심이라는 개인적인 동기와 관련하여 바깥 세계에 대한 작가의 책임은 서로 이율배반의 관계에 있는 것처럼 보인다고 털어놓았다. 그는 그것을 솔직하게 인정하고 그런 관계 안에서 작가의 책임이라는 걸 찾아볼 수밖에 다른 도리가 없다고 말하고 있었다. 그것은 진실이 지상 과제가 되어 있는 문학에서야말로 정직하지 못한 것처럼 부도덕한 악덕은 없기 때문이라는 것이었다.

옳은 말이었다. 지욱으로서는 모처럼 만에 들어보는 시원스런 고백이었다. 하지만 개인과 사회의 이율배반적인 관계 위에 작가 자신과 독자들의 삶을 동시에 안아 들일 수 있는 어떤 진실의 문이 마련될 수 있을 것인가.

지욱은 긴장하지 않을 수 없었다. 강연장에서도 똑같이 긴장을 하지 않을 수 없었던 이유 또한 지욱 자신의 그런 궁금증 때문이기도 했다. 이야기를 이끌어가는 이정훈 역시 목소리에 점점 열기가 더해가고 있었다.

"작가가 왜 쓰느냐…… 언젠가 저는 이 문제에 관해 한 선배 문인으로부터 참으로 극심한 추궁을 당한 적이 있었습니다. 그분은 전에 시를 쓰다가 나중에 철학을 전공하신 분인데, 이분이 하루는 절더러 대뜸 왜 글을 쓰느냐는 것이었습니다. 근래에 그분은 『철학 속의 문학』이라든가, 『철학이란 무엇인가』 하는 책들을 쓰셨을 만큼 철학이나 문학에 다 같이 이해가 깊은 분으로, 저로서도 평소에 존경을 아끼지 않았던 만큼 처음부터 그분의 그런 질문이 몰라 묻는 소리가 아니라는 걸 알고 있었습니다. 저는 그게 일반적인 문학관 얘기가 아니라 그저 저 개인의 동기를 묻고 있는 줄로만 알았지요. 그래서 저도 엉겁결에 평소에 제가 생각해오던 대로 복수심 때문이라고 말해버렸지요. 그분은 고개를 젓더군요. 그렇다면 독자들은 당신의 소설에서 복수를 당하기 위해 당신의 글을 읽는 거냐구요. 작가의 글과 독자와의 관계는 그런 일방통행적인 파괴 관계보다는 상호 창조가 가능한 조화로운 대결이나 화해의 관계여야 한다고 말입니다. 그래서 전 다시 복수심이라는 말에 대해 자기 위로나 구제라는 개인적인 삶의 근거를 구실로 내세워보았지요. 했더니 그분 말씀이 이번에는 그럼 당신의 글은 순전히 쓰는 사람 자신의 문제에만 걸리는 것이냐고 하더군요. 전 또다시 독자에 대한 책임을 추가했지요. 일차적인 동기는 자신의 위로나 구제와 같은 개인적인 삶의 근거 때문이겠지만, 그 개인적인 삶의 진실이 확대되어 자기 이외의 인간 일반의 보편적인 삶의 진실에까지 뿌리가 닿게 되면 바로 그 보편적인 진실이 자기 이외 인간들의 삶 일반에 이르기까지 관계되어 독자들에 대한 직업 글장이로서의 책임이 수행될 수 있을 것이라고 말입니다. 이를테면 그자기 위로라든가 구제, 또는 인간적인 권리나 자유의 확보, 사회 정의의 실현 같은 모든 문제들이 그 보편적인 삶의 진실에 걸리는 문제일 수 있으리라고 말입니다. 그분은 아직도 뭔가 납득이 잘 가지 않는 표정으로 이날은 그만 입을 다물어버리고 말았어요. 하더니 다음번에 다시 만나 다짜고짜 또 같은 소리를 물어오는 것입니다. 이번에도 똑같이 또 당신 왜 글을 쓰느냐는 거예요. 참으로 복수가 동기였다면 칼을 택할 수도 있었고, 사회정의의 실현이 목적이라면 정치가나 사회 개혁 운동가나 혁명가가 될 수 있고, 인간의 진실이 목적이라면 흔히 말하는 사상가가 될 수도 있지 않으냐고 말입니다. 이번에는 저도 좀 장난기가 어린 말투로 남 앞에 뭔가 좀 잘나 보인 체해보고 싶기도 하고 곗돈 때문에 쓰고 있는 것 같기도 하다고 했지요. 그랬더니 곗돈 걱정이 없으면 정말로 쓰는 것을 중단하겠느냐, 공명심이 목적이라면 배우나 야구 선수를 지망할 수도 있고 먹을 것 입을 것이 문제라면 농사를 지어도 되고 장사꾼이 되어볼 수도 있지 않으냐, 그런 것 다 그만두고 왜 하필 글쟁이가 되었느냐며 그분도 그만 웃고 말더군요. 둘이서 함께 웃을 수밖에 없었지요.

결국 그분이 묻고 있는 것은 글을 쓰는 동기나 목적이나 현실적인 이해관계나 자기 구제나 복수심이나 사회정의의 실현이나 도덕적인 책임이나 그런 모든 것을 한꺼번에 모순 없이 포용하고 설명할 수 있는 문학 행위의 이유가 무엇이냐는 것이었지요. 글이라는 건 실상 자기 개인의 동기에서만 쓰는 것도 아니고 독자를 위해 쓰는 것만도 아니고, 현실적인 이해관계에서만 쓰는 것도 아니고, 내면의 이념이나 정신 가치를 위해서만 쓰는 것도 아니고, 그리고 그 모든 일들을 따로따로 떼어서 생각하면 그것들이 반드시 소설이라는 글의 창작 형식으로만 가능한 것은 아니니까요. 소설을 쓰지 않을 수 없고 소설을 써야 하고 거기다가 또 반드시 소설로써 가능하고 소설로 해서만 이루려고 하는 바가 무엇이냐는 것이었지요. 그래서 저는 이 문제 때문에 다시 한동안 고심을 했습니다. 저 나름의 해답을 찾아놓지 않고는 견딜 수가 없었습니다. 이런 경우 그 문학이라는 것이 우리 인간과 세계에 대한 일면적 진실이 아닌 총체적 진실의 파악과 그의 제시에 봉사하기 때문이라는 따위의 상식론이 일단 해답의 단서가 될 수도 있겠지요. 하지만 어느 경우에도 저는 저의 개인적인 동기나 삶의 욕망을 배반해가면서까지 글을 쓰는 이유와 명분을 마련할 수는 없었습니다. 그분의 말대로 나의 삶과 독자들의 삶이 다 같이 창조적일 수 있는 대결이나 화해의 관계에 놓일 수 있는 길을 찾아야 했습니다.

전 확실한 것에서부터 다시 생각을 풀어나갔습니다. 복수심이 글을 쓰게 한 최초의 동기인 만큼 그것은 창작의 원동력이요, 복수심이 강하면 강할수록 창작욕도 그만큼 왕성해질 수밖에 없노라 믿고 있던 저로서는 그 복수심을 최초의 근거로 하여 저의 생각을 풀어나갈 수밖에 없었지요. 무엇보다도 확실한 것은 글을 쓰게 된 동기일 수밖에 없었고, 그 최초 동기는 복수심이었으니까요. 그리고 그 복수심을 최초의 발단으로 하여 저는 마침내 하나의 해답을 얻어내기에 이르렀습니다.

그것은 저의 최초의 복수심이 어떻게 제 안에서 적극적인 지배욕으로 발전하고 있었던가, 그 복수심과 지배욕과의 관계를 반성해봄으로써 의외로 간단히 해결될 수 있었습니다.

얼핏 생각하면 복수심이나 지배 욕망이라는 것은 우리 인간들의 자기실현 욕망이 바깥의 현실 가운데에서 좌절을 경험하게 될 때 우리 내면에서 동시에 유발되는 동질적 정서 반응으로 보일 수도 있겠습니다. 하지만 자세히 따지고 보면 이 두 가지 욕망 사이에는 현격하게 다른 차이점이 있습니다.

첫째는 우선 복수심과 지배욕은 동기와 수단의 관계로 나눠 이해할 수 있다는 점입니다. 복수심은 다만 우리 내면에 수용된 수동적 감정 반응일 뿐인 데 반하여, 지배욕은 그 복수심이 동기가 되어 그 복수심을 적극적으로 실현해내려는, 한 구체적 수단으로서의 의지 형태라는 것입니다.

둘째로 복수심은 그 복수심 자체로서는 순전히 파괴적 정신 현상인 데 반하여, 지배욕은 개인과 사회 간의 한 창조적 생산 질서일 수가 있다는 점입니다. 우리의 지배 욕망이 어떻게 창조적 생산 질서로 고양될 수가 있느냐 하는 점에 대하여는 뒤에 가서 다시 말씀드릴 기회가 있겠습니다만, 어쨌거나 우리가 지금 문학 행위의 궁극의 의의를 우리 삶의 해방에 상정하고 있는 이상 복수심은 오히려 우리의 삶을 부도덕하게 구속하고 파괴시키려는 부정적 정서라는 점에서, 그래서 우리는 그러한 파괴적 복수심으로부터 우리 삶을 허심탄회하게 해방시켜나가는 적극적 방법으로서 지배욕을 격발받고 그것을 시인하게끔 되었다는 점에서, 그러한 복수심과 지배욕은 명백한 차이가 있는 것입니다.

그러므로 저는 그러한 복수심과 지배욕 간의 반성을 통하여 비로소 저의 문학의 동기를 복수심보다는 지배욕 때문이라고 말하고 싶어진 것입니다. 제 문학의 궁극의 동기나 의의는 저의 그러한 지배욕 때문에 그 부도덕하고 파괴적인 복수심으로부터 자신의 삶을 창조적으로 해방시켜나가기 위한 자신의 깊은 지배 욕망을 옳게 감당해나가려는 제 나름의 노력과 자기 해소의 과정에 있다고 말하는 것이 훨씬 옳을 것 같다는 말씀입니다.

바깥 세계에 대한 복수심이나 그 현실의 질서를 자기식으로 뒤바꿔놓고 싶은 욕망이란 보다 문학적인 발상법으로 말한다면 그것은 결국 그가 꿈꾸고 모색해낸 새로운 질서로 그 세계를 지배하고 싶은 욕망에 다름 아닌 것입니다. 그리고 그러한 지배 욕망은 과연 한 작가와 독자 사이를 구체적으로 연결 짓는 어떤 조화로운 관계 질서를 창조해갈 수 있게 된다는 점에서, 일방적으로 파괴만을 꿈꾸는 복수심에서와는 달리, 그의 독자에 대한 명백한 문학의 책임 문제가 뒤따르게 되는 것입니다.

그리하여 한 작가는 이 독자에 대한 책임과의 관계 위에서 세계를 보다 효과적으로 그리고 가능하면 완벽하게 지배하기 위하여, 끊임없이 새로운 세계의 새로운 질서를 꿈꾸는 것입니다. 또 그러한 지배에의 꿈으로 하여 현실의 풍속에서 패배하고 돌아온 작가 자신의 삶도 위로를 받고 구원을 받을 수가 있게 되는 것입니다.

그럼 이제 저는 여기서 우선 오늘의 본 과제인 왜 쓰는가에 대한 잠정적인 결론을 내려보겠습니다. 그리고 다음에 가서 그 작가의 책임 문제를 다시 한번 생각해보겠습니다.

왜 쓰느냐는 물음에 대해서는, 전 어차피 지배하기 위해서 쓴다고 말하지 않을 수 없습니다.

작가는 지배하기 위해서 쓴다 ─

그러나 여기에는 아직도 의문이 있을 수 있습니다. 그렇다면 그 역시 일방통행적인 관계가 아니냐. 독자는 작가에게 지배당하기 위해서 그의 책을 읽는단 말이냐. 독자가 과연 어떻게 하여 그와 같은 작가의 일방통행적인 의지를 승인할 수가 있단 말이냐. 그것이 어떻게 작가와 독자 사이의 창조적인 화해 관계라고 말할 수 있단 말이냐 ─

과연 그렇습니다. 여기에선 분명히 독자들이 그 작가가 마련한 지배의 틀에 참가해 올 것이냐 어떠냐, 독자들이 그런 작가의 의지를 승인해주느냐 않느냐가 문제되지 않을 수 없습니다. 그러한 지배의 관계가 어떻게 작가와 독자 사이를 창조적인 조화의 관계로 이끌어들일 수 있느냐가 문제인 것입니다…… 그것만 가능하다면 작가가 지배하기 위해 글을 쓴다는 사실이 바로 그 자신의 삶의 관계와 독자들에 대한 책임의 문제를 배반 없이 동시에 해결할 수 있는 길임을 인정하고 그것을 오늘 우리들이 찾고자 하는 질문의 마지막 해답으로 승인하지 않을 수 없을 것입니다.

결론부터 말씀드린다면 전 그것이 가능하다고 여겼습니다.

그것은 작가가 도대체 그의 작품으로 우리 독자와 세계를 어떤 식으로 지배해가며, 그 지배 수단의 핵심이 무엇인가 하는 지배 형식의 성격과 수단의 비밀을 따져 들어가보면 해답이 분명해질 것입니다. 우선 한 작가가 그의 세계를 지배하는 지배 형식의 성격부터 알아보겠습니다.

그것은 물론 그의 소설과 소설로써 내보인 새로운 세계의 질서에 의해서입니다. 하지만 작가가 그의 소설로써 지배하고 있는 세계는 현실의 세계 자체는 아닙니다. 그는 실상 현실의 세계에 대해선 언제나 무참스런 패배자일 수밖에 없는 자신을 알고 있기 때문입니다. 그가 자신의 생애에서 최초의 패배를 감수하지 않으면 안 되었던 것도 반드시 남보다 특히 열악한 현실 조건 때문만은 아니었기 때문입니다. 같은 환경 같은 조건을 가진 많은 사람들 가운데서도 그만이 유독 삶의 패배를 경험하고 그만이 복수를 꿈꾸며 그만이 작가가 된 사람이기 때문입니다. 그런 면으로 보면 작가란 실상 태어날 때부터 어떤 선천적인 성향이랄까 소지를 타고난 사람이라고 할 수도 있겠습니다. 유독히 남 앞에 잘난 체를 하고 싶거나 자기의 의지의 실현욕이 강한 사람이거나 또는 바깥세상으로부터 남보다 자주 상처를 받기 쉬운 성격이거나 하는 따위로 말입니다. 애초의 동기야 어느 편이든 어쨌거나 그는 그의 질서로써 현실 세계 자체를 지배하려고 하지는 않습니다. 그는 이번에도 역시 패배를 당할 수밖에 없는 자신을 알고 있기 때문입니다. 그의 복수심 역시 현실 자체를 겨냥한 것은 아니었고, 그것은 또 오랫동안 그런 식으로 내밀히 단련되어온 것입니다. 그래서 그는 어떤 새로운 질서의 세계를, 보다 나은 세계에 대한 새로운 이념의 문을 열어 보였다고 해도, 사람들로부터 그가 내보인 질서, 새로운 세계의 실현에는 참여할 수가 없습니다. 그가 마련한 질서와 세계를 실현하고 그것을 누리는 사람들은 그의 독자들뿐입니다. 그는 다만 그 독자들로부터 자신이 부여한 고유의 질서로 새로이 창조해낸 세계에 대한 동의와 승인을 기대할 뿐, 그 자신은 그러한 세계의 실현에 참가하여 그 세계나 그의 질서에 공감하고 동참해오는 사람들을 실제로 지배하지는 못합니다. 그가 지향해 찾아낸 새로운 세계의 문이 그의 독자들에게 승인되고 현실로 바뀌는 순간에 그는 다시 그 현실로부터 패배할 수밖에 없으며, 그곳에는 이미 그가 서 있을 자리는 사라져버린다는 것을 알기 때문입니다. 그는 그가 힘을 다해 새로운 세계로의 출구를 열어젖힌 순간에 그것을 그의 독자들에게 내맡기고 자신은 또 다른 세계를 꿈꾸기 시작하는 것입니다. 그런 의미에서 작가는 당연히 이상주의자일 수밖에 없는 것이지요. 그리고 또 예술가로서의 작가는 당연히 이상주의자여야 하는 것이구요.

작가는 근본적으로 어떤 새로운 이념을 창조해내고 그것을 자신의 몫으로는 실현하려 하지 않는다는 점, 그의 질서로써 현실적으로 세계를 지배하려 하지 않는다는 점, 그가 창조해낸 세계 안에선 언제나 자신의 자리를 마련할 수 없으며, 다만 그러한 세계의 가치를 승인받기를 기대할 수 있을 뿐, 그는 언제나 자신이 도달한 세계에서 또 다른 다음번 이념의 문을 향해 끝없이 고된 진실에의 순례를 떠나야 하는 숙명적인 이상주의자일 수밖에 없다는 점에서, 작가는 혁명가와 다르고, 사회 개혁 운동가와도 다르고, 목사와도 다르고, 정가의 야당 당수와도 다를 것입니다. 그리고 그 작가가 그의 새로운 가치 질서에 대한 일반의 공감과 승인을 얻음으로써 그의 지배를 끝내며, 마침내 그가 그의 질서로써 현실의 세계를 지배하려 하지는 않는다는 점에서 우리는 그의 지배 욕망을 겁내거나 배척할 필요가 없는 것입니다. 그의 지배욕을 안심할 수가 있는 것입니다.

　그러면 이제 다음번으로는 한 작가가 그의 소설로써 행사하는 지배력의 핵심적인 수단이 무엇이며 그것이 우리들 독자들 일반의 삶과 어떻게 관계되고 있는가를 알아보겠습니다.

　이것은 앞서 말한 지배욕의 실현 한계랄까 성격에서보다는 그러한 지배의 관계가 어떻게 작가와 독자 사이를 조화롭고 창조적인 관계로까지 이끌어갈 수 있느냐, 작가와 독자가 어떻게 대등한 관계에 설 수 있으며 독자들은 어떻게 그 작가의 세계를 승인하고, 그가 열어 보인 세계 안으로 허심탄회하게 참여해 들어갈 수가 있느냐 하는 점들에 대해 더욱 확연한 미래의 단서가 될 수 있을 것입니다.

그리고 작가의 책임이라는 것과 관련하여 작가가 왜 글을 쓰느냐는 우리들의 과제에 대한 마지막 해답이 될 수 있을 것 같습니다……"

지욱은 앉아 있던 자세에서 이번에는 아예 자리에서 일어서 버렸다. 그러고는 다시 한차례 새 담배에 불을 붙여 물고 서성서성 방 안을 맴돌기 시작했다.

─ 작자하곤 참 어지간히 끈질기군.

하지만 그는 아직도 녹음기의 이야기에 진력이 나 주의가 흔들리는 표정은 아니었다. 거동이나 중얼거림과는 다르게 그의 얼굴 표정은 갈수록 더 심각해지고 있었다. 공연히 자신이 초조해서 못 견디는 얼굴이었다. 자리를 일어서서 담배를 피워 물고 하는 거동도 오랜 시간 긴장하고 있는 자신을 달래기 위해서인 셈이었다.

강연장에서도 그랬었다. 이야기가 이 대목쯤 진행되어나가자 지욱은 강연장 바닥이 양탄자가 깔린 금연 지역이라는 것도 잊어버리고 불쑥 주머니 속의 담배를 꺼내 물었을 정도였다. 위인의 이야기가 지욱을 그토록 초조하게 긴장시키고 있었다.

지욱은 사실 게서 더 이상 이야기를 들을 필요도 없을 만큼 모든 것이 명백해진 듯했다.

작가의 이야기는 더없이 성실하고 솔직한 편이었다.

그리고 그의 논리는 인간의 가장 깊은 본능이나 무책임한 감정까지도 너그럽게 포용하고 있었다. 그만큼 설득력도 강한 편이었다.

그의 이야기가 지욱 자신의 자서전 일에 어떻게 관계 지어 올지는 아직 자신 있는 해답을 찾을 수 없었다. 하지만 적어도 한 작가가 자기 개인의 삶과 집단의 삶에 대해, 그리고 그것을 관계 짓는 자신의 말에 대해 얼마나 정직해지려 애를 쓰고 있으며 얼마나 견고한 논리를 구축하고 있는가는 그것으로 이미 설명이 충분했다.

그런데 그는 아직도 말이 남았다는 것이었다.

지욱은 오히려 그게 불안스러웠다. 작자가 아직 남아 있는 말로써 다 된 밥에 재를 뿌리는 격이 되지나 않을까 싶었다.

하지만 이제 지욱은 강연장에서처럼 불안해할 필요가 없었다. 그는 이미 작가에게 남아 있는 말을 알고 있었다. 녹음기의 테이프가 거의 다 풀려나가고 있었다. 작가의 말도 이젠 남아 있는 테이프 두께만큼밖엔 되지 않았다.

그런데도 지욱은 역시 긴장을 풀어버릴 수가 없었다.

그는 테이프에 남아 있는 이야기의 내용을 알고 있기 때문이었다. 테이프의 길이는 그리 많이 남아 있지 않았지만 그가 전제를 단 것처럼, 그리고 지욱이 불안스러워했던 바와는 달리, 남아 있는 그의 말이 그를 더욱 완벽하게 굴복시키고 만 때문이었다. 지욱은 이제 그 유리창가에 조용히 발길을 머물고 서서 위인의 남은 이야기를 차근차근 마저 확인해나가기 시작했다.

"작가가 글을 쓰는 애초의 동기가 지배하기 위해서라는 데서부터 이 문제를 다시 따져나가봅시다.

　작가는 지배하기 위해 글을 쓴다…… 그렇다면 그 작가는 당연히 효과적인 지배의 방법을 택할 것입니다. 독자들의 반발을 사는 지배의 수단은 좋지가 않습니다. 독자들이 거부하지 않고 스스로 동의하고 참가해 올 수 있는 세계를 창조하려 할 것입니다. 그런 질서를 찾아내고 그것을 확대해나가려 할 것입니다. 그가 보여주는 세계가 독자들이 바라는 세계여야 한다는 말입니다. 그러면 독자들이 바라는 세계가 어떤 것이냐가 문젭니다. 그것은 독자들이 바라는 세계라 하여 진실되지 못한 것을 문학의 이름으로 보여줄 수는 없다는 점과 깊은 관련이 있습니다. 작가는 우선 그의 독자들에게 거짓되지 않은 것, 진실한 것만을 말하고 보여주기로 애초부터 약속이 되어 있었던 것입니다. 그 진실은 무엇보다도 독자들의 삶에 깊이 관계된 것입니다. 결국은 우리 인간들의 삶의 진실과 그 진실의 크기가 문제라는 말씀입니다. 작가는 독자들의 삶의 진실로써 그의 지배 수단을 삼아야 합니다. 그리고 그 진실은 깊고 넓어야 합니다. 큰 진실이어야 합니다.

　그러면 우리들의 그 삶의 진실이라는 것은 어떤 것입니까. 그것은 물론 행복한 삶에 관한 것입니다. 보다 더 자유로운 삶에 관계되는 것입니다. 보다 더 풍족하고 의롭고 정직한 삶에 관한 것입니다. 한마디로 보다 더 사람다운 삶에 관계하는 것입니다.

　자유롭지 못하게 하는 것을 소설로써 고발하는 것, 의롭지 못한 일을 증언하는 것, 우리의 삶을 부당하게 간섭해오거나 병들게 하거나 불행스럽게 만드는 모든 비인간적인 제도와 억압에 대항하여 싸우고 그것들을 이겨나갈 용기를 모색하는 것, 소위 새로운 영혼의 영토를 획득해나가고 획득된 영토를 수호해나가려는 데 기여하는 모든 문학적 노력이 종국에는 다 우리의 삶을 보다 더 윤택하고 행복스럽고 사람다운 사람으로 살아가게 하려는 삶의 진실을 위한 것이라 할 수 있을 것입니다. 작가가 그의 작품으로 그런 삶의 진실을 위해 싸우는데 독자가 그것을 배척하고 외면할 리 없을 것입니다.

결국은 그 진실의 크기나 깊이가 문제라는 말씀입니다.

그렇다면 우리의 삶과 관련하여 가장 깊고 큰 진실이라는 것은 무엇입니까. 우리 삶을 가장 삶다운 삶으로 돌아가 살게 하는 옳은 질서는 무엇입니까. 우리나라의 어떤 평론가 한 사람은 우리의 삶을 삶답지 못하게 하는 모든 비인간적인 풍습과 제도와 문물과 사고를 통틀어 우리 삶을 '억압'하는 것들이라고 표현한 일이 있습니다만, 우리 삶이 그 억누름으로부터 벗어나서 온전한 삶, 본래의 자유롭고 화창한 삶으로 돌아가게 하는 질서는 무엇입니까. 그것은 자유의 질서입니다. 이 자유의 질서야말로 우리의 가장 크고 깊은 삶의 진실이 아닐 수 없다는 말씀입니다.

이렇게 보면 문학비평가들이 흔히 말하는 작가의 시점視點이나 시선視線이라는 것도 결국은 그 자유의 이해와 신봉 방식에 따라 깊은 정체가 밝혀질 수 있는 것이 아닌가 생각합니다. 작품의 배면에 숨어들어 작가가 우리 삶이나 세계를 바라보고, 독자의 이해를 은밀히 간섭해오는 그 작가의 시선이라는 것 말입니다.

종국적으로 우리 삶의 자유에 관계되고, 오로지 그 삶의 자유 때문에 문학을 하면서도, 헤아릴 수 없이 다양한 문학 유파나 경향들이 말해주듯 작가에 따라 우리 삶과 세계를 만나는 방법이 달라지는 까닭은 물론 그 작가들 개인에 따라 보다 더 심층적인 동기를 깊이 추적해 들어가봐야겠지요. 앞서도 말했듯이 작가에 따라 그의 개인적 삶의 욕망이나 좌절의 과정들과 관련하여 그가 과연 어떤 패배를 경험해왔고 어떤 식의 복수를 꿈꾸어왔으며, 그 억눌린 자기표현의 욕망과 관련하여 그가 과연 그의 세계를 어떻게 지배하고 싶어 해왔느냐 하는 것들을 말입니다. 어떤 작품 속에 깃들여지고 있는 그 작가의 문학적 태도, 다시 말해 그 작품을 쓴 작가의 시선이라는 것이 어떤 모습으로 어떻게 관계 지어지고 있느냐 하는 것은 바로 그 작가 개인의 삶의 욕망이나 세계 이해의 태도에 따라 결정이 날 수 있을 것이기 때문입니다.

하지만 그러한 작가의 문학 세계의 방향과 본질을 결정지어주는 시점의 성립 역시도 그의 객관적 작품 효과 안에선 그 작가의 자유에 대한 고유한 태도, 그가 그 자유를 어떻게 이해하려 했느냐, 우리 삶이나 세계에 대해 어떻게 그것을 관계 지으려 하며, 그것을 위해서 어떻게 봉사하려 했느냐 하는 데에 따라 최종적인 성격이 결정지어지는 것이라고 말할 수 있을 것입니다.

그렇다면 이제 마지막으로 저의 결론을 말씀드리겠습니다.

작가는 세계를 지배하려는 개인의 욕망에서 글을 쓰기 시작했으되, 그는 그 개인의 삶의 욕망과 독자의 삶을 다 같이 배반할 수 없다── 그는 자신의 욕망과 독자와의 창조적인 화해 관계에 놓일 수 있는 지배 방식을 통해 그 독자에 대한 작가로서의 책임을 수행해나가야 하는데, 그 둘은 원래가 이율배반의 관계처럼 보일 수도 있다── 그러나 작가는 독자의 삶을 현실적으로 지배하려 하지는 않는다는 점, 그리고 그가 그의 독자를 지배해나가는 이념의 수단은 우리 삶의 진실에 가장 크게 관계된 자유의 질서라는 점에서 양자의 갈등은 해소될 수가 있는 것이다……

결국 작가는 자유의 질서로써 독자를 지배해나간다는 것입니다. 억압이나 구속이나 규제가 아닌 자유의 질서를 찾아 그것을 넓게 확대해나감으로써 이 세계를 지배해간다는 것입니다. 지배라는 말이 흔히 우리들에게 인상 지어주기 쉽듯이, 그는 우리의 삶을 그의 지배력으로 구속하고 규제하고 억압하는 것이 아니라 오히려 그것들로부터 우리의 삶을 해방시키고 그 본래의 자유롭고 화창한 삶의 모습으로 돌아가게 하려는 것일진대, 독자들도 그의 지배를 승인하고 스스로 그의 질서를 따르지 않을 수가 없을 것입니다.

그리고 작가 역시 그가 문 열어 보인 자유의 질서에 의해 독자들의 삶을 보다 넓고 자유로운 세계에로 해방시킴으로써 그 자신도 비로소 그의 지배욕과 복수심 그리고 그의 개인적인 삶의 모든 욕망들로부터 스스로를 해방시키고 그의 삶을 보다 깊이 사랑하고 보다 넓게 실현해나갈 수가 있게 될 것입니다. 그럼으로써 비로소 한 작가의 개인적인 삶의 욕망과 그의 독자에 대한 책임 사이의 배반 없는 상호 창조 관계가 성립될 수 있게 될 것입니다.

따라서 이젠 그 독자들에 대한 작가의 책임 역시 자명해지지 않을 수 없습니다. 그것은 말할 것도 없이 그의 독자들과 동시대인들의 삶의 자유와 관계하여 글을 써야 하는 것이 되지 않을 수 없습니다. 그리고 지금까지 모든 작가들이 수행해온 창작 작업도 따지고 보면 모두가 그 자유와 관계되고 있거나 그것과 올바른 관계를 지으려 노력을 바쳐온 작업이었다 할 수 있을 것입니다.

그것은 곧 우리의 삶에 대해 드넓고 화창한 자유의 질서를 부여하는 작업입니다.

이 말의 뜻을 좀더 명백히 해두기 위해선 그 '새로운 질서의 창조와 확대'라는 말을 다시 생각해볼 필요가 있을지도 모르겠습니다.

한 작가가 그의 이념적 세계 지배의 수단으로서 어떤 새로운 질서를 창조하고 그것을 확대해나간다는 것은 그것으로 그가 이전에 없었던 세계를 새로 만들어내는 것이 아니라, 이미 있어온 세계에 대한 새 시선의 발견이나, 있어온 세계에 대한 자유라는 새로운 질서의 부여 행위를 뜻할 터입니다. 우리가 살아온 세계 밖에 또 다른 세계를 새로 만들어내는 것이 아니라, 이미 있어오기는 했으되 우리 삶과는 무관하게 망각되어온 세계, 또는 우리 삶을 부당하게 배반해온 그릇된 질서로 존재해온 부정적 세계에 대하여 적극적으로 새로운 삶의 질서를 부여하고 확대해나감으로써 우리 삶의 새로운 터전으로 값있게 편입해 들이는 작업을 뜻하는 것입니다. 그리하여 우리 삶의 터전을 더욱 넓게 확대해나감으로써, 보다 많은 삶의 자유를 누리고, 그것을 더욱더 넓은 가능의 세계로 화창하게 해방시켜나가는 작업인 것입니다.

그러므로 문학이란 이를테면 ─ 여기선 일단 소설에만 한정해 말해야 할지 모르겠습니다만 ─ 순수 경향이라고 이름 붙여져온 것들이나 투철한 참여 정신으로 평가되어온 것들이나, 고발 문학이나 증언 문학이나, 인간성의 비밀을 탐색한 것이거나 사회질서에 관심이 집중된 것이거나, 농촌 소설이나 도회 소설이나, 전쟁 소설이나 전원 소설이나, 정치 소설이나 공상 소설이나, 고전주의나 낭만주의나, 사실주의나 초현실주의나, 말의 정직성에 매달려 땀을 흘리는 소설이나 힘찬 행동성을 앞세우는 소설이나, 어떤 유파 어떤 경향의 소설이라도 그 모든 것이 종국에는 우리 삶의 자유와 관계될 수밖에 없으며, 또 그것을 넓혀가는 일이거나 지키려는 일이거나 결국은 그것 때문에 씌어지고 있는 것이라고 말할 수 있을 것입니다.

왜 쓰는가 ─ 작가는 우리들의 자유로운 삶을 위해, 말을 바꾸어 보다 인간다운 삶, 보다 행복스런 우리들의 삶 또는 그 삶에 대한 깊은 사랑 때문에 쓰고 있고 또 써야 함에 틀림없을 거

라고 말씀드리면서 이제 그만 저의 이야기를 끝내겠습니다. 감
사합니다……"

　마침내 정훈의 이야기는 끝이 났다. 정훈이 청중들을 향해 고
맙다는 인사말을 건넴과 함께 그 청중들 쪽에서 성급하고도 요
란한 박수 소리가 터져 나왔다.

　묵묵히 창가에 서서 귀를 기울이고 있던 지욱이 비로소 몸을
돌이켜 세웠다. 녹음기는 아직도 잠시 동안 더 작동을 계속하고
있었다.

　박수 소리가 끝나고 나서 누군가가 다시 연사에게 질문을 하
고 있었다. 하지만 질문자의 말소리는 중도에서 그만 침묵하고
말았다. 지욱이 녹음기 스위치를 꺼버렸기 때문이다. 강연장에
서도 지욱은 그쯤에서 녹음을 중단해버린 것이었다. 질문이라
야 별로 귀를 기울일 만한 것이 못 되었던 데다가 지욱은 자기
이야기의 요점도 추리지 못하고 있는 그 질문자의 횡설수설에
짜증이 나고 말았기 때문이다. 녹음기를 끄고 나서도 몇 사람
더 질문자가 일어서고 연사와 질문자들 간에 몇 가지 문답들이
오갔지만, 지욱은 그동안에 이미 작업이 끝난 녹음기를 말끔히
거둬 챙기고 말았었다. 그리고 공연히 혼자 마음이 조급해져 허
겁지겁 강연장을 빠져나오고 말았던 것이다.

　스위치를 다시 넣고 테이프를 반전시키고 있는 지욱의 얼굴
위에 아직도 그 강연회장에서와 같은 조급스런 불안감이 어리
고 있었다. 녹음기가 맹렬한 속도로 테이프를 반전시키고 있는

데도 지욱은 그 일이 끝나기를 기다리는 시간조차 지루해 견딜 수 없는 것 같은 얼굴을 하고 있었다. 무슨 텔레비전 첩보 영화에서처럼 테이프가 금세 연기를 뿜고 사라져버리기라도 할 것처럼 눈을 잔뜩 부릅뜨고 릴의 회전을 지켜보고 있었다. 그러곤 마침내 그 지루한 반전이 끝나자 지욱은 마치 살아 있는 물건을 낚아채듯 재빠른 동작으로 테이프가 완전히 되감겨진 반대쪽 릴을 뽑아냈다. 그러고는 그의 책상 맨 아래쪽 자물쇠를 열고 서랍 안에 미리부터 보관되어 있는 대여섯 가지 다른 테이프들 사이에다 이날의 새로운 수확을 얌전히 가둬 넣었다.

지욱의 얼굴에 비로소 조금 안도의 빛이 떠돌기 시작한 것은 그런 일련의 작업을 끝내고 나서 그가 모아들인 수많은 말들이 감금되어 있는 서랍의 자물쇠를 굳게 다시 잠그고 난 다음이었다.

(1977)

잔인한 도시

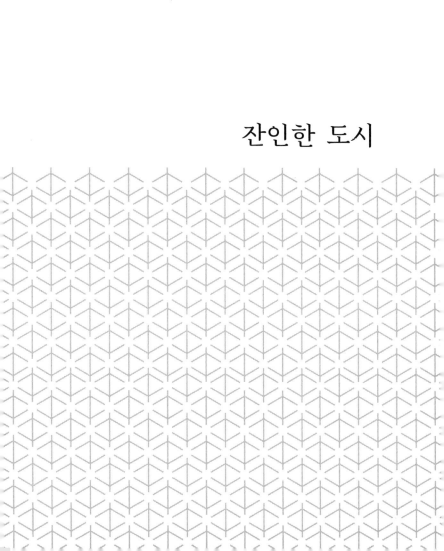

1

날씨가 제법 싸늘해지기 시작한 어느 가을날 해 질 녘 그 사내가 문득 교도소 길목을 조그맣게 걸어 나왔다.

그것은 좀 희한한 일이 아니었다. 근래엔 좀처럼 볼 수 없던 일이었다.

교도소는 도시의 서북쪽 일각, 벚나무와 오리나무들이 무질서하게 조림된 공원 숲의 아래쪽에 있었다. 그리고 그 무질서한 인조림이 끝나고 있는 공원 입구께에서 2백 미터 남짓한 교도소 길목이 꺾여 들고 있었다. 공원 입구에선 교도소 길목과 높고 음침스런 소내 건물들을 제 손바닥 들여다보듯 한눈에 모두 내려다볼 수 있었다. 교도소 길목을 오르내리는 것이면 강아지 한 마리도 움직임이 빤했다.

하지만 그 길목은 언제부턴가 사람의 눈길을 끌 만한 움직임이 끊어진 지 오래였다. 교도소와 관련하여 길목을 오르내리는 사람의 모습을 거의 볼 수 없었다. 그것도 교도소를 새로 들어가는 쪽보다는 몸이 풀려 나오는 쪽이 더욱 그랬다. 교도소를 새로 들어가는 쪽까지 끊겨 사라졌을 리가 없었지만, 그쪽은 언제나 철망을 친 차편을 이용하고 있는 터여서 그것마저 낌새가 늘 분명칠 못했다. 그야 교도소 직원들이나 인근 주민들이 이따금 그 길목을 지나다니는 건 눈에 띄었다. 하지만 그건 물론 이 길목에서 특별히 사람의 눈길을 끌 만한 움직임이 못 되었다. 이 길목에서 사람의 주의를 끌 움직임이란 역시 형기를 끝냈거나 당국의 사면으로 몸이 풀려 나오는 출소자들의 그것일 수밖에 없었다.

한데 어찌 된 영문인지 이 몇 해 동안 교도소 수감자들 가운데서 몸이 풀려나 그 길을 걸어 나온 사람이 없었다. 출감자를 내보내기 위해서 교도소 문이 열린 적이 한 번도 없었다. 교도소 안엔 이미 내보낼 죄수가 아무도 없거나, 그곳엔 아예 종신형의 죄수들만 수감되고 있는 게 아닌가 의심이 될 지경이었다. 교도소의 출감자가 언제 마지막으로 그 길을 걸어 나갔던가를 기억하고 있는 사람조차 거의 없었다. 아마 이 교도소의 교도관들조차도 그 행운의 출감자를 내보내기 위해 언제 마지막으로 교도소의 철문을 열었던가를 더듬어낼 수 있는 소상한 기억력의 소유자는 흔치 않을 터이었다.

출감자의 모습이 끊어진 것만도 아니었다. 교도소를 나오는 출감자들의 발길이 뜸해지기 시작한 다음에도 길목은 한동안 재소자 면회를 찾아온 사람들의 발길로 인적이 심심치를 않았다. 그런데 언제부턴가는 그 면회객들의 발길조차 이 길목에서 깨끗이 자취를 감추고 말았다.

교도소 길은 이제 오랜 정적 속에 망각의 길목으로 변했고, 그 길목을 걸어 나오는 출감자나 면회객들의 발길이 끊어지고 있는 시간만큼 교도소와 교도소 수감자들의 존재도 바깥세상에선 까마득히 잊혔다.

하지만 그동안도 교도소 사람들의 출퇴근 행사는 어김없이 계속되었고, 밤이면 높다란 감시탑들의 탐조등 불빛들도 그 확고부동한 기능을 충실히 발휘했다. 그건 이를테면 그 깊은 세상 사람들의 망각 속에서도 교도소의 존재와 기능은 여전히 엄존하고 있다는 가차 없는 증거였다.

그러다 이날 저녁 사내가 마침내 그 길목을 다시 걸어 나온 것이다.

교도소는 과연 죄수가 없는 유령의 집으로 변한 것이 아니었다. 종신형 수형자들만 수감되고 있었던 것도 아니었다. 이날 저녁 사내가 그 길목을 걸어 나온 것은 바로 그런 의문들에 대한 가장 확실한 대답인 셈이었다.

사내의 뜻하지 않은 출감은 그러니까 교도소와 교도소 길목에선 그만큼 오랜만의 일이었고 그만큼 눈길을 끄는 일이었다. 하지만 그 길을 걸어 나오고 있는 사내 자신의 표정엔 막상 어떤 새삼스런 감회나 즐거움의 빛 같은 것이 전혀 엿보이지 않고 있었다.

사내는 언젠가 그가 교도소를 들어갈 때부터 그의 전 재산이었던 낡고 작은 사물私物 보퉁이 하나를 손에 든 채 마치 망각의 길을 헤쳐 나오듯 변화 없는 발걸음으로 교도소 길목을 천천히 걸어 나오고 있었다. 전쟁 후에 한창 유행하던 염색 야전잠바 윗도리에, 역시 낡고 색이 바랜 황록색 당꼬바지의 차림새들이 이마 위로 아무렇게나 헝클어져 내린 그의 허옇게 센 머리털과 함께 사내의 모습을 더욱 지치고 무기력하게 만들고 있었는데, 그의 그런 차림새나 센 머리털의 지치고 무기력한 느낌은 사내가 세상 사람들의 망각 속에 교도소 안에서 훌쩍 흘려보내버린 그 무위한 세월의 두께를 말해주고 있는 것 같기도 하였다.

알다시피 사내에겐 물론 동행이 없었다. 그는 함께 출감한 동료 수감자는 물론, 그의 출감을 맞아주는 가족이나 친지 한 사람 동행자가 없었다. 그의 출감 길에 동행이 되어주고 있는 것은 오직 공원 숲 위에서 방금 낙조를 서두르고 있는 저녁 햇살이 지어준 그 자신의 기다란 그림자뿐이었다. 그는 마침 그 낙조를 서두르고 있는 공원 숲 쪽의 저녁 해를 향해 교도소 길목을 걸어 나왔으므로 그의 그림자가 등 뒤로 길게 끌리고 있었는데, 사내의 좀 구부정한 걸음걸이는 마치 사내 자신이 아니라 그 그림자를 방금 교도소로부터 끌어내어 어깨에 짊어지고 그 길을 무겁게 걸어 나오고 있는 것처럼 보였다. 더욱이나 사내는 이미 풀기가 가버린 낙조의 가을 햇살마저 눈에 그리 익숙지가 못한 듯 이따금씩 콧잔등을 가볍게 실룩거리며 걸음을 조금씩 지체하곤 하였는데, 바로 그 눈앞을 가로막는 햇살이나 그 햇살에 대한 어떤 부끄러움 때문에 사내가 교도소 길목으로부터 자신의 그림자를 짊어져내는 일은 더욱더 피곤하고 힘겨운 일처럼 보이게 하였다.

하지만 사내의 표정이나 걸음걸이에 어떤 변화가 이는 것은
오직 그 풀기 잃은 저녁 햇살이 그의 눈앞을 방해해올 때뿐이었
다. 햇빛 앞에서 자신을 망설일 때 이외엔 그의 표정이나 발걸
음에 아무런 변화도 생기지 않았다.

사내는 그런 표정, 그런 모습으로 수심스러워 보일 만큼 천천
히, 그리고 그 구부정하고 변화 없는 걸음걸이로 교도소 길목을
걸어 나오고 있었다.

2

변화 없던 사내의 얼굴에 비로소 어떤 심상찮은 표정이 떠오
른 것은 그가 그 2백여 미터 남짓한 교도소 길목을 빠져나와 공
원 입구께에까지 닿았을 때였다.

— 새들은 하늘과 숲이 그립습니다.

공원 입구의 오른쪽으로 한 작은 가겟집이 비켜 앉아 있고,
그 가겟집 부근의 벚나무 가지들에 크고 작은 새장들이 줄줄이
매달려 있었다. 그리고 그 벚나무 가지들 중의 몇 곳에 그런 비
슷한 광고 문구가 씌어진 현수막이 이리저리 내걸려 있었다.

— 새들에게 날 자유를 베풉시다.

— 자비로운 방생은 당신의 자유로 보답받게 됩니다.

새장의 새를 사서 제 보금자리로 날려 보내게 해주는 이른바

방생의 집이었다.

사내는 비로소 긴 망각의 골목을 벗어져 나온 듯 거기서 문득 발길을 머물러 섰다. 그러고는 어떤 깊은 반가움과 안도감에 젖으며 고개를 두어 번 끄덕여댔다. 사내의 그 마르고 지친 얼굴 위로는 잠시 어떤 희미한 미소 같은 것이 솟아 번지기까지 하였다.

사내는 이윽고 다시 고개를 돌려 그가 걸어 나온 교도소 길목을 조심스럽게 한번 건너다보고 나서 그 방생의 집 쪽으로 길을 건너갔다.

마침 그때 그 길 건너 가겟집에서는 공원을 찾아온 중년의 사내 한 사람이 흥정을 한 건 끝내가던 참이었다.

"이제 선생님께선 이 녀석에게 하늘과 숲을 마음껏 날 날개를 주신 겁니다. 그건 바로 이 녀석의 자유지요. 그리고 선생님께서 이 녀석의 자유를 사신 것은 바로 선생님 자신의 자유를 사신 것입니다······"

서른이 좀 넘었을까 말까, 하관이 몹시 매끈하게 빨려 내려간 얼굴 모습이 어딘지 좀 오만스럽고 인색스런 인상을 풍기는 데다가 차가운 백동테 안경알 속에서 눈알을 몹시 영민스럽게 굴려대고 있는 가겟집 젊은이가 방금 흥정이 끝난 새장을 그 중년의 고객에게 넘겨주고 있었다.

"자 이제 장 문을 열어주십시오. 그리고 녀석에게 하늘을 날게 해주십시오. 선생님은 선생님의 자유로 오늘의 자비에 충분한 보답을 받으시게 될 겁니다."

가겟집 젊은이의 그 숙달되고 자신 있는 말투에 비하면 새장을 건네받고 있는 손님 쪽이 오히려 거동을 멈칫멈칫 망설이고 있었다.

길을 건너온 사내가 조심조심 두 사람 곁으로 다가가고 있었다. 하지만 그는 자신의 출현으로 두 사람의 일에 어떤 방해거리를 만들고 싶지가 않은 듯 거동을 몹시 신중하게 억제했다.

그래 그런지 가겟집 젊은이나 중년의 고객 쪽도 사내의 접근에는 별 신경들을 안 썼다. 이 허름한 늙은이쯤 그가 어디서 온 누구이든 상관할 바 아니라는 듯 두 사람 다 그쪽에는 전혀 아랑곳을 않으려는 눈치들이었다.

사내는 결국 자신의 호기심을 숨길 수가 없어졌다. 그는 마치 어른들의 은밀스런 비밀을 엿보려는 어린애처럼 신중하게 그리고 자신의 호기심 때문에 끝내는 스스로를 억제할 수가 없어져버린 장난꾸러기처럼 순진하게, 한 발짝 한 발짝 두 사람 곁으로 거리를 좁혀 들어갔다. 그리고 흥정을 끝낸 손님이 갑자기 생각이 바뀌어 모처럼 만의 구경거리를 중단해버리지나 않을지 염려된 듯, 은밀하고도 조급스런 표정으로 작자의 거동을 유심히 지켜보았다.

"자, 이 녀석아 그럼 잘 가거라. 장을 나가 넓은 하늘을 날면서 내 은혜나 잊지 마라!"

그러자 이윽고 그 중년의 고객이 장 속의 새에게 자신의 선행에 대한 다짐의 말을 주고 나서 장 문을 활짝 열어젖혔다. 장 속의 새는 금세 무슨 일이 일어나고 있는지를 알아차릴 수가 없는 것 같았다. 장 문이 열리고 나서도 녀석은 잠시 어리둥절한 눈길로 목짓만 몇 차례 갸웃거리고 있더니, 뒤늦게 사정을 깨달은 눈치였다.

푸르륵—

가벼운 날갯소리를 남기며 녀석이 마침내 조롱을 떠나갔다.

저녁놀이 서서히 물들어오기 시작한 서쪽 하늘로 새는 잠시 드높은 비상을 자랑하는 듯하다가 이내 한 개의 까만 점으로 변하여 공원 숲그늘로 사라져 가버렸다.

"고 녀석 그래도 나는 품이 제법이로군."

공원 숲으로 새의 모습이 완전히 사라지고 난 다음 중년의 방생자가 한마디 만족스럽게 중얼거렸다. 그리고 이젠 그 자신도 어떤 눈에 보이지 않는 날개를 얻어 지닌 듯 가벼운 발길로 가게를 떠나갔다.

그러나 그 중년의 방생자가 가게를 떠나간 다음에도 사내는 아직 몸을 움직일 줄 모르고 있었다. 그는 자비로운 방생자가 이미 가게를 떠나가버린 것도 의식하지 못한 듯 그의 거동에는 아예 아랑곳을 않은 채 새가 사라져간 공원 쪽 하늘에 시선을 오래오래 못 박고 있었다. 새를 날려 보낸 일은 그 새를 사고 간 사람보다 오히려 사내 쪽에 더욱 깊은 감동을 주고 있는 것 같았다. 새가 처음 하늘을 치솟아 오를 때 사내는 아닌 게 아니라 그 어린애같이 천진스런 즐거움과 억눌린 흥분기로 숨도 제대로 못 쉬고 있었다. 그리고 그 즐거움과 흥분기는 이내 어떤 부러운 감동의 빛으로 맑게 빛나기 시작했다. 사내는 한동안 넋이 빠진 듯 그렇게 새가 사라져간 공원 쪽 하늘만 지키고 있었다. 마음속에 샘솟는 자신의 부러움을 아무래도 쉽게 지워버릴 수가 없는 듯이. 그것은 아마 하늘을 날아간 새에 대한 부러움일 수도 있었고, 그 새를 사서 날려 보낸 방생자에 대한 부러움일 수도 있었다. 하지만 그것이 어느 쪽이든 사내는 그 부러움을 통하여 새를 산 방생자보다 더 큰 보람과 즐거움과 그리고 길고 오랜 감동을 스스로 맛보고 있었음이 분명했다.

사내가 이윽고 그 하늘로부터 천천히 시선을 거두어들였다.

그러나 아직도 뭔가 깊은 아쉬움이 남아 있는 눈길로 주위를 둘러보고 있는 사내의 곁에는 이미 아무도 사람의 모습이 눈에 띄질 않았다. 중년의 방생자는 공원으로 들어갔고, 가겟집 젊은 이도 이미 그의 가게 안으로 사라지고 없었다.

사내는 문득 자신이 당황스러워지는 빛이었다.

그는 잠시 자신의 행동을 망설이고 있었다. 가게 앞에 혼자 남겨진 사내는 이제 거기서 더 할 일이 없었다. 하지만 그는 마치 무슨 덫에라도 걸린 사람처럼 좀체 그곳을 떠나가지 못했다. 아직도 뭔가 아쉬움이 남은 표정으로 가게 주위를 서성거리고 있었다. 가게 앞을 지나가는 사람들에게서 또 한 번의 거래를 기다리고 있는 것 같기도 했고, 혹은 이번에는 그 자신이 가게 주인에게 할 일이 남아 있는 것 같기도 했다. 그는 그렇게 가게 앞을 서성대면서 할 일 없이 혼자 기다리고 있었다.

하지만 그는 좀처럼 마지막 작정을 내리기가 어려운 것 같았다. 그는 갑자기 가게 쪽을 향해 발길을 다가서 오다간 이내 다시 몸을 돌이켜 세워버리기도 했고, 반대로 가게를 멀어져가던 발길을 거꾸로 다시 되돌이켜 오는 식의 행동을 몇 번씩 되풀이하고 있었다.

길을 지나가던 사람들 가운데서도 새로 흥정을 시작해오는 사람은 없었다.

그때 마침 가겟집 젊은이가 다시 문밖으로 모습을 드러냈다. 그러자 사내는 그 젊은이의 모습이 다시 나타난 것만으로도 금세 무슨 일이 일어날 것처럼 초조해 있던 얼굴빛이 활짝 개었다. 그는 자신도 모르게 발길을 한 걸음 젊은이 쪽으로 다가서고 있었다.

하지만 가겟집 젊은이는 도대체 이 초라하고 늙은 사내에 대해선 조금도 관심이 없는 표정이었다. 그는 이제 가게 문을 닫을 참이었다. 젊은이가 나뭇가지에 걸린 새장들을 하나하나 가게 안으로 떼어 들이고 있는 걸 보자 사내가 다시 당황하기 시작했다.

"이제 가게를 닫으려고 그러오?"

사내는 거의 반사적인 동작으로 다급히 젊은이에게 다가들었다.

"그래요. 이젠 날이 저물었으니까요."

사내 쪽엔 거의 눈길도 스치지 않고 있는 젊은이의 대꾸에 그는 비로소 어떤 결심이 내려진 모양이었다.

"그럼, 저……"

일손을 잠시 중지해주길 바라듯 사내가 재차 젊은이의 주의를 재촉하고 들었다.

가겟집 젊은이는 그제서야 겨우 새장을 떼어 내리던 손길을 멈추고 사내의 얼굴을 돌아다보았다.

"노인장께서 제게 무슨 볼일이……?"

방금 전에 이미 하루의 일을 마감 지으리라 작정한 바 있는 젊은이의 말씨는 흡사 귀찮은 말참견이라도 나무라는 투였다.

젊은이의 그런 말투가 사내의 그 모처럼 만의 결심을 금세 다시 허물어뜨렸다.

"아니요, 그저…… 난 그냥……"

부질없는 말실수를 저지르고 난 사람처럼 사내의 어조가 더 듬더듬 다시 움츠러들고 있었다.

아까부터 당꼬바지 아래 주머니 깊숙이에서 뭔가를 자꾸 혼자 만지작거리고 있던 사내의 손길마저 이젠 동작이 완전히 멈춰버리고 있었다.

가겟집 젊은이는 더 이상 사내를 관심하지 않았다. 그는 다시 남은 새장들을 하나하나 가게 안으로 떼어 들이기 시작했다. 그리고 그 작업이 모두 끝났을 때 그는 마지막으로 가게 문을 닫고 자신도 그 가게 안으로 모습을 거둬들여 가버렸다.

사내는 아직도 하릴없이 그런 젊은이의 일들을 곰곰이 지켜보고 서 있었다. 하지만 그는 이제 젊은이마저 가게 안으로 모습을 감춰 들어가버리자 자신이 몹시 쓸쓸해지고 있었다. 그는 아직도 그 닫힌 가게 문을 한동안이나 쓸쓸히 바라보고 서 있다가는 이윽고 뭔가 결심이 선 듯 그 닫힌 문 쪽을 향해 혼자서 두어 번 고개를 크게 끄덕여 보냈다. 그러곤 마치 하품이라도 하듯한 모양으로 지금 막 저녁 어둠이 내려 깔리기 시작한 공원 숲 쪽을 높이 한번 우러르고 나서는 자신도 이제 그 공원 쪽 숲 그림자 속으로 천천히 모습을 섞어 들어가기 시작했다.

3

이튿날 아침.

공원 숲에 다시 해맑은 아침 햇살이 비춰들기 시작했다. 차가운 가을 냉기가 일렁이는 공원 숲 속 여기저기서 아침 새 울음소리가 낭자하게 쏟아져 내리고 있었다.

그 햇살과 새 울음소리 사이로 전날의 사내가 여전히 그 작은 사물 보퉁이를 겨드랑이 밑에 끼어 안은 채 숲 속을 서성대고 있었다. 아침 산책을 나온 동네 노인처럼 구부정한 걸음걸이로 한가하게, 또는 공원 청소를 나온 늙은 관리인처럼 주의 깊게, 사내는 숲 속의 산책길과 길가의 벤치들 근처를 그리고 어린이 놀이터의 모래판 일대를 구석구석 빠짐없이 살피고 돌아갔다.

사내는 물론 아침 공원길을 산책하고 있거나 오물 청소를 나온 게 아니었다. 그는 담배꽁초를 줍고 있었다.

그리고 길바닥이나 걸상 밑 흙바닥 같은 곳에서, 때로는 어린이 놀이터의 모래판 같은 곳에서 심심찮게 흘려진 동전닢을 주웠다.

작업 중의 그의 눈길은 더없이 예민했고 동작은 그와 반대로 더없이 유연했다. 그는 발길에 밟혀 뭉개어지지 않은 꽁초는 한 개도 무심히 스치고 지나가는 일이 없었다. 뿐더러 벤치 아래나 모래 터에 흘려진 동전닢들은 그것이 아무리 깊이 은폐되어 있는 것이라 하더라도 그의 영민한 눈길이 그것을 놓치고 지나가는 실수가 없었다.

그는 그렇게 담배꽁초와 동전닢들을 주우면서 사람들의 내왕이 잦은 공원 전역을 빠짐없이 모두 훑어 내려갔다. 그러면서 그는 그가 얻은 담배꽁초들은 그의 염색한 야전잠바의 오른쪽 주머니에 그리고 동그라미 쇠붙이들은 왼쪽 주머니에다 따로따로 소중히 간직해나갔다.

한번은 뭇사람의 발길이 흙을 굳히고 지나간 벤치 밑에서 그가 그 굳은 흙 한 덩이를 조심스럽게 파내어 들었는데, 그는 용케 그 흙덩이 속에서마저 그의 왼편 주머니 쪽에 간직해 넣을 작은 쇠붙이를 찾아내고 있었다.

사내의 공원길 순례는 그런 식으로 차츰차츰 공원 입구께를 향해 내려가고 있었다. 그리고 사내가 마침내 공원 입구에 이르러 그의 순례를 끝냈을 때는 이미 반나절이 다 되어간 아침 햇덩이가 동편 하늘을 하얗게 치솟아 올라 있었다. 그때쯤 해서는 그 작은 쇠붙이만을 골라 담은 왼쪽 주머니 형편도 제법 치렁치렁 듬직스런 무게가 느껴지고 있었다.

사내는 아예 그 왼쪽 주머니 속에다 한 손을 숨겨 넣은 채 이젠 어디 가서 시장기나 좀 챙길 양으로 천천히 공원 입구를 나서기 시작했다.

하지만 공원을 나서려던 사내는 이내 그의 발길이 다시 가로막히고 말았다.

새 가게가 이미 문을 열고 있었다. 가게 문이 열렸을 뿐 아니라 젊은이는 벌써 오전 장사가 한창인 듯 보였다. 나뭇가지에 걸린 새장들 앞에 손님들이 꽤나 붐비고 있었다.

사내의 얼굴엔 금세 짙은 호기심이 떠올랐다.

──아침부터 웬 손님들이 저렇게?

사내는 이미 배 속의 시장기도 잊은 채 가게 쪽으로 슬금슬금 발길을 다가가고 있었다. 그러고는 신기한 듯이 그 가게에서 벌어지고 있는 주객 간의 흥정을 지켜보기 시작했다.

새 장사는 과연 아침부터 성업이었다. 가게 앞에 몰려 있는 사람들은 그저 구경꾼들이 아니었다. 정말로 새를 사고 방생을 즐기는 사람들이었다.

새를 사는 사람들의 표정에 그닥 심각한 대목이 있어 보이진 않았다. 사람들은 그저 가벼운 기분으로 새를 사고 잠깐의 장난 거리로 새들을 날려 보냈다. 일금 2백 원의 새 값이 그런 놀이의 뜻을 따지기엔 너무 헐값에 불과하기도 하였다. 새를 사고 날려 보내는 일의 즐거움은 오히려 곁에서 그것을 조심스럽게 구경하고 있는 사내 쪽이 훨씬 더한 것 같았다. 손님들이 새장을 열어 새를 날려 보낼 때마다 사내는 마치 철부지 어린애처럼 그 부러움 때문에 넋이 빠져나간 눈길로 날아간 새를 오래오래 뒤좇곤 하였다.

젊은이의 새 장사는 갈수록 성업이었다. 때가 아직 아침나절
에 불과한데도 손님이 거의 끊일 줄을 몰랐다. 길을 지나가던
사람들이 아무렇게나 가게로 들어와선 또 아무렇지 않게 새들
을 사고 갔다.

새들이 자주 팔리고 있으니 사내도 좀처럼 가게 앞을 떠날 수
가 없었다.

그는 이제 아예 아침 요기를 단념해버린 채 가게 건너편 나무
그늘 아래로 자리를 잡고 주저앉아 있었다.

"날개 장사가 썩 잘되누만요, 젊은이……"

한동안 줄을 잇던 손님들이 한고비를 넘긴 듯 가게 앞이 잠시
조용해지자 사내는 비로소 자신의 야전잠바 주머니에서 꽁초
하나를 꺼내 물었다. 그러고는 가겟집 젊은이를 향해 조심스럽
게 말을 건네기 시작했다.

하지만 하관이 빠른 그 백동테 안경의 젊은이는 아직도 사
내 쪽에 대해선 별반 관심이 없는 태도였다. 그는 사내의 말에
대꾸를 해오지 않았다. 말대꾸는커녕 전날의 사내가 다시 그의
가게 앞에 나타나 있었던 사실조차 미처 알아보지 못한 거동새
였다.

그러거나 말거나 사내 쪽도 그 젊은이의 반응 따위엔 짐짓 아
랑곳을 않으려는 투였다.

"하지만 예전엔 저런 사람들이 이 가게의 손님은 아니었어.
날개를 사는 사람들이 지금하곤 전혀 달랐어."

젊은이가 귀를 기울이거나 말거나 사내는 마치 독백을 하듯

이 추근추근 혼잣말을 이어가고 있었다.

젊은이는 그제서야 뭔가 좀 수상쩍은 낌새가 느껴져오는 모양이었다. 그가 문득 사내 쪽을 힐끗 돌아다보았다. 그러고는 비로소 그 전날 저녁의 사내가 거기 나타나 있음을 알아차린 듯 표정이 잠깐 움직이고 있었다.

하지만 젊은이는 그걸 알아차리게 된 게 오히려 귀찮아진 모양이었다.

"그랬지요. 예전엔 주로 교도소 면회객들이나 새를 샀지요. 하지만 요즘은 수감자 면회 오는 사람이 있기나 해야지요."

그는 마치 가게 앞에서 사내를 내쫓아버리고 싶기라도 한 듯 퉁명스럽게 내뱉었다. 그게 어쨌든 너 따위가 다 무슨 상관이냐는 투였다.

하지만 사내는 이제 그 만만한 젊은이의 반응에도 얼굴빛이 활짝 밝아지고 있었다.

"그야 고객이 어느 쪽인들 젊은이한테야 상관이 있는 일이겠소. 젊은이한텐 그저 그렇게 날개나 많이 팔려주면 그만이지. 하지만 그 날개 장사 손님이 예전엔 가막소 수감자 면회객들이었다는 걸 아는 걸 보니 젊은이도 벌써 그 장사 시작한 지가 꽤나 되는가 보구랴. 가막소에 면회객 발길이 끊어진 게 아마 7, 8년 저쪽의 일쯤 될 테니 젊은이도 그러니까 이 장사 일엔 그만한 이력을 지녔을 테지……"

젊은이가 새삼 사내의 행색을 내리훑었다. 그의 말투가 아무래도 좀 심상치 않게 들린 모양이었다.

"10년쯤 되었지요. 한데 노인장께선 어떻게 그런 걸 알고 계십니까?"

그가 다시 사내에게 물었다. 젊은이가 한차례 사내의 행색을 훑는 동안 그에게선 이미 이 늙고 초라한 사내의 정체에 대하여 재빠른 판단이 내려지고 있었음이 분명했다. 젊은이의 목소리엔 갑자기 어떤 공손하고도 신중한 경계의 빛이 어리고 있었다.

"그야 난 젊은이가 이 가게를 맡아오기 훨씬 전부터 이곳을 자주 지나다닌 사람이니까. 젊은인 기껏 면회객들이 여길 드나들던 시절을 기억하고 있는 모양이지만, 그보다도 먼저 이 가게를 드나들던 사람들은 실상 저 가막소를 막 풀려나온 가난한 죄수들이었다오. 그야 그 시절에도 가막소를 풀려나온 죄수들은 그리 많은 수가 못 되었으니까 날개를 사는 사람도 많지가 못했지만. 이틀에 한 사람, 사흘에 한 사람, 일주일을 통틀어도 이 길을 지나 가막소를 풀려나간 사람이 잘해야 열 명쯤 되었을까 말까…… 그러니 그 출감자들이나 날개를 사주는 그 시절 일로 해선 장사가 그리 잘되어갈 린 없었지. 하지만 날개를 사주는 사람이 많지 않은 대신 그 시절엔 날개 값이 무척이나 비쌌다오. 날개 한 번 사는 데에 아마 그 시절 가막소 노역으로 반년 일 값은 족히 되었을 게요."

가겟집 젊은이는 이제 조용히 입을 다물고 사내의 이야길 듣고 있었다. 그러자 사내는 표정이나 목소리가 갈수록 의기양양 신명이 솟고 있었다.

그는 자랑스러운 듯이 이야기를 계속해나갔다.

"하지만 그 시절 어떻게 그 가막소를 빠져나오게 된 사람들은 누구나 한 마리씩 이 가게에서 새를 샀지요. 가막소 안에서 뼛골이 빠지게 고역에 시달리면서도 맘 놓고 사식 차입 한번 제대로 못 들여다 먹고 모은 돈으로 말이오. 더러는 출감을 맞으러 온 가족들 주머니를 털어대는 사람도 없지는 않았지만, 가막소를 나온 대개의 출감자들은 가막소 안에서 힘들게 견뎌낸 몇 달씩의 세월 값을 그런 식으로 훌쩍 날려 보내곤 했어요. 그래도 그걸 후회하거나 아쉬워하는 사람은 아무도 없었지요."

"......"

"하지만 그렇게 옥살이를 풀려나오는 사람 수가 많지 않다 보니 그 시절엔 어쨌든 손님이 적었어요. 가게의 규모도 이렇게 크질 못했구. 그래 처음 한동안은 바로 저 가막소를 풀려나온 늙은이 하나가 여기 나뭇가지들에 조롱 몇 개를 걸어놓고 몇 년을 지냈지요. 그러다 얼마 뒤엔 다시 열네댓 살씩 된 그 노인의 손주 아이들이 여기서 스물이 넘도록 조롱을 지켰구요. 그때까지도 물론 지금과 같이 이런 가겟집이나 광고막 같은 것은 있을 리가 없었지요. 그럴 만큼 세월이 좋지 못했으니까. 그저 여기 이렇게 나뭇가지들에다 조롱을 몇 개 걸어놓고 사람을 기다리고 있었을 뿐이었다오. 가막소의 문이 열리고 몸이 풀려 이 길목을 걸어 나올 사람들을 말이오. 그러다 언제부턴가 이 길목에 가막소를 나오는 사람들의 수가 점점 줄어들기 시작했지요. 그리고 그 때문에 이 가게에서 날개를 사주는 사람도 가막소를 풀려나오는 출감자에서 수감자 면회를 찾아온 면회객들 쪽으로 옮겨 갔구요."

"……"

"지금은 가막소로 면회를 오는 사람조차 끊어지고 말았으니 할 말이 없지만, 젊은이가 그 면회객들이 날개를 사주던 시절이라도 기억을 하고 있다면, 그러니까 젊은인 아마 그 무렵 언젠가 여기로 왔을 게요. 그야 내가 이 가게를 마지막 보았을 무렵까지만 해도 아직 그 스무 살이 넘도록 장성한 늙은이의 손주 녀석들이 가게를 지키고 있었긴 했지만, 어쨌거나 그때부터 젊은이가 이 가게를 지켜왔다면 그게 아마 10년쯤 되었다는 게 맞는 말일 게요. 그런데……"

한동안 신이 나서 지껄여대던 사내의 목소리가 문득 다시 기가 꺾여 목구멍 안으로 기어들고 말았다. 가겟집 젊은이가 더이상 그의 말을 듣고 있지 않았기 때문이었다.

사내의 이야기에 짐짓 시들한 표정으로 호기심을 숨기고 있던 젊은이가 그새 새 손님을 한 사람 맞아들이고 있었다.

사내는 그만 입을 다물고 말았다.

그러나 그는 그걸로 금세 실망을 하지는 않았다.

그는 이내 다시 젊은이와 손님 간의 흥정에 새로운 관심이 쏠리기 시작했다.

손님은 이내 새 한 마리를 사서 숲으로 날려 보내곤 가게를 떠나갔다.

하지만 젊은이는 이제 다시 사내를 상대해올 눈치가 안 보였다.

사내는 젊은이의 관심이 그에게로 되돌아와주기를 끈질기게 기다리고 있었다. 하다 보니 사내조차 마침내는 젊은이와 함께 손님을 기다리는 꼴이 되었다.

아마도 이젠 아침 장사가 한고비를 지나간 탓일까. 마지막 손님이 새로 사고 간 다음에는 한동안 다시 가게를 들어서는 사람이 없었다.

답답하고 지루한 시간만 흘러갔다. 가겟집 젊은이보다도 사내 쪽이 오히려 시간을 견딜 수 없는 것 같았다. 사내는 몇 차례고 자신의 왼쪽 주머니 속에서 동전 개수를 되풀이 헤아려보고 있었다. 그리고 몇 차례의 망설임과 새로운 다짐 끝에 마침내는 더 이상 참을 수가 없어진 듯 가겟집 젊은이 앞으로 몸을 불쑥 내밀고 나섰다.

"자, 내게도 한 마릴 내주오."

젊은이 앞으로 내뻗어 디민 사내의 손아귀 속에 흙 묻은 동전이 한줌 가득 쥐여 있었다.

가겟집 젊은이는 영문을 알 수 없다는 듯 멀거니 사내를 건너다보고만 있었다.

"아마 이것도 한 마리 날개 값이 다 되진 못할 게요. 하지만 20원쯤 깎아서 한 마릴 주구려."

사내가 젊은이 앞에서 동전을 한 닢 한 닢 다른 쪽 손으로 옮겨 세었다. 사내의 말대로 동전은 10원짜리로 꼭 열여덟 닢이었다.

사내는 그 동전 움큼을 가게의 돈궤 위로 쏟아놓으며 애원하듯이 젊은이를 졸라댔다.

"자, 어서…… 난 실상 어제부터 기다린 사람이오."

젊은이는 역시 대꾸가 없었다. 하지만 그는 이제 사내의 심중을 알아차린 모양이었다.

그가 말없이 새장 하나를 손가락으로 가리켰다.

사내는 비로소 마음이 놓이는 얼굴로 젊은이가 가리킨 새장 앞으로 다가갔다. 그러고는 그가 날려 보내줄 녀석과 눈 익힘이라도 해놓으려는 듯, 또는 그가 녀석을 놓아준 즐거운 순간을 조금이라도 더 아껴 갖고 싶은 듯 한동안 망설망설 장 속을 살피고 있었다.

그러다 이윽고 사내는 결심이 선 듯 새장 문을 활짝 열어젖혔다.

장 속의 새는 귀엽고 작은 눈알을 몇 차례 민첩하게 굴려대고 나서는 장문을 홀짝 벗어져 나갔다.

포르륵……

가벼운 날갯소리를 남기고 공원 숲 쪽으로 조그맣게 사라져 가는 녀석을 바라보고 있는 사내의 얼굴에 주름투성이의 웃음이 가득 번졌다. 새의 모습이 아주 시야에서 사라져간 다음에도 사내는 그 누런 이를 드러내놓은 채 웃음기로 굳어진 입을 다물 줄 몰랐다.

"제 짐작이 틀리지 않다면 노인장께선 아마……"

그런 사내의 행색이 아무래도 젊은이의 마음에 씌어오는 것이 있었기 때문일까. 이번에는 가겟집 젊은이 쪽에서 먼저 사내의 주의를 건드리고 나섰다.

"노인장께선 아마 어제 바로 저 교도소를 나오신 게 아니었습니까?"

젊은이가 갑자기 그렇게 말을 걸어오자 사내는 거의 자신이 송구스러워진 태도였다. 사내는 이번에도 그 젊은이의 관심을 놓치게 되지 않을까 싶은 듯 허겁지겁 대꾸를 서두르고 나섰다.

"그렇습지요. 난 어제, 어제 바로 저 가막소를 나온 몸이오. 가막소를 나와 이리로 곧장 건너온 셈이지요."

그는 뭔가 자신을 증명하고 싶어 하는 투로 말했다.

하지만 사내의 조급스런 어조에 비해 가겟집 젊은이는 아직도 지극히 방관적이고 사무적일 뿐이었다.

"어제 출감을 하셨다…… 저 교도소에선 근래에 없던 일이군요…… 하니까 노인장께서도 저기엔 꽤 계셨던 모양이지요? 한 10년 아니면 15년……"

"그야 내가 저곳에서 보낸 세월은 햇수론 쉽게 셈할 수가 없을 게요. 이번에 지내고 나온 것만도 12년은 좋이 되고 남으니까……"

"그럼 노인장께선 전에도 몇 차례나?"

"몇 차례 정도가 아니라 평생을 보내다시피 한 거요. 나오면 들어가고 나오면 다시 들어가고, 이젠 아예 그쪽이 내 집같이 되어 있었다오."

젊은이가 꼬박꼬박 말대꾸를 해오니까 사내는 이제 제법 그 것이 자랑스럽기까지 한 어조였다.

"대체 무슨 일로 거길 그렇게 자주 드나드셨나요?"

"글쎄, 그건 나도 잘 모르는 일이지요. 어찌어찌 하다 보면 나도 모르게 그곳으로 다시 되돌아가 있곤 했으니까. 무슨 그런 버릇이 생겼다고나 할까…… 아까도 말했지만, 한동안 그런 세월을 보내다 보니 그쪽이 외려 내 집이나 된 것처럼 편한 생각도 들고 해서…… 하긴 첫 번 때부터 일이 그렇지 못하게 꼬여들 기미는 있었지요. 첫 번 땐 아 글쎄 처자식 먹여 살리려고 험한 뱃길을 나갔다가 돌아와보니, 여편네라는 계집년이 그새 못 참아서 집 안에다 샛서방놈을 들여다 재우고 있질 않겠소. 단매에 연놈의 숨통을 끊어놓으려 했지요. 세상 천지에 제 계집 서방질을 눈감아줄 놈도 없겠지만, 그 샛서방놈이 하필 일정 때 형사 앞잡이 노릇으로 위세깨나 부려오던 놈이라…… 한데 결과는 연놈의 숨통을 끊어놓지도 못하고 나만 어떻게 벽돌집 신세가 되어버리고 말았지요. 그야 이제 와서 지나간 일을 다시 들춰내 뭐 하겠소만, 어쨌거나 그렇게 시작된 가막소살이가 그새 무슨 이력이 붙었던지 나중엔 웬 덫에라도 걸린 사람같이 철대문만 나오면 한동안 부근을 뱅뱅 맴돌다가 결국은 다시 그렇게 되어버리곤 했구려……"

사내는 한동안 신이 나서 지껄여대고 있었다.

가겟집 젊은이 비로소 뭔가 조금 납득이 가는 듯한 얼굴이었다.

"아 그랬었군요. 그래서 노인장께서는 어제 교도소를 나오셔서도 아직 이렇게?"

그가 자신의 추리를 확인하고 싶은 듯, 그러나 조금은 경계의 빛을 머금은 표정으로 사내에게 물었다.

하지만 사내는 젊은이의 말뜻을 얼핏 알아차리지 못하고 있었다.

"아직 이렇게? 아직 이렇게라면 무얼 말이오?"

사내가 조급하게 젊은이에게 되물었다.

"노인장께서 어제 교도소를 나오셔가지고도 아직까지 이렇게 부근을 서성거리고 계신 이유 말씀입니다. 모처럼 만에 바깥 세상을 나오신 분이라면 으레 마음이 무척 조급해지실 게 당연한 노릇 아니겠습니까? 집도 찾고 싶고 가족도 보고 싶고…… 노인장께선 아마 기다리는 가족이나 찾아가실 집이 없으신 게 아닙니까?"

젊은이는 거의 감정이 없는 사람처럼 냉랭한 어조로 단정 투였다.

하지만 사내의 대답은 뜻밖에 완강했다.

"아니오. 찾아갈 곳이 없다니."

사내는 거의 대들기라도 하듯 젊은이의 단정을 부인하고 들었다.

"난 찾아갈 집이 없는 것도 아니고 기다리는 가솔이 없는 것도 아니오. 집도 가족도 남부러울 게 없어요. 난 그저 내 아들을 기다리고 있는 게요."

"아드님요? 아드님을 기다리신다구요?"

"그렇소. 내게도 고향 동네엔 아들이 있소. 젊은이 못지않게 어엿한 아들놈이오. 그리고 그놈에게 집이 있어요. 주위엔 탱자

나무 울타리가 높게 둘러쳐지고 뒤꼍으론 대밭이 무성하게 우거진 규모 있는 기와집이라오. 시골집이라 울안 땅도 이만저만 넓은 게 아니오. 그게 비록 아들놈의 집이긴 하지만, 아들놈 집이 내 집이기도 한 게요."

사내의 어조는 어딘지 필사적인 데가 있었다.

하지만 가겟집 사내는 여전히 냉랭했다.

"그럼 노인장께선 어째서 당장 그 좋은 아드님 집을 찾아가시지 않고 여기서 아드님을 기다리신다는 겁니까?"

그 젊은이의 입가에 엷은 웃음기마저 스치고 있었다.

사내는 그럴수록 표정이나 목소리가 점점 더 엄숙해져갔다.

"녀석과 내가 길을 엇갈리지 않으려는 거라오. 녀석에겐 내가 편지로 출감 날짜를 미리 알려놨으니까."

"출감 날짜를 알려준 아드님은 그럼 왜 날짜를 맞춰 노인장을 모시러 오지 않는 겁니까."

"편지가 아마 늦게 들어간 걸 게요. 하지만 내 편지만 받으면 녀석은 즉시 이리로 달려올 게요. 그래 내가 길을 엇갈리지 않기 위해 이러고 여기서 녀석을 기다리고 있는 게 아니오. 녀석이 쫓아왔다가 내가 먼저 길을 엇갈려 집으로 내려가버린 것을 알면 얼마나 서운하고 실망이 되겠소. 녀석이 없었으면 난 아직도 저 가막솔 나올 생각도 않았을지 모른다오."

사내는 자신 있게 아들의 효심을 단언했다. 하지만 젊은이는 아무래도 사내의 장담이 곧이 듣기지가 않는 표정이었다.

"제 생각엔 아마 세월이 썩 오래 걸릴 것 같군요. 뭐 할 수 없는 일이겠지요. 아드님이 언젠가 노인장을 모시러 오기만 한다면…… 그걸 믿으신다면 기다리셔야겠지요."

젊은이는 이제 웃음을 참고 있는 기색이었다.

하지만 사내는 아랑곳을 안 했다.

"암, 기다려야 하구말구. 난 며칠이라도 기다렸다가 아들놈과 함께 고향으로 갈 테니까. 그리고 난 어차피 그동안 여기서 해야 할 일도 남아 있는 처지구."

"아드님을 기다리는 일 말고 여기서 해야 하실 일이 남아 있나요?"

젊은이가 이번엔 거의 장난기 비슷이 물었다.

"암 해야 할 일이 있구말구. 실상은 지금 당장 아들놈이 나타난대도 그 일을 끝내기 전엔 난 이곳을 그냥 떠나버릴 수 없는 몸이라오. 그 일 때문에라도 어차피 여기서 며칠을 더 기다려야 할 형편인 바엔, 그러니까 아들녀석이 지금 당장 나타나지 않는 게 외려 잘된 일인지도 모른다, 이런 말이오."

"도대체 노인장께서 아드님을 마다하면서까지 여기서 해야 할 일이란 무언데요?"

"말해도 젊은인 알아듣지 못할 게요. 알아듣지 못할 일은 안 듣느니만도 못할 테니 그 얘긴 아예 그만두기로 합시다. 젊은인 그저 아들녀석 때문에 내가 며칠 더 여기서 기다리고 있느니라 여겨두면 마음이 편할 게요……"

"……"

"하지만 난 그렇게 기다릴 아들녀석이라도 하나 두었으니 팔잔 어쨌든 괜찮은 편 아니오. 그래 저 벽돌집 안엔 아닌 게 아니라 찾아갈 집이나 기다려주는 일가친척 한 사람 없어 아예 차라리 가막소 귀신으로 죽어갈 작정들을 하고 주저앉아 지내는 인간들이 얼마나 많은 줄 아오. 그 딱한 위인들에 비하면 이 늙은인 그래도 팔자가 무척은 튄 편이지요. 아암 팔자가 튄 편이고말고……”

사내는 거듭 자신의 처지를 다행스러워하고 있었다.

하지만 가겟집 젊은이는 이제 사내의 말을 듣고 있지 않았다.

가게에 다시 손님 한 사람이 들어서고 있었다. 젊은이는 이미 사내를 버리고 손님을 맞으러 그쪽으로 주의를 돌려버렸다.

사내도 그러자 그만 입을 다물었다. 그러고는 이내 지금까지의 이야기는 머릿속에서 깡그리 망각한 듯 가게 쪽 흥정에만 정신이 홀딱 팔려들기 시작했다.

4

사내는 아닌 게 아니라 자신의 출감을 마중하러 올 아들을 기다리고 있는 게 사실인 것처럼 보였다.

그는 정말로 무슨 올가미 같은 것에 발목을 매인 날짐승처럼 공원 근처를 떠나지 못하고 있었다. 그의 발목을 매고 있는 올가미가 있다면, 그것은 그렇게 그를 공원 근처에서 기다리게 하고 있는 아들녀석이 분명할 터이었다.

다음 날 아침도 그는 전날과 같이 공원 숲의 차가운 아침 공기 속에서 잠자리를 털고 나왔다. 그리고 역시 전날과 똑같이 숲 속의 산책길과 나무 걸상 아래를 하나하나 샅샅이 살피며 꽁초를 모으고 동전닢을 주웠다.

사내가 그 숲길을 돌아 어린이 놀이터의 모래밭으로 해서 공원 입구까지 도착한 것 역시 전날과 다름없이 아침 해가 동편 하늘을 하얗게 솟아오른 다음이었다.

이제 그는 새 가게 쪽으로 걸음을 옮기는 데에도 전날과 같이 주저하는 빛이 별로 없었다. 그는 공원 입구를 벗어져 나오자 곧바로 새 가게 쪽으로 발걸음을 옮겨갔다.

가게는 물론 일찍부터 문이 열려 있었고, 젊은이는 이날도 아침나절부터 때 없이 밀려든 손님들로 일손이 한창 바빴다. 가게 앞에 다시 나타난 사내에 대해선 눈길조차 보낼 틈이 없었다.

사내도 별로 서두를 일이란 없었다. 그는 차분히 가게 한쪽 나무 곁으로 자리를 잡고 주저앉아 손님들의 흥정을 구경하기 시작했다. 그는 그 손님들의 흥정이 한 건씩 끝날 때마다 새를 산 사람보다도 더 감동스런 눈길로 오래오래 새를 뒤좇곤 하였다.

그리고 마침내 오정 때가 가까워지면 한동안 손님의 발길이 뜸해질 기미가 보이자, 그는 그 모든 손님들의 즐거움 대신 진짜 자신의 즐거움을 만들고 싶은 듯, 그리고 그 즐거움을 아끼고 싶은 시간을 더 이상 참고 기다릴 수가 없는 듯 이번에도 그 공원 흙바닥에서 주워 모은 동전닢으로 자신의 새를 사러 나섰다.

"예 있소. 내게도 한 마리 내어주시오. 오늘도 날개 값은 좀 모자란 것 같소마는……"

동전 움큼을 내밀고 나서는 사내의 표정은 이제 흡사 약값이 모자란 아편 중독자의 그것처럼 뻔뻔스럽고도 간절한 애원기 같은 것이 어려 있었다.

가겟집 젊은이는 아무래도 좀 어이가 없어진 듯 사내를 새삼 물끄러미 쳐다보았다.

사내는 그 젊은이 앞에 16개의 동전을 또박또박 정확히 세어 건네주고 나서 일방적으로 혼자 흥정을 끝내버렸다. 그리고 젊은이가 말없이 손가락으로 가리키는 새장을 끌어내려 신중하고도 알뜰한 동작으로 안엣녀석을 숲으로 내보냈다.

사내가 그렇게 새를 내보내고 나서도 뭔가 아직 아쉬움이 남은 눈길로 녀석이 사라져간 공원 숲 쪽을 응시하고 있을 때였다.

"노인장은 도대체……"

사내의 모습을 못내 딱해하는 눈초리로 바라보던 젊은이가 갑자기 새장수답지 않은 소리를 해왔다.

"도대체 무엇 때문에 그런 부질없는 짓을 하시는지 모르겠군요."

사내는 그러자 비로소 젊은이 쪽으로 몸을 돌이키며 무슨 변변치 못한 짓이라도 하다 들킨 사람처럼 쑥스럽게 웃어 보였다.

"그야, 내가 그렇게 하고 싶으니까…… 가막솔 나올 땐 언제나 그랬다오……"

"하지만 노인장은 어제도 새를 한 마리 사 보내주지 않았습니까."

공손한 말투와는 다르게 젊은이는 필경 어떤 경멸기를 숨기
고 있음에 틀림없는 소리로 사내를 계속 추궁하고 들었다.

하지만 사내는 젊은이가 그런 식으로나마 그를 상대해주고
있는 것이 반가울 수밖에 없었다. 그는 점점 더 말씨가 의기양
양해지고 있었다.

"그야 어저께도 물론 한 마릴 내보내주었지요. 하지만 그건
내 몫이었으니까. 오늘 사준 건 내 몫이 아니라오. 오늘은 송 면
장 대신으로 위인의 새를 한 마리 사준 거라오."

"송 면장이라뇨?"

"아, 한방에 있던 내 친구 말이오. 예전에 저곳을 들어오기 전
에 자기 고을 면장을 지낸 작자로 지금은 그 시절 얘길 자주 자
랑하곤 하는 위인이지요. 벽돌집만 나가면 지금도 누구 부럽지
않게 살아갈 집과 재산이 있노라……"

"그런데 노인장이 어째서 그분의 새를 대신 삽니까?"

"그야 그치가 누구보다 몹시 날개를 사고 싶어 했으니까. 가
막소에 있는 위인들은 누구나 그렇게 한 번씩 날개를 사고 싶어
한다오. 그러면서 그 날개를 사게 될 날만을 기다리며 하루하루
를 살아가고 있는 꼴들이지요. 그중에도 그 송 면장이란 영감태
긴 유난히 더 그걸 기다렸어요. 하지만 처지가 어디 그렇게 맘
대로 됩니까? 그래 내가 위인 대신 새를 한 마리 사준 거지요."

"안에선 아직들 새 이야기를 하십니까?"

"하다마다요. 우린 대개 날개를 한 번씩 사본 경험들이 있는

위인들이니까. 누구나 새 이야길 하면서 새를 사게 될 날들을 기다리고 있지요. 안에선 바로 새를 산다고 하지 않고 언제부터 선가 그저 날개를 산다고들 하지만 말이오……"

"새를 사고 싶은 사람은 그토록 많은데, 그렇담 교도솔 나오는 사람들은 어째서 전혀 볼 수가 없지요? 왜 그분들은 노인장처럼 이렇게 교도솔 나오지 못하고 있지요?"

젊은이는 문득 앞뒤가 안 맞는 소리를 사내에게 묻고 있었다. 수감자들이 감옥을 나오지 못하는 것이 마치 그 수감자들의 책임이라도 되는 것처럼, 또는 그 수감자들이 원하기만 한다면, 감옥이란 언제나 문을 열고 나올 수 있는 곳이라도 되는 것처럼.

하지만 사내는 경우가 뒤바뀐 젊은이의 물음에 조금도 기분을 상해하지 않았다.

"그건 아마도……"

사내는 마치 자신이 그 이유를 알고 있는 것처럼 진지한 표정이 되었다.

"그건 아마도 연락들이 잘 닿질 않아서 그리된 걸 거외다. 편지들이 영 집까지 들어가질 못한 모양들이에요. 우린 누구나 자기 형기의 반 이상을 넘긴 사람들이라오. 그리고 그 형기의 반을 넘길 무렵이 되면서부터 우리는 누구나 열심히 편지들을 쓰기 시작하지요. 알다시피 우리는 모두 고향이 있고 가족이 있는 몸들이니까. 글쎄, 젊은인 우리가 저 안에서 자기 고향과 가족들을 얼마나 서로 자랑들을 하고 지내는지 알기나 하겠소. 날 맞아가다우…… 난 이제 형기가 거의 끝나가고 있으니 날 맞아갈 준비를 서둘러다구…… 우리들 가운데 누군가가 그런 편지를 쓰게 되면 우리는 참으로 얼마나 그를 부러워했으며, 당사자는 또 얼마나 그걸 자랑스러워했는지……"

"그럼, 집에서들도 곧 연락이 오나요?"

모처럼 한마디를 던져오는 젊은이의 물음에 사내는 비로소 뭔가 기가 좀 꺾이면서 고개를 천천히 고개를 가로젓고 있었다.

"그건 모르지요."

"모르다니요?"

"뒷일에 대해선 별로 생각들을 안 하니까. 뒷일에 관심을 가지고 그걸 알아보려는 위인도 없구요."

"가족 중에 누가 서둘러주어서 가석방 같은 걸 얻어 나간 사람이 한 사람도 없었나요?"

"없었소."

"면회를 와준다거나 편지 연락 같은 거라도 닿은 일은 있었을 거 아닙니까?"

"그런 일은 없었어요. 가족이 누가 면회를 와준 일도, 편지 답장이 있었던 일도…… 하지만 우리는 말을 않는다오. 우리가 저 안에서 생각하고 행하는 일들이란 결과가 어떻게 되었든 그걸 거짓말이라고 여기려드는 사람은 없어요. 거짓말이라고 생각하지 않으니까 그걸 말할 필요도 없는 거요."

"……"

"하지만 우리도 한 가지는 알고 있다오. 우리가 보낸 편지가 번번이 고향에 있는 가족들의 손에까지 들어갈 수가 없다는 걸 말이오. 젊은인 잘 이해가 안 가겠지만 우리가 쓴 편지는 한 번도 고향의 가족에게 제대로 닿아본 일이 없었다오. 그래 일이 그리 된 겝니다…… 편지 연락이 안 닿으니 가족들도 우릴 잊어버리고들 있는 거지요."

"그래 노인장께서도 아드님에게 편지를 쓰셨나요? 그리고 노인장께선 용케도 그 아드님과 연락이 닿아서 그렇게 출옥을 해나오신 건가요?"

젊은이는 그때 무슨 생각이 들었는지 모처럼 목소리가 부드러워지고 있었다.

하지만 사내는 갈수록 점점 기가 죽어갔다. 그는 힘없이 고개를 가로저었다.

"아니오. 그야 나도 아들놈에게 편지를 자주 쓰기는 했지만…… 내 소식도 역시 아들놈에게까진 아직 닿질 못하고 있는 것 같구려."

"그럼 아드님하고 연락이 닿기도 전에 노인장은 형기가 끝나버린 겁니까?"

"아니, 형기가 다 끝난 건 아니오. 아들놈의 소식만 기다리고 있을 수가 없어 내 힘으로 어떻게 가석방 특사를 얻어 나온 거요. 그것도 따지고 보면 다 아들녀석 덕분인 게지요. 아들놈과 그 아들놈의 고향집이 없었더라면 난 이렇게 나올 수가 없었을 게요. 아들놈과 손주놈들이 보고 싶고, 집이 그리워지고…… 난 한동안 아들놈과 아들놈의 집에 대한 꿈만 꾸었다오. 탱자나무 울타리가 우거지고 집터가 시원하게 트이고 게다가 햇볕도 깊고…… 그래 난 아들놈과 소식이 안 닿더라도 내가 먼저 녀석을 찾아 나서기로 작정을 한 거라오."

아들과 고향집 이야기가 시작되자 사내의 목소리엔 점차 다시 생기가 되살아나고 있었다. 사내는 마음속으로 잠시 그 고향집과 아들 생각에 젖어드는 듯 말을 끊었다가 다시 이야기를 계속했다.

"결국은 그 아들놈에 대한 믿음이 내게 저 가막소를 나오게 한 것이지요. 다른 녀석들은 아마 나처럼 아들놈에 대한 믿음이나 고향집에 대한 그리움들이 작았을 게요. 그러고는 감히 가막소를 나올 엄두들이 날 수가 없지요. 하지만 난 어쨌거나 이제 아들놈을 보게 됐어요. 녀석은 아마 이런 식으로 아비가 가막소를 나오게 만든 걸 몹시 가슴 아파하겠지만서두……"

"그럼 아드님은 아직 노인장의 출옥 소식도 모르고 있는데, 노인장께선 여기서 이렇게 무작정 그 아드님만을 기다리고 계실 참이신가요?"

젊은이의 얼굴엔 서서히 다시 그 차가운 조롱기 같은 것이 떠오르기 시작했다.

"그야 나도 언제까지나 여기 이러고 녀석을 기다리고 있을 순 없지요. 아들녀석이 끝내 나타나지 않는다면 내 발로 녀석을 찾아 나서야지…… 하지만 아직은 좀더 기다려봐야지요. 여태까지 소식이 닿지 못했더라도 금명간에 편지가 닿을 수도 있겠구. 녀석이 혹 소식을 받고 달려왔다가 길이라도 엇갈리는 날이면 녀석의 낭패가 얼마나 하겠소."

"노인장께선 그럼 가막소 친구분들을 위해 앞으로도 계속 새를 사실 참이신가요?"

젊은이는 이제 거의 사내를 놀려대고 있는 어조였다. 그의 그 매끈한 얼굴에 노골적인 비웃음기가 번지고 있었다.

사내 쪽도 이젠 대꾸가 몹시 궁색스런 처지로 몰리고 있었다. 그는 젊은이의 말에 얼핏 대꾸를 못하고 쩔쩔맸다. 하다간 이윽고 기가 훨씬 꺾여든 목소리로 어물어물 말끝을 흐리고 있었다.

"그야 살 수 있는 형편만 된다면…… 녀석들은 그토록 날개를 사고들 싶어 했으니까……"

가겟집 젊은이는 이제 그런 사내의 횡설수설 따윈 귀담아들을 필요도 없다는 듯 잔인스럽게 비웃고 있었다.

"그러시겠지요, 아마…… 노인장의 그 효성스런 아드님이 노인장을 모시러 나타날 때까지는……"

사내는 결국 입을 다물고 말았다. 무슨 일로 해선진 모르지만, 젊은이가 아무래도 화를 내는 것 같았기 때문이었다. 사내는 그 젊은이의 기분을 상하게 한 것이 마치 자기 탓이기라도 한 것처럼 민망스런 눈길로 한동안 그의 눈치를 살피고 있었다.

하지만 사내는 아무래도 자신의 힘으로는 젊은이의 기분을 돌려놓을 방도가 떠오르지 않는 것 같았다.

그는 마침내 말미를 두는 도리밖에 없다고 여긴 듯 맥없이 혼자 가게를 떠나갔다.

사내가 다시 가게 근처로 젊은이를 찾아 나타난 것은 이날도 또 하루해가 설핏이 기울어든 저녁참이었다.

사내의 얼굴은 아깟번에 맥이 빠져서 가게를 떠나갈 때와는 달리 생기가 제법 돌았다.

그는 이날따라 공원 숲 일대를 한차례 더 훑고 온 참이었다. 그의 왼쪽 주머니엔 다음 날 아침 수입거리를 미리 거둬 온 동전닢들로 무게가 실려 있었다. 사내는 그것으로 젊은이의 기분을 되돌려줄 자신이 생긴 듯 한쪽 손을 넌지시 주머니 속으로 숨겨 쥐고 있었다.

새를 살 작정이었다.

그야 그는 그의 감방 동료들을 위해 새를 사겠노라고 젊은이에게 몇 번씩 다짐을 했으니까. 그리고 사내로선 새를 사주는 일 이상으로 새장수인 젊은이를 기쁘게 해줄 일도 있을 리 없으니까. 사내는 바로 그 젊은이가 맘에 들어 할 일을 눈치로 미리 마련해온 것이었다.

하지만 사내가 젊은이를 찾아 가게로 온 것은 하필이면 사정이 그리 좋은 때가 못 되었다. 사내가 가게로 돌아왔을 때 마침 가게 안으로 새를 사러 들어온 신사 한 사람과 가겟집 젊은이 사이에 심심찮은 시비가 오가고 있었다.

"전 선생님께 이 새의 소유권을 통째로 판 게 아닙니다. 그 점을 선생님은 분명히 알아두셔야 합니다. 전 선생님께 이 새를 숲으로 날려 보낼 방생의 권리를 팔았을 뿐이란 말씀입니다. 선생님께서 이 새를 댁으로 가져가실 수는 절대로 없습니다."

젊은이가 신사에게 열심히 설명을 하고 있었다.

하지만 그런 젊은이의 주장엔 상대 쪽 손님도 그에 못지않게 만만찮은 어조로 맞서고 있었다.

"나도 물론 새를 통째로 샀다고는 말하지 않았소. 그리고 나 역시 이런 잡새 나부랭이를 기를 생각은 없어요. 난 그저 이 새를 집까지 가져가서 아이들과 함께 날려 보내고 싶은 것뿐이란 말요. 그게 댁한테 무슨 상관이 되는 일이오. 여기서 놓아주든 집에 가서 놓아주든 새가 일단 장문을 나가게 되면 댁하곤 이미 아무 상관도 없는 일 아니오."

시비의 사연인즉, 새를 산 손님은 굳이 새를 집으로 가져가서 놓아주겠다는 것이었고, 젊은이는 젊은이대로 집으로는 절대 새를 가져가게 할 수가 없다는 것이었다.

젊은이와 손님 사이의 시비는 그런 식으로 아직 한동안이나 더 계속되어나갔다.

"선생님이 새를 사신 이상 그걸 어디서 날려 보내시든 그렇게 만 해주시면 전 물론 상관이 없지요. 하지만 전 믿을 수가 없어요. 선생님이 이 새를 댁으로 가져가셔서 그걸 정말로 날려 보내주실지 어떨지 그걸 말입니다. 솔직히 말씀드려서 선생님께선 이 새를 날려 보내지 않고 기를 생각을 하실 수도 있습니다."

젊은이가 얄밉도록 자신있게 단정하고 나서자 신사 쪽은 더 이상 참을 수가 없어진 것 같았다.

"젊은 친구가 말이 너무 심하구만. 아까도 말했지만 내가 그래 이따위 잠새 나부랭일 집에서 기를 사람으로 보여? 그리고 내가 일단 새를 산 이상에야 이 새를 내가 날려 보내주든 집에서 기를 작정을 하든 당신이 나서야 할 이유가 무어야."

그는 함부로 반말지거릴 섞어대고 있을 만큼 자신의 흥분기를 감추지 못했다. 가겟집 젊은이는 오히려 그걸 기다리고 있었기라도 하듯 그럴수록 어조가 차분해지며 정중하고 여유 있게 말의 조리를 세워나가고 있었다.

"그건 그렇지가 않아요."

"그렇지가 않다니?"

"전 손님들에게 새의 방생권을 파는 것이지 구속을 팔고 있는 건 아니니까요. 전 그만큼은 제 새의 자유를 지켜줄 줄 알고 있습니다."

"새의 자유라…… 그거 참 새장수치고는 기특한 말이군. 그래 당신은 그 새의 자유를 지켜주기 위해 이렇게 장 속에 새들을 가둬두고 있구려?"

"그러나 그것은 새들로 인하여 우리 인간들이 보다 크고 보람스런 자유를 누릴 수 있으니까요. 그렇지만 우리는 우리 인간들의 자유를 위해 끝끝내 새들을 구속할 수는 없습니다. 새는 여기서 놓아 보내야 합니다……"

"그거 참 감동할 만한 얘기로군."

신사는 차라리 감탄스럽다는 표정으로 젊은이를 향해 내뱉었다.

하지만 그는 물론 젊은이의 이야기에 설복되었거나 감동이
된 것은 아니었다. 그는 오히려 젊은이를 요량껏 비웃고 있는
중이었다.

사내는 마침내 기회가 왔다고 생각했다. 엉뚱한 시비로 인하
여 사내는 가게 젊은이에 대한 자신의 호감과 우의를 증명해 보
일 절호의 기회를 얻은 것이었다.

"맞습니다."

사내는 그냥 참고 볼 수가 없다는 듯 두 사람 사이로 끼어들
고 나섰다.

"이 젊은이 말이 맞아요. 아마 난 상관하고 나설 일이 아닐는
지 모르지만 사리는 결국 옳게 판가름이 나야 할 듯싶어 얘기오
만."

손님과 젊은이는 사내의 갑작스런 참견에 잠시 입을 다문 채
사내의 거동만 지켜보고 있었다.

그는 조급히 말을 이어나갔다.

"세상엔 아닌 게 아니라 새를 제 갈 곳으로 놓아 보내주기보
담은 장 속에 가두고 기르기를 좋아하는 사람들이 많으니까. 아
니, 이건 뭐 선생님이 반드시 그렇다는 건 아닙니다. 보아하니
아마 선생님께는 그 점 믿어도 좋겠어요. 하지만 이 젊은이로
말하면 자기 일을 좀더 분명히 해둬야 할 필요가 있겠지요. 이
젊은인 자기 새들에게 날개를 얻어주는 일을 하니까요. 젊은이
가 자기 눈앞에서 새들이 날개를 얻어 하늘을 날아가는 것을 지
켜주고 싶은 것은 열 번 백 번 당연한 노릇인 겝니다. 그리고 젊

은이가 그 일을 분명히 하자면 새를 사 가는 사람을 믿고 안 믿고보다 처음부터 새를 내주지 않는 것이 현명한 일이지요."

사내는 짐짓 엄숙한 표정으로 신사를 은근히 나무라고 있었다.

손님은 차라리 어이가 없다는 표정이었다.

가겟집 젊은이도 일이 그렇게 되고 보니 더 이상 할 말이 없는 듯 멍청스레 허공만 바라보고 있었다.

"쳇! 공연한 장난거리에 끌려들어 별 해괴한 연설을 다 듣게 되는구만…… 좋소, 그럼!"

당신은 도대체 뭐길래 그러고 나서느냐는 듯 곱잖은 눈초리로 사내를 훑고 있던 손님이 끝내는 간단히 후퇴하고 말 낌새였다.

"내 새를 안 사면 그만일 게 아니오. 안 그렇소, 젊은이? 내 새는 안 가져갈 테니 새 값이나 그냥 돌려주구려."

손님은 이제 차라리 장난기가 완연한 몸짓으로 젊은이의 어깨를 가볍게 건드렸다.

이젠 젊은이 쪽도 그 손님과는 쉽게 의기가 투합한 듯 허물없이 웃음으로 그를 응대했다.

"그럼 차라리 그렇게 하시죠. 선생님께서 그걸 섭섭히 여기지만 않으신다면……"

그는 선선히 새 값 2백 원을 되돌려주었고, 신사는 오히려 그것으로 그의 놀이를 즐긴 듯 가벼운 발걸음으로 가게를 떠나갔다.

둘이서 아웅다웅 다투고 있을 때의 형세에 비해 뜻밖에 결말이 싱거운 싸움이었다.

하지만 사내는 어쨌든 그것으로 만족이었다. 한두 번 개운찮은 눈총을 쏘이긴 했어도 싸움이 그렇게 쉽게 끝난 것은 분명히 그의 참견의 덕분이라 할 수 있었다.

젊은이가 그걸 모를 리 없었다. 그는 아마 그걸로 충분히 기분을 돌리게 될 것이었다. 사내는 속으로 그렇게 기대했다. 그리고 젊은인 이제부터 그걸로 사람을 대해오는 태도도 조금은 달라질 수 있으리라.

사내는 그러자 새삼 기분이 들뜨기 시작했다. 미진한 일이 있다면 다만 손님이 끝끝내 고집을 꺾지 않고 새 값을 되찾아 돌아간 일뿐이었다.

하지만 사내는 그것도 그리 문제가 될 게 없다고 생각했다. 손님을 대신하여 자신이 새를 사주면 그만이었다. 그리고 그것으로 사내는 젊은이에 대한 자신의 우의를 결정적으로 증명해 보일 생각이었다.

그는 곧 그렇게 했다. 그는 새 값도 미처 치르기 전에 손님이 방금 되돌려주고 간 새장 문을 열어젖히고 보란 듯이 녀석을 숲으로 내보냈다.

"이건 삐줄이 네놈 몫이다. 삐줄이 네놈한테도 내 오늘 이렇게 네놈 몫의 새를 사줬으니 더 이상 삐질 생각일랑 말거라."

그리고 그 새의 모습이 시야에서 사라지고 난 다음에야 그는 그 오후의 소득으로 당당히 새 값을 치러 보였다.

그런데 바로 다음이 잘못이었다.

기분이 너무 들뜬 탓이었을까. 의기양양 새 값을 치르고 난 김에 사내가 그만 한 가지 실수를 저지르고 말았다. 그건 별로 큰 실수는 아니었다. 사내도 미처 그게 자신의 실수가 될 줄은 생각을 못했으니까. 그리고 그게 자신의 실수가 된 걸 알고도 무엇이 어떻게 잘못된 것인질 얼핏 헤아릴 수가 없었으니까.

"그런데 젊은인 도무지 이 많은 새들을 다 어디서 구해 들이고 있는 겐가."

사내의 실수는 다만 그 한마디뿐이었다. 그런데 다소간 거침이 없는 듯한 사내의 소리에 가겟집 젊은이가 모처럼 만에 천천히 그를 돌아다보았다.

사내는 무심코 그 젊은이의 눈길을 받다가 표정이 갑자기 움츠러들었다. 젊은이가 왠지 그의 백동테 안경알 뒤에서 사내를 이윽히 쏘아보고 있었다. 사내가 그에게서 눈길을 비키고 난 다음에도 그 젊은이의 시선은 좀처럼 사내를 떠날 줄 몰랐다. 그 시선 속엔 차갑고 무서운 위협기가 숨어 있었다. 그는 화를 내고 있는 게 분명했다.

사내는 비로소 자신의 실수를 깨달았다. 자신의 말 가운데에 젊은이의 맘에 들지 않는 대목이 있었던 게 분명했다.

그는 자신의 경솔이 후회스러웠다.

"아, 그야 그런 일을 하자면 어디선가 자꾸 새를 구해 들여야 하는 게 당연한 노릇이겠지요. 난 그저 그 새들을 어떻게 구해 오는지 그게 좀 궁금해서…… 그야 뭐 내가 굳이 알아야 할 일도 아니겠지만서두……"

사내는 자신의 실수를 변명하듯 젊은이의 눈치를 살펴가며 제풀에 횡설수설 더듬거리고 있었다.

그리고 사내는 진심으로 새를 구해 들이는 방법을 자기가 굳이 알아야 할 필요도 없다고 생각했다. 그가 그걸 알고 싶어 한 것이 젊은이의 비위를 건드리게 된 것인지 어떤지는 아직도 분명치가 않았지만, 어쨌거나 소용 닿을 데가 없는 일로 해서 그를 화나게 만들 필요는 없었다.

하지만 사내의 변명은 때가 너무 늦고 있었다.

젊은이는 아무래도 쉽게 화가 풀리질 않는 얼굴이었다. 그는 한마디 말도 없이 당황해 어쩔 줄 모르고 있는 사내에게 계속 시선을 못 박고 있었다. 사내가 마침내는 더 이상 변명을 늘어놓을 수도 없을 만큼 기가 죽어버릴 때까지. 그리고 끝내는 그 젊은이에게 더 이상 화를 내게 하지 않게 하기 위해 제물에 슬금슬금 가게 앞을 떠나가버릴 때까지.

젊은이의 기분을 돌려놓으려던 사내의 노력이 오히려 너무 지나친 탓이었다. 그리고 그때 사내의 기분이 분별없이 너무 들뜬 탓이었다.

사내로선 그만 다 된 밥에다 재를 뿌리고 만 기분이었다.

6

갈수록 태산으로 사내는 이날 밤 거듭 또 한 가지 실수를 저질렀다.

이날 밤 공원 숲 속에선 이상한 일이 일어났다.

사내는 이날 밤도 공원 숲 속의 한 나무 걸상 위에다 옹색한 잠자리를 마련하고 있었다. 그런데 자정이 지난 지도 한 식경이 지난 새벽 두세 시쯤 되어서였을까. 숲 속의 어디쯤에선가 심상찮은 인기척 같은 것이 들려왔다.

사내는 그 소리에 어슴푸레 잠결에서 깨어나 머리 위에 뒤집어쓰고 있던 야전잠바 자락을 밀어냈다. 한밤중에 웬 전짓불의 환한 빛줄기가 어두운 숲 속을 장대처럼 이리저리 훑고 있었다. 빛줄기는 때로 나뭇가지들의 한곳에서 곧게 고정되고 한 사내의 그림자가 그때마다 나무 위로 올라가 빛줄기의 끝에서 열매를 따듯 잠든 새들을 집어 내렸다. 잠결에 빛을 맞은 새들은 눈먼 장님처럼 옴짝달싹을 못했다. 날개를 퍼득여 날아보는 새들도 방향을 못 잡고 좌충우돌하였다. 나뭇가지에 부딪쳐 떨어지는 놈도 있었고 제물에 땅바닥으로 곤두박질쳐 내리는 놈도 있었다.

그림자는 끊임없이 빛줄기를 들이대며 잠든 새들을 사냥하고 있었다.

기이하게 손쉬운 새의 사냥법이었다.

─녀석들이 그렇게 다시들 돌아오곤 하였군.

사내는 저절로 탄성이 새어 나왔다. 하지만 그 손쉬운 사냥법에 대한 사내의 감탄은 그리 긴 시간 계속될 수가 없었다.

조용한 어둠 속에 빛줄기가 너무 세찼기 때문이었을까. 한동안 숨을 죽인 채 어둠 속으로 그런 광경을 숨어 보고 있던 사내는 자기도 모르게 문득 가슴이 몹시 떨려오기 시작했다. 빛줄기가 까닭 없이 두렵고, 빛줄기를 조종하고 있는 사내의 그림자가 무턱대고 무서워졌다. 아무래도 안 볼 것을 엿보고 있는 듯 사지마저 조그맣게 움츠러들고 있었다. 게다가 그 빛줄기는 이제 사내 쪽으로 자꾸만 가까이 거리를 좁혀들고 있었다.

이유 같은 건 알 수 없었지만, 사내는 아무래도 그 빛의 임자에게 그의 사냥이 들키고 있다는 걸 알게 해서는 안 될 것 같았다.

그는 갈수록 두렵고 초조했다. 불빛이 그에게로 가까이 다가들수록 사내의 머리는 자꾸만 야전잠바 옷깃 속으로 깊이 움츠러들어갔다.

그러나 전짓불의 눈길은 실수가 없었다. 빛줄기가 끝내는 사내의 머리통을 맞혀 잡고 말았다. 동시에 사내의 머리통도 완전히 야전잠바 깃 속으로 모습을 숨겨 들어가버렸다.

하지만 한번 사내를 붙잡은 빛줄기는 그를 좀처럼 떠나려 하지 않았다. 그 빛줄기가 그의 잠바 자락을 뚫고 점점 세차게 젖어 들어왔다. 사내는 숫제 잠바 자락 속에서 눈을 감고 있었으나, 감은 눈꺼풀 위로도 빛이 스며들어왔다.

이윽고 굵다란 발자국 소리가 천천히 그의 곁으로 다가들었다. 그리고 몇 걸음 저쪽에서 소리를 죽인 채 한동안 밝은 빛줄기만 쏘아붙이고 있었다.

사내는 잠바 자락 속에서 숨도 제대로 쉬지 못한 채 무서운 빛줄기의 세례를 견디고 있었다.

빛줄기는 잠바 자락 속의 사내를 거의 질식 상태로 짓눌러놓은 다음에야 간신히 그에게서 걷혀나갔다. 그리고 곧 발자국 소리가 방향을 바꾸며 그에게서 천천히 멀어져갔다.

하지만 사내는 이미 뱀의 눈빛에 쏘인 개구리 한가지였다. 그는 이제 발자국 소리와 함께 어둠 속으로 사라져가는 사냥꾼의 뒷모습이나마 엿봐두고 싶었지만, 실제론 그렇게 몸을 움직여 나설 엄두가 나지 않았다.

그는 그냥 그대로 야전잠바 옷자락 속에 눈을 감은 채 발자국 소리가 귓가에서 멀리 사라져가기만을 기다리고 있었다.

다음 날 아침, 잠을 깨고 일어났을 때 사내는 간밤의 일이 꿈이 아니었나 싶었다. 하지만 그건 분명 꿈이 아니었다. 그게 꿈이 아니라면 그는 가겟집 젊은이를 화나게 만들 또 하나의 허물을 지니게 된 꼴이었다. 어쩐지 사내에겐 그런 생각이 들었다.

그것은 물론 고의는 아니었다. 그리고 간밤엔 그의 주의가 제법 용의주도했기 때문에 위인을 엿보고 있었다는 확증을 붙잡힌 것도 아니었다. 하지만 사내는 그것으로 젊은이를 안심할 수가 없었다.

사내는 이날따라 아침 일을 서둘렀다. 그리고 일을 서두른 바람에 여느 날보다는 거의 한 시간가량이나 일찍 가게로 내려갔다.

가겟집 젊은이는 짐작대로 간밤의 일에 대해선 아무 내색을 보이지 않았다. 가게에는 이날도 아침부터 손님이 붐벼댔기 때문에 젊은이가 미처 그를 괘념할 여가가 없었을 수도 있었다.

하지만 젊은이는 오전 장사가 한고비를 넘기고 나서도 별다른 기색을 드러내지 않았다. 사내는 차라리 그게 더욱 수상하고 불안스러웠다. 그리고 그럴수록 자기 쪽에서 먼저 위인의 심사를 다스려놓는 게 좋으리라 생각했다.

"내 감방 친구 가운데에 꼼장어란 별명을 가진 늙은이가 하나 있었는데, 그 친군 사실 나보다도 훨씬 이 가겔 잊지 못했었다오."

사내는 우선 젊은이가 맘에 들어 할 소리로 그의 새 장사 일을 부추기기 시작했다.

"그 위인은 허구한 날 언제나 이 가게에서 새를 사게 될 날만을 기다리고 있었어요. 그날을 위해 끊임없이 편지를 쓰고 자식 놈의 면회를 기다렸지요. 가막소 안 사람들이 누구나 그렇긴 하지만 그 늙은이야말로 정말 이 가게에서 날개를 한번 사보는 것이 어느 누구보다 큰 소망이었으니까. 그런 가엾은 늙은이들에겐 젊은이의 가게가 바로 가장 소중스런 꿈이요 희망이지 뭐겠소."

사내의 칭송에도 젊은이는 아직 대꾸를 보내올 기미가 안 보였다. 사내는 젊은이의 대꾸가 있거나 말거나 참을성 좋게 자신의 이야기를 계속해나갔다.

"아마 난 언젠가는 그 늙은이 몫으로도 새를 한 마리 사줘야 할게라요. 위인은 그렇게 새를 사고 싶어 했는데도 그 소망을 끝내 이뤄볼 수가 없게 되고 말았지 않았겠소. 늙은이가 글쎄 운도 없이 2년 전에 벌써 저 가막솔 죽어나가고 말았으니…… 죽은 넋이나마 늙은일 위해 내가 대신 새를 한 마리 사줘야 도리 아니겠소…… 그러니 죽은 사람 남은 사람 해서 아직도 족히

열 마리는 새를 더 사줘야 할 겐가…… 그야 뭐 이제는 가막솔 풀려나온 몸이 그만 수고쯤은 대신해줘야지. 암, 대신해줘야구 말구……"

새를 사준다는 건 뭐니 뭐니 해도 젊은이에겐 가장 맘에 들 소리임이 분명했다. 사내는 그 젊은이 앞에 지혜를 다해 위인을 꼬드겼다.

젊은이는 아직도 역시 아무 반응이 없었다. 사내의 지껄임은 도대체 들은 척도 않는 얼굴이었다. 가끔가다 히뜩히뜩 사내 쪽을 흘려보고 있는 눈길엔 그리 보아 그런지 어떤 심상찮은 경계심 같은 것이 숨겨져 있는 듯싶기도 했다.

그런 낌새나 어림짐작만으로 젊은이가 간밤의 일을 벼르고 있다곤 할 수 없었지만, 사내는 이날따라 젊은이가 계속 입을 다물고 있는 것이 못내 불안하고 꺼림칙스러웠다.

사내는 기가 꺾여 한동안 궁리에 부심하고 있었다.

그리고 마침내 한 가지 자신의 불찰이 머릿속에 떠올랐다.

—그러면 그렇지. 내가 오늘은 어째서 여태 거기까지 생각이 미치질 못했을꼬……

여태까지 새를 사지 않고 있었던 일이 생각난 것이다. 그는 그 자신뿐 아니라 가막소 친구들을 위해서까지 새를 사겠노라 몇 번씩 맹세를 해 보였으면서도 이날따라 정작 젊은이에게서 새를 사준 것은 한 마리도 없었다.

사내는 그런 자신이 조금은 이상했다. 이날따라 새를 한 마리도 사주지 않았을 뿐 아니라, 그런 자신을 깨닫고 나서도 그는 여느 날처럼 새를 사는 일에 도무지 신명이 나질 않는 것이다.

하지만 그는 이제 자신의 기분 따위는 문제가 아니었다.

그는 그 젊은이의 침묵 앞에 스스로 위압당하고 있었다. 자신의 기분이야 어찌 됐든 이제는 위인을 위해서라도 새를 사줘야 했다.

그런 생각이 들수록 그는 기분이 더욱 무거웠다.

그러나 그는 곧 자신을 위로했다.

— 하지만 이건 감방 녀석들을 위하는 노릇이기도 하니까. 아암, 내가 언제 저 젊은일 위해서 새를 샀던가. 이건 모두가 위인들을 위하고 새를 위해서 하는 일이지.

사내는 마침내 결심을 하고 주머니 속에서 동전닢을 세었다. 그리고 곧 가게 안 금고 위에다 그것을 쏟아놓았다. 이날은 사정이 새 값을 깎을 형편도 못 되었지만, 용케도 동전닢이 스무 개를 넘었다.

"그러니까 이번에는 그 지독한 왕릉지기 영감이 되겠군."

사내는 머릿속에 차례를 정해둔 대로 잠시 동안 그 왕릉 도굴을 일삼다 들어왔다는 남도 사투리의 늙은이를 생각했다. 그리고 어느 때보다 간절한 심정으로 조롱 문을 열어 새를 내보냈다.

그래도 젊은이는 도무지 아무런 참견이 없었다. 사내가 새를 사겠노라 동전을 건넬 때도 젊은이는 그저 남의 일을 대신하듯 냉랭한 눈길뿐 표정이 조금도 달라지지 않고 있었다.

사내는 새를 사고 나서도 기분이 조금도 나아지질 못했다.

그는 이제 더 이상 가게에서 버텨내고 있을 기력이 없었다. 가게에 할 일이 남아 있는 것도 아니었고, 더 이상 무슨 소릴 지껄여댈 마음도 없었다.

그는 이윽고 그 얼음장 같은 젊은이의 침묵을 뒤로한 채 가게를 떠나갔다.

가게를 떠나가는 발걸음이 유난히 지치고 무겁게 느껴졌다.

7

사내는 이날 밤도 그 공원 숲 잠자리에서 밤새도록 불빛에 쫓겼다. 칠흑 같은 어둠 속을 장대처럼 빛줄기가 곧게 뻗치고, 그 빛줄기를 얻어맞은 새들이 나뭇가지들 위에서 낙엽처럼 우수수 땅 위로 떨어졌다. 그리고 그 빛줄기는 사내의 잠자리를 찾아 밤새도록 이리저리 숲 속을 헤매었다.

사내는 안타깝고 초조했다. 그리고 두렵고 조급했다. 빛줄기가 때로 그의 야전잠바 옷자락 위로 사정없이 그를 찌르고 드는가 하면, 때로는 엉뚱스럽게 그를 놓치고 부근 숲 속을 미친 듯이 헤쳐 다니기도 하였다.

그는 쫓기다가 붙잡히고 붙잡혔다간 다시 쫓기고 하는 악몽 속에 날을 훤히 밝혔다.

이튿날 아침 잠자리를 일어났을 때 사내는 머릿속이 온통 남의 것처럼 멍멍했다. 자리를 일어나고 나서도 그는 날마다 계속

해온 아침 일은 생각조차 못했다. 일 생각이 났다 해도 그럴 만
한 기력이 남아 있질 못했다.

그는 그저 넋이 나간 사람처럼 망연히 한동안 아침 숲 속만
지키고 앉아 있었다. 이날사 말고 그 흔한 새소리조차 귀에 들
려오지 않은 것 같았다.

사내는 아침 햇덩이가 동편 하늘을 하얗게 치솟아 오른 다음
에야 간신히 몸을 움직이기 시작했다. 그러나 그는 이날 아침
끝끝내 그 동전 줍기를 단념한 채 그길로 허정허정 가게 쪽으로
내려갔다.

그러나 사내는 이제 새를 사지 않았다. 동전을 줍지 않았으니
새를 살 수도 없었지만, 그는 그걸 별로 아쉬워하지도 않았다.
그는 이제 젊은이의 눈치를 살펴가며 그에게 굳이 말수작을 건
네보려는 기미도 안 보였다.

그는 그저 가게 맞은편에 묵연히 주저앉아 붐비는 손님들만
구경하고 있었다. 그리고 한낮이 가까워오면서부터 손님들의
왕래가 한고비를 넘기자 자신도 가게 앞을 떠나갔다. 그가 그
가게 앞을 찾아올 때와 똑같이 지치고 무거운 걸음걸이로. 그리
고 그것으로 사내는 이날 저녁 어스름이 공원 일대를 뒤덮어올
때까지도 그의 모습을 나타내지 않았다.

사내가 다시 젊은이의 새 가게 앞에 지치고 남루한 모습을 나
타낸 것은 이튿날 아침 그만쯤해서였다.

하지만 그는 이날도 새를 사지 않았다. 젊은이의 눈치를 살펴
가며 말수작을 건네오는 일도 없었다. 이날도 그저 전날처럼 그

렇게 하릴없이 손님들의 거래를 구경하고 있다가 오전이 지나고 가게가 좀 한가해지는 기미가 보이자 그길로 그만 자리를 일어서버렸다.

사내의 거동은 며칠 동안이나 계속 그런 식이었다. 그리고 언제나 그 가게를 찾아올 때와 똑같이 지치고 피곤한 모습으로 말없이 가게를 떠나가곤 하였다.

그러니까 이번에는 오히려 가겟집 젊은이 쪽에서 뜻밖의 태도로 나오기 시작했다.

"노인장을 모시러 올 아드님은 아마 찻길이 막혔거나 길을 거꾸로 돌아서버렸거나 한 모양이지요."

어느 날 아침 가게가 잠깐 조용해진 틈을 타서 가겟집 젊은이가 문득 사내에게 말했다.

"제 기억으론 노인장이 가막소를 나온 지도 벌써 한 주일은 넘은 줄 아는데 아드님은 어째서 여태도 소식이 감감이지요?"

할 일 없이 날마다 가게 부근을 서성대며 장사 거래만 지켜보고 있는 사내의 거동이 젊은이에겐 그렇게 신경이 쓰이고 있었을까. 아니면 젊은이는 이제 새도 사주지 않는 사내의 존재로 하여 자기 장삿일에 실제로 어떤 곤란을 겪고 있었는지도 모른다. 젊은이가 이날부턴 갑자기 작전을 바꾸어 사내를 비웃기 시작한 것이다. 그건 보나 마나 그의 가게 근처에서 사내를 멀리 쫓아버리기 위한 음흉스런 계교가 분명했다.

"뭣하면 다시 편지를 한 장 써볼 수도 있지 않겠어요. 아마 노인장의 편지가 아직도 아드님께 닿지 못한지도 모르니까 말입니다. 주소가 어떻게 되세요. 아드님의 시골집 주소가……"

젊은이는 사내가 새를 사주지 않는 데 대한 원망의 기색은 손톱만큼도 나타내지 않았다. 그는 될수록 사내가 난처해질 소리들만 골라 그를 괴롭게 몰아붙였다. 그래 결국엔 사내 스스로가 견디지 못하고 가게를 떠나가게 하려는 것이었다.

──아드님을 기다리신답니다. 아드님이 시골에 궁전을 지어놓고 영감님을 모시러 오시는 중이랍니다.

그는 때로 새를 사러 들어온 손님을 상대로 해서까지 그렇게 무참스럽게 사내를 비웃고 무안을 주었다.

──어디만큼 왔나, 고개만큼 왔지…… 영감님은 날마다 효자꿈에 행복하시지요.

사내는 그러나 그런 젊은이의 비웃음을 아랑곳하는 기색이 조금도 없었다. 그는 젊은이의 공박에 할 말이 전혀 없는 사람처럼 주위를 짐짓 외면해버리곤 하였다. 젊은이가 정 그를 못 견디게 매도하고 들 때면 차라리 위인의 얕은 소갈머리가 안됐다는 듯 한참씩 그를 건너다보다 혼자서 조용히 한숨을 짓고 말 뿐이었다.

하면서도 사내는 좀처럼 젊은이의 새 가게를 떠날 생각을 안 했다. 아니 그는 젊은이의 그런 버릇없는 공박 따위로 가게를 아주 떠나버릴 처지의 사람이 아니었다.

그에겐 아직도 할 일이 남아 있었다.

"녀석들에게 모두 새를 사야…… 그래도 녀석들에게 빠짐없이 모두 한 마리씩은 새를 살 수 있어야……"

사내는 혼자 속으로 중얼거리곤 하였다. 그는 아직도 가막소 안에 남아 있는 친구들을 절대로 잊어서는 안 된다고 생각했다. 그 가엾은 친구들을 위해 새를 사지 않고 혼자서 이곳을 떠날 수는 없다고 몇 번씩 자신을 다짐했다. 그는 그저 지금 당장은 새를 사는 일이 달갑게 여겨지지가 않고 있을 뿐이었다. 새를 사더라도 전날처럼 즐겁거나 기분이 가벼워지지 못하고 있는 것뿐이었다.

하지만 사내는 그것도 그저 그 빌어먹을 잠자리의 악몽 때문일 거라 자신을 변명했다. 밤마다 그를 괴롭혀대고 있는 빛줄기의 꿈만 꾸지 않게 되면 그는 다시 기분이 회복되어 새를 즐겁게 살 수 있으리라 자신을 기다렸다. 도대체가 새들이 낙엽처럼 빛을 맞고 떨어져 내리는 악몽이 계속되는 동안은, 그리고 그 빌어먹을 새들이 어째서 이 공원 숲을 떠나지 못하고 자꾸만 다시 조롱 속으로 돌아오는지, 그런 사연을 석연히 이해하지 못하고는 새를 다시 사고 싶은 생각이 일어오질 않았다. 그건 마치 어린애들 숨바꼭질과도 같은 어리석은 장난일 뿐이었다.

한데 그러던 어느 날 밤, 사내에겐 또 한 가지 이상스런 일이 일어났다.

사내는 이날 밤도 그 공원 숲 벤치 위에서 추운 새우잠을 견디고 있었는데, 자정을 한 시간쯤이나 지난 무렵이었다. 예의 전짓불빛이 다시 공원 숲 속을 훑어대기 시작했다.

이번엔 물론 꿈이 아니었다. 실제로 빛줄기를 앞세운 밤새 사냥이 시작되고 있었다. 사내는 벌써부터 까닭을 알 수 없는 두려움 때문에 자신도 모르게 사지가 움츠러들고 있었다.

하지만 이번엔 다행스럽게도 전번 날 밤과는 사정이 훨씬 달랐다.

빛줄기가 아직 사내를 찾아내지 못하고 있었다. 아니, 이날 밤은 그 밤새 사냥꾼이 제 편에서 미리 사내의 잠자리를 피해주는 지도 알 수 없는 노릇이었다.

불빛은 좀처럼 사내 쪽으로 다가들 기미를 안 보였다. 사내와는 한참 거리가 떨어진 숲들만 이리저리 분주하게 휘저어대고 있었다. 불빛을 맞은 밤새들이 낙엽처럼 어둠 속을 휘날리고 있을 뿐이었다.

불빛은 거의 걱정을 할 필요가 없는 것 같았다. 하지만 이미 졸음기가 말끔 달아나버린 사내는 모른 척하고 다시 잠을 청할 수도 없었다.

그는 이윽고 야전잠바 옷깃을 들추고 천천히 벤치 위로 몸을 일으켜 앉았다. 그러곤 차분한 손짓으로 야전잠바 주머니 속을 뒤져 꽁초 한 대를 찾아 물었다.

사내가 그 야전잠바 옷깃으로 불빛을 가리며 입에 문 꽁초에다 막 성냥불을 그어 붙이려는 순간이었다.

후루룩—!

어둠 속 어느 방향으론가부터 느닷없이 사내의 잠바 깃 속으로 날아와 박혀드는 것이 있었다. 담뱃불을 붙이려다 말고 사내는 자신도 모르게 흠칫 놀라 손에 든 성냥불부터 날쌔게 꺼 없앴다. 그러고는 재빨리 그의 가슴께 잠바 깃 속으로 박혀든 물체를 더듬어냈다.

사내는 이내 물체의 정체를 알 수 있었다. 다름 아니라 그것은 방금 숲 속의 불빛에 쫓겨 온 한 마리의 새였다. 부드럽고 따스한 감촉이 손에 닿을 때부터 사내는 벌써 그것을 알 수 있었다. 옷깃 밖으로 끌려 나온 새는 두려움 때문인지 가슴이 몹시 팔딱거리고 있었다. 사내가 담뱃불을 붙이기 위해 옷자락에 성냥불을 켰을 때 녀석이 그 불빛을 보고 달려든 게 분명했다.

"빛에 쫓긴 녀석이 외려 또 불빛을 덤벼들다니…… 역시 새짐승이란……"

사내는 녀석의 분별없는 행동이 희한하기도 하고 우습기도 하였다.

하지만 사내의 그런 생각이 오히려 오해였는지도 알 수 없었다.

사내는 잠시 녀석을 어떻게 해주어야 좋을지 생각했다. 녀석을 금세 그대로 놓아 보낼 수는 없었다. 녀석은 몹시 겁을 먹고 있었다. 빛줄기에 쫓긴 녀석이 사내에게 또 한 번 놀라고 있었다. 놀란 녀석을 무작정 다시 어둠 속으로 달아나게 할 수는 없었다.

그는 녀석을 좀 안심을 시켜서 놓아주기로 작정했다.

그는 조심조심 녀석을 한쪽 손바닥 위로 올려놓고 다른 손으로 가볍게 등덜미를 누르고 있었다. 그렇게 한동안 숨소리마저 죽인 채 녀석의 동정을 기다렸다. 녀석은 별반 사내의 손아귀로부터 몸을 빼내려는 움직임이 없었다. 사내의 속마음을 아는지 녀석은 손아귀 속에서 한동안 가슴만 팔딱거리고 있었다.

그런데 녀석이 그 움직임이 전혀 없는 사내의 따스한 손바닥에 마음이 놓인 것일까. 녀석이 이윽고 작은 부리로 손바닥을 콕콕 쪼아대는 시늉을 해왔다. 그리고 마침낸 두 손바닥 사이로 조그만 머리를 내밀고 갸웃갸웃 조심스레 어둠 속을 살피기 시작했다.

사내는 이제 안심이 되었다. 이젠 녀석을 보내주어도 좋겠다고 생각했다. 그는 녀석이 놀라지 않도록 위쪽을 누르고 있던 손바닥을 가만히 떼어 내렸다.

그런데 그때 또 한 번 희한스런 일이 일어났다.

녀석이 사내의 손바닥 위에서 달아날 생각을 안 했다. 녀석은 마치 등 뒤를 누르고 있던 손길이 걷혀 간 것도 알아차리지 못한 듯 고갯짓만 계속 갸웃거리고 있었다.

사내는 갈수록 기이한 생각이 더했다. 사정이 그쯤 되고 보니 사내는 더욱 거동이 조심스러웠다. 녀석을 좀더 두고 보는 수밖에 다른 도리가 없었다.

그는 무작정 녀석을 기다렸다. 녀석이 좀더 안심이 될 때까지 끈질기게 자신을 견디었다. 조마조마하면서도 기이한 생각이 그를 그렇게 견딜 수 있게 하였다.

녀석은 마침내 완전히 안심이었다. 사내의 손바닥을 녀석은 마치 나뭇잎쯤으로나 여기는 모양이었다. 손바닥을 콕콕 쪼아대기도 하고 사내를 갸웃갸웃 건너다보기도 하면서, 손바닥을 떠날 생각이 조금도 없는 놈 같았다.

안 되겠다 싶었다. 사내는 한 번 더 녀석을 시험해보기로 하

였다. 그는 녀석이 너무 놀라지 않도록 조심스런 잔기침 소리로
주의를 잠깐 건드려보았다.

하지만 녀석의 반응은 사내를 더욱더 어리둥절하게 하였다.
사내의 잔기침 소리에 녀석은 아닌 게 아니라 잠깐 동안 주의가
쓰이는 듯 꽁지를 간들간들 깐닥거리고 있더니, 이번에는 숫제
사내의 무릎께로 자리를 홀짝 내려앉았다.

사내는 차라리 어이가 없었다.

하지만 그는 이제 그것으로 그간에 일어난 모든 일들의 사연
을 알 것 같았다. 녀석은 필시 사내와 미리부터 눈이 익어 있었
던 놈임에 분명했다. 그는 그렇게밖에 생각할 수 없었다. 녀석이
처음부터 사내를 알아보고 그를 찾아든 게 분명해 보인 것이다.

"그래, 이 녀석아, 이제 알겠다…… 네놈은 필시 나한테서 날
갤 얻어 숲으로 돌아온 녀석이 분명하렷다……"

사내는 다시 두 손으로 천천히 녀석을 곱게 싸안아 들었다.
그리고 마치 녀석 쪽에서도 그의 말뜻을 알아들을 수 있는 양
중얼중얼 혼자서 속삭여댔다.

"난 네놈의 믿음을 안다. 그래 우리는 이렇게 서로를 믿으며
한 가족이 되는 게지. 넌 어떻게 생각하는지 모르지만, 저 아래
가겟집 젊은이 그 사람도 그렇겠구. 글쎄 너 같은 야생의 날짐
승도 이렇게 벌써 믿음이 생기는데, 이 미욱한 인간은 여태까지
그래 네놈들이 이렇게 숲을 떠나지 못하는 간단한 이치조차 깨
우치질 못했구나……"

숲 속을 휘저어대던 빛줄기는 어느새 산을 내려갔는지 주위

가 온통 잠잠해져 있었다.

사내는 이윽고 다시 벤치 위로 천천히 몸을 뻗어 누우면서 녀석을 싸안은 그의 두 손을 소중스럽게 가슴 위로 얹었다. 그러곤 조용히 눈을 감은 채 손바닥 안에서 따뜻한 깃털을 부드럽게 꼼지락대고 있는 녀석에게 귓속말하듯 낮게 속삭였다.

"넌 오늘 밤 나하고 여기서 이렇게 함께 지내는 게 좋겠구나. 숨길이 좀 답답하긴 하겠지만, 그 대신 내가 춥게는 안 할 테다. 그야 내가 잠이 든 담에는 너 좋은 대로 하겠지만 말이다······"

8

이튿날 아침 사내가 잠이 깨었을 때 새는 물론 자취가 없었다.

하지만 사내는 이날 아침 어느 날보다도 기분이 가벼웠다. 꿈을 꾸지 않은 밤잠이 어느 날보다도 편했던 것 같았다. 숲 속을 쏟아져 내리는 낭자한 새소리들도 새삼 유쾌하게 들려왔다.

그는 마치 간밤의 새소리를 찾아 가려내고 있기라도 하듯 아침 한기도 잊은 채 한동안 그 새 울음소리에만 조용히 귀를 기울이고 있었다.

그러다 그는 뒤늦게 기동을 서두르며 자리를 벌떡 박차고 일어났다. 그리고 모처럼 만에 동전 줍기를 다시 시작한 사내는 그 공원 앞의 새 가게 젊은이에 대해서도 종래의 호감을 회복해 가고 있었다.

"따지고 보면 여기서 이렇게 한 하늘을 머리 위에 이고 사는 우리는 어차피 모두가 한가족이나 다름이 없는 거 같구랴."

여느 때와 다름없이 오전 장사에 한창 정신을 빼앗기고 있던 젊은이가 잠시 숨을 돌릴 짬이 나자 사내는 이때라 싶은 듯 위인에 대한 자신의 이해와 우의를 넌지시 다짐하고 나섰다.

"아, 글쎄 새를 다루는 젊은이의 일에 사람의 정분이 깃들지 않을 수 없는 바에야 젊은이에게 그 날개를 얻어 날아가는 새짐승들 또한 젊은이의 인정이 안 통할 리 없겠지. 그래 그게 사람과 새짐승들 사이의 일이라 하더라도 그런 정분이 오가다 보면 서로가 어느새 한가족이 되어갈 게 당연한 이칠 게요. 젊은이나 새들은, 그래 결국 그런 정분의 끈으로 이어져 이 공원 안에 함께 살고 있는 한가족들이란 말이 될 게요……"

가겟집 젊은이는 그러나 사내의 돌연한 태도가 오히려 더 수상쩍게 느껴진 듯 이날도 좀처럼 그를 응대해올 기미가 없었다.

사내는 좀더 노골적으로 젊은이에게 매달리고 들었다.

"아, 그러니까 이건 다른 얘기가 아니오. 생각하기에 따라선 때가 좀 너무 늦은 감도 있지만, 이 늙은이도 이젠 댁들과 같이 이 공원 가족이 되자는 거외다. 아니 어떻게 생각하면 이 늙은이도 이젠 실상 젊은이나 새들 한가족이 된 건지도 모를 일이라오. 난 다만 젊은이도 이제 좀 아량을 가지고 그걸 알아주었으면 한다는 그런 얘기요. 일테면 젊은이나 젊은이의 새들에 대한 나의 정분이랄까 이해랄까 그런 내 마음을 말이오."

가겟집 젊은이는 그러나 여전히 반응이 없었다.

사내는 그 젊은이 앞에 자신의 심사를 좀더 분명하게 증명해 보이고 싶은 어조로 자신 있게 말했다.

"그래, 난 오늘부터 다시 새를 살 요량을 세웠다오. 그야 그런 일은 아직도 저 가막소 안에 남아 있는 위인들에 대한 내 마음의 빚값으로 하는 일이기는 하지만, 그게 다 뉘 좋고 매부 좋고 한다는 일 아니겠소. 젊은인 새를 팔아 좋고 난 위인들의 소망을 풀어주어 좋고 새들은 날개를 얻어 좋고, 거기다 그렇게 서로가 진심을 익히다 보면 우린 모두가 함께 너나없이 한가족이 될 수 있게 되어 좋고……"

그러고 나서 사내는 다시 젊은이를 안심시키듯 혼자서 계속 지껄여대었다.

"하지만 뭐 한가족이다 뭐다 하니 내게 무슨 딴 궁리가 있어서 그러나 의심을 할 건덕진 없어요. 그야 솔직하게 말하면 난 그동안 내 아들녀석이 날 정말로 잊어버리고 있는 거나 아닌가 의심이 들기도 했었다오. 녀석이 정말 제 애빌 잊고 언제까지나 이런 곳을 헤매게 버려둘 참인가 싶어 은근히 혼자 낙담스런 생각이 솟기도 했었단 말이외다……"

"……"

"하기야 어찌 생각해보면 지금까진 그편이 오히려 다행이었는지 모르지요. 내 언젠가 이곳을 쉬 떠나지 못하는 소이가 녀석을 기다리는 일밖에 다른 일 한 가지가 있노라 말한 적이 있지만, 그 일이 아직도 끝나질 않았으니 말이오. 젊은이도 이젠 대략 짐작이 가리라 믿어 하는 말이지만, 그게 바로 내가 가막소 위인들의 새를 사주는 일 아니었겠소. 녀석들에게 새를 다 사주기 전에는 아들놈을 만나도 난 이곳을 떠날 수가 없는 처지 란 말이외다. 그러니 아들놈이 나타났다가는 일이 오히려 낭패 가 됐을 게라요. 녀석이 아직 나타나지 않은 건 그래 그런대로 다행이랄 수가 있어요. 하지만 그거야 물론 내 쪽 사정인 게구, 녀석이 여태도 날 찾으러 와주지 않은 건 제 일을 제가 외면하 는 격 아니겠소. 난 그게 섭섭했던 게요. 은근히 마음이 조급해 지기도 했었구……"

"……"

"하지만 이 늙은이의 주책없는 생각도 사실은 모두가 어제까 지 뿐이었다오. 오늘은 생각이 달라지고 말았어요. 젊은인 아마 이해하기가 어렵겠지만 오늘 아침부턴 모든 게 안심이 되는구 료. 녀석이 머지않아 날 찾아 나타날 것 같아요. 그것도 물론 이 늙은이의 막연한 기대나 느낌에 불과한 것인지 모르지만, 난 그 런 내 바람을 믿고 살아온 늙은이니까. 제 바람을 믿고 사는 수 밖엔 다른 도리가 없었던 위인이었으니까. 그게 내가 가막소에 서 늙도록 깨달아 얻은 마지막 지혜거든. 내 아들놈은 필시 날 찾아 나타날 거외다. 그리고 제 애빌 고향집으로 데려갈 거외 다……"

"……"

"내 젊은이에게 바람이 있다면 다만 젊은이도 아까 말대로 내 한가족이 되어서 그 한가족이 된 사람의 정분으로 그걸 조금만 믿어줬으면 하는 것뿐이라오. 내게도 그럴 아들녀석이 있고 그 아들녀석이 미구에 제 애빌 찾아 나타날 일을 말이오……"

젊은이는 끝끝내 대꾸가 없었다.

가게에 다시 손님들이 밀려들기 시작하고 있었다. 젊은이는 그러자 사내를 버려둔 채 냉큼 가게 일로 돌아가버렸다.

사내는 다시 기다리기 시작했다.

하지만 그는 이제 어차피 새를 사겠노라 보기 좋게 다짐을 하고 난 처지였다. 가만히 앉아서 시간만 기다리고 있을 수는 없었다.

그는 이윽고 당당하게 새장 앞으로 다가갔다. 그리고 다른 손님들 사이에 섞여 자신의 새를 고르기 시작했다.

그러나 사내의 그런 거동은 대체로 금세 새를 골라 사려는 쪽이 아니었다. 그는 신중하고 차분한 눈길로 새장을 하나하나 훑어나갔다. 때로는 금세 새를 살 것처럼 어느 한 조롱 속을 유심히 들여다보기도 하고, 때로는 조롱 속으로 손가락까지 뻗어 넣어 녀석들의 주의를 끌어보기도 하였다. 하지만 사내는 그때마다 녀석들에 대한 자신의 충동을 잘 견뎌내고 있었다.

이를테면 그는 그런 식으로 자신의 충동을 참아가면서 단 한 마리의 새를 사 날려 보낼 자신의 기회를 오래오래 아끼고 즐기는 식이었다. 아니, 그렇게 자신을 즐기면서 끈질기게 무언가를 찾아 기다리고 있었다. 그건 다만 손님들이 그 방생의 집을 모두 떠나가고 가게 안에 젊은이와 자신만이 남게 될 시간일 수도 있었고, 혹은 그가 날개를 사줄 녀석을 위한 어떤 특별한 인연에의 기다림 같은 것일 수도 있었다.

어쨌거나 그는 그렇게 좀처럼 새를 살 기미를 안 보였다.

이윽고 가게 안에 붐벼대던 손님들이 거의 다 놀이를 끝내고 빠져나간 다음에도 사내는 여전히 그렇게 시간만 기다리고 있었다.

젊은이는 다시 가게 안쪽에 숨겨놓은 비밀 집합사에서 새 새들을 꺼내다가 비워진 장들을 채워 넣고 있었다. 사내로선 물론 가게 안에 차려진 집합사에 새들이 몇 마리쯤 숨겨져 있는지 들여다볼 기회가 한 번도 없었지만, 젊은이는 아마도 그 비밀 집합사에 새가 바닥이 나게 버려두는 일이 한 번도 없는 것 같았다. 특히나 오전 동안엔 젊은이가 바깥 새장을 비워두는 일이란 절대로 없었다. 가게 안 비밀 집합사엔 언제나 여분의 새들이 얼마든지 비워진 장을 채우게 될 차례를 기다리고 있는 것 같았다. 젊은이가 비밀 집합사를 들어갔다 오면 두 마리고 세 마리고 그의 손아귀엔 언제나 그가 필요한 수만큼의 새들이 움켜져 나왔다.

이날도 젊은이는 벌써 스무 개 이상의 빈 새장을 새로 채워 넣고 있었다.

사내는 계속 다시 채워진 새장 앞에서 자신의 충동을 견뎌내고 있었다.

그런데 그때— 한 새장에서 이상한 일이 일어났다.

사내가 무슨 버릇처럼 한 새장 문을 손가락 끝으로 톡톡 건드리자 장 속의 새가 포르륵 날개를 퍼득여 그의 손가락 쪽으로 날아와 붙었다.

사내가 손가락을 좀더 깊숙이 장 속으로 디밀었다. 그러자 다시 장 속의 새는 녀석의 조그만 부리로 사내의 손가락 끝을 조심스럽게 한두 번 콕콕 쪼아대는 시늉이더니, 나중에는 겁도 없이 홀짝 그 손가락 위로 몸을 날려 내려앉았다. 그리고 꽁지를 가볍게 간들거리며 조그만 눈망울로 말똥말똥 그의 표정을 살피고 있었다.

사내는 한동안 거의 넋을 잃은 듯한 얼굴로 장 속의 새 앞에 못 박혀 서 있었다. 사내의 초라한 입가에 이윽고 누런 웃음이 번졌다. 그리고 거기서 그 사내의 오랜 기다림이 끝났다.

"그래, 나도 이젠 네놈을 알아볼 수가 있구말구……"

사내는 혼잣말처럼 낮게 중얼거리고 나서, 다시 가겟집 젊은이를 향해 자랑스럽게 말했다.

"내 오늘은 이 녀석을 사주겠소."

그는 곧 야전잠바 주머니를 뒤져 동전 스무 닢을 세어 내놓고 나서, 이젠 젊은이의 응낙을 기다릴 것도 없이 스스로 새장 문을 따기 시작했다.

그는 열린 장 문 사이로 손을 디밀어 녀석을 조심스럽게 손바닥에 싸안았다. 그리고 무슨 소중스런 물건이라도 다루듯 자신의 코앞까지 녀석을 높이 치올려 들고는 사람에게 하듯이 중얼중얼 말했다.

"하지만 이젠 알아두거라. 여긴 네놈들에게 그리 즐겨할 곳이 못 된다는 걸 말이다. 그래 나도 이게 네놈한텐 마지막일 테니 이번엔 좀 날개가 저리도록 멀찌감치 하늘을 날아가보거라……"

손안에 든 새가 사내를 재촉하듯 날개를 두어 번 퍼득대고 있었다.

그러자 사내도 이제 그만 녀석을 놓아줄 자세를 취했다. 퍼득여대는 녀석의 양 날개 밑으로 손끝을 집어넣어 녀석을 높이 받쳐 올렸다. 그리고 그가 뭔가 혼잣말 같은 것을 입속으로 중얼대며 녀석을 막 놓아주려던 참이었다.

사내는 금세 뭐가 이상해졌는지 숲으로 놓아주려던 녀석을 다시 가슴팍 밑으로 끌어내렸다. 그러고는 녀석의 날개를 들추고 벌어진 날갯죽지 밑을 유심히 살폈다.

사내가 들춰낸 녀석의 양쪽 날개 밑엔 무슨 가위 같은 물건으로 속 깃을 잘라낸 자국이 역력했다.

사내는 일순 그것이 도대체 무엇을 뜻하며 어째서 그런 일이 생기게 됐는지 짐작이 안 가는 듯 멍멍한 표정을 짓고 있었다.

한동안 조용히 잘려나간 녀석의 속날개깃 자국을 들여다보고 있던 사내의 눈길에 이윽고 어떤 세찬 분노의 불길이 일기 시작했다.

그는 새를 거머쥔 손에 으스러지도록 힘을 주며 말없이 그의 거동만 훔쳐보고 있는 젊은이를 정면으로 쏘아보았다. 그 세찬 분노의 불길이 이글거리는 사내의 눈길은 사람까지 온통 달라 보이게 하였다. 그는 자신의 분노 때문에 손과 입술까지 마구 떨리고 있었다.

하지만 사내는 자신을 참는 데 너무도 깊이 길이 들여진 인간이었다.

그는 끝끝내 한마디 말도 없이 자신의 분노를 견뎌냈다. 분노와 증오에 불타던 사내의 눈길에서 이윽고 그 세찬 열기가 서서히 가라앉아가고 있었다. 그리고 분노와 증오의 빛 대신 그의 눈길엔 어느새 조용한 슬픔의 응어리 같은 것이 맺혀들기 시작했다.

그는 문득 가겟집 젊은이로부터 시선을 거두었다. 그리고 그 높고 푸른 가을 하늘을 오래도록 우러르고 있었다.

가겟집 젊은이는 그러나 여전히 남의 일을 구경하듯 거동이 태연스러웠다.

처음 한동안은 그도 역시 사내의 심상찮은 기세에 눌려 여느 때처럼은 처신을 못했다. 사내의 행동을 함부로 간섭하고 들지도 못했고, 거꾸로 사내를 깡그리 무시한 채 그 앞에서 금세 등을 돌리고 돌아서지도 못했다. 그리고 사내가 마침내 새의 날개 밑을 들춰내자 그는 무슨 몹쓸 비밀을 들킨 사람처럼 엉거주춤한 자세로, 그러나 될수록 자신을 잃지 않으려는 듯 조금은 뻔뻔스럽고 무관심한 표정으로, 끝끝내 그 사내의 눈길만 맞받고 서 있었다. 그게 사내의 눈길에 붙잡힌 젊은이의 거동새였다.

하지만 사내는 마침내 스스로 깨닫고 스스로 자신을 다스려주었다. 젊은이는 이제 그걸로 그만이었다.

그는 순식간에 다시 자신을 되찾고 있었다. 그리고 그 하늘을 우러러 얼굴을 쳐들고 서 있는 사내를 향해 까닭 모를 웃음을 흘리고 있었다.

이윽고 사내가 그 하늘로부터 조용히 눈길을 끌어내려 그를 다시 돌아다보았을 때도 그는 계속 그 비웃음과 연민기 같은 것이 뒤섞인 기묘한 웃음기 속에 유유히 사내를 구경하고 있었다.

9

도시를 빠져나온 신작로 길이 가을날 저녁 햇살 속을 남쪽으로 하얗게 뻗어나가고 있었다.

가을 해는 중천을 비껴서면 풀기가 꺾이게 마련이었다. 사내는 야전잠바 목깃을 꼭꼭 여며 잠그며 그 신작로 길을 따라 지친 발길을 끈질기게 남쪽으로 옮겨가고 있었다. 바람막이 삼아 앞단추를 열고 가슴께로 숨겨진 사내의 오른쪽 손아귀 속에서 아직도 방생의 집 새 한 마리가 발톱과 부리를 쉴 새 없이 꼼지락대고 있었다.

"답답하더라도 조금만 참거라."

사내는 마치 동무에게라도 말하듯 옷깃 속에서 몸을 꼼지락대고 있는 녀석에게 낮게 중얼거렸다.

"나도 몹시 다리가 아프지만 그래도 아직 해가 있을 때 마을을 만나야 하니 말이다. 앞으로도 며칠을 더 이렇게 걸어야 할지 모르는 길인데, 첫날서부터 아무 데서나 한뎃잠을 잘 수는 없지 않겠냐."

그는 계속해서 남쪽으로 걸었다. 그리고 그의 등 뒤로 멀어져가는 도시의 하늘에서 자신의 지친 발걸음을 재촉할 구실을 구하듯 때때로 고개를 뒤로 돌아보곤 하였다.

"그래 어쨌거나 우리가 녀석을 떠나온 건 백 번 천 번 잘한 일이었을 게다. 게다가 이제부터 도시엔 겨울 추위가 몰아닥치게 되거든. 너 같은 건 절대로 그 도시의 추위를 견디지 못한다. 작자도 아마 그걸 알았을 게다. 글쎄, 네놈도 그 작자가 암말 못하고 멍청하게 날 바라보고만 있는 꼴을 봐뒀겠지. 내가 네놈을 데리고 떠나려 할 때…… 아, 그야 나도 물론 작자한테 그만한 값을 치르긴 했지만 말이다."

맞은편 산굽이께로부터 도시를 향해 길을 거꾸로 들어가고 있는 사람들의 한 패가 사내의 곁을 시끌적하게 떠들고 지나갔다.

사내는 잠시 말을 끊고 그 도시로 들어가는 사람들의 일행을 스쳐 보냈다. 그리고 그들의 말소리가 등 뒤로 멀리 사라져간 다음 다시 말하기 시작했다.

"마지막 반 해분만이라도 내 그 노역의 품삯을 한사코 주머니 속에 깊이 아껴뒀던 게 천만다행이었지. 널 데려올 수 있었던 건 순전히 그 돈 덕분인 줄이나 알아라. 하기야 그건 내가 정말로 집엘 닿는 날까지 기어코 안 쓰고 지니려던 거였지만…… 하지만 난 후회 않는다. 암 후회하지 않구말구. 그까짓 돈이야 몇 푼이나 된다구…… 이런 몰골을 하고 빈손으로 고향 길을 찾기는 좀 뭣할지 모르지만, 그런다구 어디 사람까지 변했나…… 아니, 아니 내 아들녀석도 물론 그런 놈은 아니구."

사내는 제풀에 고개를 한번 세차게 흔들었다.

가슴속 녀석이 응답을 해오듯 발가락을 몇 차례 꼼지락거렸다. 그 바람에 잠시 발길을 멈추고 녀석의 발짓을 느끼고 있던 사내의 얼굴에 만족스런 웃음기가 번지고 있었다.

"그래, 어쨌든 잘했지. 떠나온 건 잘했어."

사내는 다시 발길을 떼 옮기며 말하기 시작했다.

"녀석도 아마 잘했다고 할 거야. 글쎄, 이렇게 내가 제 발로 녀석을 찾아 나섰기가 망정이지 하마터면 우리도 거기서 겨울을 지낼 뻔했질 않았나 말이다."

그리고 사내는 뭔가 더욱 은밀하고 소중스런 자신만의 비밀을 즐기듯 몽롱스런 눈길로 중얼거림을 이어갔다.

"너도 곧 알게 될 게다. 우리가 함께 남쪽으로 길을 나서길 얼마나 잘했는가를 말이다. 남쪽은 북쪽하곤 훨씬 다르다. 겨울에도 대숲이 푸른 곳이니까. 넌 아마 대숲이 있는 곳이면 겨울도 그만일 테지. 내 너를 그런 대숲이 있는 곳으로 데려다줄 테다. 녀석의 집 뒤꼍에도 그런 대숲은 얼마든지 많을 테니까. 암 대숲이야 많구말구…… 넌 그럼 그 대숲으로 가거라. 그리고 거기서 겨울을 나려무나……"

사내의 얼굴은 이제 황홀한 꿈속을 헤매고 있는 사람의 그것처럼 밝고 행복하게 빛나고 있었다.

그는 계속 걸으면서 중얼댔다.

"넌 아마 그래야 할 게다. 가엾게도 작은 것이 날개를 너무 상했으니까. 이 겨울은 그 대숲에서 날개가 다시 길어나기를 기다려야 할 게야. 내년에 다시 날이 풀리면 네 하늘을 맘껏 날 수가 있을 때까진 말이다. 그야 너만 좋다면 녀석의 집에서 이 겨울을 너와 함께 지내줄 수도 있지만, 그건 아무래도 네 맘은 아닐 테니까……"

석양의 햇발이 점점 더 풀기를 잃어갔다.

구불구불 남쪽으로 뻗어나가고 있는 하얀 신작로 길도 먼 곳에서부터 차츰 윤곽이 아득히 흐려져가고 있었다.

하지만 사내에겐 아직도 한줄기 햇볕이 등줄기에 그토록 따스할 수가 없었다. 그리고 그 한줄기 햇살이 꺼지지 않는 한 그의 눈앞에서 남쪽으로 뻗어나가고 있는 좁은 신작로 길이 그토록 따뜻하고 맑게 빛나고 있을 수가 없었다. 그건 차라리 사내의 가슴속을 끝없이 비춰주는 영혼의 빛줄기와도 같았다.

사내는 아직도 지침이 없이 그 따스하고 행복스런 빛줄기를 좇으며 품속에서 가끔 발짓을 꼼지락거리고 있는 녀석에게 쉴 새 없이 혼자 중얼대고 있었다.

"하지만 네놈도 조금은 명념해봐야 한다. 탱자나무 울타리와 붉은색 벽돌 굴뚝이 높은 기와집, 게다가 뒷밭이 넓고 뒤쪽 언덕에 푸른 대숲이 우거져 내린 집…… 그런 집이 있는 동네가 나서는 걸 말이다. 그야 언젠간 너도 알겠지만, 그게 바로 우리가 찾아가는 남쪽 동네란다. 생각처럼 그렇게 쉽게 찾기는 어려운 곳이지. 하지만…… 글쎄, 그 남쪽 동네가 얼마나 따뜻한 곳인지 네가 어떻게 알기나 할는지……"

(1978)

선학동 나그네

— 남도 사람 3

남도 땅 장흥에서도 버스는 다시 비좁은 해안 도로를 한 시간 남짓 내리 달린 끝에, 늦가을 해가 설핏해진 저녁 무렵이 되어서야 종점지인 회진會鎭으로 들어섰다.

차가 정류소에 멎어 서자 막판까지 넓은 차 칸을 지키고 앉아 있던 일고여덟 명 손님이 서둘러 자리를 일어섰다. 젊은 운전기사 녀석은 그새 운전석 옆 비상구로 차를 빠져나가 머리와 옷자락에 뒤집어쓴 흙먼지를 길가에서 훌훌 털어내고 있었다.

사내는 맨 마지막으로 차에서 내려섰다. 차에서 내린 다른 손님들은 방금 완도 연락을 대기하고 있는 여객선의 뱃고동 소리에 발걸음들이 갑자기 바빠지고 있었다.

사내는 발길을 서두르지 않았다.

그는 배를 탈 일이 없었다. 발길을 서두르는 대신 그는 이제 전혀 할 일이 없는 사람처럼 한동안 밀물이 차오르는 선창 쪽 바다만 바라보고 있었다. 하다간 뒤늦게 무슨 할 일이 떠오른 듯 눈에 들어오는 근처 약방으로 발길을 황급히 재촉해 들어갔다.

약방에서 사내는 이마에 저녁 별 조각을 받고 앉아 있는 젊은 아낙에게 박카스 한 병을 샀다. 거스름돈을 내주는 여자에게 그가 물었다.

"아주머니, 요즘 물때가 저녁 만조겠지요?"

"그러겠지라우. 보름을 지낸 지가 엊그제니께요. 지금도 하마 물이 거의 차올랐을 텐디요?"

거스름을 내주며 묘하게 게으르고 건성스러워 들리는 사투리의 여자에게 사내가 다시 재우쳐 물었다.

"선학동 쪽에 하룻밤 묵어갈 만한 곳이 있을까요? 옛날엔 그쪽 길목에 술도 팔고 밥도 먹여주는 조그만 주막이 하나 있었던 걸로 기억합니다만……"

여자는 그제서야 쉰 길을 거의 다 들어서고 있는 듯한 사내의 행색을 새삼 눈여겨보는 듯했다. 하지만 그녀는 어딘가 짙은 피곤기 같은 것이 어려 있는 사내의 표정과 허름한 몰골에 금세 흥미가 떨어지는 어조였다.

"손님도 아마 선학동이 첫길은 아니신가 본디, 그야 사람 사는 동네에 하룻밤 길손 묵어갈 곳이 없을랍디요. 동네로 건너가는 길목에 아직 주막도 하나 남아 있고요……"

사내는 박카스 병을 열어 안엣것을 마시고 나서 곧 약국을 나왔다. 그러고는 이내 선창 거리를 빠져나가 선학동 쪽으로 늦은 발길을 재촉해 나서기 시작했다.

서쪽 산마루 위로 낙조가 아직 한 뼘쯤 남아 있었다.

"서둘러 가면 늦진 않겠군."

사내는 혼자 중얼거리며 걸음걸이에 한층 속도를 주었다.

……이곳을 지난 것이 30년쯤 저쪽 일이던가. 그때 기억에 따르면 선학동까지는 이 회진포에서도 아직 10리 길은 족히 되고 남은 거리였다. 해안으로 그 10리 길을 모두 걸어 닿아야 할 필요는 없었다. 이쪽 길목에 아직 주막이 남아 있다면, 그 선학동을 물 건너로 바라볼 수 있는 주막까지만 닿으면 되었다. 하다못해 선학동 포구를 내려다볼 수 있는 돌고개 고빗길만 돌아서게 되어도 그만이었다.

하지만 해 안으론 어쨌거나 선학동을 보아야 했다. 선학동과 선학동을 감싸 안고 뻗어 내린 물 건너 산자락을, 그 선학동 산자락을 거울처럼 비춰 올릴 선학동 포구의 만조滿潮를 놓치지 말아야 했다.

사내는 갈수록 발길을 서둘러댔다.

한동안 물깃을 따라 돌던 해변길이 이윽고 산길로 변하였다. 선학동으로 넘어가는 돌고개 산길이 시작되고 있었다. 왼쪽으로 파란 회진포의 물길을 내려다보며 산길은 소나무 숲 무성한 산굽이를 한참이나 구불구불 돌아나가고 있었다.

솨— 솨—

솔바람 소리가 제법 시원스럽게 어우러져 들었으나 갈 길이 조급한 사내의 이마에선 땀방울이 송글송글 돋아났다.

붕—

왼쪽 눈 아래로 때마침 포구를 빠져나가는 완도행 여객선의 바쁜 뱃길이 그림처럼 내려다보였다. 사내는 여객선의 긴 뱃고동 소리에조차 공연히 마음이 쫓기는 심사였다. 그는 그 여객선과 시합이라도 벌이듯 허겁지겁 산길을 돌아들었다.

하지만 여객선의 속력과 사내의 걸음걸이는 처음부터 상대가될 수 없었다. 배는 순식간에 포구를 빠져나가 넓은 남해 바다를 향해 까맣게 섬 기슭을 돌아서고 있었다.

사내도 이젠 거의 마지막 산굽이를 돌아들고 있었다. 선학동쪽으로 길을 넘어설 돌고개 모롱이가 눈앞에 있었다.

사내는 새삼 표정이 긴장되기 시작했다. 산길이 제법 높아 그런지 저녁 해가 회진 쪽에서보다 아직 한 뼘 길이나 더 남아 있었다. 이제 마지막 산모롱이를 하나 올라서고 나면, 거기서 다시오른쪽으로 길게 뻗어 들어간 선학동 포구의 긴 물길이 눈앞을시원히 막아설 것이었다. 거기서 그는 보게 될 것이다. 장삼 자락을 길게 벌려 선학동을 싸안은 도승 형국의 관음봉觀音峰과 만조에 실려 완연히 모습 지어 오를 그 신비스런 선학仙鶴의 자태를. 그리고 재수가 좋으면 어쩌면 듣게 될 것이었다. 그 도승의품속 어디선가로부터 둥둥둥둥 포구를 울리며 물을 건너오는산령山靈의 북소리를, 그리고 그 종적 모를 여자의 한스런 후일담을……

사내는 억누를 수 없는 기대감 때문에 발걸음마저 차츰 더디어져가고 있었다.

하지만 사내에겐 오래 망설여델 여유가 없었다. 그는 긴장한자신을 달래기 위해 심호흡을 한번 크게 내뱉고 나선 이내 성큼 성큼 마지막 산모롱이를 올라섰다.

순간 ── 사내의 얼굴 표정이 크게 흔들렸다.

눈앞에 펼쳐진 풍광이 너무도 의외였다.

돌고개 너머론 또 한 줄기 바다가 선학동 앞까지 길게 뻗어 들어가 있어야 했다. 물이 있어야 할 곳에 물이 없었다. 바닷물은 언제부턴지 돌고개 기슭에서부터 출입이 끊겨 있었다. 돌고개 기슭과 관음봉의 오른쪽 산자락 끝을 건너 이은 제방이 포구의 물길을 끊어버리고 있었다. 포구는 바닷물 대신 추수가 끝난 빈 들판으로 변해 있었다. 들판 건너편으로 옹기종기 집들이 모여 앉은 선학동의 모습이 아득히 떠올랐다. 비상학飛翔鶴의 모습은 자취를 찾을 수 없었다. 둥둥…… 관음봉 지심地心에서부터 물을 건너 울려온다던 그 산령의 북소리도 들려올 리 없었다. 변하지 않은 것은 다만 장삼 자락을 좌우로 길게 펼쳐 앉은 법승 형국의 관음봉뿐이었다. 그 기이한 관음봉의 자태도 포구에 물이 차올라 있을 때의 얘기였다. 마른 들판을 싸안은 관음봉은 전날과 같이 아늑하고 인자스런 지덕地德과 풍광을 깡그리 잃고 있었다. 그것은 다만 들판을 둘러싸고 내려앉은 평범한 산줄기에 불과했다.

사내는 모든 기대가 한꺼번에 무너져 내린 듯 그 자리에 털썩 몸을 주저앉히고 말았다. 그러고는 이제 잃어버린 선학동의 옛 풍정을 되새기듯 아쉬운 상념 속을 헤매 들기 시작했다.

선학동仙鶴洞── 그곳엔 옛부터 기이한 이야기 한 가지가 전해오고 있었다. 이야기는 포구 안쪽에 자리 잡은 선학동의 뒷산 모습으로부터 연유한 것이었다. 그 산세가 영락없는 법승의 자태를 닮고 있었기 때문이다. 마을 뒤쪽으로 주봉을 이루고 있는 관음봉은 고깔처럼 뾰죽하게 하늘로 치솟아오른 모습이 영락없는 법승의 머리통을 방불케 하였고, 그 정봉을 한참 내려와 좌우로 길게 펼쳐 내려간 양쪽 산줄기는 앉아 있는 법승의 장삼 자락을 형용하고 있었다. 선학동 마을은 이를테면 그 법승의 장삼 자락에 안겨든 형국이었다. 그런 데다 마을 앞 포구에 밀물이 차오르면 관음봉 쪽 산심의 어디선가로부터 둥둥둥둥 법승이 북을 울려대는 듯한 신기한 지령음地靈音이 물 건너 돌고개 일대까지 들려오곤 한다는 것이었다.

마을 터가 상서롭게 일컬어져온 것은 말할 나위가 없었다.

그러나 마을 사람들에게 보다 더 관심이 가는 일은 선대들의 묏자리를 위해 관음봉 산자락 가운데서도 진짜 지령음이 솟아오르는 명당明堂 줄기를 찾는 일이었다. 마을엔 옛부터 그 지령음이 울려 나오는 곳에 진짜 명당이 숨어 있다는 말이 전해져오는 데다, 사람들은 그 명당을 찾아 조상의 뼈를 묻음으로써 관음봉의 음덕陰德을 대대손손 누리고 싶어 했기 때문이다.

뿐더러 관음봉 산록에 명당이 있다 함은 이 마을을 선학동이라 부르게 된 데에도 또 하나 깊은 내력이 있었다. 산의 이름이 관음봉이라 한다면 마을 이름도 마땅히 관음리 정도가 되는 게 상례였다. 그러나 마을은 옛부터 이름이 선학동이라 하였다. 까닭인즉, 마을 앞 포구에 밀물이 차오르면 관음봉이 문득 한 마리 학으로 그 물 위를 날아오르기 때문이었다. 포구에 물이 들면 관음봉의 산그림자가 거기에 떠올랐다. 물 위로 떠오르는 관음봉의 그림자가 영락없는 비상학의 형국을 자아냈다. 하늘로 치솟아 오른 고깔 모양의 주봉은 힘찬 비상을 시작하고 있는 학의 머리요, 길게 굽이쳐 내린 양쪽 산줄기는 날개의 형상이 완연했다.

포구에 물이 차오르면 관음봉은 그래 한 마리 학으로 물 위를 떠돌았다. 선학동은 날아오르는 학의 품 안에 안긴 마을인 셈이었다.

동네 이름이 선학동이라 불리게 된 연유였다. 그리고 그런 연유로 관음봉의 명당은 더욱 굳게 믿기고 있었다. 명당을 얻기 위해 관음봉 일대에 묻힌 유골은 헤아려낼 수도 없을 정도였다.

그러나 이제는 그 포구에 물길이 막혀 있었다. 관음봉의 그림자가 내려 비칠 곳이 없었다. 포구의 물이 말라버림으로 하여 이제는 더 이상 관음봉이 한 마리 선학으로 물 위를 날아오를 수 없게 된 것이었다.

관음봉은 이제 날개가 꺾여 주저앉은 새였다. 그것은 이제 꿈을 잃은 산이었다.

사방은 어느새 저녁 어스름이 짙게 젖어 들어오고 있었다. 어스름이 내려 깔린 들판 건너로 관음봉의 무심한 자태가 더욱 황량스럽게 멀어져갔다.

솨— 솨—

솔바람 소리가 시시각각으로 짙은 어둠을 몰아왔다.

사내는 그제서야 자리에서 일어섰다. 그리고 비로소 생각이 난 듯이 뻗어 내려간 들판과 어둠 속으로 눈길을 천천히 훑어 내리기 시작했다.

이제 여자의 소식을 만날 희망 따윈 머리에서 깡그리 사라지고 없었다. 고을 모습이 너무도 많이 달라져 있었다. 선학동엔 이제 선학이 날지 않았다. 학이 없는 선학동을 여자가 일부러 지나쳤을 리 없었다.

하지만 이젠 날이 너무 어두워지고 있었다. 그리고 기왕 날을 잡아 나선 길이었다. 주막에서 하룻밤을 묵어갈 수밖에 없었다.

약국 여자가 일러준 대로 주막은 금세 찾아낼 수 있었다. 산길이 들판으로 뻗어 내려간 솔밭 기슭에 10여 가호 정도의 작은 마을이 하나 새로 생겨나 있었다. 포구를 막아 들판이 되면서 길목 따라 생겨난 마을인 듯했다.

사내는 휘청휘청 힘없는 걸음걸이로 산길을 내려갔다. 주막은 마을 초입께에 마른 버섯처럼 낮게 쪼그려 붙어 앉아 있었다. 초가지붕을 인 옛 그대로의 모습이 어슴푸레 기억 속에 되살아났다. 사내는 그 음습하고 쇠락한 주막집 사립문 안으로 무심히 들어섰다.

"주인장 계십니까."

사내의 인기척 소리에 어두운 부엌 쪽에서 이내 한 중년 연배의 아낙이 치맛자락에 물 묻은 손을 훔치며 나타났다.

얼핏 보아하니 기억이 전혀 떠오르지 않는 얼굴이었다. 주막집 주인이 바뀐 모양이었다. 하기야 그 무렵에 이미 쉰 고개를 훨씬 넘어서고 있던 주막집 노인이었다. 30년이면 강산이 변해도 세 번은 변했을 세월이었다. 그때의 노인이 아직 주막을 지키고 남아 있을 리 없었다.

"목 좀 축일 수 있겠소?"

그는 별 요량도 없이 아낙에게 말했다.

"약주를 드실라고요?"

아낙은 왠지 그리 달갑지 않은 어조로 그에게 되물어왔다.

"그럽시다."

사내는 거의 건성으로 대꾸하고 나서 마루 위로 털썩 몸을 주저앉혔다.

"갖다 놓은 지가 며칠 돼서 술이 좀 안 좋을 것인디 그래도 괜찮겠소?"

아낙은 마치 술을 팔기 싫은 사람처럼 한 번 더 다짐을 주고 나서야 부엌 쪽으로 몸을 비켜 나갔다.

아낙의 태도는 웬일인지 늘상 그런 식이었다.

잠시 후, 아낙이 초라한 목판 위에다 김치보시기 하나와 술주전자를 얹어 내왔을 때 사내가 다시 아낙에게 말했다.

"어떻게, 저녁 요기도 좀 함께 부탁드릴 수 있겠소?"

아낙은 이번에도 주막집 여편네답지 않게 심드렁한 소리로 되물어왔다.

"왜, 이 골이 초행길이신게라우?"

"예, 초행길이나 다름없습니다. 그래 오늘 하룻밤을 여기서 아주 묵어갔으면 싶소만⋯⋯"

내친김에 사내가 다시 밤까지 묵어갈 뜻을 말했으나, 아낙은 역시 마음이 금방 내켜오지 않는 표정으로 그의 눈치만 살피고 있었다.

"왜, 묵고 가기가 어렵겠소?"

사내가 재차 묻고 들자 아낙은 그제서야 마지못한 듯 반허락을 해왔다.

"글씨⋯⋯ 요샌 밤을 묵어가신 손님이 통 없어놔서요. 상 차림새도 마땅찮고 잠자리도 험할 것인디, 그래도 손님이 좋으시다면 할 수 없지라우."

사내는 그래도 상관이 없노라고 했다. 그게 돈 받고 남의 시중들어주는 남도 사람들의 소박한 자존심이나 결벽성 때문이거니 여기며 그 역시 마음속에 크게 괘념을 않으려 했다.

"선학동 포구가 그새 모두 들판이 되었는데도 형편들은 그리 나아지질 못한 것 같군요."

사내는 기둥 하나 너머로 부엌일을 서둘러대고 있는 아낙에게 망연스런 어조로 말하며 혼자 술잔을 비워내기 시작했다. 그런데 그 소리가 인연이 되어 사내와 아낙 사이에 오간 몇 마디가 뜻밖의 인물을 불러내고 있었다.

"글씨, 우리 같은 길갓집 살림이야 고을 인심에 기대 사는 처진디, 들농사가 는다고 그런 인심까지 함께 늘지는 않는갑습디다."

주막집 아낙은 사내가 말한 뒤 한 식경이나 지나서 솔불 연기

사이로 구정물통을 한 손에 들고 서서 잠시 지난날의 주막일을 푸념 섞어 들춰냈다.

"그야, 한 10여 년 전엔 포구 일 때문에 공사판 사람들이 줄을 서가며 찾아들 때도 있긴 했지만, 그것도 그저 그 한때뿐 공사가 끝나고는 그만 아니었겠소."

"선학동에 학이 날지를 못하게 됐으니 그런가 보군요."

아낙의 푸념에 사내는 문득 들판 건너 어둠 속에 싸여들고 있는 관음봉 쪽을 건너다보며 아직도 반혼잣말처럼 무심스레 말했다.

"선학동은 이제 이름뿐 아닙니까? 관음봉이 그림자를 드리울 물을 잃었으니 학이 이제는 날아오를 수가 없지요. 그래 학마을에서 학이 날지를 못하게 됐으니 인심이 그렇게 말라든 거 아니겠소……"

그런데 그때.

"포구 물이 말랐다고 학이 아주 못 나는 것은 아니라오."

덜컹하고 안방 문이 열리며 느닷없는 목소리가 튀어나왔다. 말꼬리를 잇고 나서는 품이 여태까지 문 뒤에서 바깥 얘기를 귀담아듣고 있었음이 분명했다. 주인 사내쯤 되는 것 같았다.

그는 어느새 등불까지 켜 들고 인사말도 없이 불쑥 손에게로 다가왔다. 그러고는 다시 심상찮은 소리를 덧붙여왔다.

"하기야 이 포구의 물길이 막힌 뒤로는 우리도 한동안 그리 생각을 했지요. 물이 마른 포구에 진짜로 관음봉이 그림자를 드리울 수는 없었으니께요. 하지만 요샌 사정이 다시 달라졌어요…… 노형은 보실 수가 없을지 모르지만 이 물도 없는 포구에 학이 다시 날기 시작했으니께요……"

주인 사내는 말을 하면서도 왠지 이쪽 표정을 무척이나 세심하게 살피고 있는 기미가 역력했다. 하더니 그는 마침내 어떤 확신이 선 듯, 그래 어느 구석인가는 오히려 시치밀 떼고 있는 듯한 어조로 손의 호기심을 돋우고 들었다.

"연전에 한 여자가 이 동넬 찾아들었지요. 그 여자가 지나간 다음부터 이 고을에 다시 학이 날기 시작했어요…… 헌디 손님도 아마 오래전부터 이 선학동의 비상학 애길 알고 기셨던 모양이지요?"

……죽었던 학이 다시 날기 시작했다? 한 여자가 이 고을을 찾아들고 나서부터?

사내에게 비로소 어떤 질긴 예감이 움직여오기 시작했다. 사내의 말투는 어딘지 이미 이쪽 맘속을 환히 꿰뚫고 있는 것만 같았다. 그리고 일부러 그의 궁금증을 충동질해오고 있는 것 같았다. 하지만 그보다 사내가 긴장한 것은 그가 켜 들고 온 희미한 불빛 아래로 주인 사내의 얼굴을 보았을 때였다. 불빛에 드러난 사내의 얼굴엔 이미 초로의 피곤기 같은 것이 짙게 어려들고 있었다. 하지만 그는 금세 사내의 불거진 광대뼈와 짙은 두 눈썹 모습에서 까맣게 잊고 있던 한 소년의 모습을 떠올릴 수 있었다.

그는 긴장감 때문에 가슴이 새삼 두근거려오기 시작했다. 그리고 그런 경우에 늘상 그래왔듯이 목소리를 잔뜩 낮추었다.

"그거 참 듣던 중 희한한 얘기로군요. 아닌 게 아니라 나도 이 선학동 비상학 얘기는 오래전에 한번 들은 일이 있었소마는. 그래 어떤 여자가 이 골을 다녀갔길래 가라앉아버린 학을 다시 날아오르게 했단 말이오."

사내는 선학동을 찾은 것이 허사가 되지 않을 것 같았다.

주인은 손에게 너무도 많은 기대를 갖게 했다. 손은 주인에게 은근히 여자의 이야기를 졸라댔다. 그는 여자가 선학동의 학을 다시 날아오르게 한 사연을 몹시도 듣고 싶어 하였다. 주인은 그러나 거기서부터는 왠지 이야기를 쉽게 털어놓으려 하지 않았다. 그는 손 앞에서 새삼 이야기의 서두를 망설이고 있었다.

"그거 뭐 노형한테는 상관이 되는 일도 아닐 텐디요…… 이따 저녁 요기나 끝내고 나시거든 심심파적으로나 들려드릴까……"

이야기를 잠시 피해두고 싶은 듯 자리까지 훌쩍 비켜버리는 것이었다.

그러나 손 쪽도 이제는 짐작이 있었다. 주인 사내는 손이 그토록 이야기를 듣고 싶어 하는 연유조차도 묻질 않았다. 그러나 그 주인 역시도 어딘지 이제는 손 앞에서 여자의 이야기를 털어놓고 싶은 기미가 역력했다. 작자는 짐짓 손의 조바심을 돋우려는 게 분명했다.

사내의 짐작은 과연 옳았다.

주인 사내는 그새 어디 마을이라도 나간 듯 손이 그럭저럭 저녁상을 물린 다음까지도 통 모습을 나타내지 않았다. 그래 혼자

술청 뒷방에서 막막한 예감에 부대끼던 사내가 참다못해 다시 앞마루로 나가보니 작자가 또 어느새 소리도 없이 그곳에 돌아와 있었다. 뿐더러 그는 어느새 술상까지 마루로 내받고 있었는데, 그것도 여태 손이 나오기를 기다리고 있었던 듯 빈 술잔 한 개를 남겨두고 있었다. 그리고 비로소 손이 나타나자 그는 이번에도 말이 없이 남은 술잔을 다짜고짜 손 앞으로 채워 건넸다.

손도 말없이 주인 건너편 술상 앞으로 자리를 잡고 걸터앉았다.

보름 지난 달빛이 들판을 가득 내려 비추고 있었다. 등잔불도 없는 술자리가 달빛으로 밝기가 그만저만하였다.

손이 이윽고 술잔을 비워내어 주인에게 건넸다. 그러자 주인도 자기 앞의 술잔을 손에게로 비워 건네며 제물에 먼저 입을 열어오기 시작했다.

"그러니께 지금서부터 한 30년 전 내가 이 집에서 술심부름을 하고 지내던 시절이었지요……"

주인은 이제 앞뒤 사정을 제쳐놓고 단도직입적으로 어렸을 적 이야기를 꺼내었다. 손으로선 다소 갑작스런 이야기가 아닐 수 없었다. 주인이 거두절미 어렸을 적 얘기를 꺼낸 것처럼 손 쪽도 뭔가 이미 예상을 하고 있었던 듯 표정이 그리 설어 보이지 않았다.

"어느 해 가을이던가. 이 집에 참 빼어난 남도 소리꾼 부녀가 찾아든 일이 있었어요. 머리가 반백이 다 되어간 늙은 아비하고 이제 열 살이 넘었을까 말까 한 어린 계집아이 부녀였는디, 철

모를 적에 들은 기억이지만, 양쪽이 모두 명창으로다 소리가 좋았지요……"

주인은 제법 소중스레 간직해온 이야기를 털어놓듯 목소리가 차츰 낮게 가라앉아가고 있었다. 주인의 이야기에 말없이 귀를 기울이고 있는 손의 표정도 그럴수록 조급하게 쫓겨대고 있었다. 주인은 그 손이 뭔가 자신의 예감에 부대끼고 있는 기미는 아랑곳도 않은 채 혼자서 이야기를 이어갔다.

"소리는 주로 아비 되는 노인 쪽이 많이 하고 딸아이에겐 아직 소리를 가르치기 겸해 어쩌다 한 번씩밖에 시키는 일이 없었지만서도, 우리가 듣기엔 딸아이의 목청도 노인에 진배없이 깊고 도도했지요. 그 부녀가 온 뒤로 주막은 날마다 소리 즐기는 사람들 발길이 끊일 날이 없었어요. 헌디 노인은 선학동 사람들이 소리를 들으러 이 주막으로 물을 건너오게 했을 뿐 당신이 소리를 하러 주막을 떠나는 일은 한 번도 없었어요. 언제고 이 주막에 앉아서 소리를 했지요. 연고를 알고 보니 노인은 그때 이 주막에 앉아 소리를 하면서 선학동 비상학을 즐기셨던 거드구만요. 포구에 물이 차오르고 선학동 뒷산 관음봉이 물을 타고 한 마리 비상학으로 모습을 떠올리기 시작할 때면, 노인은 들어주는 사람이 있거나 없거나 그 비상학을 벗 삼아 혼자 소리를 시작하곤 했어요. 해 질 녘 포구에 물이 차오르고 부녀가 그 비상학과 더불어 소리를 시작하면 선학이 소리를 불러낸 것인지 소리가 선학을 날게 한 것인지 분간을 짓기가 어려울 지경이었지요. 헌디 그렇게 한 서너 달쯤 지났을까요. 노인넨 그동안

맘속으로 깊이 목적한 일이 따로 있었던 거드구만요. 무어라 할
까…… 노인넨 그냥 비상학을 상대로 소리만 즐긴 게 아니라 어
린 딸아이의 소리에 선학이 떠오르는 이 포구의 풍정을 심어주
려 했다고나 할까…… 하여튼지 한 서너 달 그렇게 소리를 하고
나니 노인네 뜻이 그새 어느 만큼은 채워졌던가 봅디다. 계집아
이의 소리가 처음 주막을 찾아들었을 때보다도 훨씬 더 도도하
고 장중스러워지는구나 싶었을 때였어요. 부녀가 홀연 주막을
떠나가고 말았어요. 그러곤 영 소식이 없었지요……”

　주인은 거기서 목이 맺히는 듯 다시 술잔을 비워 손에게로 건
넸다. 손은 말없이 그 술잔을 받아놓음으로써 주인의 다음 이야
기를 재촉했다.

　주인이 다시 이야기를 계속했다.

　“그 뒤로 이 선학동엔 부녀의 소리를 잊지 못해하는 사람들이
많았지요. 기약도 없이 떠나가버린 부녀가 다시 한번 이 고을을
찾아주기를 기다리는 사람도 많았고요. 하여간에 그 부녀의 소
리는 두고두고 이 고을 사람들 입에 오르내리는 이야깃거리로
남게 되었어요. 하지만 부녀는 다시 마을을 찾아온 일이 없었고
그럭저럭하다 보니 이 선학동 사람들도 종당엔 부녀의 일을 차
츰 잊어가기 시작했지요. 그리고 이 산 밑 포구가 마른 들판으
로 변해가고 관음봉이 다시 학이 되어 물 위를 날 수가 없게 된
담부터선 그 부녀의 이야기도 영영 사람들 머리에서 잊히고 말
았어요. 헌디 아마 이태 전 봄이었을 거외다…… 그러니께 그때
만 해도 벌써 포구가 맥힌 지 7, 8년이 지난 뒤라 소리꾼 부녀는

물론 비상학의 기억까지도 까맣게들 잊고 지내던 참이었는디, 어느 날 느닷없이 여자가 여겔 다시 왔어요……"

주인은 거기서 다시 말을 멈추고 손 쪽을 이윽히 건너다보았다.

이야기가 바야흐로 제 줄기로 접어 들고 있었다. 손 쪽에서도 이젠 더 이상 조용히 예감을 견디고만 있기가 어려워진 것 같았다.

"여자라니요? 그때 그 소리를 하던 노인의 딸아이가 말이오?"

손이 자기 앞에 밀린 술잔을 하나 재빨리 비워내어 주인 쪽으로 건네며 물었다.

"그 여자가 아니라면 누구겠소."

주인은 손의 참견을 가볍게 나무라고 나서 다시 이야기를 계속했다.

"그새 많이 장성을 하였더구만요. 아니, 장성을 했다기보다는 소리에 세월이 많이 배어들었어요. 소리를 배워준 옛날 노인네도 오래전에 벌써 여읜 뒤였고. 허지만 난 금방 여잘 알아봤지요. 여자 쪽도 물론 이쪽을 쉬 알아봐줬고요……"

"무슨 일로 여자가 다시 이 고을을 찾아들었소?"

손이 다시 참을성 없이 끼어들었다. 하지만 주인은 이제 그러는 사내를 굳이 허물하고 싶은 기색이 아니었다.

"그야 우선은 옛날 선학동의 비상학을 한 번 더 찾아보고 싶어서였겠지요. 허지만 여자는 이 선학동 학이나 소리하는 것 말고도 진짜 치러야 할 일거리를 한 가지 지니고 왔었소……"

주인은 간단히 손의 궁금증을 무지르듯 말하고 다음 이야기를 이으려 하였다.

그때 손이 또 한 번 주인의 말줄기를 끊고 들었다.

"치러야 할 일거리라뇨? 그 여자가 무슨 일거릴 가지고 왔었소?"

예감에 부대껴대다 못한 참견이었다.

주인은 이제 손의 참견을 아예 무시해버리려는 눈치였다. 그는 이제 손 쪽에서 무얼 물어오고 무얼 조급해하든 짐짓 아랑곳을 않으려는 어조로, 또는 누구에겐가 그걸 전하기 위해 오랜 세월을 기다려온 사람처럼 다소간은 무겁고 조급한 어조로 혼자 이야기를 계속해나갔다.

여자에 관한 그 주인의 이야기는 대강 이런 것이었다.

여자는 옛날의 아비 대신 웬 초로의 남정 한 사람과 늦은 저녁 길로 주막을 찾아왔다. 그때 그 초로의 남정은 여자의 소리 장단통 하나와 매동거지가 제법 얌전한 나무 궤짝 하나를 등에 지고 왔는데, 그 나무 궤짝은 다름 아닌 여자의 옛날 아비의 유골을 모신 관구였다.

여자는 옛날 소리를 하고 떠돌다가 보성 고을 어디선가 숨이 걷혀 묻힌 아비의 유골을 20여 년 만에 다시 선학동으로 수습해 온 것이었다. 그것은 물론 이 선학동 산하에 당신의 유골을 묻어드리기 위해서였는데 그게 당신의 유언인 듯싶었고, 여자로서도 그게 오랜 소망이 되어왔다는 것이었다.

그러나 선학동은 원래부터 명당이 숨어 있는 곳으로 소문이 나 있는 곳이었다. 선학동 산지엔 이미 다른 유골을 묻을 곳이 없었다. 묏자리를 잡을 만한 곳은 이미 모두 자리가 잡혀졌고, 설사 아직 그런 곳이 남아 있다 하여도 임자 없는 땅이 있을 리 없었다. 암장이나 도장이 아니고는 여자는 이내 일을 치를 수가 없었다. 마을엔 이제 여자의 소리와 비상학의 기억을 지니고 있는 사람이 많지 않았다. 여자의 소문을 들은 마을 사람들은 은근히 자기네 산 단속을 서두르고 나섰다. 암장이나 도장조차도 섣불리 엄두를 낼 수 없었다.

하지만 여자는 서두르지 않았다. 일을 서두르거나 초조해하는 빛이 조금도 없었다. 여자는 그저 소리만 하면서 날을 보냈다. 해가 설핏해지면 여자의 소리가 주막 일대의 어둠을 흔들었다.

함평천지 늙은 몸이……

여자가 소리를 하고 초로의 남정이 장단을 잡았다. 나이 든 여자의 도도한 목청은 차츰 선학동 사람들을 주막까지 건너오게 하였고, 그 소리는 날이 갈수록 다시 듣는 사람의 애간장을 들끓어 오르게 만들곤 하였다.

여자의 소리가 며칠 그렇게 계속되자 선학동 사람들에게 이상한 일이 일어나기 시작했다. 선학동 사람들 중엔 누구도 아직 여자의 아비에게 땅을 내주려는 사람이 없었다. 하지만 여자의 소리를 들은 사람들은 그녀의 아비가 언젠가는 그곳에 땅을 얻어 묻히게 되리라는 것을 알았다. 그걸 지극히도 당연한 일처럼 생각했다. 그게 누구네 산이 될지도 몰랐고 어떤 식으로 그렇게 일이 되어갈지도 몰랐지만 어쨌거나 사람들은 여자의 소리를 듣고 막연히 그런 생각들을 하고 있었다.

주막집 사내는 더더구나 그랬다. 그는 누구보다도 여자의 소리에서 깊은 암시를 겪어내고 있었다. 그리고 그것이 무엇인지를 스스로 분명히 느끼고 있었다. 그는 다만 때가 오기를 기다렸다. 그리고 어느 날 마침내 그때가 다가왔다.

쑥대머리 귀신형용
적막옥방 홀로 앉아

어느 날 밤—그날사 말고 여자는 유난히 힘을 들여 소리를 하였다. 그리고 자정이 넘어서야 여자는 간신히 소리를 그쳤고, 선학동 사람들도 들판을 건너갔다.

마을 사람들이 모두 잠자리를 찾아 들판을 건너간 다음 여자가 마침내 주막을 나섰다. 초로의 남정에게 아비의 유골을 지워 밤길을 앞세우고서였다. 그리고 그것으로 여자는 그만 다시는 주막으로 돌아오지 않았다.

어디엔가 아비의 유골을 암장하고 그길로 선학동을 떠나가버린 것이었다.

"헌디 괴이한 것은 여자가 떠나간 뒤의 이 선학동 사람들이었어요."

주인은 이제 그쯤에서 이야기를 거의 끝내가고 있는 것 같았다. 그는 이제 마을 사람들의 괴이한 태도로 이야기의 마무리를 지어나갔다.

"하룻밤 사이에 여자가 갑자기 동넬 떠나가버렸는디도 그 여자의 일에 대해선 아무것도 서로 묻는 법이 없었거든요. 언젠가는 여자가 으레 그런 식으로 떠나갈 줄 알고 있었던 듯이 말이오. 일테면 사람들은 여자가 어떻게 마을을 떠나간 건지 사연을 모두 짐작한 거지요. 그리고 그편이 외려 다행스런 일이란 듯이 일부러 입들을 다물어준 거라오. 하니까 여자가 그날 밤 그런 식으로 아비의 유골을 숨겨 묻고 간 지가 수년이 지난 지금까지 아무에게도 그곳이 알려지질 않았지요. 글씨, 어떤 사람들은 혹 그곳을 알고 있는지도 모를 일이기는 하지만, 알고 있거나 모르고 있거나 도대체가 그 일에 대해선 말들이 없거든요……"

주인은 그쯤 이야기를 끝내고 나서 손의 기색을 살피기 시작했다.

손은 이제 입을 다물어버리고 있었다.

주인도 손도 거기서 한동안 서로 말이 없었다. 뒷산 솔밭을 스쳐가는 바람 소리마저 어느새 고즈넉이 잦아들고 있었다. 술주전자도 이젠 바닥이 나 있었다. 한데도 주인에겐 아직 해야할 이야기가 남아 있었던 것일까. 그는 빈 주전자를 들고 말없이 자리를 일어서서 부엌으로 나가 새로 술을 하나 가득 담아왔다. 그러고는 손과 자신의 술잔을 채우고 나서 가만히 손 쪽의 표정을 살피고 있었다. 이번에는 뭔가 손 쪽에서 입을 열어

올 차례라는 듯 그를 기다리는 기미가 역력했다.

손의 침묵은 의외로 완강했다.

그는 여전히 혼자 생각에만 골몰하고 있었다. 이제는 어떻게 피해나갈 수가 없는 자신의 예감에 입술이 오히려 굳어붙고 있었다.

하지만 그는 결국 주인의 침묵을 이겨낼 수 없었다.

"그 여자 아마 앞을 못 보는 장님이 아니었소?"

말 없는 주인의 강요에 견디다 못해 손이 마침내 한숨을 토하듯 주인에게 물었다. 어딘지 이미 분명한 짐작을 지닌 말투였다. 아니 그는 으레 사실이 그러리라 스스로 확신해버린 듯 주인의 대답조차도 기다리는 표정이 아니었다.

그러자 주인은 여태까지 손에게서 그 한마디를 듣기 위해 그토록 긴 이야기를 했던 듯 조급한 어조로 시인해왔다.

"아, 그랬지요. 내가 여태 그걸 말하지 않고 있었던가. 그 여잔 앞을 못 보는 장님이었다오. 그래 그 노인이 여자의 앞을 인도하고 다니면서 손발 노릇을 대신해줬지요."

그러나 그 주인의 어조에는 아직도 어딘지 시치밀 떼고 있는 구석이 있는 것 같았다. 그는, 손이 말도 듣기 전에 여자가 어떻게 장님인 줄을 알고 있었는지도 묻질 않았다. 그것은 주인 쪽도 손이 그러리라는 걸 미리 알고 있었거나 아니면 짐짓 그렇게 모른 척해 넘기고 있음이 분명했다.

손 쪽도 주인의 그런 태도엔 새삼 이상스러워지는 느낌이 없는 것 같았다.

말이 오가는 게 오히려 부질없는 노릇 같았다. 두 사람은 다시 내밀한 침묵으로 할 말을 모두 대신하고 있었다. 그러다 이윽고 손 쪽이 먼저 자탄을 해왔다.

"부질없는 일이오. 부질없는 일이에요. 선학동엔 이제 학이 날질 못하는데, 학 없는 선학동에 여자가 아비의 유골을 묻고 간 것이 무슨 소용이 닿는 일이겠소."

손은 그저 그 몇 마디뿐 자탄의 소리가 안으로 잦아지듯 다시 입을 다물고 말았다.

하지만 주인은 이제 그것으로 모든 게 족한 모양이었다.

손은 아직도 여자와 자신의 인연에 대해선 분명한 말이 한마디도 없었다. 하지만 그는 이제 학이 날지 못하는 선학동에 아비의 유골을 묻고 간 여자의 일을 제 일처럼 못내 안타까워하고 있었다. 주인은 그것으로 모든 일이 분명해진 것 같았다. 그리고 그것으로 만족한 것 같았다.

그가 다시 입을 열기 시작했다.

"아니, 노형은 아까 내 애길 잊었구만요. 여자가 한 일은 부질 없는 것이 아니었어. 여자가 간 뒤로 이 선학동엔 다시 학이 날기 시작했다니께요. 여자가 이 선학동에 다시 학을 날게 했어요. 포구 물이 막혀버린 이 선학동에 아직도 학이 날고 있는 것을 본 사람이 그 눈이 먼 여자였으니 말이오……"

주인은 이번에야말로 선학동에 다시 학이 날게 된 사연을 이야기하기 시작했다.

눈이 먼 여자가 누구보다 먼저 선학동의 학을 다시 보기 시작했다……

그것은 어딘지 허황하고 기이한 이야기가 아닐 수 없었다. 하지만 그에게 그런 믿음이 있었기 때문일까. 그는 한번 이야기를 시작하자 이번에는 손 쪽의 기미는 전혀 아랑곳을 않으려는 식이었다. 손님 쪽이 어떻게 이야기를 듣고 있든 그는 필시 자기가 지녀온 이야기들을 모두 털어놓고 말 결심을 한 사람처럼 혼자서 열심히 이야기를 이어나갔다.

손은 다시 입을 다문 채 주인의 이야기에 귀를 기울였다.

주인의 이야기는 한마디로 그 여자가 자신의 노랫가락 속에 한 마리 학이 되어간 이야기였다.

가지 마오 가지 마오

심낭자 가지 마오

여자는 날마다 소리만 하고 지내고 있었다.

한 며칠을 그렇게 지내다 보니, 여자는 그저 아무 때고 하고 싶은 소리를 하는 게 아니었다. 여자의 소리는 언제나 포구 밖 바다에 밀물이 들어오는 때를 맞추고 있었다. 그것도 마치 성한 눈을 지닌 사람이 바닷물이 차오르는 포구를 내려다보는 듯한 눈길로 반드시 마루께로 자리를 나앉아 잡고서였다.

어느 날 해 질 녘의 일이었다. 사내가 잠시 마을을 건너갔다 돌아와 보니 이날도 또 여자와 노인이 소리 채비를 하고 앞마루께로 나앉아 있었다. 주인 사내는 눈먼 여자의 주의를 흩뜨리지 않으려고 무심결에 발소리를 죽이며 사립 밖에서 잠시 두 사람의 동정을 기다렸다.

그런데 사내는 거기서 차츰 괴이한 생각이 들기 시작했다. 여자에게선 이내 소리가 시작되어 나오질 않았다. 여자와 노인 사이에선 한동안 사내가 알아들을 수 없는 기이한 문답만 오가고 있었다. 문답은 주로 여자가 묻는 쪽이었고, 노인은 그걸 듣고 따르는 쪽이었다.

"오늘은 음력 초이틀 물이지요?"

여자가 무엇엔가 열심히 귀를 기울이며 노인에게 물었다.

"아마, 그렇제."

노인이 여자의 얼굴을 들여다보며 다소간 방심스레 대답했다. 그러자 여자가 가만히 고개를 끄덕이며 혼잣말처럼 말했다.

"그새 벌써 물이 많이 차올랐어요. 물이 차오르는 소리가 귀에 들려요."

그러고 나서 여자는 반 마장이나 떨어진 방둑 너머 바닷물 소리가 귀에 들려오는 듯 한동안 더 주의를 모으고 있었다.

사내가 따져보니 아닌 게 아니라 물때가 거진 만조 무렵에 가까워지고 있었다. 옛날 같으면 포구 안으로 밀물이 가득 차올라들 때였다. 하지만 포구는 사라지고 없었다. 바닷물은 오래전에 이미 방둑 너머에서 출입이 막혀버린 터였다. 한데도 여자의 귀는 그 밀물 올라오는 소리를 듣고 있는 모양이었다. 그리고 이젠 여자에게서처럼 자신의 귀에도 그 물소리가 들려오는 듯 지그시 눈을 내리감고 있는 노인에게까지 그걸 자꾸 일깨워주고 있었다.

"어르신 귀에도 이제 소리가 들리시오? 물이 밀려드는 저 소리가 말씀이오."

"그래 내게도 들리는 듯싶네."

여자를 달래는 듯한 노인의 대꾸. 하지만 주인 사내가 정작에 놀란 것은 여자의 다음 물음이었다.

"물소리가 들리시면 어르신도 그럼 그 물 위를 나는 학을 보실 수가 있겠구만요."

여자는 노인에게 묻고 나서 방금 자기 눈앞에서 날개를 펴고 떠오르는 학을 굽어보고 있기라도 하듯 머릿속 정경을 그려보였다.

"포구에 물이 가득 차오르면 건너편 관음봉이 물 위로 내려와서 한 마리 학으로 날아오르질 않겠소. 어르신도 그걸 볼 수 있으시겠소?"

"그래 인제는 나도 보이는 듯싶네. 이 포구에 물이 차오르고 건너편 산이 그 물속에서 완연한 학으로 떠오르는 듯싶으네……"

노인은 한사코 여자의 뜻을 따라 자신의 눈과 귀를 순종시키고 싶어 하는 대답이었다.

그러자 여자는 정작으로 그 비상학을 좇듯이 보이지도 않는 눈길로 벌판 쪽을 한참이나 더듬어대었다. 그러다 비로소 채비가 제법 만족스러워진 노인 쪽을 돌아보며 비탄조로 말했다.

"아배의 소리는 그러니께 그 시절에 늘 물 위를 날아오른 학과 함께 노닐었답니다."

주인 사내로선 갈수록 예사롭지 않은 소리들이었다. 눈 아래 들판엔 이제 물도 없고 산그림자도 없었다. 게다가 여자는 어렸을 적 아비의 소망처럼 그 물이나 산그림자의 형용을 깊이 눈여겨보았을 리 없었다. 하지만 여자는 이제 눈을 못 보기 때문에 오히려 성한 사람이 볼 수 없는 물과 산그림자를 보고 있는지도 몰랐다. 두 눈이 성해 있는 사람이라면 그 말라붙은 들판에 있지도 않은 물과 산그림자를 볼 리가 없었다. 있지도 않은 물과 산그림자를 본 것은 그녀가 오히려 앞을 못 보는 맹인이기 때문이었다.

사내의 그런 상상은 차츰 어떤 불가사의한 믿음으로 변해갔다.

망망창해에 탕탕蕩蕩한 물결이라
백빈주 갈매기는 홍요안에 날아들고……

여자가 마침내 소리를 시작하고 있었다. 그런데 사내는 그 여자의 오장이 끓어오르는 듯한 목소리 속에 문득 자신도 그것을 본 것이다. 사립에 기대어 눈을 감고 가만히 여자의 소리를 듣고 있자니 사내의 머릿속에서 오랫동안 잊혀온 옛날의 그 비상학이 서서히 날개를 펴고 날아오르기 시작한 것이다. 그리고 여자의 소리가 길게 이어져나갈수록 선학동은 다시 옛날의 포구로 바닷물이 차오르고 한 마리 선학이 그곳을 끝없이 노닐기 시작했다.

그런 일이 있은 후로 사내는 여자의 학을 믿지 않을 수 없었다.

여자는 날마다 밀물 때를 잡아서 소리를 하였다. 소리는 언제나 이 선학동을 옛날의 포구 마을로 변하게 하였고, 그 포구에 다시 선학이 유유히 날아오르게 하였다.

그리고 그러다 여자는 어느 날 밤 문득 선학동을 떠나갔다.

하지만 사내는 여자가 그렇게 선학동을 떠나가고 나서도 그녀의 소리가 여전히 귓전을 맴돌고 있었다. 그 소리가 귓전을 울려올 때마다 선학동은 다시 포구가 되었고, 그녀의 소리는 한 마리 선학과 함께 물 위를 노닐었다. 아니 이제는 그 소리가 아니라 여자 자신이 한 마리 학이 되어 선학동 포구 물 위를 끝없이 노닐었다.

그래 사내는 이따금 말했다.

"여자는 어디로 떠나간 것이 아니여. 그 여자는 이 선학동의 학이 되어버린 거여. 학이 되어서 언제까지나 이 고을 하늘을 떠돈단 말이여."

여자가 그토록 갑자기 마을을 떠나가버린 데 대한 아쉬움 때문이었을까. 주막집 이웃들이나 벌판 건너 선학동 사람들마저 사내의 그런 소리엔 그리 허물을 해오는 눈치가 없었다. 선학동 사람들은 여자가 모셔온 아비의 유골을 모른 체해주듯 여자가 그렇게 주막을 떠나가고 나서도 그녀의 사연이나 간 곳을 굳이 묻고 드는 일이 없었다. 뿐더러 주막집 사내가 이따금 그렇게 앞도 뒤도 없는 소리를 지껄여대도 그러는 사내를 탓하려 들기는커녕 오히려 그와 어떤 믿음을 같이하고 싶은 진중한 얼굴들이 되곤 하였다.

손은 이제 완전히 녹초가 되어버린 표정이었다. 이따금 손을 가져가던 술잔마저 이제는 전혀 마음에 없는 모양이었다.

이야기를 끝내고 난 주인 쪽 역시 마찬가지였다. 가슴속에 지녀온 이야기들을 손 앞에 모두 털어놓은 것만으로 주인은 이제 자기 할 일을 다해버린 사람 같았다. 손이 뭐라고 대꾸를 해오든 안 해오든 그로서는 전혀 괘념을 할 일이 아니라는 태도였다.

주인은 완전히 손의 반응을 무시하고 있었다. 뒷산 고개를 넘어오는 솔바람 소리가 아직도 이따금 두 사람의 귓전을 멀리 스쳐가고 있었다. 그 솔바람 소리에 멀리 둑 너머 바닷물 소리가 섞이는 듯하였다.

침묵을 견디지 못한 건 이번에도 결국 손 쪽이 먼저였다.

"주인장 이야긴 고맙게 들었소."

이윽고 손이 먼저 주인에게 말했다. 그의 어조는 이제 아무것도 숨길 것이 없다는 듯 낮고 차분했다.

"하지만 아까 이야기 가운데서 주인장께선 일부러 사람을 하나 빠뜨려놓고 있었지요."

주인이 달빛 속으로 손을 이윽히 건너다보았다.

손이 다시 말을 이었다.

"주인장 어렸을 적에 이 마을에 찾아들었다는 그 소리꾼 부녀의 이야기 말이오. 그때 그 어린 계집아이에겐 소리 장단을 잡아주던 오라비가 하나 있었을 겝니다. 그런데 주인장께선 일부러 그 오라비 이야길 빼놓고 있었지요."

추궁하듯 손이 주인의 얼굴을 마주 바라보았다. 주인도 이젠 더 사실을 숨길 것이 없다는 듯 고개를 두어 번 깊이 끄덕여 보였다.

"그렇지요. 난 그 오라비가 뒷날 늙은 아비와 어린 누이를 버리고 혼자 도망을 쳤다는 이야기까지도 여자에게 다 듣고 있었으니께요."

"그렇담 주인장은 그 오누이가 서로 아비의 피를 나누지 않은 남남 한가지 사이란 것도 알고 있었겠구만요. 그리고 그 어린 오라비가 부녀를 버리고 떠난 것은 차마 그 원망스런 의붓아비를 죽여 없앨 수가 없어서였다는 것도 말이오."

주인이 다시 고개를 무겁게 끄덕여 보였다. 그러자 손이 다시 물었다.

"한데 주인장은 아까 무엇 때문에 부러 그 오라비의 얘기를 빼고 있었소?"

"그야 노형도 그 오라빌 알 만한 사람이구나 싶었으니께요."

주인은 간단히 본심을 말했다. 그러고는 한마디 더 덧붙였다.

"노형이 처음 비상학 얘길 꺼냈을 때 난 벌써 눈치를 챘거든요."

"그렇다면 주인장께선 끝끝내 그 오라빌 모른 척하고 속일 참이었소?"

"아니 그럴 생각은 아니었지요. 난 외려 이 2, 3년 동안 늘 그 여자의 오라비란 사람을 기다려온걸요. 언젠가는 결국 그 오라빌 만나서 이야기를 모두 전해주리라…… 그래야 무언지 내 도리를 다할 듯싶었으니께요.”

“그 오라비가 이곳을 찾아올 줄 미리 알고 있었단 말이오?”

“여자가 그렇게 말을 했지요. 혹 오라비 되는 사람이 여길 찾아와 소식을 물을지 모른다고…… 그 여잔 분명히 그걸 믿고 있는 것 같았지요.”

“왜 처음부터 그 얘길 안 했소? 주인장께선 벌써 다 이런저런 사정을 속속들이 알고 있었으면서도 말이오.”

“그건 그 여자의 부탁이 있었기 때문이오. 그 여잔 오라비가 혹 이곳을 찾아오더라도 오라비가 자기 이야기를 물어오기 전에는 절대 이쪽에서 먼저 입을 떼어 말하지 말라는 부탁이었지요. 오라비가 정 마음이 괴로워 원망을 못 이긴 듯싶어 보이기 전엔 말이외다…… 그래 난 그저 노형의 실토를 기다려온 거지요.”

주인은 거기서 잠시 말을 끊고 손의 기색을 살폈다.

손은 이제 다시 입을 굳게 다물고 있었다. 말없이 뜨락의 달빛만 내려다보고 앉아 있는 손의 얼굴에 새삼스런 회한의 기미가 사무치고 있었다.

주인이 그 손의 정한을 부추겨 올리듯 느린 목소리로 덧붙이고 들었다.

“허지만 이야기를 먼저 내놓지 말라던 것은 실상 여자가 남기고 싶었던 부탁이 아니었을 거외다. 여자는 그네의 오라버니가 여길 찾아올 줄도 알고 있었고, 이야기가 나올 줄도 알고 있었으니께요. 여자는 진짜 다른 부탁을 한 가지 남기고 갔다오.

선학동 나그네

357

……오라버니에게 더 이상 자기 종적을 알리고 하지 말아달라고요. ……아깟번에 내가 그 여자는 학이 되어 지금도 이 포구 위를 떠돌고 있다고 말한 적이 있지요. 그건 내가 생각해내서 한 말이 아니오. 그것도 그 여자가 처음 한 말이소. 오라비에게 나를 찾게 하지 마시오. 전 이제 이 선학동 하늘에 떠도는 한 마리 학으로 여기 그냥 남겠다 하시오…… 그게 그 여자가 내게 남긴 마지막 당부였소. 그리고 그 여잔 아닌 게 아니라 한 마리 학으로 하늘로 날아 올라간 듯 그날 밤 홀연 종적을 감춰갔고 말이오……"

이튿날 아침 손은 조반상을 물리자 곧 길을 나설 채비를 하였다.

"그 어른의 묘소라도 한번 찾아가보지 않고 바로 떠나시겠소?"

주인이 그 손에게 무심결인 듯 넌지시 물었다.

주인 아낙에게 인사를 고하며 신발을 꿰신으려다 말고 그 소리에 손이 주인을 돌아다보았다. 뭔가 은근히 추궁을 해오는 듯한 손의 눈길에 주인은 그제서야 좀 서두르는 듯한 어조로 변명처럼 말했다.

"아, 그야 내가 아는 체하고 나설 일은 아니오만, 노형이 원한다면 그 어른의 묘소는 내가 가리켜드릴 수 있어서 말이외다……"

그러자 손은 이미 짐작하고 있었다는 듯 주인을 보고 뜻있는 웃음을 머금어 보였다.

"나도 알고 있었소. 간밤부터 나도 그걸 알고 있었어요. 눈이 먼 여자하고 노인네 둘이서는 워낙 힘이 들 일이었으니까요……"

손은 그러나 곧 고개를 천천히 가로저으며 쓸쓸한 얼굴로 말했다.

"하지만 그 뭐 다 부질없는 일이지요. 당신 생전에 지어 묻힌 한인데 이제 와서 그런들 무슨 소용이 있겠어요. 이대로 그냥 떠나고 말겠소……"

말을 끝내고 나서 손은 이내 몸을 돌이켜 깨끗하게 쓸린 주막 마당을 걸어 나갔다. 주인도 더 이상 그것을 손에게 권하지 않았다. 그는 말없이 손을 뒤따라 사립 앞까지 나왔다. 그러나 그는 아직도 뭔가 미진한 것이 남아 있는 사람처럼 거기서도 쉽사리 손을 보내지 못했다.

"그래, 그 오라비는 그땔 마지막으로 누이를 다시 만날 수가 없었소?"

그가 새삼 손에게 물었다.

"아니랍니다. 그 뒤로도 딱 한 번 제 누이를 만난 적이 있었답니다. 한 두어 해 저쪽 일이었지요. 장흥읍 저쪽 어느 주막에서였답니다……"

손은 걸으면서 남의 말을 전하듯 느릿느릿 말했다.

"하지만 그때도 그 오라빈 끝내 자기가 오라비란 말을 못하고 말았답니다. 그 누이가 워낙 눈이 먼 여자였으니까요. 그리고 다시 그곳을 찾았을 땐 종적을 알 수가 없었어요."

주인 사내는 별 할 일도 없이 아직도 어정어정 손의 발길을 뒤따르고 있었다.

손도 굳이 주인의 그 은근한 배웅의 발길을 막지 않았다.

늦가을 아침 햇살이 유난히도 맑았다. 고개를 넘어오는 솔바람 소리도 이날따라 유난히 가지런했다.

두 사람은 이윽고 솔밭길을 들어서고 있었다. 들판과 관음봉이 한눈에 들어왔다.

손은 그제서야 걸음을 멈춰 섰다. 그러고는 뭔가 고개를 넘어서기 전에 주인의 마지막 말을 재촉하듯 말없이 그를 기다리고 있었다. 그러자 주인도 이윽고 그 손의 뜻을 알아차린 듯 마지막으로 물었다.

"그래, 노형은 아직도 그 누이의 종적을 찾아다닐 참이오?"

하지만 손은 이제 오히려 그런 주인을 안심이라도 시키듯 가만히 고개를 저어 보였다.

"아니오, 그도 뭐 이제는 다 부질없는 노릇 아니겠소. 하기야 이번 길도 꼭 그 여자 소식을 만나리라는 생각에서 나선 건 아니지만 말이오. 글쎄 어쩌다 마음에 기리는 일이 생기면 여기나 한 번 더 찾아오게 될는지…… 여기 선학동이라도 찾아와서 학의 넋이 되어 떠도는 그 여자 소리나 듣고 가고 싶소마는……"

그러고는 지금도 그 선학동 어디선가 여자의 노랫가락 소리가 들려오고 있는 듯, 그리고 그 노랫가락 속에 한 마리 학이 되어 물 위를 떠도는 여인의 모습을 보고 있기라도 하듯 눈길이 새삼 아득해지고 있었다.

솔바람 소리가 다시 한차례 산봉우리를 멀리 넘어가고 있었다.

주인은 거기서 길을 돌아섰다.

그리고 손은 다시 솔밭 사이의 고갯길을 오르기 시작했다.

잠시 후—주인 사내가 사립을 들어섰을 때 손도 방금 돌고개 모롱이를 올라서고 있었다.

하지만 손은 이내 고개를 넘어가지 않았다. 주인은 손이 고개를 넘어가기를 사립 앞에서 기다리고 있었다. 모롱이를 올라선 손의 모습은 그러나 한 식경이 지나도록 사라질 줄을 몰랐다.

기다리다 못한 주인이 마침내 모롱이 쪽에서 먼저 눈길을 비켜 돌아서버렸으나 고개 위의 사내는 한나절이 지나도록 그 모습 그대로 주저앉아 있었다.

사내가 고개를 넘어간 것은 저녁나절 해도 거의 다 기울어들 때쯤 해서였다.

손이 고개를 넘기를 기다리며 저녁나절 내내 사립 손질을 하고 있던 주인 사내가 어느 순간 아직도 작자의 모습이 그대로려니 싶은 생각으로 고개 쪽을 바라보니, 그가 문득 모습을 거두고 없었다.

손의 모습이 사라진 빈 고갯마루 위론 푸른 하늘만 무심히 비껴 흐르고 있었다.

그러자 사내는 문득 가슴이 저리도록 허망스런 느낌이 들었다.

그는 고개 위에 손이 모습을 남기고 있는 동안 하루 종일 그 고개 쪽으로부터 어떤 소리가 귀에 쟁쟁하게 들려오고 있었던 것만 같았다. 그것은 옛날에 들은 그 여인의 노랫가락 소리 같기도 하였고, 어쩌면 사내 그자가 한나절 내내 그렇게 목청을 뽑아 내리고 있었던 것 같기도 하였다.

그런데 그 고개 위의 사내의 모습이 사라져버리자 그의 귓가에서도 이제 소리가 문득 그쳐버린 것이었다.

그는 마치 자신이 꿈을 꾸고 있는 것 같았다. 그가 정말로 하루 종일 그 소리를 듣고 있었는지 어쨌는지 분명한 분간을 해낼 수가 없었다.

그러나 그는 굳이 그런 걸 따지려 하지 않았다. 정말로 소릴 들었든지 말았든지 그런 건 굳이 상관하기가 싫었고 또 상관해야 할 일도 없었다.

그리고 사내는 그때 그런 몽롱한 마음가짐 속에서 또 한 가지 기이한 광경을 보았다. 사내가 다시 눈을 들어 보았을 때, 길손의 모습이 사라지고 푸르름만 무심히 비껴 흐르는 고갯마루 위로 언제부턴가 백학 한 마리가 문득 날개를 펴고 솟아올라 빈 하늘을 하염없이 떠돌고 있었다.

(1979)

시간의 문

1

── 유종열柳宗悅 유작 사진전遺作寫眞展

1980년 9월 19일부터 23일까지

신문회관 전시실

 퇴근 준비를 끝내고 나서 나는 다시 한번 전시회 날짜와 시간을 확인해본다.

 며칠 동안 기다리고 별러온 일이다.

 그러면서도 벌써 사흘째나 참관을 미뤄온 전시회다. 오늘이 21일이니 전시회는 이틀 전부터 시작되고 있을 터. 아니 오늘을 넘기고 나면 종람일終覽日을 이틀밖에 남기지 않는다.

 ── 오늘쯤은 가봐야지.

 하지만 마음을 작정하고 나서도 나는 얼핏 자리를 일어서지 못한다. 물러앉았던 걸상을 다시 끌어 붙이곤 잠시 뒤 전시장에서 보게 될 유종열 선배의 사진들에 대한 내 기대를 한 번 더 가

뉘본다.

개장 첫날 참관을 미룬 것은 전시회의 소식이 내겐 그만큼 뜻밖이고 일방적이었기 때문이다. 유 선배의 갑작스런 유작전 소식은 이상한 의혹과 배신감 같은 것으로 나를 몹시 긴장시키고 있었다. 개장 첫날은 이런저런 치레객들로 주위가 차분하질 못할 것 같았다. 따로 조용한 날을 잡아서 유 선배의 사진을 찾아보고 싶었다. 작품들의 내력이나 전시회를 열게 된 사연에 대해서도 앞뒤 사정을 좀 알아보고 싶었다. 유 선배의 일이나 사진에 대해서는 내게 그만한 관심이 있었기 때문이다. 나의 의혹과 배신감은 이를테면 그런 유 선배에 대한 내 관심이 외면을 당해버린 듯한 느낌 때문이었다.

하지만 나는 전시회 개장 첫날 이후에도 계속 사흘째나 참관을 미루어오고 있었다. 미루어왔다기보다 참관을 회피해온 꼴이었다. 기대와 긴장과 그에 따른 두려움이 컸기 때문이다. 혹은 그 유 선배의 작품들에 대한 기대를 그만큼 아끼고 있었다고 할 수도 있었다.

──유 선배에게 과연 어떤 유작들이 남아 있었을까. 어떤 방법으로, 어떤 사진들이? 그리고 그 사진들은 그에게 과연 미래로 나가는 시간의 문을 열어줄 수 있었던 것들일까?

오늘도 내가 얼핏 자리를 일어서지 못한 것은 바로 그런 궁금증과 기대감과 두려움 때문이었다. 다시 말해 그것은 내가 사귀고 경험해온 유종열이라는 인간의 삶과 죽음에 대한 나 스스로의 감정 정리 과정이자, 그의 사진에 대한 자기 기대의 조절 작업인 셈이었다.

내겐 그것이 필요했다.

내게는 아직도 유종열이라는 인간과 그의 사진 작품들에 대한 풀리지 않은 수수께끼가 있었기 때문이다.

수수께끼— 그래, 수수께끼라면 뭐니 뭐니 해도 애당초 그 유 선배의 유작전이 열리게 되었다는 소식을 듣게 된 일부터가 나에겐 큰 수수께끼였다. 일주일쯤 전이던가. 유 선배의 유작전 소식을 알리는 안내장이 전해져왔을 때 나는 도무지 그런 전시회가 열린다는 사실 자체가 믿기지 않았었다.

유 선배는 이미 이 세상 사람이 아니었다. 그래 '유작전'이 열린다는 것이겠지만, 그가 세상에서 사라진 지는 이미 5년의 세월이 흐르고 있었다.

5년여 전 그가 홀연 세상을 등져 가고 말았다는 소식이 전해지던 무렵, 그는 타이라든가 말레이시아, 버마 등지의 동남아 쪽 나라들을 돌아다니고 있었다. 타이로 들어가 캄보디아 접경 근처의 난민촌을 찾아다닌다는 소리도 있었고, 탈출 난민들의 비극적인 선상 유랑을 쫓아 배를 타고 바다를 누빈다는 소문도 있었다. 그러다 어느 날인가는 문득 그의 해상 실종 사고 소식이 회사로 전해왔다. 취재를 끝내고 귀국길에 오른 배 위에서였댔다. 그는 그때 라이베리아 선적의 한 화물선을 얻어 타고 귀국 길에 올랐는데, 남중국해 부근을 항해해 올 무렵 하룻밤을 지새우고 나니 배 위에서 문득 자취가 사라지고 말았다는 것이었다.

그게 유 선배의 죽음에 관해 내가 들어 안 경위의 전부였다.

그를 태워준 화물선의 일본인 선장이 당사국 관계 기관을 통해 가족에게 알려온 사고의 내역이었다. 이미 5년 전 초여름께의 일이었다.

자살이었는지, 불의의 실족사였는지, 그것부터가 내겐 아직까지 풀리지 않는 수수께끼의 하나가 되어온 셈이었다. 하지만 그의 죽음의 경위에 관한 수수께끼는 어차피 내 힘으로는 해답을 얻을 수 없는 것. 그보다도 나를 더욱 궁금하게 하는 것은 그 유작전에 전시될 그의 사진들에 대한 것이었다.

—그에게 아직도 그럴 만한 사진들이 남아 있었단 말인가.

나는 이를테면 그의 사진 작품의 거의 대부분을 알고 있는 셈이었다.

신문과 잡지를 통해, 그의 이름이 끼어든 전시회의 작품들을 통해, 혹은 그의 개인 스튜디오의 작업 과정을 통해. 적어도 그가 마지막 여행을 떠날 때까지의 사진 작품들은 거의 전부를 알고 있는 셈이었다.

더러는 내가 미처 대해보지 못한 작품들이 따로 간직되어 있었을 수도 있긴 하였다. 설사 그런 작품들이 몇 점쯤 남아 있었다 하더라도 그가 떠나간 지 5년 이상의 세월이 흘러간 지금에 와서 그것들을 다시 꺼내 모아 보인다는 건 별다른 뜻이 있을 수 없었다.

문제는 어떤 요행수로 해서 그가 그 마지막 여행을 떠나갔을 때의 사진들을 구해 보여주느냐 못하느냐에 있었다. 그것은 물론 쉽사리 기대를 걸 수 있는 일이 아니었다.

유 선배는 원래 필름을 그때그때 현상하고 인화해내는 일이 썩 드물었다. 그게 그의 오랜 버릇이자 일종의 취미였다. 그는 물론 그 마지막 여행에서도 사진을 국내로 보내온 일이 없었다. 그러다 그의 필름과 함께 귀국길의 배 위에서 유명을 달리해 가 버린 것이었다.

실종 소식이 전해올 당시에도 필름의 소식을 따로 알아볼 길 이 없었던 걸로 보면(그래 주위에서들은 그 점을 더욱 애석해하 기도 했지만), 그때의 사진들이 남아 있긴 어려웠다.

하지만 무슨 예감이랄까. 아니면 유 선배에 대한 기대 때문일 까. 나는 어쩐지 아직도 그쪽 희망을 버릴 수가 없었다.

──새 사진들입니다. 꼭 오셔서 살펴봐주십시오. 허 선생님 은 꼭 와주실 줄 믿습니다.

유 선배의 고등학교 후배이자 작업실 조수 격이던 오 군이 안 내장 끝에 부러 덧붙여 쓴 말이다. 유 선배에게 그런 변고가 생 긴 다음에도 오 군은 유 선배의 미망인 격인 정성희 여사와 함 께 스튜디오를 계속 지켜온 친구였다. 그리고 이번의 유작전이 라는 것을 정 여사와 함께 주관한 친구였다.

나는 오 군의 그런 덧붙임 뒤에서 정성희 여사의 음성을 듣고 있었다. 그것은 차라리 정 여사의 목소리요, 그녀의 당부였다. 나는 그런 정 여사의 당부가 담긴 말에서조차 어떤 은밀스런 귀 띔의 기미를 느꼈다.

소식을 받은 대로 미리 스튜디오로 찾아가 자초지종을 알아 볼 수도 있었다. 하지만 나는 그런 내 스스로의 궁금증과 기대 때문에 오늘까지 날짜를 미뤄온 것이었다. 궁금증과 기대감을 조심스럽게 아끼면서 하루하루 시간을 기다려온 것이다. 유 선배의 마지막 사진들에 대한 내 기대가 그처럼 자신을 두렵게 했기 때문이다.

— 유 선배는 마지막으로 어떤 사진을 찍었을까. 그리고 그것으로 그는 과연 그의 시간의 문을 열 수가 있었을까. 그가 찍은 미래의 시간은 어떤 모습을 한 것이었을까.

2

"허 형은 퇴근 안 하실려우?"

한 목소리가 느닷없이 상념을 깨뜨리고 든다. 무슨 할 일이 남았던지 자리를 지키고 앉아 있던 건너편의 김 형이다.

"아, 이제 나가시려고요? 난 어디 전시횔 한 곳 가볼 데가 있어서요."

나는 졸지에 상념 속을 빠져나오며 부질없이 본심을 털어놓는다.

"허 형이 전시회를요? 그거 참 어떤 전시횐진 몰라도 대단한 성황을 이루겠군요."

김 형도 무심히 말참견을 계속해온다. 내가 그런 자릴 자주 찾아다니지 않는 걸 두고 하는 소리다. 내 쪽도 그 김 형에게 굳이 숨기거나 고집해야 할 일이 없을 듯싶다.

"사진 유작전이에요. 유종열 씨라고…… 그 왜 우리 회사에도 몇 년 있었으니까 김 형도 아실걸요. 그 양반의 유작전 안내장이 와서요……"

"아, 유종열 씨요. 알고말구요. 그 사람 유작전이라면 며칠 전서부터였을 텐데요?"

"그제부터였지요. 김 형은 벌써 다녀오신 겁니까?"

"아니에요. 난 안 가봤지만, 아까 갔다 온 사람들이 얘길 하더군요, 사진이 참 대단하더라구요……"

"가보면 알겠지요. 김 형도 아직 안 가봤으면 나하고 오늘 가볼 생각 없소?"

나는 이제 그만 김 형의 말길을 가로막아버린다. 대단한 사진이라니…… 과장스런 표현이 어딘지 야유기 같은 것이 느껴지는 소리다. 야유거나 찬사거나 김 형에게 평가를 의지하고 싶진 않다. 내가 사진들을 직접 볼 때까진 기대를 좀더 아껴두고 싶다. 김 형을 계속 응대해나가다간 헛김이 미리 새나갈 것 같다.

김 형도 물론 애초부터 특별한 관심이 있어 하는 소리는 아닌 모양이다.

"그야 물론 가보면 알겠지요. 하지만 죽은 사람의 사진이 대단하면 어떻고 시시하면 어떻겠소. 허 형이나 혼자 가보도록 하시구려. 난 따로 초대를 받은 것도 아니고, 이놈의 원고나 마저 끝내고 나가려오."

심드렁한 표정으로 담뱃불을 비벼 끄고는 책상 위의 원고지로 다시 눈길을 돌려버린다.

나는 다시 시계를 본다. 아직 6시.

전시회 폐장 시각은 8시로 되어 있다.

나는 어차피 오 군과 함께(아마도 그 정성희 여사와 함께) 폐장 시각을 기다려야 할 것이다. 오 군이나 정 여사나 양쪽 모두 오랜만의 대면이다. 사진을 대강 둘러보고 나면 저녁이라도 함께해야 할 처지다. 그간의 근황도 근황이려니와 유 선배와 그의 사진들에 대한 이야기들이 적잖을 터이다. 그러자면 전시장이 닫힐 때까지 시간을 함께 기다리고 있어야 한다.

내 출발은 그 8시 폐장 시각에 걸맞은 게 편하다. 아직은 너무 출발이 이르다.

— 그는 과연 미래의 시간이라는 걸 찍어놓고 갔을까.

나는 다시 턱을 괸 채 상념으로 시간을 지워가기 시작한다.

유종열은 한마디로 미래의 시간을 찍는 사진 작가였다. 하지만 그것은 다만 그의 소망이나 주장일 뿐이었고, 그는 오히려 늘 지나간 과거의 시간대 속에 살고 있는 사람이었다. 그것은 내가 그를 처음 알게 되었을 때부터도 그랬다.

나이나 입사 연도가 7, 8년이나 앞서는 유종열 씨를 제법 깊이 알게 된 것은 10여 년 전 내가 이 신문사를 들어오고 나서도 2, 3년쯤이나 더 지났을 무렵이었다. 강원도의 한 광산촌으로 사고 취재를 함께 떠나게 된 것이 인연이었다. 사건을 쫓는 사회부 기자에겐 사진부 기자가 늘 동행해가게 마련이었다. 유종열 씨에겐 그래 전에도 몇 번 현장 취재에 도움을 받은 일이 있었지만, 그런 식의 간헐적이고 기계적인 공동 작업을 통해선 사람을 알거나 사귈 수가 없었다.

광산 사고 취재는 그러나 하루이틀로 일이 끝나질 않았다. 오고가는 거리도 거리려니와 갱 속에 파묻힌 광부들의 구조 작업이, 몇 날 몇 밤을 계속되고 있었다. 우리는 둘 다 구조 작업 현장을 떠날 수가 없었다. 나는 시시각각으로 희비가 엇갈리는 상황의 변화를 놓쳐서는 안 되었고, 유종열 씨는 유종열 씨대로 언제가 될지 모르는 매몰 광부들의 구조 순간을 놓쳐서는 안 되었다. 우리는 아예 갱구 입구에 늘어붙다시피 하면서 구조 작업의 결과를 함께 기다렸다. 밥을 먹는 것도 밤잠을 자는 것도 그렇게 한곳에서 교대교대로 해나갔다. 그런 상황이 일주일이나 계속됐다.

두 사람의 꼴은 말이 아니었다. 사정이 워낙 엉망진창이라 둘 사이엔 그동안 주고받은 말도 많지 않았다.

그러나 그런 일주일을 함께하고 나니 우리는 그것으로 상대방을 속속들이 알아버린 것 같았다. 그리고 그 일이 인연이 되어 나는 곧 서울의 하숙집까지 그에게로 한데 합쳐 들어갔다. 내가 그때까지의 하숙집을 별로 마음에 들어 하지 않음을 알고 유 선배가 그것을 권해온 것이었다.

"합숙이라곤 하지만 난 알다시피 출장이 잦아서 허 형 혼자나 마찬가질 테니까요."

유 선배가 은근히 나를 유인해온 그런 이점 외에도, 나는 그 일주일 동안의 경험으로 그가 손윗사람답게 무척 말수가 적은 것을 마음에 들어 한 참이었으니까.

우리는 자연 회사 출근을 함께하는 날이 많았고, 퇴근 때가
되어서도 특별히 따로 볼일이 없을 땐 서로 상대방을 기다리게
되는 일이 잦았다. 아니, 좀더 정확하게 말하자면 일이 늦은 건
유 선배 쪽이었으니까, 퇴근 시각이 지나서도 사람을 기다리는
것은 거의가 내 쪽이었다. 사진부 쪽 사람들의 사정이 대개 그
렇기도 했지만, 유 선배는 유독 그렇게 늘 일이 많은 사람이었
다. 회사 일은 회사 일대로 하면서 그는 또 누구보다 자기 작품
일에 열심이기 때문이었다. 그것도 현상실을 따로 마련하지 못
한 그로서는 자신의 개인적인 작품 일까지도 회사의 시설을 이
용해야 했기 때문이었다.

유 선배는 신문사의 일이 끝나고서도 계속 회사의 현상실에
틀어박혀 작품 작업에 열중하고 있기가 예사였다. 나는 그러는
유 선배를 찾아가 그의 사진들을 구경하면서 일이 끝나기를 기
다릴 때가 많았다.

그런 식으로 한 몇 달을 지내다 보니 유 선배의 사진 작업 가
운데에 한 가지 기묘한 버릇이 발견되기 시작했다.

유 선배는 사진을 찍어온 필름을 그 즉시 현상하거나 인화해
내는 일이 거의 없었다. 대부분 흑백 필름을 사용하던 시절이긴
했지만(게다가 유 선배는 특히 흑백 사진만을 고집했다), 필름째
로 그냥 몇 날 몇 주일씩 내팽개쳐두는 수도 있었고, 현상을 끝
낸 필름의 경우에는 몇 달이나 인화 작업을 미뤄두는 때도 있었
다. 그렇다고 그 필름들에다 사진을 찍은 장소나 날짜를 명시해
두지도 않았다. 무엇보다도 그는 사진을 찍은 날짜나 시간을 거

의 괘념하지 않았다. 그가 필름에 해놓는 일이란 생필름과 현상치를 나누어 보관하는 정도가 고작이었다.

그의 작품 작업은 자연히 일정한 날짜나 시간 배열에 따라 진행되어나갈 수가 없었다. 그는 거의 무작위적으로 아무 필름이나 손에 닿는 대로 현상 일에 들어갔고, 현상된 필름들을 인화해내었다. 먼저 찍은 사진이 나중에 나오고, 나중에 찍은 사진이 먼저 나오는 경우가 다반사로 생겼다. 그리고 그렇게 하여 그의 지나간 어느 날은 그가 사진을 찍은 날이 아니라, 필름을 현상하고 인화해내는 날에야 비로소 사진의 화면으로 되살아나는 것이었고, 그렇게 뒤늦게 되살아난 과거의 날들은 그것을 찍은 날과는 상관없이 그가 그것을 현상하고 인화해낸 날짜 위로 새로운 시간대의 배열이 지어지는 것이었다.

왜냐하면 그는 그 사진들에 그것을 찍은 날짜 대신 인화해보는 작업 날짜 쪽을 차근차근 기록하고 있었기 때문이다.

뿐만이 아니었다. 그는 묵은 필름들을 인화할 때마다 그가 만든 사진들에 대한 일기 비슷한 메모를 적어가고 있었는데, 그것이 또한 기묘했다. 그는 어떤 날의 사진을 인화하고 나면, 그 사진을 근거로 그것을 찍게 된 사정과 장소 그리고 그때의 느낌들을 상당히 자세한 데까지 회상해내고 있었다. 그리고 그것을 일종의 소급 일기 형식으로 메모해나갔다. 기묘한 것은 그러나 유선배는 그 지나간 날의 정황과 느낌들을 사진을 인화한 당일의 것으로 현재화시켜 적고 있는 것이었다.

한마디로 유 선배는 그의 사진 작업을 통해 자신의 과거를 현재화시키면서 그것으로 자신의 현재의 시간을 채워가는 격이었다. 혹은 그의 사진 속의 과거 속에서 자신의 현실을 살고 있는 사람이었다. 거꾸로 말하면 그의 현재 시간 가운데엔 자신의 소재가 없는 사람이었다. 그의 현재는 과거의 재생으로 연속되고 있는 것이었다.

어디에서 그런 버릇이 연유하게 되었는지 나로선 물론 내력을 알 수 없었다.

그러나 그는 자신의 버릇에 태연자약했다. 그럴 수밖에 없는 일이기도 하였다. 왜냐하면 그는 자신의 현재가 과거가 아니라 미래 속에 산다고 믿고 있었기 때문이다.

"우리는 때로 현실의 무게를 정면으로 감당해낼 엄두를 낼 수가 없을 때가 있지요. 그 현실의 무게라는 것이 너무 엄청나 보일 경우엔 말이오."

어느 날 내가 유 선배에게 그런 버릇이 생기게 된 연유를 물었을 때, 그는 그날따라 좀 피곤기가 심해 보인 얼굴로 그렇게 대답해온 일이 있었다.

"그래, 사람들은 그 현실로부터의 압살을 모면하기 위해 그가 직면한 현실을 잠깐 비켜설 여유를 찾거나 소망하게 될 때가 있어요. 어떤 사람에겐 그게 아예 버릇이 되어버린 경우도 있겠구……"

"유 선배님이 바로 그렇게 버릇이 들어버린 경운가요?"

나는 그때 어차피 내친걸음이라 싶었다. 현실의 무게니 압살의 위험이니, 이야기가 엉뚱하게 비약을 해가고 있는 느낌이었지만, 어차피 한번은 매듭을 보아두고 싶던 이야기였다. 나는 그래 그렇게 터놓고 추궁해들어갔다.

하지만 그는 짐작보다 속이 허심탄회한 일면을 지니고 있었다.

"아마, 그럴는지도 모르지요."

그는 여전히 힘없이 웃으면서 금세 자신을 시인해버렸다. 그러고는 뭔가 겸연쩍은 느낌인 듯 내가 할 말까지 자기 쪽에서 변명투로 덧붙이고 있었다.

"그건 사람의 눈에 따라선 용기가 썩 모자라 보일 수도 있겠지요. 그것도 아마 사실일 겁니다. 하지만 용기가 모자라 겁을 잘 먹는 것이 마지막 죄가 될 수는 없겠지요. 그렇게 해서라도 다른 시간대 안에서 자기 몫의 시간을 감당해보려 한다면 말이오. 그게 당장에 압살을 당하고 마는 것보다야 나은 길 아니겠소?"

나이 먹은 사람답게 솔직한 말이었다.

하지만 내겐 그의 변명이 아직도 그저 궤변으로만 들렸다. 그의 궤변에 승복을 할 수가 없었다.

"현재의 사물, 현실의 상황, 카메라 렌즈는 바로 그 현재라는 시간대와 직면하는 순간에서 작업이 이루어지는 것 아니던가요?"

나는 짓궂게 추궁을 계속했다.

"그런데 하필이면 카메라의 렌즈를 둘러멘 유 선배님이 늘상 그 과거 속으로 도피를 일삼는 게 기묘한 아이러니처럼 느껴지는구먼요."

하지만 그때였다. 시비가 시작되면서부터 계속 물러서기만
하던 유 선배의 입에서 내가 미처 생각지 못한 반격이 시작됐다.

"아니, 지금 보니 허 형은 오핼 하고 있군요. 내가 즐겨 비켜
서는 시간은 과거의 시간대가 아니잖아요. 그걸 굳이 도피라 한
다면, 나는 허 형이 생각하듯 과거의 시간대로 도망을 치는 게
아니에요. 미래의 시간대를 좇고 있는 쪽이지요."

"미래의 시간대를 좇고 있다구요?"

나는 얼핏 그의 말뜻을 알아들을 수 없어 좀 어이가 없는 표
정으로 되물었다. 그런데 유 선배의 주장은 즉흥적인 감정의 반
발이 아니었다. 그야 버릇이 그토록 몸으로 배어들기까지는 나
름대로 생각이 없지도 않았을 테니까.

유 선배가 다시 차근차근 설득조로 말해왔다.

"내가 사진 찍는 일을 생각해보세요. 난 내가 찍는 사진을 당
시로선 아무것도 해석을 하려 하지 않아요. 다만 사진을 찍는
것뿐이지요. 해석은 훨씬 나중의 일이에요. 사진들은 나중에 인
화가 될 때 비로소 내 해석을 얻게 되고 현실의 의미도 지니게
된단 말입니다. 그렇다면 내가 그 사진을 찍은 일은 무엇이 됩
니까. 나는 오히려 미래의 시간대를 찍고 있는 거지요. 그리고
그때의 내 시간은 미래의 이름으로 살아지고 있는 셈이구요."

미래를 찍는 사진 작가 —

그 말은 바로 그래 나온 소리였다.

근거가 없지는 않은 말이었다. 유 선배의 주장은 사진 작업의

378

시간 기준을 그 해석 행위 쪽에 두었을 때 상당한 근거를 지닐 수 있었다. 사진을 찍는 것은 행위 자체였고, 인화를 하는 것은 그 행위의 해석이었다. 사진을 찍는 당시에는 행위가 있을 뿐 해석이 없었다. 해석은 나중에 인화로 행해진다. 그 해석을 얻음으로써 행위는 비로소 현실화하게 된다…… 그렇다면 그의 행위의 의미는 해석이 행해지는 미래의 현실에 속하는 것이었다. 따라서 그가 현실을 찍는 것은 미래를 찍는 것이 될 수밖에 없었다……

어느 면엔 치기와 억지가 느껴지는 주장이기도 하였다. 유 선배의 그 이상스런 습벽은 그만큼 억지를 감내하고 있을 것이었다.

하지만 그것이 소박하고 억지스러운 만큼 유 선배의 그 현실 대응 방법이라는 것도 그런 부자유스러움을 우겨 눌러야 했었는지 모른다.

어쨌거나 그런 부자연스러운 억지를 눈감아 넘긴다면, 그의 사진 일은 일종 시간의 재편집 작업과도 같은 것이었다. 그리고 그 경우 그는 내일의 시간을 찍어내는 미래의 사진사였다.

하지만 그의 현실이 과거로 비켜서든 미래를 좇아가든 결과는 마찬가지일 수밖에 없었다. 그에겐 어차피 현재라는 것이 없었다. 그에게 있어 시간의 흐름은 과거에서 곧바로 미래로 넘어갔다. 현재의 시간 속엔 그의 소재가 없었다. 그에겐 그 현재의 시간과 존재 자체가 실종 상태였다.

그것이 나를 계속 석연치 않게 하였다.

유 선배는 그러나 그러는 나를 괘념하지 않았다. 내가 그를 어떻게 생각하든 그는 계속 미래의 사진을 좇으면서 그것 속으로 흘러들고 있었다……

3

"허 형은 그 유종열 씨하고 하숙을 함께하신 일도 있지요?"

일이 어지간히 지겨운 모양이다.

김 형이 그새 또 볼펜을 내던지곤 담배를 피워 물며 참견을 해온다.

"10년쯤 전이었지요. 한 2, 3년 함께 지냈을까요."

나는 다시 상념을 빠져나오며 잠시 김 형의 휴식을 거든다.

그러나 김 형이 말하고 싶은 건 나와 유종열 씨와의 동숙 사실이 아니었다.

"헌데 그 양반, 사진이 원래 좀 이상하지 않았어요?"

김 형이 이번에는 다시 그의 사진을 물어온다. 깊은 관심이 있어서 하는 소리가 아니다. 그저 무심히 해보는 소리일 뿐이다. 하지만 그의 말뜻은 알 만하다. 바로 그 미래를 찍는다는 사진 때문이다. 유 선배는 물론 누구에게나 자신의 사진에 대한 이해를 구하는 일이 없었다. 그의 사진에 대한 소망을 아는 사람은 유 선배 자신과 나 그리고 나중에 그와 작업실을 함께한 오 군과 그의 아내 정 여사 정도가 고작이었다.

그의 사진에 대해선 자연히 편견과 오해를 지닌 사람이 많았다. 사건을 쫓으며 항상 세상의 움직임 속에 함께 움직이는 김 형 같은 사람에겐 그의 사진이 더욱 그렇게 보일 수밖에 없었다.

"그렇지요. 그 양반 사진을 좋게 보는 사람은 그리 많지 못했지요. 더욱이 신문 같은 데는 맞지가 않았어요. 하지만……"

나는 김 형 앞에 유 선배를 설명하려다 금세 다시 부질없는 노릇 같은 생각이 든다. 게다가 그 유작전 사진들에 대한 의문과 궁금증이 나를 자신 없게 만들어버린다.

그런데 김 형 쪽도 그 보도 사진이라는 것에 대해선 문외한이 아니었다.

"그가 언젠가 월남엘 갔을 땐가요? 그때 사진들은 꽤 괜찮은 것들이 많았었지요?"

김 형이 이번에는 나의 말을 대신하고 나선다.

"하지만 아마 그걸로 그만이었을걸요. 그 뒤론 별로 그 양반 사진을 볼 수 없었지 않아요?"

"월남엘 다녀와선 바로 우리 신문살 그만두었으니까요."

"프리랜서로 일하고 싶어 한다는 이야기를 들었어요. 그렇더라도 그 나름대로 사진을 계속하긴 했을 거 아닙니까."

"물론 사진을 계속했지요. 개인 스튜디오까지 가지고 말이에요. 다만 우리 신문에서 그 양반 사진을 써주질 않았을 뿐이지요."

"그렇다면 회사에선 왜 그를 다시 동남아로 보냈지요? 그가 마지막 취재 여행을 떠난 건 우리 회사 사람으로 간 걸로 아는데요."

"우리 회사에서 보낸 건 아니에요. 여행 절차의 편의를 위해서 신문사 명의를 빌린 것뿐이었지요. 그것도 그냥 자유 계약 형식으로……"

"어쨌든…… 그때도 신문엔 그 양반 사진이 한 장도 안 실렸었지요?"

"그 양반 원래 보도용 사진엔 적합지가 못했으니까요. 게다가 제때제때 사진을 뽑아 보내는 성미도 아니었구. 그러다 그만 실종 사고가 생기고 말았으니까…… 하지만 그 양반 그때나 저때나 사진을 계속해서 찍고 있긴 했을 겁니다."

"그럼 이번 유작전에는 그때 사진들이 나온 겁니까?"

"글쎄…… 그거야 나도 아직은 참관 전이니까 가봐야 알겠지요."

나는 다시 자신이 없어졌다.

김 형과의 문답이 새삼 부질없는 노릇으로 느껴진다. 김 형이 공연히 귀찮고 괴롭다. 이제 그만 자리를 일어서고 싶다. 시간은 아직도 7시를 조금 넘고 있는 정도. 거리가 그리 멀질 않으니 차를 타지 않고 걷는다 해도 아직 시간이 너무 이르다.

하지만 이제는 더 이상 앉아서 버티기도 뭣하다.

"어때요, 김 형도 한번 들러보지 않겠소?"

나는 그만 자리를 일어서며 치레 소리로 한 번 더 김 형을 권해본다.

그러나 김 형은 까닭 없이 완강하다. 완강하다기보다 단호한 편이다.

"난 역시 그만두겠어요. 허 형도 아까 말했지만, 난 원래 그 사람 사진을 좋아한 편이 아니었으니까. 그렇다고 허 형처럼 그 사람한테 각별한 우의가 있었던 것도 아니고……"

김 형의 그런 매몰찬 말투엔 숫제 나에 대한 비난기마저 느껴진다.

──이 친구 아마 유 선배를 비겁한 몽상가로 몰아붙여 욕을 하고 싶겠지.

나는 더 이상 권하지 않는다.

김 형 쪽도 그저 그것으로 그만이다. 그는 다시 볼펜을 집어들고 원고지로 매달린다.

"먼저 갑니다."

한마디를 던지고 나는 혼자서 신문사를 나선다. 초가을인데도 아직 저녁 공기가 몹시 후텁지근하다. 그러거나 말거나 길거리는 언제나처럼 인파가 붐빈다. 가고 오는 사람들로 길거리는 흐름이 엇갈리는 물웅덩이 한가지다.

나는 사람들 사이를 이리 뚫고 저리 비키며 힘든 전진을 계속해나간다. 구름다리를 오르고 지하도를 건넌다. 갈수록 사람들의 북적임이 더해간다. 사는 것이 바로 이런 아귀다툼 한가지 아니던가.

나는 내 걸음걸이를 지치게 만드는 행인들의 무리를 일방적으로 매도하고 싶어진다. 그러다간 문득 다시 유 선배를 생각한다.

　—유 선배도 그런 마음으로 이 길을 걸어본 일이 있었을까. 사람들 사이를 이렇게 몸을 부딪치며 걸어본 일이 있었을까.

　나는 사람들의 무리에 끼여 섞인 그의 모습을 쉬 상상할 수가 없다. 그의 사진이 그러했듯이 그에겐 그것이 쉬운 일이 아니었다.

　사진이 바로 그의 삶이었고 사진에 대한 욕망이나 허물이 바로 그 삶의 욕망이요, 허물이었기 때문이다.

　"저 거리를 좀 나가보아요."

　내가 아직 유 선배와 하숙을 함께하고 있던 시절, 그게 내가 유 선배를 몰아세우며 자주 지껄여댄 힐난의 소리였다.

　"사람들과 몸을 부딪치며 함께 길거리를 걸어보세요. 서로 발들을 밟고 밟히면서 사람들이 들이마시는 공기를 함께 들이마시면서 말입니다⋯⋯"

　그것은 바로 아까 김 형이 그의 사진에 대해 지니고 있었던 것과 똑같은 불만에서 나온 소리였다. 그 무렵엔 나도 유 선배에 대해 늘상 그런 불만을 느끼고 있었으므로.

　그것은 이를테면 자신이 살고 있는 시대와 그 시대의 사람들에 대한 일종의 이웃으로서의 사랑의 이야기였다.

　유종열이란 위인의 가슴속엔 그런 사랑이 없는 것처럼 보였다. 그의 사진들은 사람들이나 사람의 일에 초점을 맞추는 일이 거의 없었다. 사람의 삶이나 삶의 자취들 대신, 그는 나무와 산을 찍고 강과 바다와 하늘을 찍고 때로는 구름과 바람과 바위를 찍었다. 그의 사진에선 이 시대의 사람들과 삶의 흔적이 깡그리 사라져가고 있었다. 남은 것은 오직 지극히 추상적인 시간에의 동경과 그것에 대한 예감 같은 것뿐이었다. 그게 말하자면 그가 자신의 흑백 화면에 담아내려는 미래의 시간이라는 것이었다.

하지만 유 선배는 그것으로 어떤 미래의 모습을 찍어낸다기보다 그 자신이 어떤 미지의 시간대 속으로 사라져 들어가버리고 싶은 강렬한 자기 실종의 욕망 같은 걸 드러내 보일 뿐이었다.

유 선배는 그런 식으로 현재의 시간대에서 자신의 소재를 지워버리고 싶어 한 것이었다. 그리고 그저 사진으로써가 아니라 그 자신이 미래의 시간대로 사라져 들어가버리고 싶어 한 것이었다.

유 선배 자신도 언젠가 그런 내 지적에 솔직히 시인을 해온 일이 있었다.

그가 어느 날 바다의 사진을 찍어 왔을 때였다. 한 주일 이상이나 방을 비운 채 바다를 갔다 온 그의 모습은 구사일생으로 목숨을 구해 돌아온 난파선의 선원처럼 심신이 모두 지쳐 있었다.

그러나 그가 하루 만에 금방 뽑아낸 사진들을 보고 나는 그만 어이가 없어지고 말았다. 화면들은 그저 텅 빈 바다뿐이었다. 파도의 바다, 안개의 바다, 섬들이 멀어져가고 있는 수평선의 바다…… 그저 그런 바다들뿐이었다. 얼핏 보고는 무엇을 찍었는지조차 알아보기 어려웠다. 나무나 구름이나 바위를 찍었을 때보다도 화면의 구성이 훨씬 더 단순했다. 주제라고 내세울 만한 것이 아무것도 없었다.

나는 그 단조롭고 유치한 화면들 속에 깊이 감춰진 유 선배의 마음을 읽어낼 수 있었다. 그는 끝없이 바다의 어디론가 사라져 들어가고 싶어 하고 있었다…… 첩첩이 이어지는 파도들 너머로, 안개 속에 고즈넉한 섬들 사이로, 구름으로 뒤엉킨 하늘과 바다의 수평선 너머로…… 그러나 그가 넘어가 사라지고 싶어 한 것은 파도나 안개나 섬들이 아니었다. 끝없는 시간의 그림자 속이었다. 그 시간대의 수평선 너머였다. 그의 앞에 걸려 있는 끝없는 바다와 수평선들은 차라리 그가 뚫어 넘기를 소망한 두껍고 고통스런 시간대의 문이었다.

"전 여태까지 선배님이 찍고 싶어 하신 그 미래라는 시간대의 이름이 희망이라고 알고 있었어요. 그런데 이번에 선배님이 찍어 오신 건 오히려 허망하기 그지없는 절망 쪽이군요."

사진을 보고 나서 내가 쓸쓸하게 내뱉었다. 그런데 그때 유 선배는 모처럼 관대한 어조로 이렇게 말했다.

"글쎄, 난 실제로 배를 달리면서 무서운 절망감을 맛보고 있었으니까요. 섬을 지나면 다시 섬이 나오고 안개를 뚫으면 다시 안개가 나오고…… 나는 그 안개와 섬들이 끝날 때까지 계속 바다를 달려볼 참이었어요. 그 안개와 섬들 저쪽의 바다를 찍어오기 위해서요. 하지만 난 끝내 거기까지 나갈 수가 없었어요. 무한정 계속되는 안개와 섬들이 나를 바다 한가운데다 가두어버린 겁니다. 바다 한가운데서 나는 그만 길을 잃고 만 거예요. 그 안개와 섬들 가운데로. 아니 흐름을 멈춰버린 시간 속에 내가 간혀버린 거지요. 나는 시간을 잃고 바다 위를 헤맸어요. 시간 속에서 실종을 한 거지요……"

자기 실종의 욕망을 자기 입으로 말한 유 선배의 첫 번 자기 고백이었다.

하지만 그는 정작 그런 식으로 자기 실종을 받아들일 수는 없었던 모양이었다. 섬들 사이로 안개 속을 뚫으며 끝없이 바다를 달리고 있을 때 그의 가슴속에선 분명히 그 자기 실종의 황홀한 욕망이 무섭게 부풀어 올랐을 터였다. 그는 오랜 소망이 바로 이루어지려는 순간에 무서운 공포를 경험한 게 분명했다. 그리하여 그는 허겁지겁 배를 돌려 시간 속의 실종을 벗어져 나온 것이었다. 그가 난파선의 선원처럼 심신이 지쳐 돌아와 필름의 인화를 서둘러댄 것은 바로 그런 두려움을 씻어내기 위해서였다. 그가 그 바다에서 잃어버린 시간의 흐름을 되찾기 위하여 그리고 그 정지된 시간 속에 길을 잃고 사라진 자신의 소재를 찾아내기 위하여.

유 선배의 그 자기 실종 욕망이란 것은 실상 그런 정도에 불과한 것이었다. 그는 실종을 소망하면서도 그것을 현실로 받아들일 용기는 없었다. 그는 대신 그것을 사진으로 성취하려 한 것이었다. 그의 욕망이 현실에서 불가능한 만큼 강렬한 열정과 성취욕을 가지고.

그의 사진 작업은 그러니까 바로 그의 은밀스런 자기 실종 욕망의 대행 행위라고 할 수 있는 그런 어떤 것이었다.

그의 사진은 그의 욕망의 표현일 뿐이었다. 사람들 가운데서 자기 소재를 지워 없애버리고 싶은 실종 욕망의 결과일 뿐이었다. 그의 사진에서 사람의 모습이 사라지게 된 것은 당연한 결과요, 그 결과의 현상인 것이었다. 아니 다시 말을 바꾸면, 그것은 그의 현실의 시간대 가운데엔 살아 있는 사람의 모습이나 숨결이 전혀 존재하지 않는다는 말이 되었다. 유 선배에게 있어 현실의 시간대는 항상 과거의 그것으로 채워지고 있었다. 자신의 소재마저 지워버리고 싶은 그였다. 그런 그에게 하물며 이웃에 대한 관심이나 사랑 같은 것이 있을 리 없었다.

그렇다고 그 유 선배가 사람들과 깡그리 등을 돌리고 살았던 것은 물론 아니었다. 다른 사람들처럼 회사도 나다녔고, 거기선 거기서대로 필요한 사진을 찍어내기도 하였다. 나와 하숙을 함께하기도 하였고 나중에 그의 아내가 된 아마추어 사진 작가 정성희나 학교 후배인 오 군들과의 관계에서처럼 각별한 사귐을 보여주기도 하였다.

길거리를 나다니지 않았을 리도 없었다.

그도 수없이 이 거리를 오갔을 터였다. 하지만 역시 그에겐 경우가 같았을 수 없었다. 그는 아마 이 거리를 지나가면서도 자신의 깨어 있는 시간대 속에 사람들과 함께 있어본 일은 없었을 터였다. 밟고 밟히고 부딪고 부딪히면서 미움과 사랑으로 그것을 자신의 깨어 있는 현실로 껴안아본 일이 없었을 터였다.

앞뒤로 몰려드는 사람들의 발길이 끊임없이 내 상념을 방해한다. 나는 그 사람들 가운데에서 지친 사지를 허우적대고 있는 꼴이었다. 그런 가운데서도 나는 한사코 상념의 실마리를 놓치지 않는다.

사람이 없는 유 선배의 사진은 자연히 그를 만족시킬 수 없었다. 유 선배는 그 사진을 통해 시간의 문을 열 수가 없었다. 사람의 삶이 드리우지 않은 사진은 사람의 시간을 담을 수 없었다. 바위와 나무와 하늘의 시간은 그저 그것들 자신의 시간일 뿐 사람의 시간은 될 수 없었다. 그런 바위와 나무의 시간들이 유 선배에게 문을 열어줄 리 없었다.

유 선배의 집념은 꺾일 줄 몰랐다. 지치지 않고 계속 비슷한 사진들을 찍어댔다. 삶의 숨결이 사라진 사진. 바위, 구름, 바다, 나무들…… 그러나 언제나 화면 위에서 시간의 흐름이 멈춰버린 사진, 유 선배 자신이 그것 속으로 사라져 들어가고 싶은 어렴풋한 실종의 꿈이 피곤하게 잠든 사진…… 줄기차게 그런 사진들을 찍어대고 있었다. 사진에서나 생활에서나 사람의 숨결이 드리울 가망은 당분간 기대할 수가 없을 것 같았다.

하지만 유 선배의 그런 고집스런 집념 뒤에도 나름대로의 한계는 있게 마련이었을까. 아니면 그것을 재촉하는 고민과 절망이 그동안 그토록 깊어졌던 것일까.

하루는 유 선배가 뜻밖의 고백을 했다. 그것은 일종 카메라의 절망적인 숙명에 관한 것이었는데, 유 선배는 그때도 묘하게 공격적인 방법으로 고백의 전주를 꺼냈다.

"허 형은 이 그림에서 뭔가 흐름이 그치지 않는 시간의 소리 같은 게 들리지 않소?"

그날 유 선배는 내게 먼저 한 장의 사진을 꺼내 보여주며 그렇게 물어왔다. 가파른 해변가의 절벽 아래에 하얗게 파도가 부서지고 있는 사진이었다. 그 사진에선 과연 어떤 소리가 들리고 있는 것 같았다. 영원히 멈추지 않는 파도 소리. 그것은 어쩌면 영원한 시간의 소리 같기도 하였다.

하지만 나는 언제나처럼 서서히 비위가 상하기 시작했다. 그가 묻고 있는 것을 알고 있기 때문이었다. 대답을 기다리는 유 선배의 얼굴이 어딘지 의기양양해 보이기까지 했다.

"글쎄요. 전 별로 들리는 게 없는데요. 들리는 게 있다면 무슨 몽유병을 앓고 있는 병든 시간의 잠꼬대 같은 소리나……"

나는 부러 뒤틀린 소리로 유 선배의 기대를 빗나갔다. 그리고 그것을 발단으로 유 선배와 나 사이에 한동안 그 버릇이 되다시피 한 말싸움이 계속됐다.

"또 첫마디부터 비웃으려드는군. 하기야 허 형한테는 사회부 기자의 귀밖엔 없으니까. 그걸 알면서 물은 내가 잘못이지."

유 선배가 곧 반격을 해왔다.

"물고 뜯고 아우성치는 사람의 목소리, 허 형은 그런 거나 들을 줄 알았지, 시간의 소리 같은 건 들을 귀가 없는 사람이거든."

"전 그걸로 충분하니까요."

나도 이젠 물러설 수 없었다.

"살아 움직이는 사람의 소리, 거기서 옳고 그른 것을 가려들을 수만 있다면 그 도깨비 하품 소리 같은 시간의 소리 같은 건 듣지 않아도 그만 아니겠어요."

마음 내키는 대로 유 선배를 함부로 매도하고 들었다.

"그런데 유 선배님은 그 허깨비 같은 소리에 귀가 홀려 사람의 소리를 듣는 귀는 그렇게 못마땅해지고 마신 겁니까."

"사람의 소리를 듣는 걸 허물하려는 게 아니오. 살아 움직이는 것들은 그 시간과 함께 죽음으로 지나가버리기 쉽다는 것뿐이지. 그러니 그 순간의 소리에만 너무들 깊이 매달리지 말고 좀더 먼 시간의 소리에도 귀를 기울여보라구 말이오."

유 선배도 지지 않고 계속해서 맞서왔다.

나는 이제 더 길게 듣지 않아도 그 속을 알 만했다.

"그 미래의 시간이라는 것이 구실이겠군요."

나는 기다리지 않고 그보다 한발 더 앞질러 나갔다.

"하지만 그 미래라는 것이 유 선배의 생각처럼 그렇게 독립적인 시간대로 존재할 수 있는 것일까요. 그것은 오히려 우리가 살고 있는 이 시간과 현실의 집적이나 연장의 형식으로 오는 게 아닐까요."

"그렇게 봐야 할 일면이 있겠지요. 미래는 어차피 현재의 연장 위에 자리하는 것일 테니까."

"그렇다면 현실을 외면하고 미래만을 지나치게 신봉하는 건 일종의 미망이나 망상이 아니겠어요. 어쩌면 그 미래라는 걸 구실로 현실을 속이는 사기가 될 수도 있는 일이겠구요. 우리에겐 이미 그런 경험이 숱하게 많은 터인데 말입니다."

"그건 반드시 그렇게만 말할 수 없는 일이지요. 미래의 시간을 보려는 건 미래의 시간을 근거로 현실의 시간을 보고 그 자리를 정하려는 것이니까요. 우리에겐 때로 죽음의 모습이 삶의 양식을 결정지어주듯이 말이오. 미래는 오히려 현실의 담보지요. 미래를 보는 건 바로 현실을 보는 방법의 하나구요."

유 선배는 부득부득 억지를 써대고 있었다. 나는 그럴수록 공격적이 될 수밖에 없었다.

"하지만 난 유 선배의 그 미래라는 걸 간단히 곧이들을 수가 없는걸요. 선배님의 그 사진들의 미래 속엔 사람의 모습이 보이질 않거든요. 우리들의 시간은 현재나 미래나 어차피 사람과 사람의 삶의 시간이 되어야지 않습니까. 그런데 선배님의 사진처럼 사람의 흔적이 사라진 미래도 우리의 미래가 될 수 있을까요?"

"사람의 모습이 보이지 않는다고 그것이 우리의 시간이 아닐 순 없지요. 내가 내 사진들에서 사람의 모습을 기피하는 것은 거기서 사람의 시간을 지우기 위해서가 아니라, 절망을 지우고 싶어 한 때문이었으니까요. 사람들의 얼굴을 통해선 미래의 시간의 모습도 절망의 모습밖엔 찍을 수가 없거든요."

"절망하지 않았다면, 유 선배도 사람을 찍을 수 있었을까요?"

"그랬겠지요. 나도 첨에는 그런 노력을 해온 편이었으니까. 하지만 난 끝내 지치고 말았어요. 그래 차라리 사람의 얼굴이 무서워진 겁니다."

"그게 바로 유 선배가 자신의 패배를 드러낸 것이지요. 미래라는 것이 어차피 우리들 사람의 것이어야 하는 이상 사람의 얼굴이 아무리 무섭고 절망스럽더라도 유 선배는 그럴수록 그것을 정확하게 찍어내야 하지 않았을까요. 그리고 그런 얼굴들에 대한 사실성의 확인 위에서 거꾸로 미래의 구원을 찾아야 하지 않았을까요."

"아까도 말했지만 그러기엔 난 너무 지쳤어요. 그렇게 일찍 지쳐버린 것이 어쩌면 내 체질일 수도 있었겠구요. 그래서 난 내 방법이 생긴 것이고 이렇게 허 형에게 이해를 구하고 있는 것 아닙니까. 그것이 나와 내 체질엔 가장 알맞은 방법이고 또 그게 사람들 사이에서 이루어져야 한다는 허 형과도 다를 수 없다는 믿음이 있으니까요."

시비가 오히려 부질없어진 것일까. 아니면 그 유 선배에겐 처음부터 이야기가 엉뚱한 방향으로 빗나가고 있었는지도 모른다. 유 선배의 어조가 웬일인지 거기서 갑자기 풀이 꺾이고 있었다. 그의 말투는 이젠 주장이나 설득조가 아닌 이해의 주문에 가까웠다.

나는 아직도 물러설 수가 없었다. 유 선배에게 마지막 항복을 받아내고 싶었다. 그의 사진에 대한 자신의 절망을 보게 해주고 싶었다. 나는 마지막 추궁을 가해 들어갔다.

"그래 유 선배는 그런 식으로 한 번이나마 미래의 시간을 찍을 수 있었나요? 그래 그 미래의 모습을 보고 그곳으로 나가는 시간의 문을 열어본 일이 있었어요?"

그러나 나의 그런 마지막 추궁도 유 선배에겐 이미 소용이 없는 것이었다. 내가 추궁을 가하기도 전에 그는 이미 자신의 실패를 시인하기 시작했다.

그는 잠시 나의 말에는 대꾸를 않은 채 입가에 희미한 미소만 흘리고 있었다. 그리고 그 미소 끝에 조용히 머리를 가로저으며 독백조로 어려운 고백의 소리를 해왔다.

"없었어요…… 실은 여태까지 단 한 번도."

오랫동안 별러오던 비밀을 털어놓은 어조였다. 벼랑 아래의 파도 사진이나 그간에 수없이 오고 간 공격적인 주장들은 공연히 한번 그래본 것뿐이라는 식이었다. 아니, 그는 그동안 수없이 허물해온 자기 사진의 허점을 속속들이 다 알아차리고 있으면서도 그의 마지막 고백을 위해 자신을 한 번 더 시험하고 있었던 것 같기도 했다. 변명 겸해 그가 다시 덧붙여온 소리가 그것을 분명히 해주고 있었다.

"그것은 아마 카메라라는 기계의 비극적인 숙명의 탓일 겝니다."

그가 이번에는 아주 편한 목소리로 말했다.

"카메라의 숙명이라니요?"

유 선배는 이미 자기 허물이나 약점을 깨닫고 있었다. 더 이상 그를 추궁하거나 괴롭혀댈 일이 없을 듯싶었다. 한데도 그는 아직 쓸데없는 구실을 덧붙이고 있었다. 뭔가 아쉬움이 남아 있기 때문일 터였다. 이야기의 분명한 마무리를 위해서도 나는 마지막까지 난폭해지지 않을 수 없었다.

"카메라의 작업은 이를테면 순간을 통해 영원의 시간을 붙잡으려는 거지요."

유 선배가 다시 천천히 말하기 시작했다.

"순간의 흐름을 파고 들어가 대상의 시간을 붙들어 흐르려고 하는 거지요. 그런데 카메라는 그 순간을 정지시켜버린단 말입니다. 대상의 시간을 포착하는 순간, 그것은 그 순간뿐만 아니라 대상의 시간 전체의 흐름을 화면 위에 정지시켜버려요. 그게 카메라의 어쩔 수 없는 숙명이지요. 그리고 내게 끝없는 실패를 거듭시키고 있는 비극의 원인인 셈이기도 하구요……"

자신의 허물은 역시 외면한 소리였다. 나는 다시 한번 그를 깨우쳐주지 않을 수 없었다.

"대상의 시간을 정지시켜버리는 게 카메라의 숙명이라면 유 선배의 실패는 그런 카메라에다 허물을 물을 수가 없는 것이지요. 아까도 말씀드렸지만 허물은 오히려 그런 대상을 선택해 시간을 찍으려는 유 선배 자신에게 있는 것 아닙니까? 붙잡으려는 대상의 시간은 원래 사람의 것이 아니었으니까요. 사람의 삶이나 숨결이 드리우지 않은 산이나 나무나 바위의 시간, 그것은 사람의 시간이 아니지요. 사람에겐 그저 화석화되어버린 정지일 뿐이에요…… 그것은 유 선배의 카메라 앞에서 흐름을 정지한 것이 아니라 처음부터 정지되어 있는 화석의 시간이었어요. 흐름의 문을 열어주지 않은 게 아니라, 유 선배 앞에서 처음부터 문을 열어줄 수 없는 시간이었어요. 카메라가 뚫고 들어갈 수 있는 그 순간에서조차 말입니다."

"……"

유 선배는 마침내 입을 다물었다. 다문 입가에 희미한 미소를 떠올리고 있는 것이 어찌 보면 그는 거기까지도 이미 모든 걸 짐작하고 있었던 사람 같았다. 뭘 새삼스럽게 열을 올리느냐는 표정이었다.

하지만 나는 마저 이야기를 끝내지 않을 수 없었다.

"전 카메라는 잘 모르는 사람이지만, 유 선배의 경우 그 카메라는 처음부터 정지된 시간밖에 찍어낼 수가 없었을 것 같아요. 그걸 어차피 카메라의 숙명이라 하신다면, 그런 숙명을 지닌 카메라에 유 선배의 실패의 허물을 묻기보다 유 선배 자신의 눈의 숙명을 먼저 돌아봐야 했어요. 사람의 삶이 아무리 괴롭고 절망스럽더라도 우리는 어차피 그런 삶을 보아야 하고, 그런 삶 속으로 함께 섞여 들어가 살아야 하는 것이 또한 숙명이니까요. 미래로든지 과거로든지 우리 인간들의 시간이라는 것은 그런 삶 속을 흐르고 있으니까요."

4

"와주셨군요."

전시장엔 사람이 별로 많지 않았기 때문에 정성희 여사는 전시실 입구에서부터 금방 나를 알아보고 곁으로 다가왔다.

"그러지 않아도 오늘쯤은 한번 찾아주시지 않을까 기다리고 있었어요."

여자와 함께 전시실을 지키고 있던 오 군도 나를 꽤 기다린 눈치였다.

"일찍 못 와봐서 죄송합니다. 마음의 준비가 미처 안 되어서 였다고 할지…… 금방 달려오기가 뭣해서요. 워낙 뜻밖의 소식이 되어놓으니 어쩐지 당황스러워지기도 하구요……"

나는 얼핏 적당한 구실이 떠오르질 않는다. 정 여사와 오 군 앞에 그저 그런 식으로 늦게 온 변명을 얼버무려 넘긴다.

하지만 이쪽 심중을 미리 다 헤아리고 있는 정 여사 앞엔 그런 변명 따위가 소용될 리 없었다.

"허 선생님께서 죄송하시긴요. 오늘 이렇게 와주셨으면 되지 않으셨어요."

그녀가 외려 송구스런 목소리다.

"죄송하기로 말하면 그동안 허 선생님께 의논 한마디 없이 이런 일을 벌이고 나선 저희 쪽 허물을 죄송해해야지요. 허 선생님은 전에도 늘 겁을 먹고 놀라길 잘하시던 분이라 이런 일로 괜히 혈압을 올려드리고 싶지 않았거든요. 호호……"

나의 허물에 대한 이해의 말을 곁들여 남편의 옛 동료에게 짐짓 귀띔 한마디 없이 유작전을 갖게 된 자신의 당돌성을 밉지 않은 농담으로 비켜서버린다. 하지만 그녀의 그런 농담기 속에서도 내가 뒤늦게 나타난 일이나 그녀가 내게 귀띔이 없었던 양쪽의 허물은 허물대로 확인된다.

그렇다면 그녀가 전시회의 소식을 부러 아껴온 이유는 무엇인가. 그것은 물론 남편에 대한 그녀의 믿음과 사랑 때문이었다. 그리고 그의 사진과 유작전에 대한 그녀 나름의 자신감 때문이었다. 그녀는 옛날부터 유 선배에 대한 내 불만스런 눈길을 알고 있었다. 유 선배의 사진에 대한 나의 주문을 누구보다도 깊이 알고 있었다. 정 여사는 이를테면 거기에 자신이 있었던 것 같았다. 이번의 전시회로 그에 대한 해답을 알게 할 자신이 있었던 것 같았다. 그래 마지막까지 소식을 짐짓 아껴두고 있었으리라.

나는 우선 사진부터 좀 돌아보고 싶었다.

"먼저 한 바퀴 돌아오겠습니다."

그러지 않아도 사진에 대한 궁금증으로 마음이 쫓기고 있던 판이라 나는 그쯤 인사치레를 접어두고 사진들 쪽으로 발걸음을 옮겨갔다. 그리고 그것으로 금세 여자의 존재를 까맣게 잊는다. 사진들이 내게 그럴 여유를 빼앗아 가버린다.

첫 번 사진을 대하는 순간부터 그랬다.

예감이나 기대가 전혀 없었던 것은 아니지만, 사진들은 말 그대로 유작품들인 것이 틀림없어 보인다. 생전에 발표를 안 했대서가 아니라 발표할 기회를 못 가진 것들이기 때문이다. 어떻게 해서 입수된 것인지 경위는 당장 알 수 없었다. 하지만 그것들은 모두 유 선배가 그 마지막 여행에서 찍어 보낸 사진들임이 분명했다. 망망대해의 파도 위에 떠 있는 망국 난민들의 비참스런 유랑선들. 어떤 것은 마치 부두를 떠나가는 사람들처럼 아쉽고 간절한 손 흔듦의 모습을 보여주고 있었고, 어떤 것은 또 울부짖음으로 호소하고 있거나 아니면 그저 저주 어린 눈길과 절망감 속에 넋 없이 이쪽을 바라보고 있는 소름 끼치는 표정을 보여주고 있었다. 한결같이 지치고 헐벗고 야윈 얼굴들. 공포와 절망과 저주에 절어든 인간의 얼굴들. 유 선배는 온통 그런 얼굴들로 그의 화면을 채우고 있었다. 보도용과 작품치를 따로 구분할 필요도 없었다. 그는 바다로 가서 그 바다를 찍지 않고 사람의 얼굴을 찍어 보낸 것이었다.

나는 거기서 잠시 발길을 머물고 유 선배의 옛날 사진들을 회상하기 시작한다. 특별히 유 선배가 마지막으로 찍어 보여주고 간 사진들을 생각한다.

유 선배가 바다를 찍지 않은 것은 이번에사 처음 알게 된 일이 아니었다. 유 선배는 실상 마지막 여행을 떠나기 훨씬 전에 바다의 사진을 단념하고 있었다. 바다도 산도 나무도 바위도 끝내는 단념하고 만 그렸다. 바다나 산 대신 그의 화면에 사람의 모습이 나타나기 시작했다.

카메라의 숙명을 구실로 한 그의 실패의 고백이 있고 난 얼마 뒤였다. 카메라의 숙명을 탓하기보다 유 선배 자신의 삶의 숙명을 되돌아보라던, 그날의 내 데데한 설교에 그가 생각이 달라진 것이었을까. 아니, 끝끝내 웃음기를 잃지 않고 있던 그 말 없는 유 선배의 관용 뒤에는 이미 나를 앞선 자기 각성이 자리를 잡고 있었는지도 모른다. 어쨌거나 그런 일이 있고 나서 유 선배는 차츰 자신이 달라져가기 시작했다. 아니 유 선배의 그런 변화는 사진에서보다도 생활에서 먼저 드러났다.

끊임없는 갈등과 배반감 때문이었으리라. 유 선배의 변화는 맨 먼저 나를 배척하는 자기 고립 행위의 형식으로 시작됐다. 다툼이 있고 난 며칠 뒤, 그가 느닷없이 방을 옮겨가버린 것이다. 나와는 사전에 의논 한마디 해오지 않은 채였다. 그것은 그저 나를 떠나간 것만이 아니었다. 나중에 알고 보니 여자대학 시청각교육과를 다닐 때부터 그의 사진을 좋아하고 따르던 정성희란 아가씨와의 동거 생활을 시작한 것이다. 나에겐 배척이요 자기 고립 행위였지만, 그의 입장에선 새로운 인간에의 해후인 셈이었다. 혼인식도 올리지 않은 데다 주변에 아무도 귀띔 한마디 해주지 않았을 정도의 사람이고 보니 신접살림을 시작하고도 그의 태도에 별다른 변화가 있을 수 없었다.

대범하다고 할까. 무심하다고 할까. 주위의 눈길을 괘념하지도 않았고, 집으로 사람을 청해주는 일 같은 건 더더구나 없었다. 나뿐만 아니라 회사 동료들 누구에게나 마찬가지였다. 그는 언제나 혼자 출근을 하고 혼자 일하고 그리고 혼자서 퇴근을 했다.

그러니까 그가 결혼을 하게 된 사실만으로는 아직도 그의 변화를 말할 수 없을는지 모른다. 변화는 오히려 그 결혼으로 인한 어떤 적극적인 자기실현의 욕망에서부터 시작되고 있었다.

월남전 특별 취재를 자원해 나선 것이 시발이었다. 전에는 전혀 흥미가 없어 하던 일이었다. 그 일을 그가 자청하고 나선 동기는 막연하나마 그의 결혼에서 추리해볼 수밖에 없었다. 결혼이, 또는 결혼을 생각하게 한 동기가 그의 태도를 변화시킨 것이었다.

사진도 자연히 변하기 시작했다.

전쟁터의 사진들이 으레 그렇듯이, 유 선배가 월남에서 찍어온 사진들은 너무도 생생한 비극의 초상들이었다. 포탄에 몸이 찢긴 병사의 신음과 절규. 굶주림 속에 쫓기는 피난민들의 참상. 사신의 모습처럼 검붉게 치솟아 오르는 화염의 위세와 공포…… 그런 사진들의 주제는 물론 한결같이 인간의 삶과 죽음의 얼굴이었다.

유 선배는 거기서 참으로 수많은 사람들의 모습을 만나고 있었다.

유 선배의 사진에 사람의 모습이 주제가 되고 있는 것은 그것이 물론 처음은 아니었다. 앞서도 이미 말했지만, 보도자료로 찍은 사진들엔 전에도 가끔 사람이 등장했다. 그의 사진에 사람이 없는 것은 그 자신의 작품 사진의 경우였다. 그러니 그의 사진에 사람의 모습이 취해졌다 하여 그것을 반드시 변화의 계기로 말할 수는 없을는지 모른다.

하지만 그것은 분명한 변화요, 변화의 신호였다. 그의 다음 행동이 그것을 증명했다. 취재를 끝내고 귀국한 후로 한 달이 못가 그는 아예 회사를 그만두고 물러나버린 것이었다. 사진을 그만두기 위해서가 아니었다. 작품 사진을 찍기 위해서였다.

"어떻게 된 겁니까. 사진에 대한 유 선배의 간절하고 오랜 꿈이 단 한 번의 전쟁터의 경험으로 그만 박살이 나버린 겁니까."

퇴직 소식을 듣고 내가 일부러 그를 찾아가 만류 삼아 물었을 때, 그는 어지간히 기가 질려 있는 것 같기도 했다.

"글쎄, 무서운 델 구경하고 나니, 어디 오그라든 오금이 다시 펴질 것 같아야 말이지요."

짐작이 가는 말이었다. 충격과 절망을 대신한 소리였다.

하지만 유 선배는 그것으로 카메라를 아주 내던져버린 것은 아니었다. 얼마 뒤에 그는 곧 종로 2가의 뒷골목 한구석에 부부 동업의 개인 작업실을 마련하였다. 그를 따르던 또 다른 후배인 오 군까지 조수로 채용하여.

유 선배는 결국 자기 자신을 찍기 위해 회사를 그만둔 것이었다. 그리고 그렇게 보면 월남에서의 사진도 보도용이 아닌 자신의 사진을 찍어왔다는 얘기였다.

그의 작품 사진에 비로소 사람의 얼굴이 등장하기 시작한 것이다. 그의 결혼과 월남전 취재가 계기인 셈이었다.

그의 작업은 이제 그만큼 더 어려워질 수밖에 없었다.

그는 좀처럼 다시 사진을 찍지 못하고 있었다. 사진을 찍지 못하고 몇 주일 몇 달을 고심만 하고 있었다. 사진이 갈수록 두려워지고 있다는 것이었다. 알고 보니 그의 전쟁터 충격은 회사를 그만두는 것으로도 모두 정리된 것이 아니었다.

"난 도대체 감당할 수가 없어요. 그 무서운 현장들과 맞서기엔 내 카메라는 너무도 무력하단 말이오. 내 카메라는 번번이 그 대상의 시간을 정지시킬 뿐이었어요. 그 시간의 벽을 뚫고 대상 안으로 들어가 함께 흐를 수가 없었어요. 감당할 수가 없는 일이었어요. 그 두꺼운 벽을 허물 수가 없었어요."

어느 날 그의 작업실을 찾아갔을 때 유 선배는 거의 탈진한 어조로 털어놓았다.

나는 그의 말을 어느 정도 이해할 수 있을 것 같았다. 그는 아직도 전쟁터의 악몽을 벗어나지 못하고 있었다. 그래서 고심하고 있는 것이었다.

"사진 일이 이토록 두려워진 건 내 사진기가 살아 있는 현실 앞에 얼마나 무력한 것인가를 느꼈기 때문이 아니에요. 무력감을 느끼면 사진기를 버리면 그만인 게지요. 하지만 나는 그럴 수가 없어요…… 무서운 힘으로 맞서오거든요. 그 전장터의 참상들이, 그 얼굴들이 내게로 말이오. 내가 카메라를 버릴 수 없도록 순간순간 내게 맞서오고 있어요…… 산이나 바다는 맞서오는 게 없지요. 그래 마음에 내키지 않을 땐 자리를 비켜서버릴 수가 있었지요. 하지만 이건 그럴 수가 없어요. 그럴 수 없는 것이 고통인 게지요."

그의 카메라 앞에 시간의 문을 열어주지 않는 현상들, 그러면서도 눈을 감고 돌아설 수 없게 하는 인간사의 모습들, 그건 아닌 게 아니라 그의 고통이자 절망이 아닐 수 없었으리라.

하지만 유 선배는 어쨌거나 이제 사진의 대상을 바꾸고 있었다. 그는 산과 바다와 나무를 좇는 대신 사람의 얼굴을 생각하고 있었다. 사진기를 아주 내던져버리지도 못했다. 그런 식으로 힘든 탐색을 계속해가고 있었다. 그리고 끝내는 그 나름의 해답을 찾아내고 있었다.

얼마 뒤에 내가 다시 그의 작업실을 찾았을 때, 유 선배는 마침 어린아이를 소재로 한 몇 장의 사진에 마지막 손질을 끝내가고 있었다.

그가 다시 사진을 찍게 된 일이나 그 소재의 새로운 발견이

내게는 반갑고 신기한 일이 아닐 수 없었다.

궁금한 일도 한두 가지가 아니었다.

하지만 나는 그에게서 이런저런 사연을 캐물으려 하지 않았다. 굳이 캐물어야 할 필요가 없었다. 자기 작품의 생명력을 위해 미래에 대한 시간의 문을 찾고 있던 사람이 그 미래의 시간의 모습으로 어린아이의 모습을 선택한 것은 어떻게 보면 지극히 안이하고 유치한 발상이랄 수 있었다. 그것은 시간의 문을 열어 그것을 초월하려는 인간 정신의 차원이 다시 물리적 시간대로 환원되어버리는 창작 의지의 상투성을 드러내 보임일 수도 있었다.

그러나 그런 것은 중요한 문제가 아니었다. 유 선배 자신도 그런 건 굳이 말하고 싶어 하는 기미가 아니었지만 어쨌거나 그런 건 따지거나 해명을 들어야 할 필요가 없었다.

중요한 것은 이제 그가 다시 사진을 찍기 시작했다는 사실과 어린애의 얼굴에서 사진의 소재를 찾아냈다는 사실이었다. 그것은 비록 끊임없이 그에게 맞서오는 전쟁터의 인간의 얼굴은 아니었지만, 그것을 끝내 감당해낼 수 있는 가장 손쉽고 편한 출발이었다. 그가 다시 사람의 얼굴로부터 사진을 시작하고 있다는 사실이 중요했다. 나는 그것을 확인하는 것으로 족했다. 더욱이 그가 지나가는 소리처럼 머지않아 한 아이의 아비가 될 거라고 아내의 임신 사실을 말했을 때 나는 더욱 그런 확신이 들었다. 그것은 그가 다시 사진기를 들게 된 동기를 그만큼 소박하고 개인적인 것으로 폄하시킬 수도 있었다. 그러나 그것이 소박하고 개인적인 만큼 자기 사진에 대한 유 선배의 소망도 그만큼 구체적이고 현실적인 것이 될 수밖에 없는 것이기 때문이었다.

유 선배에게는 물론 그것으로도 아직 자신의 사진에 대한 모든 숙제가 풀린 것은 아니었다.

그의 화면에 조그맣게 나타난 어린아이의 얼굴이 어떤 모습으로 발전해나갈 것인지가 그에게 다가온 우선의 숙제인 셈이었다.

유 선배의 사진에는 이후부터 과연 끊임없이 사람의 얼굴들이 지나가고 있었다. 어린애로 시작된 사람의 얼굴은 마치 번식력이 좋은 생식세포처럼 여러 가지 모습으로 분열을 계속해갔다. 유아가 소년으로 소년이 다시 청년과 장년과 노인의 그것으로. 또는 남자와 여자와 부모와 자식들과 배부른 자와 배고픈 자와 병든 자와 건강한 자와 노는 자와 일하는 자와 웃는 자와 우는 자들로…… 그의 화면들이 어느덧 그렇게 삶의 꿈과 희망과 절망들로, 그런 사람들의 삶의 이야기로 채워져나갔다.

어떻게 보면 이젠 그 자신의 삶도 비로소 사람들과 사람들의 삶의 한가운데로 깊이 섞여들고 있는 것 같았다. 그리고 그 도깨비 같은 시간의 꿈으로부터 살아 있는 사람들의 한가운데로 돌아와 발을 서로 밟고 밟히면서, 몸을 서로 부딪고 부딪히면서 사람의 거리를 걷게 된 것 같았다.

하지만 유 선배는 실제론 아직도 거기까지 이를 수가 없었던 것 같았다. 그의 꿈은 끝내 그의 사진으로 시간의 문을 찾아 여는 것이었다. 그의 사진은 아직도 거기엔 어림이 없다는 것이었다.

"사람을 찍어도 역시 마찬가지더군. 사진의 사람들은 언제나 저쪽이고 나는 이쪽이거든. 공간이 지워지질 않는단 말이에요."

어쩌다 한 번씩 그의 작업실을 찾아가볼라치면 그는 여전히 실망과 불만에 젖어 있곤 하였다.

"찍히는 사람과 찍는 사람, 대상과 나, 언제나 둘은 그런 관계지. 둘 사이엔 엄청난 거리의 벽이 있거든. 그래, 바로 그 거리의 벽이에요. 그 두꺼운 거리의 벽을 뚫고 들어갈 수가 없어요. 참으로 엄청난 카메라의 숙명이지. 그 거리가 사라져주지 않는 한 우린 서로 다른 차원의 세계에 따로따로 떨어져 있을 수밖에 없어요. 벽을 뚫고 넘어가 함께 있거나 같은 시간의 흐름을 탈 수는 없어요. 그런 때 대상의 시간을 찍는다는 것은 그저 그 시간을 정지시키는 것 이외에 아무것도 아니에요. 문제는 결국 이놈의 지워지지 않는 거리와 공간인데……"

사람을 찍는다 해도 역시 대상과 렌즈 사이의 공간의 방해로 사진의 시간이 죽어버린다는 것이었다. 사람을 찍거나 무엇을 찍거나 그가 거기서 찍어내는 것은 죽어 굳어진 시간뿐이라 하였다. 살아 흐르는 시간을 찍기 위해선 거리와 공간을 제거해야 하는데, 그 방법이 찾아지질 않는다 하였다……

유 선배는 그런 식으로 끝없이 고심을 계속하고 있었다.

그런데 그 유 선배에게 끝낸 어떤 방법이 찾아진 것이었을까. 아니면 적어도 거기에 어떤 방법에 대한 희망을 걸어볼 수 있었던 것일까. 아니 그로서는 그때까지도 그 월남전의 경험이 어떤 피할 수 없는 숙제거리로 끊임없이 맞서오고 있었을지도 모른다. 그리고 유 선배는 마침내 한 번 더 그것들과 맞서보기로 마음의 작정을 내렸는지 모른다.

그해 초여름께 어느 날 유 선배는 문득 다시 한번 동남아 취재 여행을 떠나간 것이었다. 희망이 있었다면 이번에는 제법 자신을 가진 듯 옛 회사의 후원까지 얻어서. 그때는 이미 전쟁까지 끝나 직접 전쟁터를 갈 수는 없었지만, 전쟁이 끝나서도 아직 그 동남아 일대의 해상엔 월남 난민의 피난선들이 죽음의 항로를 헤매고 있을 때였다. 그리고 옛 우방국들의 배마저 그런 난민선의 구조를 외면한다는 비정스런 뉴스가 잇따를 때였다.

　　──여기서 우리는 먼저 죽어간 사람의 고기를 먹는다. 그리고 동료의 고기를 먹던 사람이 죽으면 우리는 다시 그의 고기를 먹는다. 그리하여 나는 이 섬에 도착한 여덟 명의 난민 중에 마지막 살아남은 사람이 되었다.

　　나는 이제 죽어간 인간들의 옷 위에 나의 피를 흘려 마지막 당부로 이 글을 적는다. 내가 그 일곱 인간의 고기를 먹고 살아온 빚을 갚기 위해. 그 위에 이젠 내가 죽더라도 다시 나의 고기를 먹어줄 사람이 없으므로. 이 이야기를, 이 섬에서 일어난 참극의 이야기를, 누가 이 섬을 찾아와 이것을 발견한 사람이 있거든, 눈감지 말고 전해주기 바란다. 우리를 위해 피 흘려 싸워준 우방국들에게. 우리를 외면하고 지나간 그 우방국의 선원들과 국민들에게. 세상의 모든 평화주의자와 인도주의자들에게.

그리고 누구보다도 먼저 우방국의 배와 비행기 편으로 재산과 함께 우방국으로 날아가 편안한 삶을 누리고 있을 우리의 옛 위정자들에게. 그 천추의 애국자들에게.

1975년 5월 ×일

이것은 그 무렵 국내 신문에도 보도된 한 난민선의 참극의 진상이었다.

동남아 해상의 어떤 무인도에서 있었던 참극의 내력이 소개된 글이었다. 유 선배가 마지막 여행을 떠난 것은 바로 그 기사가 소개된 무렵이었다. 그렇다고 그가 같은 섬을 찾아갔다고 할 수는 물론 없었다. 패망한 월남 땅으로 전쟁터를 찾아갈 수도 없는 일이었다.

하지만 그가 찾아 떠나간 것은 결국 땅에서든 바다에서든 그를 오랫동안 마음속에서 괴롭혀온 그 전쟁터의 참극의 얼굴들과 다시 한번 맞서기 위해서였음이 분명했다. 그리하여 비로소 그 대상과 카메라 사이의 두꺼운 벽을 허물고 대상의 시간을 함께할 희망을 좇아갔음이 분명했다.

그가 거기서 찍을 사진들은 결국 그가 이곳에서 마지막으로 보여주고 간 사람의 모습에 다름 아닐 것이었다.

그리고 이제 그것이 어김없는 사실로 눈앞에 증명되어 나타나고 있었다. 그는 바다로 갔으되 바다의 사진을 찍은 것이 아니었다. 그리고 그것들은 전쟁터의 사진이 아니되 전쟁터보다 더한 인간의 참극을 보여주고 있었다.

그뿐이 아니었다.

유 선배는 이제 그가 찍은 사진들에 장소와 날짜를 한 장 한 장 모두 순서 정연하게 밝혀놓고 있었다.

1975년 6월 4일 아침 6시 30분.

말레이시아 동부 해상 북위 4도 8분, 동령 105도 20분 지점, 한국 화물선 태백호 선상에서.

1975년 6월 12일 오후 4시 27분.

남중국 해상의 북위 14도 26분, 동경 113도 30분 지점을 지나면서, 미국 화물선 버지니아호 선상에서……

사진들 아래에는 한 장 한 장마다 모두 촬영 장소와 날짜·시각들이 밝혀져 있었다. 그리고 그 날짜와 시간대를 따라 사진들이 차례로 전시되고 있었다.

앞뒤가 뒤죽박죽으로 뒤섞여 혼란스럽던 유 선배의 시간대가 그 끝없는 바다 위에선 신기할 만큼 정확한 질서를 되찾고 있었다. 그것은 이를테면 추상 속을 헤매던 그의 시간대가 현실의 그것으로 되돌아온 증거였다.

그러나 나는 아직도 궁금했다. 유 선배의 이런저런 변화의 성과로는 그간의 궁금증들에 대한 마지막 해답을 얻을 수가 없었다.

──유 선배는 그럼 그것으로 마침내 공간의 벽을 허물 수가 있었을까. 그리고 죽어 화석이 되어버린 시간이 아닌 살아 움직이는 시간을 찍을 수가 있었을까…… 그 시간의 문을 열고 들어가 미래의 모습을 찍을 수 있었을까…… 이것들이 그가 찍은 그 미래의 모습들일까……

유 선배로서는 그렇게 믿어졌을는지도 모른다. 그리고 그에게선 실제로 그런 일이 일어났을지도 모른다. 사진들이 주는 끔찍스런 감동이 그런 유 선배의 성과 때문일 수도 있었다.

그러나 나는 아직도 확신할 수 없었다. 나는 아직도 시간의 흐름을 볼 수 없었다. 그 시간이 문 열어 보여주는 미래의 모습을 볼 수 없었다. 보이는 것은 그저 암울스런 절망감과 부끄러운 인간의 자기 배신감뿐이었다.

— 미래라는 것이 아무리 무섭고 절망스럽더라도 당신은 그럴수록 그것을 자세하게 찍어내어 그 사실성의 확인 위에서 미래의 구원을 찾아야 했어요.

내가 언젠가 유 선배에게 지껄인 말이었다. 이제 와서 나는 미래의 참모습이 정말로 그런 것일 수는 없을 것 같았다. 유 선배가 비록 그것을 인간의 미래로 보여주려 했다 해도 나는 이제 막상 승복하기가 어려웠다. 거기엔 구원의 빛이 안 보였다.

— 그런데 유 선배는 과연 그런 것들을 미래의 얼굴로 선택할 수가 있었을까. 그리고 그런 절망의 시간을 자신의 미래로 흐르게 할 수 있었을까.

나는 궁금증을 씻어버릴 수 없었다.

그렇다고 그저 부인만 할 수도 없었다. 선택과 해답은 역시 유 선배에게 있었다. 그리고 그것은 누구보다 당사자인 유 선배 자신에게 필요한 것이었다. 최종적인 해답은 역시 유 선배 자신에게 맡기는 수밖에 없었다.

내가 할 수 있는 일은 어쨌거나 다만 그것을 믿으려고 노력하는 것뿐이었다. 그것은 어쩌면 내가 그를 위해 마지막으로 해야 할 일일 수도 있었다.

1975년 6월 20일, 사이공 동남방 보르네오 해상 북위……

1975년 6월 21일……

나는 천천히 다시 남은 사진들을 둘러보기 시작했다. 그리고 그 날짜별로 배열된 사진들을 한 장 한 장 훑어나가면서, 유 선배와 유 선배의 사진에 대한 믿음과 감동을 구하고 있었다. 그것으로 마치 유 선배의 죽음 앞에 추궁과 힐난으로 그의 사진에 깊이 관심해온 동료로서의 마음의 빚을 갚으려 하듯이.

그런 식으로 내가 전시장을 모두 한 바퀴 돌고 나서 다시 한번 느낌을 정리해보고자 마지막 사진 앞을 서성거리고 있을 때였다.

"어떻습니까, 볼만한 사진이 좀 있습니까."

어느새 기미를 알아차리고 다가와 있었던지 등 뒤에서 갑자기 여자가 물어온다.

나는 비로소 사진에서 눈을 떼어내며 그녀 쪽으로 몸을 돌이켜 세운다. 하지만 나는 금세 뭐라고 입이 떨어지질 않는다.

"글쎄요, 정신이 얼떨떨한 게 왠지 머리를 된통 얻어맞은 것 같군요……"

나는 우선 어름어름 웃음으로 대답을 피해 선다. 여자도 굳이 대답을 원해 물어온 소리가 아닌 줄을 알기 때문이다. 하지만 그저 그런 식으로 끝내 여자를 피해 달아날 수는 없었다.

"그보다도 도대체 이 사진들은 어떻게 된 겁니까."

이번에는 내가 여자 쪽에 거꾸로 물음을 잇는다. 사진에 대한 감상담에 앞서 아까부터 줄곧 머릿속에서 혼자 궁금해해오던 일이었다. 사진들을 어디서 어떤 경로로 입수하게 되었느냐는 물음이었다. 생각 같아선 유 선배의 생사부터 한번 확인을 해보고 싶기도 하였다. 그것은 나의 희망 때문이기도 하였고, 그가 아직 살아 있을 가능성도 있었기 때문이다. 하지만 좀더 앞뒤를 재보면 그건 공연한 물음일 뿐이었다. 전시회는 애초 유작전으로 되어 있었다. 유 선배가 아직 살아 있긴 어려웠다. 공연한 소리로 여자의 상처를 건드리게 되어서는 안 되었다. 사진의 입수 경위가 밝혀지면 그쪽 궁금증도 저절로 함께 풀려날 것이었다. 그래 그냥 사진의 내력을 물어본 것이었다.

그런데 여자는 역시 눈치가 빠르다. 아니, 미리부터 예정이 그렇게 되어 있었는지 모른다.

"우리 어디 가서 저녁이나 하실까요. 허 선생님도 아직 저녁 전이시죠?"

여자가 대답 대신 저녁 제안을 해왔다. 이야기가 간단치 않다는 표시다. 자리부터 우선 옮기고 싶은 것이다.

그게 어쩌면 당연할는지도 모른다. 안내장에 부기한 말투에서나 전시장을 들어설 때의 인사에서나 그녀는 나를 기다리고 있었음이 분명했다. 사연이 그리 간단할 리 없었다.

그것은 내 쪽도 사정이 마찬가지다. 그녀가 일을 미리 알려주지 않은 것이나, 내가 일부러 날짜를 늦춰가며 전시장을 찾은 것이나 따지고 보면 양쪽 다 그만큼 하고 싶은 이야기가 많다는 증거였다. 저녁이라면 내 쪽도 어차피 예정을 하고 온 일이었다.

"그러지요. 바로 이 아래 지하실에 경양식집이 있지요?"

나는 간단히 동의를 보냈다. 하고 보니 여자는 이미 손가방까지 미리 챙겨들고 와 있다.

"그럼 가세요. 미스터 오도 이따 시간이 나면 내려오도록 하구요."

오 군에게 한마딜 이르고 나서는 그길로 앞장서 전시실을 나선다.

5

역시 저녁은 핑계에 불과했다.

사람도 그리 많지 않은데, 여자가 굳이 조용한 식탁을 찾는 데서부터 그랬다. 식탁을 정해 앉고 나서도 막상 저녁을 시키려니 그녀는 전혀 생각이 없다는 것이었다. 저녁은 그만두고 술이나 몇 잔 하는 게 어떻겠느냐니까 그녀도 그게 좋겠다는 것이었다.

우리는 곧 안주 한 접시에 잔술을 시켰다. 그리고 그 잔술이 오기까지 이런저런 헛소리들로 잔뜩 뜸들을 들이고 앉았다가, 술이 오고 나서 첫 잔을 조금씩 비우고 나서야 내 쪽에서 먼저 본론을 꺼냈다.

"그래, 그 사진들은 도대체 어떻게 된 겁니까."

전시장에서와 같은 물음의 반복이었다.

그런데 사실은 여자도 그동안 다른 준비를 하고 있었던 모양이었다.

"아니 그보다도 제 쪽에서 먼저 여쭙고 싶은 게 있어요."

여자가 대뜸 내 물음을 묵살하고 나섰다. 그러고는 먼저 그녀 쪽에서 물어오기 시작한다.

"허 선생님은 아까 유종열 씨의 사진들을 어떻게 보셨어요. 선생님의 소감부터 좀 들어보고 싶어요."

그 역시 아깟번에 여자가 전시실에서 물어온 말이다. 어물어물 말을 얼버무려 넘긴 걸 본심의 대답으론 안 들은 모양이었다.

그녀로선 물론 당연한 노릇일 터. 나는 갑자기 다시 같은 질문을 받고 나니 이번에도 얼핏 적당한 대꾸가 떠오르질 않는다. 여자는 물론 누구보다 유 선배의 사진에 가까이 있던 사람이다. 가까이 있었던 만큼 이해나 애정도 깊은 사람이다. 섣불리 대답을 할 수가 없다. 자신 없이 하는 대답도 용납받기 어렵다. 그녀가 내게 묻고 있는 것이 무엇인지도 아직은 확연치가 않았다.

"사진을 어떻게 보다니요. 제가 무얼 볼 줄을 알아야지요. 아까도 말씀드렸지만, 그저 정신이 얼떨떨할 뿐입니다. 놀랐다고 할지 당황했다고 할지…… 어쨌든 무척 감동스러웠어요."

여유를 얻으려 주워대보았지만 역시 헛수고일 뿐이었다.

"놀라기도 하고 감동적이기도 하셨다면 무엇이 어째서 그랬는지 이유가 있으실 거 아니에요……"

술잔을 손에 든 채 나를 똑바로 건너다보는 그녀의 목소리가 신문관의 추궁처럼 매섭고 준열하다.

"전 허 선생님이 종열 씨의 사진에 대해선 흔치 않은 관심을 가져오신 분으로 알아요. 그런 분이시라면 그이의 사진에 대한 고민을 모르고 계셨을 리가 없으실 거예요. 종열 씨의 고민은 어쩌면 허 선생님과 전혀 무관한 것이 아닐 수도 있겠구요. 제가 알기론 종열 씨는 끝끝내 자기 사진에 자신을 못 가진 사람이었어요."

여자의 어조는 숫제 추궁을 넘어선 단정에 가깝다.

나는 더 이상 회피할 수가 없어진다.

"유 선배는 늘 어떤 미래의 시간이라는 걸 찍으려 하였지요……"

나는 마치 막바지에 몰린 피의자처럼 고분고분 진심을 털어놓기 시작한다.

"그렇담 이번 사진들에서 허 선생님은 그 미래의 시간이라는 걸 보실 수 있으셨나요? 그 시간의 흐름을 느끼실 수 있으셨느냔 말씀이에요."

여자는 계속 추궁의 고삐를 늦추지 않는다. 종열 씨, 종열 씨 하고 무관스러운 듯 이름을 불러대고 있었지만, 나는 여자가 사진을 찍은 사람의 미망인임을 염두에 두면서 되도록 듣기 좋게 응대해나간다.

"전 유 선배가 늘 구름이나 바람, 나무나 바위 같은 데서 시간을 찍으려는 걸 못마땅해했었지요."

"하지만 종열 씨가 항상 그런 것들만 찍은 건 아니었잖아요."

"물론입니다. 언제부턴가 유 선배의 사진엔 사람의 얼굴이 나타나기 시작했지요. 이번 사진들도 물론 한결같이 모두 사람의 모습으로 채워지고 있구요."

"화면이 사람들로 채워진다는 것이 그 미래의 시간이라는 것과 어떤 상관이 있는 것일까요?"

"그것은 유 선배가 결국 그 미래를 향한 시간의 문을 허망한 추상과 꿈으로서가 아니라 살아 있는 인간의 삶 가운데서 찾아내려 했다는 말이 되겠지요. 유 선배가 오랫동안 꿈꾸어온 미래의 시간이라는 것은 어차피 나무나 바다나 바위의 시간들은 아니었을 테니까요. 게다가……"

말을 하다 보니 나는 공연히 부질없는 소리를 하고 있다는 생각이 들어온다. 여자도 어차피 그쯤은 모두 이해를 하고 있을 일이었다. 알고 있으면서도 그것을 다시 내게 묻는 여자의 속셈을 알 수가 없다.

그러나 여자는 여자대로 그럴 이유가 있었던 모양이다.

"그렇다면 유종열 씨가 꿈꾸어온 그 미래의 시간이라는 것은 희망의 모습이 아니었을까요? 그 사진들…… 그 비참하고 절망스런 사람들의 얼굴이 종열 씨가 우리에게 보여주고 싶은 것들이었다면 그가 그것들을 통해 우리에게 보여주려 한 미래의 모습은 과연 무엇이었을까요?"

여자가 아랑곳없이 계속 물어왔다. 바로 정곡을 찔러오는 소리다. 나는 그냥 입을 다물고 앉아 있을 수가 없다.

"글쎄요. 저도 물론 그런 사진을 희망의 모습으로 읽을 수는 없었지요. 뭐라고 할까요. 그건 어쩌면 우리 인간들이 앞으로 살아내야 할 시간의 무게나 책임 같은 것이라고 할까요. 전 그런 식으로 읽어보려 했어요. 사진에 찍힌 것이 절망과 비극이라면, 그 사진을 찍는 사람 쪽엔 자기 배반이 자리하고 있을 수밖에 없으니까요. 뿐더러 그 절망과 비극의 모습은 그 자체의 시간대로서가 아니라, 그것을 찍은 사람들 쪽의 미래의 시간대에 속해야 하니까요……"

여자는 그제서야 내 대답에 얼마간 수긍이 가는 모양이었다. 그녀가 이제는 입을 다물고 묵묵히 고개를 끄덕이고 있었다.

표정까지 상당히 누그러든 얼굴이다.

"여기 좀 봐요!"

그녀가 이윽고 손에 든 술잔을 바닥까지 비워냈다. 그리고 내겐 의논도 없이 이번에는 병째로 술을 시켰다.

"이거 병으로 하나 가져와요. 얼음도 함께요."

이야기에 술기가 젖어든 모양이었다.

나도 그녀를 말리려지 않는다. 그냥 그녀를 내버려둔 채 그녀가 내게 다시 추궁해올 말을 기다린다. 짐짓 말고삐를 늦추고 있는 그녀의 여유가 오히려 그것을 기다리게 만들었다.

이내 술병이 오고, 이번에는 그녀가 두 사람의 술잔에 손수 얼음과 술을 채운다. 그러고는 먼저 자신의 잔을 들어 올리며 내게도 함께 들기를 권한다.

"허 선생님 말씀을 들으니 종열 씨는 어쨌거나 결국 그 미래를 찍는 데엔 성공을 한 것 같군요. 자, 그러니 유종열 씨의 소원 성취를 위해서."

과장기가 섞인 여자의 말투에 나는 비로소 조금 마음이 놓여온다. 그래 모처럼 허물없는 웃음으로 그녀의 술잔에 나의 잔을 부딪는다.

하지만 그것도 아직은 속단이었다.

"그런데요…… 허 선생님은 아직 한 가지 빠뜨리고 계신 게 있으실 거예요……"

잔을 조금 비우고 난 여자가 불시에 다시 추궁해오기 시작한다.

"그 시간의 흐름이라는 거 말씀이에요. 유종열 씨는 언제나 카메라의 셔터를 누르는 순간에 대상의 시간이 흐름을 정지해버린다고 낭패스러워했지요."

결국은 나올 소리가 모두 나오고 만 셈이었다.

"그랬지요. 그걸 방해하는 것은 사진을 찍는 사람과 대상 사이의 거리, 그 공간의 벽이라고 했구요. 그 공간의 두꺼운 벽 때문에 대상의 시간은 렌즈가 열리고 닫히는 순간에 늘 순간으로 정지해버린다, 그게 어쩔 수 없는 사진의 숙명이다…… 그래 유 선배는 늘 그 공간의 벽을 뛰어넘어가 대상의 시간과 함께 미래를 향해 흐를 방도에 고심하고 있었지요……"

나는 까닭 없이 다시 그녀의 추궁을 감수해나간다.

"그래요. 맞았어요. 그런데……"

기다렸다는 듯 여자가 계속해서 질문의 꼬리를 이어온다.

"그렇다면 허 선생님은 어떻게 보셨어요. 종열 씨 자신은 과연 그 공간의 벽을 뛰어넘을 수 있었을까요? 그래서 자신도 그

대상과 함께 미래의 시간을 흐를 수 있었을까요? 허 선생님은 아까 유종열 씨의 카메라가 그 시간의 문을 찾은 것 같다고 하셨는데 말씀이에요. 허 선생님은 정말로 그이의 사진에서 그이가 그 미래의 시간을 함께 흐르고 있는 것을 보실 수 있었나요?"

추궁이 다시 시작됐을 때부터 이미 짐작하고 있었던 물음이다. 한 여자의 그 지아비에 대한 이해나 사랑이 그토록 깊고 뜨겁게 느껴질 수가 없다. 나에 대한 설득조의 추궁도 그처럼 집요하고 철저할 수가 없다. 지아비를 증거하고 싶은 그녀의 뜨거운 소망을 나는 절대로 허물할 수가 없었다.

하지만 이번에는 대답이 궁색하다. 나는 실제로 그런 시간의 흐름을 볼 수가 없었기 때문이다. ──그 사진들의 시간 역시도 유 선배 앞에선 흐름을 멈추어버린 게 아니었을까. 그리고 유 선배는 다시 절망하고 있었던 게 아닐까.

진짜 유 선배의 경우를 알 수는 없었다. 하지만 나는 믿을 수가 없다. 사진들에서도 그것은 마찬가지였다. 나는 그의 사진들에서조차 그것을 함께 느낄 수가 없었다. 내겐 역시 사진들의 시간이 정지해 있었다. 그 시간의 흐름 대신에 찍는 자와 찍히는 자의 자리가 차갑고 견고한 공간의 벽으로 절망스럽게 가로막히고 있었다. 거기엔 아무런 구원의 빛도 없었다. 구원으로 흐르지 않는 시간은 미래의 시간이 될 수 없었다. 내가 거기서 어떤 흐름을 느꼈다면 그것은 다만 그것을 그렇게 믿고 싶은 마음과 노력의 결과에서일 것이었다.

하지만 나는 여자의 열망 앞에 곧이곧대로 본심을 말할 수가 없다.

"우리가 유 선배의 시간을 볼 수 있고 없고가 문제가 되겠습니까. 유 선배가 그것을 찾아서 함께 흐를 수 있었다면, 그리고 유 선배 자신이 그것을 믿을 수 있었다면, 그걸로 그만인 일이 아니겠습니까. 그가 스스로 그걸 믿고 싶어 했다면, 우리도 역시 그를 위해 그것을 믿어주어야 하는 게 우리의 도리일 테구요."

나는 완곡하게 대답을 우회한다. 그러나 그걸로 여자의 추궁을 피해낼 수는 없었다. 여자는 쉽사리 나의 본심을 읽어내 버린다.

"아니지요. 이건 도리의 문제가 아닐 겁니다. 도리상의 문제로 말한다 하더라도 우리가 그를 믿어주기 위해서는 그 믿음을 뒷받침해줄 최소한의 근거는 있어야 하는 것 아닙니까. 종열 씨에게 만약 미래의 시간이 열리고 있었다면, 아까 허 선생님도 말씀하셨듯이, 그 미래의 시간이라는 것은 다만 유종열 씨 한 사람의 것이 아니라 우리 모두가 함께 살아내야 할 만인 공유의 것이 되어야 할 테니까요. 그러자면 우리가 그 시간의 흐름을 보느냐 못 보느냐는 종열 씨가 그것을 보고 못 보고보다도 오히려 중요한 일이 될 수 있는 거지요."

여자는 절대로 나의 뒷걸음질을 용납하지 않을 기세다. 알 수 없는 일이었다. 그쯤 했으면 여자가 나의 마지막 대답을 모를 리는 없었다. 한데도 여자는 굳이 내게서 마지막 대답을 듣고 싶어 하고 있었다. 더 이상 어물거려 넘길 수가 없었다. 사실은 여자의 말이 옳기도 했으니까.

"제게는 아직 그토록 밝고 깊은 눈이 없는가 봅니다. 아직은 잘 보이지가 않더군요……"

나는 마치 양해라도 구하듯 면구스런 어조로 실토를 하고 만다.

한데 아닌 게 아니라 여자는 부러 나를 그렇게 만들고 싶을 뿐이었던 것 같았다. 대답을 이미 알고 있으면서도 무슨 이유에선지 그걸 내게서 확인해봐야 할 필요가 있었던 것 같았다. 아니, 그녀는 이미 그 모든 질문들에 대한 자신의 해답을 가지고 있었다. 그 해답을 보여주기 위해 그런 절차가 필요했던 것 같았다.

여자의 얼굴에 왠지 다시 까닭 모를 웃음기가 번지고 있었다. 짓궂어 보이면서도 어딘가 만족스럽고 자신이 만만해 보이는 그런 미소다.

"그렇게 말씀하실 줄 알았어요. 어쩌면 그 편이 정직한 말씀인지도 모를 일이지요."

기다리고 있던 소리를 듣기라도 한 듯 여자는 웃으면서 빈 술잔들에 다시 술과 얼음을 채워 넣는다. 그리고 비로소 생각이 미친 듯 화제를 훌쩍 건너뛰어버린다.

"그런데 참, 아까 허 선생님께선 그 사진들이 모두 어떻게 된 거냐고 뒷사연을 궁금해하셨지요?"

여기 그 해답이 있노라는 듯 옆에 놓아둔 손가방을 집어다간 새삼스레 웬 사진 한 장을 꺼내주며 말을 잇는다.

"여기 허 선생님께 보여드릴 다른 사진이 한 장 있어요. 자, 보세요. 이 사진을 보시면 사연을 대략 짐작하실 수 있을 거예요. 종열 씨의 사진들…… 아마 그 사진들의 성패를 엿보는 데도 도움이 조금은 되실 수 있을 테구요……"

실상은 그게 바로 내가 궁금해하던 점이었다. 처음부터 그걸 물어놓고도 여자의 기세에 밀려 뒷전으로 밀어둔 사진의 경위였다. 여자는 그것을 잊지 않고 있었다. 아니 우정 이야기의 순서를 그렇게 정하고 있었던 것 같았다.

어쨌거나 나는 마음이 다시 조급해지기 시작한다.

나는 이내 사진을 밝은 등불 아래로 가져간다. 한동안 그 명암이 희미한 화면을 읽는 데에 애를 먹는다.

그리고 마침내 그 화면의 윤곽이 희미한 불빛 속으로 떠오르기 시작했을 때 나는 다시 한번 놀라고 당황한다.

이게 도대체 어찌된 노릇인가.

사진 속엔 분명 유 선배로 보이는 사람의 모습이 하나 담겨 있었다. 그것도 물론 옛날에 미리 찍어둔 것이 아니었다. 해상 유랑선을 찾아 헤매던 마지막 취재길에서 찍힌 모습이다. 모습이 그리 분명한 것은 아니다. 사진의 화면은 사방이 바다다. 해무로 어슴푸레해진 바다 저편에 난민선으로 보이는 배가 한 척떠 있고, 화면의 중간쯤엔 한 사내가 그 난민선을 향해 방금 작은 보트를 저어가는 중이다.

카메라의 초점은 바로 그 난민선을 향해 해무 속으로 노를 저어가고 있는 사내에게 맞춰지고 있는데, 마치 그 바다의 안개 속으로 배를 숨겨 올라가고 있는 듯한 사내의 모습은 유 선배의 그것으로밖엔 읽힐 수 없는 것이었다. 내게 느껴져온 예감이 그러했고, 여자가 부러 그것을 지니고 와서 내게 보여준 연유가 그러했다.

나는 도시 사연을 알 수 없었다. 여자는 그게 사정을 이해하는 데에 도움이 될 거라고 했지만, 그 사진은 내게 또 하나의 수수께끼거리가 될 수밖에 없었다.

"이거 혹시 유 선배의 모습이 아닙니까. 그것도 그 난민선을 찾아다니는 바다 위에서의……"

나는 차라리 한 번 더 여자의 도움을 구하는 게 빠를 것 같았다. 그래 눈길을 여자 쪽으로 옮기며 자신 없는 목소리로 확인을 구한다.

"맞아요. 그건 유종열 씨예요……"

여자도 이젠 대답을 굳이 아끼고 싶은 생각이 없는 것 같다.

"그렇다면 유 선배님은 아직……?"

"아니 아직 살아 있다고 할 수는 없어요. 그렇다고 그냥 죽었다고 할 수도 없는 일이구요."

"……?"

"그는 그냥 그렇게 사라져간 거예요. 이게 그의 마지막 모습이니까요."

나는 이제 차라리 입을 다물어버린다. 어디서부터 어떻게 무엇을 물어나가야 할지 물음의 순서가 떠오르질 않는다.

여자는 그러나 이미 나의 혼란을 짐작하고 있었다. 그녀는 마치 내 혼란이 가라앉기를 기다리듯 한동안 말없이 술잔만 만지 작거리고 있었다. 하다가 이윽고 그녀가 마지막 수수께끼의 열 쇠를 움직이기 시작한다.

"이 편지를 한번 읽어보시겠어요? 제가 설명을 드리는 것보 다 그편이 훨씬 빠르실 거예요."

여자가 다시 손가방 속에서 웬 편지 봉투 하나를 꺼내어 건네 준다. 속 부피가 제법 두툼한 봉투다.

"여기 이런저런 내력들이 모두 설명되어 있어요. 몇 달 전에 뜻밖에 작업실로 온 건데요, 종열 씨가 마지막으로 얻어 탔던 배의 일본인 선장이 아까 보신 그 사진의 필름들과 함께 보내온 것이에요."

봉투를 불빛에 비춰보니, 그것은 과연 다나카라는 일본인의 이름과 일본의 주소가 적힌 외국 우편물이었다.

나는 망설이고 있을 수가 없다. 미리 여자의 양해가 있었던 터이므로 곧장 알맹이를 등불 쪽으로 가져갔다. 사연은 원래 다 나카 선장이 일본말로 쓴 것 뒤에 한글로 번역한 것을 다시 덧 붙이고 있었다.

"제가 일본말을 몰라서…… 아는 사람에게 부탁해서 번역 을 시켰어요. 허 선생님도 불편하시면 번역을 읽으세요."

여자가 곁에서 덧붙여오는 소리가 아니더라도 나 역시 그쪽 을 따를 수밖에 없는 처지였다.

나는 곧 사연을 읽기 시작한다.

유종열 선생의 영부인 되신 분께.

안녕하십니까?

뜻밖의 글을 받으시고 먼저 어리둥절해하시리라 믿습니다.

우선 이 글을 쓰게 된 내력을 겸하여 저 자신에 관한 소개의
말씀부터 올려야 하겠습니다.

저는 5년 전, 부인의 부군 되시는 유종열 선생께서 그 불행
한 사고(이렇게 말하지 않을 수 없는 점 저로서는 무엇보다 유
감입니다마는)를 만나시기까지의 마지막 항해를 함께하면서,
그 배南洋丸의 선장으로 일했던 사람입니다……

편지의 서두는 그런 식으로 먼저 글을 쓰게 된 동기와 글을
쓴 사람의 신분을 밝히고, 거기에 곁들여 사고를 초래케 한 배
의 선장으로서의 유족에 대한 사과와 위로의 말을 덧붙이고 있
었다.

그러고는 이어 유종열 씨를 만나 뱃길을 함께하게 된 사연과
사고의 경위를 적어나가기 시작했다.

부인께서도 이미 알고 계실 일이겠습니다만, 저희 배는 당
시 라이베리아국 선적의 화물선이었습니다. 그러나 외항선들
이 흔히 그러하듯 배의 선적이 라이베리아로 되어 있는 것은 세
제상의 편의를 위한 형식이 그러할 뿐 사실상의 선적국은 일본
이었습니다. 배의 소유주나 선장인 저를 포함한 선원들도 모두
일본인들이었구요. 그런데 바로 그 점에 유 선생과 저희 배 사

이에 불행한 인연의 시초가 있었던 것 같습니다. 그리고 사고가 있은 지 5년이 지난 지금에서야 겨우 이렇게 사실을 밝히게 되는 허물도 거기 있었겠군요. 그 배가 형식적인 선적국에 관계없이 사실상의 일본 배였다는 그 점에 말씀입니다.

1975년 6월 중순 무렵, 저희 배는 당시 타일랜드의 방콕으로부터 일본 고베까지의 항로 중 싱가포르항을 경유 중이었습니다. 싱가포르를 경유하여 타이베이로 가서 거기서 다시 화물을 바꿔 싣고 본국 귀환 항로에 오를 예정이었습니다.

그런데 저희 배가 싱가포르항에 입항했을 때였습니다. 우리는 전혀 예정에 없던 한 한국인의 승선 요청을 받게 되었습니다. 말할 것도 없이 그 사람이 바로 유 선생이었는데, 유 선생은 그때 미리 한국 대사관 발행의 승선 협조 요청서를 마련해가지고 있었습니다.

그러나 저는 처음 유 선생의 승선을 허락하지 않았습니다. 저의 배의 선적국이 선장인 저의 국적국인 일본이 아니라는 점 때문에 승선 허가 절차가 까다롭다는 구실을 내세워서였지요. 유 선생이 지닌 승선 협조 요청서에는 선명과 항로가 지정되어 있지 않았을 뿐 아니라, 설령 그게 저희 배로 지정이 되어 있다 하더라도 저희로선 그 요청서에 응해야 할 의무가 없었으니까요.

그러나 솔직히 말해서 제가 그때 유 선생의 승선을 거부한 진짜 이유는 다른 데에 있었습니다. 유 선생의 신분과 승선 목적이 문제였습니다.

유 선생은 그때 우리 배의 승선 목적이 동남아 지역 해상을 떠도는 난민선의 사진을 찍으려는 것이었습니다. 사실상 그 무렵에 우리는 그 지역 일대의 바다를 항해하면서 유 선생이 만나고 싶어 하신 그런 배들을 자주 만나고 있었지요. 그러나 우리는 그 배들을 그냥 지나칠 뿐 섣불리 구조의 손을 내밀 수는 없었습니다. 난민을 받아주는 나라가 없었으니까요. 난민을 실은 배는 입항이 금지된 항구도 많았습니다.

인도적인 처사가 아닌 줄 알면서도 우리는 그래 난민선을 구하는 걸 금기로 여기며 항해를 해왔지요. 제3국선들의 비정적인 처사가 때로는 인간의 양심과 인도주의의 이름으로 비난을 받고 있는 줄도 알았지만, 우리는 차라리 그런 비난을 감수하는 쪽을 택하는 수밖에 다른 길이 없었습니다.

그런데 그 유 선생을 배에 싣는 일이란 무엇이겠습니까. 우리는 가끔 한국 배들이 예외적으로 난민선을 구조하고 있다는 사실을 알고 있었습니다. 그리고 그런 실적을 근거로 하여 한국인과 한국 신문들이 누구보다도 제3국선들의 비인도적 처사를 비난하고 있다는 사실도 알고 있었습니다. 유 선생의 승선을 허락하는 것은 바로 그런 비난과 괴로운 말썽을 자초하는 것에 다름 아니었습니다.

저는 유 선생의 승선을 거부할 수밖에 없었습니다.

그러나 유 선생은 단념하지 않았습니다. 선적국과 선장의 국적이 다름을 내세워 이해를 구해보기도 하였지만, 유 선생에겐 애초 그런 구실이 통하지 않았습니다. 사실상의 선적국이 일본인 데다 선장까지 일본인이면 그걸로 그만이라는 것이었습니다. 앞서 제가 불행한 인연의 시초라는 말씀을 드린 일이 있습니다만 그건 바로 유 선생께서 어쩌면 애초부터 그런 식으로 일본인 선장인 저의 배를 점찍고 나선 것 같아 보이기도 하였기 때문입니다. 같은 동양인끼리 이해가 가능하지 않느냐는 것이었습니다.

그런 유 선생이셨으니, 우리 배의 항로가 다시 타이베이를 경유하게 되어 있는 사실 따위는 애초에 거절의 구실이 될 수 없었습니다. 유 선생은 이미 이곳저곳의 바다를 찾아본 다음이었습니다. 항로가 길고 복잡할수록 자기는 오히려 그편이 새로워 좋다는 것이었습니다.

그러나 무엇보다 유 선생은 이미 제가 승선을 거부한 진짜 이유를 알고 있었습니다. 그와 관련해 유 선생은 말씀하시기를, 자신은 다만 사진을 찍고 싶은 것뿐이라 하였습니다. 그것도 그냥 보도용이 아닌 작품 사진이 목적이라 하였습니다. 작품 사진을 찍을 일 외에는 다른 목적이나 관심이 없다고 맹세를 하듯 다짐해오셨습니다. 그러니 유 선생은 기어코 그 배 위의 사람들을 만나야 한다고, 그 사람들의 모습을 통하여 자신의 사진을 완성하고 싶다고 절벽처럼 버티고 나서시는 것이었습니다.

결과부터 말씀드리겠습니다. 저는 결국 유 선생의 그 사진에 대한 열망에 항복을 하고 만 것입니다(유 선생의 고귀한 정신과 희생을 사진을 빌려 말씀드리고 있는 것을 용서하십시오). 뒤늦은 고백이 되고 있는지 모르겠습니다만, 왜냐하면 저도 오랜 뱃사람의 생활에서 사진 취미가 상당한 정도로 깊어 있던 참이었으니까요. 유 선생의 사진에 대한 사랑과 이해를 따를 수는 없었지만, 작품 사진이나 사진을 찍는 사람에 대해선 저도 나름대로 이해를 보이고 싶었던 것입니다. 제가 끝내 유 선생의 승선을 승낙한 것 역시 그런 스스로의 이유에서였을 것입니다. 사진에 대한 저 자신의 오랜 소망과 꿈 때문에 말씀입니다.

어쨌거나 전 그렇게 되어 몇 가지 조건을 다짐받은 뒤 유 선생의 승선을 허락하였습니다. 이미 짐작하고 계시겠습니다만, 제가 유 선생께 미리 다짐을 드린 승선 조건이란 물론 별다른 것들이 아니었습니다. 난민선을 만나더라도 그 난민선에의 지나친 접근이나 구조 요구를 해오지 않을 것, 사진은 반드시 선상에서만(이 경우 물론 망원렌즈를 사용해야겠지만) 찍을 것, 촬영한 사진은 절대로 보도 목적으로 사용하지 않을 것(프리랜서 신분을 설명 듣고 나서 그 점을 믿을 수 있었습니다), 그리고 항해가 끝나고 하선한 이후에도 사진들과 관련하여 우리 배의 승선 사실을 밝히지 않을 것 등등이 제가 승선 전에 유 선생께 미리 다짐드린 일들이었습니다.

유 선생에겐 처음 그런 나짐들이 전혀 부질없는 일만 같아 보였습니다. 유 선생은 애초 제가 예상했던 것보다 이해와 자제력이 깊은 분 같았으니까요. 우리는 함께 싱가포르를 떠났는데, 항해가 시작되고 처음 한동안은 아무런 문제가 없었습니다. 말레이시아 해역을 지나올 때부터도 우리는 벌써 몇 차례나 난민선들을 가까이 지나치고 있었지만, 유 선생은 그저 적당한 거리에서 사진을 찍어댈 뿐 별다른 요구를 해오시지 않았습니다.

저는 그래서 차츰 안심을 하게 되었지요, 아무쪼록 유 선생이 좋은 작품을 얻게 되기만을 바랐습니다.

그런데 항해가 차츰 길어지면서부터 사정이 조금씩 달라져 갔습니다.

배가 보르네오 해역을 북상하여 남중국해 쪽의 대양으로 들어서면서부터는 난민선을 만나는 기회가 훨씬 뜸해졌습니다. 난민선들의 사정도 그만큼 절망적이었고 절망적인 만큼 구조 요청도 결사적이었습니다.

유 선생의 눈길이 차츰 달라지기 시작했습니다. 난민선을 좇는 시간이 길어지고, 그 눈에 심상치 않은 빛이 어려들곤 했습니다.

아니나 다를까. 유 선생은 마침내 제게 한 난민선에의 접근을 요구해왔습니다. 좀더 가까운 거리에서 배와 사람들의 형편을 살피겠다는 것이었습니다. 그 비정스러운 절망과 절규의 소리를 사진기가 아닌 자신의 눈과 귀로 직접 보고 들어야겠다는 것이었습니다.

물론 저는 그 요구를 들어드릴 수가 없었습니다. 가슴 아픈 인간성의 배반을 맛보는 건 유 선생만이 아니었습니다. 저와 저의 배의 선원들 모두의 심정도 유 선생과 다를 바가 없었습니다. 가까이 가서 어려운 사정을 살피고, 남은 식량과 식수를 묻고, 가능하면 그중의 몇 사람이라도 구조해오고 싶은 것— 인간이라면 누구에게나 그런 소망이 없을 수 없었습니다.

그러나 앞에서도 이미 말씀을 드렸듯이(굳이 이유를 다시 설명드려야 할 필요는 없겠지요) 그건 우리들의 금기였습니다. 우리는 그렇게 항해를 해왔고, 그렇게 버릇 들여온 뱃사람들이었습니다. 유 선생의 요구는 묵살될 수밖에 없었습니다. 그리하여 유 선생의 온갖 불만과 비난의 말을 감수하면서도 항해는 그런대로 큰 말썽 없이 계속되어나갈 수 있었습니다.

배가 대양 한가운데로 들어서면서부터는 난민선도 전혀 만나볼 수 없었습니다. 그러나 불행스러운 사고는 바로 그 남중국해의 한복판에서 일어나고 말았습니다. 그 망망대해 한가운데서 예상치도 않게 우리는 다시 난민선 한 척을 만나게 된 것입니다. 그토록 먼 바다까지 나올 수 있었던 배이고 보니, 규모도 크고 사람도 많았습니다. 미구에 닥쳐올 참극의 규모도 그만큼 크고 절망적일 수밖에 없는 배였습니다.

유 선생은 제게 다시 요구를 해오기 시작했습니다. 이제 사진 같은 건 찍으려 하지 않았습니다. 배의 운명이 너무도 분명하므로 이번만은 그냥 지나쳐 갈 수가 없다는 것이었습니다. 배를 난민선까지 접근시켜 가서 가능한 구조를 베풀고 가자는 것이었습니다.

사전 다짐 같은 건 염두에도 없었습니다.

저는 이번에도 물론 단호하게 거절할 수밖에 없었습니다.

그러자 유 선생은 제게 마지막 요구를 해왔습니다. 배를 가까이 접근시킬 수 없다면, 자신이 난민선을 다녀오겠다는 것이었습니다. 그래 제게 보트를 내리라는 것이었습니다. 저는 물론 이번에도 허락할 수가 없었습니다. 유 선생의 신변이 염려스러왔기 때문입니다. 신변의 위험이 아니더라도 유 선생의 행동을 믿을 수 없는 일이었습니다. 예감이 좋을 리 없는 일이었으니까요. 저는 극력 유 선생을 말렸지요. 그러나 유 선생의 결심은 이미 움직일 수가 없었습니다.

더 긴 설명드리지 않겠습니다.

저는 결국 보트를 내렸고, 유 선생은 혼자 보트를 저어 난민선으로 가셨습니다. 그리고 그것이 제가 아는 한의 유 선생의 마지막이었습니다.

불행히도 저의 예감이 적중한 것입니다. 배를 떠나보낸 지 한 시간이 지나도 유 선생의 보트는 돌아오지 않았습니다.

저는 새삼 당황하기 시작했습니다. 다른 보트를 띄워 사람을 보내볼까도 생각했습니다만 그것도 부질없어 보였습니다. 보트를 내릴 때 저는 두 사람의 선원을 동승시켜 보내려 하였지만, 그런 도움 따윈 차라리 사양을 하겠노라던 유 선생이었습니다. 그때도 혹시나 의심이 들기는 했었지만, 이제 그 유 선생의 의도는 분명해진 것이었습니다. 우리가 난민선의 구조를 결심하지 않는 한 유 선생을 다시 돌아오시게 할 수는 없는 일이었습니다. 말의 설득은 무용한 것이었습니다.

그렇다고 우리 쪽에서 난민선을 구조하러 갈 수는 없는 노릇이었습니다.

저는 그러나 기다렸습니다. 제가 유 선생을 위해 할 수 있는 일이란 그저 기다리는 일뿐이었으니까요. 꼬박 스물네 시간 동안 본 항로를 벗어난 저속 항해로 난민선과의 적당한 거리를 유

지하면서 유 선생의 귀환을 기다렸습니다. 그것은 물론 유 선생에 대한 저의 개인적인 호의 때문이기도 하였고, 제3국인을 승선시킨 선장으로서의 의무와 책임 때문이기도 했습니다.

하지만 기다림은 무한정 계속될 수 없었습니다. 아무런 성과도 없이 꼬박 밤낮을 지내고 나자 저는 다시 본 항로 귀환을 결심하지 않을 수 없었습니다.

용서하십시오. 여기서 굳이 유 선생의 실종에 대한 저의 허물과 최선을 다하지 못한 무성의를 변명하려 하지는 않겠습니다. 뱃머리를 돌리면서 그때 제가 혼자서 자위할 수밖에 없었던 구실은, 난민선에 아직 얼마간의 항해 능력이 남아 있으리라는 사실과, 유 선생에겐 자신의 인생과 삶의 매듭을 풀어나가는 일이 자신의 책임일 수밖에 없다는 그 지극히도 범죄적인 방관자의 이기심에 눈을 감고 기댈 수밖에 없었던 형편이었으니까요……

하지만 어쨌거나 유 선생은 그렇게 하여, 불의의 사고를 만나 돌아가신 것이 아니라, 자기 스스로의 결단에 의하여 난민선에로의 양심과 행동의 결사적인 항해를 떠나가신 것입니다.

1975년 6월 23일. 15시 3분.

북위 17도 42분 동경 113도 50분 홍콩 서남방 ×50킬로 부근의 해상에서였습니다.

편지를 읽는 동안 여자는 나를 방해하지 않으려는 듯 일절 말을 걸어오지 않았다. 혼자 술잔의 술을 비우고, 그것을 다시 채워 붓곤 하면서 조용히 나를 기다리고 있었다.

이번에는 나도 거기서 잠시 눈길을 돌리고 잔을 한차례 비워냈다. 여자가 말없이 그 잔에 다시 술을 채웠다. 그러고는 마저 나머지를 읽으라는 듯 은근한 재촉의 눈길을 보내온다. 나는 다시 읽기를 계속한다.

──그럼 이제부터는 저의 글월이 이토록 늦어지게 된 경위를 말씀드리겠습니다.

다시 말씀드릴 것도 없이 부인께서는 여태 유 선생의 실종을 보다 절망적인 종말로 알고 계실 터이고, 저는 바로 그런 왜곡을 유발한 최초의 장본인이었던 관계로, 불상사에 대한 진실을 일찍 알려드리는 것은 저의 불가피한 의무이자 책임이었습니다.

그러나 저는 결국 5년 동안의 짧지 않은 세월을 침묵 속에 혼자 흘려보내고 말았습니다. 그럴 이유가 한두 가지 있었습니다.

아니, 그 이유를 말씀드리기 전에, 여기 함께 보내드린 필름의 내력부터 말씀드리는 것이 순서이겠습니다.

인화를 해보면 곧 아시겠지만, 이 필름들은 물론 유 선생의 것입니다. 저의 배에서 찍은 것도 있지만, 우리 배로 오르기 전에 다른 배를 타고 찍은 것들도 함께 섞였습니다. 미처 현상이 되지 않은 것들은 입항 즉시 제가 현상을 하여 보관해온 것입니다.

앞서도 이미 말씀을 드렸듯이 유 선생은 그렇게 필름들을 모두 저의 배에다 두고 가신 것입니다. 필름뿐 아니라 카메라까지도 버리고 가셨으니까요(카메라는 다음 기회에 보내드리겠습니다).

어떻게 보면 유 선생은 그 마지막 배를 만나기 전부터 이미 그런 식으로 저희 배를 떠나갈 채비를 하고 계셨던 것 같기도 하였습니다.

왜냐하면, 오늘 이렇게 부인께 유 선생의 마지막 모습을 알려드리고, 필름들을 고스란히 전해드릴 수 있게 된 것도 어떻게 보면 유 선생께서 미리 그런 단속을 해놓은 덕분이랄 수 있는 일이니까요. 우연일 수도 있는 일이긴 하지만, 유 선생이 두고 가신 필름들에는 그렇게 모두 촬영 시기와 장소별 분류가 차곡차곡 모두 행해져 있었습니다. 거기에 그 필름들이 전해져야 할 서울 작업실과 부인의 주소까지 덧붙여져 있었습니다.

미리 마음을 작정하고 계셨던 흔적으로 읽혀질 수가 있는 일들이었습니다. 어쩌면 바로 유 선생의 그런 점이 제게 엉뚱한 용기를 주었는지도 모릅니다. 제가 그 유 선생의 일에 감히 엉뚱한 왜곡을 감행하게 되는 지극히 이기적인 구실을 말씀입니다. 저는 사실 유 선생의 일로 무척 난처한 입장에 빠져 있었습니다. 유 선생의 일은 물론 관계국 당국에 즉시 통보를 내야 하였습니다.

그러나 부인께서도 짐작하시다시피 저는 사실을 사실대로 보고하기가 여간 난처하지 않은 입장이었습니다. 유 선생의 경우는 저의 배에 대한 승선 절차에도 문제가 있었고, 하선 경위에는 더욱 미묘한 말썽의 소지가 있었으니까요. 선장으로서의

저의 의무나 책임도 문제였지만, 하필이면 일의대수—衣帶水 간
사이인 두 관계 당국 간에도 예상 밖의 말썽을 빚게 할 염려가
있었습니다.

이럴까 저럴까 고심을 하던 판에 유 선생의 심중이 헤아려진
것입니다. 이렇게 말씀드리지 않을 수 없는 저의 입장을 이해하
여주십시오. 저는 그때 저의 난처한 입장을 모면하기 위하여 유
선생과의 그 승선 시의 약속을 상기해낸 것입니다. 유 선생이
그렇게 난민선으로 가신 것이, 남겨진 필름들에서 읽힐 수 있는
것처럼 일시적인 감정의 충동에서가 아니라 미리 계획된 행동
이었음이 분명하다면, 유 선생은 그것으로 저와의 약속도 의식
적으로 무시해버린 셈이었습니다. 저는 그렇게 생각할 수밖에
없었습니다. 유 선생은 그만큼 자신의 주장이나 행동에 양보가
없으신 분이었습니다.

그렇다면 유 선생의 행동엔 그만한 책임도 따라야 했습니다.
그리고 저는 그것을 믿어야 했습니다. 유 선생의 운명의 실을
맺은 것은 유 선생 자신의 의지와 선택에 의해서였습니다. 그렇
다면 그 매듭을 풀어내는 일 또한 유 선생 자신의 책임이어야
했습니다······

저는 두 번 실수를 할 수는 없었습니다. 저는 사건을 될수록
간결하게 마무리 짓기로 하였습니다.

그러나 부인, 이 점만은 오해하지 말아주시기 바랍니다. 제가
비록 그러저러한 구실로 유 선생의 마지막을 죽음으로 왜곡하
려 했다 하더라도, 그것이 제가 유 선생의 죽음을 믿으려 했다

거나 바라고 있었던 것은 절대로 아니었다는 점을 말씀입니다. 앞에서도 누차 말씀을 드렸듯이, 저의 왜곡은 유 선생의 생사와는 상관이 없었습니다. 저는 그저 유 선생께서 다시 돌아오시거나 소식을 들을 수 있게 되었을 때의 저의 입장을 미리 걱정하지 않기로 했던 것뿐이었습니다. 유 선생이 만약 다시 살아 돌아오시거나 소식을 전해오실 경우엔 그것으로 저절로 모든 매듭이 풀리게 될 것이었으니까요. 그리고 그런 식으로 유 선생께서 자신의 삶의 매듭을 풀어내는 일에 저를 난처하게 해야 할 일은 없으리라고 믿고 싶었으니까요.

하여 저는 저의 선원들의 입을 그쪽으로 모두 단속하였습니다. 그리고 다음 달 홍콩항을 경유하게 되었을 때 그곳의 관계국들(물론 한국과 저의 일본의) 영사관을 찾아가 사고 경위를 보고하였습니다.

보고 과정에서도 특별한 어려움은 없었습니다. 저희 일본 영사관 쪽에서는 선장의 의무와 책임에 대한 다소간의 추궁이 있었습니다마는, 한국 영사관에서는 그럴 여지조차도 없었습니다. 한국 영사관에 대한 우리의 보고는 그저 일방적인 통보의 형식을 취했었으니까요. 아니 한국이나 일본이나 영사관 사람들은 어쩌면 그 이상 자세한 사실을 알고 싶지가 않았던 것인지도 모릅니다. 저는 그 후 저의 일본국 고베항에 귀항하고 나서도 다시 비슷한 보고를 냈는데, 홍콩에서나 본국에서나 사고의 내용을 접수하는 사람들은 한결같이 귀찮은 표정들이었으니까요.

어쨌거나 저는 그런 식으로 사고의 뒤처리가 무사히 끝난 것이 우선 다행스러웠습니다.

그러나 아직도 숙제가 모두 끝난 것은 아니었습니다. 필름의 처리가 아직도 문제였습니다. 필름에 대한 일은 애초 보고 과정에서도 제외되어 있었지만, (부인께서도 아시다시피 의혹과 말썽을 줄이기 위해 저희는 당신의 필름뿐만 아니라 카메라를 비롯한 유류품들엔 일체 부인하거나 함구하고 말았습니다) 부인께서도 유 선생의 일은 제가 왜곡해낸 실종 소식 이외에 다른 사실을 통보받은 바가 없으실 터이므로, 그런 부인께 필름을 불쑥 보내드릴 수는 없는 일이었습니다. 필름을 보내드리는 건 필시 새로운 의혹과 말썽의 소지를 만드는 일이었습니다.

저는 기다리기로 하였습니다. 유 선생의 주위에서 어느 정도 그분의 일을 잊게 될 때까지. 그때 가서 자세한 사연도 알려드리고, 부인께서도 그것을 침착하게 받아들이실 수 있기를 바라면서.

혹은 아예 필름을 없애서 이런저런 말썽의 소지를 없애버릴 수도 있기는 하였습니다. 하지만 저는 막연하게나마 사진에 대한 유 선생의 꿈을 헤아려볼 수가 있던 사람이었습니다. 뿐더러 저 자신이 구조의 손길을 뻗칠 수는 없더라도, 그 난민선을 향한 유 선생의 영혼과 육신의 기구를 끝내 외면할 수는 없었습니다. 사진이나마 무사히 간직하여 그분의 이름으로 되돌려주는 것이 그분의 절망과 분노에 대한 저의 마지막 도리인 듯싶었습니다.

하여 저는 이날까지 기다려왔습니다.

하지만 부인, 그렇다고 제가 이 5년 동안에 오직 그것만을 위해 시간을 기다린 것이 아니었음을 기억하여주십시오. 그것은 오직 유 선생의 실종이 죽음으로 확정되고, 부인을 비롯한 유 선생의 주위 분들이 그것을 다만 지나간 한 조각 슬픔으로 받아들이게 될 수 있기만을 기다린 세월이 아니었습니다. 그것은 오히려 유 선생의 생환을 저 나름대로 기원하고 기다려온 세월이기도 하였습니다.

대개의 세월을 바다 위에서 보내야 하는 저의 처지로선 육지의 시간을 옳게 가늠하지 못했는지도 모릅니다.

하지만 이제 저는 무작정 기다리고 있을 수가 없었습니다. 어느 만큼은 필요한 세월이 흘렀다는 생각도 들었습니다. 저는 마침내 유 선생의 실종에 관한 사실을 알려드리고, 이 필름들을 되돌려드림으로써 얼마간이나마 우선 저의 무책임과 이기심이 빚은 허물을 덜어볼 결심을 하게 된 것입니다……

편지의 사연은 거기서 마무리 인사로 이어져갔다. 사실의 왜곡과 그 왜곡에 대한 해명의 글이 늦어진 것을 한 번 더 사과하고, 그리고 그 부인에 대한 위로에 덧붙여 이번에 미처 적지 못한 일들은 재신再信 가운데서 다시 적겠다는 다짐으로 사연은 일단 끝이 나고 있었다. 그런데 다나카 씨는 그렇게 사연을 일단 마무리 짓고 나서야 뒤미처 생각이 떠오른 듯 다시 추신을 덧붙이고 있었다.

추신: 참 여기 유 선생을 찍은 저의 사진도 한 장 보내드립니다. 유 선생께서 저의 배를 떠나 난민선을 향해 보트를 저어가실 때의 마지막 모습입니다. 전 그때 유 선생께서 저의 배를 떠나시는 걸 보고 불현듯 그 모습을 찍어두고 싶었습니다. 그만큼 예감이 확실했던가 봅니다. 그래 전 부리나케 저의 카메라를 꺼내왔지만 그때는 이미 유 선생의 배가 상당한 거리로 멀어지고 있어서 결국은 이런 사진이 되고 말았습니다. 망원렌즈를 준비하지 못한 데다 해무까지 일고 있는 바다 때문이었지요. 하지만 그런대로 작은 위로거리가 되시길 빕니다.

여자가 내게 보여준 사진의 설명이었다.

6

나는 비로소 편지를 놓고 여자를 보았다.

새삼스레 여자에게 할 말은 없는 것 같았다. 따로 하고 싶은 말이 있을 수도 없었다. 편지의 사연이 모든 사실을 밝혀주고 있었다. 글 가운데엔 군데군데 다나카라는 그 일본인 선장이 자기변명을 앞세우고 있는 곳이 많았다. 그래 다소간은 경위에 모호한 대목들도 있었다.

하지만 그런 것쯤은 그리 문제가 아니었다. 유 선배가 취한 행동의 동기를 굳이 그에게 물으려 하거나 설명 들어야 할 필요는 없었다. 그에게선 그저 드러난 사실들만 확인하면 그만이었다. 그의 지루하도록 긴 편지는 그런 몫을 충분히 감당해낸 셈이었다. 유작전에 출품된 사진들의 내력은 이제 충분히 설명이 된 셈이었다. 유 선배의 모습이 찍힌 사진도 더 이상의 설명이 필요치 않았다.

그보다도 나는 이제 그 편지와 사진의 내력들로 하여 유 선배가 그토록 갈망해오던 미래의 시간을 분명하게 보게 된 것 같았다. 유 선배는 몸소 그 두꺼운 공간의 벽을 뚫고 넘어가 시간의 문을 붙잡은 것이었다. 그 미래의 시간과 함께 그가 흐르고 있음을 눈과 가슴으로 느낄 수 있었다.

―그에게 만약 미래의 시간이 열리고 있었다면, 그 시간이라는 것은 다만 유종열 씨 혼자만의 그것이 아니라, 우리 모두가 함께 살아내야 할 만인 공유의 시간이어야지요. 그러자면 우리가 그 시간의 흐름을 보느냐 못 보느냐가 중요한 일이지요.

여자가 편지를 꺼내 보여주며 내게 다짐조로 물어온 말이었다. 나는 이제 바로 그 미래의 시간을 보게 된 셈이었다. 유 선배가 그 미래의 시간과 함께 흐르고 있음을 믿을 수 있게 된 것이었다. 나는 여자에게 대답을 할 수가 있게 된 것이었다.

하지만 나는 굳이 그것을 말할 필요가 없었다. 여자도 이미 그것을 짐작하고 있을 터이기 때문이었다.

말을 하고 싶은 것이 있다면 다만, 유 선배의 확실한 생사에 대한 것뿐이었다. 유 선배의 마지막이 죽음이 아니었다는 사실은 내게 아직도 그에 대한 희망을 남기고 있었고, 나는 그것으로 여자를 얼마간 위로해주고 싶었다.

하지만 역시 그것도 섣불리 이야기를 꺼낼 수는 없는 일이었다. 선장이 뭐라고 구실을 붙였든, 그가 이제 사실을 밝혀온 것은 유 선배의 생환을 위한 그의 기다림이 끝났다는 뜻이 될 수도 있었다. 생환의 희망을 남길 수가 없다는 뜻이었다. 여자가 그것을 못 읽었을 리 없었다. 섣불리 입에 담고 나설 소리가 아니었다.

나는 그저 한동안 여자를 말없이 바라보고만 있었다.

그것은 여자 쪽도 마찬가지였다. 무슨 소중한 성과를 다치지 않으려는 듯 여자도 굳이 쓸데없는 소리를 원해오지 않았다. 그러나 감정의 억제가 쉽지 않은 것은 역시 지아비를 잃은 여자 쪽인 것 같았다.

여자가 이윽고 자기 술잔을 집어 들었다. 그러고는 내게도 술잔을 집으라는 눈짓을 건네며 자신의 것을 입으로 가져간다. 유 선배의 성취를 그것으로 한 번 더 다짐해 보이고 싶기라도 하듯이. 하더니 그녀는 뭔가 아직도 지펴오는 것이 있는 듯 치켜든 술잔만 곰곰이 만지작거리다 드디어는 먼저 입을 열기 시작한다.

"생각해보면 참 엄청난 배반이었겠지요⋯⋯"

뭔가 우스운 것을 연상하기라도 하듯 술기 섞인 웃음을 헤프게 흘리며 독백처럼 혼자 지껄여오고 있었다.

"사진을 찍겠다고 거기까지 간 사람이 끝내는 자기 사진기를 버리고 되레 자신의 모습을 찍히게 되었으니…… 유종열 씨가 만약 그것을 알았으면 그 절망이 어쨌을까요.”

말을 해놓고 여자는 그 유 선배의 마지막 모습이 찍힌 사진을 들여다보며 넋이 나간 사람처럼 힝힝거리고 있었다. 나도 이제는 그냥 계속해서 입을 다물고 있을 수가 없다.

“유 선배는 바로 그런 배반과 절망을 통하여 비로소 그 미래에로의 시간의 항해를 시작할 수 있었겠지요.”

나는 비록 자신은 없었지만, 나의 그런 이해를 통하여 여자가 위로를 얻기를 바라면서 간절한 목소리로 말을 이어나갔다.

“그 배반과 절망의 자각을 통하여 유 선배는 비로소 시간의 문을 찾아내었고, 그 시간과 함께 미래로 흐를 수 있지 않았겠어요…… 그런 뜻에서 전 그 일본인 선장이 찍었다는 유 선배의 사진조차도 유 선배 자신의 사진이란 느낌이 듭니다. 사진의 화면을 유 선배 자신이 몸소 연출하고 있으니까요. 자신의 몸으로 화면을 직접 연출해 찍은 사진, 그래서 자신이 그 미래의 모습이 되고 있는 사진…… 유 선배도 아마 자신의 사진기만으로는 그토록 분명한 시간의 모습을 얻을 수가 없었을 겁니다. 그리고 그래서 유 선배는 그런 절망을 사양하려 하지 않았을 겁니다.”

나는 그쯤 사설을 끝내고 다시 술잔을 입으로 가져갔다.

그런데 참 알 수 없는 일이었다. 잠시 전 여자는 실상 그 유 선배의 절망을 말하고 있었던 것 같았다. 그 여자가 이젠 유 선배를 빌려 자신의 절망을 말하고 있었다.

“맞아요. 유종열 씨는 이제 그 자신이 미래의 모습이 되어간 셈이지요."

여자는 이제 침착을 되찾은 목소리로 간단히 내게 동의해왔다. 자신도 그쯤은 이미 읽고 있었던 일이라는 투였다.

하지만 여자는 동의에 이어 다시 한동안 말을 이어나간다.

"그런데 참 이상한 일이에요. 그이의 마지막 성취 앞에 전 왠지 이렇게 외롭고 허전해질 수가 없군요. 알고 보면 이 5년 동안 유종열 씨의 소식을 기다려온 것은 그 일본인 선장만이 아니었어요. 저도 내내 이 5년 동안을 기다려왔어요. 미스터 오의 도움이 크긴 했지만 여태 그이의 작업실을 지켜온 것도 그 때문이었구요. 그런데…… 그런데 막상 그이의 분명한 성취를 보게 되니 전 이번에야말로 정말 유종열 씨가 영영 떠나간 느낌이에요. 그는 떠나가고 저만 혼자 뒤에 남아 있는 느낌…… 이건 차라리 절망이군요. 그동안엔 그래도 그것을 혼자서 감당해보려고 무척이나 애를 써왔지만 말씀이에요……"

여자의 목소리가 다시 낮게 젖어들기 시작한다.

문득 눈을 들어 여자를 보니, 그녀의 눈가엔 어느새 작은 눈물방울이 맺히고 있었다. 여자는 이제 그것을 감추려는 생각도 없이 정면으로 나를 응시하고 있었다. 뭔가 응답을 기다리는 눈치였다.

그러나 나는 이제 그 여자를 위해 별로 할 말이 없다. 여자의 절망이 어쩌면 너무도 당연한 것처럼 느껴지기 때문이다.

유종열 선배가 그 화면 속의 미래를 흐르고 있는 시간, 그것은 바로 그의 여자의 미래의 시간이 될 수도 있어야 했다. 여자도 그것을 함께 흐를 수 있어야 했다. 하지만 여자에겐 그것이 아마도 불가능한 것 같았다. 유 선배의 성취가 너무도 완벽해 보였다. 그의 시간도 그만큼 깊고 무거워 보일 수밖에 없었다. 그 시간을 여자가 함께 감당해 흐르기는 어려웠다.

나는 차츰 여자의 절망을 이해할 수 있을 것 같아진다. 유 선배의 지나치게 완벽한 성취가 여자를 거꾸로 절망시킨 것이었다. 여자에겐 차라리 그 간절한 기다림의 세월이 함께 흐르는 시간이었을지 모른다. 유 선배의 성취는 여자에겐 차라리 흐름의 정지요, 떠남이었을지 모른다. 여자는 결국 그렇게 혼자가 되어버린 절망감을 감당해보고자 내게마저 연락을 미뤄온 것이었다. 유 선배를 위한 효과적인 설득의 방법으로서가 아니라 그녀 자신의 절망을 혼자서 이겨내기 위하여.

──그런데 참 이상한 일이에요…… 그녀가 이상해하고 있는 일의 해답도 그녀 자신이 가지고 있었다. 내가 따로 할 말이 있을 수 없었다.

그렇다고 나는 언제까지나 그저 입을 다물고만 있을 수도 없는 처지다. 그녀는 특별히 나를 기다려 유 선배의 마지막 모습을 보여준 터이고, 나는 그것으로 유 선배의 성취를 확인한 사람이다. 여자의 심중을 계속 모른 척해버릴 수가 없었다.

"하지만 정 선생은 아직도 기다리시게 되겠지요."

나는 마침내 침묵을 깨고 한마디를 건넨다.

"이젠 훨씬 더 희망적인 근거도 얻은 터에 말입니다."

딴은 별로 위로가 될 만한 소리도 아니다. 어쩌면 오히려 여자의 심사를 거슬려 다치게 할 소리일 수도 있었다.

하지만 여자는 이제 굳이 그러는 나를 허물하지 않는다.

"아니, 이젠 기다리지 않아요……"

그녀가 웃으면서 가만가만 고개를 가로저어 보인다. 말뜻은 역시 나의 예상을 부인하는 것이었지만, 목소리는 차분하게 가라앉아 있었다.

"전 허 선생님처럼, 그이에게 정말 시간의 문이 열리고 나면 우리도 함께 그것을 흐르게 될 거라고 했었지요. 우리도 함께 그것을 흘러야 하는 우리의 미래의 시간이어야 한다구요…… 그건 실상 제 부질없는 허풍이었어요. 그저 한번 그렇게 꿈을 꾸어본 것뿐이에요…… 유종열 씨는 그 시간을 건너면서 제겐 문을 닫아버리고 갔거든요…… 그의 시간이 어차피 함께 흐를 수 없는 것이라면, 저도 이젠 자신의 시간을 흐르도록 해봐야지요. 그래 말하자면 이번 전시회도 유작전으로 이름한 것이에요. 종열 씨를 위한 마지막 잔치의 마당으로 말이에요……"

"……"

"이번 전시회가 끝나고 나면 작업실도 그만 오 군과 의논하여 정리할 참이구요."

나는 다시 할 말이 없어진다. 그것은 바로 유 선배의 실종에 대한 그의 여자의 마지막 선언이다. 마지막 잔치는 바로 그의 장례 행사가 되고 만 것이다. 유 선배가 다시 한번 우리의 곁을 떠나가고 있는 것 같아진다. 그의 실종이 내게서 한 번 더 되풀이되고 있는 느낌이다. 머릿속에 새삼 멀고 황량스러운 바다가 떠오른다.

이윽고 나는 여자로부터 다시 사진을 끌어당겨 유 선배의 마지막 모습을 찾는다.

뽀얗게 멀어져가는 해무의 바다.

그것은 하나의 시간의 소용돌이, 소멸과 탄생이 함께 물결치는 광대무변한 시간의 용광로다. 그 시간의 소용돌이 속으로 방금 한 작은 인간이 까마득하게 자신을 저어간다.

그런데, 그사이 내게도 어느새 여자의 심사가 전염돼온 것인가. 아니면 그 유 선배의 성취가 내게도 그처럼 못 견딜 절망이었을까. 사진의 화면 위에 문득 커다란 맹점盲點의 투영이 생기고 있었다. 그리고 홀연 그것 속으로 유 선배의 모습이 사라지고 없었다.

내게서도 마침내 유 선배의 실종이 완전무결하게 이루어진 셈이었다. 여자가 바라온 나의 구실을 자신 속에서 감당해낸 것이었다. 하지만 그 맹점의 동공洞空은 사진의 화면에만 있는 것이 아니었다.

"오 군은 아마 그냥 혼자서 가버린 모양이에요."

문득 어디선가 여자의 소리가 들려오고 있었다. 나는 이제 그 소리를 귀를 통해 듣고 있지 않았다. 가슴속 깊이 어느 곳엔가로 맹점의 동공이 옮겨와 있었다. 나는 그 맹점의 동공으로 여자의 소리를 듣고 있었다.

"그럼, 이제 우리도 그만 일어나 볼까요. 전 집에 아이가 기다리고 있어서요."

여자의 소리는 그곳을 지나가는 창 구멍 바람 소리 비슷했다.

(1982)

벌레 이야기

1

아내는 알암이의 돌연스런 가출이 유괴에 의한 실종으로 확실시되고 난 다음에도 한동안은 악착스럽게 자신을 잘 견뎌나갔다. 그것은 아이가 어쩌면 행여 무사히 되돌아오게 될지도 모른다는 간절한 희망과, 녀석에게 마지막 불행한 일이 생기기 전에 어떻게든지 놈을 다시 찾아내고 말겠다는 어미로서의 강인한 의지와 기원 때문인 것 같았다.

지난해 5월 초, 어느 날 알암이가 학교에서 돌아올 시각이 훨씬 지나도록 귀가를 안 했다.

달포 전에 갓 초등학교 4학년을 올라간 녀석은 학교에서 돌아오는 길로 곧장 다시 동네 상가에 있는 주산 학원을 나가야 했다. 우리가 부러 시킨 일이 아니라 녀석이 좋아서 쫓아다니는 곳이었다.

다리 한쪽이 불편한 때문이었을까. 제 어미 마흔 가까이에 얻어 낳은 녀석이 어릴 적부터 성미가 남달리 유순했다. 유순한 정도를 지나 내숭스러워 보일 만큼 나약하고 조용했다. 어려서 부터 통 집 밖엘 나가 노는 일이 없었다. 동네 아이들과도 어울 리려 하질 않았다. 집 안에서만 혼자 하얗게 자라갔다. 혼자서 무슨 특별한 놀이를 탐하는 일도 없었다. 무슨 일에도 취미를 못 붙이고 애어른처럼 그저 방 안에만 틀어박혀 적막스런 나날 을 지내고 있었다. 녀석의 몸짓이나 말투까지도 그렇게 조용조 용 조심스럽기만 하였다.

초등학교엘 입학하고 나서도 마찬가지였다. 태어날 때부터의 불구에 이력이 붙은 우리 부부는 말할 것도 없었고, 녀석의 담 임 반 선생님까지도 각별한 주의를 기울여 살폈지만, 녀석에겐 별다른 변화의 기색이 나타나질 않았다. 친구를 가까이 사귀는 일이나, 어떤 학과목에 특별히 취미를 붙여가는 낌새가 전혀 없 었다. 특별한 취미는 없어 하면서도 학과목 성적만은 또 전체적 으로 고루 상급에 속할 만큼 제 할 일은 제대로 하고 다니는 녀 석이었다.

그런데 지난해 봄, 녀석이 4학년엘 올라가고 나서였다. 이때 까진 전혀 어떤 특별 활동 시간에도 관심을 보이지 않던 녀석이 이번엔 누가 권하지 않았는데도 제물에 새로 생긴 주산반엘 들 어갔다. 그리고 거기 어떻게 적성이 맞았던지 나름대론 꽤나 열 성을 쏟는 눈치였다. 학교를 파하고 오면 집에서까지 늘상 주판 을 끼고 살더니, 나중엔 아예 가까운 상가 거리의 주산 학원 수 강 등록을 시켜달랬다. 그리고 한 두어 달 학교에서 돌아오면 점심이나 겨우 먹는 둥 마는 둥 하고 나서 그길로 곧장 다시 학원엘 쫓아가곤 하였다.

우리는 어쨌거나 다행이라 싶었다. 아이가 주산이 뛰어나고 아니고는 문제 바깥이었다. 소질의 여부도 따질 바가 아니었다. 녀석이 거기나마 취미를 붙여 다니는 것이 더없이 다행스럽고 대견스러울 뿐이었다.

그런데 이날은 전에 없이 녀석의 귀가가 늦고 있었다. 학원 갈 시각이 지났는데도 녀석이 돌아오는 기척이 없었다. 약국에서 함께 일을 보던 아내가 안채를 몇 번 들어갔다 왔지만 그쪽으로도 아무 연락이 없더라 하였다. 늦게 돌아온다는 전화 연락 같은 것도 없었다. 하긴 학원 가는 시간을 미루고 어디서 다른 일에 어울려 놀고 있을 아이도 아니었다.

──오늘따라 학교에서 무슨 늦을 일이 생겼나?

──아니면 시간이 좀 급해져서 학원부터 먼저 다녀오려는 것이 아닐까.

그런 일도 물론 전에는 없었다. 학교에서 돌아와 학원엘 가기까지는 원래 한 시간가량의 여유가 있었고, 귀가가 아무리 늦을 때라도 알암인 그 한 시간을 넘겨 온 일이 없었다. 학교에서 돌아오는 길에 학원이 있었지만, 녀석이 그곳부터 들러 올 일도 없었다. 하지만 녀석이 끝내 학원 시작 시각까지 소식이 없다 보니 우리는 그렇게밖에 생각할 수가 없었다. 학교에서 무슨 특별한 일이 생겨 시간이 급하다 보니 학원부터 먼저 들러 오려는 것이겠거니…… 불안한 속에서도 설마 싶은 마음으로 우리는 어서 학원 시간이나 끝나기를 기다렸다.

그러나 알고 보니 그건 너무도 사정을 알지 못한 어이없는 기대였다.

학원이 끝날 때가 지나고 나서도 알암이는 깜깜 소식이 없었다.

학원 쪽에서 오히려 가게로 알암이의 결석을 물어왔다.

── 전 알암이를 맡아 지도하는 주산 학원 원장입니다…… 전에는 한 번도 빠진 일이 없었는데, 오늘 알암이가 보이질 않아서요……

학교에서 무슨 일이 생긴 게 분명했다. 이제는 그렇게밖에 생각할 수 없었다. 우리는 곧장 학교로 연락을 취했다. 하지만 학교에서도 다른 일이 없었다 하였다. 여느 때처럼 정시에 수업이 끝났고, 아이들은 모두 집으로 돌아갔다 하였다.

── 종례 시간 때도 자리를 비운 아이가 눈에 띄지 않았어요. 그러니까 알암이는 종례를 마치고 곧 집으로 갔을 텐데요.

그때까지 퇴근을 기다리고 있던 담임선생님의 말이었다. 그러면서 선생님은 다른 아이들 집에라도 좀 알아보겠노라며 시간을 잠시 더 기다려보라 하였다.

그러나 한참 뒤에 다시 걸려온 담임선생님의 전화는 불길한 예감만 점점 더해오는 소리뿐이었다.

── 알암인 역시 아직 가까이 어울려 지내는 아이가 없군요. 반 아이들이 함께 어울려 교문을 나선 건 분명한데, 그다음은 알암일 눈여겨본 아이가 없어요.

그러면서 선생님은 알암이의 성격이 너무 내성적이라서 그새 혼자서 은밀스런 취미를 숨겨오고 있었거나 어디 남모르는 친구라도 사귀어두고 있었을지 모르니 시간을 좀더 기다려보자는 것이었다. 설마 하면 무슨 나쁜 일이야 있겠느냐고, 다음 날까지도 정 소식이 없으면 반 아이들에게 다시 알아보도록 하자고. 어정쩡한 소리 끝에 전화를 끊고 말았다.

일은 분명 학교와 집 사이에서 일어난 변고였다. 그것도 아이의 담임선생 말처럼 막연히 시간만 기다리고 앉아 있는 것으로는 실마리가 풀릴 수 없는 변고였다.

아이는 아닌 게 아니라 해가 저물어도 돌아오지 않았다.

우리는 일찍 약국 문을 닫아걸고 파출소에 아이의 실종 사실을 신고했다.

하지만 파출소 사람들이라고 해서 무슨 특별한 방책이 있을 리 없었다.

──초등학교 4학년이나 되는 아이라면 쉽사리 유괴를 당해 갔을 리도 없겠고…… 혹시 동네 불량배들한테라도 붙잡혀 있는 거 아닐까요? 하지만 뭐 너무 걱정하실 건 없습니다. 불량배 녀석들의 장난이라면 금품이나 빼앗고 돌려보낼 테니까요.

학교와 동네 일대의 불량배들을 단속해 나설 테니 하룻밤이나 두고 기다려보자는 것이었다.

그나저나 이젠 다른 길이 없었다. 우리는 불안 속에 기다리는 수밖에 없었다. 우리는 밤새도록 뜬눈으로 기다리며 하룻밤을 지새웠다.

밤이 새고 나도 아이는 여전히 소식이 없었다. 상학 시간에 맞춰 학교로 달려갔으나 거기에도 아이는 나타날 리가 없었다. 반 아이들 가운데에도 알암이의 일을 알 만한 애가 없었다······

알암이는 그렇게 어느 날 학교 길에 수수께끼처럼 갑자기 사라지고 만 것이다.

집이나 학교에서 소동이 한바탕 회오리쳐 올랐을 것은 말할 것이 없었다.

하지만 그것은 소동으로 해결날 일이 아니었다. 놀라움과 당황스러움과 근심과 절망이 뒤섞인 지옥 같은 기다림도 며칠이 지나고 나자 우리는 새삼 사태의 심각성을 깨닫고 아이를 찾는 데에 필요한 온갖 지혜를 동원하여 신중하고 세밀하게 녀석의 종적을 뒤쫓아 나서기 시작했다. 우리는 아예 약국 문을 닫아걸고 아이의 발길이 닿을 만한 곳들을 샅샅이 뒤져나갔다. 반 아이들의 주변은 물론 멀고 가까운 친척집들까지도 빠짐없이 모두 연락을 취해보고, 학교 근처와 동네 일대에도 몇 차례씩 광고를 내가며 애타게 아이의 귀가를 기다렸다. 학교에서도 아이들이 '알암이 찾기' 운동을 벌이고 나섰고, 그 바람에 처음에는 좀더 기다려보자는 식으로 미지근하게 시일을 끌어가던 경찰도 본격적인 수사에 착수해 들어갔다. 심지어는 이때까지 알암이가 다니던 주산 학원에서까지 아이를 찾는 일에 앞장서 나섰을 정도였다.

하지만 그 모든 사람들의 노력에도 알암이는 여전히 감감무소식이었다. 일주일이 지나고 2주일이 지나가도 어떤 실마리 하나 잡혀오지 않았다. 제 발로 가출을 해 나간 아이라면 그만 지쳐서 돌아올 때가 됐는데도 녀석에게선 끝내 종무소식이었다. 자의로 집을 나간 아이이기가 어려웠다. 녀석이 워낙 내숭스럽기는 했지만 도대체가 그럴 만한 이유가 없었고, 배짱이 그만큼 큰 아이도 아니었다. 어떤 식의 유괴나 납치의 가능성이 점점 더 짙어갔다. 주위에 특별히 원한 같은 걸 살 만한 사람은 없었다. 하지만 금품 따위를 요구하기 위한 납치엔 원한의 유무가 상관될 리 없었다.

약국이 제법 잘되는 편이었고, 그것이 동네에 알려져 있는 것이 표적거리가 될 수 있었다. 우리는 처음부터 그걸 염두에 두고 은밀히 어떤 연락을 기다려보기도 하였다. 아이를 찾는 일에도 그 가상의 범인(그것이 정말 우리들의 상서롭지 못한 가상으로 끝났더라면!)의 신경을 건드리지 않으려고 나름대로 몹시 주의를 기울였다. 한두 번은 아예 그 가상의 범인을 향해 '요구'를 유도하는 신문 광고를 내보내기까지 하였다.

하지만 일이 너무 알려진 때문이었을까. 그래서 이쪽이 좀 조용해지기를 기다리고 있거나 아예 모든 걸 단념해버리고 꼬리를 거둬 숨겨 들어간 것이었을까. 보이지 않는 가상의 범인에게서는 전혀 어떤 연락이나 요구가 없었다. 그것이 우리를 더욱 불안하게 만들었다. 범인이 때를 기다리고 있다면 몰라도 아예 일을 단념하고 만 상태라면 결말에 대한 상상이 더욱 절망스러울 수밖에 없었다.

하지만 우리는 견딜 수밖에 없었다. 어떤 불길함이나 절망감을 견디고서라도 우리는 기어코 아이를 찾아내야 하였다. 그리고 희망을 잃지 말아야 하였다. 바로 그 희망과 기원, 어떻게든지 아이를 찾아내고 말겠다는 끈질긴 희망과 기원이야말로 아내(이제 와서 굳이 나까지 말해 무엇하랴)에겐 무엇보다 크고 소중한 힘이 되고 있었다. 그것이 그 참담스러운 심사 속에서도 아내가 지쳐 쓰러지지 않고 비극을 견뎌나갈 수 있는 힘의 원천이 되고 있었다.

아내는 그 희망과 기원 때문에 그 엄청난 일을 당하고서도 그렇게 의연히 자신을 지탱해나갈 수 있었던 것이다. 그리고 그녀는 마침내 알암이의 일에서 차츰 세상의 관심이 사라져간 다음에도 조금도 실망하는 기색 없이 더욱더 끈질긴 의지력을 발휘해가고 있었던 것이다.

다름 아니라 알암이는 한 달이 지나도 여전히 소식이 깜깜이었다. 그러자 세상사가 으레 그렇듯이 사람들의 관심이 점점 알암이의 일에서 멀어져가기 시작했다. 경찰 수사도 시들해져가는 눈치였고, 학교 쪽 아이들도 이젠 할 일을 다한 듯 잠잠해져가고 있었다. 그새 한두 번 기사를 취급해준 신문이나 방송들도 더 이상 도움을 주려 하지 않았다. 사람들은 이제 알암이의 유괴를 불행스런 미제 사건으로 기정사실화해가고 있는 낌새였다.

하지만 아내는 그러거나 말거나 흔들림이 없었다. 아니 그럴수록 아내는 자신의 삶을 온통 그 일에 걸다시피 각오를 새로이 하여 아이를 찾는 일에 혼신의 노력을 기울여나갔다. 약국 문을 계속 닫아건 채 밤낮없이 사방을 뛰어다녔다. 수단 방법도 가리려 하지 않았다. 아내는 여기저기 계속 신문사를 찾아다니며 도움을 호소하고, 방송국의 안내 프로그램 같은 델 쫓아나가선 그 가상의 범인을 향해 어떤 요구도 감수할 각오이니 아이만 제발 무사히 돌려보내 달라고, 아이의 안전을 당부하기도 하였다. 각 급 학교의 교문 근처에서 알암이의 사진과 인적 사항이 적힌 전단을 나눠주기도 했고, 역이나 버스 정류소 혹은 사람들이 붐비는 네거리 같은 데선 아이를 찾는 피켓을 만들어 들고 서서 사람들의 눈길을 애걸하기도 하였다. 뿐만이 아니었다. 아이의 일이 점점 오리무중으로 어려워져 보이자 아내는 흔히 우리 여인네들이 해온 방식으로 절간을 찾아가, 아이의 앞길을 밝혀 지켜주십사 촛불을 켜고 공양을 바치고 오기도 하였다. 절간뿐만 아니라 아무 곳이나 교회당을 찾아가(아내는 원래 교인이 아니었다) 아이를 위한 교회 헌금도 아끼지 않았다.

어쨌거나 아내는 그런저런 방법으로 아이를 위해 모든 노력과 정성을 다했다. 그것은 아이의 아비가 되는 나까지도 놀라움과 감동을 금치 못할 정도였다. 사실을 말하자면 나는 언제부턴가 최악의 사태를 각오해두고 있었다. 시일이 흐를수록 일은 비관적이었고, 육신과 정성은 지쳐날 대로 지쳐났다. 나는 마지막 절망 속에서 최악의 사태를 대비해두고 있지 않으면 안 되었다.

하지만 나는 아내 앞에서 그것을 조금도 내색할 수 없었다. 아내의 집념과 희망이 너무 강했기 때문이다. 아이를 찾게 되든 못 찾게 되든 아내를 위해서도 그런 기미를 조금이라도 내보여서는 안 되었다. 아내의 초인적인 노력은 그것으로 끝내 아이를

벌레 이야기

못 찾게 되는 한이 있더라도 아내 자신을 위해 다행스럽고 필요한 일이기 때문이었다. 아내가 쓰러지지 않고 자신을 버텨나가는 것은 그 희망과 집념의 덕이기 때문이었다. 나는 아내와 함께 아이의 건재를 믿으며 희망과 용기를 계속 북돋아나가야 하였다.

그러나 아내의 그 끈질긴 집념과 노력도 끝내는 모두 허사가 되고 말았다. 내가 어슴푸레 미리 짐작해온 대로 일은 마침내 최악의 결과로 판명이 나고 만 것이다. 알암이가 사라진 지 꼭 두 달 스무 날째가 되던 7월 22일 저녁 무렵의 일이었다. 알암이는 이날 집에서 멀지 않은 그 주산 학원 근처의 한 2층 건물 지하실 바닥에서 참혹한 시체로 발견되어 나온 것이다.

2

아이의 육신은 이미 부패가 심하여 형체조차 제대로 알아볼 수 없을 정도였다.

하지만 아직 손발이 뒤로 묶인 채 입에는 수건까지 물려 암매장 당해 있는 몰골이 유괴 피살을 더 의심할 여지가 없었다.

남은 일은 이제 가상의 범인이 아닌 진짜 유괴범을 잡아내는 것뿐이었다. 그것도 이제는 사건의 윤곽이 밝혀진 마당에 범인의 색출은 시간문제처럼 보였다. 무엇보다 아이의 시신이 발견된 장소가 범인의 윤곽에 결정적인 단서를 제공해준 셈이었다.

아이의 시신이 발견된 건물 일대는 새해 들어서부터 도시 재개발 사업이 시작된 곳이었다. 하여 일대에선 이른 봄부터 한두 사람씩 집을 비우고 나간 곳이 생겨났다. 범행 현장이랄 수 있는 2층 건물은 4월 말쯤(나중 조사에서 확인된 일이지만 그것은 알암이의 실종 직전이었다)에 이미 사람이 나간 곳이었다. 범인은 알암이를 납치해다 그곳에 숨겨두고 얼마 동안 낌새를 살피고 있었음이 분명했다. 그러다 일이 여의치 않게 되자 아이를 살해하여 암매장한 것이 분명했다. 범인의 단념이 너무 빨랐기 때문이었을까. 아니면 처음의 설마 싶은 심사에다, 일대에 이미 그런 빈집들이 많아서 우리의 주의가 미처 소홀한 때문이었을까. 경찰 수사 과정에서나 우리가 몇 차례나 그런 곳을 여기저기 뒤지고 다녔으면서도 낌새를 알아채지 못한 것이 이상스러울 뿐이었다.

하여튼 알암이는 그렇게 석 달 가까이나 그 건물의 컴컴한 지하실 콘크리트 바닥 속에 암매장되어 있다가 건물의 철거 작업이 시작되고 나서야 가엾은 모습을 드러내고 나온 것이었다. 6월이 다 지나가고 나서야 주민의 퇴거가 완료되어 건물 철거 작업이 시작됐기 때문이었다. 그리고 범인의 예상(아마도 지하실이 그냥 매립되고 말리라는)에 반하여 어떤 고지식한 포클레인 기사 하나가 지하실 콘크리트 바닥까지 파 올려놓은 때문이었다.

범인 추적 수사는 자연히 건물을 중심으로 한 재개발 구역 상가와 이웃 지역 주민들을 중심으로 진행되어나갈 수밖에 없었다. 건물주나 그 이웃 사람들은 물론 일대 상가를 맴도는 사람들은 모두 한 차례씩 경찰의 조사를 받아야 했다. 그중에서도 특히 아이가 다니던 주산 학원 원장(김도섭 선생)에겐 가장 유력한 혐의의 초점이 맞춰질 수밖에 없었다. 범행은 어차피 금품을 노리는 유괴 살인의 혐의가 짙었고, 금품을 노리고 저지른 유괴극이라면, 범인은 어느 만큼 우리 집안 사정을 알고 있었거나, 초등학교 4학년짜리의 사리 분별력으로 보아 알암이가 안심하고 따라나설 만큼 안면이 가까운 면식범의 소행일 공산이 컸다. 주산 학원 선생은 그런 용의점을 모조리 갖추고 있는 인물이었다. 한데다 그 주산 학원 역시도 재개발 사업 지역 안의 한 건물에 세들고 있어서 일대의 사정에 그가 눈이 밝았을 건 당연한 노릇이었다. 알암이가 실종되던 날 녀석의 결석을 물어온 전화도 의심을 하자면 전혀 우연스런 것으로만 볼 수 없었고, 제물에 한동안 아이의 종적을 찾아 돌아다닌 열성도 어딘지 조금은 부자연스럽게 느껴지는 대목이 있었다.

그는 누구보다 유력한 용의자의 혐의를 피할 수 없었다. 경찰도 그쪽으로 심증이 굳은 듯 그를 집요하게 추궁해나갔다. 문제는 거의 그의 결심에 달린 듯싶어 보였다. 그가 결심만 하고 나선다면 진상은 곧바로 밝혀질 전망이었다. 아이의 시신이 발견되고 나서부터 수사에 다시 활기를 띠기 시작한 경찰 쪽에서나 우리들(아내와 나 그리고 가까운 이웃 친척들까지도) 거의 모두가 그렇게 생각했다. 그리고 오직 그가 모든 걸 단념하고 사실을 털어놓고 나서기만을 기다렸다.

그것은 우리들의 무고한 속단이 아니었다. 사건이 결과적으로 우리 예상대로 해결 지어진 것이다. 김도섭— 치밀하고 집요한 경찰의 추궁에 못 견뎌 그 학원 원장이란 자가 마침내는 자신의 범행을 시인하고 나선 것이었다.

하지만 이제 사건의 시말은 이쯤에서 그만 이야기를 마무려 두는 것이 좋으리라. 이 이야기는 애초 아이가 희생된 무참스런 사건의 전말에 목적이 있는 것이 아니라(어느 무디고 잔인스런 아비가 그 자식의 애처로운 희생을 이런 식으로 머리에 되떠올리고 싶어 하겠는가. 그것은 내게서 아이가 또 한 번 죽어나가는 아픔에 다름 아닌 것이다), 알암이에 뒤이은 또 다른 희생자 아내의 이야기가 되고 있는 때문이다. 범인이 붙잡히고 사건의 전말이 밝혀진 다음에도 나의 아내에겐 그것으로 사건이 마감되어질 수가 없었기 때문이다. 그리고 무엇보다 그 아내의 희생에는 어떤 아픔이나 저주를 각오하고서라도 나의 증언이 있어야겠기 때문이다.

그렇다면 범인이 밝혀지고 나서 아내는 과연 어떻게 되었던가. 아니 그보다도 아이가 끝내 그런 처참스런 주검의 모습으로 나타났을 때 아내는 아이와 자신을 위해 무엇을 어떻게 할 수가 있었던가.

말할 것도 없이 알암이의 참사는 아내에겐 세상이 끝난 것 한 가지였다. 지옥의 나락으로 떨어지는 절망과 자기 숨이 끊어지는 고통의 순간이었다. 아내는 거의 인사불성의 상태로 며칠을 지냈다. 몇 차례나 깜박깜박 의식을 잃기도 하였고, 깨어 있을 때도 실성한 사람처럼 넋을 놓고 혼자 울다 웃다 하면서 속절없이 무너져가고 있었다.

하지만 아내의 절망과 자학은 다행히도 그 며칠 동안뿐이었다. 아내는 그 절망의 수렁에서 며칠 만에 다시 자신을 가다듬고 일어섰다. 그리고 처음 아이의 실종을 당했을 때처럼 자신을 꿋꿋이 지탱해나가며 무서운 의지력을 발휘하기 시작했다. 이번에는 희망과 기원에서가 아니라 원망과 분노와 복수의 집념으로 해서였다.

이제 비로소 사실을 말하자면, 알암이의 실종이 확실해진 때부터 아내가 그토록 자신을 견디고 다시 일어서게 된 것은 이웃 김 집사 아주머니의 도움 때문이었다. 우리 약국과는 두어 집 건너에서 이불 집을 내고 있는 김 집사 아주머니 — , 애초의 동기는 서로 달랐을망정 그 김 집사 아주머니의 권유가 이상한 방법으로 아내를 다시 절망에서 번쩍 일으켜 세운 것이었다.

— 우리 구세주 예수님 앞으로 나오세요. 그래서 그분의 사랑에 의지하도록 하세요. 주님께선 모든 힘든 이들의 무거운 짐을 함께 져주십니다. 모든 상처 받은 영혼들의 아픔을 함께해주시며, 그것을 사랑으로 치유해주십니다. 알암이 엄마는 지금 혼자서는 도저히 감당해갈 수 없는 크나큰 영혼의 상처를 입고 있어요. 애 엄마 혼자서는 그 짐을 절대로 감내해나갈 수가 없어요……

김 집사 아주머니의 위로와 권유는 대개 그런 뜻의 말들이었

464

다. 그것이 아내에겐 뜻밖에도 신통한 효과를 나타냈다. 그야 집 사님이 아내의 믿음을 권유해온 것은 그것이 처음이었던 것은 물론 아니었다. 이불 가게 못지않게 교회 일에도 늘 열심인 김 집사 아주머니는 알암이의 일이 있기 전부터도 자주 가게를 찾아와 아내의 입교를 간곡히 권유하곤 했었다.

— 알암이 엄마, 알암이 엄마도 신앙을 갖도록 하세요. 사람 사는 데 믿음을 갖는 것만큼 중요한 일이 없어요. 믿음이 없는 생활은 거짓 허수아비 삶에 불과하다구요. 신앙을 가지면 사람과 생활이 모두 새롭게 달라져요.

하지만 아내는 어찌 된 일인지 번번이 귀조차 기울이려 들지 않았다.

나이가 아내보다 5년쯤 연상인 김 집사는 그래도 전혀 서운해하는 기색 없이 끈질기게 다시 아내를 찾아오곤 하였다.

— 두고 보세요. 내 언제고 알암이 엄마를 우리 주님께로 인도하고 말 테니까. 알암이 엄마라고 어렵고 마음 아픈 일이 안 생길 수 있겠어요. 애 엄마한테도 언젠가는 반드시 주님의 손길이 필요한 때가 찾아오게 될 거예요. 내 그땐 반드시······

그럴 만한 어떤 계기라도 기다리듯 계속해서 뜸을 들이고 가곤 하였다. 별반 악의가 깃들지 않은 소리들이어서 아내도 그저 무심히 들어 넘기곤 해오던 처지였다.

한데 과연 그녀의 예언처럼 아이의 사고가 생기고 만 것이었다.

김 집사는 마치 그거 보라는 듯, 혹은 기다리던 때라도 찾아온 듯 아이의 실종 사고가 생기자 금세 다시 아내에게로 달려왔다. 그러고는 이런저런 걱정의 말끝에 다시 아내의 믿음을 권했다.

—주님 앞으로 나오세요. 주님은 알암이 엄마처럼 근심 걱정으로 마음을 앓는 사람들과 아픔을 함께하고 그 짐을 덜어주시기 위해 사랑으로 이 땅엘 오셨던 분입니다. 이럴 때일수록 주님께로 나아가 그분의 끝없는 사랑의 품속에 슬픈 영혼을 의지하도록 해야 해요.

한데 아내는 그토록 심정이 절박했기 때문이었을까.

—그분은 모든 일을 미리 알고 계시겠지요? 그리고 모든 일을 뜻대로 행하실 수가 있는 분이시지요?

아내가 모처럼 귀가 솔깃해져서 애원하듯 김 집사에게 묻고 들었다. 김 집사는 전혀 망설임이 없었다.

—하느님은 전지전능, 우주 만물을 섭리하고 계신 분입니다. 예수님은 그분의 독생자이십니다.

—그럼 그분은 우리 아이가 지금 어떻게 되어 있는 것도 알고 계신 걸까요?

—알고 계실 뿐 아니라 알암이는 지금 그분께서 사랑으로 보살피고 계십니다. 그러니 그런 건 너무 걱정 마시고 우선 먼저 그분 앞으로 나아가 그분께 의지할 결심부터 하세요.

—그분이 우리 아일 무사히 되돌려 보내주실까요?

—그분의 뜻이 계시기만 한다면…… 하지만 그걸 바라기 전에 당신의 믿음을 먼저 그분께 바쳐야 합니다. 그분은 언제나 당신의 믿음을 기다리고 계시니까요.

아내를 위로하기 위해서이기도 했겠지만, 아내의 안타깝고 초조한 심사 앞에 김 집사의 대답은 단언에 가까웠다.

하니까 아내는 끝내 마음이 움직이고 만 모양이었다. 아이만 찾을 수 있게 된다면 지옥의 불길 속에라도 뛰어들어갈 아내였다. 하느님 아니라 지푸라기에라도 매달려 의지를 구해야 할 아내의 처지였다. 그러지 않아도 절간까지 찾아가 촛불 공양을 바치고 다닌 아내였다.

아내는 드디어 결심이 선 듯 김 집사를 따라나섰다.

그리고 서너 주일 예배 시간을 맞춰 가서 기도도 드리고 헌금도 하고 왔다. 절간을 찾아가 촛불 공양을 할 때처럼 무작정 액수를 높여 바친 헌금이었다.

하지만 그건 물론 아내가 지속적으로 신앙을 가지려는 결단의 표시는 아니었다. 보다도 그것은 아이를 찾으려는 간절한 소망의 표현일 뿐이었다. 절간을 찾아가 빌 때 한가지로 아이를 찾고 보자는 기복 행위에 불과했다.

하느님도 아내의 그 속내를 아셨던지 그녀의 소망을 이루어 주지 않았다. 아내의 아낌없는 헌금에도 불구하고 아이는 끝끝내 돌아오지 못했다. 그리고 마침내는 엄청난 비극으로 아이의 종말이 밝혀지고 말았다.

아내는 더 이상 주님의 능력과 사랑을 신용하지 않았다. 남은 것은 그저 원망뿐이었다. 이제는 사랑이고 원망이고 '주님'을 생각할 겨를조차 없었다. 아이의 참혹스런 시신을 보고 나자 아내는 한동안 모든 것을 잃고 만 듯 자신마저 지옥의 어둠 속을 헤매었다.

　김 집사도 아내의 그런 사정을 짐작한 듯 한동안은 전혀 모습을 나타내지 않았다. 하더니 아이의 시신이 발견되고 나서 한 주일 남짓 지난 어느 날 그녀가 다시 집으로 아내를 찾아왔다. 그리고 언제나처럼 그의 주님을 빌려 아내의 아픔을 위로하려 하였다. 하지만 이날따라 머리를 싸매고 자리에 누워 있던 아내에게 김 집사의 그런 위로 말이 귀에 들어올 리 없었다. 아내는 처음 김 집사가 오는 것조차 알은체를 하지 않았다. 누가 찾아와서 무슨 말을 하거나 그저 멀거니 천장만 쳐다보고 있었다. 김 집사도 굳이 그런 아내를 아랑곳하지 않은 채 진심 어린 위로의 말들을 늘어놓고 있었다.

　─ 알암이 엄마의 아프고 저린 마음은 알고도 남아요. 하지만 그럴수록에 마음을 맡기고 의지를 삼을 데가 있어야지 않아요. 지금의 처지로는 어려운 일이겠지만, 그럴수록 부드럽게 마음의 문을 열도록 노력해보세요. 그래서 그 아픈 마음의 깊은 곳으로부터 주님을 참되고 새롭게 영접하도록 해보세요. 마음이 한결 편해지실 거예요……

　그런데 그 김 집사의 설득이 너무도 참되고 간곡했던 탓인가. 그리하여 굳게 닫혀버린 아내의 영혼의 눈을 뜨게 한 것이었을까. 무슨 소리에도 그저 넋이 나간 듯 천장만 멀거니 쳐다보고 있던 아내의 눈에 이윽고 영문 모를 눈물기가 가득 고여 오르기 시작했다. 그리고 모처럼 제정신이 돌아온 듯 천천히 머리를 가로저었다.

──모두가 다 부질없는 노릇이에요. 하느님의 사랑도 거짓말이구요. 하느님이 정말 전지전능하시다면 우리 알암일 왜 그렇게 만들었겠어요. 그 어린것에게 무슨 죄가 있다구…… 하느님의 사랑이 정말 크시다면 처음부터 그런 일이 없게 했어야지요.

체념과 원망에 사무친 애소였다. 그나마도 아내에게선 모처럼 제정신이 되살아난 소리였다.

거기에 김 집사는 용기를 얻은 듯 아내를 계속 설득해나갔다.

──알암이 엄마, 그렇게 주님을 원망하시면 안 됩니다. 마음속에다 원망을 지니면 자신만 더욱 고난스러워져요. 그야 지금의 알암이 엄마한텐 무리한 주문이 될지 모르지만, 그래도 애엄만 그럴수록 마음을 부드럽게 지녀서 주님의 사랑을 맞아들이도록 하셔야 해요. 주님의 사랑과 오묘한 섭리는 우리 인간의 지혜로는 헤아릴 수가 없어요. 이번에 알암이가 당한 일만 해도 우리 인간들의 눈에는 슬픔뿐이지만, 거기에 어떤 주님의 섭리가 임하고 계시는지도 알 수 없어요. 그러니 주님의 사랑과 섭리와 권능을 믿으시면 거기서 알암인 구원을 받을 거예요. 알암이가 이번에 당한 일이 어쩌면 우리가 모르는 더 큰 사랑을 베푸시려는 주님의 뜻인지도 모르니까요. 그 왜, 있지 않아요. 주님께선 그 당신의 사랑을 위해 누구보다 먼저 알암일 당신 곁으로 부르셨을 수도 있다고 말이에요……

그런데 바로 그 순간이었다. 아내에겐 그 김 집사의 위로가 좀 지나쳤었던지 모른다. 혹은 아내로선 마음속에 사무친 원망과 저주를 죽어도 끊을 수가 없었던 것인지도 모른다. 순간 아내가 느닷없이 자리를 박차고 일어나 앉았다. 그러곤 마치 눈앞의 하느님에게 대들기라도 하듯이 김 집사를 향해 외쳐대기 시작했다.

— 아니, 하느님은 아무것도 몰라요. 하느님이 그토록 전지전능하신 분이라면, 알암이를 그렇게 만든 살인귀 악마를 아직까지 숨겨두고 계실 리가 없어요. 알암인 이렇게 죽고 말았는데, 범인은 아직 붙잡히지 않고 있지 않아요. 하느님이 정말 모든 걸 아신다면 어째서 그놈을 아직 가르쳐주지 않는 거예요. 알고도 부러 숨겨두고 계신 건가요. 그렇다면 하느님은 그놈과 한패거리와 다를 게 무어예요. 그래서 하느님은 모든 걸 아시고도 아이를 그 꼴로 만들어 보내신 건가요. 처음부터 그놈과 한패거리로 일을 그렇게 꾸며가지고 말이에요.

아내의 원망이 폭발하고 만 것이었다. 사실 아내로선 나무랄 수 없는 원망과 분노의 토로이기도 하였다. 아이의 주검이 발견되었을 뿐 이때까지도 아직 범인은 잡히지 않고 있었기 때문이다. 아내의 절망과 슬픔은 무엇보다도 그 범인의 얼굴을 원하고 있었기 때문이다.

그러니 그 아내의 사무친 원망과 복수심은 그쯤 폭발로 가라앉을 리 없었다.

— 하느님은 몰라요. 살인귀를 가리켜 보여주지 못하는 하느님, 사랑도 섭리도 다 헛소리예요. 하느님보다 내가 잡을 거예요. 내가 지옥의 불 속까지라도 쫓아가서 그놈의 모가지를 끌고 올 거예요.

아내는 그렇듯 하느님에 대한 극심한 원망 끝에 범인에 대한 불같은 복수심으로 며칠간의 절망과 비탄의 수렁에서 다시 자신을 추슬러 일어선 것이었다. 그리고 그날부터 사람이 달라진 듯 범인의 추적에 초인적인 의지력을 발휘하기 시작했다.

김 집사의 뜻과는 일치하지 않았지만, 어쨌거나 그 김 집사 덕에 아내는 다시 자신을 지탱해나갈 수 있게 된 것이었다. 하고 보면 이번엔 그 분노와 저주와 복수심이야말로 아내가 자신을 견디는 데 무엇보다 소중한, 어쩌면 하느님의 사랑이나 섭리보다도 더욱 힘차고 고마운 본능이었는지도 모른다.

3

아내는 한동안 그런 식으로 무서운 복수심을 불태우며 범인을 잡는 일에 열을 올리고 다녔다.

그러나 그녀에겐 끝내 그 복수심을 충족시키고 그것을 해소할 기회가 주어지지 않았다. 범인이 붙잡히지 않아서가 아니었다. 범인은 미리 나름대로의 지능적인 보안책을 마련하고 있어서 알암이의 시신이 발견되고 나서도 생각처럼 쉽게 정체가 드러나지 않았다. 주산 학원 원장은 사건 당일의 알리바이가 거의 완벽했고, 더욱이 아이의 실종 후에는 녀석을 찾는 데에 앞장을 서 나설 만큼 교활하고 대담한 위인이었기 때문이다. 그러니까 얼마 뒤 알암이의 시신이 발견되기 3주일쯤 전인 6월 하순경,

그의 학원이 세들어 있던 건물까지 도시 재개발 사업에 밀려 동네를 떠나게 되고서부터는 범인 김도섭도 그것을 웬만큼까지 자신했을 법하였다. 하지만 앞서도 이미 말했듯이, 원장 김도섭은 처음부터 유력한 혐의자의 한 사람이었고 나중에는 그가 진짜 범인으로 밝혀진 인물이었다. 그는 아이 어미로서의 아내의 직감력과 집요한 추적이 뒷받침된 경찰의 수사력을 끝끝내 피해낼 수가 없었다. 그리고 경찰은 그의 범행 자백과 동시에 거기 따른 충분한 물증을 확보하게 된 것이었다.

하지만 그렇게 범인이 잡힌 것으로 아내의 원한은 풀릴 수가 없었다. 아내는 범인을 붙잡은 데 만족하지 않고, 자신이 직접 눈깔을 후벼파고 그의 생간을 내어 씹고 싶어 하였다. 아이가 당한 것 한가지로 손목을 뒤로 묶어 지하실에 가두고 목을 졸라 땅바닥에 묻고 싶어 하였다.

당연한 일이지만, 그러나 당국은 아내에게 아무런 복수의 기회도 용납하지 않았다. 범행을 자백한 그 순간부터 위인은 아내의 보복을 피해 당국의 보호를 받게 된 격이었다. 그리고 아이의 참사와는 직접 상관이 없는 사람들끼리 범행의 목적과 과정을 추궁하고, 재판에서 그의 죽음을 결정지어 튼튼한 벽돌집 속으로 그를 들여보내버렸다.

아내는 결국 그것으로 원한 어린 복수의 표적을 잃어버리고만 셈이었다. 아내가 들끓는 복수심을 견디며 할 수 있는 일이라곤 경찰의 수사 과정에서 가능한 데까지 그를 무도한 살인마로 몰아붙이는 일과 공판 과정에서 그를 저주하다 제물에 정신을 잃고 쓰러지는 정도가 고작이었다.

아내의 원한이 풀릴 리가 없었다.

하지만 지금에 와서 다시 생각해보면 아내에겐 그게 오히려 다행이었는지도 모른다. 왜냐하면 아내는 가슴속에 뜨거운 복수의 불길이 남아 있는 한 자신을 용케 잘 지탱해나가고 있었기 때문이다. 아내의 진짜 마지막 불행은 그 처절스런 가슴속의 복수심이 사라져간 데서부터 싹이 트고 있었기 때문이다

그러나 나는 당시로선 물론 그걸 전혀 알지 못하고 있었다. 그리고 그건 아마 아내 쪽도 사정이 마찬가지였을 게 분명했다.

아내는 계속 복수심을 짓씹으며 하루하루를 보냈다. 아내로부터 그를 멀리 떼어놓고 있었지만, 아직은 그 복수의 표적이 아주 사라진 것은 아니었다. 김도섭 스스로도 자기 범행의 죄질을 가늠할 수 있었던 탓일까. 작자가 그의 죽음을 결정한 1심 판결을 승복하고 2심 공소권을 포기해버린 바람에 그는 사실상 사형 확정수로 운명의 날만을 기다리게 된 처지였는데, 당국에선 왠지 그의 형 집행을 서두르고 나서질 않았기 때문이었다.

이유야 어찌 됐든 아내에겐 여전히 복수의 표적이 남아 있어 준 셈이었다. 그래 아내는 이제 하루빨리 목매달이가 치러져 작자가 지옥으로 떨어지게 될 날을 애타게 기다렸다. 또 다른 한편으론 자신이 직접 작자의 육신을 지옥의 불길로 찢어 던지고 싶어 했다. 그럴 때 아내는 작자의 목매달이가 갑자기 치러지는 것을 걱정하기까지 하였다.

아내는 그런 식으로 마치 구경꾼들에 잔뜩 화가 나 있으면서

도 철책 때문에 어쩔 수 없는 우리 속의 맹수처럼 자기 복수심 때문에 안절부절을 못하는 꼴이 되고 있었다. 그리고 그런 식으로나마 아내는 아직도 자신을 용케 잘 버텨나갔다. 한데다 그 아내를 위해서이기라도 하듯 당국에선 여전히 작자의 목매달이를 서두를 기미가 보이지 않았다.

그런 식으로 그럭저럭 계절이 가을철로 바뀌고 난 10월 초순 무렵부터의 일이었다. 아내의 처지가 아무래도 안되어 보였던지 김 집사 아주머니가 다시 아내를 찾아다니기 시작했다. 그리고 참으로 진실된 신앙심으로 아내에게 심신의 안정을 호소했다.

— 알암이 엄마, 이젠 마음을 좀 가라앉히세요. 그리고 그 사람에 대한 원망과 미움을 줄여가보도록 하세요. 알암이 엄만 아무래도 지금 정상이 아니에요. 알암이 엄마의 절통한 심사를 나라고 헤아리지 못하는 건 아니지만, 그런다고 애 엄마가 그 사람을 직접 어떻게 할 수 있는 일도 아니잖아요. 그 사람은 이제 가만히 놔둬도 제 죗값을 치르게 되어 있어요. 원망하고 분해하면 애 엄마 심사만 그만큼 자꾸 더 상할 일 아니에요. 애 엄마까지 사람이 못쓰게 되어가요.

김 집사님은 이제 작자의 죄에 대한 사람의 심판은 끝났다는 것이었다. 남은 것은 하느님의 심판뿐이라 하였다. 이 마당에 아내가 할 일은 그를 원망하고 저주하는 것이 아니라 하느님께 모든 것을 맡기는 일이라 하였다. 그리고 자신의 이성을 되찾아 심신의 안정을 기하는 일이라 하였다. 거기다 가능하면 그를 용서하고 동정을 할 수도 있어야 한다는 것이었다.

　──그것은 다만 그 사람만을 위해서가 아니에요. 그 사람보다는 알암이 엄마 자신을 위하는 일이에요. 그리고 가엾은 알암이의 영혼을 위하는 일인 거예요. 알암이의 영혼과 애 엄마 자신을 위해서라도 그에게 너무 깊은 원망을 지니지 않도록 하세요. 그래서 마음을 편하게 가지도록 노력해보세요. 그렇게 되도록 노력을 하시면 주님께서 반드시 도와주실 거예요.

　인간에겐 도대체 어느 경우를 막론하고 다른 사람을 심판할 권리가 없다고 하였다. 인간을 마지막으로 심판할 수 있는 것은 오직 하느님 한 분뿐이며, 사람에겐 오직 남을 용서할 의무밖에 주어지지 않았다는 것이었다. 그것을 거역하여 인간이 스스로 남을 원망하고 심판하려 할 때는 그 원망과 심판이 거꾸로 자신에게로 돌아오게 된다고 하였다.

　아내는 이번에도 집사님의 설득에 처음에는 전혀 귀를 기울이지 않았다. 사람에겐 애초에 남을 심판할 권리가 없다거나 가능하면 그를 용서할 수까지도 있어야 한다는 충고에 이르러서는 바락바락 화를 내고 대들기까지 하였다.

　하지만 김 집사는 아랑곳하지 않았다. 이번에야말로 정말 아내에겐 자기의 인도가 필요하다고 확신한 듯 그녀의 설득은 어느 때보다도 끈질기고 진정에 차 있었다. 딴은 내 보기에도 아내에겐 김 집사의 그런 도움이 필요한 처지였다. 원한과 복수심에 가득 찬 아내는 아닌 게 아니라 정상이 아니었다. 알암이의 시신이 발견되고 나서부터 그 참담스런 절망감 속에서도 아내가 여태까지 자신을 지탱해온 것은 그 원한과 복수심의 독기 때문이었다. 그런 뜻에서 그것은 아내에겐 필요한 독기요, 본능적인 생존력의 원천이었던 게 사실이다. 그러나 그것은 어디까지나 임시방편의 비정상적인 생존력에 불과했다. 아내가 언제까지나 거기에 삶을 의지해갈 수는 없었다. 그것은 정상적인 사람의 삶일 수가 없었다. 아내는 자신에게로 돌아와야 하였다. 언젠가는 어차피 아이의 일을 잊고 자기 파괴의 원망과 복수심에서 벗어나야 하였다. 그래서 어려운 대로 자신을 정상의 일상사 속에 견뎌나가도록 하여야 했다.

김 집사의 충고는 틀린 말이 아니었다. 인간의 권리나 그 한계에 대한 이야기도 이제는 아내가 귀를 기울여야 할 대목이었다. 아내에겐 아무래도 그 김 집사와 그녀가 인도하고자 하는 주님에의 의지가 크게 필요해 보였다. 그래 나 역시 아내에게 진심으로 그것을 권했다. 그리고 두 사람이 다 같이 교회를 나가자는 김 집사의 권유에 나는 우선 먼저 아내부터 좋은 길을 인도받을 수 있었으면 좋겠다고 은근히 김 집사를 거들었다.

그런데 어느 쪽이 아내의 마음을 움직이게 했던 것일까. 김 집사의 설득과 나의 권유가 얼마간 계속되자 아내는 어느 날 무슨 생각이 들었던지 뜻밖에 선선히 마음을 고쳐먹고 김 집사를 따라나섰다. 그리고 그때부터 놀라운 열성으로 예배와 기도 속에 하루하루를 보내기 시작했다.

하지만 그것도 아내의 본심에서 우러나온 신앙심은 아니었다. 아내 자신의 마음의 평정을 회복하기 위해서나 자신을 견뎌나갈 힘과 용기를 얻기 위해서가 아니었다. 더욱이 범인에 대한 증오심을 거두고 그를 용서하기 위해서는 아니었다. 사람의 마음이 갑자기 그렇게 달라질 수도 없었다.

알고 보니 아내는 아이의 영혼의 구원을 위해 교회를 찾기 시작한 것이었다. 소망과 기도가 온통 아이의 내세의 구원에 관한 것뿐이었다. 집에서나 교회에서나(아마 분명코!) 아이의 영생과 내세 복락만을 외어댔다. 그러면서 그 아이의 영혼을 위한 교회 헌금에 마음을 의지하고 지냈다.

하지만 나는 그러는 아내를 나무랄 생각이 없었다. 동기가 무엇이든 아내는 이제 교회를 다시 나다니게 된 것이었다. 아내에겐 우선 그것이 중요했다. 그렇게 한동안 교회를 나다니다 보면 마음속에 진짜 신앙심이 자리를 잡을 수도 있게 될 터였다. 그리하여 마음의 상처를 씻고 옛날의 자신으로 돌아오게 될 것이었다.

김 집사도 내심 그것을 기대하고 있었다. 하여 그녀의 갑작스런 광신기를 그대로 모른 척 감내해나갔다. 그리고 성실하고 끈질긴 인내로 그녀를 참 신앙심으로 이끌어가는 노력을 계속했다.

우리의 기대는 과연 헛된 것이 아니었다.

아내는 마침내 서서히 주님의 참사랑을 깨닫기 시작한 것 같았다. 그리고 그 사랑 속에 아이의 구원을 확신하게 된 것 같았다.

아내에게선 차츰 저주와 원망기가 덜해가는 기미였다. 그만큼 매사에 마음이 부드러워지고 전날의 자신을 회복해가고 있었다.

마침내는 그 주님의 사랑에 자신을 맡기겠노라, 스스로 감사의 눈물을 흘리기까지 하였다.

—주님, 감사합니다…… 사랑과 은혜에 감사합니다.

아내 자신도 그런 자신의 변화를 의식한 듯 주님께 대한 감사의 말을 입버릇처럼 자주 외어대었다. 등골이 빠지게 일을 해서 끼니상을 차려놓으니 그 자식들로부터, 아버지 하느님, 오늘도 귀하고 맛있는 음식을 마련해주시어 감사합니다, 하는 식의 기도 소리를 들었을 때 그 아비의 심사가 아마 그와 같았을까. 아내의 그런 잦은 감사의 기도는 그동안 아이와 아내 때문에 모든 것을 깡그리 바쳐오다시피 한 나에겐 어떤 가벼운 배신감마저 느껴질 정도였다.

하지만 어쨌거나 우리의 기쁨은 이루 말을 할 수 없었다. 아내의 믿음과 자기 회복은 아내 자신뿐 아니라 나에게까지도 깊은 마음의 상처를 씻고 악몽에서 벗어나게 할 기회가 될 수 있었다. 적어도 나는 아내의 변화에서 그런 희망을 느낄 수 있었다.

그러나 그런 아내의 변화에 대한 희망과 기대는 그녀의 믿음의 인도자가 되고 있는 김 집사가 더 했던 것인지도 모른다. 김 집사는 아내에게 용기를 얻은 듯 그녀의 신앙심을 한층 더 부추겨나갔다. 김 집사는 아내에게 이제는 거기서 죄인을 용서할 수도 있어야 한다고 설득했다. 사람에겐 애초 남을 심판할 권리도 없지만, 그보다 주님을 영접하기 위해선 마음을 깨끗이 비워 내

놓아야 하며 심중에 원망과 미움을 조금이라도 남겨두고 있으면 주님의 사랑과 은총이 임할 자리가 그만큼 좁아지게 마련이라 하였다. 그러니 차제에 그를 용서함으로써 마음속의 모든 원망과 분노와 미움과 저주의 뿌리를 뽑아내고 주님을 영광되게 영접하라 하였다. 아내에겐 바로 이때가 그래야 할 은혜로운 기회라 하였다.

— 하느님의 깊은 섭리의 역사를 우리 인간으로는 참으로 헤아릴 수가 없다지 않았어요. 알암이의 슬프고 불행한 사고가 그 어머니에게 주님을 영접케 할 은총의 기회일 줄을 누가 알았겠어요. 그건 모두가 이런 영광과 은총을 예비해두고 계신 주님께서 우리를 단련시켜 맞이하시려는 사랑의 시험에 불과했던 거예요. 우리는 오히려 그것을 기쁨으로 감내했어야 할 일들이었지요. 그토록 오묘한 주님의 섭리와 사랑의 역사 앞에 우리가 어찌 알암이의 영혼의 구원을 믿지 않을 수 있겠어요. 죄인을 아주 용서하도록 하세요. 그게 틀림없이 주님의 뜻이며 기쁨이실 거예요.

김 집사는 알암이의 구원을 단언하며 '용서'를 간곡히 당부했다. 그것도 그저 한두 번이 아니고 틈이 있는 대로 끈질기게 계속했다. 하니까 아내도 그동안 그만큼 마음의 자리가 생겨난 모양이었다. 그만큼 참 신앙심이 싹을 트고 성장을 계속해온 모양이었다.

아내는 갈수록 말씨나 표정이 부드러워져가고 있었다. 생활도 어느 만큼 제 궤도로 돌아오고(범인의 재판이 끝나갈 무렵부터 나는 혼자 다시 약국 문을 열고 있었는데, 언제부턴가는 아내가 이따금씩 그 가게로 나와 앉아 있기까지 하였다), 무엇보다도 마음이 잔잔하게 가라앉아가고 있는 것 같았다. 범인에 대한 원망이나 저주를 입에 담는 일이 거의 없었다. 하더니 어느 날 아내는 마침내 긴 잠에서나 깨어난 듯한 얼굴로 나에게 조용히 물어왔다.

─그 사람…… 그 가엾은 사람, 아직 사형이 집행되지 않고 있는 거지요……

아내도 뻔히 알고 있는 일이었지만, 그게 어쩌면 새삼 다행이라는 어조였다.

아내가 마침내 김 집사의 소망대로 그를 용서할 수 있게 된 것이었다. 이미 용서를 하고 있진 않았더라도, 그를 스스로 용서해야 한다고, 용서를 하고 싶어 하는 것이 분명했다. 그 저주스런 한 해가 거의 다 저물어가던 12월 중순 무렵─, 알암이의 참사가 있은 지 꼬박 일곱 달여 만의 일이었다. 그리고 그 범인 김도섭의 사형이 확정되고, 아내가 다시 김 집사에게 인도되어 교회를 나다니기 시작한 지는 대충 2개월여 만의 일이었다.

4

사람에게는 사람만이 가야 하고 사람으로서 갈 수밖에 없는 길이 있는 모양이다.

그리고 사람에겐 사람으로 할 수 있고 할 수 없는 일이 따로 있는 모양이다.

아내가 범인 김도섭을 용서할 수 있게 된 것은 누구보다도 아내 자신을 위해 다행스런 일이었다. 그러나 그것은 아내의 마음속에서 아내 자신이 그럴 수 있는 것으로 충분한 것이었다. 그 이상은 아내로선 필요한 일도 아니었고 소망을 해서도 안 되었다. 그랬더라면 아내는 적어도 자신의 구원의 길은 얻어갈 수 있었을 것이다.

그런데 아내는 쓸데없는 욕심을 부리기 시작했다. 그것이 아내의 마지막 비극을 불렀다. 다름 아니라 아내는 당돌스럽게도 자기 용서의 증거를 원했다. 더욱이 그것을 지금까지의 원망과 복수심의 표적이던 범인을 상대로 구하려 한 것이었다.

— 제가 교도소로 면회를 찾아가서 그 사람을 한번 만나봐야겠어요.

아내가 마음의 용서를 생각하고 나서 다시 열흘쯤 시일이 지나고 난 다음이었다. 이젠 날마다 약국을 나와 앉아 있곤 하던 아내가 어느 날 내게 문득 그런 말을 해왔다. 아내가 자신의 마음속의 용서에 대해 상당한 확신을 얻고 있는 증거였다. 더욱이 그동안 그 일에 대해선 나름대로 꽤나 생각을 해오고 있었던 어조였다. 이를테면 아내는 그것으로 마음을 깨끗이 정리할 수 있는 구체적인 계기를 삼고 싶어진 것이었다. 그를 찾아가서 직접 자신의 용서를 확인시켜주어야 마음이 깨끗하고 편해지겠다는 것이었다. 한마디로 그에게서 자기 용서의 증거를 구하려는 것이었다.

그것은 물론 아내를 위해서나 사형수 김도섭을 위해서나 다 같이 필요한 일일지 몰랐다. 그러나 나는 왠지 거기 대해 선뜻 동의를 하고 나설 마음이 내키지 않았다. 아내가 어딘지 지나치고 있다는 느낌 때문이었다. 그 지나침만큼 아내가 거꾸로 불안스럽게 느껴졌기 때문이다.

─글쎄, 당신이 그렇게까지 해야 할 필요가 있을까. 마음으로 그를 용서했으면 그만이지, 당신이 무슨 성자도 아니겠고……

나는 막연히 아내를 만류했다. 하지만 한번 말을 꺼낸 아내는 좀처럼 생각을 바꾸려 하지 않았다. 그것이 마치 그녀가 주님을 옳게 영접할 무슨 불가피한 마음의 빚이기라도 하듯, 그래 반드시 그것을 자신이 감당해내야만 할 일듯 날이 갈수록 마음이 그쪽으로 확고하게 굳어갔다. 사실은 아내가 어쩌면 아직도 자신을 옭아맬 스스로의 증거가 필요했던 것인지도 모른다.

하고 보니 아내에 대한 나의 동의 여부는 처음부터 크게 상관될 일이 아니었다. 아내가 내게 그것을 말한 것도 나와 그 일을 의논하재서가 아니었다. 그런 일에 관한 한 아내의 진짜 의논 상대는 내가 아닌 김 집사였다. 내게 의사를 내비친 바로 그때부터 아내는 김 집사와 계속 그 일을 함께 의논해온 모양이었다.

어느 날 김 집사가 아내 몰래 약국으로 나를 조용히 찾아왔다. 그녀가 전에 없이 나를 따로 찾아온 것은 이번에는 김 집사도 내심 그 일에 자신이 썩 덜하다는 증거였다. 아닌 게 아니라 김 집사 역시 아내가 아직도 마음이 흔들리고 있는 것 같다 하였다.

— 이 일은 아무래도 알암이 아빠하고도 의논을 해봐야 할 일 같아서요. 애 엄마 마음이 어딘지 아직도 흔들리고 있는 것 같아서 예기찮은 충격을 받을 수도 있거든요.

그러나 김 집사는 신앙심이 깊은 사람답게 확신을 가지고 있었다. 그녀는 그렇더라도 그것이 아내에겐 어차피 필요한 고비가 아니겠느냐고 나의 동의를 구해왔다.

— 알암이 엄마에겐 그런 자기 확신의 계기가 필요한 점도 있지만, 무슨 다른 일이 생기지 않도록 저도 함께 따라가서 도와드릴 테니까요. 제가 가서 곁에 함께 있어주면 별다른 일은 없을 거예요. 그리고 새삼스런 충격만 안 받는다면, 자기 용서에 대한 확신까지는 몰라도 손해를 볼 일도 없을 테니까요. 선생님께서 괜찮다고 하시면 제가 한번 기회를 만들어보겠어요. 제 힘으로 일이 어려우면 저희 목사님의 힘을 빌릴 수도 있으니까요.

나로선 그저 기분으로 막연히 반대를 하고 나설 수가 없었다. 아내를 거기까지 인도해온 데는 누구보다 김 집사의 도움이 컸을 뿐 아니라, 아내에게 그것이 어차피 필요한 고비라면 이번 일도 모든 걸 그 김 집사에게 맡겨두고 따르는 수밖에 없었다.

— 아무쪼록 집사님만 믿겠습니다.

여전히 한 가닥 불안스런 의구심을 금할 수 없으면서도 나는 그쯤 일을 결정짓고 말았다. 아내의 일에선 어쨌거나 늘 김 집사의 판단이 옳았던 편인 데다 이제 와선 그녀에 대한 아내의 믿음이 절대적인 것처럼 보였기 때문이다.

그런데 알고 보니 그것이 경솔하고 안이한 생각이었다. 아내와 인간 의지의 한계를 이해하지 못한 무책임한 처사였다. 그녀가 애초 자신이 덜해 보였던 대로 이번에는 그 김 집사의 처결이 엉뚱한 결과를 낳고 만 것이었다. 내 한 가닥 꺼림칙스런 불안감이 무참스런 현실로 나타나고 만 것이었다.

아내의 면회는 의외로 쉽사리 기회가 마련됐다. 김 집사가 한 며칠 자기 교회의 목사님을 앞세우고 이곳저곳 유관 기관들을 쫓아다니는 듯싶더니 어렵지 않게 기회를 만들어내었다. 그래 아내는 마침내 김 집사의 주선으로 사형수 김도섭의 면회를 나서기에 이르렀다. 그것이 마침 성탄절 분위기가 고비에 올라선 12월 23일의 일이었다.

그런데 사실은 그게 아내의 마지막 파국의 발길이었다.

사형수 김도섭의 면회를 다녀오고 나서 아내는 모든 것이 다시 허사가 되고 말았다. 면회를 다녀온 그날부터 아내는 다시 열병 환자처럼 머리를 싸매고 자리에 눕고 말았다. 그리고 멍하니 넋이 나간 눈으로 혼자 고뇌에 시달렸다. 그간의 모든 치유의 효과가 거품이 된 듯 참담스런 절망감이 되살아나 있었다. 그나마 그간의 신앙심의 끈만은 놓아버릴 수 없었던 때문이었는지도 모른다. 이번에는 전날처럼 저주 어린 복수심이나 분노의 감정 같은 것도 찾아볼 수 없었다. 그저 망연스런 자기 상실감 속에 바닥 모를 절망감만 짓씹고 있었다. 분노도 복수심도 잊어버린 아내는 심신이 온통 절망 덩어리 그 자체였다.

나는 도대체 아내가 그를 만나 무엇이 어떻게 됐는지 알 수가 없었다. 아내와 그 사이에 무슨 일이 있었느냐 해도 아내는 입을 열어 말을 하려 하지 않았다. 아내는 아예 말을 하는 것조차도 귀찮고 부질없어하는 것 같았다. 거기다 아내는 음식조차 거의 입에 대려지 않았다. 자신과 자기 밖의 모든 걸 포기해버린 사람의 형국이 분명했다.

도대체 영문을 알 수 없었다. 김 집사에게서도 까닭을 알아낼 수가 없었다. 나는 하다못해 김 집사를 다시 만나 그녀에게 그날의 자초지종을 물었다. 그러나 그날의 일에 대해서만은 김 집사도 아내를 이해하지 못했다.

─그를 만났을 땐 아무 일도 없었어요. 면회는 일단 무사히 끝났으니까요.

작자가 아직도 아내의 용서를 받아들일 수 없을 만큼 뻔뻔하고 포악스럽게 굴고 나섰던 게 아니냐는 나의 물음에 김 집사는 오히려 그 반대였다 하였다.

─흉악스럽기는커녕 그 사람은 자신의 모든 잘못을 순순히 시인하고 애 엄마에게 간절한 용서를 빌었어요. 용서를 빌었다기보다 애 엄마의 책벌을 자청하고 나섰지요. 그것으로 애 엄마의 마음의 위로가 될 수만 있다면 자기가 저지른 죄과에 대해 어떤 책벌도 기꺼이 감수하겠노라구요. 그게 그 사람의 진심이었던 것이 그 사람도 이미 주님을 영접하여 주님의 뜻을 따르고 있었거든요.

그는 이미 주님의 이름으로 자신의 모든 죄과를 참회하고 그 주님의 용서와 사랑 속에 마음의 평화를 누리고 있었다 하였다. 뿐더러 그는 참회의 증표와 주님의 사랑에 대한 보답으로 사후의 신장과 두 눈알을 다른 사람에게 바칠 약속까지 해놓고 있었다 하였다. 그는 그만큼 평화로운 마음으로 오히려 이 세상에서의 자신의 마지막 날을 기다리고 있었다 하였다.

— 그것이 그에게는 주님 곁으로 가는 날이니까요. 그는 그 것을 진심으로 믿고 기쁜 마음으로 기다리고 있었어요. 그것으로 그는 주님의 사함을 받은 것이었지요. 그리고 누구보다 깨끗한 영혼으로 주님의 인도를 따르고 있는 것이었지요.

김 집사는 그러면서 그의 영혼이 이미 주님의 용서를 받은 이상, 그는 아내와도 똑같은 여호와 하느님의 사랑 안에 있는 아들딸이 된 것이라 하였다. 그래서 그는 같은 아버지의 형제자매로서 아내의 어떤 저주나 복수도 용서할 각오가 되어 있었다고 하였다. 더욱이 아내의 용서에 대해서는 진정으로 목이 말라 있었을 거라 하였다. 그만큼 아내의 마지막 용서가 필요한 사람이었다고도 하였다. 그런데 아내는 막상 그를 만나고 나선 그를 용서하지 못하더라는 것이었다.

— 전 애 엄말 이해할 수가 없었어요. 아니 차라리 실망감을 금치 못했지요. 알암이 엄마가 마음속에서 아직 그를 용서하지 못하고 있는 걸 알았기 때문이었지요. 알암이 엄만 아직도 주님에 대한 믿음이 그토록 부족했던 거예요.

김 집사는 아내가 그를 용서하지 못한 것이 믿음이 모자란 때문이라 단정했다. 그리고 이미 주님의 사함을 받고 있는 사람을 용서하지 못한 아내를 나무랐다. 이미 마음속에 주님을 영접하고, 그래 스스로 용서의 발길을 나섰던 아내가 아직도 숨은 원망을 남기고 있는 것을 김 집사는 도대체 이해할 수가 없다 하였다.

그러나 그 김 집사로서도 아내의 새삼스런 절망에 대해선 더 깊은 내력을 알 수가 없었다. 현장을 함께하고 온 김 집사가 그러니 나로선 더욱이 그것을 이해하거나 위로할 길이 없었다. 김 집사의 그런 설명을 듣고 나선 아내의 절망이 더욱더 어려운 수수께끼가 되어갔다. 아내는 어째서 그를 용서하지 못했을까. 아내는 스스로 그를 용서하기 위해 그를 만나러 갔던 것이 아닌가. 그리고 그는 이미 자신을 참회하고 아내의 용서를 고대하고 있었다지 않은가. 그런 사내 앞에 아내는 무엇 때문에 저토록 절망을 하고 돌아온 것인가······

그러나 그 모든 수수께끼의 해답은 너무도 가까운 곳에 있었다. 아니 그것은 그 김 집사의 비난 섞인 설명 속에, 그것을 들을 때의 나의 알 수 없는 배신감 어린 기분 속에 이미 분명한 것이 말해지고 있었다. 나는 김 집사의 이야기에서 그녀를 충분히 수긍하면서도 한편으로는 어떤 표적이 불분명한 배신감 같은 걸 느끼고 있었던 게 사실이다. 바로 그 막연한 배신감 속에 수수께끼의 해답이 숨어 있었다. 한데도 나는 미몽 속에 그것을 스스로 깨달을 수가 없었던 것뿐이었다.

한데 며칠 뒤에 나는 그것을 깨닫게 되었다. 그리고 비로소 아내의 절망이 어디에서 비롯된 것인지를 알아차리게 되었다. 다름 아니라 나는 이날에야 비로소 내 까닭 없는 배신감의 정체를 깨달은 때문이었다.

한편 생각해보면 그 역시도 김 집사의 덕분인 셈이었다. 김 집사는 참으로 그 신앙심만큼 이웃에 대한 사랑이 깊은 사람이었다. 그 신앙심과 사랑만큼 사명감이 투철하고 끈질긴 사람이었다. 김 집사는 아내를 단념하지 않았다. 어떻게든지 아내를 부축하여 그의 믿음을 다시 회복시켜놓으려 하였다. 그리고 그를 마음으로부터 용서하는 자기 사랑의 고비를 감당시키려 하였다.

김 집사는 매일 아내를 찾아왔다. 그리고 성심껏 아내를 위로하고 용기를 북돋았다.

아내는 여전히 말을 잃은 상태였고, 위로와 설득은 김 집사 혼자서 일방적인 식이었다. 그러던 어느 날, 아내가 마침내 그 김 집사의 끈질긴 설득 끝에 모처럼 다시 입을 열고 나섰다. 그게 바로 아내의 절망에 관한 비밀의 열쇠였다.

— 모르세요. 집사님처럼 신앙심이 깊은 사람은 오히려 몰라요. 나는 집사님처럼 믿음이 깊어질 수가 없어요. 그래서 오히려 인간을 알 수 있고 그 인간 때문에 절망을 할 수밖에 없는 거예요.

그 며칠간은 늘 그래왔듯이 아내가 이번에는 전혀 김 집사의 설득을 받아들이려 하지 않았다. 김 집사를 믿고 따르기는커녕 오히려 그녀를 힐난하고 나섰다. 아내는 그 기나긴 침묵 속에 어떤 확신을 굳히고 있었던 듯 절망적으로 울부짖었다.

　—저도 집사님처럼 그를 용서해야 한다고 생각은 했어요. 그래 교도소까지 그를 찾아갔구요. 그러나 막상 그를 만나보니 그럴 수가 없었어요. 그건 제 믿음이 너무 약해서만은 아니었어요. 그 사람이 너무 뻔뻔스럽게 느껴져서였어요. 사람이 어떻게 그럴 수가 있어요. 그 사람은 내 자식을 죽인 살인자예요. 살인자가 그 아이의 어미 앞에서 어떻게 그토록 침착하고 평화스런 얼굴을 할 수가 있느냔 말이에요. 살인자가 어떻게 성인 같은 모습으로 변할 수가 있느냐 그 말이에요. 절대로 그럴 수는 없는 일이에요. 그럴 수가 없기 때문에 전 그를 용서할 수가 없었던 거예요.

　—알암이 엄마, 그 사람은 애 엄마 앞에서 뻔뻔스러워 그런 얼굴을 한 게 아니에요. 알암이 엄마도 들었지 않아요. 그 사람은 이미 영혼 속에 주님을 영접하고 있었던 거예요. 그것으로 주님의 사함을 얻고 있었던 거예요. 그래 그토록 마음과 얼굴이 평화스러웠던 거예요.

　김 집사가 아내의 비뚤린 생각을 바로잡아주려고 애를 썼다.

　하지만 아내는 승복하지 않았다. 자연히 두 사람은 똑같이 언성이 높아지고 심한 말다툼 조가 되어갔다.

　—그래요. 내가 그 사람을 용서할 수 없었던 것은 그것이 싫어서보다는 이미 내가 그러고 싶어도 그럴 수가 없게 된 때문이었어요. 집사님 말씀대로 그 사람은 이미 용서를 받고 있었어요. 나는 새삼스레 그를 용서할 수도 없었고, 그럴 필요도 없었어요.

하지만 나보다 누가 먼저 용서합니까. 내가 그를 아직 용서하지 않았는데 어느 누가 나 먼저 그를 용서하느냔 말이에요. 그의 죄가 나밖에 누구에게서 먼저 용서될 수 있어요? 그럴 권리는 주님에게도 있을 수가 없어요. 그런데 주님께선 내게서 그걸 빼앗아 가버리신 거예요. 나는 주님에게 그를 용서할 기회마저 빼앗기고 만 거란 말이에요. 내가 어떻게 다시 그를 용서합니까.

아내가 이번엔 좀더 깊은 자신의 진실과 원망을 털어놓았다. 하지만 김 집사는 그 아내의 아집을 꺾는 데만 정신이 쏠려 그 것을 제대로 이해하지 못했다. 김 집사는 사람과 하느님 사이에서 원망스럽도록 하느님의 역사만을 고집했다.

— 아버지 여호와께서는 그러실 수가 있습니다. 그것이 당신의 섭리의 역사입니다. 우리는 당신의 깊으신 뜻을 모두 알 수가 없습니다. 우리는 무조건 당신의 뜻을 따라 복종을 해나갈 의무밖에 없습니다. 용서도 마찬가집니다. 주님께서 그를 용서하셨다면 우리도 그를 용서해야 합니다. 그것이 전지전능하신 주님의 종이 된 우리 인간들의 의무인 거니까요. 알암이 엄마도 그날 똑똑히 들었지만, 그는 애 엄마의 어떤 원망이나 책벌이라도 달게 받을 각오라고 말하지 않았어요. 그건 그가 이미 주님의 사함 속에 죽음을 두려워하지 않는 영혼의 평화를 얻고 있는 증거였어요. 그래서 그는 애 엄마의 어떤 원망이나 증오도 달갑게 감수하고, 그걸 용서할 수가 있었던 거예요.

— 그가 나를 용서한다구요? 게다가 주님께선 그를 먼저 용서하시구…… 하긴 그게 아마 사실일지도 모르겠어요. 그래서

나는 질투 때문에 더욱더 절망하고 그를 용서할 수 없었을 거예요. 하지만 그것이 과연 주님의 뜻일까요? 당신이 내게서 그를 용서할 기회를 빼앗고, 그를 먼저 용서하여 그로 하여금 나를 용서케 하시고…… 그것이 과연 주님의 공평한 사랑일까요. 나는 그걸 믿을 수가 없어요. 그걸 정녕 믿어야 한다면 차라리 주님의 저주를 택하겠어요. 내게 어떤 저주가 내리더라도 미워하고 저주하고 복수하는 인간으로 살아가겠다는 말이에요……

아내는 마침내 마지막 절망을 토해내고 있었다. 하지만 김 집사는 이제 그 가엾은 아내 속에서 질식해 죽어가는 인간을 보려 하지 않았다. 그녀는 아내의 무참스런 파탄 앞에 끝끝내 주님의 엄숙한 계율만을 지키려 하고 있었다. 그녀는 이제 차라리 주님의 대리자처럼 아내를 강압했다.

──벌써 몇 번씩 되풀이한 말이지만, 그게 바로 아버지 하느님의 숨은 섭리의 역사이신 거니까요. 주님께선 아마 그를 통해 알암이와 알암이 엄마의 영혼을 함께 구원하실 뜻이셨을 거예요. 이제 와서 굳이 그를 용서하는 것은 이미 주님의 사함을 받은 그 사람을 위하는 일이 아니라, 알암이와 알암이 엄마 자신을 위해서 자신들의 영혼에 필요한 일일 테니 말이에요. 알암이 엄만 무엇보다 그걸 아셔야 해요. 알암이 엄마한텐 그 길밖에 없어요. 주님의 종으로서 우리에게 이미 씌워진 굴레는 누구도 마음대로 다시 벗어던질 수 없는 거니까요. 그것은 또 다른 무서운 재앙을 불러들이는 일일 뿐이에요.

──아아…… 그러면 나는, 나는……

아내는 마침내 처절스런 탄식 끝에 말을 잃고 말았다.

그리고 그것으로 이날의 엉뚱스런(그러나 아내에겐 그의 삶의 마지막 구원과 승패가 걸려 있었을) 논쟁은 끝이 났다.

하지만 나는 이제 그것으로 아내의 그간의 지옥 같은 절망의 정체를 알아차릴 수 있었다. 비로소 그 참담스런 절망의 뿌리를 들여다볼 수 있게 된 것이었다. 아내는 한마디로 그의 주님으로부터 용서의 표적을 빼앗겨버린 것이었다. 그리고 그의 용서의 기회를 잃어버린 것이었다. 아내에겐 이미 원망뿐 아니라 복수의 표적마저 사라지고 없었다. 뿐만 아니었다. 그녀가 용서를 결심하고 찾아간 사람이 그녀에 앞서서 주님의 용서와 구원의 은혜를 누리고 있었다. 아내와 알암이의 가엾은 영혼은 그 사내의 기구(난들 어찌 그것을 용서라고 말할 수 있으랴)를 통하여 주님의 품으로 인도될 수가 있었다. 아내의 배신감은 너무도 분명하고 당연한 것이었다. 그리고 그 절망감은 너무도 인간적인 것이었다.

5

그러나 아내의 절망감과 파탄은 거기서도 아직 다한 것이 아니었다. 보다 더 절망스런 아내의 파탄은, 그렇다고 그녀가 다시 인간의 복수심을 선택할 수도 없다는 데에 있었다. 그것은 물론 김 집사의 강압이나 협박 때문이 아니었다. 아내는 이미 스스로 용서를 결심하고 그를 찾아갔을 만큼의 믿음을 지니고 있었다. 그만큼은 스스로도 믿음과 사랑의 계율을 익히고 있었다. 그 참뜻과 가치를 깨닫고 있었다. 이제 와서 아내가 그것을 버리는 것은 아내 자신을 버리는 일이었다. 아내는 그것을 버릴 수 없었다. 그렇다고 자신 속의 '인간'을 부인하고 주님의 '구원'만을 기구할 자신도 없었다. 그러기엔 주님의 뜻이 너무도 먼 곳에 있었고 더욱이 그녀에겐 요령부득의 것이었다.

아내의 심장은 주님의 섭리와 자기 '인간' 사이에서 두 갈래로 무참히 찢겨나가고 있었다.

하지만 아내는 김 집사 앞에 거기까지는 아예 말을 하지 않았다. 말할 필요가 없었기 때문일 터였다. 왜소하고 남루한 인간의 불완전성——, 그 허점과 한계를 먼저 인간의 이름으로 아파할 수 없는 한 김 집사로서도 그것은 불가능할 일이었다.

아내가 지금까지 내게 입을 다물어온 것도 바로 그 때문이었다. 그 무서운 고통과 절망이 입조차 열 수가 없게 해온 것이었다.

하지만 나는 이제 겨우 그 아내의 절망을 이해할 수 있었다. 그리고 비록 아이를 잃은 아비가 아니더라도 다만 저열하고 무명한 인간의 이름으로 그녀의 아픔만은 함께할 수 있을 것 같았다.

하기로서니 그것이 그 가엾은 아내에게 무슨 소용이 있었으랴. 그리고 그 절망스런 고통을 덜어주고 아내를 파탄에서 구해내기 위해 더 이상 무슨 일을 할 수가 있었으랴. 나는 그런 아내를 알고서도 속수무책으로 그녀를 지켜보고 있었을 뿐이었다. 부질없이 아내를 맴돌면서 안타깝게 마음만 앓고 있었을 뿐이었다. 그것이 어차피 아내가 넘어서야 할 삶과 믿음의 고갯마루라던 김 집사의 조언을 믿은 때문이었던가. 그리고 그것이 아내 스스로가 이기고 일어서야 할 자기 몫의 고통이라 여긴 때문이었을까…… 아니 물론 그것은 아니었다. 김 집사는 아직도 물론 그렇게 생각하고 있었다. 그래 아직도 아내를 찾아다니며 '아버지'의 섭리와 완벽한 사랑을 설교했다. 그리고 아내의 신앙심의 회복과 주님의 종으로서의 용기를 부추겼다.

하지만 나는 그럴 수 없었다. 내게는 다른 힘이 없었기 때문이었다. 아내가 그럴 수 있다고 믿지도 않았다. 내게는 다만 그 아내의 절망과 아픔을 안타까워하면서 귀에도 들어가지 않을 부질없는 소리들로 그녀의 심사만 어지럽혀댔을 뿐 다른 위로의 길이 없었기 때문이다.

아내는 과연 마지막 절망 속에 자신을 힘없이 내맡겨버리고 있었다. 김 집사나 나의 어떤 소리도 도대체 의식에 닿는 일이 없는 것 같았다. 그날 이후로 다시 입을 까맣게 다물어버린 아내는 물 한 모금을 제대로 마신 일이 없었다.

하지만 아아, 아내의 그 절망과 고통의 뿌리가 어디까지 닿아 있는지를 차마 짐작이나 했을 것인가. 아내는 결국 그러다 스스로 목숨을 끊어버린 것이다. 그리고 그것으로 인간이고 섭리고 모든 것을 포기하여 절망의 뿌리를 끊어버린 것이었다.

그 사람 김도섭의 사형 집행 소식이 아내를 거기까지 자극했었는지도 모른다.

해가 바뀌고 2월로 접어들어 김도섭은 마침내 교수형이 집행됐고, 그 소식이 라디오에까지 방송된 때문이었다. 그리고 그때 김도섭이 마지막으로 남기고 간 몇 마디는 내게까지 어떤 새삼스런 배신감으로 몸이 떨려 견딜 수 없었을 정도였다.

─이제 와서 제가 왜 죽음을 두려워하겠습니까. 제 영혼은 이미 아버지 하느님께서 사랑으로 거두어주실 것을 약속해주셨습니다. 영혼뿐 아니라 제 육신의 일부는 이 땅에서 다시 생명을 얻어 태어날 것입니다. 저는 저의 눈과 신장을 살아 있는 형제들에게 맡기고 가니까요.

형장에서 그가 마지막으로 남기고 간 말이었다.

─다만 한 가지 여망이 있다면 저로 하여 아직도 고통을 받고 있는 사람들의 영혼에도 주님의 사랑과 구원이 함께 임해주셨으면 하는 기원뿐입니다. 저는 그분들의 희생과 고통을 통하여 오늘 새 영혼의 생명을 얻어가지만, 아이의 가족들은 아직도 무서운 슬픔과 고통 속에 있을 것입니다. 저는 지금이나 저세상으로 가서나 그분들을 위해 기도할 것입니다. 아이의 영혼을 저와 함께 주님의 나라로 인도해주시고 살아남아 고통받는 그 가족분들의 슬픔을 사랑으로 덜어주고 위로해주십사고……

그간에도 거기 늘상 신경을 곤두세우고 지내온 때문이었을 것이다. 해가 뜨는지 지는지도 모르고 천장만 쳐다보고 누워 지내던 아내가 이날따라 하필이면 라디오를 켜놓고 그 몹쓸 뉴스를 모두 들어버린 것이었다.

그것이 지난 2월 5일 저녁 무렵의 일이었다.

그리고 바로 그 이틀 뒤, 아내도 끝내는 더 견디지를 못하고 제 손으로 혼자 약을 마셔버린 것이었다. 자기를 끝까지 돌보아 온 김 집사에게는 물론 내게마저 유서 한 조각 남기지 않은 채였다.

(1985)

가해자의 얼굴

1

1950년 6월 하순에서 9월까지 ─, 당시에 ㄱ중학교 2학년 학생이던 아이가 더부살이로 얹혀 지내던 혜화동의 누님 집으로 그 석 달 남짓간에 아이의 자형을 찾아온 사람은 모두 세 파수였다. 몸을 피하려 했대도 아이의 자형은 어차피 그중의 누구에겐가 붙잡혀 끌려가고 말 처지였다. 세 번 다 모두 아이의 자형과는 한동안 ㅂ연맹이란 단체에 소속을 함께해온 사람들이어서 그의 주변사를 빤히 다 알고 있는 처지들인 데다, 마지막 세번째는 경우나 목적이 달랐지만, 첫 번과 두번째는 각기 서로 다른 편을 위해서 옛 동지를 붙잡으러 온 위인들이었던 때문이다.

그리고 보면 차라리 아이의 자형이 첫 번 연행자들에게 일찍 덜미를 붙들려 가버린 것이 어차피 치러야 할 뒷날의 난국을 얼마쯤 앞당겨 겪어버린 격이었달까. 하지만 아이나 아이의 누님은 그것이 자형이나 남편의 마지막 길이라는 것을 알지 못했다.

아이의 자형은 그 무렵 몇 년간 그 ㅂ연맹이란 신생 우익 단체의 보호를 받아오던 신분이었다. 일제 말기에 ㅇ전문학교를 졸업하고 바로 ㅈ중학교 교직 생활을 해오던 아이의 자형은 그동안 좌익 사상에 꽤 마음이 기울어온 탓으로, 8·15해방 이후엔 전국적인 규모의 한 좌경 교원 단체의 일원으로 학교 일보다 그 일에 더 열성을 쏟은 적이 있었다. 그러다 1948년 정부 수립 이후부터는 돌아가는 정세나 활동 여건이 좋지 못한 데다 그간의 젊은 열정도 많이 시들해져가고 하여, 끝내는 불가피한 호신책을 겸하여 '전과前過를 뉘우치고 새 민주 조국 건설에 몸바쳐 매진할 것'을 공개 서약한 뒤, 유사한 전력前歷을 지닌 사람들의 보호교도 단체인 ㅂ연맹에의 가입을 단행하게끔 되었다. 그리고 그쯤 다시 옛 일자리로 돌아가 다른 큰 풍파 없이 두어 해 조심스런 연명을 기해오다 마침내 그 6월의 일을 맞게 된 것이었다.

그러니 그 느닷없는 소동 앞에 이럴까 저럴까 갈피를 못 잡고 아연해 있던 참에, 그날 아침 ㅂ연맹 사람들이 자형을 데리러 와준 것은 본인에게는 물론 가족들에게도 차라리 다행스런 호신책이자 피신 길로만 여겨졌다. 게다가, 전황까지 많이 불리하다는 뒤숭숭한 소문이 나돌기 시작한 그 26일 이른 새벽녘, 아이의 자형을 데리러 온 ㅂ연맹 사람들도 단언하듯 말했었다.

— 김 동지. 나라가 이렇듯 위난을 당하고 있는 판에 우리가 가만히 앉아 보고만 있을 수 있겠소. 후방의 일이나마 우리도 일어서서 함께 싸우기로 했으니, 지금 바로 우리와 같이 집결지로 나갑시다.

── 우리는 사실 전향轉向의 전력자들 아니오. 우리의 전향이 저들에게 용서할 수 없는 반역이 되는 것은 김 동지도 잘 알고 있는 일일 게요. 만에 하나 전세가 불리하게 기우는 날엔, 우리가 살 길은 오직 이 길뿐 아니겠소. 자, 그러니 기회를 놓치지 마시오.

조금도 틀리거나 의심할 데가 없는, 동지로서의 충정과 결의에 찬 권유였다. 아이의 자형도 그렇게 생각했음이 분명했고, 그래서 그는 곧 동료들을 선선히 뒤쫓아 나섰을 터였다.

뿐만이 아니었다. 나중에 또 다른 ㅂ연맹 사람들이 이번에는 '배신자' 옛 동지를 처단하려 아이의 자형을 연행하러 왔을 때 아이의 누님은 남편이 미리 남쪽 편으로 몸을 비켜서게 된 것을 얼마나 큰 다행으로 여겼는지 모른다.

그 두번째 ㅂ연맹 사람들이 아이의 자형을 끌어가려 온 것은 그러니까 북쪽 군대가 아직 미아리고개를 넘기 전인 27일의 저녁 어스름 녘이었다. 먼젓번 사람들과 달리, 그 무렵 서울에는 형식적인 전향으로 연맹의 보호를 받아오다, 일이 터지면서부터는 제 본색으로 돌아가 북쪽 군대의 입성을 숨어 기다린 사람들이 아직 꽤 되었던 모양이었다. 아니면 예상외로 빨라진 침공군의 기세에 어찌할 바를 모르다가 그런 식으로 또 한 번의 구명책을 좇아 나선 것이었을까. 위인들은 국군이 아직 한강 다리도 넘기 전인 그날 저녁, 미아리 쪽으로 다가오는 그 북쪽 군대의 포성 속에 자신들의 전날의 전과를 벌충하려는 듯 몇 사람씩 미리 작반, '반역자' 색출에 열을 올리고 나선 것이었다.

──여기가 반역자 김×의 집이 틀림없지!

　위인들은 서울이 이미 자기들 천지가 된 듯이 은밀스런 회유나 유인책 따위를 쓰려지도 않았다. 처음부터 살기등등 '죄인'을 색출하러 온 형세였다. 그리고 그 죄인이 이미 남쪽 편으로 몸을 비켜 가버린 것을 알고는 이들을 갈아붙였다.

　──이 새끼는 보신이나 잠복을 위해서가 아니라 진짜 마음으로 사상 전향을 했던 게야.

　──그래서 옛 교원 자리를 다시 나갈 수 있었잖아. 인민의 반역자 같으니라구! 헌다고 이제 와서 제가 몇 발자국이나 살아 내뺄라구!

　그 위인들이 허탕을 치고 돌아간 뒤 아이의 누님이 몸서리를 쳐대며 남편의 선택을 다행스러워한 것은 아이에게도 백 번 천 번 당연한 일처럼 보였다.

　그러나 미구엔 그런 위태로운 안도감이나 소망 또한 별 근거가 없는 것이었음이 밝혀졌다.

　서울이 마침내 적 치하에 놓이게 되고서였다. 그날 이른 새벽 연맹 사람들을 따라나간 자형에게선 다시 아무런 소식이 없었고, 이제는 어떻게 소식을 전해올 길도 없었으므로, 그것으로 아이나 아이의 누님은 그가 그저 무사히 남쪽으로 살아 내려가기나 했기를 빌었고, 또 그렇게 믿고 싶어 하였다. 그러던 중 하루는 그와 전혀 반대의 절망적인 소문이 전해져 왔다.

　──남쪽을 위해 나섰던 ㅂ연맹 사람들은 한강도 건너지 못하고 모두 떼죽음을 당했다는구나.

거리 낌새를 살피러 마을을 나갔다가 어찌어찌 용케 같은 처지에 이른 옛 연맹 사람의 가족을 만나 얻어들은 소리라며, 아이의 누님은 대문을 들어서는 길로 맥을 놓고 늘어졌다.

— 그 뭐냐. 예비 검속이라더냐 뭐냐. 매형을 데려간 건 알고 보니 그런 것이었다는구나. 세가 불리한 쪽이 후퇴를 하면서 진지나 전쟁물자를 상대편에게 넘겨주지 않기 위해 불태워 없애고 가는…… 그런 식으로다 사람까지…… 창졸간에 사람들을 다 데려갈 수 없는 위난 중에, 네 매형은 더구나 뒤를 믿을 수 없는 전향자 성분이었으니……

하지만 그 붉은 완장패들의 매서운 눈길과 반동 가족으로서의 절박한 위기감 때문이었을까. 아이의 누님은 며칠이 지나지 않아 그 남편의 액운에 대해 뜻밖에 간단히 체념 조가 되었다.

— 네 매형은 아무래도 이미 이 세상 사람이 아닌 듯싶구나. 저쪽 사람들 입에서 나온 소리들이라 다 곧이들을 수는 없지만, 한강 다리가 끊어질 무렵 해서 네 매형 같은 사람들이 많이 상한 건 사실인가 보더라. 서대문 쪽으론 형무소나 경찰서만이 아니라 학교나 예배당 등지에서까지 그렇게 당한 사람들의 시신이 지천으로 널려 있었다니까……

한 며칠 남편의 종적이나 시신을 찾아보려 서울의 서쪽 지역을 헤매 돌아다니던 누님이 어느 날인가는 갑자기 사람이 아예 달라진 것처럼 차분한 목소리로 말했다.

— 그게 다 그런저런 물정을 모르고 어정어정 뒤를 따라나선 네 매형의 운명 아니었겠니. 이쪽이나 저쪽이나 죽음밖에 기다

리는 게 없는 터에 그대로 그냥 집에서 주저앉아 기다렸대도 어차피 같은 일을 당하고 말 운명이었겠고…… 그러니 이제부턴 목숨이 붙어 남은 사람들이라도 어떻게 이 고비를 살아 넘어갈 궁리를 짜보는 게 좋겠구나.

그러고 나서부터 아이의 누님은 그 남편의 종적이나 시신을 찾는 일을 중단한 채 그 무렵 부쩍 더 설쳐나기 시작한 완장패들의 독려에 따라 이곳저곳 전시 사업 동원장을 쫓아다니기 시작했다. 마치 그 남편의 전향이나 연맹에의 합류가 전혀 불가피한 구멍 놀음이요 강제 연행이었던 것처럼 줄기찬 소원訴願을 되풀이하며, 그 억울한 남편의 희생에 대한 앙갚음으로 더욱더 열성적인 노력 봉사를 결의하고 나선 한 갸륵한 여전사처럼.

그런데 그 기구한 한 생령의 운명은 그것으로 결말이 다 지어진 것이 아니었다. 그 아이의 자형의 운명은 거기서도 한 번 더 놀라운 반전을 거듭한 것이다.

겨우겨우 7, 8월 두 달이 지나고 9월도 하순 고비를 넘어설 무렵의 어느 날. 이번에는 반대로 서대문 쪽에서부터 며칠 포성이 들려오고, 수복군에 쫓긴 침공군이 지리멸렬 미아리 쪽으로 다시 퇴각을 서두르고 있다는 그날 이른 새벽녘— 아이의 누님은 야간 노역 동원을 나가고 아이 혼자 떨고 있던 그 혜화동 집 창문을 조심스러우면서도 조급하게 두드리는 사람이 있었다. 전란이 시작되고부터 그의 집을 찾아온 ㅂ연맹 전력의 세번째 사람이었다. 이번에는 아이의 자형을 찾거나 끌어가려 온 사람이 아니라, 자신도 쫓기면서 그 자형의 소식을 전하러 온 같은 처지의 청년단이었다.

　　──난 너의 매형과 같이 있다 온 사람이다. 너의 매형은 입때까지 계속 나하고 같이 있었다. 물론 아직까지는 살아서 말이다.

　아이가 엉겁결에 대문을 따주자 불안과 공포에 쫓긴 얼굴로 급히 문간을 들어선 청년이 집 안에 아이밖에 다른 사람이 없는 것을 알고는 급한 대로 그에게 자신의 신분과 자형의 소식을 알려온 소리였다. 하고 나서 청년은 구원이라도 청하듯 아이의 자형과 함께 자신이 겪고 처해온 그 위급하기 그지없는 상황을 두서없이 늘어놨다.

　　──하지만 너의 매형 일은 앞으로 어떻게 될지 모른다. 지금까지는 물론 나도 마찬가지 사정이었지만, 그래서 내가 이렇게 먼저 도망을 쳐 나온 거다. 너의 매형과 나는 그간 북쪽 편 사람들에게 붙잡혀 서울 변두리 여기저기서 함께 강제 노역을 해왔는데, 요즘 들어 전세가 이 꼴이 되고 보니까 이젠 또 북쪽으로 죽음 길을 끌려가거나 여차하면 아예 여기서 학살을 당하게 될 판이었으니까…… 우린 그저 그걸 기다리고만 있을 수가 없었던 게다.

　엉거주춤한 자세로 들도 나도 못한 채 두서없이 늘어놓은 그 설명의 요지인즉, 아이의 자형은 그간 어떤 곡절을 거쳐선지 용케 아직 그 서울 안에 북쪽 사람들의 죄수 꼴로 목숨을 부지해 오고 있었다는 것, 그리고 전세가 다시 뒤바뀌게 된 이즘에는 그로 하여 다시 또 죽음의 북행 길과 학살의 위험에 처하게 됐노라는 것이었다.

─그래 너의 매형과 나는 미리 약속을 하고 서로 연락처를 나눠 가지고 있었지. 언제 어디서든 기회를 잡는 사람이 먼저 놈들의 손아귀를 빠져나가면 뒤엣사람의 집에다 반드시 그 소식을 전해주기로 말이다. 그래 내가 먼저 이렇게 기회를 붙잡아 죽음을 무릅쓰고 도망을 쳐 나온 거다. 놈들의 눈을 피해 수용소를 빠져나올 때는 물론 여기까지 오는 동안에도 아슬아슬한 고비를 몇 차례나 만났다.

　청년은 일단 거기까지 말을 하고 나서 그의 탈출 경위가 새삼 전율스러운 듯, 그리고 집 안에 정말 다른 사람이 없는지 진위가 미심스러운 듯 대문 밖 골목과 안쪽의 기척을 다시 한번 유심히 살피고 있었다.

　아이로서도 이젠 대충 사태를 짐작할 수 있었다. 하지만 아이는 그 난경에 처한 자형을 위해 그가 해야 할 일이 무엇인지를 알 수가 없었다. 청년은 다만 그 자형의 생존 사실과 위급한 처지를 알려주었을 뿐 아이가 할 일에 대해선 말을 해주지 않았다. 그는 뭔가 아직 할 말이 남아 있는 사람처럼 머뭇머뭇하면서도 아이가 그 자형을 위해 해야 할 일에 대해선 그쪽에서 오히려 부질없어할 뿐이었다.

　─너의 매형이 지금 어디 있는지 그런 건 네가 알 필요 없다. 이젠 알아도 소용이 없을 일인지 모르구. 우린 잠시도 한곳에 머물러 있을 적이 없었으니까. 하긴 아직 움직이고 있기라도 한다면 네 매형한텐 더없이 다행한 일이겠지만.

　왠지 한번 그래 봐야 할 듯싶어 꺼내본 아이의 물음에, 웬 짜증기 섞인 청년의 대꾸였다. 그야 더 자세한 성황을 알았대도 아이로선 별로 그 자형을 위해 자신이 할 수 있는 일이 있을 것 같지가 않았지만, 청년도 아이에게 그런 걸 주문하러 온 것이 아니었다. 아이로선 다만 자형도 그 청년의 뒤를 이어 운 좋게 탈출에 성공해 나오기를 기다리는 것밖에 다른 할 일이 없는 것 같았다. 그리고 청년 역시 아이에게 그런 희망을 전해주는 것으로 그가 할 일을 다한 셈이었다.

이젠 청년이 제 갈 길을 서둘러야 할 차례였다. 아이는 이제 초조하게 그것을 기다렸다. 바로 그 때문에 더욱 가슴이 조여들어 청년의 속마음을 미처 다 알아차릴 여유가 없었겠지만, 그러지 않아도 아이네는 반동자 가족으로 끊임없는 감시의 눈길을 받아온 처지에, 문밖에선 밤새 쫓고 쫓기는 사람들의 발소리가 끊일 새가 없었다. 그런 와중에 사람이 다치고 죽는 일까지 허다한 판국이었다. 그 통에 도망꾼 청년을 집 안에 들여놓은 건 바로 제 죽음을 불러들여 놓고 있는 것 한가지였다. 게다가 이제는 아침 날까지 부옇게 밝아오고 있었다. 남의 눈에 띄기 전에 청년이 얼른 집을 나가줘야 하였다.

그러나 청년은 아직도 뭔가 할 말이 남아 있는 낌새였다.

──그러니까 그때…… 그 6월 하순께 연맹을 찾아가서 말야……

아이의 조급스런 속마음은 아랑곳없이 청년은 새삼 다른 집 안사람의 기척을 기다리기라도 하듯이 그 불안스럽고 초조한 눈길을 줄곧 안쪽으로 향한 채 중언부언 설명을 덧붙이고 있었다.

　―우리는 금방 서울 후퇴가 불가피해져서 마포 쪽 한강가로 집결지를 이동해 갔지. 확실한 건 모르지만, 처음엔 우리를 강 건너 남쪽으로 소개시킬 계획이랬어. 우린 물론 모두 그렇게 믿었고 말야. 알겠어? 그런데 그때― 나중에 안 일이지만, 미아리와 동대문 쪽에서 뒤에 남아 숨어 있던 ㅂ연맹 녀석들이 북쪽 군대의 진입을 맞으러 함부로 준동을 하고 나섰던 모양이야. 우리는 그런저런 사정을 모른 채 다시 5, 6명씩 소단위로 조를 나눠 임시 대기소로 분산 수용을 당해 갔어. 더러는 형무소나 관공서 건물 같은 데로, 더러는 교회나 학교 교실 같은 데로…… 알겠어? 그리고 거기서부터는 앞서 끌려와 있던 다른 수용자들 사이에 섞여 우리도 같은 죄수 취급을 당하기 시작했던 거야. 그게 다 미리부터 계획된 일이었는지, 어떤 착오로 그리 됐는진 모르지만, 그런저런 과정에서 ㅂ연맹 사람들이 상당수 희생을 보았다는 소문도 있었고 말야. 알겠어?

　아이에게 무엇인가 오금을 박아오듯 자꾸만 '알겠어'를 되풀이해가며 청년은 거기서도 아직 한참 더 장황한 이야기로 시간을 끌고 있었다.

　―내가 너의 매형을 만난 건 그러니까 그때 우리가 한 조로 나뉘어져 어떤 예배당 지하실로 함께 수용되어 가게 되면서부터였지. 그리고 우린 그때부터 줄곧 행동을 같이 해오게 됐는데, 그때 우리가 함께 수용됐던 예배당 지하실에서도 우리 연맹 사람 두엇이 멋모르고 냉큼 호명에 응해 나갔다가 뒷소식이 영 사

라지고 만 일이 있었어. 알겠어? 말하자면 우리는 그런 식으로 자신들의 차례나 기다리고 있는 신세였는데, 그러던 중 어디선가 천지가 진동하는 큰 폭음이 들리고부터는 더 이상 우리를 불러 데려가는 사람이 없어졌어. 나중에 알고 보니 그 폭음 때 한강 다리가 끊어져 저마다 제 살 길들이 다급해진 때문이었어. 알겠어? 한데도 우리는 그런 사정을 모르고…… 하긴 그걸 알았대도 이젠 어디 마땅히 몸을 피해 갈 곳이 없었겠지만—— 마냥 두려움에 떨고 앉아 있기만 하다가 북쪽 사람들이 서울을 거의 점령한 뒤에 그 사람들 손으로 다시 햇빛을 보게 됐던 거야. 알겠어, 알겠어?

어정쩡한 자세로 침묵만 지키고 있는 아이의 태도에 청년은 이제 더욱 마음이 조급하고 답답한 듯 예의 그 호소기 섞인 '알겠어'를 두 번씩이나 거푸 되풀이하고 있었다. 하지만 아이는 그 자형을 위해 아무 도움도 될 수 없는 두 사람의 지난 일 따위가 귀에 제대로 들어올 리 없었다. 한데도 청년이 이젠 자신의 위험한 처지를 아예 잊어버리고 있는 것 같아 갈수록 오금이 저려왔다. 갈 길을 잊어버린 듯한 그 장황한 이야기와 요령부득의 다짐질에 아이는 불쑥불쑥 짜증기마저 일었다. 그렇다고 청년의 말을 중단시키거나, 이젠 집을 나가달라고 등을 떠밀어낼 수도 없었다. 어쨌거나 그의 말이 끝나기를 기다려야 하였다. 그가 자신의 위험과 절급한 처지를 깨닫고 스스로 집을 나가주기를 기다려야 하였다. 아이는 계속 초조한 침묵 속에 혼자서 조바심만 치고 있었다.

하니까 청년도 드디어 아이의 그런 기미를 알아차린 듯 목소리에 차츰 기운이 빠져가는 눈치였다.

―하지만 우리는 그 배신적인 전향의 전력에다 연맹의 소집에 응해 나간 남다른 전과가 드러나, 저들에게도 쉽게 용서받을 수 없는 반인민적 반동 신세 아니었겠어…… 다행히 아직은 쓸모가 남아 있어 교화니 노력 비판이니 하는 명목의 노역장으로 보내져 아직까진 이렇게 목숨을 부지해오게 됐지만 말야. 한데 이젠 다시 전세가 뒤바뀌니까 우린 또 새로운 죽음의 올가미에 엮이게 됐던 거야…… 알겠어?

청년은 이번에도 그 '알겠어'를 되풀이했지만, 그것은 이미 아이에게 무엇을 다그치고 있는 소리가 아니었다. 그는 이제 아이의 반응을 단념한 듯 그를 좇던 눈길마저 슬그머니 외면을 해버리고 있었다. 그리고 마지막으로 한 번 더 집 안 기척을 확인하듯 그 힘없는 눈길을 천천히 휘둘러대고 나서는, 자기 물음에 자신이 자답을 하고 있었다.

―그래, 알겠다…… 지금까지 내 말 기억했다가 너의 누님께 잘 말씀드려라. 그럼 이제 난 너만 믿고 가겠다. 잘 있거라. 정말 잘 있어야 해. 너. 알았어?

도리어 작별의 인사를 건네온 것이었다. 그리고 아이에겐 역시 그 뜻이 석연치 않은 몇 마디 다짐을 마지막으로 그는 바야흐로 막 인적이 잦아지기 시작한 새벽 여명 속으로 황급히 몸을 던져 나갔다.

2

아이가 성장하여 교직 생활을 시작할 무렵에 그의 아내가 된 손 여사는 결혼 당시부터 남편에게 이따금 그때의 일을 이야기 듣곤 하였다. 더욱이 남편은 그 어렸을 적 전란 시의 어려움을 회상할 때면 반드시 그 이야기로 결론을 맺곤 하였다.

─자형은 그러니까 양쪽에서 서로 잡아 죽이려 쫓아다녔던 셈이지. 그런 기막힌 상황이 거꾸로 자형을 잠시나마 더 살아 있게 한 거구. 처음엔 연맹 쪽에서 먼저 덮쳐가준 것이 나중 사람들의 치명타를 비켜서게 해준 격이 됐고, 뒤 참에 다시 죽음의 함정에 갇히게 됐을 때는 다른 쪽이 때맞춰 뒤를 쫓아와 위기를 넘겨준 꼴이었으니. 한 마리의 토끼를 두 마리 독수리가 함께 노리고 든 바람에 그 다툼의 혼란 덕에 일단은 목숨을 건지게 됐다 할까……

하지만 남편은 대개 그 두 사람의 생존은 처음부터 단념을 하고 있었다. 새벽길로 다시 위험하고 지향 없는 도피행을 나선 젊은이는 말할 것도 없었고, 북행과 학살의 절망적인 갈림길 속에 그날 밤까진 아직 목숨이 부지되고 있었다는 자형에 대해서도 뒷날까지의 생존은 거의 바라고 있질 않았다.

─나중 추측이었지만, 이 서울에선 달리 몸을 피해 갈 막힌 곳이 없이 그 살기 가득한 새벽 거리로 나간 청년이나, 죽음의 사슬에 매여 끌려다닌 자형이나 어느 쪽도 무사히 살아남았기는 힘들어. 그 후론 어느 쪽도 더 소식이 없었으니까. 그리고 그

때 사정이 다 그랬어요. 자형도 뒤따라 탈출을 시도하다가 죽임을 당했거나 저들의 손아귀에 그대로 잡혀 앉아 있다가 학살을 당했거나 했을 게야. 어떻게 용케 현장 학살을 면하고 북행 길을 나섰대도 폭격이야 굶주림이야 결과는 마찬가지였을 테구. 두 사람 중 한쪽이라도 살아난 사람이 있었다면 수복 후나 국군 북진 때 무슨 종적이 나타났을 거 아냐. 헌데 그 후론 전혀 아무 소식도 없었어요. 나중에 누님은 유골이라도 찾게 될까 온 장안을 뒤지고 다닌 끝에, 자형의 시신이 나타나지 않은 것만이라도 큰 다행으로 여기며 행여 무슨 소식이 전해올까 하염없는 세월만 기다리고 있었지만……

그러면서 그는 한동안 그 끔찍스런 회상에 진저리를 치면서도 자신만은 그 아수라 속에 큰 변 당하지 않고 새 세상을 살게 된 것을 은근히 다행스러워하기까지 하였다.

— 계급 좋아하고 이념 좋아하는 사람들은 그때 일을 말할 때 흔히 이쪽이 어떻고 저쪽이 어떻고 편을 갈라 세우길 좋아하지. 하지만 자형이나 그 청년에겐 그런 게 있을 수가 없었어요. 이쪽이나 저쪽이나 죽음 길뿐이었거든. 편을 말하려면 무슨 선택이 가능해얄 텐데, 그 사람들 일에는 그런 게 있을 수가 없었으니까. 죽음에서 도망을 칠 길은 처음부터 마련이 없었지만, 적어도 총을 들고 맞선 전쟁이라면 어느 편이든 제 죽음의 자리라도 정해 죽을 기회가 주어져야 하는데, 그런 게 아니었어요. 사방이 죽음의 함정뿐인 속에서 눈을 감고 마냥 허둥대기만 한 꼴이었달까. 그래 나같이 그 참극의 마당을 멋모르고 무사히 스쳐

지내온 사람들은 우정 더 몸서리를 쳐대면서 제 고마운 행운을 두고두고 더 소중스러워하게 되는지도 모르지만.

그런데 그리 엉겁결에(본인은 아직 그렇게 말한 일이 없었지만, 혹은 제법 영악하게─) 별다른 큰 변고 없이 그 시절을 겪어 넘긴 자신의 행운에 대해 남편은 차츰 그 감회가 달라져가고 있었다. 신혼 시절도 채 끝나기 전인 삼십대 중반 무렵부터 남편의 주위에서 이상하게 요절을 해가는 친구들이 자주 생기면서부터였다. 그런 일이 생길 때마다 남편은 자기 일처럼 맥을 놓고 비감 어린 탄식을 내뱉곤 했다.

─그 전쟁은 죽은 자들만의 삶을 빼앗아 간 게 아니었어. 제대로 철이 들 나이는 못 되었지만, 나모양 그땐 운 좋게 명을 부지해 나온 사람들도 영혼에 치명적인 타격을 입고 있었던 거예요. 일테면 그 인생에 회복 불능의 큰 얼이 가고 만 거지. 전란을 겪고 난 우리 연배들 중에서 요즘 들어 시들시들 요절이 잦은 것은 그 보이지 않는 영혼의 얼을 이겨낼 수가 없었던 탓인 게요. 삶의 신명기나 기를 잃어버렸다고 할까, 난 까닭 없이 이따금 그런 막막한 절망감 같은 것이 느껴져올 때가 많아요.

4·19혁명이 일어나고, 학생들이 판문점으로 '북쪽 학생들과 얼싸안고 통곡이라도 하러 가자'고 외치고 나섰을 무렵엔, 집으로 찾아온 옛 제자들을 앉혀놓고 전날의 그답지 않게 이편 저편을 갈라 세우며 학생들의 생각에 지극히 부정적인 태도를 취하기도 하였다.

─자네들이 저쪽 체제나 그 체제의 속성을 겪어보지 못해서

그래. 저쪽 사람들의 생각은 민족의 화해나 합의 통일이 아니라, 오직 남한의 적화 투쟁과 정복 통일뿐이야. 6·25의 경험이 그걸 잘 증명해주었지 않아. 민족의 화해나 통일을 말하려면 6·25를 일으킨 저들 북쪽이 먼저 그 죄과를 사죄하고 진심에서 그것을 원해올 때라야 가능해. 이런 식으로 조급하게 이쪽에서 먼저 그것을 외쳐대고 나서는 건 저들의 교활한 전략 전술을 도와주고 또 한 번의 재난을 자초하는 길밖에 안 된다는 얘기야.

이편도 저편도 선택이 불가능했다던 그 혼란기의 와중에서 그는 이제 분명히 한쪽으로 자리를 골라 선 것이었다. 그리고 그럼으로써 그도 그 치유 불능의 피해자의 자리에서 가해자와는 영영 등을 돌리고 살아야 할 요지부동의 신념을 쌓아가고 있었다.

남편의 그런 피해 의식과 투철한 대공 시각은 이후부터 빈번해진 대남 간첩 침투 사건으로 갈수록 민감한 반응을 일으켰고, 그것은 말할 것도 없이 저 1968년 1월의 김신조 일당 내습 사건으로 그 절정을 이뤄가고 있었다.

──그 호전배들. 그새 그 잔학스런 본성이 어디로 갔을라구. 이젠 어느 정도 전란의 피해가 복구되어 힘이 자란 징조지. 앞으로 야차처럼 계속 엉겨 들어올 텐데 골칫거리겠구만.

그 1·21에 이어 그의 예견대로 무장 부대의 남파가 빈번했던 그해 겨울의 그 울진·삼척 지역 공비 침투 사건까지를 당해서는 차라리 할 말 잃은 채 그저 입술만 푸들푸들 떨어댔을 정도였다.

그러나 세월은 그를 언제까지나 그 피해자로서의 당당한 반격성 권리만을 누리게 해두질 않았다. 혹은 그는 어쩌면 이전부터도 자신 속의 다른 무엇으로부터 눈을 돌리기 위해 부러 그 피해 의식을 더 과장해오고 있었는지도 모른다.

1970년대 들어서 몇 차례 적십자회담 끝에 그 남북 간 사람들 간에 마음의 길을 트고 살자는 7·4공동성명이 나오고부터였다. 그는 이때부터 서서히 다시 태도가 달라지기 시작했다. 아니, 그 공동성명 자체에 대해선 여전히 다른 사람들과 유다르게 이렇다 할 감흥이 없어 보이던 그였다.

——뜻이야 더할 바 없이 좋지. 언젠가는 결국 그런 식의 시도나마 꾀해봐야 할 과젤 테구. 하지만 성명서 한 장으로 문제가 해결되기엔 그간의 골이 너무 깊어. 공연히 흥분하고 서둘러 나설 일이 아니에요.

긴가 민가 싶어 하는 구석이 없어 보이진 않았지만, 대체로 그는 과분하고 신중한 반응 속에 주변의 들뜬 기대를 나무라거나 어이없어한 편이었다. 그러면서도 그때부터 그의 태도엔 전날과는 어딘지 다른 변화가 나타났다. 공동성명이 나오고 나서 한동안은 적십자회담이야 조절위원회의야 남북에 제법 사람이 자주 오가고 있었다. 그런데 그런 어느 날, 남편은 전에 없이 손 여사에게 지나가는 소리처럼 좀 엉뚱한 소리를 해왔다.

——자형이 혹시 아직 이북 땅에 살아 계실 수도 있을까. 그러기는 어렵겠지만, 그때 혹시 운 좋게 이북 땅까지 무사히 살아 끌려가기만 했다면 말요.

그 무렵 이산離散의 사연을 지닌 사람들이라면 으레껏 한 번쯤 지녀봄 직한 소망이었다. 조금도 가망이 없는 일로만 여겨오던 그 남편의 때늦은 희망을 손 여사도 처음엔 그쯤 대수롭잖게 이해하고 넘어갔다.

 그러나 남편은 그게 아니었다. 남편의 마음속에선 언제부턴가 그 죽은 자형이 서서히 되살아나고 있었다.

 ─ 요즘 TV에 나타나는 북쪽 사람들 가운데에 남쪽에서 얼굴을 알아보고 친척이나 연고자가 나타나는 사람들이 있다잖소. 자기들끼린 은밀히 상대 쪽에 남겨둔 인척의 소식을 서로 수소문해주는 일도 있는 모양이고.

 북쪽으로 끌려가기 전에 미리 탈출을 해 나온 젊은이는 이쪽에고 저쪽에고 이미 그럴 가망이 없지만, 그의 자형의 경우엔 만에 하나 북쪽에 살아남아 있을 가능성을 무시할 수 없다는 것이었다. 그러면서 남편은 그럴 경우를 혼자서 많이 상상해온 듯 지레 엉뚱한 조바심에 싸여들기까지 하였다.

 ─ 그런데 만약에 그 자형이 살아 나타나거나 누구를 몰래 보내어 돌아가신 누님이나 우리 소식을 물어오면 어떡하지?

 그리고 그는 그런 식으로 북쪽 사람들이 회의차 남쪽으로 오기만 하면 TV세트 앞에 시종 전을 잡고 붙어 앉아 불안스레 혼자 조바심을 쳐대곤 하였다.

 하지만 그가 자형이 나타나거나 사람을 보내어 이쪽 소식을 물어올 경우를 가상하여 부심한 대응사는 그의 말마따나 그 전란의 충격으로 역시 마흔을 넘기지 못하고 요서夭逝해간 그의

516

누님의 불행한 죽음 때문이 아니었다.

— 그 청년은 내게 숨을 곳을 찾아왔던 게야.

어느 날 남편은 다시 참회자처럼 참담하고 허심탄회한 어조 속에 스스로 괴로운 심중을 털어놨다.

—뒤늦게 집으로 돌아온 누님의 탄식과 호된 꾸중 앞에 나는 곧 그걸 깨달았어. 아니 보다 솔직히 말하면, 난 누님이 오기 전부터도 이미 그걸 알고 있었어요. 그가 자형의 소식을 전하고 나서도 돌아갈 생각을 하지 않고 계속 뒷소리를 이어대면서 '알겠어? ……알겠어' 하고 나를 채근해온 것은…… 쫓기는 사람의 마지막 자존심이었달까…… 뭔가 아직 할 말이 남아 있는 듯하면서도 겁에 질린 아이 앞에 차마 터놓고 말을 못하고 돌아섰던 그 청년의 마지막 다짐은 내게 그 마음으로 숨을 곳을 호소한 소리였어요. 네 자형과 서로 상대방의 집을 찾아가 소식을 전해주고 도움을 받기로, 두 사람 사이에 사전 약속이 있었던 터에 나는 지금 이 서울엔 갈 곳이 없는 사람이다— 그 청년의 눈길과 미적거리는 태도에서 나는 당시에도 이미 그것을 충분히 읽고 있었던 거란 말이오. 한데도 나는 그때 너무 겁에 질린 나머지 그걸 끝끝내 모른 척한 거예요. 그를 숨겨줘야 한다는 마음속 소리에조차 짐짓 귀를 틀어막은 채…… 그리고 그를 그 죽음의 새벽 거리로 내몰고 만 거예요.

그러니까 그가 그 무렵 자형의 일로 하여 고심을 한 것은 정작에 그 자형이나 누님의 때이른 죽음으로 해서가 아니라, 그날 새벽 비정하게 다시 등을 떠밀어 보내던 그 이름 모를 젊은이의 일로 해서였다.

다름 아니라, 그는 마침내 그 무고한 수난자의 자리에서 스스로 가해자의 괴로운 자리로 돌아간 것이었다. 그리고 오랜 세월 완전범죄를 확신해온 범인이 뜻밖에 결정적인 목격자의 출현을 맞게 된 것처럼 두려움과 회오 속에 자형의 소식을 불안스럽게 기다리고 있었다. 전화벨 소리만 울려도 공연히 깜짝깜짝 놀라고, 밤늦게 때 없이 대문 두드리는 소리라도 들려올 때면 자기도 모르게 금방 얼굴색이 변하며 긴장을 하곤 하였다. 더욱이 그로부터 얼마 되지 않아서부터는 그가 미리 예상했던 대로 이북 쪽 함정의 서해 영해 침범에다 땅굴 발견 사건 등등 남북 간의 대립과 갈등이 오히려 더 격화되어갔고, 그에 따라 북쪽의 간첩 남파 사건도 유례없이 더욱 빈도가 자심해지고 있었다.

겉으론 애써 내색을 않으려 했지만, 그런 보도들이 나올 때마다 남편은 좀처럼 그 TV세트 앞을 쉽게 떠나지 못했다. 그리고 그때마다 그의 신경은 온통 늘 대문 앞 골목 쪽으로 쏠려 있곤 하였다.

그 대문간 밖에 남편은 언제부턴가 다시 그 옛날의 어린 중학생 아이로 누군가를 하염없이 기다리고 있었다— 손 여사는 이제 그 남편의 표정에서 그걸 읽고 있었다. 그 불안하고 초조한 아이의 기다림— 그가 기다리는 것은 그 자형의 출현일 수도 있었고 그의 소식을 가져오는 사람일 수도 있었다. 심지어는 이미 저세상 사람이 되어갔을 젊은이나 그의 사후의 소식 같은 것일 수도 있었다. 어쩌면 그는 또 그것을 기다리기보다 그런 일이 없기를 거꾸로 빌고 있을 수도 있었다…… 남편의 초조롭고 착잡한 표정 속에 손 여사는 때때로 그런 느낌이 들기까지 하였다.

——어느 한때 세상이 조용한 시절이 있었다고, 이만 사단쯤으로 저이가 이제 새삼 저리 되어가고 있을꼬……

하지만 알고 보니, 남편이 그 어린아이로 대문 앞을 불안하게 서성댄 것은 실상 그 무렵부터 새로 갑자기 시작된 일도 아니었다. 성장을 멈춘 채 마냥 문밖에 떨고 서 있는 그 아이를 위해 손 여사는 그 무렵부터 남편에게 집을 한번 옮겨보고 싶다는 의향을 내비쳐본 일이 있었다.

——요즈음 이쪽 집값이 많이 올랐나 봐요. 모두들 새 건물을 올린 지가 오랜데 우리만 너무 그동안 집이 헐어왔어요. 그렇다고 우리 형편에 새 성주를 할 처지도 못 되고, 이참에 이 땅 팔아서 변두리 쪽으로 좀 넓게 옮겨가면 어때요?

그런데 그에 대한 남편의 대답 속에 전에 들을 수 없었던 사연이 불쑥 흘러나왔다.

——그간 손해보고 눌러앉아온 것이 그걸 몰라서 그런 줄 알아요. 이 집은 내 손으로 팔 수 없는 집이에요. 누님이 돌아가실 때 이 집을 내게 넘겨주시면서 당부한 일이 있었어요. 너 매형의 소식은 이 집으로밖에 올 데가 없으니, 매형 소식을 알 때까지는 이 집을 그냥 지키거라……

다시 말하자면 아이가 그 문밖을 서성대기 시작한 것은 남북공동성명 따위로부터의 일이 아니라, 그 누님이 세상을 뜨고부터, 아니 그보다 그 젊은이가 그의 자형의 소식을 전하고부터, 그리고 그 청년이 죽음의 벌판으로 위험한 새벽길을 떠나간 그 때부터였음이 분명했다. 무서운 전란을 겪고 난 사람들이 대개 그렇듯 남편도 외견상 억눌리고 상처 입는 수난자의 입장을 내 세워왔을 뿐, 그 실은 어릴 적부터 그 자형과 젊은이에 대한 은 밀스런 죄책감 속에 거기 줄곧 그렇게 불안감에 쫓기며 조그만 아이로 서 있어온 것이었다. 그것이 그 남북 간 공동성명을 계 기로 너무나 급격히 무너져 내리면서 끝내는 그 당당한 피해자 의 자리와 반격성의 권리를 잃게 된 것뿐이었다.

한마디로, 손 여사는 이제 남편이 그 전란의 충격으로 하여 주위 동년배들의 요사가 많다고 한 수난자로서의 탄식이나 그 즈음 들어 갑자기 괴로운 가해자로서의 죄책감과 두려움을 외 면할 수 없게 된 속마음을 어렴풋이나마 두루 다 헤아릴 수 있 을 것 같았다.

사정이 그렇고 보니 그 남편 속의 아이는 이후로도 이 혜화동 의 낡은 한옥 앞 골목께를 여전히 떠나갈 수가 없었다. 손 여사 의 어떤 회유나 애소에도 아랑곳없이 그는 언제까지나 거기 그 자리에 그냥 불안스런 서성거림을 계속하고 있었다. 그것은 저 1980년대 초반의 남북 간 총리 회담 교섭과 이후 여러 경로의 당국자 간 접촉 과정들, 그리고 무엇보다 그 KBS의 이산가족찾 기 사업의 열기를 함께 지켜보아오면서도 전혀 어떤 변화의 기 미를 보이지 않고 있었다. 변화의 기미커녕 그도 금명간에 그 자형이나 그에 대한 소식을 접하게 될 것처럼, 이제는 그게 이미 눈앞의 기정사실로 불가피해진 일이듯 자신의 처지를 달래고 부추겨대기까지 하였다.

　―쓸 만한 친구들이 앞을 서가는 마당에 하필 쭉정이 같은 내가 아직 이날까지 이런 삶을 부지해오게 된 숨은 섭리가 무어게…… 난 자형의 소식을 들을 때까지는 살아 있어야 했던 거예요. 게다가 이젠 어쩌면 그것이 전혀 불가능한 노릇이 아닌 것 같거든.

　그러나 그 같은 남편의 거듭된 다짐에도 불구하고 그의 반려자인 손 여사의 느낌 속엔 아무래도 그 남편 속의 아이가 제 자형을 간절히 기다리고 있는 형상만은 아니었다. 아이는 오히려 두려움과 불안감 속에 등을 돌려 제 종적을 감추고 싶은 충동에 끝없이 시달리면서도, 다른 한편으론 이제나마 지난날의 부끄러운 허물과 맞서 나서 그날의 아픈 빛과 죄책감에서 벗어나고 싶어 하는 자신과의 힘든 싸움(동년배의 죽음을 빌려 자신의 죽음을 꿈꾼 것도 실상은 그런 자기 가책의 표현이 아니었을지)에 파리하게 지쳐가는 형상이었다. 그리고 그런 남편의 초조하고 불안스런 자기 견딤 속의 기다림은 이후로도 그냥 몇 년이나 더 계속되어나가고 있었다.

3

　그러던 어느 해, 그러니까 그해 봄 갓 대학을 들어간 그 김사

일심仕日 씨의 외동딸아이 수진秀眞이 입학 첫 학기부터 운동권 일에 뛰어들었다가 종당엔 학교도 제대로 못 나가고 집에만 숨어 박혀 지낼 때였으니, 바로 1987년의 초여름 무렵이었다.

사일 씨는 물론 이때까지도 그 자형의 소식을 접하지 못한 채 괴로운 기다림만 계속되고 있던 중이었다. 그 사일 씨에게 이 무렵 또 한 가지 딸아이와의 심한 갈등과 불화가 겹쳐들고 있었다. 그 딸아이의 운동권 활동에 대한 시비와 거기에서 파생된 민족의 화합과 나라의 통일 문제에 대한 부녀간의 의견 차이가 그 불화의 사단이었다. 한마디로 딸아이는 조건 없이 통일부터 이뤄놓고 봐야 한다는 급진적 주장인 데 반해, 아버지인 사일 씨는 좌우左右나 남북 간 사람들 간에 서로 이해와 믿음이 앞서야 한다는 점진적 통일의 전제와 절차를 고집했다. 그 대립이 얼마나 심했던지 언제부턴가는 두 부녀간에 일상의 대화마저 끊어진 채 서로 소 닭 보듯 상대방을 무시하고 지내게끔까지 되었다. 도대체 말이 통하지 않는다는 극단적인 불신감 속에 식탁에서까지 서로 얼굴을 마주하려지 않을 정도였다.

손 여사로선 두 사람의 소상한 속생각까지는 다 알 수가 없었지만, 어쨌거나 그런 부녀간의 어색한 불화와 백안시는 더 두고 볼 수가 없었다. 어느 날 저녁 그녀는, 이번에도 혼자서 늦은 저녁을 끝내는 길로 먼저 거실로 나앉아 있는 제 아버지를 피해 얼핏 방으로 비켜 들어가려는 딸아이를 곁으로 함께 불러 앉혔다. 그리고 다짜고짜 먼저 그 딸아이 년을 상대로 두 사람 간의 갈등과 불화의 뿌리를 캐고 들었다.

─도대체 무엇 때문이냐. 나도 좀 속사정을 알자꾸나. 다른 일이라면 몰라도 갈라진 백성과 나라를 다시 합해보자는 생각을 가진 사람들이, 부녀간에서까지 서로 이렇게 속 주장을 따로따로 등을 돌리고 지내는 게 답답하고 우습구나. 듣자 하니 아버지는 통일이 되어야 한다는 덴 한마음이신 모양이던데, 너하고는 무엇이 어떻게 달라서 그러냐.

일테면 졸지에 삼자대면식 말가름판이 벌어진 셈이었다. 하지만 그쯤으로 딸아이가 금세 입을 열어올 리는 만무였다. 손 여사의 추궁이 너무 갑작스러웠던 데다, 못 들은 척 신문만 들여다보고 있었지만 제 적수 격인 아버지를 바로 곁에 한 자리였다. 딸아인 처음 그런 이야기라면 아버지한테나 알아보라는 듯 그쪽으로 시큰둥한 눈길을 보내고는 냉큼 자리를 다시 일어서려 하였다. 그 딸아이를 손 여사가 다시 완강하게 팔소매를 붙들어 앉혔다. 그리고 그 손 여사의 반강압적인 다그침 앞에 딸아이도 결국엔 마지못해 하는 목소리로, 그리고 여전히 시큰둥한 어조로 간단히 대꾸했다.

─뭐 별거 아니에요. 통일이나 화합을 위해서 저는 서로가 부당한 피해를 본 수난자의 처지로 만나야 한다는 데 반해 아버지께선 거꾸로 가해자의 마음가짐이나 자세로 임해야 한다는 차이뿐이에요.

─그런데 그게 어찌 그리 중요한 일이냐. 그 피해자와 가해자의 자세가 민족의 화합이나 통일의 길에 어떻게 다른 차이가 지길래 부녀간에까지 서로 삐걱삐걱 틈이 벌어지느냐 말이다.

가해자의 얼굴

그 '가해자'와 '수난자'라는 소리에 손 여사는 얼핏 머릿속을 스쳐가는 것이 있었지만, 실마리가 나선 김에 그 이견의 핵심을 겨냥하여 딸아이를 계속 추궁해 들어갔다.

딸아이도 이젠 어차피 내친김이라는 듯 어른들에 대한 제 주장의 내용이 훨씬 당돌스러워지고 있었다.

── 제가 서로 수난자의 자리에서 상대방을 만나야 한다는 건 그것으로 서로 상대방과 같은 민족으로서의 일체감을 형성해나가기가 쉽게 본 때문이에요. 좌우익이나 남북으로 갈라져 분단 상황을 살아온 우리의 역사적 사실이 실제로 그랬구요. 제국주의 외세로 인한 우리 민족과 국토의 분단, 자본주의 지배 이데올로기 아래서의 인민에 대한 일방적인 억압과 수탈상, 반민중적 독재 권력으로부터의 기본 생존권과 인간성 말살 현상……우리 모두가 그런 모순 상황의 피해자들 아니었어요. 그러니 그 민족 분단과 같은 이 시대의 근원적 모순 상황을 타파해나가는 데는 우리 민중 전체가 공유한 그 동질성의 수난자 의식으로 한데 뭉쳐 나아가는 것이 불가피할 뿐 아니라, 그것이 결정적으로 유리한 길이라는 것이지요. 그런데 거기에 아버지가 굳이 이상한 가해자의 자세 같은 걸 앞세우고 나서시는 이유가 저에겐 아무래도 아직 알쏭달쏭이란 말이에요. ……어쩌면 또 모르지요. 아버진 지나간 역사 속에서까지 그 데데한 가해자의 자리를 승자의 그것으로 착각하고 계시는지두요.

그새 여러 차례 아버지와 맞서왔음에 분명한 그 딸아이의 일사천리식 주장은 손 여사가 새삼 놀랄 만큼 논리가 정연하고 당당했다.

하지만 이제 손 여사는 거기서 더 이상 딸아이를 채근하고 들 필요가 없었다.

— 별거 아니라, 모르겠다? 게다가 이 애비가 착각을 하고 있다? 너 계집아이가 선머슴아들처럼 얼렁뚱땅 비약으로 뭉쳐 넘기려 들지 마라.

그때까지 계속 신문만 보는 척하고 있던 사일 씨가 마침내 그 딸아이의 비아냥 투를 못 참고 불시에 이야기로 뛰어들었다.

— 허지만 네가 정 그걸 모르겠다면 내 다시 한번 똑똑히 말해주마…… 네 어머니 말대로 나 역시 누구 못지않게 민족의 화합과 통일을 소망하고 있다는 건 너도 잘 아는 일일 게다. 하지만 나는 그 통일이 아무리 이 나라 이 민족의 지상의 과제라도 어느 한쪽이 다른 한쪽에 상처를 입히거나 희생을 강요하는 방법이 되어서는 안 된다는 생각이다.

아내와 딸아이 앞에 모양새가 좀 안 좋아 보였던지, 사일 씨는 벌떡 보던 신문까지 내던지고 덤벼들던 처음 기세와는 달리, 이내 스스로 흥분기를 가라앉히며 목소리를 침착하게 낮춰가고 있었다.

— 너는 그 수난 의식의 공유화로 나라의 통일을 앞당길 수가 있다지만, 설령 그것이 그리될 수 있는 일이더라도 가해자 없는 피해자가 있을 수 없는 터에 거기엔 필연코 제물로서의 가해자가 필요해지게 마련인 게다. 화해와 통합을 위한 일에 또 다른 가해자가 필요하게 되고, 한쪽이 다른 쪽에 원한과 복수

의 새 빚 구실을 쌓아가는 가해자와 수난자 관계의 악순환이 되풀이된다면 그것이 과연 옳은 길이랄 수는 없을 게다. 내가 너의 그 일방적인 피해나 수난 의식의 합의론을 경계하는 것은 그것이 그런 악순환의 위험을 불러올 게 자명하기 때문이다. 그래서 실은 너도 그 가해의 장본을 외세니 이데올로기니 될수록 바깥이나 먼 데서만 찾아 헤매고 있는 건지 모르지만, 그 숱한 실제의 대립이나 다툼은 현실의 우리 삶 가운데서 빚어지고 있고, 게다가 중요한 것은 또 우리들 개개인의 현실적인 삶인 거다. 전에도 몇 번씩 되풀이한 말이지만, 그야 어찌 보면 우리들 모두가 가해자이면서 동시에 피해자일 수도 있을 게다. 그리고 그런 뜻에서 우리는 너나없이 모두 네가 말한 수난자일 수밖에 없는지도 모른다. 하지만 내가 이 일엔 수난자로서보다도 가해자의 자세로 임해야 한다는 이유가 그거다.

딸아이를 차근차근 달래고 있는 듯한 사일 씨의 어조는 어찌 들으면 그 딸아이보다 아내인 손 여사를 향한 간곡한 해명처럼 들리기도 하였다. 게다가, 사일 씨는 과연 거기서 두 사람의 반응을 알고 싶은 듯 뒷말에 잠시 뜸을 들이고 있었다.

하지만 손 여사는 이번에도 그 남편의 말뜻이 아직 확연치를 못했다. 아이 앞에선 별로 내색을 보인 일이 없어 딸아이로선 이해가 어려울지 몰라도, 자형의 일로 오랫동안 마음의 괴로움을 겪어온 남편으로선 그 분단의 문제에 누구보다 생각이 깊고 반응이 민감할 수밖에 없으리라는 건 진작부터 이해를 하고 있던 일이었다. 그리고 그 통일이란 걸 실현해나가는 데에 굳이 가해자와 수난자의 처지를 따로 나누고 나선 데까지도 어느 정도 짐작이 가능했다. 하지만 남편이 굳이 가해자 쪽을 내세우는 것이나, 그 가해자의 자세로서만이 또 다른 새로운 수난자를 낳는 악순환을 빚게 되지 않는다는 주장까지는, 그 속뜻을 확연히 다 짚어낼 수가 없었다. 하지만 손 여사는 그 역시 남편에게 다시 물을 필요가 없었다. 잠시 동안 혼자서 말씀을 듣고 난 사일 씨가 그걸 스스로 말하기 시작한 때문이었다.

──내가 겪어온 경험으로 말하더라도, 처음엔 누가 가해자고 누가 피해자인지 구분이 안 갈 정도로, 한동안은 서로가 가해자이면서 피해자였고 피해자이면서 동시에 가해자였던 꼴이었다.

그가 다시 자신의 말을 쉽게 풀어나가기 시작했다.

──그런데 한동안 세월이 흐르다 보니, 처음에 피해자의 자리에 있던 사람들은 그간에 피해자로서의 과도한 자위권과 반격권을 누림으로 하여 어느덧 새 가해자의 딱지를 얻게 되고, 이들 앞에 가해자로 억압을 받아온 사람들은 그간의 수난과 자기 회복의 갈망 속에 목소리가 서서히 드높아가면서 새로운 수난자로서의 요구를 내세우고 나서는 형편이었다. 수난자 의식은 그런 식으로 일정한 시간대를 거치면서 항상 새 가해자로 변신해가는 과정을 좇게 되고 그 수난자와 가해자의 자리를 번갈아가면서 복수와 보상, 억압과 수난의 악순환을 되풀이하게 되더란 말이다. 하지만 가해자 의식은 다른 가해자를 용납하려지도 않으려니와 더욱이 새로운 수난자를 요구하지도 않는다. 그것은 용서와 화해를 구하는 자기 속죄 의식을 덕목으로 하고 있

기 때문이다. 그래서 그 같은 가해자 의식으로 해서는 가해자와 피해자, 억압과 수난의 악순환의 고리를 끊고 너와 나 사이에 진정한 화해와 이해를 지향하고 만남의 문이 열리게 될 수도 있으리라는 것이다. 세월의 힘을 빌려 가해자와 수난자의 자리가 바뀌는 것도 우스운 일이지만, 그래서 나는 너나없이 늘 가해 당시의 자기 자리에 서서 그때의 제 허물을 생각하고 그 빚을 갚으려는 자세로 임해야 한다는 것이다. 저 6·25전쟁 당시의 좌익이나 우익, 남쪽이나 북쪽, 심지어는 억울하게 남과 북으로 헤어진 천만 이산가족들까지도 포함해서 모든 사람들이 서로 말이다…… 민족의 화합이나 통일 운동에는 당국자 간의 합의서나 성명서, 거기다 너희 같은 젊은 학생들의 몰아붙임도 중요하겠지만, 거기에는 사람과 사람 간에 그런 이해나 화해 속의 만남이 우선 가능해져야 하는 거구. 무엇보다 그래야 서로 이쪽 저쪽 간에 새로 또 상처를 입는 일도 덜할 것 아니냐……

사일 씨는 그쯤 해서 겨우 말을 다 끝냈다. 손 여사로서도 이제는 그 남편의 심중을 분명히 이해할 수가 있었다. 남편은 바로 그 자신의 이야기를 털어놓은 셈이었다. 두려움과 당황결에 자신도 모르게 그 피신처를 찾아온 청년을 쫓아보낸 오랜 자책감, 그 부끄럽고 참담스런 허물의 값을 끝내 가해자의 자리에서 치르고 싶어 하는 질긴 속죄 의식, 그 자형의 출현이나 소식에 대한 두려움을 억누르며 언제까지나 조그만 아이로 불안하게 기다려온 괴로운 자기 견딤— 그의 그 가열찬 가해자 의식이나 속죄 의식, 그리고 사람과 사람 간의 화해스런 만남을 우선

시키려는 그의 점진적 통일 과정의 주장들은 바로 그런 자신의 심중에서 비롯된 것들이었다. 그만큼 손 여사는 그 남편의 마음을 깊이 수긍하고 있기도 하였다.

그러나 딸아이는 그런 아버지를 이해하기가 어려웠다. 전란의 혼란 중에 그저 애꿎은 죽음으로 시신도 못 찾은 그 형식상의 '6·25실종자' 정도로 되어 있는 제 고모부의 일을 소상하게 들은 일이 없는 데다, 그 아수라 통을 직접 겪어보지 못한 딸아이로선 그런 아버지의 깊은 심중이나 거기서 빚어 나온 그 가해자 의식의 진의를 잘 헤아릴 수 없는 것이 오히려 당연했다.

— 결국 아버진 이 나라의 통일을 두려워하고 그 통일을 가로막을 구실을 찾고 계신 거예요. 아버지 말씀대로라면 그런 식으로 어느 하세월에 통일이 가능하겠어요. 사람들 간의 화해부터 이루기 위해서라는 아버지의 그 가해자 의식이라는 것도 사실은 얼마 동안이나마 그걸로 통일을 미뤄보자는 구실에 불과한 것 아니에요?

사일 씨가 침묵 속에 반응을 기다리는 낌새를 보고 딸아이는 역시 간단히 결론지어버렸다. 그 딸아이의 비아냥기 어린 단정에 사일 씨는 이제 더 말을 이어나갈 기력도 없어진 듯 갑자기 체념기가 밴 어조로 뒷걸음질을 치기 시작했다.

— 그래. 이젠 너 좋을 대로 생각하려무나. 하긴 남을 가해한 일이 없는 세대가 굳이 거짓 가해자 의식까지 억지로 지어 지닐 필요는 없을 테니까. 그게 너희들 젊은 미체험 세대의 권리이자 늙은 체험 세대와의 차이일 테구.

그러나 딸아이는 이제 그런 아버지의 물러섬조차도 쉽게 용납하지 않을 기세였다.

— 젊은 세대, 어린 세대, 미체험 세대, 그런 식으로 간단히 몰아붙이려 들지 마세요. 아버진 그럼 체험 세대로서 무엇을 어떻게 보고 겪으셨단 말씀이세요. 누구에게 어떤 몹쓸 노릇을 하셨다고 죄인처럼 그리 늘 가해자 타령만 되뇌고 계시난 말씀이에요. 제가 잘못 알고 있는지 모르지만, 그 난리 통을 무사히 겪어 나오고 지금까지 이런 무난한 세월을 누려오셨다면 아버진 도대체 가해자는 고사하고 내세울 만한 피해자도 못 되시지 않아요.

— 가만 좀 있어봐라…… 그건 외려 아버지가 너한테 묻고 싶어 하실 소리 같구나.

사일 씨가 이젠 아예 입을 다물어버릴 낌새를 보고 이번에는 결국 손 여사가 딸아이를 가로막고 나섰다. 자신이 애초에 자리를 벌여놓은 처지에 그녀로서도 이젠 그 모지락스런 딸아이 앞에 무언가 분명히 해둬야 할 일이 있는 듯싶어서였다.

— 어디, 너부터 한번 말을 해봐라. 너는 대체 어디서 무슨 피해를 보았다냐. 통일이 안 되어 손해 보고 상처를 입은 게 무어길래 너는 그리 한사코 분단의 피해자 자리를 고집하고, 통일이라면 죽자사자 수난자 처지를 앞세워 기세등등 목소리를 높이고 드느냔 말이다.

— 그야 물론 아까 말씀드린 그 민족 분단의 모순 상황이 초래한 왜곡된 역사와 현실의 피해들이지요. 하지만 지금 제가 드

린 말씀은 아버지가 피해를 당하신 게 없다는 뜻이 아니었어요. 제가 보기에 아버진 가해자보다 피해자 쪽에 훨씬 가까운 분이셨으니까요. 그런데 그 피해자로서나 아버지가 내세우시는 가해자로서나 어른들은 도대체 그 왜곡과 모순 상황의 극복을 위해 어떤 노력을 기울여오셨느냐는 뜻이었어요. 그저 늘 혼자서 가해자연 하시는 비생산적이고 무기력한 지난날의 자책밖에…… 저나 우리 젊은 세대가 그 어른들에 앞장서 통일을 서두르고 나서는 이유도 바로 거기 있을 거예요. 제가 어떤 피해를 입었느냐고 물으시지만, 그 왜곡과 모순 상황의 피해는 아버지나 어머니의 세대뿐 아니라 저의 젊은 세대들의 삶까지 부당하게 억눌러대고 있으니까요. 통일로 해서만이 이 모든 왜곡과 모순 상황, 오늘의 반역사·반민족적 장애물들을 일거에 극복·제거해나갈 수 있는 근본 과제거든요…… 하지만 어머닌 그런 건 모르세요. 모르시면 그냥 가만히 계세요.

딸아이는 불쑥 질책기부터 돋우고 드는 손 여사쯤은 더 이상 상대도 않으려는 식이었다. 딸아이는 일방적으로 제 할 말만 늘어놓고 이내 제 아버지 쪽으로 다시 말길을 돌리려 하였다. 하지만 손 여사는 그냥 물러서지 않았다. 그녀는 무언가 다시 말을 이어받으려는 남편을 저지하며 다부지게 딸과 맞서 나섰다.

―그래, 이 에미는 너처럼 깊은 데까지는 모르는 게 사실이다. 네 말대로 분단의 모순이나 피해가 얼마나 심각한 건질 알지도 못하고…… 하지만 그 대신 이것 한 가지만은 나도 분명히 말할 수 있다. 네가 말한 그 분단의 모순이나 역사의 왜곡이 빚

어낸 폐해라는 건 지금 네 아버지나 내겐 그리 절실한 것이 못된다는 걸 말이다. ……네 아버지 말씀마따나 우리의 삶은 현실 속의 과제다. 그리고 그 분단이나 통일 문제 역시 우리에겐 그 현실 속의 삶의 문제여야 한다. 그런데 네가 말한 그 모순 상황과 왜곡된 역사의 폐해라는 건 말이 너무 크고 고급스러워 그런지 아무래도 그런 것과는 거리가 떨어진 것 같단 말이다. 그 대신 네 아버지가 당신의 삶 속에서 실제로 짊어져오신 그 괴로운 가해자 의식은 그리 명분이 크거나 이념적인 것은 못 되더라도 당신의 일생 동안 매우 구체적이고 일관된 지향성을 지녀왔고, 당신의 삶을 거기에 실천적으로 순응시켜오신 것으로 알고 있다.

──이를테면 그런 구체적인 지향성과 실천적 순응의 사례가 어떤 것이었게요? 그리고 그게 아버지나 우리 가족, 나아가 우리 민족 공동체나 이 사회에 어떤 창조적 역할이나 역동적 역사성을 더해나갈 수가 있는 것이었던가요?

──거기 그렇게 요란스런 명분을 달아 큰 목소리로 말할 수는 없을지 모르겠다. 하지만 아버지는 너의 고모부 일로 해서 이날 이때까지 이 집을 떠나지 못하고 계시다. 나는 그저 한 평범한 아낙으로 살고 싶어 그러는지 모르겠다만, 그 악몽이 깃든 이 집, 너도 알고 있고 그걸 원해왔다시피 이걸 팔아 옮겼으면 물심양면으로 몇십 배 편안한 안식처를 마련할 수도 있었을 거다. 하지만 그런 호시절을 눈 꼭 감고 외면한 채 지금까지 끝내 이 어려운 처지를 참아오셨다. 그리고 이날까지 네 아버지 속에선 그때에서 한 치도 더 자라지 못한 어린 중학생 아이가 저 문

밖에서 초조하게 불안 속에 떨면서 네 실종된 고숙의 소식을 기다려온 거다. 큰 눈길로 보면 그건 하찮은 개인사에 불과할지도 모르지만, 한 개인이나 집안일로 말하면 그보다 힘들고 통절한 삶도 없을 거다. 그리고 네가 말한 수난자 의식을 내세운다면 그보다 한갓되고 철저한 수난자…… 역설적으로 말해서 그런 피해자의 덕성도 그리는 쉽지가 않을 거다. 이 어미의 눈에는 네 아버지가 때론 그런 수난자의 모습으로 보이는 게다. 그런 뼈아픈 가해자 의식을 통해서만이 참으로 진정한 수난자의 얼굴이나 또 다른 시대에서의 어떤 도덕적 정당성이 드러날 수 있을 것 같아 보여 한번 해본 소리다만.

같은 체험 세대의 공감대에서랄까. 남편 사일 씨의 심중 그대로를 대신하고 있는 손 여사의 어조에는 그 딸아이에 대한 일방적인 공박기가 갈수록 가팔라지고 있었다.

그러나 그 예기치 못한 손 여사의 공세에 오히려 입맛이 쓰거워진 듯 이번에는 사일 씨가 오랜만에 다시 아내를 가로막고 나섰다.

─이제는 그만들 해두는 게 좋겠구만. 공연한 엄살로 쓸데없이 일을 너무 과장하려 들지 말고……

그는 그 손 여사의 참견을 부질없는 과장이나 엄살기쯤으로 치부해버린 다음 이제는 이미 진력을 내고 있는 듯한 딸아이에 대해서도 논쟁을 일방적으로 결론지어나갔다.

─그리고 너도 이제는 이런 일로 이 애비하고 굳이 승부를 다투려 들지 않는 게 좋겠다. 오늘 이 언쟁이 어떤 식으로 끝나

든 승리는 어차피 네 것으로 정해져 있는 것이니까. 앞으로의 세상은 결국 너희 젊은 세대의 것이니 그런 뜻에서 너는 애당초 이 애비에 대해 승자로 태어난 것 아니냐…… 통일 문제만이 아니라 인생사엔 언제나 뒤에 오는 자가 진정한 승자가 되어야 하겠기에 하는 소리다.

사일 씨는 일단 그런 식으로 아이를 다독이고 나서, 그러나 어딘지 신음기 같은 것을 숨긴 허허한 목소리로 딸아이에 대한 당부를 덧붙이고 있었다.

— 네 어머니 말대로 그런 뜻에서 나 역시 어쩔 수 없는 피해자의 한 사람이 될 수밖에 없는 건지 모르겠다. 허지만 네가 이 애비에게 진정한 승리를 거두려면 아직은 조금 더 기다리는 참을성도 지녀야 할 게다. 지나간 일을 묻지 마라, 과거의 잘잘못 따위는 깨끗이 씻어 잊고 우선 서로 맘을 합해 통일로 나아가자…… 너의 생각은 대개 그런 쪽인 줄로 알고 있다. 하긴 우리 세대가 그런 식으로 너무 부질없이 지나간 일에만 얽매여 살아온 건지도 모른다. 그래 요즘들은 그런 태도나 현상에 반성의 바람이 일고 있는 것 같기도 하고…… 하지만 앞만 보고 함부로 그 과거라는 걸 훌훌 벗어던져버릴 수 없는 것이 나 같은 체험 세대의 어쩔 수 없는 운명인 듯싶다. 그러나 그런 세대는 이제 점점 사라져가고 있다. 불완전하나마 체험 세대에 낄 수밖에 없는 애비도 그런 자의식이 좀 끈질긴 편이지만, 나 역시 그리 오래잖아 사라져가게 될 것이고, 나 자신 늘 그럴 각오를 지니고 살고 있다. 더욱이 오늘이라도 통일이 이루어진다면 나는 그걸

로 곧 세상의 뒷마당으로 물러가야 할 사람이다. 그러니 그때까지 좀 기다려주는 게 좋겠구나. 그리고 너는 그 애비의 자기 승복과 패배, 그 부끄럽지 않은 물러섬의 뜻을 거두는 지혜를 통해서 너의 승리를 더욱 값진 것으로 만들 수 있음을 알아야 할 것이다.

딸아이는 이제 그 사일 씨의 충고를 어떻게 받아들여야 할지 얼른 작정이 안 서는 듯 얼마간 곤혹스러운 표정 속에 어정쩡하게 침묵을 지키고 있었다. 그러나 손 여사는 새삼 더 참담스런 심사 속에, 오랜 세월 조그맣게 한 자리에만 맴돌고 있던 그 남편 속의 아이가 성장기도 없이 별안간 그대로 하얗게 늙어버리고 있는 것을 보았다. 그리고 그녀는 그걸 더 두고 볼 수가 없어서 서둘러 그 남편을 대신해 나섰다.

─그래요. 통일 이야기는 전에도 오래 끌수록 공소하고 감정에 흐르기 쉽던데, 오늘은 이만해둬요. 이러다가 하필이면 그 좋은 통일 이야기로 한집안 부녀간에서 엉뚱한 이산가족이 생겨날 것 같아 우습고 걱정스러워요.

이날 밤 사일 씨와 딸아이와의 대립은 그 손 여사의 희망대로 그쯤에서 일단 끝이 났다.

그러나 그것은 일의 마무리가 아니라, 보다 큰 분란을 불러올 서막에 불과했다.

손 여사가 이날 밤 농담 삼아 흘린 소리 그대로, 한 이틀 내내 얼굴을 내보이지 않고 방 안에만 틀어박혀 지내던 수진이 끝내는 집을 나가 종적을 감추고 만 것이다.

　……죄송해요. 아버지. 전 이제 아버지나 아버지의 세대를 충분히 이해할 수 있게 됐어요. 아니, 그건 아마 아버지나 어머니의 말씀을 듣기 이전부터도 다 알고 있었던 일이었을 거예요…… 하지만 전 아버지를 이해할 수는 있어도 그 아버지 곁에 아버지와 함께할 수는 없다는 걸 깨달았어요. 아버지의 삶엔 모든 것이 너무 완벽하게 체험되고 완성되어 있어요. 그러나 그것은 아버지나 어머니의 삶이지 저나 제 또래의 체험, 삶이 될 수는 없지 않겠어요…… 그 피해와 수난의 체험까지도 자신의 삶 속에 더없이 알뜰한 의미로 꽃피우고 열매 맺어나가는 아버지의 빈틈없는 치밀성, 그리고 아버지께서 '패배'라고까지 말씀하신 그 부끄럽지 않은 물러섬에마저 어떤 떳떳한 명분이 필요하신 완벽성, 그것들이 제 자신의 삶과는 아직 거리가 먼 점들이라는 생각에 저는 두렵고 견딜 수가 없어요. 게다가 아버지는 그 '물러서심'을 아시면서도 제 아픈 몸짓과 삶의 마당을 앞당겨 열어주기 위해 스스로 물러서실 생각은 없으시지 않아요…… 결국엔 제가 이렇게 떠나가는 수밖에 없었어요. 저는 아직 모자라고 빈 데가 많으니까요. 오직 그 빈 곳만이 제 몫인 듯 싶구요. 그런 그곳은 아버지나 어머니처럼 모두가 이루어진 분들 곁에서보다 비슷하게 모자라고 어린 데를 지닌 사람들 곁에서 그들과 함께 스스로 찾아 채워나가야지 않겠어요. 저는 아버지 앞에 빈틈없이 이루어진 생애가 어떤 아름다운 슬픔 속에

서서히 물러감을 기다림에서보다도 그런 헤매임과 열어나감을 통해서 제 삶을 더 값진 것으로 만들 수 있다고 믿고 있으니까요⋯⋯

저를 기다리지 말아주세요. 그리고 용서해주세요. 아버지께서도 아시겠지만, 그 열어나감이나 구하고 채우는 일이 쉽고 간단할 수는 없을 테니까요 ─

그날 해 질 녘 수진이 집을 나가면서 제 아버지 앞으로 남긴 하직의 글이었다.

그러나 사일 씨는 이제 그 딸아이의 글을 보고서도 새삼스레 놀라거나 실망을 하는 기색이 없었다. 시야비야 말이 없이 하룻밤을 지내고 나서는, 이튿날 아침 딸아이가 빠진 식탁을 앞에 하게 되고서야 탄식을 깨물듯 혼잣소리로 중얼거렸을 뿐이었다

─ 그것 참⋯⋯ 내 이 나이가 되어 또 하나 기약도 없이 기다릴 사람만 늘게 된 셈인가 ─

그래 손 여사도 차마 그 대꾸를 바로 받지 못하다가 다시 하루가 다 간 이날 늦은 저녁상 앞에서 조심조심 몇 마디 망연스런 소리를 덧붙였을 뿐이었다.

─ 그러게요⋯⋯ 그 망할 것이 그래 우리들을 그저 기다리기만 하다가 가는 사람으로 만들려는지⋯⋯ 그게 제 일방적으로 당신을 한 번 더 괴로운 죄인 꼴로 만드는 노릇인지도 모르고 말이에요.

(1992)

지하실

1

이미 가을걷이가 시작되어 그런지 오랜 세월 마을의 쉼터 겸 집회장 노릇을 해오던 늙은 팽나무 근처엔 아무도 나와 있는 사람이 없었다. 시간에 맞춰 미리 나와 기다리겠노라 전화 약속이 있었던 집안 형님 성조 씨의 모습도 보이지 않았다.

나는 옛날 창고 모형의 마을 회관 건물이 헐린 공터에 승용차를 세워두고 팽나무 아래의 새 정자 마루턱에 걸터앉아 성조 씨를 기다리기 시작했다. 10여 년 전 모처럼 이곳을 찾았을 때는 없었던 목조 정자였다. 그런데 잠시 전 윗동네 들머리께서 옛 윤호네 집터가 사람 손길이 뜸한 묵정밭 꼴로 변해 있는 걸 보고 내려온 탓인가. 나는 잠시 그 정자 지붕 위켠의 청청한 팽나무 가지 사이로 작은 몸을 숨긴 채 검게 익은 팽 열매를 따먹고 있는 한 철부지의 그림자가 스치는 것 같았다. 동시에, 한쪽이 좀 짧고 야윈 다리 탓에 자신은 오를 수 없는 나무 아래서 이따금 위에서 따 던진 진남색 팽 열매를 줍던 윤호의 어린 모습도.

뿐만이 아니었다. 어쩌면 이젠 어울리지 않은 어린 시절의 망념에 대한 무의식적 반동에서였는지 모른다. 잠시 뒤 나는 그 검팽나무 가지가 뻗어 내린 아래쪽 길목 한곳에 눈길이 머물다 흠칫 고개를 돌리고 말았다. 한순간 눈앞이 하얗게 변해가는 듯한 의식의 맹점 속에 짚 가마떼기에 덮인 한 시신의 그림자가 스치는 듯했다. 이어 깜깜한 어둠 속에 말을 잃고 누운 제 아버지를 부여안고 소리 죽여 흐느끼는 윤호의 작은 모습이 다시 지나갔다.

전번엔 없던 일이었다. 하긴 그때는 어렸을 적 헤어진 윤호의 죽음이나 그의 옛집이 한동안 남의 소유가 되었다 종당엔 묵정밭으로 바뀐 사실조차 귀담아듣질 않았으니까. 그땐 그만한 마음의 여유가 없었다. 어린 십대 중반에 마을을 떠난 뒤 오래잖아 별 유쾌하지 못한 곡절로 돌아갈 집도 식구들도 모두 잃고만 나는 이후 줄곧 객지살이 속에 자력으로 일가를 이루고 난 오십대 중반까지도 도대체 고향 골을 다시 찾을 이유나 계기가 없었다. 그러다 어언 예순 고개가 가까워지면서 문득 삶의 소진 감과 함께 어릴 적 고향 시절이 떠오르기 시작했고, 그래 별생각 없이 부랴부랴 길을 나선 것이 그 첫 고향길이었다. 속절없는 세월에 겁을 먹은 중년 출향자의 각박한 심사, 거꾸로 말하면 그만큼 아직 자신 앞의 삶에 새 동기나 활력을 갈구한 탓이었을까.

그런 마당에 어릴 적 윤호나 그의 집일이 염두에 있었을 리 없었다. 그땐 모처럼 맘에 담고 온 내 유년의 골목길조차 얼핏 들어설 수 없어 뒷담벼락 너머로 미적미적 눈길을 망설이다 그 퇴락하고 남루한 집안 몰골에 제물에 큰 죄를 짓고 내쫓기는 심정이었으니까. 그렇듯 민망하고 쫓기는 심사는 집안 손위 성조 씨네서 하룻밤을 보내고 이튿날 일찍 다시 마을을 떠날 때까지도 끝내 떨쳐낼 수 없었으니까.

하지만 그로부터 다시 10년이라면 짧은 세월이 아니었다. 게다가 이번 길은 윤호네와 반대로 그 어릴 적 옛집을 고쳐 세우는 일 때문이었다. 그 윤호와 윤호네 일이 새삼 머리를 쳐드는 건 이래저래 마음이 그만큼 허약하고 감상적이 된 탓인지도 모른다.

'내가 새삼스럽게 공연한 발걸음을 했나. 게다가 하필 그 지하실 따위 일로다?'

하지만 나는 이내 자신을 달래려듯 제물에 고개를 내저었다.

그러자 이 며칠 계속 눈앞을 떠돌던 그 지하실의 껌껌한 어둠이 얼마쯤 걷혀가는 느낌이었다.

2

"오, 자네가 먼첨 와 기다리는구만그래."

나이 일흔 줄에 접어든 노구에도 아직 농삿일을 놓지 못한 듯 어깨에 삽자루를 걸머멘 성조 씨가 그제야 아래 쪽 골목길을 걸어 올라오며 먼저 미안한 인사를 건넸다.

"아까 자네 전화를 받고서도 모처럼 날씨가 좋아서 내일쯤 콤바인을 넣어볼까, 논배미에 물을 좀 빼두고 오느라고…… 그보다 자네 가낸 다 무고허겄제? 이젠 자네도 아이들 다 내보내고 제수씨허고 두 늙은이뿐일 테지만."

"예, 덕분에 그럭저럭 무탈합니다. 형님네두요? 언젠가 신경통 때문에 형수님 바깥 거동이 불편하시다고 들었습니다만."

나는 서둘러 자리에서 마주 일어나 성조 씨를 맞으며 아침녘 전화 통화에서 소홀히 넘긴 문안 인사를 치렀다.

"괜찮어. 우리 나이가 그런 신병 한둘쯤 품고 달래가며 살아야 할 처지 아녀? 그런 사람이 더 오래 살아. 그러니 여기서 이러지 말고 우선 우리 집으로 가자고."

매사 대범스럽기 그지없던 어릴 적 성미 그대로 성조 씨는 그쯤 상면 인사를 치르고 나서 곧장 오랜만의 아우를 재촉했다. 미상불 이번 길은 성조 씨가 서울의 나를 전화로 채근한 덕이었고, 내게도 그것이 우선의 용무였다. 무엇보다 내가 먼저 찾아봐야 할 옛날 집이 아랫동네 우물께의 실개천을 사이하여 성조 씨네와 마주해 있었기 때문이다.

더 이상 긴말 제한 채 길을 앞장서 내려가는 성조 씨를 뒤따라 나는 이내 발길을 서둘러 나섰다.

그러니 두 사람의 발길은 자연 아랫동네 우물께의 개천을 건너기 전 옛 우리 집부터 들러 가게 마련이었다.

성조 씨는 으레껏 이쪽도 같은 생각일 줄 여긴 듯 그 우물께 이켠의 한 돌담집 사립부터 찾아 들어갔다. 나는 10여 년 전 때와 달리 이번에는 왠지 스스로 남루하고 구차한 느낌 속에 제물에 쭈뼛쭈뼛 망설일 틈이 없었다.

나지막하고 아담한 옛 참대 엮음 사립을 대신하고 있는 붉은 녹물 범벅의 낡은 철제 대문. 봄부터 여름까지 수선화며 해당화, 산작약들이 주위에서 색색으로 번갈아 꽃피던 볕발 좋은 장독대와 작은 남새밭 돌담 곁 살구나무들이 흔적 없이 사라진 곳에 웬 싯누런 호박꽃 덤불과 슬레이트 지붕의 간이 화장실이 자리해 있던 뜨악한 앞뜰 정경. 이번에도 그런 풍경과 느낌이 10년 전 그대로였다. 무엇보다 개축 공사가 이미 절반쯤이나 진행되다 만 집 꼴은 아직 걷어내지 않은 두꺼운 비닐 마룻장하며 이 곳저곳 문짝과 기둥을 뜯어내고 덧붙인 정상이 10여 년 전 그때보다 더 한층 누추하고 황량했다.

아마 그런 살갑잖은 느낌 탓이 컸을지 모른다. 내가 이윽고 성조 씨를 뒤따라 개축 중인 옛집 부엌으로 들어가 그 한쪽 끝의 지하밀실 입구 앞에 섰을 때 나는 다시 한번 아깟번과 비슷한 마음의 혼란이 일었다.

'아무래도 내가 애초 안 함만 못한 일을 알은척하고 나섰나?'

그 지하실 일…… 보다 이번의 어물쩡한 고향길, 아니면 애초 아들아이의 옛 고향 집 재매입과 개축 의사에 대한 지금까지의 내 어정쩡한 태도. 그 모든 것에 대한 회의와 갈등이 지하실 입구에서 새삼 한꺼번에 솟아오른 것이다. 지하실 입구가 아직 막혀 있는 때문이었다.

"남의 집이 되었을망정 옛날보다 더 깔끔하고 윤기가 도는 모습이었으면…… 마음속에 은근히 지니고 간 소망이었다만. 생각보다 집이 너무 낡았더구나."

그 10여 년 전 모처럼 고향 나들이를 하고 온 아비에게 인근 고을 순천 땅에 터를 잡고 사는 아들녀석이 시외전화까지 걸어 감회를 묻는 바람에 내가 무심히, 조금은 회한기가 묻은 어조로 주절댄 대꾸였다.

하지만 그쯤 다음 몇 마디는 덧붙이지 않음이 좋았을지 모른다. "이미 남의 집이 되었더라도 그동안의 연륜과 윤기가 쌓였길 바랐는데…… 아끼던 딸아이를 시집보낸 친정 아비가 오랜 격조 끝에 사돈댁엘 찾아갔다 고생고생 땟국에 전 여식의 모습을 앞에 한 심사랄까. 차라리 안 가봄만 못했는지 어쨌는지, 그게 어쩌면 지금껏 내가 한 번도 거길 찾아나서지 못한 내 남루한 지난 세월을 마주한 느낌이기도 하고. 실상은 밖에서 집안까지 들어가볼 엄두도 못 내고 발길을 되돌리고 말았다만……"

다시 찾아가지 않을 요량에서 그 비슷이 솔직한 심회를 말한 것뿐이었을 터. 한데 그걸 녀석이 썩 뼈아프게 새겨 지닌 모양이었다. 이후 나는 10년 너머 동안 무심히 잊고 지나왔지만, 그새 제법 먹고 지낼 만하게 살림이 편 녀석이 어느 날 그 일을 잊지 않고 부러 서울까지 찾아 올라와 집을 재매입할 의사를 비쳤다. 집을 매입하고 나면 말년에나마 아비가 다시 마음놓고 내려다니며 쉴 수 있도록 안팎을 새로 말끔히 손보겠다는 소리에 나 또한 은근히 고마운 마음과 함께 10여 년 전 자신의 말을 떠올렸을 만큼 주책스러워지고 있었으니.

허니 그땐 사실 그 아들녀석을 말리고 나설 생각을 했을 리
없었다. 그만 일을 도모하고 나설 만한 녀석의 여유로움이 대견
하고 그 마음씀이 뿌듯하기만 하였다. 그 위에 나는 철 따라 바
뀌던 옛집의 사계를 우정 아름답게 떠올려보기까지 하였다. 봄
이면 장독대 주위와 채전 담벼락 밑 여기저기에 갖가지 꽃 싹들
이 움터 오르고, 여름날 저녁이면 적막한 골목길을 깨우듯 나날
이 새로 피어나던 흰 박꽃송이와 방금 초저녁별을 머금기 시작
한 서쪽 처마 끝 하늘을 둥그렇게 오려 수놓던 까마득한 왕거미
집, 그리고 뒤꼍 감나무의 청홍색 단풍철과 흰눈을 두껍게 뒤집
어쓴 겨울철 초가지붕하며 처마 끝의 고드름 녹는 소리…… 아
들녀석이 고쳐 지으려는 집과 함께 그간 오래 잊고 지냈던 내
소중한 한 시절이 새록새록 되살아나는 듯싶었다.

하지만 나는 아들아이 앞에 내 속내를 바로 드러낼 순 없었
다. 그런저런 속생각을 좋이 접어 누르며 적당히 얼버무려 넘기
는 게 아비의 도리였다.

"그 집은 긴 세월 내가 마음까지 떠나 산 곳이니 내 생각은 상
관할 것 없다."

이를테면 나는 그렇듯 헐렁한 심사 속에, 적어도 특별한 소견
이나 반대가 없이 그저 아들아이의 처분에 맡기고 만 일이었다.
그런 만큼 새삼 큰 기대도 지니려 않은 채 한동안 짐짓 잊고
지나온 일이었다.

그런데 녀석은 그로부터 곧 일을 서두르고 든 모양이었다. 녀
석이 다녀간 뒤 한 달쯤 뒤엔 벌써 적당한 가격에 집을 재매입

했노라는 소식과 함께 한 가지 아비 몸을 움직여야 할 전화 주문이 올라왔다.

"아닌 게 아니라 집이 너무 헐어서 여기저기 손을 많이 봐야겠데요. 아버지께서 틈을 내서 한번 내려가 살펴보시고 개축 설계도를 의논해주시면 좋겠어요. 거기 계신 성조 당숙님하고요. 추운 겨울 들기 전에 일을 끝내야겠는 데다, 제가 직접 관리할 수도 없는 처지여서 현장 일을 모두 그 당숙님한테 맡겼거든요. 당숙님이 마침 그쪽 일에 경험이 있으시대서 파적거리 삼아 맡아 돌봐주시라고요."

그러곤, 과연 이 나이에 그 일이 내게 합당한 일인가, 막상 아들녀석의 당부 앞에 왠지 좀 거추장스럽고 스스로 석연찮은 느낌이 들어 차일피일 다시 한 며칠 궁싯대고 있으려니, 이번엔 일을 맡은 성조 씨로부터 임시 도면 설계와 함께 재촉의 전화가 이어졌다.

"아니, 효자 아들놈이 지 애비 위해 옛날 집을 다시 사 고쳐 세우련다는디 애비라는 사람은 그러고 모른 척하고 있을 게여? 별일 없으면 일간 한번 내려와. 그러고 정 일정이 늦어질 양이면, 일전에 우송한 내 설계 그림부터 살펴보고 빠진 데나 틀린 곳 있으면 전화로 미리 알려주고. 그새 집주인이 몇 번씩 바뀐 디다 그때마다 부수고 덧댄 곳이 많아 자네 옛날 기억과는 다른 데가 많을 테니께 말여."

한마디로 나는 그렇게 해서 전날 받아둔 개축 설계도면을 꺼내 다시 한번 찬찬히 살펴보게 됐고, 이어 그 도면에 옛날의 부억 뒤쪽 지하실이 빠진 것을 알게 됐다. 물론 그 집에 산 일이 없는 현장의 성조 씨가 그런 사실을 별로 유념해보지 못한 탓이기 쉬웠다. 이후 한동안 기억 속의 헤맴과 망설임 끝에 내가 우선 전화로 그 사실을 지적했을 때 성조 씨는 정말 몰랐던 일이라는 듯, 하지만 그리 대수롭잖은 일이라는 듯 반문해왔으니까.

"아 그랬던가? 헌디 요즘엔 별 쓸모도 없을 것인디 그런 지하실을 굳이 다시 찾아 살려야 할까?"

그 성조 씨에게 나는 굳이 그 집과 함께 떠오르던 어린 한 시절은 물론 평범한 대로 큰 과오나 부끄러움 없이 살아온 지난 내 한 생애가 통째로 거기 묻혀 흔적이 지워지고 만 듯한, 옛날 지하실이 도면에서 사라진 것을 발견했을 때의 내 뜻하지 않은 상실감 따위를 털어놓을 수는 없었다.

"꼭 그래야 할 건 아니지만, 그게 원래 거기 있었던 것이니까요. 그리고 형님도 기억이 있으신지 모르지만 그 지하실엔 그럴 만한 내력이 있거든요."

내게도 아직 분명한 마음의 결정이 내려진 게 아니었지만, 그런 가운데에도 나는 대답 속에 내 은근한 다짐과 사연의 뜻을 담으려 했을 뿐이었다.

그런데 성조 씨는 그걸 어떻게 들었던지, 검은 흙바닥으로 채워진 그 지하실 입구나 안쪽에 아직 아무런 복원의 흔적이 보이지 않은 것이다. 이 양반이 정말 그걸 대수롭잖게 여긴 건가, 아니면 나름대로 무슨 다른 생각이 있어선가?

"이 지하실 쪽은 손을 대지 않았군요?"

지나치는 소리로나마 그것을 못 본 척 지나칠 수가 없었다.

그런데 그에 대한 성조 씨의 대꾸 역시 생각보다 무심스런 게 아니었다.

"글쎄, 자네가 내려오면…… 그걸 꼭 살려내야 하는지, 다시 의논해보려던 참이었네만……"

역시 전번의 내 다짐 투를 그리 유념하지 않았던 듯 이쪽 의향을 다시 물었다. 하기야 아들아이의 당부는 물론 그 성조 씨와의 통화 이후에도 나는 다시 일주일 너머나 남행 길을 미루던 끝에, 정녕 이 일을 할 거여 말 거여! 이날 아침 한 번 더 성조 씨의 질책 투 전화 채근을 받고서야 서둘러 길을 나섰으니, 그 지하실에 대한 이쪽의 생각 따윈 그의 머릿속에 남아 있기 어려운 일이었다.

나는 당장 대꾸할 말을 못 찾은 채 그쯤 지하실 입구부터 물러나올 수밖에 없었다.

3

집 안팎과 개축 공사 진척 과정을 대충 다 둘러본 다음 저녁을 먹으러 가자며 동네 골목길을 내려가면서도 성조 씨는 더 이상 지하실 일에 대해선 별다른 말이 없었다. 하다 보니 나는 그의 속내가 점점 더 심상치가 않았다.

뿐더러 어찌 보면 은근한 반대의 뜻이 엿보이기도 한 성조 씨

의 침묵은 그새 마치 어머니뻘처럼 늙어버린 형수씨가 손수 행
랑채까지 마련해 내온 저녁상을 마주해 앉아서도 한동안이나
더 이어졌다.

"자 드세, 어서. 종일 먼 길 오시느라 피곤할 텐디 우선 반주
부터 한 잔!"

지하실 따위는 이미 잊고 있는 듯한 그 성조 씨 앞에 나 역시
새삼 생뚱맞은 소리를 꺼낼 수가 없었다. 지하실에 대한 이쪽
생각에 아직 석연한 가닥이 잡히지 않은 탓이기도 했다.

하지만 그럴수록 나는 술잔을 비우면서도 밥을 먹으면서도
그 지하실 일에서 벗어날 수가 없었다.

성조 씨가 보내온 개축 설계도면에 지하실이 사라진 사실과
함께 내게 일차로 떠오른 기억이 어린 일제 말기 적 공출 소동
이었다.

일제의 패망이 임박한 그 시절, 마을엔 집집마다 공습에 대비
해 파놓은 개인 방공호가 한 곳씩 있었다. 그것은 물론 면소나
주재소 사람들의 강압에 의한 시늉만의 것이었지만 나름대로
다른 쓸모가 있었다. 그 무렵 역시 극성을 부리기 시작한 강제
공출 독려와 밀주 단속패들에 대비해 곡물 가마며 놋그릇 따위
를 숨기는 비밀 보관소 구실이었다.

하지만 그 얼마 전 새집 성주를 해 들어 사는 우리 집에선 강
제 공출이나 밀주 단속패의 눈길을 피하는 데에 그 텃밭 한쪽의
엉성한 방공호를 이용하지 않았다. 시국이 시국이라 아버지의
남다른 선견지명 덕이었으리라. 별 할 일 없는 이웃 친지의 거

달음 외에 거의 당신 혼자 자력으로 짓다시피 한 그 집 부엌 나무청 한쪽으로 건넌방 뒷벽에 이어 붙은 작은 광문이 마련되어 있었다. 바닥에 마룻장을 깔고 빈 김칫독이며 멍석 따위를 들여 놓은 그곳은 얼핏 보면 그저 평범한 부엌 뒷구석 광일 뿐이었다. 하지만 정제간 바닥과 수평을 이루는 그 마룻장 한구석, 헌 멍석이나 광주리 따위 허드레 물건들로 가려진 한 곳의 나무 이음새를 들춰 올리면 바로 껌껌한 아래쪽 어둠 속으로 내려가는 통로가 열리며 깊숙한 지하실이 나타났다.

아버지는 허술한 방공호 대신 곡물 가마며 소중한 유기 그릇, 더러는 밀주 독 따위를 그 비밀 지하실에 숨겨 간직했다. 덕분에 공출물 조사패가 닥치면 대개 그 집 방공호부터 덮치거나 건너편 안산 숲 속으로 미리 숨어든 동네 프락치 감시원의 눈길을 피하지 못한 이웃들의 딱한 낭패를 종전 시까지 용케 다 비켜날 수 있었다.

그래 그곳은 해방을 맞고서도 한동안 더 설쳐대던 밀주 단속 반 눈길을 속이는 데에 이용됐고, 더러는 불시에 들이닥치곤 하던 면소 산감(산림감시원)에 쫓겨 부엌 나무청의 생솔가지를 숨기거나, 심지어 성주 일을 거들었던 이웃 친지분이 텃밭 밀작으로 거둔 응급비상용 앵속 열매의 보관소로 이용되기까지 하였다.

지하실의 용도가 그만큼 은밀하고 유용하고 특이했던 셈이다.

하지만 내가 정작 그 밀실에서 되살려내고 간직해가고 싶은 것은 보다 위태롭고 은밀한 내력이었다. 다름 아니라 그 지하 밀실은 사람의 생사 갈림길을 숨겨 안기도 했던 곳이었다.

온 나라 골골이 이편저편으로 나눠 갈려 어수선해진 가운데에 첫 선거를 거쳐 새 정부가 들어서고, 그런 지 겨우 두 해를 채워갈 무렵 다시 엎치락뒤치락 세상이 한 철씩 뒤바뀌던 그 으스스한 여름 어느 날 저녁. 하루의 막을 내리는 어스름이 깔리면서부터 그 어둠보다 흉흉한 기운이 전에 없이 무겁게 마을을 뒤덮었다. 이날 해거름 녘 한 낯선 제복의 사내가 면소 쪽으로부터 동넬 다녀가고, 이어 골목골목 성인 남정들에게 마을 회의 소집 소식이 전해졌기 때문이다. 이날 밤 마을의 첫 희생자 가족이 생기리라는 불안감. 누구도 입 밖에 내어 말하지 않았지만, 밥숟갈을 뜨는 둥 마는 둥 홀리듯이 팽나무께 회의장으로 무거운 발길을 향해 나선 남정들이나 집에 남은 아녀자들 모두 그것을 알고 있었다. 그리고 그 첫 희생자 가족이 누구네가 되리라는 것까지도.

하지만 그날 밤, 어머니와 나의 불안감은 그 누구와도 비할 바가 아니었다. 해방 한 해 뒤의 돌림열병 바람에 돌연 가장을 잃고 만 우리 집에선 회의장엘 나가야 할 사람이 없는 게 우선 다행일 수 있었다. 하지만 천만의 말씀이었다. 회의장 일이 어떻게 돌아가는지 짐작이 깜깜한 처지에서 우리는 마을 사람들 동향에 가슴속 피가 타고 숨이 멎는 불안감을 참아 넘기고 있었다.

"나 오늘 밤 이 집 정제간 신세를 져야겠다. 요행히 살아나면 신셀 잊지 않을 게니."

마을에서 가장 살림이 유족한 종가 어른. 바로 이날 밤 회의의 빌미가 된 한 집안 재종조 어른이 우리 집 지하실 일을 어떻게 알았던지, 이날 저녁 주위가 좀 조용해진 틈을 타서 불쑥 사립을 들어섰다. 그리고 지레 쉿 소리 손짓과 함께 일방적으로 낮은 몇 마디를 남기곤 이쪽 처지나 의사 따윈 아랑곳할 여유가 없다는 듯 곧장 부엌 쪽을 향해 갔다. 우리가 허겁지겁 뒤를 좇았을 땐 당신 몸소 출입구를 찾아 들추고 이미 모습이 사라진 뒤였다.

우리는 평소 근엄하기 그지없던 어른의 처사에 달리 무슨 말이나 더해줄 일이 없었다. 당신이 사라져 들어간 지하실 마룻장 위로 헌 짚 광주리 따위 허드레 물건 몇 가질 더 가려 얹어주었을 뿐. 그러곤 차례로 광문과 부엌문을 잠그고 나와 안방 문까지 꼭꼭 걸어 잠근 채 짐짓 없었던 일이듯 말없이 자는 척하고 누워 있었다.

하지만 우리는 그 당혹감과 불안감을 가라앉힐 수 없었다.

"우리 집에 그런 곳이 있는 줄을 누가 또 알았길래…… 누가 알고 당신한테 그걸……"

어머니는 무서운 곡두에라도 씐 듯 이따금씩 헛소리처럼 뇌까렸고(이미 엎질러진 물이건만 어머니는 오직 그 한 가지 생각에만 매달리고 있었다), 나는 온몸이 구들장 아래로 녹아내리는 듯한 긴장 속에 연신 마른침만 삼키고 있었다. 그리고 그 부질없는 어머니의 망집은 얼마 뒤 우리로선 차마 예상하기조차 싫었던 그 지하실 수색 소동 앞에, 보다는 그 부엌 허드레 광과 지하실 쪽으로 앞장서 달려간 한 위인의 등장 순간부터 산산조각이 나고 말았다.

그러니까 그날 밤 어머니의 거듭된 의구심 앞에 나는 자신도 모르게 한동안 그 윤호를 의심했던가. 해방에 뒤이어 새 정부가 들어서고부터 한동안 잠잠해진 듯싶던 세상이 갑자기 다시 시끄러워지기 시작한 동란 초기의 어느 날. 여느 때처럼 그 마을 회관께의 팽나무 아래서 나를 기다리던 윤호가 그날따라 무슨 생각에선지 지레 은밀한 어조 속에 우리 집 옛 방공호 이야기를 물었을 때, 나는 덩달아 긴 소리 아낀 채 조용히 그를 집으로 데려가서 헌 방공호 대신 바로 그 지하밀실을 들춰 보여준 일이 있었으니까. 그리고 말없이 만족해하는 듯한 그의 얼굴을 보고 나 역시 공연히 그 지하실이 자랑스럽기까지 했으니까. 그러니 그땐 물론 그 윤호가 무엇 때문에 남의 집 방공호 이야기를 꺼냈으며 그걸 보고 만족스런 웃음을 지었는지는 알 수 없었다.

하지만 그때까진 좀체 집 밖으로 얼굴을 내밀지 않고 지내던 윤호의 아버지가 이후 오래잖아 세상이 뒤바뀌고부턴 전날의 말씨까지 쇳소리를 머금을 만큼 매섭게 달라진 새 동네 어른 '위원장님'으로 나서 있는 참이었다. 그 또한 이즘엔 얼굴 보기가 어려웠지만, 그때 일을 윤호가 잊지 않았다면 마음을 놓고 있을 일이 아니었다. 믿고 싶어도 이제 와선 섣불리 믿을 수가 없는 윤호. 그래서 나는 어머니 몰래 혼자서 그 윤호 대신 차라리 자신을 원망하고 있었던가.

하지만 그날 밤 윤호는 무고했다.

"날 따라서들 이리 와. 이 집은 내가 다 아니께 다른 덴 볼 것 없고!"

이윽고 바깥에서 어수선한 발자국 소리와 대창들 끌리는 소리에 섞여 한 장정의 목소리가 들려왔고, 목소리의 주인공에 놀라 일순간에 몸과 마음이 새삼 더 꽁꽁 얼어붙은 방 안 식구들은 아랑곳을 않은 채 위인은 이미 그 지하실과 관련해 모든 것을 알고 왔다는 듯 곧장 부엌 쪽으로 달려갔다. 그리고 이내 잠겨 있는 문을 풀고 뒤따르는 무리를 앞장서 부엌 안으로 이끌었다. 영락없이 지하실에 사람이 숨은 것까지 알고 온 형세였다.

그런데 바로 그 목숨이 걸린 사람에게든 그에 못잖은 위험을 안게 된 우리 둘에게든 무슨 천우신조가 있었던 것일까.

천지간의 운행과 시간이 일시에 정지한 듯한 죽음 같은 몇 순간이 지나고서였다.

"없어, 여긴 없는 것 같어. 다른 곳을 좀 찾아봐."

위인이 다시 일행을 앞장서 나오며 떠벌리는 소리가 들렸다. 위인이 필경 안쪽 광과 지하실 문을 들춰봤을 텐데도 바로 아래 어둠 속 사람을 찾지 못한 모양이었다. 하지만 위인은 의심이 풀리지 않은지 계속 다른 사람들을 독려했다.

"어서들 찾아보라니께. 저 남새밭 가 옛 방공호랑 저쪽 칙간 속이랑, 안방하고 건넌방도 샅샅이……"

극성스런 다그침에 다른 일행들도 집 안 이곳저곳을 한참이나 더 뒤지고 다녔다. 한동네 처지에 차마 흙발을 디밀 수 없었던지 와중에도 정작 입을 열게 해야 할 이 집 사람이 떨고 있는 안방 쪽은 누군지가 잠깐 문만 열어보고 말없이 지나쳐준 것이 그나마 아심찮았을 뿐이랄까.

하지만 지하실에서 못 찾은 사람을 바깥에서 찾아낼 수는 없는 일이었다.

"이 집엔 오지 않은 겐가?"

위인이 마침내 낭패스런 소리를 내뱉고 있었다. 그러곤 이어 철수를 선언했다.

"그럼 어서 다른 집을 찾아보러 가세. 아까 그 지하실에 없으면 이 집에 다른 곳은 숨을 데가 없으니께."

앞장서온 일의 실패를 벌충하려듯 끝끝내 아는 척 일행을 이끌고 있었다.

이어 바깥이 거짓말처럼 조용해졌다.

하지만 우리는 아직 그대로 한참이나 몸을 움직일 수가 없었다. 여전히 어두운 정적 속에 얼어붙은 시간과 멎었던 숨소리가 되살아나기를 기다렸다. 가위눌림 속 같은 그 답답한 기다림 끝이었다.

"세상에……"

어머니 쪽에서 잠에서 깨는 듯한 아득한 기척이 되살아났다.

"세상천지에…… 못 믿을 것이 머리 검은 짐생이라더니……"

하지만 어머니는 아직 누운 몸을 미동도 않은 채 일이 좀 그만하기를 우선 다행스러워하기보다 여전히 두려움에 억눌린 목소리를 가늘게 떨고 있었다.

"전날의 정리를 생각해선들…… 어찌 설마 저 인간까지……"

어른이 어떻게 지하실을 알고 찾아왔는지, 처음부터 심중에 떠오른 얼굴이 있으면서도 차마 의심조차 할 수 없었던 옛 가주

의 둘도 없는 이웃사촌, 그 뜻밖의 인물 때문에 당신의 두려움
과 분노가 그만큼 치명적이었을 것이다.

4

　당신이나 나는 그날 밤 일행을 앞장서 이끌고 든 위인의 목소
리를 알아차린 순간 사태의 전말이 확연해진 셈이었다. 그 들뜨
고 의기양양한 목소리를 듣자마자 나는 혹시나 싶던 그 윤호에
대한 안도감보다 그를 대신해 온 위인에 대한 배신감에 잠시 그
지하실 일조차 잊은 채 치를 떨었으니까. 무슨 근거가 있었던
건 아니지만, 위인의 설침과 목소리에 묻어나는 완연한 배신의
냄새, 지하실 어른에 껴묻어 우리까지 작자의 음흉한 올무에 걸
려든 것 같은 두려움과 절망감…… 입조차 뗄 수 없는 그 배신
에 대한 두려움은 위인의 계교가 일단 실패로 끝나고 간 뒤에도
나를 며칠씩 옥죄고 마비시켜놓은 꼴이었으니까.
　그런 느낌이나 생각이 더하면 더했지 조금도 덜할 리 없는 어
머니 쪽은 그쯤 의혹이나 맘속 짐작 정도가 아니었다.
　"우리 집 일을 제집처럼 구석구석 아는 위인이 몇 년씩 어른
댁 머슴살이 지내면서 말을 흘렸겠제…… 그랬길래 단박 당신
이 우리 집으로 왔을 줄 알고 앞장서 달려든 것이제."
　이날 밤의 실패 때문엔지 이튿날부턴 거짓말처럼 조용해진
동네 기미를 전해 듣고 마음이 좀 놓였던지, 그 사흘째 되던 날

이른 새벽 어른이 지하실을 나와 집으로 돌아가고서야 어머닌 비로소 제정신이 돌아온 모습이었다. 그리고 나보다 한발 앞서 이웃으로 머슴살이로 양쪽 집일을 훤히 꿰고 있을 위인을 단순한 공명심에서보다 그쪽 세상 권세를 남 앞서 누리려 나선 위험한 패덕한으로 단정지었다.

"위인이 그저 우쭐한 생각에 그런 일에 앞장을 섰을까. 큰댁 당신이 여길 온 것도 어쩌면 당신 생각에서가 아니라, 위인이 그렇게 넌지시 일을 꾸며 끌어들인 것인지 모르제. 제가 보내놓고 지 손으로 덮치자고……"

그런 당신의 생각이 옳았는지 아닌지, 지금까지도 그것이 분명하게 가려진 일은 없었다. 그것을 누구도 따지려 하지 않았고, 따지고 들 처지도 못 되었다. 종가댁 어른 역시 그것을 말한 일이 없었고, 세상이 다시 한번 뒤바뀌고부터는 당신이나 우리나 꺼림하고 찜찜한 대로 이미 다 지난 일로 서로 간에 새삼 그럴 계제가 못 되었다. 무엇보다 세상이 다시 뒤집히고부터는 그로 하여 거꾸로 위인의 처지가 어려워질 수 있었기 때문이다. 누구의 내색이나 귀띔이 아니라도 그런 사정은 일의 당사자 격인 종가 어른이나 어머니가 차례차례 세상을 떠나고 없는 지금에 와선 더욱 그럴 수밖에.

하지만 돌이켜보면 그렇듯 어려운 상황에서 어른이 그날 밤을 무사히 넘긴 것은 어쨌든 다행스런 일이 아닐 수 없었다. 그리고 그것은 지금 허물어져가고 되세워지려는 그 집의 잊을 수 없는 내력이자 지하실의 자랑스러운 역사였다. 뿐인가. 당사자인 어른이 이 세상에 없는 지금 그날 밤 일이 무사히 넘어간 것은 누구보다 성조 씨에게도 다행스럽고 고마울 일이었다. 왜냐하면 당시의 어른뿐만 아니라 당신의 장자 또한 전란이 끝나고 오래잖아 젊은 나이에 세상을 등지고 만(동네 사람들은 그게 그날 밤 두 부자의 혼기魂氣가 놀라 빠져 달아난 때문이랬다) 마당에, 이젠 그 장손자 성조 씨만이 두 선대와 그날의 일들을 오롯이 다 기억할 수 있을 터이기 때문이다.

그런데 그 성조 씨가 지하실 일에 별 관심을 보이지 않은 듯한, 무심스럽다기보다 어딘지 거론을 탐탁잖아 하는 기색이니, 나는 아무래도 그 속내를 알 수 없었다.

그래 나는 이윽고 저녁이 끝나고 새판잡이 술상이 바뀌어 나올 때쯤 슬그머니 다시 운을 떼고 나섰다.

"아까 그 지하실 말씀예요. 그 지하실이 옛날 큰댁 조부님의 목숨을 구해드렸던 일, 형님도 기억하시지요?"

하지만 성조 씨에게 그날 일을 상기시켜 지하실을 어떤 식으로 기억하고 있는지 떠보려던(어쩌면 가슴 깊이 숨어 도사리고 있을지 모르는 그의 노기를 더치기 위해) 물음에 그는 역시 기대와 달리 심드렁한 대꾸였다.

"그야 기억을 하제. 그날 밤엔 우리 식구들 중 그 조부님까지 남자들은 그렇게 뿔뿔이 몸을 피해 지냈으니께. 조부님이 그 지하실에 숨어 계셨다는 건 나중에 들었지만. 그런디 새삼스럽게 그 이야긴 왜……"

조부의 일을 다행스러워하기보다 시치미 떼고 드는 듯한 품이 말을 꺼리는 기색이 역력했다. 하지만 나는 내친김이었다.

"그날 밤 조부님이 무사하셨기 망정이지 만에 하나 자칫 일이 잘못됐다면 형님네뿐 아니라 온 동네에 피바람이 휘몰아칠 뻔했잖았어요?"

"......"

단도직입적이다시피 한 추궁 투였다. 성조 씨는 그래도 마찬가지였다. 이젠 아예 입을 다문 채 비우다 만 술잔만 골똘히 만지작거리고 있었다.

"병삼 씨라고…… 그날 밤 지하실을 앞장서 찾아갔던 이는 아직 잘 살고 계세요? 지난번 왔을 땐 여전해 보이던데요."

나는 마지막 정곡을 찌르고 든 격이었고, 성조 씨는 그제야 마지못한 듯 몇 마디 응대해왔다.

"돌아가셨제. 몇 년 전에…… 그 시절 사람들은 이제 거의 다 갔어. 우리 나이 정돌 빼고는……"

이쪽 물음의 뜻을 분명히 짚고 있는 소리였다. 그러니 이젠 다 지나간 일로 치부해 넘어가고 싶은 듯한 무연스런 말 흘림…… 나는 더 다그치고 들 수가 없었다. 그래 봐야 지하실 일에 무슨 가닥이 날 정황이 아니었다.

"그래, 그날 밤 형님은 어디로 숨어 가 지냈어요?"

나는 모처럼 집안 손위와 함께한 술자리 분위기를 위해 잠시 여담 삼아 물었다.

성조 씨가 비로소 손에 쥔 술잔을 훌쩍 비워내며 쓴웃음을 지었다.

"저 뒷골 언덕 먹감나무 집 당숙님네 외딴 소마구청에서였제. 열네 살하고 열한 살씩이었던가…… 일찍 집을 나가 지금 대전에 살고 있는 명조 아우하고 둘이서……"

"그랬었군요. 그 어른 댁이라면 동네 사람 눈길이 잘 닿지 않았을 테니까요. 그렇대도 아직 어린 맘에 어두운 마구청에서 얼마나들 떨었어요? 그 시절 일은 지금 생각해도……"

"그 시절 일은 지금 다시 생각해도 치가 떨릴 노릇이었제."

부지중 다시 어두운 곳을 더치려는 내 맞장구질에 성조 씨가 대신 뒷말을 마무리 짓고 나섰다. 그 말길이 역시 나와는 다른 쪽이었다.

"하지만 지금 난 무서웠던 기억보다 그놈의 극성스런 모기떼에 시달리던 기억이 더 생생해. 그날 밤 당숙님이 어린 우릴 당신네 소새끼 뒤쪽 꼴 더미 속에 묻어주며 신신당부하시길, 누가 찾아와 무슨 일이 있더래도 절대 아침까진 풀 더밀 들추고 나오지 말랬거든. 심지어 당숙 자신이 찾더라도 말여."

"그랬는데요?"

"그랬는디 밤이 깊어가면서 배가 고파진 소새끼가 자꾸 고개를 길게 뻗어 우릴 덮어준 풀 데밀 걸어 먹는단 말여. 그러니 엷어진 풀 이불 틈을 뚫고 달려드는 모기떼가 어쨌겄어. 몸을 내밀었다간 죽는다는 소릴 들었겄다, 어린 맘에 죽을 때 죽더라도 조심조심 팔을 뻗어 옆엣 풀을 끌어다 덮고 나면 어느새 다시 훌쩍 걷어가고…… 명조하고 나는 말도 못하고 정말 죽을 맛이었제. 명색이 형이라서 나는 명조 쪽 풀 더미까지 단속해주느라…… 지옥이 따로 없었어. 그날 밤 일…… 지금 생각하면 그저 웃음밖에 나오지 않아. 허허……"

웃음밖에? 그날 밤 일이 정말 그 소짐승과의 실랑이와 모기떼의 극성으로밖에? 그래 그에겐 자기 조부의 생사를 갈음해준 그 지하실 일조차 이제 와선 한낱 웃음 속 기억거리로밖에 남지 않은 것인가.

"형님이 웃는 걸 보니 그간의 세월이 큰 약이었던 것 같네요."

나는 뭔가 허탈한 느낌 속에 한마디 어깃장을 놓아보았다. 성조 씨는 여전히 웃음기를 거두지 않은 채 그런 나를 은근히 타박해왔다.

"약이 아니었으면 그 세월에 침을 뱉나?"

나는 이제 그쯤 마지막 술잔을 비워낼 수밖에 없었다. 성조 씨의 부드러운 어조 속에 더 이상 거스를 수 없는 힐책기가 묻어난 때문이었다. 더욱이 이젠 밤늦은 바깥 술자리 시중에 지친 늙은 안주인이 어느 결엔지 내실 전깃불을 내린 지도 한참이었다.

5

'그거 그냥 지워 없애고 만다?'

말린 고추 가마 더미가 쌓인 사랑채 방에 자리를 펴고 누운 나는 한동안 매콤한 냄새가 코를 찔러 잠을 이룰 수가 없었다. 재채기를 참느라 자주 몸을 뒤채다 보니 상념만 자꾸 늘었다.

성조 씨는 아무래도 지하실을 되살리고 싶지 않은 게 분명
했다.

하긴 이제 와서 나도 굳이 그 성조 씨 앞에 그걸 꼭 되살려내
자고 우기려 들 생각은 아니었다. 새삼 무심할 수 없는 그 어린
시절 일(오랜 그을음 같은 내력!)이 아니라면 그런 지하실은 이
제 쓸모도 찾을 수 없고, 눈에 띌 일도 없었다. 게다가 그날 밤
종가 어른의 일이 지하실의 한 떳떳한 구실이었다면, 그곳은 한
편으로 섣불리 들춰내고 싶지 않은 어두운 그림자가 서린 곳이
기도 하였다.

그 더운 여름 한철이 가을로 바뀌면서 세상도 함께 다시 바뀌
고 난 늦가을께 어느 날 저녁.

그 흉흉한 기운이 다시 한번 마을을 무겁게 짓눌러왔다. 이날
해거름 녘 역시 면소 쪽으로부터 어깨에 소총을 걸머멘 두 낯선
사람이 마을로 들어왔고, 이어 마을 회의가 열린다는 소식과 함
께 저녁을 먹고 나면 동네 남정들은 한 사람 빠짐없이 마을 회
관으로 모이라는 엄중한 전갈이 전해진 탓이었다. 또 전번과 같
은 소동이 한바탕 지나가리라는 불안감. 사내들이 총을 메고 온
것으로 보아 이번에는 정말로 사람이 다칠지 모른다는 불길한
예감. 역시 누구도 입 밖에 내어 말하지 않았지만, 그 표적이 누
구라는 것도 뻔했다. 남정들은 그걸 알면서도 저녁을 먹는 둥
마는 둥 홀리듯이 팽나무께 회의장을 향해 나섰고, 집에 남은
부녀자와 어린것들도 제풀에 겁에 질려 안절부절못했다.

회의장엘 나갈 남정이 없는 우리 집도 바깥일이 어떻게 돌아

가는지 궁금하고 불안하긴 마찬가지였다. 어머니나 나는 지난 여름 그 저녁 일을 떠올리며 지레 더 겁을 먹고 서로 가슴을 졸이고 있었다.

그 지레 겁먹음이 또 한 번 곡두를 부른 격이랄까. 참으로 조물주나 곡절을 알 일이었다.

시간이 한참 흐르고 난 뒤 바깥에서 무슨 기척이 스치는 듯싶어 급히 내가 문을 열고 내어다보니 웬 사람 형상이 닫혔던 부엌문을 열고 나와 어두운 사립 쪽으로 걸어나가며 말했다.

"놀랄 것 없다. 오늘 이 집 정제간에 목숨을 부지해볼까 했더니, 차마 못할 노릇 같아 그냥 간다."

침착하고 의연한 목소리…… 지난 석 달간 '마을 위원회' 일을 책임 맡아 지낸 사람, 이날 밤 회의 표적임에 분명한 윤호 아버지였다. 하지만 그 순간 어머니나 나는 그 윤호 아버지가 어두운 골목으로 사라질 때까지 아무 말도 할 수 없었고, 아무것도 알 수가 없었다. 도대체 그가 언제 어디로 그 부엌 지하실로 숨어들었는지, 그리고 무엇 때문에 숨기를 포기하고 다시 몸을 드러내고 나섰으며, 그길로 이번엔 어디로 가려는지…… 무엇보다 그가 어떻게 우리 부엌의 밀실을 알았으며 주위를 어떻게 믿었길래 하필 그곳에(지금 생각하면 허허실실 계책이었을 수도?) 숨어들 생각을 했는지…… 어머니나 나는 그저 넋이 빠진 채 서로 얼굴만 바라보고 있었을 뿐. 그러면서 나는 바야흐로 세상이 시끄러워 지기 시작할 초여름 무렵 어느 날 윤호에게 우리 집 방공호 대신 부엌 뒤쪽 지하밀실을 보여줬던 일이 다시 머리를 스쳤던가. 거기 더해 그 여름철 집안어른을 지하실에 숨긴 채 잠시 윤호를 의심했던 일이 이번에야 거꾸로 모습을 드러낸 격이랄까. 사람이 바뀌었을 뿐 어쨌든 그 여름께와 같은 일이 되풀이된 꼴이었다.

하지만 그 결과는 정반대였다.

그날 밤 지하실을 나온 윤호 아버지가 곧장 찾아간 곳이 다름 아닌 동네 회의장이었다. 그리고 그를 찾으려 동네 사람들을 닦달하고 있던 두 외지 사내는 놀란 마을 사람들 앞에 그를 꿇어 앉히고 이날 밤 회의의 목적과 그의 전날의 죄상을 설명했다.

"이자는 푸른 솔밭을 망칠 뻔한 한 마리 송충이다. 솔밭을 온전히 지키려면 더 이상 송충이가 번지지 않게 해야 한다."

사람들은 대번 그 말이 무슨 일을 비유하는지 짐작했다. 그리고 오래잖아 그 일은 실제로 눈앞에서 벌어졌다.

하지만 나는 그 일을 직접 목도하지 못했음이 물론이다. 회의 장과는 거리가 떨어진 집 안에 갇힌 격이 된 우리는 윤호 아버지가 집을 나가고 한참 뒤 두 발의 연속적인 총소리를 들었을 뿐. 그리고 이튿날 아침이 밝고부터 이런저런 정황을 전해 들은 것뿐이었다.

내가 지하실의 복원을 쉽게 밀어붙이지 못하고 망설이는 마음속 사연이다. 이를테면 지하실은 명암과 영욕의 내력을 양면으로 함께 간직해온 셈이었다. 지하실을 복원하여 어느 한쪽을 들춰내면 당연히 다른 한쪽도 따라 드러나게 마련이었다. 그것은 자의적 선택이 불가능한 내 기억의 권리 밖 일이었다.

하지만 솔직히 말해 나는 윤호와 그 아버지의 일은 되살려내고 싶지 않았다. 그 밤의 일은 지하실 허물 탓이 아니었지만, 그리고 윤호 아버지가 어떻게 우리 지하실을 찾아왔고, 무슨 생각에서 다시 거길 나와 몸소 회관을 찾아갔는지 끝내 알 수가 없었지만, 내겐 그 지하실 자체가 원죄처럼 어두운 기억으로 남았으니까. 그래서 오랜 세월 그 집 자체를 마음에서 외면하고 살아온 것인지도 모르니까.

무엇보다 그 윤호의 일 때문에도 그랬다.

윤호는 나보다 나이가 두 살이나 위였지만, 조금씩 절름거리는 한쪽 다리 때문에 초등학교 입학을 미루다가 뒤늦게 10리 밖 면소 마을께 학교엘 나와 함께 다녔다. 나이에 비해 학교 공부는 그다지 두드러진 편이 아니었지만, 등학곳길이나 마을 일에선 말이나 행동이 늘 형처럼 의젓하고 어른스러웠다. 먼 10리 학곳길에 아이들 간의 어려운 일은 그가 늘 앞장서 나서 돌봐줬고, 동네 편싸움 따위 교실 공부 이외의 다른 학교 일에서도 그는 제 불편한 몸 사리지 않고 (한쪽 다리가 불편하면 다른 쪽 다리가 그 힘을 배로 대신한댔다) 요령껏 제 동네 아이들을 보호했다.

그런 그의 어른스러움은 누구보다 등학곳길을 자주 함께하며 동네에서의 어울림도 잦았던 내게 더 각별한 것일 수밖에 없었다. 몇 차례 시도 끝에 마을 회관께 팽나무 오르기를 포기한 뒤, 나를 대신 올려보내고서도 연신 '힘들면 그냥 내려와, 난 팽 안 먹어도 되니까……' 불안스럽게 쳐다보곤 하던 윤호의 걱정 어린 눈빛 따위……

하지만 그 윤호의 어른스러움이 내 맘속에 가장 깊이 새겨진 것은 제 아버지가 변을 당한 날 밤 후문이었다.

그날 밤 일이 있고 난 뒤 면소 쪽 사내들과 마을 사람들이 돌아가고 회관 일대가 쥐죽은 듯 어두운 적막에 싸였을 즈음.

"내 생각에 아무래도 혼비백산 겁이 난 사람들이 시신을 그냥 거기 두고들 돌아갔을 것 같더구만."

마을 회관 바로 가까운 곳에 거처를 둔 한 마을 노장이 뒷날 나도 함께 끼여 앉은 그 팽나무 아래 마을 사람들 앞에 길목 한쪽을 가리켜가며 털어놓은 말이었다. 그는 이래저래 지레 무서움기를 참으며 겨우 거적 한 장을 챙겨들고 나가 봤고, 짐작대로 거기 팽나무 끝자락 가지 아래 버려둔 사자의 시신 위에 겨우 그 거적을 덮어주곤 도망치듯 발길을 되돌려오고 말았댔다. 그리고 한 식경이나 잠을 못 이루고 있는데 그쪽에서 웬 울음소리 같은 인기척이 들려와 다시 가만가만 사립을 나서다 보니, 바로 그 망자의 어린 아들 윤호가 어둠 속에 제 아비의 시신을 끌어안고 소리 죽여 울고 있더라고.

"아, 나도 오금이 저려오는 판에 어린 녀석이 그러고 있으니…… 나야 달랠 수밖에. 이제 그만 돌아갔다가 날이 밝으면 모셔가자…… 해도 소용이 있어야제. 제 녀석이 외려 나더러 지는 괜찮으니 어서 돌아가 주무시라니…… 부자간 천륜이 그런 건지, 녀석이 그리 올된 건지……"

어른은 그때 정말 그걸 몰라 말끝을 다 맺지 못했는지 모르지만, 천륜이 아무리 대단한 것이더라도 나라면 감히 상상을 못할 노릇이었다. 윤호의 남다른 어른스러움이 아니었다면 생각도 못할 일이었다.

그리고 그의 어른스러움은 이후 내가 그를 마지막 볼 때까지도 변함이 없었다.

그 어수선한 한 시기가 지나자 우리는 늦가을 녘부터 쉬었던 학교엘 다시 다니기 시작했고, 윤호도 물론 마찬가지였다. 우리가 그와 등학굣길을 함께한 것이나 윤호 쪽도 공연히 기가 죽기보다 학교나 마을길에서 늘 우리를 형처럼 돌보는 일 역시 전날과 마찬가지였다. 어찌 보면 그의 말투가 전날보다 가라앉고 뜸해진 정도나 느낌이 달랐달까. 하지만 그것도 별일은 아니었다. 어느 날 우리 6학년은 나라마다 다른 색칠을 하고 각국의 수도 이름과 위치를 표시한 세계지도를 그려오라는 숙제를 받고 며칠씩 끙끙대다 겨우 그것을 완성해다 바친 일이 있었다. 그런데 대충 시늉만 해간 우리와 달리 윤호는 누구보다 지도를 정성껏 세밀하게 그린 데다 나라들 색깔까지 차분하고 고운 작품을 만들어왔다. 그리고 그 아름답고 꼼꼼한 지도를 보고 우리는 윤호에 대해 그간 무언지 마음속에 석연치 않던 것이 일시에 사라져 간 듯싶었던 기억이다.

그 윤호를 내가 마지막 본 것은 그러니까 이듬해 여름 내가 K시의 한 중학교엘 입학해 들어가고 얼마 되지 않았을 때였는데, 그의 의젓함이나 어른스러움은 그때도 마찬가지였다.

그 시절 벽촌 마을에선 너나없이 대처 중학교 진학이 쉬운 일이 아니었지만, 나는 K시의 외종매 덕분에 그런 행운을 얻을 수

(마을에서 오직 나 혼자서만이) 있었음에 반해, 윤호는 이것저것 그럴 사정이 못 되었다. 하지만 그는 그런 자신의 처지를 원망하거나 실망스러워한 일도 없었고, 내 진학을 부러워한 적도 없었다.

"너 같은 기회 누구나 누릴 수 있는 거 아니다. 길 생겼을 때 공부 열심히 해라."

역시 그 어른스런 어조로 담담하게 충고해줬을 뿐이다.

한데 내가 마을을 떠나 K시로 올라가 지낸 지 한 달쯤 지난 갓 신학기 적 어느 날 오후 수업 종료 무렵이었다. 역시 K시의 성경학교엘 다니고 있던 한 마을 청년이 그 절뚝걸음에다 대머리처럼 머리를 박박 깎은 윤호를 데리고 학교로 나를 찾아왔다. 윤호를 어느 교외 지역 고아원(요즘의 보호 시설)으로 데려다주려 가는데, 한번 따라가주지 않겠느냐는 거였다. 사연을 대충 짐작할 수 있었으므로 나는 물론 서둘러 두 사람을 따라나섰다. 그리고 묻지 않아도 딱하고 힘들게 된 그의 처지 앞에 서로 별말 주고받지 않은 채 우리는 근 한 시간 만에 예상대로 퍽 한적하고 궁핍스런 한 시설물 문 앞에 당도했다.

그것이 끝이었다. 청년이 먼저 시설 안으로 들어갔고, 우리는 잠시 밖에서 기다리는 동안 윤호가 비로소 그 어른스런 어조(박박 깎은 머리통 탓에 이번엔 그게 오히려 더 비극적인 부조화를 느끼게 했다)로 작별 인사 겸 나를 안심시켰다.

"나 여기서 오리 우리를 지켜주기로 돼 있어. 나는 고아가 아닌 데다 나이까지 많아서 공밥을 먹을 수 없으니까. 하지만 까짓것 대막대기 하나 들고 오리 떼 지키는 거 뭐가 힘들겠어. 그러니 너, 내 걱정 말어. 이후론 너나 나나 서로 일이 바쁠 테니까 오늘 돌아가면 다시 찾아올 생각도 하지 말고. 그리고 공부 잘해."

그렇듯 내게 끝까지 형 같은 어른스러움을 잃지 않은 윤호였다. 잠시 뒤 문을 나온 동네 청년은 그곳 사람에게 그를 혼자 따라 들여보내고 나와 함께 곧 발길을 돌렸으니까. 그리고 윤호는 그날 이미 예측한 일이었는지 모르지만, 몇 달 뒤 첫 겨울방학을 맞고서 내가 모처럼 그를 찾아갔을 땐 그곳에 없었으니까. 하긴 이후에도 난 한두 번 동네 청년을 만날 때면 그의 소식을 묻고, 그가 어디선지 잘 지내고 있다는 소리를 들었던 듯싶다. 그리고 그것으로 그를 마음속에서 그만 지우고 싶었던 듯싶다. 나로선 도대체 늘 대책이 없어 보인 그 의연함과 어른스러움. 그 시절이 모두 지나고 떠오른 생각이지만, 몸을 늘 좌우로 흔들어대는 한쪽 다리와 함께 그의 힘들고 불운한 처지를 그것이 더욱 비극적으로 비치게 한 때문이었다.

그런데 이후 그럭저럭 잊혔던가 싶던 그의 1, 20년 전 첫 고향 길에서 그가 오래전에, 청년기도 맞기 전에 어디선지 세상을 떠나고 말았다는 소식을 듣곤, 그의 어른스러움과 불운한 삶이 함께 마음속에 겹쳐 떠올랐던 것. 그에 겹쳐 그 무더운 여름밤의 일까지도. 하여 다시 20년 동안 억눌러 잊고 온 참인데, 이번의 구가 개축 일로 그 모든 일이 새삼 되살아난 꼴이었다.

하지만 그건 역시 내 마음속에서 지워져 없어져야 할 어둠의 역사였다. 그리고 가능하다면 그 집은 종가어른을 지켜낸 자랑스러움을 안은 화창한 역사의 표상으로 복원되어야 하였다. 이제 와서 굳이 그걸 고집할 생각도 없었지만, 그건 내 혼자 생각을 좇아 쉽게 해결날 일도 아니었다.

6

그런저런 내 마음속 장애거리는 현장 공사를 책임진 성조 씨에게도 계속 마음속 부담이 되고 있었음이 분명했다.

이튿날 아침, 조반상을 물린 성조 씨는 예정되어 있던 가을걷이를 미룬 채 다시 공사 현장 쪽으로 길을 앞장서 나섰다. 공연히 하루라도 더 미적거릴 바 없는 내 일정에다 그 지하실 일 말고는 특별히 덧붙일 의논거리가 없는 터에, 서로 간 심중의 장애거리부터 해결해두려는 낌새였다. 밤새 헛궁리만 일삼다 만 내 쪽 생각도 그건 마찬가지였다.

그런데 새 담배를 한 갑 꺼내오려 전날부터 차를 세워둔 팽나무께 공터로 먼저 두 사람이 골목길을 올라갔을 때였다. 때마침 거기 늦은 아침을 끝내고 바람을 쐬러 나온 노인 한 사람이 팽나무 아래에 앉아 있었다. 성조 씨보다 연장으로 보이는 노인을 나는 처음 바로 알아볼 수 없었음이 물론이다. 하지만 담배를 꺼내 들고 데면데면 다가간 내게 성조 씨가 일깨우는 소리에 나는 금세 기억이 떠올랐다.

"그간에 너무 나이들을 먹어서 자네가 알아보질 못하는 모양인디, 이 양반 원옥 씨라고, 바로 저 집에 사시는 어른 아닌가. 이쪽은 저 아래 동네 샘터 건너께에 살았던 우리 집안 영조 동생이고……"

성조 씨가 부러 공터에 잇대어 있는 그의 집을 가리키며 번갈아 설명하자 그도 이내 나를 알아보고 먼저 알은체를 건네왔다.

"아, 듣고 보니 그렇구만. 누구네 차가 여기서 밤을 새우는가 했더니, 자네였구만. 그래 옛날 집을 매입해 새로 손본다더니 그 일 땜시 오셨구만?"

"예, 그런 셈입니다만…… 전번 왔을 때도 뵙긴 했는데, 그새 또 많이 연조를 더하셔서 쉽게 못 알아뵀습니다. 그새도 평안하셨지요?"

"우리야 뭐 별일 있었는가. 덕분에 이렇게 잘 지내고 있제. 저문 세월이 이리 늘 심심한 것 말고는……"

그 집이 바로 회관 공터와 맞닿아 있는 탓에 그날 밤 윤호 아버지의 시신을 돌봐주러 나왔다던 어른, 그리고 나중 다시 윤호의 어둠 속 호곡을 달래고 갔다던 어른의 큰아들이었다. 하지만 뒤이은 성조 씨의 한마디가 없었다면 뒤늦게나마 그를 알아본 것 이외에 그런 사실들은 내게 별뜻이 없었을 일이었다.

"심심하기는 뭘! 그 나이에 아직도 동네 일 모르는 게 없는 감시관 노릇 다 하고 지내면서!"

성조 씨가 무심결이듯 내가 흘려 넘긴 그의 말꼬리에 우연찮은 핀잔 투 농지거리를 얹었다.

"내가 무얼 나서고 싶어 나서는가. 여기 우리 집 자리 탓에 좋은 일 궂은 일 코앞에서 일어난 사단들을 모른 척하고 지낼 수 없어 그런 것이제. 그것도 더 궂은일일수록에."

바로 그 원옥 씨의 대꾸가 내게 다시 그날 밤 일을 되짚고 나서게 한 계기였다.

"그런 말씀을 하시니 생각나서 여쭙니다만, 저 경인년 전란 때 말씀입니다. 어느 날 저 윗동네 윤호네 어른이 이 자리에서 변을 당하지 않았습니까. 그날 밤 형님네들은 어디에 계셨습디까?"

"그야 나는 아직 어렸으니께 집에 있었고, 저 양반은 이미 청년 축에 끼었으니 현장에 있었겠제."

"회의장엔 나갔지만 일이 벌어지는 현장에는 없었제."

내 궁금증의 향방을 알지 못한 성조 씨의 대꾸를 수정하고 나서는 원옥 씨의 거달음에 그날 밤 사정이 제절로 풀려가는 격이었다.

"그래, 그날 밤 형님네들은 소동이 끝날 때까지 우리 칙간에 숨어 떨다 갔제."

성조 씨가 기억을 되살려냈고, 원옥 씨가 다시 말을 이었다.

"맞아. 그 윤호 어른이 처음엔 어디론지 몸을 숨기고 나타나지 않는 바람에 장터 쪽 위인들이 총으로 우릴 내몰았지. 윤호 어른을 당장 찾아 끌고 오라고 말여."

"그래서 어쨌어요?"

끼어드는 나를 나무라듯 원옥 씨는 짐짓 성조 씨를 향해 말을 이었다.

"그 양반을 우리가 어디서 찾아 끌고 가! 그렇다고 어정어정 잘못 굴었다간 우릴 죽일 것 같고. 그 어간에 누가 말하더구만. 달포 전에 거꾸로 죽을 고비를 넘긴 자네 어른 곁이 그래도 좀 안전할 듯싶다고. 그게 무신 허락을 받을 일도 아니고, 우린 그냥 몰래 자네 집으로 몰려가 칙간 거름 더미 뒤로 숨었제. 그러고 한참을 떨고 있으니 이 회관 쪽에서 총소리가 들리더구만."

"윤호 어른이 자기 발로 걸어가 일을 당한 소리였겠제."

"우리도 다 그런 줄 짐작했제. 그러니 더 겁을 먹고 떨 수밖에. 동네가 조용해질 때까지 한참이나 더 그러고 서로 오금만 떨고 있었제."

"그러고 꼬박 아침까지 갔을 텐디, 그때 조부님이 나를 시켜 일러주셨제. 이젠 나와도 괜찮을 거라고."

성조 씨가 이젠 내 마음속을 헤아린 듯 뒤를 잇고 나서 위인들의 다음 행적을 자답 조로 미리 물었다.

"그제서야 형님네들은 우리 칙간을 나와 그길로 바로 윤호네 집으로 몰려갔지라?"

"그래, 맞아. 그러곤 바로 윤호네 집으로 몰려가서 뜨거운 죽 한 대접씩을 얻어 마시고 나니 그 떨림기가 겨우 주저앉더구만."

"윤호네 집으로 가서 죽을 먹다니요?"

이번에는 내가 다시 나서 묻지 않을 수 없었다. 방금 사람이 죽어난 집엘 찾아가 죽을 얻어 먹다니?

하니까 다시 성조 씨가 대답을 대신했다.

"어쨌든 그 집은 사람을 잃은 상가였으니게. 상가에는 한동네 이웃이 찾아가 밤을 새워주는 것이 도리고, 상가 사람들은 그 사람들을 따뜻이 대접하는 게 인사니게."

그러곤 이제 그만 이야기를 끝내고 싶었던지 불쑥 몇 마디 더 덧붙였다.

"우린 그렇게 살아왔어! 한동네 이웃 간에 서로 그렇게 지내왔길래 한집 지하실로 서로 다른 위험을 피하러 찾아가는 일도 생기지 않았겠어!"

이미 내 속내를 읽어내고 완연한 나무람기를 얹은 그 말투. 굳이 내게 허물을 따지려 든 건 아니었지만, 느닷없이 지하실 일까지 들추고 나선 성조 씨의 자르듯한 어조 앞에 나는 이제 더 입을 열지 못했다.

"그런데 우리가 지금 왜 그 일을 다시 들춰내고 있제? 아마 오랜만에 자넬 보니 그런 옛날 일도 다시 떠오른 모양이네만, 그간엔 까마득히 잊고 지내온 일들인데…… 끙!"

원옥 씨 역시도 새삼 떠오르는 생각이 있는 듯 더 이상 내키잖은 얼굴로 자리를 일어섰다.

하지만 나는 이제 뭔지 마음속에 맺혔던 것이 얼마쯤이나마 풀리는 기분이었다.

원옥 씨와 헤어진 뒤 둘이서 다시 옛 골목길을 찾아 내려오면
서도 나는 아깟번에 뒷말을 잘라 삼켜버린 듯한 성조 씨에게 금
세 내 생각을 털어놓을 수가 없었다. 우린 그렇게 살아왔어……
말인즉 그동안 한동네 이웃끼리 도리와 정의情誼를 잃지 않고
살아왔노라는 자랑 투면서도 그 어조 속엔 어딘지 불편스런 심
기가 묻어나고 있었다. 하지만 나는 이미 생각이 정해져가고 있
었다. 깊은 내막까진 알 수 없지만, 그쯤 동네가 서로 아픈 곳을
감싸고 어루만져왔으면 되는 일 아닌가. 더욱이 성조 씨 말 그
대로 이쪽저쪽 서로 세상 생각이 다른 처지에 같은 지하밀실을
찾아들 정도로 미더운 마음들이었다면……

그날 밤 윤호 아버지의 변고가 내 마음에 드리워왔던 어두운
그림자가 한결 마음 가볍게 걷혀간 것이었다. 그만하면 지하실
을 되살려내도 큰 허물을 남길 일이 아니지 않은가. 오히려 이
마을 공동의 자랑거리 장소가 될 수 있지 않은가. 그 어둡고 험
상궂은 상황에서 늙은 원옥 씨 어른이 피에 젖어 버려진 시신을
덮어주고 그 자식의 설움을 어루만져 돌보려 한 일처럼. 무엇보
다 그날 밤 윤호 선친에게 그런 일이 생긴 것은 그 지하실이나
다른 누구의 잘못이 아니라, 무슨 생각에서 그랬든 당신 스스로
그곳을 뛰쳐나와 회의장으로 간 허물 탓 아니었던가……

하여 잠시 뒤 두 사람이 다시 어수선한 옛날 집 부엌 앞에 섰
을 때 나는 성조 씨에게 어둠 속에 묻혀 사라진 지하실 쪽을 가

리키며 내 속내를 솔직하게 말했다.

"어때요? 저 지하실 다시 살려내는 게. 기왕에 이 집을 옛날 모습대로 되살려 손보려면 지하실도 원래 거기 있었으니까요. 사실 전 지금까지 그날 밤 윤호 선친 일이 좀 마음에 걸렸는데, 지금 다시 생각해보니 별 허물이 될 것도 아닌 것 같네요. 오히려 그 앞서 여름날 밤 큰댁 조부님 신상 일은 두고 기릴 만하고요. 그 무지한 병삼 씨 행짜까지 생각하면 더욱…… 이번엔 그 어둠을 다 걷어내야지 않겠어요?"

그런데 이미 짐작한 일이지만 성조 씨 역시 그런 이쪽 내심을 시종 다 꿰고 있는 웅대였다.

그는 짐짓 내게서 시선을 외면한 채 말을 앞질러 갔다.

"내 진작에 자네 생각이 그런 줄은 알고 있었제……"

하고 나서 그는 공사 중에 어지러워진 앞 마룻장을 손수 쓸고 앉으며 새삼 나를 찬찬히 올려다보고 말했다.

"하지만 자네 생각이 정 그렇다면 내 먼저 한 가지 물어보세. 자네 지금 그 조부님 일로 돌아가신 병삼 씨를 허물하는 말투였제? 그거 어디 한번 들어보세. 그날 밤 병삼 씨가 우리 조부님 일로 무얼 어쨌길래? 무얼 어쨌다고 알고 있길래?"

연거푸 묻고 밀어붙이고 드는 품이 영락없이 무슨 잘못을 따지는 투, 내가 무얼 잘못 알고 있음을 일깨우려는 낌새였다. 하고 보면 그는 내 다음 대답도 알고 있을 게 뻔했다. 나는 하나 마나 한 소리를 입속에 담은 채 잠시 그 성조 씨의 얼굴만 바라보고 있었다. 그러자 성미가 추근하던 평소의 그답지 않게 말을 참지 못하고 다시 나를 앞질러나갔다.

"그래, 자네가 말하지 않아도 간밤서부터 내 자네가 무얼 어떻게 생각하고 있는지 다 알어. 자넨 분명 병삼 씨가 그때 조부님을 배은망덕하게 해코지하려 든 몹쓸 위인으로 알고 있겠제. 허지만 내 생각은 달러. 내가 알고 있는 병삼 씨는 그런 사람이 아니었어. 그 양반이 그날 밤 사람들을 앞장서 이 집으로 이끌어온 것은 사실이었어. 허지만 그건 청년들이 우리 집으로 조부님을 찾으러 가다 일행 중 어느 시러배가 거기 가봐야 소용없을 거라고…… 그날 어둠 녘에 당신이 여기 자네 집 골목으로 들어가는 걸 봤다는 소리를 들었기 탓이랬어. 자네 지금 내 말 무슨 소린지 알아?"

"……!"

"병삼 씨가 왜 앞장을 섰겠어? 자네가 아는 대로 그 양반 이 집에 그 지하실이 있는 걸 언젠가 조부님한테 흘렸던 생각이 난 거제. 그래서 어차피 드러날 일, 당신이 차라리 앞장서 쫓아와 조부님을 지켜드린 거제. 자기가 먼저 은신처를 아는 척 바로 부엌으로 달려가 뒤쪽 광 문을 열어젖히고 입구를 가로막고 서서…… 바닥 아래 분명 사람이 있는 낌샐 알면서도 짐짓 헌 상판이나 맷방석 같은 허드레 물건들을 이리저리 밀쳐서 거꾸로 통로를 가려버린 식으로다 말여……"

나로서는 물론 뜻밖의 사실이었다. 그리고 그게 정말 사실이라면…… 나는 놀라움보다 한동안 그런 상황을 어떻게 이해하고 받아들여야 할지 갈피를 잡을 수 없었다. 성조 씨는 병삼 씨에 대한 지금까지의 내 오해를 바로잡아주려는 게 분명했다. 그건 그 지하실 내력에도 백번 다행스럴 일이었다. 그런데 성조 씨는 그런 지하실을 되살리고 싶어 하는 내 주문에 왜 그토록 열을 내며 몰아붙이는 식인가.

"그게 다 사실일까요? 형님은 그걸 누구한테 들었어요?"

제물에 어리둥절해 있던 나는 우선에 한마디 묻지 않을 수 없었다. 하지만 그럴수록 성조 씨의 어조는 더욱 가팔라지기만 하였다.

"그래, 워낙에 지금까지 알고 있던 쪽과는 다른 소리라 자네한텐 잘 곧이가 들리지 않겠제. 돌아가신 자네 모친, 그 숙모님도 생전에 그걸 통 믿지 않으려 하셨으께. 그래 병삼 씨와는 끝까지 데면데면 지내시다가 그 원망을 저승까지 담고 가셨제. 병삼 씨도 끝내 그런 당신의 오해를 풀어드리지 못한 걸 서운해하다가 연전에 세상을 떠나고 말았고…… 그러니 두 양반 간에는 이제 그날 일이 사실대로 바뀔 일이 없게 된 꼴이제."

"형님 말을 듣고도 저 역시 그날 밤 병삼 씨 일은 쉽게 생각이 바뀔 것 같지 않은걸요."

나는 다시 한마디 맞서 나섰다. 아닌 게 아니라 오랜 세월 동안의 일방적인 믿음 때문엔지 그게 솔직한 내 심정이었기 때문이다. 성조 씨도 물론 거기서 물러설 기세가 아니었다.

"그야 저 명조 아우…… 대전에 사는 명조 동생도 괄괄한 성질 탓에 그걸 좀체 곧이듣지 않았제. 그 아우도 자네처럼 어릴 적부터 조부님 일로 병삼 씨에 대해 유감이 많았는디, 내가 몇 차례 이런 얘길 해도 콧방귀만 뀌더란 말시. 내 친아우도 그러는데, 하물며 그 일을 직접 겪은 자네가 그걸 쉬 곧이들으려 하겠는가. 허지만 이거 하나는 확실하지 않은가. 조부님이 그날 밤을 무사히 넘긴 일 말일세. 병삼 씨가 정말로 작심을 하고 조부님을 잡으러 왔다면 여기 계신 당신을 왜 못 찾고 그냥 나왔을까 말이네."

성조 씨는 기어코 내 생각을 돌려놓고 말 형세였다. 나는 더 할 말이 없었다. 성조 씨 말마따나 그날 밤 병삼 씨가 앞장서 지하실로 갔다가 '여긴 없다'고 단정 짓고 나온 일, 어서 집 안의 다른 곳을 찾아보랬다가 이내 또 '지하실에 없으면 이 집엔 달리 숨을 곳이 없다'며 서둘러 다른 집으로 일행을 이끌고 사라진 일들이 어쩌면 다른 눈길을 가리려는 헛시늉질일 수도 있었다. 나는 잠시 생각이 헷갈린 채 성조 씨의 얼굴만 바라보고 있었다.

하지만 성조 씨가 그렇듯 내게 생각을 바꾸게 하려는 것은 실상 그 병삼 씨의 결백이나 지하실의 복원 여부가 목적이 아니었다.

"그렇다고 이제 와서 내가 자네더러 꼭 내 말을 믿거나 지금까지 생각을 바꾸라는 건 아니네. 자네가 그걸 믿거나 말거나, 그걸 어느 쪽으로 생각하거나, 이젠 그때 일은 이대로 그냥 묻어두고 넘어가자는 거네. 이도저도 저 지하실 어둠 속에다 함께 말이네."

성조 씨가 마지막 본심을 털어놓기 시작했다.

"아까도 말했지만 우리는 지금까지 그렇게 살아왔어. 자네나 우리 명조 아우처럼 일찍 마음이 열려 이곳을 떠나 살아온 사람들은 이래도 저래도 별 상관이 없으니 그런 일을 다시 들추고 따지려드는 모양이데만, 이 나이가 되도록 동네 귀신으로 살아온 우리 같은 무지렁이들은…… 어느 시절 어느 한쪽에 그럴 힘이 있어 그걸 알아두면 이로운 일이 생기는지 모르지만 그 힘 바뀔 때마다 우리는 살기가 더 불편해. 그래서 그냥 이렇게 살아. 그도 보통 힘든 세월이 아니었지만, 그래도 우리헌틴 그편이 마음이 편하고 세상이 편했으니께."

"……"

"아까 그 원옥 씨, 그날 밤 이야기를 하다 말고 슬그머니 자리를 뜨고 말지 않던가. 이 동네선 그런 일에 당사자가 아니면 말이나 참견을 피해 모른 척 덮고 살아. 지금 나나 자네처럼 어느면 당사자 격인 처지에서조차 무엇이 사실인지 믿기가 어려운 판에 하물며 남의 지난 일에는. 더러는 바로 당사자들까지도. 내 말뜻 알아들어? 그런 이 동네에 저 지하실을 되살려놓으면 그거야말로 지금까지 잊고 지내온 험한 내력을 죄 되살려놓는 일 아니었어? 그래서 새삼 동네 사람들 마음을 이쪽저쪽 시끄럽게 갈라놓으면 무슨 좋은 노릇이 생기었어. 우리가 다 죽고 난 뒷세상 일이라면 몰라도 그 시절을 직접 살아낸 사람들이 이쪽저쪽 입 다물고 지낼망정 아직도 서로 이웃해 살고 있는 마당에! 어느 시절 어느 한쪽에 그럴 힘이 있다고 제 편에 이로운 것만 골라 살리래서 쓰겄냔 말여."

그러니 이 마을을 위해 지하실을 되살릴 생각을 그만둬라. 어느 쪽 일이 사실이고 진실인지 아직도 분명히 가닥 지을 수 없는 마당에 새 동네 분란거리 만들지 말고 지하실의 흔적과 함께 모든 일을 그대로 묻어두라. 목소리가 잠겨들 만큼 깊은 진정이 묻어나는 성조 씨의 도저한 호소였다.

그 지하실을 내 지난 시절의 성지로나 여기렸던가? 거기 무슨 지울 수 없는 세월의 마디라도 앉혀보길 원했던가? 그 지하실이 이젠 내 앞에 껌껌한 입을 벌리고 다가드는 느낌이었다.

하지만 나는 이제 그 성조 씨 앞에 아무 말도 할 수 없었다. 대신 나는 휑히 뚫린 부엌 뒷문을 통해 뒤란 쪽 담벼락을 기어오르다 말라가는 호박넝쿨만 묵연히 바라보고 있었다.

"내 여태 자네 생각이 미치지 못한 사실 한 가지만 더 일러줌세."

내 침묵을 어떻게 여겼는지 성조 씨가 그런 내 상념에 마지막 쐐기를 박고 들었다.

"그날 밤 일이 있고 나서 이 마을 사람들은 윤호 어른이 어디에 은신해 있다 왔는질 바로 알게 됐제. 하지만 당신이 왜 저 지하실에 숨었다가 자기 발로 다시 나와 죽음길을 찾아왔는진 아무도 알지 못했어. 당신이 그걸 말한 일이 없었으니께. 그러니 사람들이 어떤 생각들을 했겠는가? 자네가 어떻게 생각하든 우선 나부터도 말이네."

"······?"

"이 동네 사람들, 그래도 지금까지 그런 맘속 의심을 입 밖에 내어 말한 일이 없네. 그리고 이젠 그 시절 너무 어려 아무것도 알지 못했을 자네밖엔 그 자리 사람이 이 세상엔 없네."

오랜 세월 망각의 어둠 속에 묻혀 있다 어느 날 제법 그럴듯한 모습으로 나타났던 지하실이 이젠 다시 제 어둠 속으로 사라질 운명을 맞고 있었다. 마음이 아파오기도 하지만 그 애틋한 윤호의 기억, 그 짧은 삶의 흔적까지도 한동안은 다시 그 망각의 어둠 속으로.

성조 씨의 어조에서 나는 이미 그걸 예감하고 있었다. 어느 시절 어느 한쪽에 그럴 힘이 있다고 제 편에 이로운 대목만 골라 살리려서 쓰겠냔 말여…… 윤호의 기억이 아무리 애틋한들 성조 씨 말마따나 그건 이미 내가 되살리거나 지워 없앨 수 있는 일이 아니었으므로.

"헌다고 지금 이 동네 사람들 누가 자네 말을 곧이들으려 하겠는가. 당사자 격인 자네도 제대로 알기 어려운 어릴 적 일을."

성조 씨가 그 지하실과 어릴 적 일에 마지막 심판을 내리고 있었다.

"내 우정 자네를 탓하려는 게 아니라, 눈길을 바꿔 보면 세상 일이란 사람 따라 세월 따라 다 그렇게 달라 보이는 법이여! 지난 일이 그리 소중하다면 내일 또 지난날이 될 오늘 일이 우리한텐 더 소중하니께 말여."

전에 없이 서슬이 선 어조와는 딴판으로 성조 씨는 언제부턴지 해맑은 가을 볕발 속에 얼굴색이 무참한 흙빛으로 변해 있었다.

(2005)

얼굴의 발견

우찬제
(문학평론가)

1. 이청준 문학 산길에서 본 얼굴, 얼굴, 얼굴……

이청준의 문학 세계는 넓고도 깊다. 남쪽 바닷가 장흥 출신인 그는 시골의 '눈길' 정경이나 천관산 풍경, '이어도'나 소록도, 제주도 같은 '섬'들의 속 깊은 사연에서 도시의 학교·병원·감옥 이야기까지 다양한 레퍼토리를 연출했다. 시간의 뒤안길로 사라져가는 풍속들, 이를테면 '매잡이'라든가 '줄광대', 소리꾼, 도예가의 이야기에서 의사, 기자, 작가, 화가, 사진 작가, 대필 작가, 편집자, 국외 이주자에 이르기까지 다양한 문제적 인물들의 사연을 성찰적으로 가로지르며 울창한 서사의 숲을 가꾸었다. 역사적으로 의자왕의 패망과 백제부흥운동에서 일제강점기, 해방 전후의 격동기, 한국전쟁기를 거쳐 4·19혁명을 관통하고, 베트남전쟁과 중동 인력 파견 시절을 응시하고, 1980년 5월 광주항쟁과 1987년 민주항쟁의 이야기까지 집단적 역사의 내력과 그 안에서 개인의 운명에 관한 웅숭깊은 서사의 골짜기들을 일구었다. 인물의 문제성이나 제재의 역사성도 넓고 깊지만, 그 인물과 제재를 다루는 작가의 반성적 태도가 특히 인상 깊었다. 이청준은 '무엇을' 그 자체가 아니라 '무엇을—어떻게'라는 수사학적 매트릭스를 중시한 성찰적 담론을 추구한 작가였다. 하여 집단적 민족 심상과 정한의 에너지에서 개인의 자유의 문제, 그리고 자유와 사랑의 실천적 화해 문제, 혹은 집단의 꿈과 개인의 진실 사이의 함수 관계, 존재적 언어와 관계적 언어의 길항 관계 등 다양한 문제 틀을 성찰적으로 조망하고 분석하고 상상하고 성찰하면서 오로지 그만이 구축할 수 있는 높고도 깊은 문학 담론의 거대한 산맥을 형성했다.

그의 문학이 깊다는 것은 대체로 이청준의 소설은 이야기 세계로만 이루어지는 게 아니기 때문이다. 그가 즐겨 사용한 중층적 액자소설 방식에서 현묘하게 드러났듯, 그의 소설은 이야기 세계와 그것을 관찰하고 전달하는 서술자 혹은 작가의 메타 성찰 사이의 탄력적 대화 과정을 통해 의미 있는 반성적 숙고의 지평을 열어나가는 경우가 많다. 있는 현상을 정확하게 관찰하고 섣불리 판단하지 않으며, 판단 중지 이후 깊은 성찰을 거친 연후에 이른 판단이라 하더라도 거듭 의심하고 다시 반성하는 태도, 이 도저한 반성적 의식으로 인해, 그리고 그 의식을 아로새기는 반성적 스타일의 진정성으로 말미암아, 이청준 문학은 고도로 성찰적이며 지성적인 문학의 대명사가 되었다. 그런 사정 때문에 이청준 문학 산맥을 자신 있게 종주하는 것은 결코 간단한 일이 아니다. 끊임없이 새롭게 읽힐 가능성이 많은 골짜기며 만물상 같은 봉우리들이기 때문이다.

이번 산행에서 나는 이런저런 얼굴과 자주 마주치는 경험을 했다. 이청준이 그토록 발견하고자 했던 '얼굴'들의 풍경이었을까. 등단작 「퇴원」에서 후기 소설들에 이르기까지 여러 소설에서 작가가 보이지 않는 얼굴로 인해 고뇌하는 인물상을 다채롭게 그렸다. 중세 국어에서 얼굴은 지금과는 달리 몸 전체의 형상을 가리키는 말로 쓰였다고 한다. 이청준의 소설에서 얼굴의 문제를 고민하다가 문득, 얼굴이란 단어가 영혼을 뜻하는 '얼'의 '꼴'(모양)에서 비롯된 게 아닐까 상상한 적이 있었다. 주위의 국어학자는 아니라고 일러주었지만, 이청준 문학 산맥을 걷는 동안 내내 그 생각이 떠나지 않았다. 영혼이 드러나는 모양으로서 얼굴에 관심이 많았던 것으로 보이기 때문이다. 그러기에 「퇴원」의 주인공이나 「병신과 머저리」의 동생, 「마기의 죽음」의 주인공을 비롯한 여러 인물은 거울에 비친 제 얼굴을 보기 힘들어한다. 아니 때때로 보이지 않는다. 「이어도」에서 이어도는 제주도 사람들의 얼굴이 투사된 그림자일 수도 있다. 「선학동 나그네」에서 눈으로 보지 못한 얼굴로 선학이 비상하는 풍경을 보는 소리꾼과 눈으로 볼 수 있는 얼굴을 지닌 다른 이들은 정작 그 풍경을 보지 못한다는 비의적 대조의 풍경도 이채롭다. 「시간의 문」에서 자연 풍경을 넘어 사람의 동적인 얼굴을 발견하는 쪽으로 작법을 바꾼 사진 작가 유종열의 고민은 결국 주관과 객관이 험악하게 분열된 상황에서 그것을 넘어설 수 있는 예술혼을 갖춘 자기 얼굴을 보는 것이었다. 「벌레 이야기」에서 주인공은 어렵사리 범인을 용서하기로 하고 교도소로 찾아가 그의 얼굴을 대면하게 되는 장면에서 결정적으로 절망하게 된다. 표제작으로 삼은 「가해자의 얼굴」은 피해자 코스프레가 턱없이 많은 상황에서 내 거울에 비친 가해자의 얼굴을 성찰하라는 메시지를 함축한 작품이다. 등단작 「퇴원」에서 윤 간호사는 주인공에게 거울을 빌려준 바 있다. 그 거울에 여러 얼굴을 비추어보기로 하자.

2. 고장 난 시계와 자아 망실

「퇴원」은 이른바 '환부 없는 환자'의 입·퇴원기다. 위궤양으로 친구의 병원에 입원해 있지만, 실은 의사 준도 환자 본인도 병의 정확한 양태나 그 원인의 확증을 갖지 못한 상태다. 무슨 병을 앓고 있는지 모르지만 어쨌든 아프다는 환자다. 이런 환자의 이야기인 「퇴원」은 이청준 문학의 기본적 특성을 헤아리게 하는 의미 있는 단서들을 제공한다. 먼저 고장 난 시계. 그의 병실에서 건너다보이는 U병원의 탑시계는 오래전부터 두 바늘을 잃어버린 상태여서 시계 아닌 시계다. 두 바늘을 잃어버린 시계의 기묘한 분위기가 주인공을 집요하게 간섭해오곤 했다고 서술자는 중개한다. 시계는 주인공에게 시간을 알려주지 않으면서도 일거수일투족을 응시할 것만 같은 대타자처럼 여겨지기도 한다. 종일 바늘 없는 시계를 바라보던 주인공은 그저 답답한 마음에 윤 간호사에게 시간을 물어보지만 그녀의 것 또한 고장 난 시계이기는 마찬가지다. "시계가 모조리 고장이군"(p. 26)이 라며 왜 고치지 않을까, 의문을 던지는 주인공에게, 윤 간호사는 왜 수선해야 하냐며, 고장 난 시계도 의미 있는 것 같아서 그대로가 좋다고 말한다. 나아가 그 고장 난 시계가 주인공을 닮았다는 아리송한 말을 전한다.

여기서 고장 난 시계는 양가적이다. 일단 두 바늘을 잃어버린 시계는 시간 착란의 표지이기도 하다. 정상적인 시간의 질서가 멈추어졌거나 일그러진 상태를 의미한다. 마치 살바도르 달리의 그림 속 일그러지고 뒤틀린 시계들처럼 정상적이고 규범적인 시간을 벗어난 왜곡의 크로노스다. 시간 착란은 주인공의 존재 착란을 환기하는 징표로 구실하기도 한다. 그런데 시계를 꼭 고쳐야 하느냐는 윤 간호사의 질문을 떠올리면, 고장 난 시계의 왜곡이나 착란이 꼭 비정상적이거나 부정적인 것으로만 치부되지 않아야 한다는 사실도 예비하는 것이 아닐까. 근대 이후 시계의 시간에 맞춰져 사람살이가 틀 지워졌던 것을 고려하면, 근대 초극의 상징적 에너지를 윤 간호사는 지니고 있는 것처럼 보인다.[1] 그녀는 근대 시계의 시간을 알려주는 대신 거울

---

1 「퇴원」뿐만 아니라 「조만득 씨」(『다시 태어나는 말』, 문학과지성사, 2017)에서도 윤 간호사는 환자에 대해 공감적인 태도를 보인다. 환자를 정상인과 비정상인으로 나누어 뒤쪽에 위치시키는 근대 임상의학의 담론에 회의를 표명한다는 점에서 상당히 문제적 인물이다.

을 가져다준다. "거울을 들여다보노라면 잃어진 자기가 망각 속에서 살아날 때가 있거든요"(p. 28). 위궤양이라며 입원해 있는 환자지만 실은 '자아 망실증 환자'라는 병명을 붙여줄 수도 있다고 말하는 그녀다운 처방이다. 거울 기제를 통해 망실된 자아를 회복할 수 있다고 생각하는 것 같다. 그녀가 보기에 주인공은 근대 임상의학의 처방전을 필요로 하는 단순한 환자가 아니다. 그러기에 그녀 나름대로 거울-처방을 제시한 것 아닐까. 내력이 깊은 이야기가 있을 것 같은 사람이라는 것, 그런데 그 이야기가 너무 깊어 숨어버린 것 같지만, 거울을 보며 그 이야기를 다시 소환해내는 과정에서 자기를 찾아나갈 수 있을 것 같다고, 윤 간호사는 짐작한다. 어쨌거나 주인공은 그녀가 건네준 거울을 통해 자기 얼굴을 보게 된다. "거울 속에서 나는 참으로 오랜만에 나의 얼굴을 보았다"(p. 29). 참으로 오랜만이라고 했다. 거울을 통해 기억하거나 떠올리고 싶지 않은, 그래서 무의식으로 침전되어 있을지도 모르는, 이야기들이 귀환한다. 자아의 그림자를 불러들인다. 소학교 시절 아버지의 전짓불에 의해 광 속에 갇혔던 이야기와 군대 시절 뱀 껍질로 지휘봉을 만들던 이야기가 그것들이다. 마치 모태 공간과도 같이 여겼던 광 속에서 은밀하게 쾌락 원리를 추구하던 어린 주인공의 욕망은 아버지의 전짓불에 의해 폭력적으로 중단된다. 직후 갇혀 있던 이틀 동안 생겼을 트라우마가 이후 그로 하여금 세상으로 나아가지 못하게 하는 그림자가 된다. 비단 그때만이 아니었다. 고등학생 때도 아버지는 "너는 제구실도 한번 못해볼 게다 — 날마다 네 친구 발바닥이나 핥아!"(p. 19)와 같은 폭언으로 아들을 억눌렀다. 어쩌면 그 말이 씨가 된 탓일까. 그는 스스로 제구실을 할 자리와 역능을 발견하지 못한다. 세상으로 나아가기를 꺼리고 불안해하는 이야기는 훗날 「황홀한 실종」(『서편제』, 문학과지성사, 2013)에서 거듭 중층적으로 재현되지만, 「퇴원」에서 그 증후가 이미 뚜렷하게 부각되었던 셈이다. 전짓불 사건에서 주인공의 책임이 전혀 없는 것은 아니지만 그래도 아버지에 의한 피해자라는 성격이 더 강한 게 사실이다. 그런데 군 복무 시절 뱀지휘봉은 뱀 짐승에게 명백한 가해를 한 행위에 가깝다. 이렇게 피해자로 상처받은 어린아이와 가해자로 상처받은 아이를 동시에 호명하면서 주인공은 윤 간호사의 말처럼 자기를 찾아나가게 된다. 이때 거울 속의 얼굴 이미지는 이런 것이었다.

언어가 완전히 소멸된 거기에는 슬프도록 강한 행동의 욕망과 향수만이 꿈틀거렸다. 허나 나에게는 이미 그 욕망마저도 죽어버리고 없었다. 완전한 자기 망각. 그렇게 나는 시체처럼 여기 병실에 누워 있는 것이다. (p. 37)

이렇게 자기 망각이나 자기 망실 상태를 들여다보는 것, 그것은 잃어버린 마음에 새로 바늘을 꽂는 작업의 일환이기도 하다. 적어도 윤 간호사의 맥락에서라면 말이다. 병실 건너편 탑시계 수리가 끝나자 그녀는 주인공에게 "선생님 마음에도 이제 바늘을 꽂아보세요. 그럴 힘이 있을 거예요"(p. 29)라고 말한다. 거기에 "바늘을 끼워놓은 시계니까 이제 돌아가봐야죠"라고 주인 공이 말할 수 있게 된 것도, 거울을 통해 얼굴을 바라보며 그림 자를 불러낸 결과이기도 하다.[2] 물론 그 치유가 결정적인 것도 온전한 것도 아닐 수 있음을 두 사람 모두 잘 알고 있는 것으로 보인다. 비늘을 끼웠으니 돌아가겠다는 주인공의 말에 윤 간호 사가 "다시 돌아오시겠죠?"라고 의뭉스럽게 말하는 것이 그 증 거다(p. 38). 문제가 여전히 현재진행형이라는 것, 서사 안에서 나름대로 탐문한 것을 바탕으로 새로운 탐색의 과제를 열어두 는 것, 이것이야말로 이청준 소설의 결말이 갖는 구성적 특징이 라 할 것이다.

요컨대 「퇴원」에서 볼 수 있는 여러 특징, 이를테면 고장 난 시계 이미지를 바탕으로 근대적 삶의 원리에 대해 비판적 인식 을 보인다는 점, 근대 이후 영혼의 얼굴을 잃어버린 문제적 인 물들은 보이지 않는 얼굴을 찾기 위해 비상한 모색이 필요하다 는 점, 즉 영혼의 얼굴을 향한 욕망의 도정이야말로 억압적인 대타자의 질서에 맞서는 자유로운 산문정신의 일환일 수 있다 는 점, 무의식적으로 욕망의 밑자리로 내려가면서도 의식적으 로는 피해자 의식과 가해자 의식을 반성적으로 종합하는 것이 좋으며, 특히 가해자 의식과 관련한 반성적 사유가 매우 요긴하

---

2 1982년 작 「여름의 추상」에서도 이청준은 "거울을 보는 지혜"에 대해 언급한 바 있다. "하지만 녀석들이 그렇게 서로 남의 얼굴을 제 얼굴로 삼고 지내게 된 것은 뭐니 뭐니 해도 놈들에겐 아직 거울을 보는 지혜가 없기 때문일 것이 다"(『비화밀교』, 문학과지성사, 2013, p. 133).

다는 것, 문제적 서사 상황의 결정적 해결을 보여주는 것보다는 문제의 성격과 그 위상을 반성적으로 탐색할 수 있게 하는 열린 장치가 필요하다는 것 등은 이청준 소설 전체를 해명하는 데 매우 의미 있는 성찰의 지렛대를 제공하는 게 사실이다.

3. 명료한 얼굴과 불명료한 얼굴

「퇴원」에서 돌올하게 부각되었던 '환부 없는 환자'의 초상은 「병신과 머저리」에서 동생의 캐릭터를 통해 거듭 문제적 지평을 형성한다. 한국전쟁을 체험한 전상자인 형과 직접 참전하지는 않은 동생 사이의 얼굴 찾기의 대조적 고뇌를 다룬 이 소설에서, 형은 10년 동안 외과 의사로서 조용히 살아온 인물이다. "생生에 대한 회의도, 직업에 대한 염증도, 그리고 지나가버린 시간에 대한 기억도 없는 사람처럼 끊임없이, 그리고 부지런히 환자들을 돌보아왔"(p. 45)던 형은 의료사고의 충격으로 병원 문을 닫은 채 돌연 소설 쓰기에 몰입한다. "10년 전의 패잔敗殘과 탈출에 관한 이야기"(p. 44)를 쓰면서 형은 부상당한 김 일병을 살해하는 대목에서 좀처럼 앞으로 나아가지 못한다. 어린 시절 노루 사냥 몰이꾼 때도 그랬지만 신경이 약한 형은 관모와 김 일병의 눈빛 사이에서 아무것도 하지 못했으며, 고작 관모가 김 일병을 살해할 때 방관했던 일을 마치 자신의 살인 행위로 받아들이며 괴로워하고 있는지도 모른다고, 동생은 생각한다. "언

제나 망설이기만 할 뿐 한 번도 스스로 행동하지 못하고 남의
행동의 결과나 주워 모아다 자기 고민거리로 삼는 기막힌 인텔
리"(p. 69) 같은 모습의 형을 가엽게 여기기도 하고 미워하기도
하는 등 양가감정을 내보인다. 형의 소설에 대한 궁금증 때문에
지기 그림도 그리지 못하던 동생은 미적거리는 형을 대신해 소
설의 결말을 자기가 직접 짓는다.

형의 망설임이나 머뭇거림을 참기 어려워했던 것은, 그것이
동생 자신의 그림자였던 까닭이었을까. 혜인과 만나면서 아무
것도 책임지지 않으려 했고 또 아무런 주장을 하지도 않았던 동
생이었다. 혜인과 헤어진 이후 그는 갑자기 "사람의 얼굴"이 그
리고 싶다는 생각을 하게 되고, 또 그것이 "퍽 오래 지녀온 갈
망"이었음을 떠올린다(p. 53). 하지만 사람의 얼굴을 향한 그의
욕망은 끊임없이 미끄러지기만 한다.

그러나 감격으로 나의 화필이 떨리게 하는 얼굴은 없었다. 나
는 실상 그 많은 얼굴들 사이를 방황하고 있었는지 모른다. 하
지만 안타까운 것은 혜인 이후 나는 벌써 어떤 얼굴을 강하게
예감하고 있다는 사실이었다. 아직은 내가 그것과 만날 수 없었
을 뿐이었다. 둥그스름한, 그러나 튀어 나갈 듯이 긴장한 선으
로 얼굴의 외곽선을 떠놓고(그것은 나에게 있어 참 이상한 방법
이었다) 나는 며칠 동안 고심만 하고 있었다. (p. 54)

동생이 욕망하는 사람의 얼굴은 희미한 예감 수준을 넘지 못

한다. 그래서 얼굴의 외곽선만 떠놓고 구체적 형상과 숨결을 불어넣질 못한다. 욕망하는 얼굴이 좀처럼 떠오르지 않기 때문이다. 그런 그의 화폭을 형이 손가락으로 난폭하게 찢는다. 동생이 맺은 소설의 결말을 보고 난 다음이었다. 동생의 소설적 상상은 물론 화가로서 회화적 구상 모두를 부정하는 행위로 받아들여진다. 동생은 형이 김 일병을 살해한 것으로 마무리했었는데, 형의 결말은 달랐다. 형이 죽인 것은 김 일병이 아니라 김 일병을 죽여야 한다고 했던 오관모였던 것이다. 관모를 살해하는 총소리의 청각적 환상과 더불어 형이 자신의 얼굴을 확인하게 되는 대목에서, 동생은 매우 놀란다.

탕!

총소리는 산골의 고요를 멀리까지 쫓아버리듯 골짜기를 샅샅이 훑고 나서 등성이 너머로 사라졌다. 그 소리의 여운을 타고 웬 그리움 같은 것이 가슴으로 젖어들었다. 문득 수면에 어리는 그림자처럼 희미한 얼굴이 떠올랐다. 그것은 웃고 있는 것 같았다. 그리고 좀더 확실해지기만 하면 나는 그 얼굴을 알아볼 수도 있을 것 같았다. 오래전부터 나와 익숙했던, 어쩌면 어머니의 배 속에도 있기 이전부터 이미 알고 있었던 것 같은 그리운 얼굴이었다. 그러나 생각이 나지 않았다. 안타까웠다. 생각이 나기 전에 그 수면 위의 그림자처럼 희미하던 얼굴은 점점 사라져갔다. 나는 눈을 감았다. 그리고 계속해서 방아쇠를 당겼다. 총소리가 다시 산골을 메웠다. 짠 것이 자꾸만 입으로 흘러

들어왔다.

탄환이 다하고 총소리가 멎었다.

피투성이의 얼굴이 웃고 있었다. 그것은 나의 얼굴이었다.
(p. 80)

"결코 지워지지 않는 연필로 그린 듯한 강한 神線으로 〈얼굴〉을 이야기하고 있었다"(pp. 80~81)는 동생의 반응은 아직 그런 얼굴을 대면할 연필을 마련하지 못한 자신에 대한 안타까움을 드러낸 것이기도 하다. 동생이 보기에 형은 '사실'을 직시하고 받아들임으로써 '관념의 성'을 넘어서 자기 얼굴을 발견하고 자기 일을 할 수 있게 되었다. 무엇보다 형이 아픈 곳을 알고 있다는 것, 그것이야말로 "무서운 창조력"(p. 86)일 수 있다고 여기는 동생은 형의 아픈 발견에 공감하면서도, 여전히 자기 아픔의 원인을 알지 못하고, 자신의 얼굴을 발견할 수 없기에 고통스럽다.

나의 아픔은 어디서 온 것일까. 혜인의 말처럼 형은 6·25의 전상자이지만, 아픔만이 있고 그 아픔이 오는 곳이 없는 나의 환부는 어디인가. 혜인은 아픔이 오는 곳이 없으면 아픔도 없어야 할 것처럼 말했지만, 그렇다면 지금 나는 엄살을 부리고 있다는 것인가.

나의 일은, 그 나의 화폭은 깨어진 거울처럼 산산조각이 나 있었다. 그것을 다시 시작하기 위하여 나는 지금까지보다 더 많은 시간을 망설이며 허비해야 할는지 모른다.

　어쩌면 그것은 나의 힘으로는 영영 찾아내지 못하고 말 얼굴일지도 몰랐다. 나의 아픔 가운데에는 형에게서처럼 명료한 얼굴이 없었다. (p. 86)

　동생과 결별하면서 보낸 편지에서 혜인은 형과 비교하며 동생의 증상을 언급한 바 있다. 매사가 "자신의 안으로 돌아가는 것"으로서 해답을 찾으려 하는 동생의 "이상한 환부患部"(p. 73)를 지적하면서 혜인은, 6·25 전상자인 형과 달리 "이유를 알 수 없는 환부를 지닌, 어쩌면 처음부터 환부다운 환부가 없는" 환자인 동생의 그 증상이 더 심해지고 무슨 병인지조차 알지 못하기에 위험하다고 적었다. 결국 "자신의 힘으로밖에 치유될 수 없는 것"으로 보여 안타깝다고 했다(p. 74). 「퇴원」에서도 그랬지만, 「병신과 머저리」에서도 동생은 자기 아픔이 어디서 오는지 알지 못한다. 그걸 알지 못한다는 것은 자기 얼굴을 비춰줄 거울을 지니고 있지 못하다는 것과 거의 등가이다. 그럼에도 이청준의 인물들은 좀처럼 드러나지 않는 얼굴을 발견하기 위해 무던히 애쓴다.

　요컨대 「병신과 머저리」에서 6·25세대인 형은 자기 병인을 정확하게 파악하고 자기 얼굴을 명료하게 확인한 반면, 4·19세대인 동생은 불명료한 얼굴로 인해 여전히 고뇌한다. 심지어 형은 그런 동생에게 "머저리 병신"(p. 83)이라고 야유하기도 한다. 그렇다고 해서 그게 일방적인 것만 같지는 않다. 형이 소설

결말에서 죽인 것으로 처리한 관모를 결혼식장에서 만났는데 자기를 모르는 척하더라는 후일담과 더불어 자기 소설을 불태우는 장면을 통해 형 또한 '머저리 병신'의 여집합이 아닐 수 있음을 시사하기 때문이다. 명료한 얼굴인 것 같았지만 그 또한 부성의 계기로부터 자유롭지 못한 까닭이다. 결국 '머저리 병신'의 바깥은 없는 것일까? 어떻게 진정한 자기 얼굴을 발견하고 '머저리 병신'의 바깥으로 나갈 수 있을까? 찢어진 화폭, 깨어진 거울 이미지와 더불어 보이지 않는 얼굴이 이 '머저리 병신'들을 고통스럽게 하며, 그만큼 절실한 질문을 던지게 한다.

초현실적 설정을 한 「마기의 죽음」에서 주인공 마기의 사정은 훨씬 더 심각하다. "모든 내부가 깡그리 어디론가 빠져 달아나버리고 텅 빈 껍데기만 남은 듯한 허망감"에 시달리는 마기는 혁명군들이 데리고 간 에덴에서조차 괴롭고 상처받을 뿐이었다. 그 에덴은 매사가 온전히 이루어지는 낙원이 아니었다. 사정이 그렇다 보니 그는 절박하게 질문한다. "아픔은 어디서부터 오는 것인가"(p. 107). 그런 질문과 더불어 그는 감옥의 발견에 이른다. 책을 통해 '감옥'이라는 말을 발견하고 난 다음 주인공은 콘크리트 벌판이 하나의 감옥이었으며, "감옥은 인간들을 억압해 길들였다"(p. 108)는 사실을 감지하게 된다. "모든 사고의 질료를 차단해버리고 무의미한 공간만을 제공함으로써 사고를 불가능하게 했고 정신을 마비시켰다"는 감옥에 대한 비판적 성찰을 통해 자기 아픔의 실마리를 탐문한다. "나의 아픔은 그 사고의 질료를 찾아 헤매는 나의 정신, 그것을 찾아내지 못하여 안타깝게 사고하고자 하는 나의 정신의 갈망이었다"(p. 109). 이런 욕망과 탐문은 대개 책을 통해 추동되고 수행되는 것이었다. 그런데 초현실적 상황에서, 책을 통해 생각을 하고 발견을 하면 할수록 머리와 얼굴이 부풀어 올라 비대해지는 가분수가 된다. 자기 얼굴을 발견하려 노력하면 할수록 외적 얼굴이 기형이 되는 그로테스크한 상황을 통해 작가는 문제를 예각화한다. 기형을 감수하면서 생각을 계속해나가던 마기는 어느 날비로소 "그 억압으로부터 자유를 유추해낼 수 있"(p. 110)게 된다. 혁명군의 굴레에 길들여져 인간으로서 자유 의지가 퇴화되고 소멸되기 전에, "나의 내부 어디엔가 숨어 있을 나의 의지의흔적, 이상한 병원, 나의 자유 의지를 찾아보려고"(p. 115) 애쓴다. "인간이 인간이게 하는 이유, 그의 우주 형성력 또는 그 질서"(p. 105)로 자유를 발견하고, 자유 의지를 추동한다는 것은, 그러나 혁명군의 시각에서는 금단의 비밀을 보아버린 어떤 것이었다. 그 대가로 그는 "영원히 그 비밀의 문을 다시 빠져나올 수 없게 된"(p. 116)다. 자유와 자유 의지의 가치를 발견하고 자유로운 영혼의 얼굴을 탐문했던 마기는 결국 죽음을 앞두고 묘비명과도 같은 자유의 메시지를 남긴다.

그리하여 인간이 인간이려고 하는 노력은 끊어지고 우주는 파멸할 것이니, 미련하게도 자유와 인간의 안일을 함께 말하지 말라. 자유는 우주의 평화와 인간의 행복의 이유가 아니라 그 생성 원력生成原力인 것이다. (p. 119)

자유가 우주의 평화와 인간의 행복을 이끌어내는 생성 원력이라는 것, 바로 이것이야말로 4·19세대의 문학적 자기 선언이 아니었을까? 4·19혁명이 여전히 수행 중이어서 아직은 미완의 상태이던 이듬해 일어난 5·16쿠데타는 4·19를 통해 자유의 가능성을 확인하고 탐문하던 당대의 젊은이들에게 엄청난 배신감 내지 환멸감을 주었을 것이다. 만약 5·16이 그렇게 서둘러 단행되지 않았더라면, 그리고 쿠데타군이 그처럼 혹독하게 자유를 억압하지 않았더라면, 4·19세대 작가 이청준은 굳이 「마기의 죽음」과 같은 소설을 쓸 필요가 없었을 터이며, 또 앞서 인용한 부분과 같은 자기 선언을 하지 않아도 좋았을 것이다. 그렇다면 「퇴원」의 주인공이나 「병신과 머저리」의 동생의 아픔 또한 마기의 아픔과 유사한 범주가 아니었을까? 생성 원력으로서 자유의 상실, 자유 의지의 퇴화, 이런 것들이 아픔의 원인 아니었을까? 그러기에, 가짜 에덴으로 포장된 감옥 같은 상황이었기에, 치유의 지평으로 나아가기 어려웠던 것 아닐까? 그렇다면 아이러니컬하게도 보이지 않는 얼굴이야말로 복합적 문제성을 함축하고 있으리라. 보이지 않는 것을 통해 더 많은 것을 보는 역설, 훗날 〈남도 사람〉 연작의 일부인 「선학동 나그네」에서도 볼 수 있는 것과 볼 수 없는 것, 보이는 것과 보이지 않는 것 사이의 역설을 비의적으로 풀어 보이지 않았던가. 어쨌거나 이청준 소설에서 얼굴을 찾아 나선다는 것은 마치 예전에 오디세우스가 트로이전쟁을 끝내고 고향 이타카로 돌아가기 위해 그토록 엄청난 시행착오와 시련을 겪으면서도 견뎌야 했던 것처럼, 견디고 또 견디면서 진실을 발견해야 하는, 그만큼 값지면서도 지난한 과정의 소산임을 암시한다. 그러니까 이청준 소설에서 문제는 얼굴의 역설이었던 셈이다.

4. 얼굴 탐문을 위한 가로지르기

다시 말하지만, 보이지 않는 얼굴, 그 진정한 얼굴의 초상을 발견하는 일은 여간 어려운 게 아니다. 있는 자리에서 편하게 거울을 본다고 비춰질 얼굴이 아니기 때문이다. 이청준의 소설에서 얼굴을 발견하기 위한 중요한 탐색 전략 중의 하나는 탈주의 감각이다. 경계를 넘어서기 위한 역동적 가로지르기가 「마기의 죽음」「이어도」「황홀한 실종」「시간의 문」『신화를 삼킨 섬』 (문학과지성사, 2011) 등 여러 편에서 마치 반복의 문법처럼 거듭 나타난다. 이청준이 단행하는 가로지르기는 생 전체를 걸고 운명처럼 하는 것이어서 매우 절실하고 절박하다. 가령 「마기의 죽음」에서 주인공 마기의 탈주는 곧 죽음의 공간으로 입사해 들어가는 것이나 마찬가지였다. 죽음을 걸고 생성 원력으로서의 자유를 추구하고자 했던 것이다. 얼굴 찾기를 위한 가로지르기가 운명적이라는 것은 「이어도」와 「시간의 문」에서 매우 상징적으로 드러난다.

"천 리 남쪽 바다 밖에 파도를 뚫고 꿈처럼 하얗게 솟아 있다는" 이어도는 제주도 사람들에게는 일종의 "피안의 섬"으로 받아들여졌다. "아무도 본 사람은 없었지만, 제주도 사람들의 상상의 눈에선 언제나 선명한 모습을 드러내고 있는 수수께끼의 섬"이었고, "누구나 이승의 고된 생이 끝나고 나면 그곳으로 가서 새로운 저승의 복락을 누리게 된다는 제주도 사람들의 구원의 섬"이었다(p. 138). 더러 이어도를 보았다는 사람이 있지만, 한번 그 섬을 본 사람은 다시 이승으로 귀환할 수 없기에 그 섬의 모습을 분명하게 말할 수 있는 사람이 없다는 것이다. 이런 신화적인 섬을 제재로 하여 이청준은, 과연 이어도는 '피안의 섬'이기만 한 것일까, 이어도 신화는 어떻게 현실에 개입하는가, 신화적 믿음과 사실의 관계는 어떠한가, 등의 문제를 제기한다. 그러면서 신화와 현실 사이의 길항작용 가운데 사람의 얼굴을 탐문한다.

제주 출신 남양일보 기자인 천남석은 이어도의 운명과 맞서버티다가 끝내 황홀한 절망 속에서 역설적으로 운명을 받아들인 경우에 속한다. 어린 시절부터 어머니는 아버지가 바다로 나가면 구성진 이어도 노래를 불렀다. 아버지가 돌아오면 그쳐지던 이어도 노래는 아버지가 이어도를 향해 수평선을 온전히 넘어가 다시 돌아올 수 없게 되자 한스러운 곡조로 계속된다. 사정이 그렇다 보니 천남석에게 이어도와 이어도 노래는 차라리 트라우마에 값하는 운명일 수 있었다. 부정하고 싶은 대상이었기에 다른 사람들처럼 이어도를 받아들이지 않는다. 술집 이어도의 여인 역시 사정이 비슷하다. 그녀의 부모와 오라비가 차례로 수평선을 가로질러 이어도로 갔기 때문이다. 천남석은 그 녀에게 제주를 떠날 것을 권한다. 그녀라도 이어도의 운명으로 부터 벗어나게 하고 싶었던 것이다. 의식적으로는 자꾸 이어도 를 멀리하려 했던 천남석이었지만, 제주도민으로서 나눠 지니 고 있는 집단 무의식의 측면에서 그는 어김없이 제주도 사람이 었고, 영락없는 이어도 신화의 담지자였다. 파랑도(그는 파랑도 가 곧 이어도라고 생각했다) 수색 작전에 의해 파랑도가 없음이 드러나자, 그 사실을 부정하고 제주도민의 허구적인 신화를 입 증하기 위해 스스로 실종되는 것으로 수평선을 가로지르며 이 어도로 입사한다. 소설은 천남석의 실종 사건 이후 해군 함대의 선우현 중위와 그가 찾아간 남양일보 양주호 편집국장 사이의 대화를 통해 진행되는데, 특히 양주호의 발화가 이어도 신화와 관련한 소설의 핵심 정보를 담고 있다.

아 그야 물론 그가 본 이어도 역시 실재의 섬은 아니었겠지 요. 오랫동안 이 섬에 살아온 이어도란 원래가 그 가상의 섬이 아니겠습니까. 천 기자가 본 이어도 역시 그런 가상의 섬이었습 니다. 하지만 어쨌든 천 기자는 그때 문득 그 이상스런 방법으 로 자기의 섬을 보게 되었고, 그래서 그는 오히려 절망을 하고 만 것입니다. ……하지만 그건 참으로 황홀한 절망이었을 겝니 다. (pp. 158~59)

먼저 이어도는 가상의 섬이라는 것, 실제로 현상하는 섬이 아니라 허구적으로 상상된 섬이라는 점이 중요하다. 상상하는 제주 공동체가 함께 만든 가상의 섬이기에 이어도는 수색 작전을 통해서는 물리적으로 발견할 수 없는 섬일 수밖에 없다. 그렇다 하더라도 신화를 실제로 탐색하던 천남석의 입장에서는 그리 간단한 일이 아니다. 이어도는 어쩌면 양파였을까? 한 겹 또 한 겹 벗기며 안으로 들어갔는데, 결국 마지막에 모조리 벗겨신 양파 안에 아무것도 남아 있지 않음을 확인했을 때, 눈물을 쏟을 수밖에 없지 않았을까? 천남석의 경우가 꼭 그랬지 싶다. 의식적으로는 부정했지만 무의식적으로는 긍정했던 이어도, 그러기에 그 어느 한쪽에만 무게를 두기 어려운 상황이었기에, '없음의 있음'을 확인하는 순간, 다시 말해 물리적인 이어도는 없지만 그 없음의 순간에 신화적 이어도가 비의적으로 현현되었다면, 그랬다면 필경 천남석에게는 "황홀한 절망"이었을 것이라는 추정이다. 그러나 여전히 "사실의 확인"을 강조하는 선우 중위에게, 양주호는 "그 사실이라는 걸 단념"하라고, "사람들은 때로 사실에서보다 허구 쪽에서 진실을 만나게" 된다고, 그럴 때 "그 허구의 진실"(p. 203) 혹은 "꿈"을 구하기 위해 때때로 "사실이라는 것을 포기하는" 경우가 있다고 말한다. "천남석이 이어도를 만난 것도 아마 그 사실이라는 것을 포기했을 때 비로소 가능했을 것입니다. 그가 주변의 가시적 현실을 모두 포기해버렸을 때 그에게 섬이 보이기 시작했단 말입니다"(p. 204). 이청준 스스로 「작가의 말」을 통해 "우리는 때로 가시적인 사실에서보다는 그 허구 쪽에서 오히려 더 깊은 진실을 만나게 될 때가 있으며, 자유로운 정신의 모험을 꿈꾸는 한 개인의 내면사와 그가 실존하고 있는 현실과의 갈등 속에 우리는 가장 절실한 우리 삶의 참모습을 발견할 수 있기 때문"[3]이라고 언급한 바 있거니와, 사실로서의 섬이 아닌 허구적 신화로서의 이어도가 더 깊은 진실에 맞닿아 있다고 말할 수 있는 이유는 다른 데 있지 않다. 피안의 이상향 혹은 동경의 공간으로서가 아니라 그런 공간을 허구적으로나마 상상함으로써 차안의 실제 섬 생활의 애환을 견딜 수 있고 또 나름대로 의미 있는 애도의 장치를 마련할 수도 있기 때문이다. 그러니까 수평선을 가로지른 이후의 이어도 삶이 아니라, 이어도를 상상하는 이어도 이전 제주도와 그 주변 바다에서의 삶의 가능성을 위해서 이어도 신화가 필요했다는 얘기다. 비록 근대 이후 과학기술에 의해 이런저런 신화가 벗겨지는 상황에 있다 하더라도 이어도와 같은 신화들을 상상적 가능 세계로 남겨놓고 싶은 마음, 그래야 다른 것을 꿈꾸고 숨 쉴 수 있는 영혼의 얼굴을 보듬으며 살 수 있을 것 아니냐는 생각, 그런 생각들을 「이어도」를 읽으면서 하게 된다. 이청준에게 있어 신화는 현실의 사람살이에 기여하는 이야기로서 의미가 있다. 신화를 위한 현실이 아니라 현실을 위한 신화 탐문, 그것의 말짓풀이가 바로 소설이다.

사진 작가 유종열을 주인공으로 내세운 예술가 소설인 「시간의 문」 또한 매우 인상적인 작품이다. "지극히 추상적인 시간에

---

3 『이어도』, 열림원, 1998, p. 125.

의 동경과 그것에 대한 예감"(p. 385)에 사로잡혀 있는 유종열에 대해 "미래를 찍는 사진 작가"(p. 378)라고 할 때 관찰자인 '나'는 "그것으로 어떤 미래의 모습을 찍어낸다기보다 그 자신이 어떤 미지의 시간대 속으로 사라져 들어가버리고 싶은 강렬한 자기 실종의 욕망 같은 걸 드러내 보일 뿐"(p. 385)이라며 비판적 시선을 보이기도 한다. 그의 시간에 현재가 없다는 것, 과거에서 미래로 이행하는 초현실적 시간이기에, 지금 여기의 현실이 없는 것에 불만이었던 것이다. 어쩌면 시간 속에서 실종된 것만 같던 그는 결혼과 월남전 취재를 계기로 변화하기 시작한다. 그의 사진에 비로소 '사람의 얼굴'이 등장하게 된 것이다. 이전에는 주로 사람 없는 풍경 사진이 대부분이었다. 그가 사람을 찍기 시작했다는 것은 이전과는 달리 현재라는 시간에 착목할 수 있는 카메라의 눈을 지녔다는 것을 의미한다. 그런데 사진 작가로서 그는 여전히 좌절하고 절망한다. 시간적으로 대상의 시간을 자신의 카메라가 정지시킨다는 것이 문제였다. 그 두꺼운 "시간의 벽을 뚫고 대상 안으로 들어가 함께 흐를 수가 없었어요. 감당할 수가 없는 일이었어요"(p. 402). 이런 시간의 단절과 함께 공간적 단절도 작가에게 숙명적 고통을 안긴다. "찍히는 사람과 찍는 사람, 대상과 나", 그 둘 사이의 "엄청난 거리의 벽" "참으로 엄청난 카메라의 숙명" 등이 그를 늘 좌절케 했다. 언제나 문제는 결국 "지워지지 않는 거리와 공간"이었다(p. 406). 그런 좌절과 절망 속에서도 유종열은 문제적 공간의 벽을 허물고, 살아 움직이는 시간을 찍어, 그야말로 "시간의 문을 열고 들어가 미래의 모습을 찍을 수 있"(p. 409)기를 욕망했다. 이런 그에게 서술자 나는 "사실성의 확인 위에서 미래의 구원을 찾아" "미래의 얼굴"을 발견하기를 바랐다(p. 410). 또 유종열의 아내는 그 "미래의 시간"이라는 것이 사진 작가 "한 사람의 것이 아니라 우리 모두가 함께 살아내야 할 만인 공유의 것이 되어야" 함을 강조했다(p. 420).

그렇게 카메라의 숙명과 맞씨름하던 유종열은 베트남전쟁 종전 직후 남지나해에서 난민선을 따라 난민들의 얼굴을 찍다가 결국 실종되고 만다. 그의 최후 사연이 담긴 선장의 편지와 함께 전달된 그가 보트를 저어 난민들에게로 다가가는 모습이 찍힌 사진을 보면서 서술자는 "유 선배가 그토록 갈망해오던 미래의 시간을 분명하게 보게 된 것 같"다고, "몸소 그 두꺼운 공간의 벽을 뚫고 넘어가 시간의 문을 붙잡은 것"이며 "그 미래의 시간과 함께 그가 흐르고 있음을 눈과 가슴으로" 느낀다(p. 441). 지난 시간의 "배반과 절망을 통하여 비로소 그 미래에로의 시간의 항해를 시작할 수 있"는 "시간의 문을 찾아내었고, 그 시간과 함께 미래로 흐를 수 있"게 되었다고 짐작한다(p. 443).

뽀얗게 멀어져가는 해무의 바다.
그것은 하나의 시간의 소용돌이, 소멸과 탄생이 함께 물결치는 광대무변한 시간의 용광로다. 그 시간의 소용돌이 속으로 방금 한 작은 인간이 까마득하게 자신을 저어간다. (p. 447)

아마추어 사진 작가이기도 한 선장의 카메라에 찍힌 유종열 최후의 모습이다. 카메라의 숙명에 그토록 좌절했던 작가가, 카메라의 눈과 대상 사이의 거리, 즉 주관과 객관의 험악한 거리와 분열 때문에 숙명적으로 절망했던 사진 작가가, 그것을 넘어서기 위해 주관과 객관의 경계를 직접 가로지른 결과다. 경계 가로지르기 혹은 주관의 객관화를 통해 그 거리를 넘어서고 미래의 시간에 그만이 아닌 많은 사람이 시간의 문을 함께 열어갈 수 있도록 안내한다. 「이어도」의 천남석 기자도 그랬지만 「시간의 문」에서 유종열도 사라짐, 실종을 통해 자기가 추구했던 것을 역설적으로 완성한다. 이어도의 꿈도, 공간과 시간의 장벽을 뚫고 미래의 시간으로 나가는 것도, 자기 실종을 동반하지 않고는, 혹은 운명을 걸지 않고는 불가능한 것이었을까. 〈남도 사람〉 연작에서 소리를 위해 눈을 멀게 하는 사건 또한 이 범주에서 이해할 수 있을지 모른다. 「황홀한 실종」까지 고려하면, 그리고 「퇴원」이나 「병신과 머저리」 같은 초기작의 경향부터 고려하면 '자기 실종의 욕망'은 이청준이 창안한 인물형 중에서 가장 독특한 것으로 보인다. 실존적 불안이 심한 현실에 대한 고려와 함께 요나 콤플렉스에 대한 작가의 생각, 행동적이기보다는 자기 성찰적인 작가의 성격, 스토리텔링 중심 작법보다는 반성적이고 비판적인 작법을 선호했던 작가의 기질 등 여러 면에서 볼 때 '자기 실종의 욕망'을 보이는 인물형은 어쩌면 작가 이청준을 대리하는 초상으로 보이기도 한다.

이 '자기 실종의 욕망'을 보이는 인물형은 대개 현실에서 좌절과 절망을 경험한다. 현실에서 좌절하거나 패배한 사람이 그 현실에 복수하기 위해 글쓰기를 시작하지만, 개인적 복수심 차원을 반성하고 자유의 질서에 의해서 넓고 깊게 지배하고 해방시키는 것이 중요하다는 문학관을 「지배와 해방」에서 분명히 한다. 우리 시대 작가는 "명분의 얼굴"(p. 211)로서만 필요로 하고 그렇게 부려져온 말들의 상황을 전면적으로 반성하고, "실제로 글을 쓰는 사람 자신의 삶의 진실에 정직하게 뿌리가 닿아 있"(p. 215)으면서도, "드넓고 화창한 자유의 질서" 혹은 "새로운 질서의 창조와 확대"(p. 246)가 이루어질 수 있게끔 "넓은 가능의 세계로 화창하게 해방시켜나가는 작업"을 수행해야 한다는 것이다. 작중 작가 이정훈은 "왜 쓰는가"라는 질문에 결론적으로 이렇게 마무리한다. "작가는 우리들의 자유로운 삶을 위해, 말을 바꾸어 보다 인간다운 삶, 보다 행복스런 우리들의 삶 또는 그 삶에 대한 깊은 사랑 때문에 쓰고 있고 또 써야 함에 틀림없을 거라고" 말이다(pp. 247~48). 이런 「지배와 해방」은 이청준의 소설관을 가장 분명하게 드러낸 소설로 자주 언급되었던 게 사실이다. 그러나 이 소설에는 소설관뿐만 아니라 창작 방법론의 핵심적 특징도 담겨 있다는 점이 주목된다. 액자 소설 형식의 이 소설에서 '액자' 이야기는 동시대의 말의 현실에 절망한 대필 작가 지욱이 문제적 말들을 녹음해 가두는 설정으로 되어 있다. 내부 이야기인 이정훈의 이야기도 실은 가두기 위해 녹음한 것이다. 소설의 끝부분에서 테이프 작업을 하는 동안 "견딜 수 없는 것 같은 얼굴을" 하고 있던 지욱이 그의 "얼굴에 비로소 조금 안도의 빛"을 보이기 시작한 것은, "그가 모아들인 수많은 말들이 감금되어 있는 서랍의 자물쇠를 굳게 다시 잠그고 난 다음"이었다는 진술, 이 결말 부분이 내부 이야기를 곧이곧대로 듣지 말라고, 반성적으로 성찰하라고 새롭게 열어놓는 장치가 아닐까 싶다(p. 249). 열린 결말을 통해 독자의 가능 세계를 열어놓는 일, 그것을 통해 거듭 새로운 '시간의 문'을 열 수 있을 것으로 생각하며 주요 창작 방법으로 활용했던 작가가 바로 이청준이었다.

5. 묻어두기의 윤리와 용서의 인간학

이청준 소설의 인물들은 현실에서 패배하거나 상처받아, 좌절하고 절망한 자리에서 현실과 자기를 반성적으로 조망하면서 그 관계를 조율하곤 한다. 또 종종 나의 의지나 욕망과 상관없이 외적인 폭력에 속수무책으로 휘둘리기도 한다. 그가 여러 차례 사용했던 전짓불 모티프도 그런 외적 폭력과 내적 불안의 신호였다. 내 잘못이 아닌데, 타인과 나, 현실과 나 사이의 관계에서 이해하거나 용서하는 것은 쉬운 일이 아니지만, 그러기에 용서의 문제는 중요한 인간학의 대상이 된다. 중·고교 시절을 보낸 광주를 제2의 고향으로 여기고 살았던 이청준은, 1980년 5월 광주에서 있었던 신군부의 폭력으로 많은 고향 사람이 목숨을 잃거나 상한 일로 무척 상처받았고, 안타까워했다. 그런 송구스러운 마음을 용서의 인간학으로 승화시키려는 서사적 노력을 1980년대에 더 집중했던 것으로 보인다. 물론 그 이전에도 이청준은 타인에 대한 관용과 이해, 사랑과 연민의 문제에 대해 남달리 깊이 천착했던 게 사실이다. 가령 〈남도 사람〉 연작만 하더라도 용서의 주제를 제쳐두고 한의 승화와 판소리 득음의 경지를 논하기 어렵다. 그중 「선학동 나그네」는 용서를 통해 승화된 한의 에너지로 예술과 삶을 아울러 변화시켜나간 소리꾼에 관한 탐문의 서사다. 남도를 떠돌며 예전에 헤어진 이부異父 누이, 그 소리꾼 여자를 찾아다니던 사내는 주막집 주인으로부터 "자신의 노랫가락 속에 한 마리 학이 되어간 이야기"(p. 350)를 듣게 된다. 아비와 함께 소리를 하며 선학의 비상을 보던 선학동으로 다시 돌아온 여자는 눈먼 얼굴이었다. 소리를 위한 한을 깊게 해주려고 아비가 부러 눈을 멀게 한 사실을 아는 딸이지만 아비를 용서하고 득음의 경지에 이른 딸의 얼굴은 그랬다. 그런데 그사이 매립으로 인해 선학동 포구의 물은 사라졌기 때문에 거기에 비치던 산그림자나 선학이 유유히 날아오르는 모습을 이제 눈 뜬 사람들은 볼 수 없게 된 상황이다. 오직 눈먼 그녀만이 "있지도 않은 물과 산그림자를"(p. 353) 볼 수 있었는데, 그것은 역설적으로 그녀가 맹인이기 때문이었다. 육안肉眼으로 볼 수 없는 산그림자를 그녀는 영혼의 심안心眼으로 본다. 하여 그녀는 꼭 밀물 때를 잡아서 소리를 하였는데, 그 소리로 선학동의 비상학 에피파니를 재현한다. "소리는 언제나 이 선학동을 옛날의 포구 마을로 변하게 하였고, 그 포구에 다시 선학이 유유히 날아오르게 하였다." 그러다 여자는 어느 날 밤 문득 선학동을 떠나갔다. 아비의 유골을 선학동에 몰래 묻고 난 다음이었다. 그러자 마을 사람들은 "여자는 어디로 떠나간 것이 아니여. 그 여자는 이 선학동의 학이 되어버린 거여. 학이 되어서 언제까지나 이 고을 하늘을 떠돈단 말이여"라고 말한다(p. 354). 소리와 함께 여자를 선학동 비상학 신화로 간직하고 싶어 하는 마음일 것이다. 여기서 하나 더 주목되는 것은 여자가 떠나기 전까지 여자가 아비의 유골을 매장하는 것을 반대하고 감시하던 마을 사람들이었지만, 그녀가 떠나간 이후에 그것을 알면서도 묻어둔다는 사실이다. 소리의 교감을 통한 넉넉한 이해와 용서의 지평이었을까. 어쨌든 그 부분에 대한 허물을 들춰내지 않는다는 점이 눈길을 끈다.

「잔인한 도시」는 교환가치 중심의 탐욕스러운 욕망과 비정에 대해 비판적으로 조망하고 있는 작품이지만, 그 안에는 깊은 연민의 눈길이 스며 있다. 교도소 앞 '방생의 집' 주인이 새의 속깃을 잘라 멀리 날아가지 못하게 한 다음 밤마다 숲에서 전짓불로 다시 새를 사냥하는 비밀을 알게 된 주인공은 처음엔 엄청난 분노와 증오 때문에 어쩔 줄 모른다. 그러나 그는 사내 또한 연민의 시선으로 바라보게 된다. "분노와 증오의 빛 대신 그의 눈길엔 어느새 조용한 슬픔의 응어리 같은 것이 맺혀들기 시작했다"(p. 319). 그러니까 「잔인한 도시」에서 방생의 집 주인 젊은이가 잔인한 교환가치를 탐욕스럽게 무반성적으로 추구하는 존재를 대변한다면, 주인공은 그런 교환가치 시대를 거슬러 진정한 가치를 추구하고 그렇지 못한 뭇 존재들에게 가없는 연민의 시선을 보낼 수 있는 가치 지향적 인물을 표상한다. 그런 주인 공의 연민의 정조는 자기 얼굴을 알아보고 자신 또한 얼굴을 알 아볼 수 있었던 한 마리 새에게 더 깊어진다. 자기가 사서 날려 보냈다가 다시 방생의 집 주인에게 붙잡힌 그 새를 그는 교도소 에서 노역으로 받은 상당한 돈을 주고 사서 함께 남쪽으로 떠난 다. 떠나면서 동행하는 새에게 이렇게 말한다.

하지만 네놈도 조금은 명념해봐야 한다. 탱자나무 울타리와 붉은색 벽돌 굴뚝이 높은 기와집, 게다가 뒷밭이 넓고 뒤쪽 언 덕에 푸른 대숲이 우거져 내린 집…… 그런 집이 있는 동네가 나서는 걸 말이다. 그야 언젠간 너도 알겠지만, 그게 바로 우리 가 찾아가는 남쪽 동네란다. 생각처럼 그렇게 쉽게 찾기는 어려 운 곳이지. 하지만…… 글쎄, 그 남쪽 동네가 얼마나 따뜻한 곳 인지 네가 어떻게 알기나 할지…… (p. 323)

아마도 남쪽 출신 이청준이 상상하는 장소애場所愛의 대상으 로서 고향 풍경일 것이다. 그런데 그곳은 매우 "따뜻한 곳"이지 만 "쉽게 찾기는 어려운 곳"이라고 했다. 상상하는 고향, 동경하 는 토포필리아는 쉽게 찾기 어려운 것이 사실이다. 자연과 조화 를 이루며 따뜻해야 할 고향에서 가깝거나 조금 먼 과거에 어떤 일이 있었는지, 그의 기억이 토포필리아에의 몰입을 방해하는 것일 수도 있다. 「숨은 손가락」(『벌레 이야기』, 문학과지성사,

2013)에서도 다룬 바 있지만 「지하실」에서 작가는 속절없이 죽이고 죽고 상처주고 상처받던 험악했던 시절을 되뇌인다. 「숨은 손가락」에서는 당시로 돌아가 생명을 앗아갈 수도 있는 손가락질의 엄혹함을 상기시켰지만, 「지하실」에서는 그 시절의 일을 살아남은 사람들이 어떻게 정리할 수 있을 것인가, 하는 남은 문제에 집중한다. 예전 주인공네 고향 집에는 숨어 지내기 좋은 지하실이 있었다. 시절이 수상할 때마다 양쪽 사람들이 번갈아 그곳에서 목숨을 구하기도 했고, 또 어떤 경우는 참지 못하고 나왔다가 죽임을 당하기도 했다. 그런 사연이 있는 집을 다시 사들여 옛 모습 그대로 복원하려고 하는데 고향 마을 종친인 성조 씨는 입장이 다르다. "이 동네에 저 지하실을 되살려놓으면 그거야말로 지금까지 잊고 지내온 험한 내력을 죄 되살려놓는 일 아니겠어? 그래서 새삼 동네 사람들 마음을 이쪽저쪽 시끄럽게 갈라놓으면 무슨 좋은 노릇이 생기겠어"(p. 582). 주인공은 과거를 있는 그대로 정직하게 되살리고 반성하는 것이 중요하다고 생각하는데, 성조 씨는 여전히 다른 입장이다. "지난 일이 그리 소중하다면 내일 또 지난날이 될 오늘 일이 우리한텐 더 소중"(p. 584)하다고 말이다. 들추어 분명하게 하는 것보다 때로는 묻어두고 덮어두는 것이 공동체의 안녕을 위해 더 좋은 것이라는 오래된 지혜를 성조 씨는 견지한다. 「선학동 나그네」에서 마을 사람들이 소리꾼 여자가 아비의 유골을 몰래 매장하고 떠난 것을 파헤치지 않고 묻어두었듯이, 「지하실」에서도 묻어두기의 윤리를 강조한 것이다.

다른 일로 고통받고 상처받은 남을 진심으로 이해하거나 연민의 정조를 보이거나 덮어두고 묻어두는 것도 쉽지 않은 일이지만, 나에게 잘못한 이를 용서하는 일은 더 어렵고 힘든 일이다. 「벌레 이야기」는 용서의 문제를 정면에서 다룬 문제작이다. 유괴 살해범에 의해 아들이 먼저 세상을 버리게 되는 끔찍한 사건이 발생한다. 견딜 수 없는 참척의 고통 속에서 지내던 알암 엄마는 이웃 김 집사의 인도로 교회에서 주님을 영접하고 그 가르침에 따라 용서하기로 어렵사리 결심한다. 그런데 교도소로 찾아가 살해범을 만나 그의 얼굴을 본 후 그녀는 절망하고 만다. "내 자식을 죽인 살인자"가, 그쪽 입장에서라면 자기가 죽인 아이의 엄마 앞에서 "어떻게 그토록 침착하고 평화스런 얼굴을 할 수" 있으며, "살인자가 어떻게 성인 같은 모습으로" 피해 아이의 엄마를 바라볼 수 있는지 도저히 납득이 안 된다고, 절대로 그럴 수는 없는 일이라고 울부짖는다(p. 489). 사연인즉 사형 선고를 받은 살인범은 교도소에서 주님을 섬기게 되고, 주님의 사랑으로 용서를 받은 상태여서 그렇게 평화스러운 얼굴로 피해 아이의 엄마를 대할 수 있었던 것이었는데, 그런 것을 알암 엄마 입장에서는 도저히 받아들일 수 없었던 것이다.

내가 그를 아직 용서하지 않았는데 어느 누가 나 먼저 그를 용서하느냐 말이에요. 그의 죄가 나밖에 누구에게서 먼저 용서될 수 있어요? 그럴 권리는 주님에게도 있을 수가 없어요. 그런데 주님께선 내게서 그걸 빼앗아 가버리신 거예요. 나는 주님에

게 그를 용서할 기회마저 빼앗기고 만 거란 말이에요. 내가 어
떻게 다시 그를 용서합니까. (p. 490)

"주님으로부터 용서의 표적을 빼앗겨버린" 그녀는 철저하게
절망하고 만다. 그 절망감에 대해 남편의 시선을 대리하는 서술
자는 "너무도 인간적인 것"이었다고 보고한다(p. 492). 인간과
인간 사이의 일에 신이 먼저 개입할 때, 때로는 비인간화 현상
이 생겨날 수도 있음을 이청준은 인간적으로 고민한 것이다. 신
학적 입장에서 이미 정해진 답을 따라가는 것보다 "왜소하고 남
루한 인간의 불완전성", 그런 인간의 "허점과 한계를 먼저 인간
의 이름으로 아파할 수" 있는 인문적 성찰이 중요하다고 여긴
것 같다(p. 493). 만약 김 집사의 믿음처럼 용서가 오로지 주님
의 몫이라고 생각한다면 그만큼 인간적 노력이나 인문적 성찰
의 지평은 현저하게 줄어들 게 자명하기 때문이다. 용서의 윤리
지평에서 인문적으로 사려 깊게 탐문하고 인간적으로 진실하게
실천할 때, 진정한 용서의 인간학이 새로운 삶의 존재론적 지평
을 응시할 수 있게 하지 않겠는가, 하는 생각을 했던 것으로 보
인다.

6. 피해자 잉여 시대의 가해자의 얼굴

「벌레 이야기」에서 용서의 자리에서 소외된 알암 엄마는 그

절망과 고통의 뿌리를 결국 절명하는 것으로 끊어낸다. 이중의 피해자 의식이 그녀를 견딜 수 없게 했다. 당연히 아들이 유괴 살해된 것이 하나이고, 주님으로부터 용서의 권리를 빼앗긴 것이 다른 하나다. 이 이중의 피해자 의식이 그토록 깊지 않았더라면, 그녀의 삶은 그렇게 허망하게 중단되지 않아도 좋았을 것이다. 이중의 피해자 의식을 갖게 한 가해자 측면과 함께 피해자 측면에서 공히 재성찰할 문제를 남기는 과제였다. 그래서 이청준은 용서의 인간학을 다시 전복적으로 성찰할 필요를 느낀다. 일찍이 「지배와 해방」에서 작가는 "언제나 자신이 도달한 세계에서 또 다른 다음번 이념의 문을 향해 끝없이 고된 진실에의 순례를 떠나야 하는 숙명적인 이상주의자일 수밖에 없다"(p. 239)고 했던 말 그대로 새로운 이념의 문을 향한 탐색의 순례를 떠난다. 「가해자의 얼굴」에서 "치유 불능의 피해자의 자리에서 가해자와는 영영 등을 돌리고"(p. 514) 사는 것은 과연 타당한 일인가? 하는 질문을 던지게 된 것은 그 때문이다. 그러면서 거울을 통해 자기 안의 '가해자의 얼굴'을 보라고 제안하면서 나름의 가해자의 사상을 제기한다.[4]

「가해자의 얼굴」에서 김사일 씨는 전쟁 체험 세대들이 흔히

---

4 물론 이전에도 이청준은 사디즘이나 사도마조히즘의 심리를 적절하게 형상화한 적이 여러 차례 있다. 가령 「굴레」(『병신과 머저리』, 문학과지성사, 2010)나 「황홀한 실종」에서 가학성 유희 본능이라든지, 「병신과 머저리」에서 형이 거리에서 구걸하는 소녀의 손을 밟는 장면이라든지, 「이어도」에서 선우 중위가 이어도 여자를 매우 난폭스럽게 학대하는 장면이 제시된다든지……

보였던 것처럼 전쟁에 대한 절망감이나 전쟁으로 인해 자기 삶과 존재가 얼마나 상처받고 피해를 입었던가 하는 피해자 의식으로부터 자유롭지 않다. 운 좋게 전쟁터에서 살아남았다 하더라도 영혼에 치명적 타격을 입은 상태라고 생각하고, 주변에서 요절하는 사람을 보면 "보이지 않는 영혼의 얼을 이겨낼 수가 없었던 탓"(p. 513)으로 여긴다. 그런데 7·4남북공동성명이 나오고 이산가족찾기를 하면서부터 사정이 달라진다. 그동안 피해자로서 가해의 축으로 지목했던 쪽도 대화와 만남의 자리에 나오고 평화로운 분위기를 조성하기 위해 애쓰는 것처럼 보이는 마당에 계속해서, 가해자로 지목하여 영영 등을 돌리고 사는 피해자 노릇만 하기도 어렵게 되었다는 반성적 의식의 소산이다. 피해자 의식을 넘어서려 하자 지금까지 애써 억눌렀던 다른 의식들이 소환되기에 이른다. 그러면서 존재론적 전환을 하게 된다. 그러니까 피신처를 구해 찾아든 자형의 친구를 사정을 헤아리지 못하고 그냥 보냄으로써, "그를 그 죽음의 새벽 거리로 내몰고"(p. 517) 말았다는 반성적 성찰, 아니 좀처럼 그의 내면을 벗어날 수도, 치유하고 자랄 수도 없었던 상처받은 내면 아이를 직시하면서, "무고한 수난자의 자리에서 스스로 가해자의 괴로운 자리로 돌아간 것"(p. 518)이다.[5] 이를테면 아내 손 여사

5 이 사정을 서술자는 다음과 같이 일목요연하게 정리한다. "두려움과 당황결에 자신도 모르게 그 피신처를 찾아온 청년을 쫓아보낸 오랜 자책감, 그 부끄럽고 참담스런 허물의 값을 끝내 가해자의 자리에서 치르고 싶어 하는 질긴 속죄 의식, 그 자형의 출현이나 소식에 대한 두려움을 억누르며 언제까지나 조그만 아이로 불안하게 기다려온 괴로운 자기 견딤— 그의 그 가열찬 가해

의 의식의 창에는 이렇게 비쳐진다.

　무서운 전란을 겪고 난 사람들이 대개 그렇듯 남편도 외견상 억눌리고 상처 입는 수난자의 입장을 내세워왔을 뿐, 그 실은 어릴 적부터 그 자형과 젊은이에 대한 은밀스런 죄책감 속에 거기 줄곧 그렇게 불안감에 쫓기며 조그만 아이로 서 있어온 것이었다. 그것이 그 남북 간 공동성명을 계기로 너무나 급격히 무너져 내리면서 끝내는 그 당당한 피해자의 자리와 반격성의 권리를 잃게 된 것뿐이었다.

　한마디로, 손 여사는 이제 남편이 그 전란의 충격으로 하여 주위 동년배들의 요사가 많다고 한 수난자로서의 탄식이나 그 즈음 들어 갑자기 괴로운 가해자로서의 죄책감과 두려움을 외면할 수 없게 된 속마음을 어렴풋이나마 두루 다 헤아릴 수 있을 것 같았다.

　사정이 그렇고 보니 그 남편 속의 아이는 이후로도 이 혜화동의 낡은 한옥 앞 골목께를 여전히 떠나갈 수가 없었다. (p. 520)

　김사일 씨의 상처받은 내면 아이는 줄곧 그 새벽길 문밖을 서성거리며 초조하고 불안해했던 것이다. 그런 사정으로 말미암아 가해자 의식을 바탕으로 반성하는 것이 중요하다는 생각을

　　자 의식이나 속죄 의식, 그리고 사람과 사람 간의 화해스런 만남을 우선시키려는 그의 점진적 통일 과정의 주장들은 바로 그런 자신의 심중에서 비롯된 것들이었다"(pp. 528~29).

견지하는데, 그의 외동딸 수진은 입장이 다르다. 딸은 구조적으로 접근하여 모순적 상황의 피해자였음을 인식하는 것, 즉 "우리 민중 전체가 공유한 그 동질성의 수난자 의식으로 한데 뭉쳐 나아가는 것"(p. 524)이 중요하다고 말한다. 그런데 아버지가 보기에 그런 피해자 의식은 불가피하게 "제물로서의 가해자"(p. 525)를 필요로 하게 되고, "한쪽이 다른 쪽에 원한과 복수의 새 빚 구실을 쌓아가는 가해자와 수난자 관계의 악순환이 되풀이된다면" 문제가 아닐 수 없다. 중요한 것은 "개개인의 현실적인 삶"이다. 또 "우리들 모두가 가해자이면서 동시에 피해자일 수도 있을" 터인데, 가해자와 수난자 관계의 악순환의 고리를 끊어야 한다는 것이 아버지 김사일 씨의 의견이다(pp. 525~26).

수난자 의식은 그런 식으로 일정한 시간대를 거치면서 항상 새 가해자로 변신해가는 과정을 좇게 되고 그 수난자와 가해자의 자리를 번갈아가면서 복수와 보상, 억압과 수난의 악순환을 되풀이하게 되더란 말이다. 하지만 가해자 의식은 다른 가해자를 용납하려지도 않으려니와 더욱이 새로운 수난자를 요구하지도 않는다. 그것은 용서와 화해를 구하는 자기 속죄 의식을 덕목으로 하고 있기 때문이다. 그래서 그 같은 가해자 의식으로 해서는 가해자와 피해자, 억압과 수난의 악순환의 고리를 끊고 너와 나 사이에 진정한 화해와 이해를 지향하고 만남의 문이 열리게 될 수도 있으리라는 것이다. 세월의 힘을 빌려 가해자와 수난자의 자리가 바뀌는 것도 우스운 일이지만, 그래서 나는 너

나없이 늘 가해 당시의 자기 자리에 서서 그때의 제 허물을 생
각하고 그 빚을 갚으려는 자세로 임해야 한다는 것이다.

(pp. 527~28)

이런 김사일 씨의 견해를 그의 아내 손 여사는 "그런 뼈아픈
가해자 의식을 통해서만이 참으로 진정한 수난자의 얼굴이나
또 다른 시대에서의 어떤 도덕적 정당성이 드러날 수 있을 것
같"(p. 533)다는 논점으로 수렴한다. 이 소설에서 딸과의 의견
조정은 결국 실패하는 것으로 새로운 대화의 가능성을 열어둔
다. 아버지는 그 가해자의 윤리를 당장 딸에게 설득하지는 못했
지만 그 제안 자체만으로도 그의 삶의 역정에서 보면 의미심장
한 일이다.

요컨대 이청준 소설의 계보에서 가해자의 사상은 용서의 인
간학의 전복적 버전이다. 용서보다 가해자로서의 반성은 더 근
본적이고 더 인문적인 것의 중핵처럼 느껴진다. 앞서 본 「벌레
이야기」에서 "왜소하고 남루한 인간의 불완전성", 그런 인간의
"허점과 한계를 먼저 인간의 이름으로 아파할 수" 있는 인문적
성찰이 중요하다는 대목이 있었는데, 바로 그 성찰의 일환이 바
로 가해자의 사상인 것이다(p. 493). '내로남불'이란 말이 너무
많이 사용된다. 남의 탓을 하기는 참 쉽기도 하고 빠르게 진행
된다. 그러나 제 허물을 인정하고 뉘우치는 것은 무척 어렵기도
하려니와 시간적으로도 무척 더디게 마련이다. 누구나 피해자
라고 아우성치기 시작한 지도 퍽 오래되었다. 갖은 피해자들로

넘쳐나는 이 피해자 잉여 시대의 실천 윤리로 이청준이 선편적으로 제시한 것이 바로 가해자의 윤리이고, 가해자의 사상이다. 「퇴원」에서 윤 간호사가 빌려준 거울을 통해 이청준은 거듭 말한다. '이 거울에 비친 가해자의 얼굴을 보라!'

「시간의 문」에서 유종열은 "미래를 찍는 사진 작가"(p. 378)이고자 했다. 그 말법을 빌리자면 이청준은 미래의 이야기를 열어나가려 했던 작가였다. 미래의 시간과 공간, 그리고 미래의 사건을 열기 위해서는 그에 걸맞은 진정한 영혼의 얼굴을 발견할 수 있어야 한다. 그래서 그는 그토록 어렵사리 이런저런 사람의 얼굴을 찾아 나서고자 했던 것이다. 험하게 일그러진 세상, 배반과 좌절과 절망이 변수가 아닌 상수처럼 넘실대는 이율배반의 현실을 가로질러 화창하고 자유로운 진실의 문을 열 수 있는 얼굴을 욕망했다. 욕망하는 얼굴은 늘 명료하지 않았고, 외면하고 싶은 얼굴은 명료했다. 그럼에도 이해하고 연민하고 용서하고 더 나아가 자기 탓을 하는 전면적 반성을 통해 구리거울 위에 자기 얼굴을 비추어 보고자 했다. 진정한 얼굴의 발견, 그것이야말로 이청준 문학 필생의 화두였다. 아울러 우리 모두의 과제이기도 하다. 지금, 여기서 우리가 이청준 문학 산행을 통해 그의 소설을 거듭 새롭게 읽어야 하는 이유는 많다. 그중의 하나는 바로 이런 게 아닐까. 진실한 미래의 문을 열어나갈 내 영혼의 얼굴을 발견하기 위해 나는 이청준 소설을 읽는다고! 조심스럽게, 아껴가면서!